해외 한인문학의
한 독법

(사) 한국문학과예술연구소 학술총서 70

해외 한인문학의
한 독법

조규익 지음

學古房

인생의 한 단계를 마무리하며,
끝까지 조국의 말과 글, 그리고 문학을
놓지 않으신 해외동포 여러분과
그 분들의 정신을 살려내기 위해
애쓰신 이 땅의 해외 한인문학
연구자들께 이 책을 바칩니다

한중 수교 직후 방문한 중국 연변에서 한반도를 벗어난 지역에도 우리 민족이 흩어져 살고 있다는 사실을 비로소 확인했다. 중국 조선족은 완벽한 우리말을 구사하고 있었고, 의·식·주의 상당 부분 또한 우리 식을 지켜오고 있었다. 그 뒤 일본·미국·중앙아시아·러시아·유럽 등지를 돌면서 각기 다른 문화권의 한인들을 만났다. 그러나 처한 상황이나 환경의 차이에 따른 점들 말고 본질적인 면에서 큰 차이는 없었다. 문학도인 나는 한동안 해외 한인문학에 관심을 가져왔지만, 아직도 그 문제에 대한 해답은 찾지 못하고 있다. 더 많은 지역의 한인들을 만나야 한다는 필요성만 확인한 셈이다. 그동안 한인들이 흩어져 사는 몇 나라들을 답사하면서 그럭저럭 몇 권의 책과 논문들을 발표했다. 다음과 같은 것들이다.

1 『해방 전 만주지역의 우리 시인들과 시문학』, 국학자료원, 1996.
2 『해방 전 재미한인 이민문학』[1-6], 월인, 1999.
3 『카자흐스탄 고려시인 강태수의 삶과 문학』, 인터북스, 2012.[장

준희와 공저]

4 『카자흐스탄 고려인 극작가 한진의 삶과 문학』, 글누림, 2013[김
   병학과 공저]

5 『CIS 지역 고려인 사회 소인예술단과 전문예술단의 한글문학』,
   태학사, 2013.

이것들 외에 「해외 한인문학의 존재와 당위」[『국어국문학』 152, 국
어국문학회, 2009. 09] 등 기십 편의 논문들도 발표했다. 최근 여러 일
들에 쫓겨 해외 한인문학에 대한 탐색이 소홀해졌고, 급기야 이 분야
에 대한 연구를 마무리하지 못한 채 정년을 맞았다. 정년이 내 손발을
묶는 건 아니겠으나, 의무감을 무디게 할 수는 있으리라 짐작하며 새
삼 긴장하는 순간이다.

기왕에 발표한 몇 편의 논문들을 엮은 것이지만, 해외 한인문학의
탐사를 위해 동분서주하던 시절의 화두(話頭)와 고민이 고스란히 담
겨 있다는 점에서 이 책은 새로운 '출발점'의 의미를 갖는다.

*　*　*

중국 조선족 문학을 통해 해외 한인문학에 관심을 갖게 해주신 고
소재영 교수님, 고 권철 교수님, 김동훈 교수님 등은 결코 잊을 수 없
는 분들이다. 해외연구교수로서 재미한인 문학 탐색의 기회를 제공해
주신 LG 연암재단, Fulbright Scholar로서 비교문화적 관점에서 재미
한인들의 존재를 좀 더 깊이 탐구할 수 있도록 해주신 풀브라이트 재
단, Peter Lee 교수를 비롯한 미 UCLA 관계자 여러분, Michael F.
Logan 교수를 비롯한 미 OSU 관계자 여러분들의 도움과 조언에 깊은

감사의 말씀을 드린다.

　그간 해외 한인문학 특히 광막한 지역에 흩어져 살고 있는 고려인들의 문학을 탐구하는 과정에서 김병학 선생[월곡고려인문화센터장]의 도움이 절대적이었다. 타국 생활의 고달픔 속에서 어렵게 얻은 자료들을 선뜻 공유하기가 쉽지 않은 일일 텐데, 그는 늘 내게 호의를 베풀었다. 이 자리를 빌어 김병학 관장께 진심 가득한 고마움을 표한다. 오랜 세월 함께 호흡해주신 하운근 사장, 조연순 팀장과 팀원 등 인터북스 가족들께도 감사드린다. 무엇보다 시종일관 응원해준 아내 임미숙과, 경현·원정·미언·영빈에게 무한한 고마움과 미안함을 표한다.

계묘년 매월(梅月)

백규

Chapter 3 작가들의 다양한 모험과 길 찾기

Chapter 4 수용 혹은 변용을 통한 '조국'의 문학과
         문학사

전 세계 브로레며려들은 단결하라!

발행 재일년

레닌의기치

Корейская
газета „ЛЕНИНЫ КИЧИ"

№ 1
1938 년
오월 15 일

정가 8 고.

발행긔관 :

까삭쓰딴 꼰삼달 (볼세위크) 중앙위원회 오르고—오
로라 주 조직뷰로와 씨또—다리야 구역위원회

Орган Оргбюро ЦК КП(б)К по Казл-Ординской области и
Сыр-Дарьинского РК КП(б)К.

선거에 대한 준비사업은 시작되었다

은꿀 우리는 까삭쓰딴 로력자들이 다 알아야만 되는 중대한 정치적 문진 맞가새 —까삭쿄 쎄뻬르 최고쏘베르 선거규정—. 《까삭쿄 쎄뻬르 최고쏘베르 선거에 관한 중앙꼼에써야의 성원에 대한 여》등등을 좀 넓엇으나마 위선 실어넣기 시작한다.

꼰산담파 쓰베르주권의 찬란한 개선석이었고 꼰산담원과 비당원을 물로쿄의 위대한 승리었었던 영예로운 주인 쎄뻬르 최고쏘베르 숨거릴 —섯달 12일 —이 지난지는 이에 《4개월》이 넘었다. 그러나 이 낮을수없는 선거일에 배태되어 《선거》와 같이 내호는 대중의 정치적 열성은 준어질지 않줄눈아니라. 오히려 넘히, 꾀히, 꾸준히 자라간다.

지금 우리는 또한번 중대한 정치적 깜빠니아—까사쿄 쎄뻬르 최고쏘베르로 선거 —를 맞이한다. 로력자들은 앞서와 같이 그 정치적 유발과 떡넌—쓰딸린당에 대한 끓는 충성을 쿠엇이 보럴것이다. 그는 얼마전에 크쓰-오르다에 설립된 것을-이 선거자들의 비민그에서, 낙자들의 시위행렬에서 력력히 보였다. 누구나임이 어루뮸설과 까삭쌍맞정뷰의 긔정을 축루하는 동시에 젊국꼼빠니아에서 군중사업을 한층더 전개하부바는 열성장 긔분을 보였었다.

그러나 우리는 불깁치럼 일어서는 이 군중의 열성을 키우고 넙힘에 처거어넌 걸정들을 가지못했다. 오일 8—9 일에 소집된 선거위꼼에써 회장들의 회의었고 이것을 응번으로 증맹하여준다. 까 살린쑤소쿄 선거오르쿠그에써는 아직 선거쳐소를 로쟝하지 못하는 연구에서는 겨우 1780명의 선거자님 말마처선다. 특히 선거에 대하여 을 쿼룰이 약하게 일하고 있다.

지망 당단계들의 임뮤는 무엇보다 먼저 뷰개월 경혐을 비용하고 무배의 걸정을 막잔함에 군중의 열성을 조쟝함에 있다. 최근 써 로—다비야구역 빨말곡곡에써

열린 선거자들의 회의는 군중의 열렬한 참가에써 위대한 스승이오 인민의 수령인 쓰딸린꼼부와 중앙위원회 정치뷰로 위원들을 후보 로 맏정됩치로 천거하엿으며 백걸백승하는 숌려에니라의 용감한 아들의 하나인 영에 홍장만을 1윌? 꿀포조회쟝 써위보르 동무를 후보로 뽑아 또다시 용쟝한 긔개들 보였다. 그러나 자라나는 군중의 열성이 어써 이분이랴? 우리가 만님 선거운동에써 자기 숌써졸 훌럴릴 선전원과 성동자들을 더 많이 내세우고 그네들을 인도하여 《선거규정과 《렌》을 더 깊히 연구한다면, 숌마한 눈초큰이 글려질것이오 경비계획을 더 실행할것이다.

말런한 선거깜빠니아에써 위선 힘을 정확히 배정하고 일을 정당히 조직하면 구체적 지도가 있어야한다. 그리고 선거에 대한 소소한 준비라고 통한시해써는 안된다. 파기회 경님을 보럴 때 특을 잘못 작성하는님, 성명을 바쿠 쓰거나하는님, 선거에 필요한 재료와 겅소를 준비하는님, 아동구석이나 유희실이 있는업이 적지않았다. 근네에는 특히 이 소소한 준비사업에 응의하지 않으면 아니된다.

선거에 대한 중기한 혁셕사업이 대중속에 있어야함 인민의 가장 오막한 뷰어오 로력군중의 가쟝 우람한 반절자들에 드로호저—지노비예브토, 뿌하린—리코토, 외국링·지레베또트, 써코야·승려군을 둘아넣고난데 흑룩한 주통이들을 들어 해죽사업을 힘써 선거깜빠니아에서 끝까지 헌신하는 우수한 인 물들을 추천하라!

까사쿄 쎄뻬르 중앙집행 위원회는 까사쿄 쎄뻬르최 고쏘베르 선거에 대한 300개 소의 오르쿠그들을 꼼화국내 에 조직하기로 걸정하엿다. —선거 오르쿠그가 조직되며; 선거 오르쿠그는 14개소의 (도시를 제하고)35개소의 선거 오르 쿠그가 조식되며;

남뷰—까삭쓰딴 주에는—43개소의 선거 오르쿠그가; 쿄슬—오르다 주에는—15 개소,

약뮤빈쓰끄 주에는—18 개소,
써쁘 까삭쓰딴 주에는—20개소,
구베예츠 주에는—13개소,
쿄쓰따나이 주에는—18 개소,
북뮤—카사쓰딴 주에는—45개소,
마가 간 주에는—27 개소,
동뷰—카사쓰딴 주에는—40개소,

빨룹쓰끄 주에는—12개 소의 선거 오르쿠그들이 조직된다.

까사쿄—오르다주에는 아쿄쓰크써 아달쿄쓰르 농을, 아쿄 술뮤—마스 노보—마달린쓰끄 농을, 마달린쓰쿄시, 까쓰달린쓰크 농을 자르마카쓰, 제일 깔뮤사 크 코슬 오르다느, 뜨뼈터마느, 써로—다비야느, 아뮤—르쿠룬쿤드 15선거 오르 쿠그가 조직된다.

카사크 쎄쎄르 선거 오크루그들

카사크 쎄쎄르 최고쏘베트 선거일에 대하여

까사쿄 쎄뻬르 중앙집행위원 회 상임위원뷰의 1938년 사월 23일 걸정

전 까사쿄 쓰베르 X 비쌍대회의 걸졍과 또는 선 거일을 선거억날보다 무달날 써 비뽀럴럽니 접합에 대한 《까사쿄 쎄쎄르 최고쏘베르

회 선거 규정의 제 63조에 긔초하여 까사쿄 쎄뻬르 중 합집행위원회 상임위원뷰는 다음과 같이 걸정한다.

1. 까사쿄 쎄뻬르 최고 쏘베르 선거일을 1938년 록 월 24로 걸함.

2. 까사쿄 쎄뻬르 최고 쏘베르 선거에 대한 선거깜

빠니아 시작일은 1938년 사 월 24붙어마고 쟝포함.

까사쿄 쎄뻬르 중앙집행 위원회 회쟝:

노, 우무르사쿄포.

까사쿄 쎄뻬르 중앙집행 위원회 비써:

악. 마저바예보.

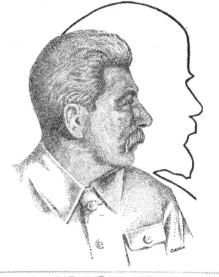

레닌기치 1호[1938년 5월 15일]

13

죽은 수령이 되살아날 수 있을까?

한국의 정보당국과 탈북 망명자들의 보고에 따르면 평양에서는 벌써 7년째 극비리의 연구가 진행되고 있다고 한다. 연구 목적은 죽은 수령을 되살릴 수 있는가 하는 문제를 밝히는데 있다.

며칠 전에 인터넷-싸이트 Tabloia online은 "소문"이란 표제로 극히 전기한 정보를 공개했다. 싸이트의 이설에 의하면 센세이션을 일으킬만한 자료를 한국 정보첩자 갖고 주도 학자들은 죽은 김일성을 소생시키는 연구사업을 하고 있다는 것이다. (알려진 바와 같이 그의 시신은 러시아 전문가들의 도움에 의해 썩지 않게 미이라로 만들어져 평양 중심부에 있는 능묘에 안치되어 있다.)

대한 북조선피난민협회 부회장 김명동씨는 "아프그멘트 이 푸퓨" 신문기자에게 다음과 같이 말했다. "현대인의 견지로 보아 이런 소식은 정말만 한 같은 실없는 말장난 할 이해하고 있습니다. 그런데 북조선에서는 생활양식은 정상적인 사람들이 습관된 그런 생활양식과 전혀 다릅니다. 예를 들면 북조선사람들은 공식적으로 김일성은 죽지 않았으며, 그저 휴식을 위해 누워있을 뿐이라고 진지하게 생각하고 있다는데 사람들이 있습니다. 지금까지도 김일성에게 선사하는 선물 박물관만은 계속 이용되고 있으며 새로운 전시품들이 계속 들어오고 있답니다. 사람들이 감사의 뜻으로 영생하는 수령에게 선물을 계속 선사하고 있는 셈이라는 것이다.

한반도에서는 불교가 널리 보급되어 있습니다. 불교의 교리에 의하면 사람은 죽은 후 그의 혼이 짐승이나 새, 혹은 다른 사람의 몸에 들어가 재회한다고 합니다. 그러나 북조선의 이런 지도자는 김일성이 영원히 죽지 않고 불교의 교리와 같이 네번, 다른 가지로 윤회할 수 있는 제3물로 살아 있다고 생각한 모양입니다. 티베트에서 라마와 비슷하게 죽은 사람의 혼이 갓난 아이의 몸에 들어간다는 따위의 이치길니다."

미국잡지 Provisional Enquirer가 쓰는 바에 의하면 이런 유일부이란 실험은 몇 개의 방향에서 진행되고 있다. 학자들의 일부는 심형실 조건하에서 김일성의 태아세포부체산(DHK)가 심장, 뇌, 신장 등 새롭고 건강한 내부 기관들을 지니지 않게 한 생태에 이식할 예정이고 다른 일부 학자들은 앙 불리치럼 새로운 "수령"을 무결번식시켜보려고 한다. 세번째 방법도 있는 바 죽은 김일성의 대쇠시리보백산이란 태아를 만들어 한 여자에게 그 태아를 자궁에서 발육시키게 함으로써 살아 있는 신을 만들려는 방법이다.

그런데 중국 수도 베이징은 북조선 학자들에게 그들의 발육을 위해 가장 현대적인 실험실을 제공해 주기까지 했기에 김일성을 묘지에서 살아나오게 하려는 그들의 요망이 별로 멀리 않은 것을 보여주고 있다. 사람들이 감사의 뜻으로 영생하는 수령에게 선물을 계속 선사하고 있는 셈이다.

한반도에서는 불교가 널리 보급되어 있습니다. "사람들은 죽음을 이겨 보려고 수천년동안 애쓰고 김을 습니다. 나 자신을 두고 말한다면 북조선이 자기네 죽은 수령을 되살아나게 하려는 의도에는 나쁜 점이 없다고 봅니다. 예를 들면 최근 40년간 미국에서는 수천명의 죽은 사람들의 시체가 냉동실에 보관되어 있습니다. 그 죽은 사람들이 아직 살아 있는 먼 언젠가는 사람을 소생시킬 수 있는 방법을 찾아낼 수 있으리라는 희망을 품은 나머지 그 런 유언을 했던 것입니다. 한방울의 피로써 앙을 쪼개낼 수 없었다고 누가 전에 예언할 수 있었습니까? 김일성의 소생은 천상으로 보아 환상적인 등 화같지만 또 이것은 위대한 과학의 발명으로도 될 수 있습니다"라고 베이징 "휜 언꿀" 종합병원 린유 부원장이 말했다.

모스크바에서의 비밀대면

김정일이 모스크바를 방문했을 때 그는 현재 메디어 보존을 위한 과학활동을 하고 있고 1994년에는 김일성의 시신을 썩지 않게 한 몇몇 러시아학자들과 교제했다는 사실이 알려졌다. 가장 흥미있는 사실은 레닌의 미이라 아직도 매쇠시리보백산이 보관되어 있고 필요한 한 보냄을 법률 무실번식시킬 수 있다고 학자들이 말했을 때 그 학자들과 교재하게 된 사실이다. 여기에는 아무런 비밀도 없었지만 학자들과 바퍼는 그들의 요망이 별로 멀지 않은 것을 보여주고 있다.

김정일의 이런 면면은 지금까지 비밀로 되어 있었다는 사실이다.

그렇다면 과연 북조선 주석 김일성이 예수님 다음으로 하는 넘의 도움 없이 과학적인 공정에 의해 처음으로 부활한 사람이 될 수 있을 것인가? 이거야 아무도 모른다. 더구나 모스크바의 북조선대사관과 주베이징북조선선대사관과 북조선이 영생하는 부활에 대해 설명해 주는 것을 완전히 반대한다.

앞베이징 알렉싼드르모브,
베이징-모스크바

천산에 올라

님이여! 나 여기에 왔습니다. 해 아래 빛나는 눈의 거진, 나 여기에 신발을 벗고 거룩한 당신의 발아래 왔습니다.

바람은 말 수 없는 곳에서 와서 얼굴을 스치고 이름 모를 곳으로 사라지고 맙니다. 나는 휜눈보다 더 아름다운 창공으로 깊숙이 이끌려 들어가고 싶습니다. 여기는 마음의 심연을 적시었습니다.

한 바람이 불어옵니다. 나는 두 눈을 감고 번바리의 노래를 읊었습니다. 그리고 그 바다 깊이 흐르는 고요한 침묵을 만났습니다.

머리 속을 방돌던 세사의 흔적은 말라서 저 편으로 잠기어 멎나 봅니다. 이 신산골이나 바위진 나의 가슴은 어느덧 당신의 평화로 가득 재워집니다.

님이여! 나는 당신의 숭골로 물결치는 한 알의 새로운 씨알입니다. 나에게 당신의 노래를 한 싶시오. 나에게 당신의 빛난의 노래를 불러 비겨쳐 해 주시오.

대조로보러 지금까지 당신 나뭇잎이 어찌 그리 아름다운지 나는 말리는 기쁨을 바람에 싣어 부런히 올라는 하늘로 날려 보냈니다.

언젠가 휘몰아쳤던 폭풍구 름은 이제 영원히 침묵입니다. 그런 당신이 내 영혼 속에 베어나 이 신과 하나되어 우릇를 감싸며 돌고 있는 것같습니다.

김병학

에세이

사랑의 사계절
양원식

나는 봄, 여름, 가을, 겨울 사 시장철을 똑같이 사랑한다.

만물이 약동하는 푸른 풀이 가득한 봄의 음률은 선명한 바이올린을 통하여 몸 속까지 촉촉이 적셔주는 것일다. 오색찬란히 무르익는 여름은 너무 드겁다. 호수속에 잠기는 헤엄이라, 수평선을 '여울'진 정열적인 붉은 과, 하늘도 땅도 말이 뜨겁다. 이토록 뜨거운 여름 후에 황금 같은 결실이 넘치도록 가득 담긴 가을의 정경은 눈이 부시게 나를 감동시킨다. 너무나 엄청난 대가에 어떻을 모르는 감격의 울음의 누구의 음성보다 더 나를 흥분히게 감싸주는 포근함이 있다.

또한 싸늘한 공기속에 피곤했던 여름은 조금이나마 쉬게 해주고, 새롭게 생각할 수 있는 여유를 주는 넓럴한 겨울의 차거움

은 살벌하다기보다는 차라리 가을 초록색 옷을 에워기 기다리게 해 주는 지상이 가득한 기다림의 계절이란 표현이다.

자연은 어떻게 각각 다른 한 개성속에서 아름다운 참음의 나이를 먹어가고 있다. 그러나 우리 인간생활의 사계절은 아름답지만은 아니란 것 같다. 봄속에 가을이 있고 여름속에 겨울이 있는 솔품과 기쁨, 희망과 절망이, 만남과 헤어짐이 계속 교차되는 근본적 무풍속의 연속이다.

얼마나 많은 폭풍우를 우리는 혼자서 둥하로 힘겹게, 무거운 불안속에서 애를 태우며 닥아보고 또 막아내곤 하는가? 그러나 닥치는 조그마한 기쁜 일을 다니도 연약한, 때, 가서고 말기 통을 순식간에 쉿서 버리고 행복에 가득 또 다니도 연약한, 미밀에 간약한 인간의 순진성... 나쁜만이 아니겠지나.

강제어가 되어 온 숨가쁜 고생을 하지 않은 합니다만, 함비 니가 어디 있으며, 노폐도 안하고 결과가 하늘에서 거저 뚝 떨어지는 그런 예는 아무에게 도 있을 수 없다.

나 역시 나름대로의 눈물얼킨 이야기가 슬픈 노력속에 많이

잠겨있지만 다만 그 노력의 대가에 만족하기엔 행복하다는 것이다.

"행복"이라는 두 단어를 끝없는 욕심속에서 찾으려 하면 더욱 더 손에 잡히지 않는 먼 곳으로 달아나 버리고 말겠지만 가까운 조각 기쁨속에 찾을 적에는 "행복"이 언제나 우리를 뒤를 따라다니고 있음을 느끼게 될 것이다. 살아있다는 확신속에 서 고음과 마음이 이어지는 사례 집의 작음을 한번 더 치굴하지 말 아름할 수 있다는 것 자체가 참으로 멋진 현실이라 느껴진다.

나는 다시금 또 다시금 마음 속 깊이 와 닿는 심상한 자연의 노 대를 향상 듣고 있으니 아무 모든 사계절이 다 아름답다고 느껴지 지 않았는가? 세로이 주어진 이 순간들을 메일은 벌처럼 목록히 사랑하여서 빛낼봐어진 것이다.

바야흐로 2003년 여명이 밝아오고 있다. 세기를 살아오고 있는 나무쇠는 너무도 박찬 이음으로 또 한 해를 보내고 맞이 다. 이제 얼마나 더 오래 살지는 모르지만 인생은 아름답다. 인간은 놀라움이 가득한 상자라고 말하고 싶다. 겨울속에 여름이 있고 가을속에 봄이 있기 때문이다.

우리의 전통 육담

옛날에 한 이야기였었는데 모든 일을 서당에서 배운 대로인 행했다. 서당에서 남녀칠세부동석을 배운 뀌부비는 여자애들과 어울리지도 않았으며, 자라서 장가간 첫날밤에도 벽만 쳐다보고 신부는 거들떠보지도 않았다. 날이 새자 신부 참지 못하고 친정어머니에게 달려가 범신에게 시집보냈다고 울면서 보챈다. 이 팔갈을 본 오래비가 남의 칠세부동이란 말 때문인 것을 눈치채고 한가지 꾀를 낸다. 이 신부오래비가 신랑신부를 안방에 불러놓고 다시 혼례를 하겠다며 웃음에 정화수를 떠놓고 아랫목에 이부자리를 폈다. 신부오래비는 신랑신부를 방에 남겨두고 박으로 나와 훔기다 몰래 들여다 본다. "먼저 웃음 벗고 신부는 요위에 누웠고, 신랑은 신부 앉디리 쇠에에 기어 들어간 것, 그리고 신랑은 신부 네 위에 엎드려라"고 한다. 그러자 신랑은 훔기에 따라 그대로 헸한다. 그러다 다시 신부오래비가 흥기를 불렀다. "나아갈 진자를 부를레니 나아가고, 물러날 퇴자를 부를면 물러나라"고 한다. 그리고는 "진, 퇴, 진, 퇴, 진, 퇴..."하고 한참 한동히 부른다. 한참을 그러는데 너무 느린 신랑이 답답하다. 이제 신랑을 그러는데 너무 느린 한궁에 된다. 여주인은 장쾌에 재미를 보다 침소하고 다른 것 같 눈을 떠보니 남편이 위에서 휘겔부동하면 발 때문인 것을 눈치채고 한가지 꾀를 낸다.

한여름 날이 저물어 정눗방에 든 나그네를 중 하나가 소변이 마려워 밖에 나왔다가 알몸의 주인부부가 마룻에 있는 것을 보게 된다. 어른본 여주인의 알몸을 보고 삼갑하긴 기어들어간다. 그는 그만 육정을 참지 못하고 한궁을 튼다. 여주인은 장쾌에 재미를 보다 침소하고 다른 것 같 눈을 떠보니 남편이 아니었다. 관계를 끝내고 나그네가 나가자 여주인은 분함을 이기지 못해 남편에게 이르고 자는 남편을 깨워 그 나그네가 위기를 모면 위해 미밀에 자신의 연장에다 배를 바른다. 마침내 남편이 그 나그네의 연장을 보이려고 소리를 지르자 그는 "뱀러면 보시우, 과 사뻐고지 하는 게 아니라 내 연장은 옛날부터 유명한 연장이오. 그 로는 사람들은 거머리연이라 하고, 어느 사람은 반거걸장손이다고 하았오"나그네가 여유 있게 꽥 문은 연장을 꺼내 보이자 남편은 곧 의심을 풀게 되었으니 "내 평생에 반거갈장송은 처음 보겠네" 하더라는 것이다.

레닌기치사 직원들

고려일보 간판

1960년대 김병화 농장 소인예술단의 배우들

고려극장 간판

고려극장 창고에 보관중인 대본들　　　　　고려극장 공연장의 객석

한진 50회 생일에 모인 망명동료들. 왼쪽 앞줄부터 김종훈, 그 뒷줄 오른쪽으로 최국인, 리경진, 정상진. 뒷줄 왼쪽부터 안드레이[한진의 장남], 인나[리경진의 딸], 드미뜨리[한진의 차남], 잔나[이두환의 딸], 지나이다[한진의 아내], 한진, 허웅배

크즐오르다 조선극장 건물 앞에 선 조선극장 단원 일동. 앞줄 왼쪽부터 배우 진창화, 가수 김홍율, 배우 김 블라지미르, 작곡가 윤 뾰뜨르, 한 사람 건너 맨 오른쪽이 극작가 한진, 셋째 줄은 오른쪽부터 극장장 조정구, 인민배우 김진, 배우 박춘섭, 배우 리용수. 그 외에 나팔수 겸 배우 장 드미뜨리

한진의 희곡 「의부어머니」를 읽어보는 고려극장 원로극작가 채영과 레닌기치 및 고려극장의 중요한 인물들. 왼쪽 앞부터 시계 방향으로 한진, 림하[레닌기치 기자], 염사일[레닌기치 부주필], 정상진[레닌기치 기자], 리길수[고려극장 배우], 조정구[극장장], 채영[극작가], 김진 [인민배우], 한 사람 건너 연성용[극작개][1964년]

아 리 랑

전설, 전일막

제 일 장

등장인물들:

1. 리랑 — 농민 폭동에 가입한 사람.
2. 성부 — 리랑의 부인.
3. 농민 — 리랑의 동지.
4. 배가 — 지주의 아들.
5. 땅방울 — 배가의 하인.
6. 현겁막대 — 배가의 하인.

사건의 진행은 십칠 세기, 강원도의 한 고을.

(관남 성에 불이 꺼지자 음악은 극의 내용을 속개하는 곡조로서 반주 할 때에 무대 회장이 열란다. 그러면 무대에 간막회장이 보이는데 거기에는 "아리랑" 이라고 글자 새이 씨씌었으며 그곁에는 록화로 된 참대가 나타난다. 그 앞에는 리랑과 성부가 서서 논농부가를 먹이는데 무대뒤에서 농부들이 후렴을 받는다. 무대에 불빛은 푸른 밤빛이다.)

리랑 ⎫ — 어바라 농부야 말 들어라
성부 ⎭   엘화 농부야 말들어라
         일락 서산에 해떠러지고 +2 kg
         월출 동영에 달솟아온다.

농부들 — 어여라 상사뒤요
         어넘넘 상사뒤요

농민 — (등장하여 리랑을 보러나) 이랑이 밭골에 있는 것을 찾었지요. 우리들의 준비는 다 되엇어요.

태장춘 희곡 아리랑

19

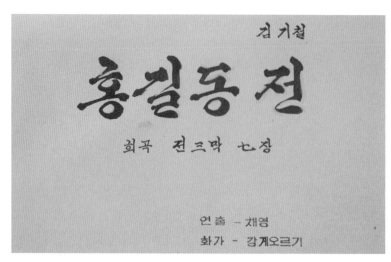

고려인 극작가 김기철의 극본-홍길동전

알마틔에서 출간된 작품집들[일부]

백규 연구실에서 한진의 손녀 한율리아와 월곡고려인문화관 김병학 관장

벨라루스 고려인협회에서 만난 고려인 문화인들

우즈베키스탄 작가 블라지미르 김 선생의 강연을 마치고

카자흐스탄 이 스따니슬라브 시인의 특강

1

우리 땅, 우리 민족, 우리 문학

해외 한인문학의 존재와 당위

Ⅰ. 시작하는 말

해외 한인문학1)의 존재에 대한 인식은 한국문학사의 통념을 바꾸게
될 기틀을 마련했다는 점에서 획기적인 일이다. 해외 한인문학이 모습
을 드러냄으로써 범주나 주체, 주제의식의 면에서 한국문학이 지녀오
던 공고한 관습성을 탈피하고 인식 상의 지평을 넓힐 계기를 맞은 것
이다. 대부분의 선학들은 해외 한인문학을 우리 문학의 영역에 포함시
킬 때가 되었음을 이구동성으로 강조하고 있는데,2) 그런 주장들은 해
외 한인문학을 통하여 우리 민족문학의 폭과 깊이를 대폭 확장해야
할 시점에 도달했음을 확인시켜주는 일이기도 하다.

---

1) 논자에 따라 '해외 동포문학', '이민문학', '재외(해외) 한인문학' 등으로 쓰기
   도 하나, '동포문학'은 지나치게 자아를 강조하는 말이고[우리나라 외교통상
   부에서는 공식적으로 '재외동포'라는 명칭을 사용하고 있다.] '이민문학'은 한
   인들의 출향이나 출국이 타율적인 일이었음에도 자율적인 면을 주로 부각시
   킨다는 점에서 그리 타당치 않다. 뿐만 아니라 '이민'은 '해외의 각 지역에
   거주하는 한인'이라는 뜻으로 구체화될 수도 있다. 따라서 잠정적이긴 하나
   본서의 대상을 '해외 한인문학'으로 부르고자 한다.
2) 본서 말미 참고문헌의 김종회(2004), 이한창(1990), 정수자(2006), 정덕준
   (2006) 등 참조.

무엇보다도 민족적 삶의 현실에 대한 다양한 체험과 복합적 시선으로 자신들의 삶을 말하고, 민족 전체의 지향점을 암시하는 해외 한인 문학이야말로 시대의 변화에 부응하여 한국문학도 객관적 자기인식을 바탕으로 변화해야 한다는 당위성을 깨우쳐 주기 때문이다. 우선적으로 챙겼어야 할 민족문학의 한 부분을 세계문학 혹은 이민지 중심부 문학3)의 한 구석에 방치해 왔다는 자기 반성적 인식이 선행되어야 하는 이유도 그 점에 있다.

이제 주변부 문학으로 소외되어온 한인문학의 성격을 살펴보고, 이들을 한국문학과 같은 범주에 흔쾌히 소속시킬 방도는 없는지 생각해 보아야 할 때다. '한민족문학'의 탈식민주의적 인식은 그 지점에서 비로소 시작될 수 있다고 보기 때문이다. 사실 그동안 세계 곳곳에 분산되어 자아 정체성 확립을 위해 노력해온 해외 한인들의 문학 유산을 우리 문학의 품으로 끌어들여 '한민족문학'으로 통합하고, 기존의 한국문학보다 큰 범주로 정위(定位)시키는 문제는 지금의 국문학계가 수행해야 할 긴요한 과제가 아닐 수 없다. 이 글에서는 이런 점을 염두에 두고 해외 한인문학의 성격을 탈식민과 언어라는 두 축을 바탕으로 살펴본 다음, 그것과 모국 문학을 아우르는 범주로서 '한민족문학' 수립의 당위성을 제시하고자 한다.4)

---

3) 영미문화권, 일본어 문화권, 중국어 문화권, 구소련 문화권 등 어느 지역을 막론하고 그간 한인문학은 주변문학으로 존속되어 온 것이 사실이다.

4) 해외 한인들의 디아스포라는 지역이나 시기에 따라 다르고, 그들이 속한 주변부나 주류사회인 중심부도 지역에 따라 다르다. 이런 상황을 감안할 때 해외 한인들의 상황이나 문학의 성격을 일률적으로 규정할 수는 없을 것이다. 그렇다고 각각의 경우에 맞는 논리들을 하나의 담론으로 집약시키는 일도 쉽지는 않다. 본서에서는 단순화와 보편화의 위험을 무릅쓰면서 해외 한인문학의 대체적인 경향을 언급하는 것으로 만족하고자 한다.

II. 해외 한인문학과 탈식민, 그리고 언어의 문제

제국주의의 발호와 그로 인해 초래된 식민 상황은 19세기부터 20세기에 걸쳐 세계를 지배했으나, 20세기 후반에 이르러 일반화된 탈식민의 바람은 그러한 구질서를 크게 흔들어 놓았다.[5] '우리 사회가 식민이냐 탈식민이냐'를 따지는 것은 관점에 따라 다를 수 있고, 또 한국문학의 개념이나 범주를 재설정하는데 그 문제가 그리 중요치 않다고 볼 수도 있다. 그러나 20세기후반에 이르러 국문학계가 거둔 개가들 가운데 가장 큰 것으로 '해외 한인문학'의 존재를 인식한 점과 그 존재론적 근거나 본질 파악에 착수하게 된 점을 꼽을 수 있다면,[6] 그러한 인식의 출현은 탈식민 혹은 탈영토의 복합문화적 조류가 초래한 긍정적 변화의 일단으로 보고 그 지점에서 새로운 의미를 찾아 나가야 할 것이다. 타자나 주변부의 존재가 제대로 평가되는 시점, 다시 말하여 그간 타자나 주변부로 살아온 해외 한인들도 제대로 평가를 받을 시점에 도달했기 때문이다.[7] 한동안 분명히 이민지 주류사회, 즉

---

5) 탈식민에 대한 구체적인 논의는 참고문헌의 B. Ashcroft,·G. Griffiths·H. Tiffin(1998), 호미바바(2002), 피터 차일즈·패트릭 윌리엄즈(2004), 가야트리 스피박(2005), 고부응(2004) 등 참조.

6) 그간 재미한인문학, 중국 조선족 문학, 재일 한국인 문학, 구 소련 고려인 문학 등에 관한 연구업적들이 상당수 출현했다. 물론 현재 문학작품이나 창작활동의 양상에 대한 조사 단계를 벗어나지 못했으므로 속단할 수는 없지만, 정치한 논리와 분석을 보여주는 논저들도 꽤 찾아볼 수 있다. 해외 한인문학의 의미를 제대로 읽어내기 위해서는 예술적 형상화의 수준보다는 작품들이 갖고 있는 역사적 의미 분석이 선행되어야 할 것이다.

7) 미국 문단에서 비주류인 아프리카계 미국인 토니 모리슨(1993/Song of Solomon) 이 노벨문학상을 받은 사실이나 일본 문단에서 재일 한국인인 李恢成[1972년/『砧をうつ女』], 李良枝[1989/『由熙』], 柳美里[1997/『家族シネマ』]

중심부의 외곽에 자리 잡고 있던 해외 한인들의 문학이 민족적 정체성을 추구하는 작금의 현상도 민족담론과 결부된 '탈식민'의 새로운 징후라 할 수 있다. 뿐만 아니라 그러한 '주변부의 상승과 등장'은 중심부의 각성을 촉구하는 계기로 작용한 것도 사실이다.[8]

이민지의 주류문학과 한인문학은 중심부와 주변부로 대응한다. 마찬가지로 한국문학과 해외 한인문학도 중심부와 주변부로 대응한다. 지금까지 해외 한인문학은 이민지와 모국 모두로부터의 '중복되는 주변성'으로 철저히 소외되어온 셈이다. 그러나 시대는 바뀌었고, 시선의 방향 또한 해외 한인문학의 입장에서 이민지의 주류문학이나 한국문학을 보는 쪽으로 바뀌어야 한다는 당위적 요구에 직면하게 되었다. 이러한 변화를 통해 궁극적으로 '문화적 혼종성'이나 복합성을 인정하는 방향으로 자리매김 될 수 있을 것이다.

일본, 연변, 중앙아시아, 미국 등지에 산재한 동포들을 포괄하는 탈영토화된 우리의 민족문화란 필연적으로 복합문화적일 수밖에 없다.[9] 해외의 한인들은 이미 해당 지역들의 주류문화에 접변되거나 동화되어 점점 민족의 정체성을 상실해가고 있다. 말하자면 '탈영토화된' 민족문화나 정서를 감안할 때 그들이 산출한 문학의 내용이나 분위기

등이 아쿠다카와상(芥川賞)을 받은 사실들은 미약하나마 제국주의의 중심부에서 불고 있는 변화의 조짐을 암시한다고 할 수 있다.

8) 각국의 한인 커뮤니티에 대한 주류사회의 눈초리가 최근 따스해진 것도 이런 시대의 변화가 반영된 결과라 할 수 있다. 물론 그 점에는 중심부가 그렇게 할 수밖에 없는 정치적 이유도 있을 것이고, 한인들의 모국인 대한민국의 국세가 신장된 이유도 있을 것이다. 그러나 아무리 그렇더라도 중심부와 대한민국의 자세를 변화시킨 근본요인을 탈식민의 세계조류 밖에서 찾을 수는 없다.

9) 태혜숙, 한국 지식인의 탈 식민성과 미국문화, http://cafe.naver.com/gaury/15125.

역시 혼합적이거나 겹칠 수밖에 없다는 것이다. 원래 탈식민적인 글쓰기는 영국이나 북미의 유색인종 작가들 즉 소수자들의 문학을 지칭하는 말이었다.[10] 그러니 식민 지배를 벗어난 우리 문학은 더 이상 식민의 문학일 수 없으며, 이민지의 해외 한인문학도 더 이상 주변부의 문학이 아니라는 인식 또한 새로운 시대의 문학관으로 받아들일 필요가 있다.[11] 제국주의적 통제가 사라진 것은 아니지만, 우리 문학이나 해외 한인문학은 절대적 가치를 토대로 독자적 문학으로서의 당당한 자기 목소리를 가져야 한다는 것이다. 물론 중국·일본·구소련 등 특정한 지역의 특정한 시기를 제외할 경우 이민자들에게 동화(同化)를 강요하는 등의 정치적 횡포를 부린 지역은 흔치 않다. 그러나 상당기간 주류사회가 중심부로 군림해온 이상 해외 한인들로서도 중심부에 가까워지려는 노력을 기울이지 않을 수 없었다. 그들이 '거의 동일하지만 똑 같지는 않은 차이의 주체로서' 개명된 인식 가능한 타자를 지향하는 열망, 즉 '식민지적 모방'[12]을 시도하는 것은 당연한 일이다. 현지어로의 작품 활동을 통해 중심부에 들어가려는 노력을 기울이면서도 내용상으로는 민족의 정체성을 추구하는 것이 일종의 '모방의 양가성'으로 해석될 수도 있다는 것이다.[13] 식민 지배를 벗어나려는 노력은 곧 민족 정체성을 확보하려는 노력이기 때문이다.

---

10) 피터 차일즈·패트릭 윌리엄즈, 김문환 옮김, 『탈식민주의 이론』, 문예출판사, 2004, 54쪽.
11) 물론 식민시대는 끝났으나, 제국주의가 아직도 남아서 개별 민족문학들에 관여하는 현실도 부인할 수는 없다.
12) 호미 바바, 나병철 옮김, 『문화의 위치-탈식민주의의 문화이론』, 소명, 2002, 178쪽.
13) 박상기, 「탈식민주의의 양가성과 혼성성」, 『비평과 이론』 6, 한국비평이론학회, 2001, 90쪽.

그간 해외 한인들은 생존의 극한상황을 경험해오면서 자기 존재나 정체성 확인의 절실한 필요에 의해 문학창작을 지속해 왔으며, 국내의 우리 자신들도 그러한 해외 한인들의 존재나 상황을 깨달음으로써 비로소 그들이 산출해낸 문학작품의 의미를 새롭게 관조할 만한 내면적 여유를 갖게 되었다. '한국인이 한국어로 쓴 창작문학'만이 한국문학이라는 협소한 생각으로부터 구비문학과 한문학은 물론 현대문학을 연구대상으로 삼아야 한다는 열린 견해에 이르기까지 한국문학에 대한 학계의 관점은 긍정적으로 변화되어 왔으며, 그런 변화된 의식을 바탕으로 최근에는 그 대상을 만주나 북간도, 미주의 한인문학으로까지 확대시키는, 보다 진전된 모습을 보여주기도 한다. 이런 생각을 바탕으로 할 때 '한국문학'이란 협소한 국가 차원의 개념을 초월하여 '한민족문학'이란 상위범주의 설정으로 접근할 수 있게 되는 것이다.

현재까지 한국문학 연구사는 1세기 가까이 이어져 오고 있다. 그간 모색된 변화들 가운데 가장 의미 있는 것은 한국문학의 저변을 넓힌 일이고, 해외 한인들의 문학을 한국문학의 한 분야로 수용할 만한 인식 상의 여건을 마련했다는 점 등인데, 그것들은 한국문학의 한 갈래로 구비문학이나 한문학을 정위(定位)시킨 일 못지않게 중요하다. 한국문학사의 서술에서 얻은 원리와 밝힌 사실이 동아시아 문학사와 세계문학사의 새로운 이해와 서술에 기여한다는 담론과 실적들이 이미 출현했지만,[14] 세계문학의 개념이 쉽게 파악하기 어려울 만큼 거대하고 관념상으로든 실제상으로든 세계문학과 한국문학의 거리가 지나치게 멀다는 점에서 양자 간의 관계는 더 깊은 논의를 필요로 한다.

사실 지금까지의 관점으로는 한국문학의 객관적 위상 파악이 쉽지

---

14) 참고문헌의 조동일(1999/2002/2005:3) 참조.

않았다. 이런 상황에서 해외 한인문학의 존재는 한국문학 혹은 한민족 문학의 현실적 위치를 보여줄 가늠자로서 긴요한 의미를 지닌다. 분명 해외 한인문학은 그들이 활동하는 현지의 문학에 대하여 주변부의 입장을 벗어나지 못했고, 같은 언어를 사용하는 고국의 문학에 대해서도 주변부의 처지를 면하지 못했다. 이민 현지의 주류 문인들뿐만 아니라 국내의 문인들도 해외 한인문학의 존재를 인식하지 못하고 있거나 그 담당자들을 주변적인 존재로 인식하고 있을 가능성이 크기 때문이다. 현지에서 주류사회에의 접근을 어렵게 하는 언어의 장벽과 함께 해외 한인들이 역사적으로 주류사회에 대하여 갖고 있는 일종의 피해의식을 그 주된 이유로 꼽을 수 있을 것이다.

이것과 약간 다른 경우로 예컨대 구소련 고려인들 사이에서 발견할 수 있는 '모국어[15]인 고려 말 상실'의 사례 또한 해외 한인들의 언어 문제를 살피는데 유용하다. 그들에게는 생존을 위해 주류세력에 동화 되는 길밖에 없었으며, 현실적으로 '더 이상 쓸모없는 모국어'를 버리 고 러시아어를 배울 절실한 필요가 있었다. 그와 함께 구소련 체제가 붕괴되고 새로운 공화국들이 등장하면서 강화된 자민족 중심 정책은 고려인들에게 모국어의 포기와 새로운 체제에 대한 적응이라는 또 다 른 과제를 안겨 주기도 했다.[16]

한국어는 해외 한인들이나 한인문학의 정체성을 보여주는 결정적 실체다. 따라서 주류사회의 언어와 극명하게 구분되는 한국어로 주류 사회를 파고들거나 문화영토를 확장하기는 처음부터 불가능했고, 오

---

15) 예컨대 카자스흐탄의 고려인 1세 혹은 2세에게 한국어는 모어이자 모국어이 나, 3세 이하에게는 러시아어[혹은 카자흐스탄어]가 모어, 한국어가 모국어인 셈이다.

16) 전성호, 『중국 조선족 문학 예술사 연구』, 이회, 1997, 31쪽.

히려 그러한 언어적 차이야말로 한인사회에 대한 주류사회의 편견을 고착시키는 데 일조한 것으로 보인다. 뿐만 아니라 탈향의 시점부터 변화를 겪지 못한 채 고정되어온 해외 한인들의 한국어는 부단히 변해온 중심부, 즉 모국의 언어사회에 대해서도 주변적 위치를 벗어나지 못하고 있는 것이 사실이다. 언어의 한계는 문학 표현상의 한계와 직접적으로 연결된다. 그들 문학이 성취한 미학적 세련성 여부가 최우선적인 문제로 다루어질 수는 없는 것도 그 때문이다.

　해외 한인들이 겪어온 정체성의 위기나 그들 문학의 탈식민적 성격은 결정적으로 언어의 문제에서 찾을 수 있다. 그 점을 설명해줄 수 있는 좋은 사례가 이창래의 『네이티브 스피커(Native Speaker)』[17]다. 기존 연구들은 이 작품에서 스파이인 주인공 '나'의 삶을 '엿보기'로 설명하기도 하고,[18] 탐정소설적 구조와 기법을 동원한 작품으로 설명하기도 하며,[19] 기존의 네이티브 스피커들과 새로이 그 대열에 합류하려는 자들 혹은 어느 관계망 속에서는 네이티브 스피커이면서 또 다른 관계망 속에서는 네이티브 스피커가 아닌 사람들의 이야기, 자본주의의 거대한 체제 아래 다면적인 정체성을 지니고 사는 현대인들의 모습이 뉴욕 이민자 사회를 통해 재현되는 이야기[20]로 설명하기도 한다. 그러나 이 작품을 지탱하는 몇 가지 이야기의 축들 가운데 가장 흥미로운 것은 '주류사회와 언어'의 문제이고, 그 점은 이민사회 공통

---

17) 이창래, 현준만 역, 『네이티브 스피커①·②』, 미래사, 1995.
18) 왕철, 「『네이티브 스피커』에서의 엿보기의 의미」, 『현대영미소설』 3, 현대영미소설학회, 1996, 26-27쪽.
19) 유선모, 『한국계 미국 작가론』, 신아사, 2004, 163쪽.
20) 김미영, 「『네이티브 스피커』를 통해 본 우리 시대 본격소설의 가능성」, 『문학수첩』 3(3)/가을호, 2005, 407쪽.

의 문제이자 문학행위나 문학작품의 정체성을 보여주는 결정적 담론이기도 하다.21)

작품 중의 소재나 언급들 가운데 언어와 관련하여 주목할 만한 것으로 '바벨탑'22)을 들 수 있다. 주인공은 로마와 뉴욕에 이어 로스앤젤레스를 마지막 바벨탑이라 했는데, 그 경우 바벨탑은 주류와 비주류의 언어 구사자들이 섞여 사는 공동체를 의미한다. 제1의 바벨탑인 로마의 시민들은 식민지 주민들, 즉 대사나 연인, 군인, 노예 등과 섞여 살았다. '이 찬란한 도시에 입성하려면'['주류사회에 끼어들려면'] 그들은 구세계의 말을 버리고 라틴어를 구사해야 했다. 마찬가지 논리로 뉴욕의 주류 시민이 되기 위해서는 영어를 '모국어처럼' 구사해야 했다.23)

21) 사실 해방 전 미주 이민 1세대이자 영어로 소설을 발표한 강용흘 이래 미주 지역 한인작가들은 작품을 통해 언어의 문제를 꾸준히 부각시켜 왔다. 피부색과 함께 영어는 언제나 이민들을 주류사회의 주변에 머물게 했는데, 정도의 차이는 있지만 1.5세대인 이창래에 이르러서도 그런 현실은 크게 나아지지 않은 듯하다. 물론 이창래 자신은 영어를 모국어 이상으로 잘 구사하고 있지만, 영어와 관련하여 그가 목격했을 부모 세대 이민자들의 어려움은 외면하기 어려웠을 것이다. 피부색과 영어로 인해 이민자들이 당한 소외는 정체성의 혼란을 심화시킨 본질적인 문제였다. 그런 점에서 예컨대 카자흐스탄을 비롯한 CIS 지역의 경우는 미국과 다른 모습을 보여준다. 현재 이 지역의 고려인들 가운데 한국어로 소통할 수 있는 비율은 극히 미미한데, 한국어가 현실적으로 '쓸모 없다'는 인식 때문이라고 한다.[전성호, 앞의 책, 같은 곳 참조.]
22) 이창래, 『네이티브 스피커①』, 99쪽.

원래 노예는 독립적 인격체로서의 자아 정체성을 가질 수 없는 존재다. 그런데 신세계 뉴욕은 주류사회의 말과 문화, 사고방식에 복종하기를 요구한다. 마치 로마시대의 노예가 로마시민의 말과 문화, 사고방식에 따랐던 것처럼 뉴욕의 한인 역시 그래야 했다. 그러나 현실은 언어장벽과 그로 인한 소통 부재의 공간인 바벨탑 그 자체였다. 주류사회의 오만과 이민자들의 열등의식이 혼합되어 형성된 장벽이 바로 그것이었다.[24]

주인공인 '나'가 영어 교사인 아내 릴리아를 만나면서 빠지는 심한 언어 콤플렉스는 주류사회에 대한 이민자들의 집단적 콤플렉스를 대변한다. 재미한인들이 현지에서 겪을 수밖에 없는 자아 정체성의 혼란이야말로 이민자들의 모국어와 신세계 주류사회의 말[즉 '완벽한 영어'] 사이의 충돌에 관한 경험담의 본질적 문제들 가운데 가장 중요한 것이다. 이 작품은 언어라는 하나의 요소를 통해 자아 정체성을 확인하려 분투하는 이민자들의 삶을 극적으로 보여주기 때문이다. 어린 시절 몇몇 언어장애 아동들과 함께 특별반에서 과외교습을 받은 주인공은 그 아이들을 '정신적으로 약간 모자란 아이들, 말을 더듬거리고, 언제 무슨 행동을 저지를지 모르고, 바지에 오줌을 지리기도 하고, 말을 제대로 못하는 낙오자들'[25]로 표현하고 있는데, 그야말로 지독한 자기

23) 이 말로부터 '중심부의 문학으로 인정받으려면 완벽한 중심부의 언어로 작품을 써야 한다'는 논리가 도출된다. 해외 한인 작가들이 늘 시달려 온 문제들 가운데 하나가 정체성의 징표인 언어 구사의 완벽성에 있었다면, 이창래는 그 점을 제대로 포착하여 작품화시키는데 성공했다고 할 수 있다.

24) 조규익, 「바벨탑에서의 自我 찾기」, 『어문연구』 34(2), 한국어문교육연구회, 2006, 165-166쪽.

25) 이창래, 『네이티브 스피커①』, 96쪽.

모멸감의 표출인 셈이었다.

　이처럼 어려서부터 이중적인 언어세계 속에서 자란 주인공은 피부색과 함께 영어를 제대로 구사하지 못하는 이민 1세대[부모]로부터 말에 대한 콤플렉스를 물려받았다. 한국어를 사용하는 내부 공간으로서의 가정과 영어를 사용하는 외부 공간으로서의 사회를 왕래하는 주인공이 처음부터 혼란을 겪게 된 것은 피할 수 없는 운명이었고, 이 점은 모든 이민자들에게 공통적인 현상이었다. 자연스럽게 작품 주제의 중심축은 '주류사회와 언어'의 문제였고, 영어를 모국어로 구사하는 계층만이 주류사회의 일원으로 행세하는 미국에서 한인들은 여타 세계의 이민자들과 함께 주변인일 따름이라는 것이 그 구체적인 설명이다. 즉 지배와 피지배, 혹은 식민과 피식민의 관계를 바탕으로 조성된 차별상의 극명한 모습이다.

　이 작품은 이민자들의 현실을 작품화한 것이다.[26] 그러니 소재적인 측면에서 작품의 골자는 이민자들의 삶이고, 구체적인 사건들과 내용의 축은 그에 대한 작가의 해석이다. 그러면서도 이 작품이 단순한 소설로만 읽힐 수 없는 것은 소재와 해석 모두 어느 지역의 이민자들이나 공감할 수 있는 보편성을 지니고 있기 때문이다. 작품의 무대를 미국 아닌 일본이나 중국, 러시아, CIS지역으로 옮겨도 이런 소재의 선택과 해석이 들어맞을 만큼 이민자들에게 언어는 생존의 문제 그 자체다.[27]

---

26) 이창래, 위의 책, 5쪽.

27) 소수민족의 언어나 문학을 인정해온 중국 조선족의 경우는 이런 점에서 비교적 자유로웠다고 할 수 있다. 그러나 "1945년부터 비로소 한반도 본국으로부터 고립되어 '중국문학'이라는 낯선 '다수적 문학'의 운명을 받아들여야 했던 재중교포문학이 본토문학과의 관계가 태생적이며 운명적인, 대단히 자연스러

사실 타율적이든 자율적이든 '남의 땅에 새로 뿌리를 내리는 일'이 이민인 만큼, 그것에는 '지배와 종속' 혹은 '식민과 피식민'이라는 역사적이면서도 사회적인 원리가 필수적으로 수반된다. '제 땅에서 살 수 없어 도망치다시피' 떠난 존재들이 이민자라고 할 때, 제국주의에 의한 식민지배의 논리는 그들의 삶을 이해하기 위한 해석 틀일 수 있다. 따라서 무엇보다도 중요한 것이 이민지 중심부의 언어가 갖고 있는 제국주의적 성격이고, 이 점은 이민자들의 사회적 지위나 문학을 규정하는 결정적 요인이기도 하다. 필립슨이 주장한 바와 같이 "영어와 다른 언어 사이의 구조적·문화적 불평등의 구축과 끊임없는 재구축에 의해서, 영어의 지배가 굳건해지고 보지(保持)되는 것"이 언어 제국주의라면,[28] 해외 한인들이나 한인문학은 근본적인 면에서 중심부 언어권[혹은 '제대로 된 중심부 언어권'] 바깥의 주변적 존재들일 수밖에 없다.[29]

『네이티브 스피커』에 그려진 바와 같이 '언어 차별주의'가 내재해 있는 한 언어 제국주의는 없어지지 않을 것이고, 한국어로 쓰였거나 '제대로 된 영어'로 쓰이지 못한 작품들이 중심부의 문학으로 대접 받

운 관계였다면 중국문학과의 관계는 인위적으로 새로이 건립해나가야만 했던, 다수적 문학의 압도적이면서 때로는 폭력적인 세례와 맞닥뜨려야만 했던 관계였다."는 설명[이영구, 「소수적 문학으로서의 재중 교포문학」, 『中國學研究』 28, 중국학연구회, 1984, 313쪽]은 중국의 조선족이 문학에서 누려온 재량에도 한계가 있었음을 잘 보여준다.

28) 미우라 노부타카·가스야 게이스케, 이연숙·고영진·조태린 옮김, 『언어제국주의란 무엇인가』, 돌베개, 2005, 371쪽.

29) 언어에만 국한할 경우 '주변적 존재들'이란 이민 1세나 2세들을 말한다. 특별한 이유가 없는 한 이민지의 공적인 교육체계 속에서 자라날 3세 이후는 언어의 주변성을 경험할 이유가 없다.

지 못하리라는 점 또한 자명하다. 『네이티브 스피커』의 막바지에 주인공이 '안으로 달려 들어가 거울을 들여다 본 것'은 그가 존경하던 존 쾅의 몰락이 사회적으로 확인되던 그 고독한 순간에 '진정 나는 누구인가'를 깨닫고 싶었기 때문이었다. 그러나 그곳엔 영어가 서툴러 주변 사람들에게 놀림을 받던 소년 시절 자신의 모습만 비치고 있었다. 미국 주류사회에 동화되고자 하던 그의 꿈을 실현하지 못했음을 확인하게 된 것이다. 그러나 그것은 '또 다른 무엇으로 바뀔 수 없는' 존재의 절대성을 의미하는 일이었다. 그것이 바로 그의 정체성이었다. 한국인의 범주를 벗어날 수 없는 자신의 운명을 비로소 깨달은 것이었다. 그것은 존 쾅이 별로 힘들이지 않고 '한국인 노릇'과 '미국인 노릇'을 해왔다는 지적과 상통한다. '노릇'이란 말은 '흉내'란 의미를 내포하고 있다.30) 한국인과 미국인 흉내를 내왔다는 것은 그가 본질적으로 한국인이지만 미국인은 아니었음을 뜻한다.31)

작품의 말미에 주인공의 시선은 아내 릴리아에 맞추어진다. 유로 아메리칸으로서 주류사회의 구성원이 되기에 손색없는 그녀가 차별 받는 이민자의 자녀들을 상대로 '정확하게' '정성들여' '까다롭기만 한 그들의 이름을 열두 가지가 넘는 모국어로 불러주는' 광경에서 주인공은 감동을 받고 깨달음을 얻게 된다. 비로소 주인공과 이민자들은 소수민족으로서 미국인이 된 자신들의 정체성을 깨닫게 되었다. 알아들을 수 없을 만큼 많은 말들이 난무하는 바벨탑에서 비로소 자신들의

---

30) 호미 바바는 자신의 이론에서 '잡종성(hybridity), 양가성(ambivalence), 흉내내기(mimicry)' 등을 들었다.[호미바바, 앞의 책, 177쪽 참조.] 식민체제가 식민지 백성을 만들어내고 종속·순화시키는 과정에서 그들을 완전히 식민체제 내로 끌어들일 수 없다는 사실을 여러 식민담론을 통해 밝혀낸 것이다.
31) 조규익, 앞의 논문, 176쪽.

모국어로 자신들이 거명되는 환희를 맛보게 되었다.32) 말하자면 두 문화 간 협상과 중재를 통한 융화의 중요성을 강조한 것이다.33) 그러나역으로 생각하면 주인공은 자신이 미국인임을 확인했지만, 언제까지나 소수자를 면할 수 없다는 점도 인정한 것으로 보는 게 타당하다. 다수자가 중심부라면 소수자는 주변부이고, 주변부는 중심부에 의해지배를 받을 수밖에 없다는 점을 이 작품은 암시한다. 말하자면 한국인도 아니고 미국인도 아닌 경계자적 자아에서 소수자로나마 미국인임을 인정받게 되었다는 것인데, 이것을 충돌하는 두 세력[혹은 문화]간의 융화로 볼 수는 있지만, 그렇다고 지배와 피지배의 구조로부터자유로워지는 것은 아니고 완벽하게 '탈식민'의 경지로 나아가는 것도아니다. 비록 극적인 깨달음으로 작품이 마무리되긴 했으나, 주인공은소수자로 고착된 자신의 사회적 위치를 인정하지 않을 수 없게 된 것이다.

사실 미국을 비롯한 이민지의 주류사회가 지니고 있는 식민주의적시선은 피식민자(혹은 이주민)에게 오리엔탈리즘적 정체성을 부여하려 한다. 그러나 피식민자의 진정한 정체성은 그런 시선에 의해 결코'보여질 수 없으며', '실종된 인격'이나 '탈락된 정체성'으로 남는다.34)대개의 경우 피식민자는 모방, 즉 식민자의 문명을 받아들여 흉내내려시도하게 되는 것이다. 모방의 양가성[거의 동일하지만 아주 똑같지는않음]은 물신화된 식민지 문화가 잠재적이고 전략적으로 반란적인 항의를 포함하고 있음을 암시한다.35) 뿐만 아니라 양가성이나 혼성성이

32) 조규익, 위의 논문, 177쪽.
33) 정덕준, 「재외 한인문학과 한국문학-연구방향과 과제를 중심으로」, 『한국문학이론과 비평』 32, 한국문학이론과 비평학회, 2006, 28쪽.
34) 호미 바바, 앞의 책, 16쪽.

발휘되는 순간은 피식민자로 규정되는 이주민을 서구의 상징계 안에 감금하려는 권력으로부터 벗어나는 순간이기도 하다. 말하자면 그 과정에서 이민지의 주류사회와 주인공이 속해있는 주변사회는 지배와 피지배의 관계를 역전시킴으로써 주인공인 '나'로 하여금 주류사회에 저항하면서도 주류와 주변을 모두 타자로 포함하는, 지나치게 배타적이지 않은 주체적인 자리를 확보하게 되는 것이다. 필자는 언어라는 한 축만을 보았지만, 해외의 한인들이 주류사회와의 갈등을 통해 새로운 자리를 잡게 된 점은 이 작품의 주인공이 대표하는 해외 한인들의 바람직한 입장을 대변했다고 보아야 한다. 바로 이 지점에서 탈식민의 가능성도 점쳐진다고 할 수 있다.

호미 바바의 이른바 '혼성성'은 사실 이민지의 주류사회가 행사해온 권력적 속성을 살피게 하는 일종의 지배논리의 범주에 속해있는 문화 양상을 지칭할 수 있고, 그러한 혼성성은 탈식민 문화를 바라보는 유용한 관점이기도 하다. 혼성성이야말로 식민지 권력, 그 변환의 힘과 고착성에 포함된 생산성의 기호[36]이기 때문이다.

이 논리를 문학으로 전위(轉位)시키거나 다른 지역의 한인들에게 적용시켜도 결론은 마찬가지다. 동양적인 마스크에 '형편없는 언어 구사자'[37]인 주인공의 단계를 문학으로 치자면, 해당 지역 주류사회의 언어로 쓰이긴 했으나 주류문학으로 편입되기 어려운, '어정쩡한 모습'을 지칭한다. '소수자의 입장에서 주류의 언어로 주류가 보여주는 부정적 행태를 꾸짖어준' 것이나 '소수자의 입장에서 주류의 언어로

---

35) 호미 바바, 위의 책, 189쪽.

36) 호미 바바, 앞의 책, 225쪽.

37) 이창래, 『네이티브 스피커①』, 13-14쪽.

38 Chapter 1 우리 땅, 우리 민족, 우리 문학

소수자 자신의 이야기를 하는' 것 모두 탈식민의 기본 취지를 충실히 구현한 경우들이다. 사실 주류사회의 강한 힘과 그에 대한 이민자들의 선망은 주류사회로부터 가해지는 동화나 복종의 강요일 수 있다. 여기서 간과할 수 없는 것이 '거의 동일하지만 아주 똑같지는 않은 차이의 주체로서 개명된[reformed] 인식 가능한 타자 지향의 열망', 즉 식민지적 모방이다.38) '닮는 것인 동시에 위협이기도 한'39) 모방의 양가성은 이민지의 어느 곳에서나 나타나는 주변인들의 삶의 방식이다. 주류사회로의 동화를 직접적으로나 물리적으로 강요하든 하지 않든 이민지의 주변인들은 동화[언어 혹은 삶의 방식 등]에의 강박증을 가질 수밖에 없으며, 동화를 시도하는 경우에도 '어설픔'으로 인한 자기모멸의 응징을 피할 수 없는 것이다. 이 작품의 주인공 '나'가 마지막에 깨달은 자신의 모습은 이민지의 주변인들이 원하는 행복한 종착역일 것이다.

지나치게 민족적 정체성의 확인에 집착하지만 않는다면, 소수자들이 소수자의 언어로 자신들의 이야기를 펼치는 것을 소중하게 생각하는 것 또한 이론의 여지가 없는 탈식민의 관점이다. 여기서 우리는 이런 해외 한인들의 문학을 어떻게 대우해야 하는가의 문제에 봉착하게 된다. 소수자의 이야기를 펼치고 있는 한 그것은 소수의 문학이자 주변적 문학임은 물론이다. 소수자가 주류사회의 언어로 작품을 쓴 경우는 그럭저럭 현지 문학에 포함될 수는 있을 것이나, 아무리 탈식민의 관점에 선다 해도 소수자의 언어로 창작되는 문학까지 그들의 문단에 포함시킬 방도는 없다. 후자의 경우 일단 우리 문학의 범주로 수용하

---

38) 호미 바바, 앞의 책, 178쪽.
39) 호미 바바, 위의 책, 180쪽.

는 것은 당연하고, 전자의 경우도 소수자인 우리의 목소리로 우리의 이야기를 하고 있는 한 넓은 범위의 우리 문학으로 받아들이는 게 당연한 일이다.

탈국가, 탈민족, 탈이념, 탈중심적 세계관을 토대로 하고 있는 재일코리언 문학의 다양성과 변용을 언급하면서 세계문학으로서의 가치를 이끌어내는 동시에 보편적 가치를 확장시키는 계기로 작용할 것이라고 확신하는 견해40)도 탈식민의 연장선에서 이해될 수 있으며, 이 점에 대해서는 여타 지역들의 한인문학도 같은 성향을 보여준다고 할 수 있다. 이는 해방 후 중국에서 진행된 조선족 문학의 중국화와 직결되는 문제이기도 하다. 중국이 조선족 문화를 자국의 소수민족으로 편입해감으로써 한민족 문화라는 독자성을 탈취 당하는 실정을 감안하거나, 소수 언어 혹은 문화들이 급속히 소멸하는 상황에서 탈식민화에 대한 근본적인 문제를 환기한다고 볼 때,41) 민족 정체성 상실이야말로 해외 한인문학이 당면한 탈식민 시대의 문제로 거론될 수 있을 것이다.

Ⅲ. '한민족문학' 범주 설정의 필요성

'세계문학사는 인류가 하나임을 입증하는 의의를 가진다'는 대전제를 바탕으로 "민족문학사를 문명권 문학사로 통합하고, 여러 문명권의 문학사가 만나 세계문학사를 이룩한 과정을 밝혀내고, 한 걸음 더 나

---

40) 김환기, 「재일 디아스포라 문학의 형성과 분화」, 『일본학보』 74, 한국일본학회, 2008, 173-174쪽.
41) 정수자, 「문화 대혁명기 조선족 시의 탈식민주의적 성격」, 『韓中人文學硏究』 18, 한중인문학회, 2006, 100쪽.

아가 바람직한 미래상을 제시하는 작업을 수행해야 한다"고 주장하는 논자가 있다.[42] 여러 국가들이 모여 이루어진 것이 세계다. 그리고 하나에서부터 다수의 민족들이 모여서 이루어진 단위가 국가다. 단일민족 국가도 있지만, 다민족 국가가 여전히 많은 것이 오늘날 세계의 모습이다.

따라서 세계의 보편성을 말하는 것도 민족의 정체성을 말하는 것만큼이나 어렵다. 앤더슨은 민족을 '상상의 공동체'라 말하고, 민족을 상상하는 가능성 자체와 세 가지의 근본적인 문화개념들을 결부시켰다. 특정한 정본 언어[script-language]가 바로 진리와 분리할 수 없는 부분이기 때문에 존재론적 진리에 접근할 수 있는 특권을 제공한다는 개념이 하나이고, 다른 인간들과 구별되며 어떤 우주적[신성한] 형태의 섭리에 의해 통치하는 상위 중심부의 주변과 그 밑에서 사회가 자연스럽게 조직된다는 믿음이 그 둘이며, 우주관과 역사가 구별되지 않고 세계의 기원과 인간의 기원이 본질적으로 동일하다고 보는 시간의 개념이 그 셋이다.[43] 말하자면 우리는 구체적이고 뚜렷한 물증에 바탕을 두지 아니 한 채 '하나의 언어'를 사용하는 공동체를 민족이라는 개념으로 상상하기도 하고, 국가조직을 민족의 형성과 직결시키거나 인류의 출발과 민족 공동체의 출발을 동일시하기도 한다는 점이 그것이다.

『네이티브 스피커』에서 이민자들의 눈으로 이민지를 '바벨탑'으로 바라본 것은 '보편 언어'를 말할 수 없는 존재가 인간임을 강조하기 위해서다. 보편 언어가 아닌 영어나 한국어 등 특정언어를 사용하는 '언어 공동체'가 민족이라는 것이다. '상상의 공동체'에서 '상상'을 가

---

42) 조동일, 『세계문학사의 전개』, 지식산업사, 2002, 5쪽.
43) 베네딕트 앤더슨, 윤형숙 역, 『상상의 공동체』, 나남출판, 2007, 62쪽.

능하게 만드는 것은 언어이며, 민족 정체성의 확인을 가능하게 만드는 요소 또한 언어다. 하나의 집단을 민족으로 인식한다면, 그 공동체 의식의 결정적인 조건이야말로 '동일한 언어'라고 할 수 있다는 것이다.

'상상의 공동체'에서 상상을 가능하게 하는 또 하나의 요소는 중세의 순간적인 현재에 과거와 미래가 동시에 나타나는 '시간상의 동시성'이다. 이를 대체한 것이 바로 발터 벤야민의 '동질적이고 의미 없는 시간'이라 했다. 하나의 공동체가 기대고 있는 '동질적이고 의미 없는 시간'의 동시성은 시계와 달력에 의해 측정되는 시간의 우연적 일치에 의해 표시된다고 한다. 그는 18세기 유럽의 예를 들면서 신문과 소설이 민족과 같은 '상상의 공동체'를 '재현'하는 기술적 수단을 제공했다고 한다.44) 그리고 그 '상상의 공동체'란 민족의 정체성이 원래부터 존재하던 본질적 요소라기보다는 여타 민족들과의 관계, 즉 갈등이나 교섭 등을 통해 후천적으로 형성된 사회적·문화적 구성물이므로, 신생 독립국들의 정체성 역시 식민시대에 형성되었거나 강화된 그것임을 강조하고 있는 게 분명하다. 그러나 '민족성[nationality], 민족됨[nation-ness], 민족주의[nationalism]'가 특수한 종류의 문화적 조형물이라면,45) 우리의 경우 구체적인 '민족됨'의 인식은 식민시대보다 훨씬 앞으로 당겨질 수 있다. 원래 우리는 근대가 되기 오래 전부터 소규모의 국가들이 각자의 주권을 행사해온 역사를 갖고 있었다. 그렇게 단일한 언어를 사용하는 공동체가 형성되어 있었다는 점으로도 그것들이 민족의 의미나 정체성까지 손상시키지는 않는다. '역사와 단일 중앙정부, 문화·혈연·언어의 측면에서 동질성이 가장 높은 민족'이

----

44) 베네딕트 앤더슨, 앞의 책, 48쪽.
45) 베네딕트 앤더슨, 위의 책, 23쪽.

한민족인데,[46] 단일한 정체(政體)로 식민시대를 맞으면서 그런 민족의식이 강고(强固)해졌을 뿐이지, 민족 자체가 근대에 이르러 처음으로 형성되었다고 볼 수는 없다. 그만큼 단일 언어, 단일 혈통에 대한 확신의 역사는 식민 지배를 받은 다른 나라들보다 길다고 할 수 있다. 이와 관련하여 단일 혈통주의의 강한 전통을 갖고 있는 한국인들이 해외동포까지 포함해 만든 '한민족 공동체'의 개념에서 한국기업의 해외진출과 함께 성장한 팽창주의적인 암시와 무의식적인 염원을 엿보게 된다는 해석도 있다.[47]

그렇다면 한국의 민족주의는 어떻게 형성된 것일까. 한국은 자주적 근대화를 이루지 못하고 일본 제국주의의 식민 지배를 겪으면서 주권이 국민에게 있는 국민국가 형성에 실패한 만큼 '한민족 공동체'의 의식은 19세기 말, 즉 일본을 포함한 서구 제국주의의 침략의 결과물로 보아야 한다는 견해들이 지배적이다.[48] 이처럼 우리가 구체적으로 민족의 개념을 인식하게 된 것은 최근의 일이라 할 수 있겠는데, 우리가 당한 식민주의와 디아스포라는 그 직접적 동인들이다. 그리고 그러한 민족주의 담론은 일제 강점기를 거쳐 해방과 건국, 근대화를 거치면서 민족·민주·통일 등 거대담론들을 주도해온 것이 사실이다. 그런데 민족주의나 국가주의가 자칫 자기중심적 폭력성을 옹호한다는 점에서 그에 대한 반발로 탈민족주의의 조류가 강해지는 현상 또한 간과할

---

46) 박명림, 「분단시대 한국 민족주의의 이해」, 『세계의 문학』, 민음사, 1996년 여름호, 62쪽.

47) 베네딕트 앤더슨, 앞의 책, 282-283쪽.

48) 고부응[「식민 역사와 민족공동체의 형성」, 『문화과학』 13, 문화과학사, 1997, 194쪽], 장사선[「재일 한민족 문학에 나타난 내셔널리즘」, 『한국현대문학연구』 21, 한국현대문학회, 2007, 413쪽] 등의 견해 참조.

수 없다. '국수주의를 두려워 한 나머지 민족주의 자체를 경계하고 민족문화·민족문학의 이념 자체를 부인한다면, 본말을 뒤집는 꼴'이라는 백낙청의 지적은 민족주의와 세계주의가 대립적 개념이면서 어떤 면에서는 통할 수도 있다는 우리 역사나 문화적 상황의 본질을 잘 설명한 경우다. 즉 참다운 민족문학이 선진적인 세계문학이듯 식민지적 상황에서의 민족주의 역시 그것이 맞서 싸우는 상대의 국제적 성격 때문에라도 국제주의적 성격을 띨 수밖에 없다는 것이다.[49]

그간 우리가 당한 디아스포라의 역사를 네 시기[1860년대부터 한일합방이 일어난 1910년/1910년부터 1945년(한국이 일본 식민통치로부터 독립한 해)/1945년부터 1962년(남한 정부가 이민정책을 처음으로 수립한 해)/1962년부터 현재]로 나눈 사람도 있지만,[50] 사실 첫 시기 이전에도 디아스포라는 있었고, 마지막 시기 이후에도 디아스포라는 끊임없이 지속되고 있다. 그 과정에서 우리의 민족의식은 강화되었고, 그 강화된 민족의식이나 민족 정체성에 대한 확인 작업은 상당 부분 해외 한인들의 문학을 통해서 이루어져 온 것이 사실이다. 이처럼 문학사와 민족주의의 상관성에 대한 담론은 꽤 오래 전부터 학계에서 왕성한 재생산의 구조 속에 지속되어 왔고, 세계화나 탈식민의 역사가 진전될수록 그런 논의는 새로운 차원에서 발전되어갈 것이다.[51]

....

49) 백낙청, 『民族文學과 世界文學』, 창작과 비평사, 1978, 137쪽.

50) 윤인진, 『코리안 디아스포라』, 고려대 출판부, 2004, 8-10쪽.

51) 한국문학사와 민족주의의 상관성에 대한 담론은 안확의 『조선문학사』, 조윤제의 『한국문학사』에서 두드러지게 나타났고, 조동일(1988/1999a/1999b)의 작업들에서 심도 있게 논의되었으며, 차승기(2001)·김현양(2001) 등이 선학들의 견해를 비판적인 관점에서 종합하는 논의를 펼친 바 있다. 그러나 문학사 서술과 관련한 민족주의 혹은 민족문학 담론이 이 글의 핵심 논점은 아니므로, 이 문제에 대한 상론은 다른 자리로 미룬다.

    민족주의와 관련된 논의는 민족이나 국가가 처한 상황의 변화에 따라 복잡하게 전개될 수 있을 것이다. 분명 이 시대는 세계화나 탈식민의 징후를 강하게 보여주고 있고, 그런 상황에서 이루어지는 민족 정체성의 추구는 시대 조류와 어긋난다고 하지 않을 수 없다. 그럼에도 불구하고 필자가 '한민족문학'의 범주를 제시하고자 하는 이유는 식민의 터널을 거쳐 온 우리 민족사의 특수성 때문이다. 탈식민의 시대에 오히려 민족의 색채가 강하게 인식되는 것은 그 문학의 상당 부분이 식민 상황 하에서 이루어졌고, 시대가 바뀐 지금에도 식민의 담론은 지속되고 있는 것이 사실이다. 그렇다 해도 '한민족문학'을 '단일민족'이라는 '상상의 공동체'에만 국한시키는 것은 의미가 없다. 우리 민족의 특수성과 세계 문학적 보편성이 공존하는 문학이어야 하는 것은 시대적 당위라 할 수 있다. '한민족 공동체를 규정하기 위해서는 유구한 역사와 전통에 빛나는 단군조선의 영속성이라는 것을 넘어서서 구체적으로 한민족이라는 사회를 구성하는 여러 집단들-여성, 외국인 노동자, 하층민, 그리고 통일 전이든 후이든 민족 공동체에 포함하여야 할 북한사람들-을 동시에 고려하며 그 각각의 모순과 긴장, 또한 결연을 고려하여야 한다'는 견해52)는 이런 점에서 타당하다.53) 여기서 한 발 더 나아가 "한민족문학은 그 지평을 확대하고 세계로 나아갈 때 인류에 공헌하고 민족에 공헌한다. 이런 점에서 오늘의 한민족문학은 북한문학, 연변 조선족 문학, 재일동포문학, 재미동포문학 등 한민족이 살고 있는 땅의 문학을 모두 수용하고 연구하고 문학사로 정리되어야

---

52) 고부응, 앞의 논문, 196쪽.
53) 그러나 고부응이 제시한 범주에 '해외 한인들'까지 포함되어야 비로소 '한민족공동체'로서의 의미가 인정될 수 있을 것이다.

한다는" 단계54)에 이르러서야 본서의 취지와 부합하는 관점을 확보할 수 있게 된다. 물론 이 경우 한민족문학은 해외 한인문학만을 포섭하는 개념이어서는 안 된다. 그동안 해외 한인문학에 대하여 또 다른 중심부 문학의 지위를 누려온 한국문학 자체도 포괄할 수 있어야 비로소 전체를 총괄하는 한민족문학일 수 있는 것이다.

사실 지금까지 우리는 한국문학만 생각해왔고, 그 해석조차 아주 협소한 모습을 보여주었다. 분단 이후 지속된 정치적 이유로 최근에서야 해외 한인문학의 전모를 접하게 되었다는 점, 상당한 발전을 이룩했다고 생각하는 국내문학에 대해 상대적으로 낙후된 주변문학으로 머물러 있다는 점 등이 국내학자들의 일반적인 견해였다. 해외 한인문학이 갖고 있는 역사적 성격을 도외시한 채 미적 형상화의 수준에만 비평적 잣대를 들이밀 경우 그에 대한 제대로 된 평가가 이루어질 수 없는 것은 당연하다. 해외 한인문학에 대한 논의들이라 해도 기껏 '소극적인 국적주의의 입장에서 민족의 정체성을 확인하는 차원에서 벗어나지 못하고 있다는 점'을 들어, 동북아 지역을 비롯한 해외 한인문학에 대한 논의가 단순히 한국문학의 외연을 확장하거나 민족의 동질성을 확인하는 차원에서 벗어나 적극적으로 한민족문학의 영역을 개척하는 시각에서 개진되어야 한다는 견해55)는 시사하는 바가 크다. 이 말 속에는 지금까지 한국문학 연구자들이 해외 한인문학을 한국문학으로 처리하지 않은 데 대한 비판이 들어 있다. 이른바 국적주의를 적용할 경우 해외 한인문학의 상당 부분은 소외될 수밖에 없다. 지금까지 해

---

54) 오양호, 「世界化 時代와 韓民族文學 硏究의 地平擴大」, 『한민족어문학』 35, 한민족어문학회, 1999, 144쪽.
55) 정덕준, 앞의 글, 19쪽.

온 것처럼 해외 한인문학을 민족의 정체성이나 동질성의 확인을 위한 증거물 정도로나 취급한다면, 한국문학을 한민족문학으로 확장·심화시키는 일은 불가능하다. 앞으로 시대가 흘러 민족의식이 옅어질 경우에는 어쩔 수 없는 일이지만, 민족의식을 확인할 수 있는 1-3세의 해외 한인들이 창작한 문학마저 이민지 문단의 변방에 방치할 수는 없는 일이다. 한민족문학의 범주 설정은 그래서 절실한 것이다.

이 지점에서 '한민족문학'의 개념 수립은 가능해진다. 우리 입장에서 세계문학사의 서술이 가능하려면 한국문학보다는 한민족문학을 출발점으로 삼는 게 보다 합리적이다. 민족 개념으로, 흩어져 살고 있는 국가들의 다양성을 아우를 수 있기 때문에, 더 쉽게 세계문학사로 나아갈 수 있다. 이처럼 한국문학은 한민족문학을 징검다리로 삼아 세계문학사와 연결될 수 있다고 이해하는 것이 타당하다.

지금까지 국내학자들은 세 가지 측면을 전제로 한국문학의 개념을 정리했다. '첫째, 창작자는 한국인이어야 할 것, 둘째, 한국어로 씌어져야 할 것, 셋째, 창조적인 문학이어야 할 것' 등이 그것들이다.56) '조선문학이란 조선문으로 쓴 문학'57)이라거나 '한문문학의 자료가 아무리 한우충동(汗牛充棟)의 것이라 하더라도 순수한 국문학적 자료들이 아닌 것은 분명한 사실',58) '한문에 대한 조선인의 관념은 결코 이것을 이국문시 할 수 없었기 때문에, 이것은 순조선문학[순국문학]은 아니지만 큰 조선문학[큰 국문학]'59)이라고 하는 등 한국문학의 개념을 정

---

56) 민제 외, 『한국문학총설』, 한누리, 1994, 17-23쪽.
57) 이광수, 「조선문학의 개념」, 『新生』 2(1), 1929. 1.[『이광수 전집』 10, 삼중당, 1976, 451쪽.]
58) 이병기, 『국문학전사』, 신구문화사, 1957, 6쪽.
59) 조윤제, 『국문학사』, 동국문화사, 1949, 7쪽.

의하는데 매우 까다로운 면을 보였다. 그러다가 '말로 된 문학인 구비문학, 문어체 글로 된 문학이기만 한 한문학, 구어체 글로 된 문학인 국문문학'[60]이라는 견해에 이르러 문자 표기 여부, 표기문자의 제한을 벗어나 한국문학의 범주가 획기적으로 넓어지게 되었다.[61] 그러나 이것만으로 한국문학을 전부 포괄했다고 할 수는 없다. 700만에 이르는 해외 한인들의 문학을 처리할 방도가 없기 때문이다. 기존의 국문학계에서 거론되어 오던 창작주체의 국적이나 창작 언어의 제한을 넘어서는 일이야말로 한국문학의 지평을 획기적으로 넓히기 위한 대전제일 수 있다.

탈식민을 언급하면서 지나치게 민족을 강조하는 것이 모순적인 일이라는 비판을 받을 수는 있겠지만, 식민시대와는 다르다 해도 지금껏 디아스포라가 지속되고 있으며 해외 한인들의 문학이 중심부에 의해 차별받는 주변부로 위치해 있는 상황에서 민족 정체성의 추구는 얼마간 용인될 수 있을 것이다. 이제 한국문학의 개념은 한민족문학으로 확장·격상되어야 하며, 한국문학과 해외 한인문학은 그 하위개념으로 정위되어야 한다. 국내의 한국문학은 한글문학·한문문학·구비문학으로, 해외 한인문학은 한글문학과 구비문학, 현지어문학[62]으로 각각 나뉘어야 비로소 우리 민족이 생산했거나 생산하고 있는 문학들 모두를

---

60) 조동일, 『제4판 한국문학통사 1』, 지식산업사, 2005, 24쪽.
61) 이러한 견해들을 정리하여 도식화 하면 다음과 같다.

한국문학 ┬ 구비문학
　　　　　└ 기록문학 ┬ 향찰문학
　　　　　　　　　　　├ 한문문학
　　　　　　　　　　　└ 국문문학 ┬ 고전문학
　　　　　　　　　　　　　　　　　└ 현대문학

62) 이 경우 현지어문학은 민족 정체성의 추구를 내용이나 주제의식으로 하는 문학으로 한정되어야 한다.

포괄할 수 있게 될 것이다. 그동안 '한국문학'은 문학의 계통이나 장르를 논하는데서 최상위 개념이었다. 그러나 이제 우리의 문화권을 세계로 넓혀야 하는 시점을 맞아 '한민족문학권' 혹은 '한민족문화권'의 설정은 피할 수 없는 과제가 되었다. 그렇게 함으로써 우리 문학의 폭과 깊이는 확대되고 심화될 것이며, '한민족문학'은 세계문학으로 나아가기 위한 교두보로서의 역할을 확실히 해내리라 본다. 그것을 도표로 그려 보이면 다음과 같다.

Ⅳ. 맺음말

지리적 인접성이나 식민지배의 여파로 이른 시기부터 이주를 시작한 중국의 조선족과 구소련의 고려인, 식민지배와 전쟁의 산물인 재일동포, 타율로 시작되었지만 자율적 이민이 압도적인 재미 한인 등 지역의 다양성 못지않게 한인들의 상황 또한 다양하다. 그러한 현실을 형상화 해낸 만큼 문학적 소산의 성향 역시 다양한 양상을 나타내지만, 어느 지역에서나 공통되는 점은 지금껏 그것들이 주변문학을 벗어나지 못하고 있다는 사실이다. 그들의 문학이 주변적이라는 점은 모국의 문학에 대해서도 마찬가지인데, 그 바탕에는 언어의 문제가 도사리고 있다.

이 글의 목표는 해외 한인문학을 탈식민의 관점에서 바라보고, 지금까지 그것이 갇혀 지내던 주변적 위치로부터 벗어나 '지배와 피지배'의 구조에서 자유로워질 수 있도록 우선적으로 우리가 해야 할 일을 제시하는데 있었다. 그 논리를 추출하기 위해『네이티브 스피커』를 선택했고, 그 작품의 한 축인 언어의 문제를 중심으로 논의해 보았다. 그 작품에서 거론된 언어담론은 대상을 문학으로 바꾸어도, 다른 지역의 한인들에게 적용시켜도 마찬가지의 결론이 도출된다. 동양적인 마스크에 '형편없는 언어 구사자'인 주인공의 단계를 문학으로 치자면, 해당 지역 주류사회의 언어로 쓰이긴 했으나 주류문학으로 편입되기 어려운, '어정쩡한 모습'을 지칭한다. '소수자의 입장에서 주류의 언어로 주류가 보여주는 부정적 행태를 꾸짖어준' 것이나 '소수자의 입장에서 주류의 언어로 소수자 자신의 이야기를 하는' 것 모두 탈식민의 기본 취지를 충실히 구현한 경우들이다. 소수자들이 소수자의 언어로 자신들의 이야기를 펼치는 것을 소중하게 생각하는 것은 말할 것도 없이 탈식민의 관점이다. 그렇다고는 해도 그들이 소수자의 이야기를 펼치고 있는 한 그것은 소수적 문학이자 주변적 문학을 벗어날 수 없다. 소수자가 주류사회의 언어로 작품을 쓴 경우는 그럭저럭 현지 문학에 포함될 수는 있을 것이다. 그러나 아무리 탈식민이라 해도 모국어로 창작되는 한인들의 문학까지 그들의 문단에 포함시킬 방도는 없다. 후자의 경우 일단 우리 문학의 범주로 수용하는 것은 당연하고, 전자의 경우도 소수자인 우리의 목소리로 우리의 이야기를 내뱉고 있는 한 넓은 범위의 우리 문학으로 받아들이는 게 온당하다.

탈식민은 탈영토, 탈이념, 탈민족 등과 위상을 함께 하는 개념이다. 민족정체성에 대한 지나친 강조는 탈식민의 시대정신과 어긋날 수 있다. 그러나 식민시대 이전부터 우리 민족은 특이한 집단체험을 지속해 왔으며 지금도 그러한 역사체험은 지속되고 있다는 점에서 탈식민을 강조하면서 민족 정체성을 강조하는 일이 불합리하지 않을 수 있는 것이다.

　해외 한인들이 남겼거나 남기고 있는 문학을 우리는 우리의 문학으로 수용해야 한다. 그러기 위해서는 우리가 중심부의 자리에서 스스로 내려와야 한다. 그리고 이제 세계문학을 논의하는 시점에 도달한 만큼 그 중간 단계로 삼을 수 있는 최상위 범주로서 '한민족문학'을 설정하는 것이 타당하다. 기존의 중심부 문학이었던 한국문학과 주변문학이었던 해외 한인문학이 똑 같은 자격으로 한민족문학의 범주 안에 소속되어야 한다는 것이다. 해외 한인문학 중 한글문학은 예외 없이 수용할 것이며, 현지어 문학들 가운데 민족적 정체성을 다룬 문학들은 빠짐없이 선별하여 한민족문학의 범주 안으로 수용해야 할 것이다. 이들을 재료로 한민족문학개론이나 한민족문학사가 서술될 때 비로소 해외 한인문학의 디아스포라는 종식될 것이며, 우리 문학의 폭과 깊이 또한 대폭 확장, 심화될 수 있으리라 본다.<『국어국문학』 152, 국어국문학회, 2009>

Chapter

잃어버렸거나 잊어버린
자아를 찾아

재미 한인문학과 두 모습의 자아

I. 시작하는 말

새 천년을 맞이하면서 하와이 사탕수수농장의 노동이민으로 시작된 미주 이민사 또한 새로운 세기를 맞게 되었다. 100년을 단위로 넘어가는 세기의 구분이 그리 큰 의미가 없다고 말하는 사람들도 있지만, 100년이란 기간은 인간의 육체적·심리적 지속의 한계선이다. 100년이면 3대가 출현할 수 있는 기간이고, 개인이나 집단을 막론하고 3대에 이르면 그 나름대로 정착의 단계에 들어서게 마련이다. 대체로 할아버지 대에서 창업을 하거나 발을 붙이고, 아버지 대에서 수성을 하게되고, 손자 대에 이르면 토대를 확실히 다지게 되는 것이다. 그런 점에서 미주 이민 1세기는 한인들이 미국 땅에 도착하여 자신들의 토대를 확실히 다져놓은 기간이기도 하다. 그러나 그들의 삶의 자취를 직접적으로 반영한 기록들은 그리 많이 남아 있지 않다. 이 시점에 초창기 재미한인들의 삶이나 그 기록물로서의 문학을 살펴보는 작업은 중요한 의미를 지닌다.

이 글의 분석 대상인 문학작품은 은유나 상징 등 이른바 간접적이고 입체적인 기법을 사용한 기록이면서도 직접 기록들 못지 않게 풍부한 삶의 자료나 증거들을 내포하고 있다. 따라서 일정한 시간과 공간에서 보편적일 수 있는 의식세계를 추적하는 데 문학만큼 효율적인 대상은 없다. 이민문학에 들어있는 이민자들의 공통경험이야말로 우리가 밝히려는 의식세계의 극적인 단서일 수 있는 것도 이런 점에서 타당하다.

한인작가들이 그려내고자 한 주요 대상은 1세대 한인들이다.[1] 그들은 다수의 노동자들과 소수의 지식인들로 나뉜다.[2] 당시 그들이 조국의 생활현장에서 익힌 대로 이민지에서 새로이 창작한 각종 노래들과 주로 지식인들이 국문이나 영문으로 창작한 산문[특히 소설, 희곡] 등이 많이 남아 전해지고 있으며, 지금도 이민 2세·3세 문인들이 창작을 계속하고 있다. 이들 모두에 작자 자신들 혹은 이들이 대표하던 재미한인들의 자아[3]가 반영되어 있음은 물론이다. 이 글에서는 그 가운

---

1) 이 점은 해방전이나 지금이나 마찬가지다. 필자는 작년 현지에서 여러 명의 2, 3세대 현역 문인들을 만난 바 있다. 그들로부터 확인할 수 있었던 공통된 소망들 가운데 하나는 자신들의 부모 혹은 조부모 세대인 1세대 한인들의 비참하면서도 극적인 삶을 문학적으로 형상화하는 일이었다. 비록 자신들의 현재와 미래만을 대상으로 작품들을 쓴다해도 그 출발은 1세대 한인들의 그것으로부터 시작해야 한다는 믿음을 갖고 있었는데, 이 점은 향후 이민문학 연구에서 반드시 짚고 넘어가야 할 흥미로운 사실로 보인다.

2) 상인이나 노동자의 신분으로 1896-1905년 사이에 7,000여명의 한인들이 하와이로 건너갔고, 1921-1940년 사이에 유학생 등 250여명의 한인들이 도미함으로써 지식인 계층의 주축을 이루었다[Choy Bong-youn. *Koreans in America*. Chicago: Nelson Hall, 1979, 239쪽]. 지식층 이민들 가운데는 학생들 외에 정치적 도피자들도 더러 있었고, 이들이 상당기간 한인 이민사회의 정신적 지주 역할을 한 것으로 보인다.

3) 여기서 '자아'란 작품에 반영되어 있는 작자 혹은 화자의 본체를 말한다. 다시 말하여 그것은 *personal identity*로서의 '*self*', 즉 "자신을 어떤 사람이라고 선언하는가" 하는 본질적 자기 규정과 직결된다. 사회적 기준이나 환경적 조건의 내면화, 시간과 공간이 조성하는 다양한 상황에 따라 통일되는 행동의 양

데 재미한인들의 자아를 잘 그려냈다고 생각되는 세 작가의 영문소설
네 작품을 대상으로 그것들에 표상되어 있는 자아의 모습을 살펴보기
로 한다.

II. 재미한인들의 특성과 문학

미국은 본질적으로 이민자들의 나라이고 한인들도 그들 가운데 한
부분을 차지하고 있지만, 초창기 이민자들의 경우 대부분 불가피한 상
황에 의한 타율의 소산이었다는 점에서 다른 소수민족들과 구별된다.
나라 잃은 백성으로서 기본적인 삶조차 유지하기 어려운 상황에서 택
할 수밖에 없었던 길이 이민이었기 때문에, 적어도 1세대 이민자들의
경우는 자신들을 '이민(移民)' 아닌 '유민(流民)'으로 볼 수밖에 없었
다. 정상적인 의미의 이민일 경우 자신들이 도착한 곳host country에 성
공적으로 정착·동화하는 것이 최상의 목표였다고 할 수 있다. 그러나
대부분의 한인 이민들이 지니고 있던 최대의 염원은 모국으로 돌아가
는 것이었다. 그러나 이민의 땅이 잠시 체류하는 곳이고 돌아가야 할
모국이 있다고 믿으면서도 현실적으로 그러한 귀환이 쉽지 않은 경우,
누구든 반드시 정체성의 위기identity crisis를 겪기 마련이다. 미국 이민

상 혹은 그에 관한 의식 등 심리학적 자아로 볼 수도 있다. 그러나 어쨌든,
우리가 문학작품을 통해서 자아를 살펴보려고 할 경우, 작자나 화자는 작품
속의 다양한 인물[특히 주인공]로 구체화되어 나타나는 바 그러한 인물들이
드러내고 있는 특징들은 피사체로서의 작가에게 숨겨져 있던 속성들일 수 있
다. 작품들을 통하여 작가의 내면적 본질이나 그가 속해있던 시간과 공간의
본질을 파악하려는 것도 바로 이러한 이유 때문이다.

1세대가 그 뒷 세대들에 비해 정체성의 위기로부터 오는 고통을 더욱 더 심각하게 겪어왔다고 할 수 있는 것4)도 이런 점에서 당연한 일이다.

이와 같이 초창기 재미한인들은 일시적 체류자 의식을 강하게 지니고 있었으며, 자연스럽게 자신들을 유랑민과 정착민의 사이에 끼어있는 존재들, 즉 경계인marginal man5)으로 보는 시각이 우세했다. 그만큼 경계인적 자아인식은 초창기 재미한인들의 집단 무의식에서 큰 부분을 차지한다.6) 타국에 머물면서 자신을 체류자로 생각할 경우 그는 단순한 여행객이거나 망명자일 뿐이다. 특히 나라 없는 백성으로서 다른 나라에 타의적으로 밀려나 잠시 머물 경우 망명자로서의 의식을 갖게 되는 것은 더 말할 필요도 없다.7) 한국인들을 포함한 대부분의 아시아인들은 스스로를 일시적 체류자로 생각하므로써 결국에는 미국의 주

---

4) Takaki, Ronald. *Strangers from a Different Shore: A History of Asian Americans.* Boston: Little, Brown & Company, 1989. 277쪽.

5) 경계인의 의미에 관해서는 Everett V. Stonequist. *The Marginal Man.* New York: Russell & Russell, 1961, 2-3쪽 참조. 이 책의 저자는 개개 이민자가 원래의 사회나 옮겨가는 사회 가운데 어느 곳의 멤버도 될 수 없다고 한다.

6) 물론 경계인 의식은 그들의 2세 혹은 3세에 해당하는 현재의 *Korean-American*들에게도 지배적인 의식일 수밖에 없다고 본다.

7) 이 점은 Younghill Kang의 *East Goes West: The Making of An Oriental Yankee*[New York: Charles Scribner's Sons, 1937]의 74쪽[We floated insecurely, in the rootless groping fashion of men hung between two worlds. With Korean culture at a dying gasp, being throttled wherever possible by the Japanese, with conditions at home ever tragic and uncertain, life for us was tied by a slenderer thread to the homeland than for the Chinese. Still it was tied. *Koreans thought of themselves as exiles, not as immigrants.* *인용문 중 마지막 문장의 이탤릭체 부분은 인용자]에 잘 나타나 있다.

류사회에 참여하기를 원하지 않는다는 느낌을 주게 되었다는 견해8)도 이런 점에서 타당하다. 이러한 상황에서 경계인적 의식이 자연스럽게 형성되었고, 이 의식은 그들이 상당기간 '고국으로 돌아갈' 생각에만 골몰해 있었음을 극명하게 드러낸다.9) 이와 같은 초기 한인들의 의식은 앞으로 언급할 Younghill Kang의 The Grass Roof10)나 East Goes West,11) Ronyoung Kim의 Clay Walls,12) Gary Pak의 A Ricepaper Air-plane13) 등 대표적인 소설들을 포함한 많은 작품들에서 구체화됨으로써 당대 한인 이민문학의 개인적 혹은 집단적 자아 형성에 중요한 요인으로 작용했음을 보여준다.

그렇다면 재미한인들은 왜 고국으로 돌아가야 한다고 생각했을까. 현실적으로 이들이 이민지에서 겪을 수밖에 없었던 신산한 생활고가 그들로 하여금 이민지에 정을 붙이지 못하게 한 첫 요인이었다.

견딜 수 없는 생활고를 피해 떠나온 조국이지만, 새로운 세계에서 맞이한 생활 또한 구세계에서의 그것 못지않을 정도로 괴로운 것이었

---

8) Elaine H. Kim. *Asian American Literature-An Introduction to the Writings and Their Social Context-*. Philadelphia: Temple Univ. Press, 1982, 70쪽.

9) 해방 후에 이자를 붙여 되사기로 하고 이승만이 발행했던 국채*Korean National Bonds*에 당시 노동이민으로 와 있던 수천의 한국인들이 호응한 바 있었다. 당시 한국 노동이민들은 일급 1달러도 안 되는 수입을 몽땅 털어 그 국채를 샀으며, 또한 그것을 가보*family treasure*로 여기고 있었다. 그들은 그 채권들을 언젠가는 꿈에 그리던 조국으로 돌아갈 때 가지고 갈 여권으로 생각하고 있었다.<Peter Hyun. *Man Sei! The Making of a Korean American,* Honolulu: Univ. of Hawai'i Press, 1986, 153쪽.>

10) New York: Charles Scribner's Sons, 1931.

11) New York: Charles Scribner's Sons, 1937. / New York: Kaya, 1997.

12) Seattle and London: Univ. of Washington Press, 1987.

13) Honolulu: Univ. of Hawai'i Press, 1998.

기 때문에 만리타국에서 죽는 것보다는 고국에서 죽는 것이 낫다는 생각을 누구나 갖게 되었다. 뿐만 아니라 망국의 한이나 실향의식도 이들을 함께 묶어주는 정서적 유대의 끈이었다.[14] 망국의 한을 풀고 고향으로 돌아가야 한다는 현실적 욕구는 이민지에 정착해서 '다른 나라의 백성'으로 살아가야 한다는 새로운 선택의 불가피성을 능가할 정도였다. 그런 만큼 미국이라는 신세계는 언제나 이들에게 손님의 자격으로 '방문한' 땅 이상의 의미를 지니지 않는 곳이었다. 귀향의 욕구는 망국이나 실향이라는 부정적 현실을 극복할 수 있을 때 비로소 이루어질 수 있는 꿈이었다. 민족의 이름 아래 단결해야 한다는 과제를 이들이 수시로 확인할 수밖에 없었던 이유도 바로 여기에 있다. 국채를 산다거나 대한인국민회 등 자신들의 권익을 대변할 수 있는 단체에 지지를 보내는 등의 행동은 이러한 욕구와 직결되는 일들이었다. 그러나 현실적으로 그러한 욕구가 쉽게 실현될 수는 없었기 때문에 쓰디쓴 집단적 좌절을 경험하곤 하였다. 단결을 통하여 국권을 회복해야 한다는 당위를 부르짖는 자아와 욕구의 충족이 불가능한 현실을 인정하고 새로운 활로를 모색하는 다른 자아, 개인이 지닐 수 있는 인간적 욕망을 표출하는 또 다른 자아 등이 문학작품에 등장할 수밖에 없었던 것도 이러한 현실적인 상황 전개의 결과로 볼 수 있다. 이와 같은 재미한인들의 현실이나 상황이야말로 그들의 문학을 키워준 토양인 것이다.

재미한인들의 문학작품은 국문[한문 포함]과 영문 등 표기체계의 이원성을 우선적인 특징으로 지닌다. 관점에 따라 출발지인 우리나라

---

14) 이 점은 중국 내 한인들의 경우도 마찬가지였다. [조규익, 『해방전 만주지역의 우리 시인들과 시문학』, 국학자료원, 1996 참조.]

의 입장에서는 국문·영문의 작품들 모두가 한인 이민문학, 즉 넓은 범주의 한국문학에 포괄될 수 있겠지만, 도착지인 미국의 입장에서는 영문의 작품들만 그들 미국문학의 한 부분인 이민문학immigrant literature에 속한다. 따라서 한인 이민문학 *Korean-American literature*과는 범주상 완전히 일치하는 개념들이 아니다. 전자가 망명·이민·체류 등의 방식으로 미국에 머물던 한인들에 의해 쓰여진 국문과 영문의 작품들을 의미한다면, 후자는 미국 국적을 가진 한인 후손작가들에 의해 영어로 쓰여진 작품을 의미하기 때문이다.15) 현재 남아 있는 것으로 확인된 한인 문학은 수백여 편의 시가와 수십 편의 소설 및 희곡, 평론 등

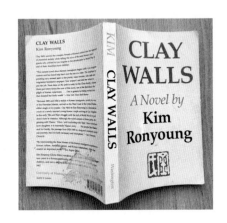

<hr />

15) 조규익, 『해방전 재미한인 이민문학·1』, 월인, 1999, 40-42쪽. 이 내용을 도표로 제시하면 다음과 같다.

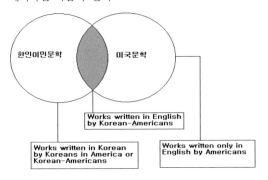

으로 이루어져 있다. 이 가운데 이 글에서는 한인 이민들의 자아를 생생하게 형상화했다고 생각되는 몇 작품의 영문소설들을 살펴보고자 한다.

*The Grass Roof*와 *East Goes West*를 발표한 *Younghill Kang*은 지식인 이민의 첫 세대에 속하는 사람이며, 이 소설들을 통하여 해방 전의 시대상과 재미한인들의 실상을 적나라하게 그려내는 데 성공하였다.

이에 비해 *A Ricepaper Airplane*을 발표한 *Gary Pak*은 하와이를 무대로 지금도 작품활동을 펼치고 있는 현역 작가이고, *Clay Walls*를 발표한 Ronyoung Kim 역시 최근까지 활동하던 재미 한인문인이었다. 따라서 작가만을 기준으로 할 경우 해방전의 시기에 속하는 1인과 해방후 최근의 시기에 속하는 2인을 동시에 대상으로 했지만, 작품의 배경이나 시간대 만큼은 그들 모두 이민 1세대를 공통의 대상으로 삼은 셈이다.

이들이 전체 작품들에 비해 비록 소수이긴 하지만, 재미한인 이민문학의 표본과 같은 작품들16)이라는 점에서 그로부터 도출되는 결과 역

---

16) *Kang*은 *The Grass Roof*로 창작문학에서 구겐하임상*Guggenheim Award*을 받았고, 이 작품은 불어·독어·유고어·체코어 등 10여개 국어로 번역·간행되었다. 특히 1937년에는 불어로 번역된 가장 좋은 책으로 선정되어 *Le Prix Halperine Kamnistry*를 수상하기도 했다. *East Goes West*도 많은 호평을 받은 바 있는데, 예컨대 필리핀계 미국작가 *Carlos Bulosan* 같은 사람은 이 책에 대한 자신의 번안판이라 할 수 있는 *America Is in the Heart*(1947)를 내는 등 *Kang*은 이 책으로 많은 아시아계 미국 작가들을 고무시킨 바 있다. LA에서 태어난 김난영*Ronyoung Kim*은 일부 학자들에 의해 최초의 진정한 Korean-American 작가로 인정받은 바 있다. 그녀의 작품 *Clay Walls*는 현재 많은 대학들에서 아시아학 연구과정의 필독서들 가운데 하나로 되어 있기도 하다. *A Ricepaper Airplane*은 *Gary Pak*이 1992년 그의 단편집 *The Watcher of Waipuna & Other Stories*를 발간한 이후에 발표한 첫 소설로서 UCLA 등에서

시 이민문학 전체에 대하여 보편성과 대표성을 지닌다고 보기 때문에 큰 문제는 없을 것이다.

III. 개인적 자아와 보편정서

1. 탈조국의 꿈, 그 좌절의 초상: *The Grass Roof*와 *East Goes West*의 *Chungpa Han*

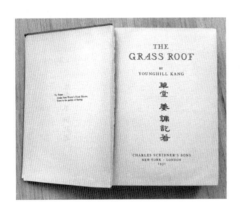

*East Goes West*는 작자 *Younghill Kang*의 첫 출세작인 *The Grass Roof*의 속편격이며, 긍정적이든 부정적이든 작자가 자신의 가면으로 내세운 주인공 *Chungpa Han*의 방황이 마무리되어가는 과정의 이야기들로 짜여져 있다.

원래 이름 강용흘(姜鏞訖)을 *Younghill Kang*으로 표기한 것과 마찬가지로 주인공의 이름을 *Chungpa Han*으로 명명한 것 역시 다분히 상징적이다. '청파'란 '靑坡', 즉 푸른 언덕이다. '*Younghill*'의 'young hill' 역시 '젊은(푸른) 언덕'이다. *The Grass Roof*의 배경은 'Sung-Dune-Chi'로 되어 있다. 이것을 '송둔치'로 음독(音讀)할 수 있다면, 그 의미는 '(푸른) 소나무 우거진 둔치(물가의 언덕)'쯤이 될 것이다. 이 무

Asian-American Literature 과정의 필독서 가운데 하나로 읽혀지고 있다.

대는 그 작품의 배경이면서 작가에게는 고유명사라기보다 자신의 고향이나 고국을 표상하기 위한 제유적(提喩的) 상관물(相關物)로 선택된 보통명사이기도 하다. 말하자면 전반생과 후반생의 통합으로 주인공의 방황하는 삶을 마무리하여 보여주는 이들 두 작품의 내용을 약분한다면, *The Grass Roof*는 '송둔치에서의 생활'이, *East Goes West*는 *Chungpa Han*의 '신세계에서의 꿈과 좌절'만이 남게 된다. 그만큼 *Chungpa Han*은 작자의 진면을 잘 보여주는 가면이다. *Kang*이 뉴욕대학에서 만나 우정을 나눈 미국의 문인 *Thomas Wolfe*는 자신이 쓴 서평으로 유일하게 활자화된 글[17])에서 작가 *Kang*의 '삶에 대한 애정'과 '새로운 지식 및 경험들에 대한 억제할 수 없는 갈증'에 찬사를 보냈으며, *Kang* 자신은 이것을 *East Goes West*에서 파우스트적 꿈*Faustian dream*으로 묘사한 바 있다.[18])

*Kang*은 반이민법*the Immigration Exclusion Act*(1924년)이 발효되기 직전인 1921년 간신히 미국에 도착하는데, 당시 그의 나이 18세였다.[19]) 1903년 함경도에서 태어난 그가 자신이 속해 있던 양반가문의 관습을 중심으로 자신의 소년시절 작은 마을에서 겪은 경험들을 다룬 것이 *The Grass Roof*의 주된 내용이다. 뒷부분에서는 편안했던 경험과 추억들로부터 탈출하여 서울과 일본을 거쳐, '새롭고 매혹적인 나라' 미국으로 떠나기까지의 모험들을 그려냈는데, 이러한 모험이나 경험들은 '진보적이고 도전적인' 젊은 영혼에게 닥칠 신세계에서의 사건들을 암시하는 복선이기도 하다. 어쨌든 *East Goes West*에서 주인공은

---

17) *Thomas Wolfe*, "Review of Younghill Kang's *The Grass Roof*." New York Evening Post April 4, 1931. 5면.
18) *East Goes West*, 9쪽.
19) 작품 속의 주인공 *Chungpa Han*은 이 점에서도 작자와 일치한다.

서구적 삶의 방식에 대한 집착을 통하여 전통적 관념에서 벗어나려는 의식을 끊임없이 보여주고 있다. 겨우 20대에 불과한 작가 *Kang*이 지니고 있던 현실인식이나 성향은 새로운 것에 대한 호기심과 그로부터 촉발된 적극적 실천으로 대변될 수 있었는데, 그런 점에서 주인공 *Chungpa Han*은 *Kang*의 정확한 복사판이라고 할 수 있다. 그러한 서구 지향성에도 불구하고, 작가는 자신이 지니고 있던 문화적 유산이나 전통을 적극 배척하지는 않았다. 이 점은 *Kang*이 유복한 가정에서 자라난 그 나이 또래의 몰가치적이고 몰이념적인 식민지의 철부지만은 아니었음을 강하게 드러낸다. *Lady Hosie*가 이 작품에 대한 서평에서 말한 바와 같이 *Kang*을 비롯한 초기 재미한인 지식인들은 자국문화의 투철한 사절(使節)의식을 지니고 있었던 듯 하다.[20] 사실 *Kang*은 그 나름대로 자국문화에 대한 자부심을 지니고 있었다. 그는 돈이나 물질, 힘으로 대변되던 당시 열강들의 특징과 달리 한국사람들만이 지니고 있던 시에 대한 소양이나 세련된 지성을 그 자부심의 근거로 들었다. 이런 사실[21]은 그가 의식의 심층에 일종의 민족애를 감추고 있었음을 암시하는 단서이기도 하다. *Suttilagsana*는 *Kang*이 청춘시절을 지낸 고향마을로부터 서양으로 떠난 데 대한 그 자신의 행위에 대한 정당화나 변명이 바로 *The Grass Roof*의 중심주제라고 하였다.[22] 말하자

---

20) Lady Hosie. "A voice from Korea." *Saturday Review of Literature*. Apr. 4, 1931, 707쪽의 "Mr. Kang does not, I think, give a full account of American missionaries.(⋯)His book is a real contribution to literature and to our understanding of his country-men and women" 참조.

21) *The Grass Roof*, 320쪽.

22) Supattra Suttilagsana, Recurrent Themes in Asian American Autobiographical Literature. Dissertation. Bowling Green State Univ, 1986, 19쪽.
   *Elaine H. Kim*도 이 점에 대하여 "*The Grass Roof*는 한국과 한국인들의 묘사

면 그가 자신의 소설 첫머리에서 그토록 강하게 드러내고자 한, 풍부한 문화유산을 포기할 수밖에 없었던 점에 대하여 어느 정도 자기 합리화의 필요성에 직면했으리라는 것이다. 그렇다면 그는 왜 그럴 수밖에 없었을까. *Kang*으로서는 도착지인 미국땅에서 살아남기 위하여 그 나라의 문화나 가치관을 전폭적으로 받아들일 필요가 있었으며, 그러기 위해서는 표면적으로나마 자신이 떠나온 구세계적 문화나 민족적 정체성 등을 버릴 수밖에 없었다. 작품 속에 간간이 보이는 자신의 옛 문화에 대한 비판은 사실상 새로운 문화체험에 바탕을 둔 것이며, 그것은 이 작품의 속편인 *East Goes West*의 내용적 전개에 대한 모종의 단서를 제공하기도 한다. *Katherine Woods*는 이 작품을 '말 그대로의 소설'이 아니라 *oriental yankee*를 만들어가는, 솔직한 기록이라고 하였다. 특히 *Kang*은 매우 성공적으로 미국화되었으며, 따라서 이 작품의 전편격인 *The Grass Roof*가 주인공의 어린 시절을 그려낸 자서전이라 한다면 이 작품은 주인공의 '미국경험들'을 이야기하기 위한 속편이라는 것이다. 그러면서도 주인공이 동양적인 초탈함이나 학자다움 혹은 막연한 완벽성에 대한 추구 등의 일관된 자세를 지키고 있는 점과 정신이나 영혼의 면에서 잃고 싶지 않은 어떤 것을 잘 지켜 나왔다고 보았다.[23] *Kang*의 작품들에 등장하는 주인공이 비록 부정적 전통의 과거 시간대로부터 벗어나 새로운 세계와 가치관을 추구하긴 했으나 여전히 내면적 측면에서는 구세계의 그것을 버리지 않고 있다는

가 아니라 그것은 단순히 *Kang*이 한국을 떠난 데 대한 정당화[합리화]"라고 주장함으로써 *Suttilagsana*와 같은 견해를 보여주었다.[op. cit, p.34.]

23) Katherine Woods. "Making of an Oriental Yankee-Younghill Kang's Study of His American Experiences is a Lively and Revealing Venture in Autobiography", *The New York Times Review*, Oct. 17, 1937.

점에 대해서는 *Woods* 역시 견해를 같이하고 있다. 말하자면 스토리의 복잡한 진행에도 불구하고 주인공의 정체성은 시종일관 잘 유지되고 있음을 발견할 수 있다는 것이다.

주인공이 미국에 지니고 간 것은 *American dream*이었다. 그는 낙원으로 이상화된 미국사회에 소속되어보고자 끊임없이 노력하지만, 그러한 노력 자체가 미국인들에게 우스운 것으로 받아들여지곤 하였다. 예컨대 미국소녀 *Trip*과의 로맨스를 통하여 미국사회에 대한 소속감을 느껴보려 했으나 그것마저 그녀의 냉담한 거부로 좌절되고 마는 등의 수모를 겪으면서도 미국사회에 진입하고자 애쓰지만, 그러한 꿈은 쉽게 이루어지지 않는다. 역설적인 것은, 그럼에도 불구하고 그는 당시 대다수의 이민들과 달리 구세계인 한국으로의 복귀를 포기하고 만다는 점이다.

그가 만나는 인물들, 예컨대 절망적인 로맨티시스트 *Kim*이나 협소한 낙천주의자 *Jum* 등도 모두 주인공과 마찬가지로 모순적인 존재들이다. 그들 모두 아메리칸 드림을 가지고 미국에 건너왔지만, 결국 그것은 현실화되지 아니한 채 꿈으로 남을 뿐이었다. 주인공 *Chunpa Han* 또한 실망이나 오해, 고독 등을 감내하면서도 삶의 전 영역에 걸쳐 열심히 아메리칸 드림의 실현을 추구했음에도 불구하고, 결국은 해결책을 발견하지 못한 채 좌절하고 만다. 현실과 욕망 사이의 메울 수 없는 거리를 방황하면서 꿈의 현실태를 찾아 분투해온 주인공에게 남겨진 것은 좌절한 몽상가의 이미지일 따름이다.

2. 구세계 복귀의 꿈, 그 방황하는 경계인의 초상: *Clay Walls*의 *Hye Soo* 와 *A Ricepaper Airplane*의 *Sung Wha*

*Ronyoung Kim*의 *Clay Walls*나 *Gary Pak*의 *A Ricepaper Airplane*은 구세계로부터 탈출한 주인공이 신세계에 정착하는 과정에서 겪는 갈등 및 방황의 체험들과 함께 구세계로 귀환하고자 하는 욕망의 좌절 등이 잘 그려져 있는 작품들이다. 그것들의 특이한 짜임 또한 대부분의 이민문학에서 공통적으로 발견되는 귀납적 구조이자 이민 작가들이 지니고 있던 관념상의 틀일 수 있다는 점에서 전형으로서의 표지를 지닌 작품들이다.

우선 전자를 보자. 이것은 1910년대 한인 이민 1세대의 투쟁과 좌절을 그린 작품이다. 작가는 이 작품을 "혜수편/전씨편/페이편"으로 나누어 놓았지만, 그것은 편의상의 구분일 뿐 주인공 혜수가 신세계에서 겪는 시련과 좌절이 작품 내용의 대부분을 차지한다. 특히 구세계에 대한 혜수의 처절한 귀환욕구는 초기 한인 이민들의 괴로움과 타율적 이민의 실상을 압축적으로 보여주기 때문에, 이 작품을 혜수라는 주인공의 단순한 개인사로 볼 수만은 없고, 오히려 한인 이민사회에 관한 역사적 서술로서의 보편적 의미를 갖는다고 보는 편이 타당할 것이다.

이 작품에서 주인공 혜수가 남편 전씨와 만난 것은 구세계가 안겨준 타율의 소산이었다. 그러나 그 후 신세계에서 아이들을 낳아 키우며 의식있는 여인으로 변모해가는 그녀의 모습은 신세계에 적응하기 위한 시도들이자 구세계로 복귀하기 위한 자발적 준비작업이기도 하였다. 계속되는 인종차별은 그녀가 지니고 있던 구세계로의 복귀 욕구를 더욱 부채질하여, 결국 그 꿈을 이루게 된다. 그러나 구세계에 귀환한 다음 목격하게 되는, 일본 제국주의에 의해 파괴된 구세계의 모습은 아주 생소한 모습으로 그녀에게 다가온다. 말하자면, 이전의 구세계가 상당히 낯선, 부정적 의미의 신세계로 변해 있었던 것이다. 이 시점에서 그녀가 그토록 탈출하고자 노력했던 신세계는 복귀하려는 그녀를 다시 받아들일 만큼 너그럽고 새로운 구세계로 바뀌어 있음을 깨닫는다. 그러나 지난날의 신세계[지금의 구세계] 미국으로 되돌아온 주인공은 그 이전보다 훨씬 가혹한 시련을 겪는다.

작품의 후반에서 작자는 주인공의 딸 페이를 전면에 내세워 한인 이민들의 생활과 그들의 배경적 상황을 구성하던 한·미·일간의 역사적 사건들을 작품 속에서 엮어나간다. 마지막 부분에서 작자는 남·북한으로 분단된 구세계의 현실을 제시하고 어느 쪽으로도 갈 수 없어 구세계로의 귀환을 포기하고 [마음에 들지 않는]신세계에 눌러앉을 수밖에 없는 재미한인들의 강요된 선택을 결론으로 내놓는다. 즉 혜수가 몸 담고 있던 진보개혁한인회를 남한 정부에서는 공산조직으로 낙인찍었으므로 그녀는 남한으로 돌아갈 수도 없다. 다른 것은 다 놓아버리면서도 구세계 귀환의 거점으로 삼고자 붙잡고 있던 곽산의 땅마저 공산치하인 북한에 있기 때문에 그녀는 그곳으로 돌아갈 수도 없는 역설적인 상황을 제시하였다. 작자는 주인공을 통하여 구세계를 구성하던 남북한으로부터 모두 배척받던 한인이민들의 곤경과 역사의 아이러니를 그려내고 있는 것이다. 작자는 또한 페이의 입을 빌어 "엄마순 조선사람이 되는 것도 쉽지 않네요 뭐." 라고 말하게 함으로써, 혜수의 심경을 대변하게 한다. 페이의 이 말 속에는 "미국사람 되는 일이 쉽지 않다."는 역설적 내포 또한 들어 있다. 말하자면 구세계에의 복귀도 신세계에의 적응이나 동화도 불가능하거나 최소한 '쉽지 않다'는 재미한인들의 처절한 깨달음을 이 말은 의미하는 것이다. 그런 점에서 주인공을 포함한 재미한인들은 운명적인 경계인marginal man인 셈이었다.

*A Ricepaper Airplane*의
주인공 김성화는 구세계에
돌아가지도 못하고 그렇다
고 신세계에 뿌리를 내리지
도 못한 채 이민으로서 성공
적이지 못한 삶을 마감한다
는 점에서 *Clay Walls*에 그
려진 혜수의 모습과 같다.
죽음을 앞둔 주인공 김성화
가 그의 조카뻘인 용길을 만나 자신의 험난했던 역정을 술회하는 형
식으로 스토리를 엮어나간 것이 바로 이 작품이다. 그러나 이 이야기
를 김성화의 개인사로만 볼 수는 없다. 오히려 김성화의 삶이 대표하
는 식민치하 조선의 비극적 상황, 초기 노동이민들의 참상, 일제에 대
한 저항과 사상적 방황 등 복합적 요인들이 하와이 도착을 전후한 김
성화의 개인적 체험들을 중심으로 전개되는, 작은 규모의 역사적 기술
인 셈이다.

작품 속의 다양한 화소들이 김성화의 기억과 시간순차에 의해 파노
라마식으로 펼쳐지고 있지만, 그것들을 관통하는 정신은 급진적 반항
아 김성화의 '조국에 대한 그리움과 집착'이다. 반드시 조국에 돌아가
야만 한다는 그의 욕망은 그를 압제하는 세력에 대한 반항과 반발로
표출된다. 일제에 의해 고향과 가족들이 풍비박산나고, 결국 중국을
발판으로 하던 항일투쟁을 거쳐 하와이까지 오게 되었으나, 일본인에
서 미국인으로 바뀌었을 뿐 그를 압제하는 세력이 여전히 건재하는
상황은 김성화 개인에게 참담한 비극으로 부각된다. 그리고 이러한 비
극은 개인사에 국한되지 않고 민족 전체의 운명으로 확대해석 되도록

작품 전체가 긴밀하게 짜여있는 점이 흥미롭다. 표제로 나와 있는 'A Ricepaper Airplane'은 작품 속의 금강산이나 압록강과 함께 조국에 대한 그리움, 향수, 귀향 욕구 등을 표상하는 또 하나의 상관물이다.[24) 그러나 금강산이나 압록강은 현실 속의 그것들인 반면, 'a ricepaper airplane'은 주인공의 '비현실성·몽상·낭만성·과격성'만을 부각시키는 상징물이다. '한국→중국→일본→하와이'로 전전해온 낭만적 혁명가로서의 김성화는 하와이에서 다시 조국으로 복귀하고자 하는 꿈을 실현하지 못한 채 결국 생을 마감하는 단계에까지 이르게 된 것이다. 종이비행기는 조국으로 돌아가지 못하는 존재의 비극성을 극적으로 드러내는 소재다. 그러한 비극적 휴먼스토리가 바로 이 작품이다. 이 과정에서 그는 국가체제에 대한 반성적 인식을 갖게 되고 급진적인 사회주의자로 변신을 하게 되는데, 그러한 변신이 객관적이고 차분한 성찰을 통한 것이기보다는 감정적이고 낭만적인 정열로부터 이루어진 것임을 작가는 보여주고 있다. 하지만 이면적으로 그가 지니고 있던 순수성에 대한 찬양의 의도가 작품의 내면에 강하게 전제되어 있음은 물론이다. 이 작품의 창작시점[혹은 기록시점]은 해방 후이다. 그러나 이야기 속 서술자의 발화시점은 1928년 2월이다. 이 작품이 소설이면서도 단순한 소설이 아닌 것은 주인공의 입을 빌어 초기 이민사회의 참상과 그에 결부되는 민족적 비극을 상세히 그려나간 미주 한인이민사의 첫 장으로 볼 수 있기 때문이다. 역사적 관점으로만 본다면, 이 이야기는 타율적 상황에 의해 조국으로부터 쫓겨난 뒤 찾아온 해외에서 조국을 그리워 하다가 비극적으로 생을 마칠 수밖에 없던 초기 이

---

24) 이 점은 우리의 전통적인 것들을 소개하고 나열한 *The Grass Roof*의 주인공이 탈조국, 탈향의 욕망을 강하게 드러내고 있는 점과 대조적이다.

민들의 마음과 생활을 집약적으로 나타낸 기록이다. 비록 타율에 의해서이긴 하나 주인공 김성화가 찾아온 미국[하와이]은 그에게 신세계였다. 그러나 그에게 신세계란 구세계로 복귀하기 위해 잠시 체류하는 곳일 뿐이었다. 구세계로의 귀환이 현실적으로 어렵기 때문에 끊임없는 투쟁을 통하여 그것을 얻어내고자 한다. 이런 과정에서 그는 구세계로 돌아가지도 못한 채, 삭막한 신세계에서 참담한 패배자로 전락하고 마는 것이다.[25]

Ⅳ. 맺음말

이상으로 해방 전 문인인 *Younghill Kang*의 작품 둘과 해방 후 두 문인[*Ronyoung Kim/Gary Pak*]의 작품 둘을 대상으로 그것들에 표상된 자아의 모습들을 살펴보았다. 전자들에는 식민조국을 탈피하여 신세계에 뿌리를 내리고자 하나 결국 미국 주류사회의 굳게 잠긴 빗장을 여는 데 실패하는 주인공의 처절한 모습이 사실적으로 형상화 되어 있다. 후자들에는 그 반대로 잠시 머물고 있던 신세계를 탈출하여 구세계로 복귀하고자 하나 그 또한 실패함으로써 좌절의 늪에 함몰하는 자아가 형상화 되어 있다. 주인공들이 보여주는 탈조국의 염원이나 조국에 대한 집착은 서로 상반되는 지향성이다. 그러면서도 경계인이라는 점에서 이들 모두는 하나로 묶인다. 한국인도 아니고 미국인도 아닌 어정쩡한 존재로서의 경계인적 자아는 이민 초기부터 오늘날까지 이어지고 있는 한인들의 집단무의식 속에 자리잡고 있기 때문이다.

---

25) 조규익, 『해방전 재미한인 이민문학 1』, 28쪽.

Younghill Kang의 두 작품은 그 자신의 자서전들이라고 할만큼 그의 생애와 흡사하며 그에 따라 그가 부조해낸 Chungpa Han 또한 작자 자신의 복사판이라고 할 수 있을 정도다. 이 작품들의 전반부라고 할 수 있는 The Grass Roof에서 작자는 한국의 전통문화를 지리하게 묘사·설명하고 있으며 그 가운데서 새로운 것을 추구하는 주인공의 모색과정을 병행시켰다. 따라서 이 부분은 서양인들에 대한 한국문화의 소개라는 한 측면과 작자 혹은 주인공의 서구 지향성에 대한 합리화로 설명될 수 있다. 이 단계를 거쳤기 때문에 가능했던 것이 바로 두번째 부분인 East Goes West이다. 이 부분에서 주인공은 닫혀있는 서양의 문을 열기 위해 많은 노력을 기울이지만, 결국 실패자로 남게 된다. 그러나 그렇다고 하여 구세계인 조국으로 복귀할 의욕 또한 전혀 없다. 오히려 조국을 더 철저히 버리고 미국사회에서 미국인이 되기 위하여 계속 노력해보려는 듯한 '망상가'의 이미지만 독자들의 마음속에 남기고 마는 것이다. 어쨌든 이 작품들의 자아는 작자 자신을 포함하여 상당수의 이민들이 느끼고 있었을지도 모르는, 정체성의 위기를 효과적으로 보여주었다는 점에서는 성공적이었다고 할 수 있다.

Gary Pak이나 Ronyoung Kim의 작품들에 등장하는 김성화나 혜수 등도 결국 좌절한다는 점에서는 Younghill Kang의 Chungpa Han과 같으나, 그 지향성이 정반대라는 점에서 작자들을 포함한 또 다른 이민들의 자아를 대변했다고 볼 수 있다. 죽는 순간까지 종이비행기라도 만들어 타고 조국에 돌아가려는 꿈을 버리지 못하는 김성화나, 꿈에 그리던 조국에 돌아갔다가 다시 미국으로 쫓겨들어 올 수밖에 없었고 [남북 분단으로 인해] 앞으로도 어쩔 수 없이 조국을 포기해야만 하는 혜수는 1세대 이민들의 서글픈 현실이나 보편적 정서를 극명하게 드러낸다.

1세대의 한인 이민들 가운데 진정으로 탈조국의 꿈을 가졌던 부류는 *Younghill Kang*과 같은 지식인 이민들이었을 것이고, 조국에 돌아갈 꿈으로 미국사회에 뿌리 내리기를 거부했던 사람들은 신세계에서조차 사람 대접을 받지 못하던 대부분의 노동이민들이었을 것이다. 이와 같이 정반대로 나타나는 자아들의 양상은 이민 1세기가 지난 지금이나 앞으로도 상당기간 지속될 수밖에 없는 한인 이민들의 두 모습이다. 물론 이런 현상은 이 작품들 뿐만 아니라 다른 작품, 다른 장르에도 같은 양상으로 나타난다.<『인문학연구』 29, 숭실대학교 인문과학연구소, 1999. 12.>

욕망과 좌절의 끝없는 반복,
그리고 작가들의 자아 찾기

I. 시작하는 말

　재미 한인사회를 형성하던 지식 계층의 핵심 부류인 작가들은 1930
년대에 등장하기 시작했고,[1] 그 대표적 인물이 강용흘이다.[2] 그는 재
미 한인 작가들의 공통 주제인 자아 정체성의 추구를 작품으로 구체
화시킨 첫 인물이며, 구세계의 문화적 전통과 자부심을 바탕으로 한
점에서 다른 작가들과 구분된다. 재미 한인 소설들에 나타나는 자아
정체성 확인의 욕구는 체류자sojourner[3] 의식이나 자국 문화의 使節의

----

1) 물론 1928년 유일한의 *When I was a Boy in Korea* [Boston: Lothrop, Lee &
　Shepard Co.]가 발표되었지만, 그것을 소설 작품으로 보기는 어렵다.
2) 강용흘의 존재가 결정적으로 해외 문단에 알려지기 시작한 것은 *The Grass
　Roof* [New York: Charles Scribner's Sons, 1931/장문평 역, 『초당』, 범우사,
　1993]였으며, 계속 출간된 *The Happy Grove*[New York: Charles Scribner's
　Sons, 1933], *East Goes West: The Making of An Oriental Yankee* [New York:
　Charles Scribner's Sons, 1937/유영 역, 『동양선비 서양에 가시다』, 범우사,
　2002] 등도 그의 작가적 성가를 높이는 데 큰 역할을 했음은 물론이다.
3) 초창기 재미한인들의 체류자 의식에 대해서는 Kim Elaine Hai Kyung ["A
　Survey of Literature: Social Perspectives", Ph. D. diss., Univ. of California,

식4) 혹은 무조건적이고 강렬한 귀향 욕구 등으로 구체화된다. 예컨대 강용흘 작품의 주인공은 '서술하는 나'이든 '서술되는 나'이든5) 모두 작가 자신 혹은 그 대리인으로서 한인 지식인의 표지를 갖고 있다. 이 런 초기의 특징들은 약간씩의 변화를 보여주긴 하지만, 최근까지 지속 되는 재미 한인 소설의 변함없는 주제의식이다.

　이민 초기부터 한인 작가들은 일관되게 자신들의 작품에서 '자아 찾기'를 시도해왔다. 자신의 이야기이든 조부모 혹은 부모의 이야기이 든 작품 안에서 그들이 초점을 맞추어온 주 대상은 1세대의 한인들이 다. 그들은 다수의 노동자들과 소수의 지식인들로 나뉜다.6) 수적으로 많다고 할 수는 없으나 그들은 고국의 생활 현장에서 익힌 각종 장르 의 문학들을 창작했으며, 그 가운데 서양인들에게까지 소개된 분야는 영문 소설이 유일하다. 이들 모두에 작자 자신들 혹은 이들이 대표하 던 한인이민들의 자아가 반영되어 있음은 물론이다. 강용흘은 영문소 설을 통해 한국의 전통문화를 소개하고 자아 정체성 추구의 주제적 전통을 정립시킨 인물이다. 특히 그는 그의 출세작이자 연작장편으로

Berkeley, 1976, 1쪽], Choy Bong Youn[*The History of Early Koreans in America, Koreans in North America: New Perspectives*, ed. Lee, Seong Hyong & Kwak Tae Hwan, Masan: Kyungnam Univ. Press, 9-34쪽] 등의 견해 참조.
4) Lady Hosie, "A voice from Korea", Saturday Review of Literature, Apr. 4, 1931, 707쪽.
5) 제라르 즈네뜨, 권택영 옮김, 『서사담론』, 교보문고, 1992, 243쪽.
6) 상인이나 노동자의 신분으로 1896-1905년 사이에 7,000여명의 한인들이 하와 이로 건너갔고, 1921-1940년 사이에 유학생 등 250여명의 한인들이 도미함으 로써 지식인 계층의 주축을 이루었다. [Choy Bong Youn. op. cit. 239쪽]. 지식 층 이민들 가운데는 학생들 외에 정치적 도피자들도 더러 있었고, 이들이 상 당 기간 한인 이민사회의 정신적 지주 역할을 한 것으로 보인다.

볼 수 있는 『초당』과 『동양선비 서양에 가시다』를 통해 주인공 한청파로 분장한 자신의 '성장→출향→미국에의 정착' 과정을 보여주었다. 뿐만 아니라 그가 이룩한 정신적 성장과 함께 주변인적 자아의 실상 또한 보여주려 했다.

강용흘의 작품들은 김난영의 『Clay Walls』[7], 이창래의 『Native Speaker』[8] 등과 표면적 양상은 다르지만, 한인 지식인 작자의 '자아 찾기'가 현재 진행의 과제임을 보여준다. 말하자면 이민 1세기가 넘은 시점에서도 한인들은 여전히 주변인의 처지를 벗어나지 못한 채 방황하는 모습을 보여주거나, 주변인 혹은 경계인으로 남을 수밖에 없는 비관적 상황 인식에 안주하는 모습을 보여준다. 이들 세 작가[9]는 현실적 환경이나 동기, 혹은 사회적 성취의 측면에서 '같고 다름'이 분명하지만, '자아 찾기'의 과제에 대한 인식만큼은 공통적이다.

---

7) Univ. of Washington Press, Seattle and London, 1987 / 김화자 역, 『토담』, 동문사, 1990.

8) New York: Riverhead Books, 1995 / 현준만 역, 『네이티브 스피커』, 미래사, 1995.

9) 강용흘이 해당 작품들을 발표한 것은 1931·1937년, 김난영의 『토담』은 1986년, 이창래의 『네이티브 스피커』는 1995년이다. 세 사람이 시기상 특별한 의미로 연결되는 것은 아니다. 분명 강용흘은 자아 찾기의 문제나 방법을 처음으로 제시했다는 점에서, 후 2자는 유선모[『한국계 미국 작가론』, 현대문화사, 2004, 17쪽]의 지적대로 한국계 미국문학이 미국 문단에서 하나의 소수민족 문학으로 자리매김하기 시작한 1980년대에 등장한 작가들이라는 점, 말하자면 그가 명명한 바와 같이 "한국계 미국문학의 르네상스 시대"[같은 책, 38쪽]를 대표하거나 그 직후의 시기를 대표한다는 점에서 재미한인문학 불변의 주제의식인 '자아 찾기'가 어떻게 지속되고 있는지를 살피는데 유용하기 때문이다. 사실 이창래의 작품까지 언급해야 이 글의 목표는 달성할 수 있다. 그러나 시간과 분량의 제약으로 이창래에 관한 논의는 별도의 자리로 미룬다.

이 글의 논의 대상은 초기부터 지금까지 변함없이 추구되는 '자아 찾기'의 양상이 어떻게 반복되고 변화되는가를 초기의 작가 강용흘과 '재미한인문학 르네상스' 시기를 대표하는 김난영 간의 대비를 통해 살펴보기로 한다.

Ⅱ. 아메리칸 드림과 탈향, 그리고 문화사절 의식

1. 붕괴된 구세계, 그 대안으로서의 아메리칸 드림

강용흘의 작품 『초당』은 자서전적 소설, 『동양선비 서양에 가시다』는 소설적[혹은 허구화된] 자서전이라 하지만,[10] 어느 쪽이 되었건 그것들이 작자 강용흘의 삶을 그린 작품들이라는 점에는 의심의 여지가 없다. 역사적 사건들 속에서 삶의 궤적을 그려내고 있는 작가의 태도는 그대로인 채 주인공의 이름만 새롭게 붙었을 뿐[11] 허구적 성향보다는 자서전적 성향이 훨씬 강하다. 『초당』에는 송둔치를 중심으로 하

---

10) 김욱동, 『강용흘, 그의 삶과 문학』, 서울대 출판부, 2004, 125-126쪽.
11) 원래 이름 강용흘을 Younghill Kang으로 표기한 것과 마찬가지로 주인공의 이름을 Chungpa Han으로 명명한 것 역시 다분히 상징적이다. '청파(靑坡)'란 '푸른 언덕'이다. 'Younghill'의 'young hill' 역시 '젊은[푸른] 언덕'이다. 이런 점에서 두 작품의 주인공 1인칭 서술자 '청파'는 작자 강용흘 자신이다. 자전소설임을 스스로 강조하기 위한 명명법이라 할 수 있다. 따라서 '청파'는 그의 영문 이름 'Younghill'을 시적으로 바꾼 것이며, '한'이라는 성씨 또한 그가 여러 번 인용한 시인 한용운으로부터 따왔거나 '한국'에서 따왔을 가능성이 크다. 따라서 그의 이름에는 그 자신 뿐 아니라 민족이나 나라, 혹은 그가 되고자 염원하던 시인까지 포괄하는 집단적 의미가 들어 있다고 해야 할 것이다.

는 고향에서의 어린 시절, 서울과 동경에서의 유학시절, 미국 유학 준비과정, 미국으로의 출향 등이 시간 순으로 나열되어 있다. '고향→서울→동경→고향→미국'이라는 공간 이동은 고향을 벗어나 신세계 미국으로의 진입을 결행하기까지 주인공이 명분을 축적해온 과정이었다. 구세계의 문화적 실상을 장황하게 설명하고 있는 전반부, 새로운 세계를 만나면서 구세계에 대한 회의를 갖게 되고 결국 좌절하게 되는 주인공의 내면의식을 보여준 중·후반부, 아메리칸 드림을 안고 신세계 미국으로 건너가는 말미 부분 등 사건의 전개나 장면의 전환은 주인공의 성장과 맞물리고 있다.

『초당』의 주된 배경인 고유명사 'Sung Dune Chi(송둔치)' 역시 '푸른 소나무 우거진 둔치[물가의 언덕]'로서 작품의 배경이자 작가에게는 자신의 고향이나 고국을 표상하기 위한 제유적 상관물이다. 전반생과 후반생의 통합으로 주인공의 방황하는 삶을 마무리하여 보여주는 이들 두 작품 내용의 골자만 추린다면, 『초당』은 '송둔치에서의 생활'로, 『동양선비 서양에 가시다』는 '꿈을 갖고 신세계에 들어와 좌절을 경험하면서 이루어내는 주인공의 미국 정착'으로 요약된다.

강용흘이 뉴욕대학에서 만나 우정을 나눈 토머스 울프Thomas Wolfe 는 서평12)에서 강용흘의 '삶에 대한 애정'과 '새로운 지식 및 경험들에 대한 억제할 수 없는 갈증'에 찬사를 보냈으며, 강용흘 자신은 이것을 '파우스트적인 꿈Faustian dream'으로 묘사한 바 있다.13) 인문학·의학·법학·점성술·신학 등 모든 분야를 두루 섭렵한 서양 중세기 인간의

---

12) Thomas Wolfe, "Review of Younghill Kang's *The Grass Roof*." New York Evening Post, April 4, 1931, 5쪽.
13) 『초당』, 18쪽.

한 유형인 파우스트를 끌어온 강용흘의 의도는 배움에 대한 갈증을 강조하는 데 있었으며, 궁극적으로 그는 그것이 아메리칸 드림으로 이어질 수 있다고 믿었던 것 같다.

한일합방과 3·1운동은 주인공이 경험한 자아 정체성의 첫 혼란이자 위기였고, 선교사들과의 만남은 위기에 처한 자아가 새로운 국면으로 들어선 계기가 되었다. 그는 전통 종교에서 기독교로 전환한 '미치광이 숙부'를 통해 민주주의의 편모를 엿보았으며, 신학문을 익힌 박수산으로부터 새로운 교육을 받고 서구적인 진보사상에 대한 신념을 갖게 되었다. 협소한 자아에 갇혀 있던 주인공 청파는 요동치는 시대 상황의 변화 속에서 '서양 학문에 매료되는'14) 단계로까지 발전하게 된 것이다.

결국 부친이나 조모의 의사와는 상관없이 단발을 감행함으로써 앞서 말한 내면적 변화에 이어 외면까지 서양세계를 향해 한 발 더 내디딘 셈이었다. 박수산이 단발한 그에게 서양 모자를 사주자 그는 그것이 '위대한 박사의 모자나 다름없다'고 매우 기뻐하면서, '서양의 학위를 획득하기로 맹세한 선비임을 뜻한다'고 스스로 의미부여를 하고 나선 점에서도 분명해진다. 결국 전통과 결별하려는 그를 용납하지 않는 부친과 고향을 탈출하여 서울로 떠남으로써 새로운 자아를 찾기 위한 탐색의 여정은 시작된 것이다.

14) 『초당』, 205쪽.

서울에 도착, 험난한 수학의 길을 걷게 된 주인공은 일본인이 지배하는 신식 학교에 환멸을 느끼고 '제대로 교육받기 위해서는 미국으로 가야 한다'는 판단을 내리게 된다. 미국으로 건너가기 위해 접촉하는 선교사들로부터 자신이 '이교도'이기 때문에 데려갈 수 없다는 답변을 들으면서 자신이 처한 현실적 한계를 절감한다.

'내가 이교도임을 깨달은 것은 그 때가 처음이었다'[15]는 술회는 그가 지향하던 서양세계에 도착해서도 주변인으로 지낼 수밖에 없을 것임을 암시하는, 일종의 복선이다. 다급한 상황에서 크리스천이 되겠다고 맹세하는 그에게 '너의 영혼이 참으로 구제된 것을 내게 보여주기에는 이미 때가 늦었다'는 선교사의 가혹한 선고는 서양이라는 새로운 공간에 진입하는 것도 그곳에서의 새로운 삶도 쉽지 않을 것임을 보여준다. 학교로부터 퇴학을 당하고 미국으로 갈 수도 없게 된 청파는 일본으로 건너가 공부를 재개하며, 그러는 중에도 한국인으로서의 자아 정체성에 대한 탐색을 게을리 하지 않는다. 15장 마지막 부분의 한국인에 대한 정의[16]는 청파 자신의 자아 정체성을 확인하기 위해 문화나 인종을 분석한 인류학적 보고문의 수준에 가깝다.

특히 서양의 문물을 받아들여 전쟁준비를 해온 일본을 세밀히 관찰하며 그들의 장점과 한계를 낱낱이 인식한 주인공은 16세가 되던 해 다시 고향으로 돌아왔고, 숨 막히는 식민지의 현실을 목격하며 이미 한국이 몰락했음을 절감한다. 그가 염원하던 미국행의 준비 작업으로 미선계 고등학교에 입학했는데, '영어를 국어로 사용하는 사람들에게 직접 배우고 싶었고, 대학 진학을 위해 미국으로 갈 수 있는 방도를

---

15) 『초당』, 249쪽.
16) 『초당』, 279쪽.

찾기 위한 것'이 그 목적이었다. 그가 경계인이나 주변인으로 방황하게 될 미국 생활에서의 장애 요인 가운데 하나가 언어라는 점과 대학 공부를 통해 주류 사회로 진입할 수 있으리라는 아메리칸 드림의 실현이 수월치 않으리라는 점을 암시하는 내용이다.

3·1운동에 참여했다가 검거된 그는 모진 고문 끝에 새로운 깨달음을 얻는다. '나는 이번 고문으로 온몸이 멍들고, 가슴이 에이는 듯한 아픔을 느끼고 있었다. 나는 이제 하나님을 이해할 수도 없었고, 인간을 신뢰할 수도 없었으며, 오로지 미국으로 건너가 폭 넓게 인생을 공부할 수 있는 길을 찾아내고 싶을 뿐이었다'[17]는 절규는 치유될 수 없는 상처를 안겨준 구세계에서 떠나 신세계로 들어가려는 주인공의 의지를 뚜렷하게 보여준다.

『초당』에 표상된 것은 구세계의 붕괴와 그 반작용으로 선택된 신세계 지향의지이다. 물론 붕괴되기까지 구세계에 남아있던 문화적 전통에 대해서 주인공이 큰 자부심을 보여준 것은 사실이다. 그러나 그런 모든 것들이 망해버렸음을 깨닫는 순간, 그는 그 땅에 남아 있어야 할 하등의 이유도 느끼지 못한다. 주인공은 구세계의 전통적 자아를 버리고 신세계 지향의 새로운 자아를 취한다. 『초당』에는 신세계에서 흔히 겪는 유형의 고통이나 정체성의 위기는 없다. 전통적 자아를 버리고 새로운 자아를 받아들이는, 결연한 모습만이 보일 뿐이다. 그 결연함이 아메리칸 드림에 대한 굳은 믿음으로부터 연유된 것임은 물론이다.

---

17) 『초당』, 382쪽

2. 소외와 열등감, 그 보상 메커니즘으로서의 문화 소개

강용흘

강용흘은 반이민법the *Immigration Ex-clusion Act*[1924년]이 발효되기 직전인 1921년 간신히 미국에 도착하는데, 당시 그의 나이 18세였다. 『초당』의 뒷부분에서는 편안했던 경험과 추억들로부터 벗어나 서울과 일본을 거쳐, '새롭고 매혹적인 나라' 미국으로 떠나기까지의 모험이 펼쳐지는데, 그가 겪는 모험들은 '진보적이고 도전적인' 젊은 영혼에게 닥칠 신세계의 사건들을 암시한다. 『동양선비 서양에 가시다』에서 주인공은 서구적 삶의 방식에 대한 집착을 통하여 전통적 관념으로부터 탈출하려는 의식을 끊임없이 보여준다.[18] 막 20대에 진입하려는 작가 강용흘이 지니고 있던 현실인식이나 성향은 새로운 것에 대한 호기심과 그로부터 촉발된 적극적 실천으로 대변될 수 있었는데, 그런 점에서 주인공 한청파는 강용흘의 정확한 복사판이다. 신세계 미국, 그 가운데서도 그가 집착한 곳은 뉴욕이었다. 미국과 뉴욕은 그에게 '새로움'의 공간으로 인식되었다. 그곳에서 그는 구세계의 옷을 벗고 새로운 존재로 태어날 수 있었다.

뉴욕이 주인공에게 환상의 공간이었던 반면 고향은 '지저분하고 천하고 비바람 쳐 불고 이끼가 낀, 진저리나도록 못 사는' 곳이었다. 주인공이 뉴욕을 '거대한 반역아'로 생각한 것도 전통을 뛰어넘는 참신

---

18) '보편적 차원에서의 근대성을 지향하는' 자아라고 할 수도 있을 것이다. 이동하·정효구, 『재미한인문학연구』, 월인, 2003, 397쪽 참조.

함 때문이었다. 주인공은 현란하고 거대한 뉴욕의 거리에 특히 매료된다. 뒤쪽으로 갈수록 좌절이 증폭되는 것도 처음 경험한 호감의 강도에 그 원인이 있었다. "서양에서 자연과 운명을 거스르는 반역을 배웠다"[19]고 한 것처럼 그는 자연과 운명에 순응하지 않고 현재와 미래를 개척하는 인간 의지의 꽃을 뉴욕에서 목격했다. '공원 벤치에 앉아 반역을 꿈꾸며 파우스트 같은 꿈을 꿀' 정도로 신세계 뉴욕에 경도되어 있었던 것이다. 처음으로 호텔에 들어가 숙박계에 동양필체로 '한청파'를 적어 넣음으로써 "스스로 선택하여 한 뉴욕인으로서 뚜렷이 등록했다"[20]는 호기를 보여주기도 했다. 호텔의 욕조에서 목욕을 하면서는 "죽어버린 옛 세상의 때를 씻어내는"[21] 재계(齋戒)의식을 겸한 입사식을 치르고 뉴욕이란 새로운 공간에 비로소 들어간다. 그를 찾아온 구세계의 조상들이 그에게 "여기서 너는 무엇을 찾으려 하느냐?"고 묻자 "인생이에요"라고 말할 정도로 신세계가 그에게 부여한 의미는 크고도 깊었다.

주인공이 뉴욕에 들어와 시작한 것은 탐색이었다. '인생을 찾는다'는 것은 신세계의 공간적 본질을 탐구함으로써 자신의 자아 정체성을 확인하기 위한 긴 여로가 시작되었음을 의미한다. 그러나 곧바로 현실적인 고통을 겪기 시작했는데, 그중 고약한 것은 유색인종이라서 겪는 인종차별의 고통이었다. 주인공은 만만치 않은 신세계 뉴욕에서 많은 사람들을 만나고 미국의 문화를 목격하며 현실적인 벽을 느껴가면서도 문명 비평의 태도를 버리지 못한다. 어찌 보면 주인공이 표면적으

---

19) 『동양선비 서양에 가시다』, 17쪽.
20) 『동양선비 서양에 가시다』, 19쪽.
21) 『동양선비 서양에 가시다』, 21쪽.

로는 동양의 문화를 이야기하는 듯하지만, 이면적으로는 양키가 되는 과정에서 겪은 서양문물을 이야기한다고 보는 게 정확하다. 주인공이 동양인에게 서양문물을 소개하는 듯하지만, 기실 그것이 서양인에게는 '동양인의 눈에 비친' 서양의 모습을 보여주는 것이라고 할 수도 있다. 그러는 과정에서 주인공은 자신이 동양인도 아니고 서양인도 아니라는 자기 정체에 대한 현실적 깨달음을 얻게 된다.

이민자 자신들에 대한 주인공의 술회[22] 속에는 그가 신세계 뉴욕에서 확인한 자아의 다양한 모습이 들어있다. 그것은 경계인, 망명객, 유형수 등 고통 속에 형성된 한국인의 현실적 자아들이다. 망명객이나 '고향 그리운 새떼들', '영원한 세월의 유형수' 등은 재미한인들이 잃어버린 조국을 떠나 체류자의 신분으로 미국에 머물러 있는 현실을 보여준다. 그들이 기다리는 것은 '심판의 날'이다. 그 심판의 날은 일제의 패망과 조국 부활의 날이다. 그러나 그 심판의 날이 기약 없다는 사실은 '영원한 세월의 유형수'란 말에 암시되어 있다. 그런 식으로 기약 없는 삶을 '어정쩡하게' 살다보니 대부분의 재미 한인들은 중간자 혹은 경계인의 신세로 방황할 수밖에 없었던 것이다.

'아메리카로의 멋진 여행, 서양 학문에 대한 탐욕적인 소망' 등은 그가 처음 구세계를 벗어나던 시절의 아메리칸 드림 자체이기도 했다. 구세계와 신세계 사이에 있던 정신적 막간의 장소 캐나다를 벗어나 다시 뉴욕에 입성한 주인공은 미국식 실용주의나 인종차별의 현실에 적응해야 한다는 당위의 난제에 또 부닥치게 된다. 영업 관계로 만난 라이블리 부부의 인종차별적 선언[23]은 주인공에게 충격적이었고, 그

---

22) 『동양선비 서양에 가시다』 88쪽.
23) 『동양선비 서양에 가시다』, 180-181쪽.

것은 궁극적으로 자신의 자아를 분명히 인식한 계기가 되었다. 그럼에도 불구하고 그는 '미국의 노선에 서도록 하자'[24]고 스스로에게 다짐한다. 그런 가운데 주인공은 '시를 위해 서양에 온 것이 아니라 자연을 뛰어넘는 인간의 새 길을 찾아 왔다'[25]는 새로운 논리를 마련한다. 신세계 미국의 심장부 뉴욕에 온 이상 주인공으로서는 새 것을 찾아내거나 분명한 결실을 거두어야 한다는 부담감을 안고 있었다. 그것만이 인종차별에 따른 정체성의 위기를 극복하고 그 나름의 자존심을 세우는 길이라고 생각했던 듯하다.

그렇다면 그가 주변인의 범주를 벗어나지 못함을 깨달았음에도 불구하고 애당초 지니고 있던 '본능적인' 목적을 더욱 지성적으로 설명해야 했던 까닭은 무엇일까? 우리는 뉴욕이 결코 이방인인 주인공에게 그런 일을 부탁한 적이 없었음에도 그 자신은 더욱 열을 올리며 문화적·지성적 작업을 자신의 임무로 생각하려 애쓰고 있는 모습을 발견하게 된다. 물질적으로 궁핍하고 유색인종이라는 이유로 차별받으면서도 그 나름대로 자신을 지탱할 수 있었던 것은 동·서양을 아우를 수 있는 문화적·지성적 자부심 덕분이었다. 그 지적 자산을 통해서 그는 현실적으로 상처받은 내면세계를 얼마간 치유 받거나 보상 받을 수 있다고 보았던 듯하다. 그래서 그는 자신의 문화적 유산을 언급했고, 르네상스와 신세계 문화의 새로움을 융합함으로써 생동하는 자신감을 느끼고자 한 것이다. 그것만이 주인공 자신의 정체성을 지탱할 수 있는 유일한 길이었다. 뉴욕에 다시 돌아와 만난 김의 주장은 아메리카적인 삶의 방식에 매몰되지 말고 길게 보아 동양의 학문을 해야

---

24) 『동양선비 서양에 가시다』, 183쪽.
25) 『동양선비 서양에 가시다』, 199쪽.

한다는 점, 동양의 학문을 통해 아시아에 접근하는 서양인같이 되리라는 점, 동·서양의 과장이나 편견을 볼 수 있으리라는 점, 양반구의 예술과 종교 문학을 연구하면 할수록 귀한 존재가 되리라는 점 등[26]이었다. 김의 입을 빌었지만, 그것은 사실 주인공의 입을 통해 작자가 하고 싶었던 말이다. 이 단계에 이르러 주인공은 주변인의 입장에서 방황을 하면서도 그런 외부의 자극에 좌절하지 않을 만한 방어기제는 어느 정도 마련하게 된 셈이었다.

주인공은 '문학적 방랑자'이면서도 '겉보기에는 여유 있는 신사며 학자'라고 자신의 이중성을 실토했다. 자유기고나 정신노동 등으로 겨우 밥을 먹을 정도의 불안정한 생계를 꾸려가면서도 '아메리카 지성인 그룹에 편입될' 날만 기다리는 안타까움을 드러내기도 했다. 그러다가 결국 잡지 『정의』의 아시아 계통 편집인에 취업했고, 다음으로 어떤 월간지에 동양소식의 기고자로, 그 다음엔 브리태니커 백과사전의 편집인으로 각각 취업함으로써 아메리칸 드림의 작은 부분을 성취하게 된다. 그러나 본질적인 문제는 여전히 미해결인 채로 작은 꿈의 성취 과정과 병행, 지속되었다. 유색인으로서 벗어날 수 없는 인종차별의 문제 때문이었다.

그 즈음 뉴욕에서 만난 인도계 옥스퍼드 태생인 센자르는 영국인들의 위선적 오만과 우월의식에 바탕을 둔 인종차별의 문제를 실감나게 비판하는 젊은이다. 영국인들이 인도에서 저지른 만행과 일본인들이 한국에서 저지른 만행을 비교하면서 두 사람이 공분하는 것도 바로 인종차별의 문제였다.

다음으로 만난 인물이 트립이다. 주인공은 백인 여성 트립에게서 이

---

26) 『동양선비 서양에 가시다』 307쪽.

성으로서의 매력을 발견하고 무한한 환상과 착각에 빠져든다. 그러나 결국 트립에 대한 연정은 결실을 맺지 못하는데, 그것은 주인공이 신세계에서 경험한 좌절 가운데 가장 큰 것이었다.

주인공에 의해 '역사적인 아메리카인의 하나'로 묘사된 커비 의원은 그에게 '이 땅의 사람, 우리 사람이 될 것'을 권했고, 주인공은 '그렇게 하고 싶지만 법적으로 거부된다'고 답변했다. 그 답변은 주류사회 인간들의 마음 뿐 아니라 제도마저도 미국 사람으로 받아주지 않는 현실을 단적으로 지적한다. 그 간단한 말 속에는 현실적인 인종차별을 담담히 받아들이려는 체념의 정서가 들어있다. 김의 죽음에 대하여 "그는 끝까지 한국의 망명객으로 죽었다. 아메리카는 김을 위한 나라는 아니었다."[27)]고 함으로써 예정된 자신의 미래를 암시하기도 했다. 결국 자신도 한국의 망명객으로 죽을 것이며, 아메리카는 자신을 위한 나라가 아니라는 점을 김의 죽음에 의지하여 토로한 것이다.

김은 '망명객으로 죽었지만', 그는 '망명객으로 남겠다'고 했다. 죽을 때까지 망명객의 신세를 벗어나지 못한다는 점을 암시한 것이다. 주인공은 자신의 이야기를 꿈으로 마무리했다. 꿈속에서 본 열쇠와 트립. 열쇠가 있어야 망명객에게 굳게 닫힌 아메리카의 문을 열 수 있다. 떨어지는 열쇠를 찾느라고 그는 윤구와 작두쇠를 잊었다고 했다. 윤구와 작두쇠는 구세계에 남겨두고 온 주인공의 친구로 주인공의 부모나 친척이 모두 죽거나 흩어져버린 현실에서 고향에 남아있는 인연의 유일한 끈이다. 그들을 잊었다고 함으로써 비록 망명객의 신세를 벗어나지는 못했지만 결코 고향에는 돌아가지 않겠다고 다짐한 셈이다.

이 작품의 내용은 두 축으로 전개되고 있다. 주인공이 미국을 떠돌

---

27) 『동양선비 서양에 가시다』, 434쪽.

며 주변인 혹은 경계인의 입장에서 당하는 현실적 고통과, 주인공이 '동양의 양키'가 되어가는 과정을 그리는 것이 하나의 축이고, 동양의 문화를 소개하고 설명하며 서양의 문화를 비판하는 일종의 문명 비평론 혹은 비교문화론이 또 하나의 축이다. 전자를 통해 주인공은 좌절한다. 그것은 주류사회에 대해서는 주변인, 동양과 서양 사이에서는 경계인으로 방황할 수밖에 없는 재미한인들의 자화상이었다. 그러나 후자에서는 서양의 문학이나 문화에 대한 비판적 묘사를 좀더 적극적으로 시도한다. 그것은 전자에서 받는 마음의 상처나 열등감을 보상받고도 남을 만큼 정신적으로 우월한 모습을 보여준다. 자주 노출되는 비교문학적·철학적·심리학적·인류학적 담론들 역시 의도했건 그렇지 않았건 그가 만나는 서양인들에 대한 지적 우월감을 드러낸 사례들이었다. 그가 서양에서 최고급의 인사들을 만난 건 아니었지만, 지적·정신적으로 주인공을 능가할만한 사람은 없었다. 그들은 다만 인종이나 사회적 지위의 기득권에서 주인공을 앞설 뿐이었고, 그런 기득권을 바탕으로 주인공을 비롯한 유색인들을 억압할 따름이었다.

앞에서 언급한 레이디 호지Lady Hosie도 강을 비롯한 초기 재미한인 지식인들이 자국 문화에 대하여 지니고 있던 투철한 사절(使節)의식을 지적했다. 그 덕에 작자의 책 자체가 그의 고향 사람들에 관한 미국인들의 이해에 직접적으로 기여할 수 있었다고 했다. 작자는 원래부터 고국의 전통문화에 대한 자부심이 강했다. 특히 그는 돈이나 물질, 무력으로 대변되던 당시 열강들과 달리 한국 사람들만이 지니고 있던 시에 대한 소양이나 세련된 지성을 그 자부심의 근거로 들었다. 이런 사실은 구세계를 탈출하여 신세계에 정착하고자 하는 그 역시 의식의 심층에 잠재된 민족애로부터 자유롭지 못했음을 암시한다.

수틸락사나Suttilagsana는 작자가 청춘시절을 지낸 고향마을로부터 서양으로 떠난 행위를 정당화하거나 변명하려는 것이 『초당』의 중심 주제라고 하였다.[28] 말하자면 그가 자신의 소설 첫머리에서 강하게 표명한 것처럼 풍부한 문화유산을 포기할 수밖에 없었던 점에 대하여 어느 정도 자기 합리화의 필요성에 직면했으리라는 것이다. 그러나 수틸락사나는 전통문화에 젖어 있으면서도 그 한계를 절감하던 당대 식민지 지식인의 성향 가운데 한 면만 본 것이다. 구세계로부터 신세계로 나아가는 것, 작자는 그것을 자신의 내면적 성장과 등가관계로 보고 있었기 때문에 굳이 그에 대한 변명의 필요성을 느꼈다고 볼 수는 없다. 오히려 신세계 진출의 당위성과 구세계 전통문화의 매력 모두 포기할 수 없었던 그 자신의 입장을 감안하면 이 작품의 주제의식이나 서술방법은 그에게 불가피한 선택이었을 것이다.

미국은 근본적으로 인종차별적 사회이다.[29] 『초당』에서 미국을 가능성과 희망의 땅으로 생각하고 건너온 주인공이 극복해 나가야 할 현실적 한계와 좌절의 요인이 바로 인종차별의 벽이었다. 지금도 재미 한인들이 짊어지고 있는 '고통스런 주변인'이나 '중간계층 소수민족'이란 사회적 입장[30]은 한인들이 미국 땅을 밟기 시작한 그 시점부터 절감하게 된, 일종의 운명이었다.

캐더린 우즈Katherine Woods는 이 작품을 '말 그대로의 소설'이 아니라 오리엔탈 양키oriental yankee를 만들어가는, 솔직한 기록이라고 하였다. 특히 강은 매우 성공적으로 미국화 되었으며, 따라서 이 작품의 전편격인 『초당』이 주인공의 어린 시절을 그려낸 자서전이라 한다면,

---

28) 앞의 글[재미한인문학과 두 모습의 자아: 각주 22)] 참조.
29) 구춘서, 「재미 동포의 중간자적 위치에 대한 신학적 이해」, 『在外韓人研究』 10, 재외한인학회, 2001, 3쪽.
30) 구춘서, 위의 논문, 2쪽.

이 작품은 주인공의 '미국경험들'을 이야기하기 위한 속편이라고 했다. 그러면서도 주인공이 동양적인 초탈함이나 학자다움 혹은 막연한 완벽성에 대한 추구 등 일관된 자세를 지키고 있는 점과 정신이나 영혼의 면에서 잃고 싶어 하지 않은 어떤 것을 잘 지켜 나왔다고 보았다.[31)]

주인공이 미국에 지니고 간 것은 아메리칸 드림이었다. 그는 낙원으로 이상화된 미국사회에 소속되어 보고자 끊임없이 노력하지만, 그러한 노력 자체가 미국인들에게 우스운 것으로 받아들여지곤 하였다. 예컨대 미국소녀 트립과의 로맨스를 통하여 미국사회에 대한 소속감을 느껴보려 했으나 그것마저 그녀의 냉담한 거부로 좌절되는 수모를 겪는다. 그러면서도 미국 사회에 진입하고자 애쓰지만, 그러한 꿈은 쉽게 이루어지지 않는다. 역설적인 것은, 그럼에도 불구하고 그는 당시 대다수의 이민들과 달리 구세계인 한국으로의 복귀를 포기하고 만다는 점이다.

그가 만나는 인물들, 예컨대 절망적인 로맨티시스트 김Kim이나 협소한 낙천주의자 염Jum등도 모두 주인공과 마찬가지로 모순적인 존재들이다. 그들 모두 아메리칸 드림을 가지고 미국에 건너왔지만, 결국 그것은 현실화되지 아니한 채 꿈으로 남을 뿐이었다. 주인공 또한 실망이나 오해, 고독 등을 감내하면서 삶의 전 영역에 걸쳐 열심히 아메리칸 드림의 실현을 추구했음에도 불구하고, 결국은 이루지 못한 채 좌절하고 만다. 현실과 욕망 사이의 메울 수 없는 거리를 방황하면서

31) Katherine Woods, "Making of an Oriental Yankee-Younghill Kang's Study of His American Experiences Is a Lively and Revealing Venture in Autobiography", *The New York Times Review*, Oct. 17, 1937.

꿈의 현실태를 찾아 분투해온 주인공에게 남겨진 것은 좌절한 몽상가의 이미지일 따름이다.

작품의 말미로 갈수록 주인공을 비롯한 유색인들은 백인이 점령한 미국의 주류 사회에 들어가고자 하면서도 결국 들어가지 못하는 운명적인 주변인임을 이 작품은 쓸쓸하게 확인해주고 있다. 앞서 언급한 바와 같이 중간계층 이론은 미국 내 인종들 사이에서 점하는 한인들의 현실적 위치를 설명하기 위한 효과적인 인식의 틀이다.[32] 백인 주류계층인 유로 아메리칸과, 아프로 아메리칸 혹은 히스패닉으로 구성된 하류층 사이에 '낀' 존재가 바로 한인들이다. 말하자면 한인들은 인종적 우월감에 젖은 백인 주류계층에 대해서는 열등의식을 갖게 되고, 반대로 여타 유색인종들에게는 일종의 우월감을 갖게 되는 중간 계층의 범주를 벗어나기 어려웠던 것이 현실이다. 그 열등감을 어떻게 해소하느냐가 이들이 당면한 문제이고, 이민 초기 역시 같은 상황이었다.

주인공이 미국에 도착한 이후 적응의 과정에서 끊임없이 부닥친 문제 또한 근본적으로 유색인종에 대한 편견과 차별이었고, 그에 대한 대응이 쉽지 않음을 여러 곳에서 밝혔다. 따라서 구세계 전통문화의 소개나 서양문물에 대한 비판은 신세계에서 직면한 소외와 열등감을 치유받기 위한 보상 메커니즘의 구현일 수 있는 것이다.

---

32) 구춘서, 앞의 논문, 4쪽.

Ⅲ. 귀향의 욕망과 좌절, 빛바랜 아메리칸 드림

작가 김난영의 남편 리처드 한Richard S. Hahn은 한국어판 서문에서 작가가 『토담』의 주제를 '보편성'으로 지적했다고 밝혔다. 처음에 리처드 한은 그 보편성을 '이 세상 곳곳에서 빚어지는 이민의 어려움'을 의미한다고 해석했으나, 나중에 '인간의 본질적 가치와 삶의 내용, 인간의 추구와 희망, 성공과 실패 등 인간이라면 누구나 겪는 삶의 전반적인 면을 의미'하는 데 작가의 뜻이 있음을 깨달았다고 했다. 그러나 작가의 원래 의도가 어디에 있었든 분명 『토담』은 양자 모두를 담고 있다.

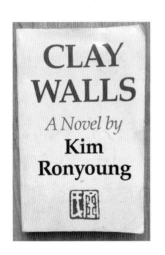

재미한인 2세대 출신 작가인 김난영은 미국에서 태어나 미국의 교육을 받으며 자라났다는 점에서 1세대로서 10대 후반에 미국으로 들어와 20대 후반에 작품을 쓴 강용흘과 다르고, 최근 각광을 받고 있는 1.5세대 작가인 이창래와도 다르다. 그러나 '재미한인들의 정체성 추구'라는 문제에 초점을 맞출 경우, 본질적인 면에서 그들 사이에 차이는 없다. 어차피 재미한인들이 정체성의 위기를 겪는 경우 구세계에서의 경험이 큰 작용을 할 것이기 때문이다. 사실 『토담』이 우리들에게 중요한 것은 구세계인 한국과 신세계인 미국 사이에 위치한 이민의 삶을 다루고 있기 때문이다. 작품에서 감지되는 정서가 '한국적인가 아닌가'는 2차적인 문제이고, 한국과 미국 사이에서 방황하고 갈등하는 주체의 모습을 사실적으로 그려내고 있는지 여부가 가장 중요한 것이다.

주인공이 구세계의 풍부한 경험을 바탕으로 미국에 들어온 점에서 강용흘의 작품들이나 『토담』은 일치한다. 그러나 전자는 아메리칸 드림에 대한 강렬한 성취 욕구를 갖고 있는 반면, 후자는 구세계 복귀에 대한 집착을 갖고 있다는 점에서 대조적이다. 양자 모두 정착 과정에서 신산한 고통을 겪고 있으며, 특히 『토담』의 주인공 혜수는 복귀하고자 열망해온 구세계에서까지 고통을 겪음으로써 발붙일 곳을 찾지 못한 채 방황하는 모습을 보여준다. 경계인이나 주변인으로 신세계에 눌러 앉고 마는 선택 아닌 선택을 하게 되는 것도 대부분의 이민들이 공통적으로 겪는 삶의 운명적인 모습이라고 할 수 있다. 작품은 '혜수편 / 전씨편 / 페이편'으로 삼분되어 있지만, 주인공은 혜수이고 나머지 인물들은 조연들이다. 즉 주인공 혜수와 갈등을 벌이며 구세계로 복귀하려는 그녀의 열망을 '역으로' 부각시키는 역할을 수행하는 존재들이기 때문이다. 특히 혜수의 처절한 귀환 욕구는 초기 한인 이민들의 괴로움과 타율적 이민의 실상을 압축적으로 보여준다. 따라서 이 작품은 주인공의 단순한 개인사라기보다는 한인 이민사회의 이면을 사실적으로 보여주는 역사적 서술이다. 스스로를 일시적 체류자로 생각하는 주인공에게 끊임없이 닥쳐오는 고통은 작자의 말대로 '인간이라면 누구나 겪는 삶의 전반적인 면'으로 볼 수도 있겠지만, 당대 이민자들의 집단의식을 그 주된 요인으로 보는 것이 정확하다. 그 특이한 짜임 또한 대부분의 재미 한인문학에서 공통적으로 발견되는 귀납적 구조이자 이민 작가들이 지니고 있던 관념상의 틀을 반영한다는 점에서 전형적이다. 양반 출신인 자신의 계급과 맞지 않고 구세계에 대한 애착도 거의 없으며 의식 또한 현저하게 다른 남편 전씨, 자신의 생각을 제대로 이해하지 못하는 이민 2세 페이 등은 주인공이 신세계에서 겪는 고통을 가중시키는 존재들이다.

주인공 혜수가 남편 전씨와 만난 것은 구세계가 안겨준 타율의 소산이었다. 그러나 그 후 신세계에서 아이들을 낳아 키우며 의식 있는 여인으로 변모해가는 그녀의 모습은 신세계에 적응하기 위한 시도들의 성과이자 구세계로 복귀하기 위한 자발적 준비 작업이기도 하였다. 계속되는 인종차별은 그녀가 지니고 있던 구세계로의 복귀 욕구를 더욱 부채질하여, 결국 그 꿈을 이루게 만든다. 그러나 구세계의 실상은 그녀가 알고 있거나 꿈꾸던 것과는 현격하게 다르다. 일본 제국주의에 의해 파괴된 구세계는 아주 생소한 모습으로 바뀌어 있었던 것이다. 말하자면 이전의 구세계가 이젠 상당히 낯설면서도 부정적인 의미의 또 다른 신세계로 변해 있었던 것이다. 이 시점에서 오히려 그녀가 그토록 탈출하고자 노력했던 신세계는 복귀하려는 그녀를 다시 받아들일 만큼 너그럽고 새로운 구세계로 바뀌어 있음을 깨닫는다. 그러나 지난날의 신세계[지금의 구세계] 미국으로 되돌아온 주인공은 그 이전보다 훨씬 가혹한 시련을 겪는다.

조국이 식민지적 상황으로부터 벗어나야 한다는 주인공의 일념은 구세계 복귀의 열망과 맞물려 있으며, 신세계가 그녀에게 가하는 차별의 고통 또한 그런 열망을 부추긴다. 그러나 복귀할 수 없을 정도로 변해버린 구세계의 현실 앞에서 좌절하는 주인공은 신세계에 남을 수밖에 없었고, 우여곡절 끝에 2세들로부터 실낱같은 희망의 단서를 발견하는 것으로 이야기는 마무리된다.

작품의 후반에서 작자는 주인공의 딸 페이를 전면에 내세워 한인 이민들의 생활과 그들의 배경적 상황을 구성하던 한·미·일 간의 역사적 사건들을 작품 속에서 엮어나간다. 마지막 부분에서 작자는 남·북으로 분단된 구세계의 현실을 제시하고 어느 쪽으로도 갈 수 없어 구세계로의 귀환을 포기하고 [마음에 들지 않는] 신세계에 눌러앉을 수밖에 없는 한인 이민들의 강요된 선택을 결론으로 내놓는다. 작자는 주인공을 통하여 구세계를 구성하던 남북한으로부터 모두 배척받던 한인이민들의 곤경과 역사의 아이러니를 그려내고 있다. 작자는 또한 페이의 입을 빌어 "엄마 순 조선 사람이 되는 것도 쉽지 않네요 뭐." 라고 말하게 함으로써, 혜수의 심경을 대변하게 한다. 페이의 이 말 속에는 "미국사람 되는 일이 쉽지 않다."는 역설적 내포 또한 들어 있다. 구세계에의 복귀도 신세계에의 적응이나 동화도 불가능하거나 최소한 '쉽지 않다'는 한인 이민들의 처절한 깨달음이 이 말 속에는 들어있다.

그런 점에서 주인공을 포함한 한인이민들은 운명적인 경계인이다. 수천 년의 역사를 지닌 조국과 존경받는 양반 가문이라는 점이 주인공을 지탱해주던 정체성의 근거였다. 그러나 선진국으로 자처하던 1920년대의 미국은 이런 사실을 전혀 인정하지 않았고, 중국인·일본인·필리핀인들과 마찬가지로 '동양인'의 범주 속에 넣어 똑같이 차별의 대상으로 삼는 것이 현실이었다. 자기 존재에 대한 주인공의 인식과 미국인들의 인식 사이에는 극복할 수 없는 거리가 있었고, 그것이 이민지에서 주인공이 겪는 갈등과 고통의 근원이었다.

주인공과 남편 전씨의 대화[33] 속에 1세대 이민들 상당수가 갖고 있던 체류자 혹은 망명자 의식이 뚜렷하게 나타난다. 양반 출신이든 상민 출신이든 조상과 부모가 있는 조선으로 돌아가야 한다는 생각은 당시 이민들에게 일반적이었다. 남편 전씨 스스로 '농사꾼의 아들임'을 내세워 양반 출신인 주인공과 다른 생각을 드러내게 한 것은 정체성에 대한 주인공의 명분과 집착을 좀 더 부각시키기 위한 것일 뿐

---

33) 『토담』, 18-19쪽.

그의 생각이 당시 이민들의 보편적인 의식과 같았던 것은 아니다. 비록 어려운 삶이었지만 구세계는 반드시 돌아가야 할 곳이었다. 특히 양반 가문에서 태어나 행복한 어린 시절을 보낸 주인공에게 고향은 무엇보다 소중한 공간이었다. 주인공과 가깝게 지내던 클라라의 남편 임선생 역시 '지체 높은' 양반집 자손이자 학자로서 미국에 와서 접시 닦기를 할 만큼 재미한인 이민들의 상황은 열악했다. 주인공이 이민 초기부터 자아 정체성의 혼란을 경험한 것도 그런 현실을 쉽게 받아들일 수 없었기 때문이었다. 구세계에서의 '지체 높은 양반이자 학자가 신세계에서 접시 닦기를 한다'는 사실 자체가 주인공에겐 '이율배반'[34]이었다. 인간은 고향에서 살아야 하고 불가피하게 고향을 떠났다 해도 구세계에서의 지위와 신분은 신세계에서도 지속되어야 한다는 게 주인공의 믿음이었다. 따라서 유색인종이기 때문에 받아야 하는 사회적 푸대접은 주인공의 입장에서 도저히 이해할 수 없는 신세계의 현실이었다. 백인 전용지역을 발견하고는 '사람은 모두 평등하게 태어났다'는 항변도 되뇌어 보지만, 힘없는 한인 이민으로서는 '독백'에 불과할 뿐이었다.

일자리를 구하고 집을 얻는 과정에서 영어의 필요성을 절감한 주인공은 남편에게 영어 공부를 권하고 자신도 노력했으나 영어를 숙달시키기가 쉽지 않음을 깨닫게 되었다. 영어가 어렵기도 했지만, '조선으로 돌아가기 전까지는 이 정도로 충분하다'는 생각 때문이었다. 일시적인 '체류자 의식'이 영어 학습까지 소홀하게 만들었던 것이다. 심지어 남편까지도 "사람들은 조선에서 나오려고 야단들인데 당신은 돌아간다는 거요?"라고 되물을 정도였지만, "상황이 바뀌면 사람들도 달라

---

34) 『토담』, 20쪽.

질 거예요."라고 응수할 만큼 주인공은 귀향의식이나 체류자 의식이 재미한인들의 집단의식으로 보편화될 것을 믿고 있었다.[35]

미국 땅에서 차별을 받으면서도 독립을 향한 조선인들의 집단 활동은 지속되고 있었고, 주인공 또한 여기에 적극 동참하고 있었다. 처음에는 고국으로 돌아가겠다는 일념 때문이었으나 시간이 흐르면서 구세계의 정치적 현실을 재인식하고 그 개혁의 방향에 대한 모색으로까지 주인공의 의식은 발전되었다. 계급 차별과 같은 봉건사회의 한계를 인식하게 되고 동등한 권리와 재산 분배의 필요성을 느끼는 등 주인공은 '새로운 자아'에 대하여 눈 뜨게 된 것이다. 그런 움직임이 한인 커뮤니티에서는 공산주의로 비판되었지만, 그런 생각을 부분적으로나마 구세계 질서 재편의 한 대안으로 제기한 것은 분명히 의미 있는 일이었다. 고향에서 온 삼성으로부터 절망적인 상황을 전해 듣고도 귀향의 당위성을 역설할 만큼 주인공의 귀향의지는 맹목적일 정도로 강렬한 모습을 보여준다.

이런 점은 클라라의 남편 임 선생의 사망 후 그녀에게 백인 남자친구가 생긴 사실에 충격을 받는 주인공의 모습에서 더욱 확연해진다. "어떻게 그 사람을 좋아할 수가 있니? 그 사람은 조선사람이 아니잖아."라고 따지는 주인공의 항변에서 배어나는 인종차별 의식은 역설적이라고 할 수 있다. 그러나 따지고 보면 그것은 그간 백인들로부터 받아온 인종차별의 반작용이면서 조선인의 정체성에 대한 확인이기도 했다.

재미한인들이 백인들로부터 멸시를 받으면서도, 정작 그들을 포용해야 할 때 그러지 못하는 것은 그들에 대한 반감 뿐 아니라 오랜 역

---

35) 『토담』, 49쪽.

사를 자랑하는 '순혈주의'에 대한 집착이나 자존심 때문이라는 것을 주인공의 입을 빌어 말했다. 주인공이 굳게 믿어온 조선인의 정체성이나 이민지 미국에서 경험하게 된 정체성의 혼란 역시 이런 믿음으로부터 연유된 것이다. 주인공은 클라라의 일에서 상실감을 느꼈다고 했다. 그것은 정체성의 상실이었다.

'양반→근로자→뜨내기'로 격하되어가는 주인공의 처지는 신세계에서 빈민으로 전락해가던 한인 이민들의 고통을 압축적으로 보여주는 동시에 그들이 경험하던 정체성의 혼란과 위기를 상징적으로 보여주는 일이었다. 남편의 죽음과 함께 가정에 엄습한 경제적 위기로 생활은 더욱 어려워지고 인종 차별의 고통 또한 지속되었지만, 2세들의 성장으로 세대간 경험의 전이는 그럭저럭 이루어지게 된다. 구세계의 상황을 바꾸어 보려는 정치 집회도 지속되었고, 다양한 사람들과의 만남은 주인공을 정체성의 위기로부터 얼마간 구해주는 계기가 되기도 했다. 주인공은 이제 환상으로 바뀐 구세계의 추억이 더 이상 구세계 복귀의 동력이 되지 못한다는 것을 깨닫는다. 2차 세계대전으로 재미한인들은 일본을 타도하려는 미국과 의기가 투합하긴 했지만, 그 과정에서 여전히 인종차별의 벽이 존재하는 것을 확인하곤 좌절에 빠진 것이다.

주인공은 '미국사람도 조선사람도 아닌' 경계인, '남한인도 북한인도 될 수 없는' 제3의 조선인이었다. 정체성의 혼란에 빠져 고통을 받는 주인공을 보면서 결국 그녀의 2세인 페이도 '순조선인이 되기가 쉽지 않음'을 깨닫게 되었다. 주인공이 왜 한사코 곽산의 땅을 붙잡으려 했는지도 이해할 수 있게 되었다. 주인공은 2세인 페이가 그 점을 비로소 이해해준 데 대해 대견함과 고마움을 느꼈고, 거기서 어떤 희망을 볼 수 있었다. 페이가 그녀의 애인 댄으로부터 편지를 받는 장면은

고통을 벗어나 이민사회의 희망적인 미래가 도래하고 있음을 암시한다고 할 수 있다.[36]

『토담』의 작자는 스스로를 신세계 미국에 잠시 머무는 체류자로 생각하는 주인공을 등장시켜 그들이 겪을 수밖에 없는 이민생활의 고통을 형상화했으며, 당대는 어쩔 수 없다 해도 2세~3세에 이르면 그 사회의 일원으로 정착하리라는 희망을 그려내는 데 성공했다고 할 수 있다. 출발은 달랐지만 작가의 위기와 갈등을 통한 '자아 찾기'의 노정이 희망으로 종결되었다는 점에 강용흘과 김난영의 의도는 같았다는 점을 확인할 수 있다.

Ⅳ. 맺음말

초창기 미주 이민 1세대인 강용흘은 『초당』과 『동양선비 서양에 가시다』에서 주인공을 통해 아메리칸 드림과 자아 정체성의 추구를 시도했고, 그로부터 50여년 후인 1986년 김난영은 『토담』에서 이민 1세대의 고통을 통한 자아 정체성의 혼란과 위기를 그려냈다. 전자들에는 식민 조국을 탈피하여 신세계에 뿌리를 내리고자 하나 결국 주류 사회의 굳게 잠긴 빗장을 여는 데 실패하는 주인공의 처절한 모습이 사

---

36) 『토담』, 426.

실적으로 형상화 되어 있다. 후자들에는 그 반대로 잠시 머물고 있던 신세계를 탈출하여 구세계로 복귀하고자 하나 그 또한 실패함으로써 좌절의 늪에 함몰하는 자아가 형상화 되어 있다. 물론 두 경우 모두 결말에서 미래의 희망을 암시하고 있긴 하지만 누구나 인지할 정도로 분명한 것은 아니다.

사실 강용흘 작품의 주인공과 김난영 작품의 주인공이 보여주는 탈조국의 염원이나 조국에 대한 집착은 서로 상반되는 지향성을 보여준다. 그러면서도 경계인이나 주변인이라는 점에서 양자는 동질적이다. 한국인도 아니고 미국인도 아닌 어정쩡한 존재로서의 경계인적 자아는 이민 초기부터 오늘날까지 이어지고 있는 한인들의 집단무의식 속에 자리 잡고 있는데, 두 사람은 교묘한 필치로 그 핵심을 건드린 셈이다.

박사나 시인의 꿈을 지니고 있던 주인공 청파가 미국으로 건너간 것은 자유정신의 추구에 그 목적이 있었다. 그러나 미국에서 인종차별과 궁핍의 고통을 겪으면서 그가 그리던 신세계의 꿈은 고통과 좌절로 바뀐다. 고통과 좌절은 열등의식을 불러 일으켰고, 그 열등의식을 해소하기 위해 문화사절을 자처하려 했던 듯하다. 그가 비록 현실적으로 주변인의 위치에 머물고 있었지만, 구세계에서 얻은 전통문화의 소양은 지적·문화적 자존심으로 그를 지탱하는 버팀목이 되고 있었다. 구세계의 문화적 전통이나 풍습의 소개, 서양 문학이나 문화에 대한 비평적 소견을 장황하게 펼치는 이면에는 현실적으로 피할 수 없었던 열등감의 보상 욕구가 잠재되어 있었다. 특히『동양선비 서양에 가시다』에는 주인공의 신세계 편력이라는 한 축과 구세계의 전통문화 소개와 서양문화에 대한 비평이라는 또 한 축이 병렬적으로 제시되고 있는데, 이 점은 작가가 인식하고 있던 자아의 분명한 한 측면이라고 할 수 있다.

『토담』의 주인공도 결국 좌절한
다는 점에서는 강용흘 작품들의 주
인공과 같으나, 그 지향성이 정반대
라는 점에서 작자를 포함한 이민들
의 또 다른 자아를 대변하는 셈이
다. 꿈에 그리던 조국에 돌아갔다가
다시 미국으로 쫓겨 들어올 수밖에
없었고, 남북 분단으로 인해 앞으로
도 어쩔 수 없이 조국을 포기해야
만 하는 혜수는 1세대 이민들의 현

실적 한계와 보편정서를 극명하게 드러낸다. 구세계의 양반 출신으로
서 신세계에서도 그런 사회적·정신적 자존심을 유지해야 한다고 믿고
있던 주인공으로서는 이민지의 현실이 고통스러웠다. 조국의 식민 상
황이 해결되면 돌아갈 수 있으리라 생각하며 열심히 노력하지만, 이민
지에서 겪는 인종 차별이나 경제적 궁핍은 그러한 노력 자체가 무력
한 꿈에 불과함을 보여준다. 결국 '순조선인'이 되기 어렵다는 현실인
식에 도달하고, 2세에나 희망을 걸어볼 수 있음을 암시하는 것으로 작
품은 종결된다. 처음부터 구세계로 귀환하려고 애쓰는 모습을 통해 미
국은 잠시 체류하는 장소임을 강조했다는 점에서 『토담』의 주인공은
강용흘 작품들의 주인공과 다르다. 그러나 살아가는 동안 겪는 인종차
별이나 경제적 궁핍 등의 고통을 통해 좌절과 체념으로 마무리되는
점은 서로 부합한다.

1세대의 한인 이민들 가운데 진정으로 탈조국의 꿈을 가졌던 부류
는 강용흘과 같은 지식인 이민들이었고, 조국에 돌아갈 꿈으로 미국사

회에 뿌리 내리기를 거부했던 사람들은 신세계에서조차 사람대접을 받지 못하던 대부분의 노동이민들이었다. 이처럼 정반대로 나타나는 자아들의 양상은 미주 이민 1세기가 지난 지금이나 앞으로도 상당기간 지속될 수밖에 없는 한인 이민들의 두 모습이다. 물론 이런 현상은 이 작품들뿐만 아니라 다른 작품, 다른 장르에도 같은 양상으로 나타날 것이다.<『현대문학의 연구』 29, 한국문학연구학회, 2006. 07.>

바벨탑에서 자아 찾기

I. 네이티브 스피커와 바벨탑

1967년 서울에서 태어나 세 살 때 부모를 따라 미국으로 들어간 이창래는 한국계 미국인 1.5세대로서 지금까지 성공적인 삶을 살아왔다.[1] 그의 첫 작품이자 출세작이 바로 『네이티브 스피커Native Speaker』[2]다. 이 작품의 주인공 '나'[헨리 박; 한국명 박병호]는 한국계 미국인 2세로 미국에서 자랐고 영국 여자 릴리아와 결혼했으며 미국인 데니스 호글랜드의 사설 탐정소에서 일하는 사람이다. 유망한 한인 정치가 존 쾅의 뒷조사를 통해 그의 배경을 탐색하는 과정에서 주인공 자신

---

1) 그는 예일대학(학사)과 오레곤대학(석사)을 나왔고, 오레곤대학 문창과의 조교수를 거쳐 현재 프린스턴대 인문학 및 창작과정 교수로 재직하고 있다. 첫 소설 『네이티브 스피커』로 반스 앤드 노블 신인 작가상, 헤밍웨이 재단상 등을 수상했고, 두 번째 장편 『제스쳐 라이프』로 아니스펠트 울프상, 아시아 아메리카 문학상 등을 받았으며, 1999년도 <뉴요커>지는 그를 '40세 미만의 대표적인 미국 작가 20인 중의 하나'로 꼽았다. 2004년에는 『알로프트Aloft』를 발표하여 문단의 주목을 받기도 했다. 말하자면 현재 그는 미국 주류문단의 주목받는 위치에 올라 있다고 할 만큼 미국 사회에 성공적으로 정착한 인물이다.

2) Lee, Chang-rae, *Native Speaker*, New York: Riverhead Books, 1995.[현준만 역, 『네이티브 스피커 ①, ②』, 미래사, 1995.]

의 정체성을 깨달아간다는 것이 이 작품의 중심 내용이다. 그 과정에서 아들 미트가 죽었고, 그 사건을 통해서 주인공은 아시아계 유색인으로서 자신의 열등감이 미트에게 투사된 사실을 깨닫게 된다. 사실 탐정 일에 종사하면서 존 쾅의 몰락을 공작하거나 정신과 의사 루잔을 감시하는 등의 역할은 자기 자신의 정체성 확인을 위해 끊임없는 '엿보기'[3]를 합리화하려는 배경적 사건들일 뿐이다. 그런 것들은 실상 이야기 전개에서 그리 큰 의미를 내포하는 것은 아니다.

작가는 탐정 소설적 구조와 기법을 동원하여[4] 주인공이 걸어간 깨달음의 과정을 섬세하게 그려내는 데 성공하고 있다. 작품에서 '나'로 등장하는 헨리 박이 작가와 동일한 존재는 아닐지라도 그의 면모들 가운데 상당 부분은 이민자들이 갖고 있던 집단적 자아로서 작가 또한 그 부분을 공유한다고 할 수 있을 것이다. 사실 이 작품의 주인공은 작가 자신이며, 스토리는 자신의 실제 삶일 수 있다.[5] 영감을 만들어낸다는 점에서 인생과 문학이 동일할 수 있다는 점을 작가 스스로 말한다는 것은 그 작품이 자신의 이야기라는 점을 강하게 시사한다.

그렇다면 주인공 '나'는 누구인가. 주인공으로 등장하는 나는 사설 탐정, 즉 스파이다. 남의 비밀을 캐고, 남의 정체를 확인하면서도 정작

---

3) 왕철은 『네이티브 스피커』에서 스파이인 주인공 '나'의 삶을 '엿보기'로 설명하고 있다. 「『네이티브 스피커』에서의 엿보기의 의미」, 『현대영미소설』 3, 현대영미소설학회, 1996, 참조.

4) 유선모, 「1990년대의 한국계 미국인 작가들의 경향」, 『한국계 미국 작가론』, 신아사, 2004, 163쪽.

5) Lee, Chang-rae, 현준만 역, 『네이티브 스피커 ①』, 미래사, 1995, 5쪽 참조. "이 책을 쓰는 동안 줄곧 나를 이끌었던 영감들에 대해서 언급을 하고 싶다. 영감이란 문학과 인생 둘 다에서 나올 수 있다. 특히 작가에게는 문학과 삶이 동일한 것인 경우가 다반사이기에 특히 더 그러하다고 할 수 있다."

자기 자신은 철저히 위장해야
하는 존재다. 가장 가까운 아
내에게도 부모·형제에게도 자
신의 존재를 알릴 수 없고, 궁
극적으로는 자신에게도 스스
로의 정체를 알릴 수 없는 존
재가 바로 그다. 작품의 첫머
리에 아내 릴리아가 나에게

결별을 선언하고 떠나면서 남긴 쪽지의 내용6)이야말로 자신의 성체성
을 확인하기 위해 주인공이 걸어갈 길을 암시한다.

주인공은 이 리스트를 '비열한 작별의 말'로 받아들이고 그 자체를
잊어버리려고 할 즈음 청소를 하다가 침대 밑에서 아내의 서명이 들
어 있는 종이쪽을 하나 발견하게 된다. 그곳에는 '형편없는 언어 구사
자'란 말이 적혀 있었다. 그 말은 그의 정체성을 확인시켜 주는 결정적
단서라고 할 수 있다. 주인공이 자신의 정체를 깨달아가는 과정은 이
암호를 해독해가는 과정과 일치한다. 일종의 복선으로 주어진 이 리스
트는 단순한 소품이 아니라 작품 전체를 끌고 나가는 추동력으로 작
용한다. 제목 '네이티브 스피커'와 배치되면서도 주제적으로 정합성을
보이는, 절묘한 표현이 바로 '형편없는 언어 구사자'라는 말이다.

신혜원은 이 작품에 기존의 아시아계 미국 작가들이 보여준 언어에

---

6) 『네이티브 스피커 ①』, 13-14쪽의 "당신은 비밀스런 사람/인생에는 B+학생/
바그너와 슈트라우스를 흥얼거리는 사람/불법 체류자/정서적 이방인/풍속화
수집광/황색의 위험 : 신 아메리카인/침실에서는 대단한 사람/과대평가된 사
람/부친 콤플렉스가 있는 사람/센티멘탈리스트/반(反) 낭만주의자/분석가(자
기가 빈 칸을 채워요)/이방인/추종자/반역자/스파이" 참조.

대한 강한 자의식과 그에 따른 정체성에 대한 고민이 강하게 드러나며, '네이티브 스피커'라는 제목부터가 원어민이 아닌 자의 설움, 언어의 박탈감을 역설적으로 강조한다고 했다.[7] 언어의 문제를 포함하여 작품이 보여주고 있는 한국문화가 다문화적 정체성을 인정하는 주제의 필수 부분으로 편입된다고 본 권택영의 분석은 '네이티브 스피커' 담론의 새로운 지향점을 제시한 경우라고 할 수 있다.[8] 이와는 약간 다른 관점에서 김미영은 네이티브 스피커가 '기득권 계층'을 의미한다고 보았다. 즉 기존의 네이티브 스피커들과 새로이 그 대열에 합류하려는 자들, 혹은 어느 관계망 속에서는 네이티브 스피커이면서 또 다른 관계망 속에서는 네이티브 스피커가 아닌 사람들의 이야기, 자본주의의 거대한 체제 아래 다면적인 정체성을 지니고 사는 현대인들의 모습이 뉴욕 이민자 사회를 통해 재현된다고 본 것이다.[9]

이 이야기를 지탱하는 여러 축들 가운데 하나는 '주류사회와 언어' 문제다. 미국의 주류사회는 유로 아메리칸 상류층이 지배하는 사회다. 무엇보다 영어를 모국어로 배운 계층만이 주류사회의 일원으로 행세할 수 있는 곳이 미국이다. 강용흘 이래 한인 작가들이 언어의 문제를 부단히 부각시켜온 것도 언어의 습득이 이민 1, 2세대 안에 해결될 수 없는 난사이기 때문이었다. 피부색과 함께 영어는 그들을 언제나 주류사회의 변두리에 머물도록 했다. 이민 1.5세대인 이창래 자신은 영어

7) 신혜원, 「『네이티브 스피커』에 나타난 정체성과 의사소통의 문제」, 고려대 대학원 석사학위논문, 1999, 41쪽.

8) 권택영, 「계몽과 부정성 : 『마오 2』와 『네이티브 스피커』에 나타난 한국 이미지」, 『미국학 논집』 37(2), 한국아메리카학회, 2005, 23쪽.

9) 김미영, 「『네이티브 스피커』를 통해 본 우리 시대 본격소설의 가능성」, 『문학수첩』 3(3)(가을호), 2005, 407쪽.

를 주류사회의 구성원들 이상으로 잘 구사하는 인물이지만, 자신의 부모를 비롯한 대부분의 이민자들이 영어 때문에 겪는 아픔을 목격했을 것이다. 피부색과 영어 때문에 당하는 소외는 정체성의 혼란을 가중시키는 본질적인 문제였다. 따라서 그 점을 이야기 전개의 축으로 삼는 것은 당연하다.

주인공은 이민 아동들의 영어를 가르치는 아내 릴리아를 도와주면서 다음과 같은 깨달음을 얻는다.

> 아이들을 보면서 나는 내내 로물루스와 레무스에 관한 이야기가 생각났다. 고집불통에다가 변덕장이인 그 신화 속의 아이들이 자기들이 세운 로마의 오늘날 현실을 본다면 무슨 말을 할까? 전성기의 로마 시민은 식민지 주민들과 함께 살았다. 피정복국 주민들은 대사나 연인, 군인, 노예 등으로 로마에 와서 산 것이다. 그들은 자기 나라에서 먹던 양념과 의복, 의식, 전염병균을 함께 가져왔다. 그리고 물론 언어도 포함되었다. 고대 로마는 어떻게 보면 역사상 최초의 바벨탑이었을 것이다. 뉴욕은 두 번째 바벨탑이다. 그렇다면 마지막 것은 로스앤젤레스가 될 것이다. 이 찬란한 도시에 입성하려면 신참자들은 무엇보다 먼저 라틴어를 배워야 한다. 예전 말을 버려라, 굳은 혀부터 풀어라. 그리고 주의 깊게 들어라, 미국 도시의 외침과 함성을![10]

로마 시민들과 함께 살아가던 식민지 주민들, 뉴욕의 주류사회 시민들과 함께 살아가는 이민자들을 등치관계로 파악하려는 것이 이 부분에 내재된 작가 혹은 주인공의 의도다. 로마 시대의 식민지 주민들은 누구인가. 대사나 연인, 군인, 노예 등이라고 했다. 그러나 그 가운데도 노예 쪽에 작가적 의도의 중심이 놓이는 것은 당연하다. 말하자면 주

---

10) Lee, Chang-rae, 현준만 역, 『네이티브 스피커 ②』, 미래사, 1995, 99쪽.

인공 자신을 포함한 뉴욕의 이민들은 주류사회 시민들과 동격으로 취급될 수 없는 존재들이었다. 주류인들과 비주류 인들이 뒤섞여 제각각의 언어를 내뱉는 공동체가 바로 바벨탑으로 상징되는 로마, 뉴욕, 로스앤젤레스였다. 로마의 주류시민이 되기 위해 라틴어를 구사해야 하듯, 뉴욕의 주류시민이 되기 위해서는 영어를 '모국어처럼' 구사해야 한다. '예전 말' 즉 떠나온 구세계의 말을 버리고 영어에 맞추어 혀를 '풀어야' 한다. 구세계의 말은 구세계의 사고방식과 문화 그 자체다. 신세계 미국의 도시가 요구하는 것은 바로 그들의 말과 문화, 사고에 대한 복종이다. 마치 로마시대의 노예처럼 주류사회의 시민들이 지향하거나 시키는 대로 따르는 게 지상의 명령이었다. 노예는 독립된 인격체로서의 자아 정체성을 가질 수 없었다. 자아 정체성의 모색을 위해 방황하는 노예는 이미 노예로서의 정체성을 포기한 존재다. 몸은 노예이면서 마음은 독립된 인격체를 모색하는 이중적 자아의 양상은 대부분의 이민자들이 갖고 있던 심리상태였다.

바벨탑은 무엇인가. 인간의 언어를 혼잡하게 하여 서로 알아듣지 못하게 하는 것이 원래 신의 뜻이었다. 그래서 바벨탑은 인간의 오만함과 그칠 줄 모르는 욕망의 업보였다.[11] 주인공은 뉴욕을 제2의 바벨탑이라 했다. 바벨탑의 첫 조건은 언어 장벽과 그로 인한 소통의 부재 상태다. 그것은 주류사회 구성원들의 오만과 이민자들의 열등감이 혼합되어 형성된 장벽이었다. 『네이티브 스피커』는 바로 이런 바벨탑 이미지를 바탕으로 '자아 찾기'를 시도하는 재미한인들의 이야기다. 본서에서는 작가의 분신인 주인공이 바벨탑 속에서 어떻게 자아 정체성을 추구하고 확인해 가는가를 살펴보기로 한다.

---

11) 『관주 성경전서(한글판 개역)』, 대한성서공회, 1986, 13쪽 참조.

Ⅱ. 바벨탑과 소외된 자아

주인공은 시종일관 언어에 큰 관심을 갖고 있었다. 그 뿐 아니라 그의 아내인 릴리아 역시 말을 가르치는 교사였다. 주인공이 릴리아를 처음 만나던 때도 그는 그녀의 말부터 관찰했다. 그는 그녀가 언어로 무언가를 만들고 있다는 것을 깨닫게 되었다. 한 마디씩 끊어 내뱉는 그녀의 말, 그 음절들 사이에는 경계선이 그어져 있었다. 그는 '입을 커다랗게 벌리고 문장을 뱉어내는' 그녀의 모습을 관찰했다.

난 구호기관에서 일하고 있어요.(⋯)그곳에는 무법자들이나 멕시코인들, 아시아인들이 많이 살고 있어요. 그런 곳에 숨어 사는 주민들은 모두가 갈색이거나 황인종들이죠.(⋯)여기 사는 사람들은 죄다 영어를 배우기를 원해요.(⋯)우리는 노숙자들의 사이에 끼어 벤치에 앉았다. 청명한 밤이었다.

(⋯)스페인어 말소리도 들리고 영어 말소리도 들렸다. 릴리아가 말한, 뒤죽박죽 섞인 듯한 말소리도 들렸다. 어떤 말투는 낭랑하기도 하고 느리기도 했으며, 예기치 않게 변하기도 했고, 감미로운 음악소리처럼 들리기도 했다. 조금만 귀를 기울이면 도처에서 그런 소리를 들을 수가 있었다. "난 아직도 말할 때 악센트가 걸려요." 소금과 술, 그리고 라임 주스의 작용을 머릿속에 떠올리며 내가 말했다. "알 것 같아요." 그녀가 말했다. 어떻게 알았냐고 내가 물었다. "물론 당신 말은 완벽해요. 만일 당신하고 전화로 통화를 한다고 해도 바로 알아들을 수 있을 거예요."(⋯)"당신 얼굴은 평범해요. 하지만 당신이 생각하는 방식은 그렇지가 않죠. 당신은 꼭 자기 자신이 하는 말에 귀를 기울이고 있는 사람 같거든요. 자신이 하는 일에 주의를 기울이는 사람 말예요. 내 추측으로는 당신은 영어를 모국어로 사용하는 사람이 아닐 거예요. 무슨 말이든 아무거나 한 번 해 보세요." "무슨 말을 하죠?" "내 이름을 한 번 말해 보세요." 나는 소리 내어 말했다. "릴리

아. 릴리아." "보세요. 당신은 의도적으로 '릴-야'라고 하잖아요. 일부러 그러려는 건 아닐지 모르지만 발음이 그렇게 들려요. 상당히 주의를 하잖아요.[12]

주인공과 릴리아가 처음 만나 주고받은 대화다. 이 대화를 통해 미국사회의 주류 위치를 차지하고 있는 유로 아메리칸의 눈에 비친 동양인의 정체가 언어와 관련하여 극명하게 드러난다. 주인공이 첫 만남에서 릴리아의 독특한 언어습관을 알아 챈 사실은 언어가 넘고자 하면서도 넘기 어려운 이민자들의 현실적인 벽임을 반증한다. 릴리아는 원래 구호기관에서 일하고 있었다. 트럭을 몰고 변두리 주민들에게 구호품들을 배달하면서 그들의 건강상태까지 체크하여 보건소로 보내는 일이었다. 그녀가 그런 곳에서 만나는 사람들은 제3세계로부터 들어온 이민자들이었고, 그들의 출신 종족은 다양했다. 릴리아는 멕시코, 아시아인들과 함께 무법자들을 거론했다. 그리고 대부분 '숨어 사는' 그들은 '갈색'이거나 '황인종'이라 했다. 주류 계층인 자신들로부터 '도움을 받아야 하는' 현실을 절실히 느끼고 인정하면서도 한편으론 '멸시'의 감정을 감추지 못하고 있었다. 말하자면 같은 대상을 두고 상반되는 양가감정을 갖고 있었던 셈인데, 이러한 태도나 자세가 제3세계 이민자들로 하여금 주류 사회에 대한 반감이나 열등감을 갖게 하는, 주된 요인이기도 했다. 이들 모두가 '영어 배우기를 원한다'고 본 릴리아의 판단에는 이민자들에 대한 주류 계층의 연민이나 오만함이 내포되어 있다.

주인공과 릴리아는 노숙자들과 함께 벤치에 앉아 다양한 언어들을

---

12) 『네이티브 스피커 ①』, 21-24.

듣는다. 스페인어, 영어, '뒤죽박죽 섞인 듯한' 말소리 등. 벤치에서 확인하는 언어의 다양성은 바벨탑의 이미지 자체를 형상한다. 그러면서 주인공은 악센트에 자신 없는 자신의 영어를 고백한다. 그러나 악센트만의 문제는 아니다. 릴리아는 그의 영어가 '모국어로 습득한 것'이 아님을 이미 알아채고 있었다. 릴리아는 가장 확실한 '네이티브 스피커'였기 때문이다. 그러면서 그녀는 주인공에게 그가 '자기 자신이 하는 말에 귀를 기울이고 있는 사람 같다'고 했다.

'네이티브 스피커'는 자기 자신의 말에 귀를 기울일 필요가 없다. 스스로가 그 언어의 표준이기 때문이다. 그러나 영어를 외국어로 배우는 사람들은 항상 '네이티브 스피커'의 영어를 표준으로 삼기 마련이다. 그래서 자신의 말과 그들의 말을 비교하고, 자신의 말이 그들의 말에 얼마나 가까워졌는지 살펴야 한다. 그런 점에서 '자신의 말에 귀를 기울이고 있는 사람 같다'거나 '자신의 발음에 상당히 주의를 한다'는 릴리아의 평은 주인공이 지니고 있는 언어 콤플렉스를 정확히 짚어낸 셈이다.

사실 주인공의 언어콤플렉스는 이민 1세대인 그의 아버지로부터 물려받은 것이었다. 그의 아버지는 한국에서 일류대학을 나온 인텔리였지만 이곳에서는 야채가게나 운영하면서 나름대로 성공적인 이민자의 삶을 살고 있었다. 그러나 그 역시 여타 이민자들처럼 언어콤플렉스에 갇혀 있었다.

아버지는 영어로 말하기 시작했다. 때때로 아버지는 무슨 일을 숨기려고 하거나 털어놓고 할 이야기가 못 되는 경우에는 영어로 말했다. 아버지는 어머니와 다툴 때 종종 영어로 소리를 치곤했다. 그러면 어머니는 흥분하여 "그만해요, 그만!"이라고 부르짖었다. 싸울 때 어머니에게 영어를 사용하는 것은 신사적인 주먹 싸움에 재크나이프를 뽑아드는 것과 마찬가지였다. 한번은 가게로 인해서 돈 문제가 생겼을 때 아버지는 아주 상스러운 말로 어머니를 심하게 꾸짖기 시작했다.(…)나는 그 싸움에 끼어들어 아버지를 비난하기 시작했다. 아버지의 부당성과 비겁함에 대해서 완전한 문장으로 이야기를 하고 있다고 자신했다. 나는 아버지가 쓰는 무기를 가지고 아버지를 공격했던 것이다. 결국 아버지는 주먹으로 탁자를 내리치면서 소리쳤다. "넌 닥쳐! 닥치라구!" 그러나 나도 지지 않았다. 말이 되는지 안 되는지는 접어두고 '사회경제적'이라든가 '불가해한'과 같은 학교에서 쓰는 가장 어려운 단어를 골라 끓어오르는 분노를 터뜨리며 그에게 대들었다.[13)

주인공은 한국어를 사용하는 부모 밑에서 자랐다. 아버지의 약점은 주인공보다 영어에 서툴다는 점이다. 고급의 영어 단어 앞에서 약해지는 아버지의 모습은 이민자들의 집단적 콤플렉스를 대변한다. 어머니는 '짧은 영어를 가지고 이민생활을 시작한' 아버지보다도 더 영어에 약하다. 그러니 영어의 능숙도가 힘의 크기와 비례하는 현상을 주인공의 가정은 극명하게 보여주는 셈이다. 그것은 영어를 잘 할수록 미국 주류사회에 보다 가까워질 개연성이나 가능성을 지니고 있기 때문이었다. 영어야말로 아메리칸 드림의 발판이자 이민자들에게 닫혀 있는 주류사회의 열쇠였다. 영어 때문에 주인공보다 약한 입장이었던 부친은 역설적으로 자식인 주인공의 영어실력이 당당한 자랑거리이기도 했다. 부친의 가게가 자리하고 있던 메디슨가는 뉴욕의 화려한 거리들 가운데 하나다. 그곳에 드나드는 사람들은 모두 그 사회의 주류계층 사람들이었다. 파란색 머리를 한 부인네들과 애완견들, 벨벳 장식의

---

13) 『네이티브 스피커 ①』, 99쪽.

고풍스런 유모차를 밀고 다니는 매력적인 젊은 엄마와 아이들, 늘 생각에 잠긴 은행가 아버지 등이 미국 중산층 주류사회의 대표자들이었다. 부친은 그들 앞에서 자신의 아들이 얼마나 영어에 능숙한지를 보여주고 싶어했다.

> 아버지는 그렇게 하는 것이 사업에 유리하다고 생각하고 그들에게 내가 영어를 얼마나 잘 하는지 보여주라고 재촉하곤 했다. 그들에게 영어 실력을 과시해 보라는 것이었다. 그러면 나는 이따금씩 '셰익스피어의 몇몇 단어들'을 암송하곤 했다. 나는 그의 당당한 자랑거리였다.[14]

'주인공의 영어실력이 자신의 사업에 유리하다'고 말한 것은 그들 앞에서 영어를 지껄이도록 만든 부친의 '겸연쩍은' 명분일 뿐이었다. 사실 주인공의 부친은 그렇게라도 주류사회에 대한 콤플렉스를 해소하지 않으면 견딜 수 없었을 것이다. 한국에서 일류대학을 나오고도 야채가게나 하고 있는 현실, 그러한 자기 모멸적 상황으로부터 잠시나마 벗어나 보려는 몸부림으로 이해하는 것이 타당하다. 이처럼 주인공의 언어 콤플렉스는 아버지로부터 대물림된 것이었다. 사실 미국의 교육을 받고 자란 주인공으로서 언어 콤플렉스를 가질 필요까진 없었을 것이다. 그는 그의 조사 대상인 존 쾅으로부터 '언어학자'의 자질까지 인정받을 정도로 뛰어난 언어감각을 지니고 있었기 때문이다. 그러나 어려서부터 목격해 온 아버지의 슬픔이나, 자신을 향해 굳게 닫힌 주류사회의 빗장 등을 보면서 수시로 투사되어오던 언어 콤플렉스는 결국 자신의 문제로 고착되었다.

---

14) 『네이티브 스피커 ①』, 85쪽.

거의 모든 재미 한인들의 작품에 이민갈등의 내용으로 드러나 있는 것이 언어소통 문제인데, 이 작품에서는 언어를 보다 본질적인 문제의 소재로 심화시켜 다루고 있다. '말이 달라 서로 소통치 못하는[15] 현대판 바벨 뉴욕'[16]을 주인공은 강조하고 있지만, 이 작품에서 작자나 주인공은 언어를 소통의 차원과 달리 구분이나 인식의 표징으로 삼고자 했다. 영어를 못함으로써 주류사회에 진입을 못하거나 그곳에서 밀려나는 등의 차별적인 문제를 부각시키려는 게 아니라, '피부색·인종·언어·문화 등의 외적 기표(記標)'가 개인의 많은 것을 규정해 버리는 사회[17]에 매몰되지 않고 자신의 정체를 찾아 미로를 헤매는 존재 그 자체를 그려내고자 한 것이 작자의 주된 의도였다고 할 수 있을 것이다.

주인공의 언어 콤플렉스는 어린 시절부터 형성된 것이었다. 한국어만 말하는 부모 아래 있다가 학교에 들어간 첫 해, 영어와 만나면서 언어에 대한 관심이 생겨난 것이다. 영어를 모국어로 배운 사람들은 이해할 수 없는 일들이 자신에게 수시로 일어난다는 사실을 비로소 깨달은 주인공에게 영어는 쉽사리 넘을 수 없는 벽이었다. 한국어에 없는 L과 R, B와 V, P와 F의 차이에서 오는 당혹스러움을 경험하면서 주인공은 '누군가 우리를 고문하기 위해 이런 단어들을 생각해낸 게 틀림없다'[18]고 생각할 정도였다. 그뿐 아니라, 낯선 사람 앞에서 '우물거리는' 부모의 모습은 주인공에게 일종의 굴욕이었다.

낯선 두 언어의 충돌을 그린, 씁쓸한 경험담[19] 속에는 몇 가지 본질

15) 김윤규, 「재미 한인 이민소재 소설의 갈등구조」, 『문화와 융합』 24, 한국문화융합학회, 2002, 4쪽.
16) 김미영, 앞의 논문, 408쪽.
17) 위의 논문, 410쪽.
18) 『네이티브 스피커 ②』, 94쪽.

적인 문제들이 들어 있다. 외연만으로는 단순히 영어와 한국어 음운의 구조적 상이점을 설명한 것으로 되어 있지만, 이면적으로는 주인공을 포함한 한인 이민자들이 직면한 정체성의 위기 또한 암시되고 있는 것이다. '듣는 사람이 내가 무슨 생각을 하는지 전혀 감을 잡지 못하게 하는 것', '두 언어를 혼동하여 사용한다'는 것, '언어들 사이의 무수한 마찰과 충돌', '그런 마찰들로부터 초래되는 고통' 등은 단순히 영어와 한국어의 음운론적 차이를 설명하는 데 그치지 않는다. 좀 더 적극적인 차원에서 재미한인들이 이민지에서 겪는 마찰과 충돌, 그로부터 오는 고통 등을 통해 자아 정체성의 혼란을 극명하게 드러내고자 한 데 그 의도가 있다. '나 아닌 다른 존재'가 되기 위해 열심히 흉내를 내다가 '원래의 나'도 잃어버리고 뒤죽박죽이 되어버리는, 이른바 '한단학보(邯鄲學步)'[20]의 우행(愚行)을 반복해야 하는 이민자들의 운명적 고통은 언어라는 한 요소를 통해 자아 정체성 확인을 위해 분투하는 이민자들의 삶 그 자체로부터 생겨난다는 점에서 제유적(提喩的)이다. 사실 이 경험담 속에 내재된 심리적 요인은 주인공의 열등감이다. 어린 시절 주인공은 몇몇 언어장애 아동들과 함께 특별반에서 과외학습을 받았다. 그 아이들은 대부분 어떤 문제들을 지니고 있었다. 주인공은 그 아이들을 '정신적으로 약간 모자란 아이들, 말을 더듬거리고, 언

---

19) 『네이티브 스피커 ②』, 94-95쪽.
20) 전국시대 연나라 수릉의 몇몇 소년들이 조나라 사람들의 걸음걸이가 매우 우아하다는 말을 듣고 조나라로 걸음걸이를 배우러 떠나갔다. 조나라에 이른 소년들은 그 나라 사람들의 걸음걸이를 유심히 관찰하면서 애써 답습하려 했으나 끝내 배워오지 못하고 나중에는 자기들의 원래 걸음걸이마저 잊어버리고 기다시피 하여 본국으로 돌아오게 되었다는 고사. 安東林 譯註, 『新譯 莊子 · 外篇』, 현암사, 1978, 715쪽 참조.

제 무슨 행동을 저지를지 모르고, 바지에 오줌을 지리기도 하고, 말을 제대로 못하는 낙오자들'21)로 표현했다. 말하자면 지독한 자기 모멸감의 표출이었다.

사실 그런 현상의 근저에는 영어가 대표하는 언어 제국주의가 도사리고 있다. 미우라 노부타카 등은 제국 언어만이 보편성을 갖는 문명의 중요한 도구가 된다고 보았다. 어려서부터 두 개의 언어권에 동시에 소속된 주인공이 언어로 자신의 정체성을 판단하기란 쉽지 않은 문제였다. 가정은 전통적 관습을 지닌 부모가 주도하는 한국어 공간, 학교나 사회는 영어라는 제국 언어가 주도하는 다언어(多言語) 공간이었다. 이런 상황에서 소수 언어인 한국어를 살리는 방법은 '언어의 사용 영역에 따른 가려쓰기', 즉 바이링구얼리즘bilingualism의 구현만이 유일한 길이었을 것이다.22) 공적인 방면에서는 제국어를, 가정 내에서는 민족어를 씀으로써 균형 있게 평화공존하자는 도식인데, 미우라 등은 그것이 '기만적(欺瞞的)'인 제안(提案)이라 했다. 가정 안에만 국한된 언어에 어떤 미래도 없기 때문이라는 것이다.23)

주인공은 언어와 관련된 어린 시절의 끔찍했던 추억을 되살리며 아내 릴리아의 지도를 받는 이민자 아이들을 보고 있었다. 그는 그 아이들에게 자신의 모습을 투사하곤 했다. 주인공은 그녀에게 지도를 받는 라오스 아이들을 보며 그들도 자신과 같은 '국제어주의자(國際語主義者)'에 속할 것이라는 생각을 갖는다. 국제어주의자란 무엇인가. 여기선 단순히 에스페란토와 같은 보편적 국제어를 구사하는 사람을 의미

21) 『네이티브 스피커 ②』, 96쪽.
22) 미우라 노부타카·가스야 게이스케 엮음, 이연숙·고영진·조태린 옮김, 『언어 제국주의란 무엇인가』, 돌베개, 2005, 56쪽. 참조.
23) 위의 책, 같은 곳.

하는 것은 아니다. 오히려 지도적 위치를 점하고 있는 제국어와 함께 소수자의 언어들까지 '덤으로' 구사하는 다국어 구사자의 우월적 가능성을 지칭할 것이다. 동시에 그것은 중심부의 지배문화에 밀려나 소외되고 있던 주변부 이민사회의 정체성에 대한 성찰로 이어질 수 있는 가능성을 내포한 개념이기도 하다. 중심부에 내재한 모순이나 비인간성을 드러냄으로써 무력하게 지배를 받아오기만 했던 주변부의 자아 정체성을 깨닫는 일이야말로 데리다 류(類)의 '탈중심화(脫中心化)' 이론24)과도 접맥(接脈)될 수 있는 이 작품의 중요한 주제적 메시지로 볼 수 있다.

III. 언어 콤플렉스와 진실, 그리고 자아 정체성

주인공은 어린 시절부터 말에 대한 콤플렉스에 시달려 왔다. 成長 과정에서 그 콤플렉스는 새로운 국면으로 자라나 흰 피부의 유로 아메리칸인 아내와 비참하게 죽은 아들 미트에게도 투사되었다. 미트에게 '바보 멍청이, 얼굴이 냄비처럼 납작한 황인종'이라고 놀려대는 주변의 아이들이나, '완전히 백인도 아니고 완전히 황인종도 아닌 것'이 미트의 문제일 수 있다는 아내의 판단을 접하면서 주인공은 문제의 근원을 서서히 깨달아가게 된 것이다. 그의 콤플렉스가 점점 긍정적인 방향으로 선회하기 시작한 것도 아들의 죽음, 아내와의 결별과 재회, 우여곡절이 많았던 탐정 업무 등을 통해서였다. 그리고 그 바탕에는

---

24) 자크 데리다, 김우창 옮김, 「인간과학 중심의 담론에 있어서의 구조와 기호와 놀이」, 김용권 외, 『현대문학비평론』, 한신문화사, 1994, 504-507쪽. 참조.

변함없이 '언어 콤플렉스의 제기와 해소'라는 정체성 인식의 역동적 메커니즘이 작동하고 있었다. 사실 한국어를 사용하는 내부공간으로서의 가정과 영어를 사용하는 외부공간으로서의 사회를 왕래하는 주인공이 처음부터 겪어 온 것은 '혼란'이었다. 그 혼란은 곧바로 정체성의 위기로 이어지곤 했다. 자신의 아들 미트에게는 가급적 그런 혼란을 안겨주고 싶지 않은 것이 주인공의 바람이었고, 아내는 그에 대하여 정반대의 견해를 갖고 있었다. 원래 아내는 미트를 주말에는 한국어 학교에 보내야 한다고 주장했다. 그러나 주인공은 당시에 이미 미트가 한국어를 결코 배우려 들지 않으리라는 것을 알고 있었고, 주인공 역시 미트가 '통일된 세계에서 혼란스럽지 않은 삶'을 살길 바랐다. 그가 크게 바란 것은 '펑퍼짐한 동양인 얼굴'이 결코 줄 수 없는 권위와 신념이었다. 그것은 '동화(同化)'에 대한 주인공의 욕구였다. 사실 주인공은 아내가 미트의 피부색이 좀더 하얗기를 원했다는 사실을 알고 화를 내지만, 그 후 그가 좀 더 백인에 가깝게 태어나기를 바란 것은 정작 자신이었음을 고백하고 만다. 즉 자신이 가진 속성을 아이가 물려받는 게 두려웠던 것이다. 다시 말하여 '엄청난 헌신과 명예를 중시하는 관습, 싸늘한 내 피의 박동(搏動), 한때 내가 쓸모없다고 여겨서 한번도 입 밖에 내려 하지 않았던 그 어색한 언어' 등 모든 것이 그 애에게 다시 대물림된다는 것을 그로서는 참을 수 없었던 것이다.[25]

'사랑과 증오'라는 양립(兩立) 불가능한 이중적 감정의 대상이 바로 미국이었다. 자식만은 그 중심부에서 결코 소외시킬 수 없다는 교훈을 스스로 실천에 옮겼으면 하는 욕망을 그는 갖고 있었다. '완전한 미국

---

25) 『네이티브 스피커 ②』, 171쪽.

인'이 되기 위해 가급적 한국어를 잊고 영어만을 구사하게 해야 한다는, 열등감으로부터 터득한 신념을 미트에게 투사해온 그였다. 그래서 '자신과 한국어 구사력은 비슷했으나 이해력이나 발음과 억양이 훨씬 그럴싸한' 피터에 대하여 '앞으로 20년 후에는 이 아이의 한국어 발음도 나처럼 불확실해지고 불명료해질 것'이라고 예견하는 주인공 심리의 저변에는 그 역시 정체성의 혼란을 겪게 될 거라는 암시가 들어 있다. 그러면서 그는 스스로 '한국인 세탁소나 과자 가게에 갈 때마다 마치 오디션을 받으러 간 사람처럼 난감한 기분이 든다'고 했다. 흡사 '박자와 음정은 다 외우고 있지만 프리마돈나 앞에서 떨려서 입도 뻥긋 못하는 가련한 신세'[26]와 같았다는 것이다.

영어를 모국어로 하는 아이들 앞에서 주눅 들어 하던 것이 어린 시절의 일이었다면, 성장한 다음에는 한국어를 모국어로 하는 어른들 앞에서 주눅 들게 되었다는 아이러니컬한 현실과 정체성의 혼란을 이 말은 극명하게 보여주고 있다. 이러한 언어적 콤플렉스는 존 쾅과 대화를 나누면서 합석시킨 피터가 몸으로 보여주는 태도를 통해 문화적 정체성에 대한 추구로 한 단계 상승하고, 그것은 한인 이민자 존 쾅에 대한 새로운 인식으로 이어지는 디딤돌이 되었다. 존 쾅으로부터 자신의 진심을 하나씩 얻어 들으며 그에 대한 새로운 깨달음을 갖기 시작한 것이다. 그런 가운데 "존 쾅이 이런 순간에 우리 둘만이 아닌 또 다른 언어로 얘기해 주었으면 하는 생각이 들었다. 왠지 영어로는 내 속에 든 생각을 표현할 수 없을 것 같았다. 내가 피터만한 나이였을 때 했던 식대로 그에게 한국어로 말하게끔 하고 싶은 생각이 굴뚝 같았다"[27]는 주인공의 말이야말로 탐정활동의 대상인 존 쾅이 인간적인

---

26) 『네이티브 스피커 ②』, 145쪽.

대상으로 바뀌기 시작한 결정적 시기임을 말해준다. '또 다른 언어'란 '영어 아닌 한국어'를 뜻하고, 그들이 그 순간 한국인이란 정체성까지 공유하게 되었음을 의미한다.

그 시점에 이르러서야 주인공에게 감시의 대상인 존 쾅은 문화적 동질성을 찾아가는 동지로 바뀌었다. '일에 너무 열중해서 자신이 누구인지조차 망각할 정도이고, 아내도 자식도 모국어마저 잊어버리며 조상들의 산소까지 잊어버린 채 살아가는' 이민자들의 삶을 새삼 자신의 것으로 수용하게 되는 것도 이 즈음이다. 존 쾅은 주인공에게 다중인격 장애자를 자처한 인물이었다. 자신과 같은 사람이 되려면 "동시에 여러 사람이 되어야 한다는 것, 즉 아버지에다 독재자에다 하인에다(…)이 나라가 생긴 이래 가장 능수능란한 배우가 되어야 한다."는 것이었다.[28] 말하자면 '대중의 사랑을 잃지 않기 위해서' 그런 다중인격체로 살아가야 한다는 조언이었다. 그러던 중 어느 한 구석 삐끗하는 바람에 그토록 '완벽한 연기'는 들통이 나 버렸지만, 감시자인 주인공에게는 역설적으로 인간적인 매력을 보여주게 된 것이다.

그뿐 아니라 주인공은 존 쾅이 활용했던 한국 특유의 재산증식 모임, 즉 계(契)를 통해 '문화적 교훈'까지 발견해낸다. '인정과 사적인 약속에 이끌리는 한국 관습의 소산'[29]인 계의 방식을 통해 자신의 아성을 구축해왔지만, 그 성의 와해 또한 그것으로부터 연유되었다는 사실은 매우 역설적이다. 주인공은 몰락해가는 존 쾅을 만나면서 그의 내면에 숨겨져 있던 한국인의 심성과 문화적·역사적 바탕을 하나하나

---

27) 『네이티브 스피커 ②』, 157쪽.
28) 『네이티브 스피커 ②』, 183쪽.
29) 권택영, 앞의 논문, 17쪽.

캐내게 된다. 「아리랑」 등 옛 노래를 통해 한나라의 정신을 깨닫게 되고, 고향이나 어머니의 개념과 함께 미국에 뿌리내리고 사는 한국인의 강인함도 확인하게 되었다. 그런 과정에서 그가 찾고 있는 것이 존 쾅의 '본래 모습', 즉 '생생한 상처의 흔적을 있는 그대로 보여주는 모습'임을 인식하게 된다.

사실 주인공이 자신의 정체성을 확인하기까지 계속되는 것은 '만남'이었다. 그가 사람을 만난다는 것은 그들의 '말'을 만난다는 것을 의미했다. 주인공이 자의식을 갖게 된 이후 부모의 존재를 새롭게 인식한 것도 이민지에서의 말 덕분이었다. 아내 릴리아와의 만남도 매개체는 말이었다.

주인공이 호글랜드의 측근 에두아르도를 만나면서도 먼저 만난 것 역시 그의 말이었다. 에두아르도는 항상 '자신에 찬 어조'로 '안-녕-하-세-요'라고 말을 건넨다고 했다. 그런데 그의 억양은 항상 주인공보다 '훌륭했다'. 한국인 선거구민들에게 인사를 하고 사무실을 찾는 한국인들에게 정확히 인사를 할 수 있도록 하기 위해 존 쾅이 그에게 한국어 인사말을 가르친 것이다.[30] 그가 감시하고 있던 존 쾅의 경우 말에 관한 한 탁월한 모습을 보여주고 있었는데, 그것이 이민지의 주류사회에 성공적으로 진입한 주요인으로 설명되고 있다. 주인공이 감시의 대상인 존 쾅을 자랑스러운 한국인의 전형으로 생각하게 된 것도 사실 대중을 휘어잡는 말솜씨 때문이었다. 상대가 청교도이건 중국인이건 조국을 잃은 난민이건 연단에 서서 '우렁차고 분명한 목소리로' 거침없이 열변을 토하는 그의 모습이 주인공에겐 매혹적으로 다가왔다. 그러면서도 가끔은 그의 영어에서 '어색한 대목'을 들을 땐 자기도 모르

---

30) 『네이티브 스피커 ①』, 217쪽.

게 속으로 움찔한다고 했다. 그리고 '그것들은 단순히 새로운 악센트나 억양이 아닌 이민자의 가슴에 사무친, 새 세계에 대한 기대와 희망에 어우러진 과거의 자취를 무언중에 흘리는 것'[31]이기도 했다. 이처럼 영어에 능숙한 존 쾅의 몰락을 지켜보며 주인공은 비로소 자신의 정체를 깨닫게 되었다. '매일매일 살아남는 것이 속임수와 비슷하다'고 생각하며 삶을 견뎌왔고 세상에 적응했으며 손익을 따지며 살아온 아버지처럼 그도 자신을 포함해 착취당할 만한 다른 사람들을 착취하며 살아온, '추한 이민자의 실상'을 주인공 또한 자기 스스로에게서 발견하게 된 것이다.[32] 영어의 악센트와 어휘를 배운 것도, 상대방이 가진 최후의 자존심과 관행을 벗겨 버리지 않으면 안 되었던 것도 모두 이민자로서 살아남기 위한 몸부림이었음을 깨달은 것이다. 그것이 그들의 역사였고, 동시에 그가 키우고자 한 유일한 재능이자 미국에서 배운 전부였다고 했다. 이제 주인공은 그것을 미국사회에 돌려주고자 한다고 했다.

주인공이 '안으로 달려 들어가 거울을 들여다본 것'은 존경하던 존 쾅의 몰락이 사회적으로 확인되던 순간이었다. 그 '고독한 순간'에 '진정 나는 누구인가'를 깨닫고 싶었기 때문이었다.[33] 그러나 그곳엔 영어가 서툴러 주변 사람들에게 놀림을 받던 소년 시절 자신의 모습만 비치고 있었다. 미국 주류사회에 '동화'되고자 하던 그의 꿈을 실현하지 못했음을 확인하게 된 것이다. 그것은 '또 다른 무엇으로 바뀔 수 없는' 존재의 절대성을 의미하는 일이었다. 그것이 바로 그의 정체성

---

31) 『네이티브 스피커 ②』, 200쪽.
32) 『네이티브 스피커 ②』, 222쪽.
33) 『네이티브 스피커 ②』, 226쪽.

이었다. 한국인의 범주를 벗어날 수 없는 운명을 비로소 깨달은 것이었다. 그것은 존 쾅이 별로 힘들이지 않고 '한국인 노릇'과 '미국인 노릇'을 해왔다는 지적과 상통한다. '노릇'이란 말은 '흉내'란 의미를 내포하고 있다. 한국인과 미국인 흉내를 내왔다는 것은 그가 본질적으로 한국인도 미국인도 아니란 사실을 뜻한다.

한국인도 아니고 미국인도 아니라면 그의 정체는 과연 무엇인가. 두 범주의 사이에 서 있는 경계인일 수도 있고, 아예 제3의 존재일 수도 있다. 그 점은 미국인의 새로운 모습을 발견한 주인공의 말 속에 암시된다. 피부색이나 언어의 다름에도 불구하고 모든 미국인들이 열광하면서 보여주는 행동이야말로 '그들이 습득한 또 하나의 언어', 아주 '특수한 언어'라고 했다.[34] 손을 번쩍 들고 공중에 손뼉을 친다거나 방방 뛰어대는 모습이야말로 무엇보다 다양한 미국인들을 하나로 묶는 언어라는 것이 주인공의 설명이다. 그러나 다양한 사람들이 살고 있는 뉴욕이 '말의 도시'란 게 주인공의 변함없는 주장이다. 알아들을 수 없는 외침들, 조화되지 않는 합창 같은 생소함, 화난 듯하고 연극을 하는 것 같은 사람들이 가득 찬 거리는 바벨탑의 이미지를 적절히 보여준다. 다양한 피부색들, 너무나 큰 말소리들, 다양하게 들려오는 영어, 서투른 영어로 내뱉는 불평들... 이 모든 것들은 아수라장을 이룬 바벨탑의 내면이다. 그러다가 마지막에 주인공은 아내 릴리아에게 초점을 맞춘다.

> 그녀는 마지막 음절에 액센트를 주어가며 아이 하나하나의 이름을 아주 정확하게 정성들여 불렀다. 나는 그녀가 열두 가지가 넘는 모국

---

34) 『네이티브 스피커 ②』, 252쪽.

어를 말하는 소리를 들었다. 까다롭기만 한 우리들의 이름을 부르는 소리를.35)

유로 아메리칸인 릴리아는 분명 미국 주류사회의 구성원으로 손색이 없는 여자다. 그리고 그가 상대하고 있는 아이들은 차별을 받는 이민 자녀들이다. 그녀가 아이들의 이름을 '정확하게' '정성들여' 불러주는 광경, 까다롭기만 한 그들[주인공에겐 '우리들']의 이름을 열두 가지가 넘는 모국어로 불러주는 광경이 주인공의 감동을 불러일으킨 게 분명하다. 이 지점에서 비로소 주인공과 이민자들은 소수민족으로서 미국인이 된 자신들의 정체성을 깨닫게 되는 것이다. 알아들을 수 없을 만큼 많은 말들이 난무하는 바벨탑에서 비로소 자신들의 모국어로 자신들이 거명되는 환희를 맛본 것이다. 바벨탑에서의 자아찾기는 그래서 성공적이라고 할 수 있다.

IV. 맺음말

1980년대 대거 쏟아져 나온 재미한인들의 소설들에 이어 1990년대를 빛낸 이창래의 『네이티브 스피커』는 새로운 '자아 찾기'의 주제의식을 보여준다. 1930년대에 처음 시도한 강용흘의 자아 정체성 탐구는 1980년대에 들어와서도 변함없이 반복되는 모습을 보여주었다. 그러나 이창래의 단계에 이르러 자아 찾기는 내면화의 과정을 거쳐 한층 세련된 모습을 보여준다. 이 작품에서 '본격소설의 가능성을 찾는 것'

---

35) 『네이티브 스피커 ②』, 265쪽.

도, '아메리칸 드림을 성취해가는 과정의 묘사로 보는 것'도, '이민자들의 목소리를 통합하여 자신의 서사구조에 담고자 한 것으로 보는 것'도 모두 타당하다. 그러나 이 글에서는 좀 더 예각화시켜 작가나 주인공이 갖고 있던 언어 콤플렉스를 이야기 전개의 중요한 축으로 보고, 그 과정에서 추구되는 자아 찾기의 실상을 밝혀보고자 했다.

작자는 이야기의 무대인 뉴욕을 바벨탑으로 보았으며, 언어에 대한 인식이나 발견으로부터 주인공의 이야기를 끌어가면서 자아 정체성 추구의 과정을 보여주고 있다. 이야기를 지탱하는 축들 가운데 가장 중요한 것이 '주류사회와 언어'의 문제다. 영어를 모국어로 구사하는 계층만이 주류사회의 일원으로 행세하는 미국에서 재미한인들은 여타 세계의 이민자들과 함께 주변인일 따름이었다. 영어를 제대로 구사하지 못하는 약점은 피부색과 함께 그들을 소외시켰고, 그러한 소외는 정체성의 혼란을 가중시킨 본질적인 문제였다.

주인공은 뉴욕을 역사상 로마에 이은 두 번째 바벨탑이라 했다. 그 바벨탑의 주류시민이 되기 위해서는 영어를 '모국어처럼' 구사해야 했다. 신세계 미국의 바벨탑이 요구하는 것은 그들 주류사회의 말과 문화, 사고에 대한 복종이었다. 주류사회 구성원들의 오만과 이민자들의 열등감은 이민자들이 쉽게 넘을 수 없는 장벽이었다. 주인공은 어려서부터 이중적인 언어세계 속에 자랐다. 피부색과 함께 영어를 제대로 구사하지 못하는 이민 1세대 부모로부터 말에 대한 콤플렉스를 물려받은 셈이다.

아내 릴리아는 말을 가르치는 교사였고, 그녀와의 만남 또한 말에 대한 관찰을 계기로 이루어졌다. 그가 일하던 사설 탐정소에서도, 그가 감시하던 존 쾅이나 함께 일하던 사람들에 대해서도 그의 일관된 관심사들 중 하나는 말이었다. 한국어를 사용하는 내부 공간으로서의 가정과 영어를 사용하는 외부 공간으로서의 사회를 왕래하는 주인공은 처음부터 혼란을 겪을 수밖에 없었다. 아들의 죽음이나 아내와의 결별과 함께 탐정업무 등을 통해 그의 언어 콤플렉스는 자아 정체성의 발견에 도움되는 방향으로 선회하기 시작했다.

존 쾅의 몰락과 함께 주인공은 아무리 애써도 한국인의 테두리를 벗어날 수 없다는 자신의 처지를 깨닫는다. 특히 마지막 장면에서 아내가 아이들의 이름을 각각의 모국어로 정성스럽고 정확하게 부르는 것을 듣고 나서야 비로소 주인공은 소수민족으로서 미국인이 된 자신의 정체성을 확인하게 된다. 무수한 말들이 난무하는 바벨탑에서 자신과 동류인 이민자의 아이들 이름이 그들의 모국어로 불려지는 현장은 그에게 감동과 함께 깨달음을 주었다. 마지막 장면이야말로 '바벨탑에서의 자아 찾기'가 비교적 성공적이었음을 보여주었다고 할 수 있는 것이다.<『어문연구』 34(2), 한국어문교육연구회, 2006.>

작가들의 다양한 모험과
길 찾기

카자흐스탄 고려인의
한글노래와 디아스포라

Ⅰ. 시작하는 말

1937년 8월 21일 스탈린의 강제이주 명령에 따라 극동에서 이주된 이래 카자흐스탄에는 10만여 명의 고려인들이 살고 있다. 그 가운데 1만 6천여 명은 수도인 알마티에 거주하고, 나머지는 각 지역에 분산되어 거주하고 있다. 극동의 연해주에 거주하던 고려인들은 원래 일제의 직접적인 압박이나, 그로 인한 생활고 등으로 그 지역에 흘러들어간 유이민(流移民)들이었다. 그러다가 일본의 패망에 따라 원치도 않았던 구소련(舊蘇聯)의 지배하에 들어가게 되었고, 급기야 구소련 통치세력의 정치적 필요에 의해 또 다른 지역으로 강제이주까지 당하게 되었던 것이다. 따라서 그들은 정치·경제·사회적 원인에 의해 조국으로부터 유리(遊離)된 1차적 디아스포라, 강제이주 정책에 의해 거주지를 박탈당하는 2차적 디아스포라를 모두 겪은 셈이다.

구소련 영내의 도래(渡來)민족인 독일인, 폴란드인, 꾸르드인, 터키-메스헤찐인, 그리스인, 이란인, 볼가르인 등과 함께 고려인들은 모두 유랑민들로서 소비에트 국가 건설 초기에 자신들의 정착지를 건설하여 새로운 고향으로 알고 지냈지만 곧바로 또 다른 유랑의 길로 떠나게 된 것이다.1) 말하자면 극동지역은 1차 정착지, 카자흐스탄은 2차 정착지이므로, 그들이 경험한 두 차례의 디아스포라는 질적으로 약간 다르다고 할 수 있다. 1차 유랑의 경우, 이면적으로는 외부적 압제에 의한 것이었으나 표면상으로는 얼마간 자발적 성격을 띠고 있었다. 그러나 2차 유랑의 경우는 전적으로 타율과 강제에 의한 것이었다. 그들의 디아스포라 의식이 비교적 복합적일 수 있는 단서도 바로 이 점에 있다. 한 차례의 디아스포라만 겪은 경우는 모국어나 모국의 문화를 유지하는 일이 비교적 쉬운데 반해, 두 차례 이상의 디아스포라를 겪는 경우는 민족적 정체성의 확보나 유지가 쉽지 않기 때문이다.

현재 카자흐스탄을 비롯한 구소련권 고려인들 사이에 나타나는 '모국어 상실'의 문제는 그러한 역사적 경험의 복합성이나 다층성으로부터 나타나는 현상이다. 그들은 생존하기 위해서 그 땅의 주류세력에 동화되는 길밖에 없었다. 현실적으로 '더 이상 쓸모없는 모국어'를 버리고 러시아어를 배워야 한다는 절실함이 있었던 것이다. 특히 구소련 체제가 붕괴되고 새로운 공화국이 등장하면서 강화된 자민족 중심 정책은 고려인들에게 모국어의 포기와 새로운 체제에 대한 적응이라는 과제를 안겨주었다.2) 현재 카자흐스탄 한인 중 60세 미만은 대부분 한국어를 모르거나 조금 하는 정도이며, 러시아어를 모국어로 생각하는 경향이 매우 높은 것3)도 이런 현실을 잘 보여준다.

---

1) 심헌용, 「강제이주의 발생 메커니즘과 민족관계의 특성 연구: 소련 강제이주 사례를 중심으로」, 『국제정치논총』 Vol. 39(3), 한국국제정치학회, 2000, 213 쪽.
2) 정성호, 「카자흐스탄 한인의 현황과 과제」, 『사회과학연구』 36, 강원대학교 사회과학연구소, 1997, 31쪽 참조.
3) 정성호, 앞의 논문, 30쪽.

이처럼 다단한 삶의 역정을 겪어낸 구소련권 고려인들도 당연히 기존의 노래[4]들을 이어받았거나 새로이 지어 부르기도 했다. 기억과 전승에 의존하여 고국의 노래들을 재현해낸 것들이 상당부분에 달하며, 현지의 노래들과 접변(接變)을 일으켰거나 새로운 모습을 보이는 것들도 있다. 작품에 담긴 서정성 역시 그에 상응하는 변화를 보여주는 게 사실이다.

엄경희는 고향을 떠나온 이주민들의 향수와 설움의 서정, 님에 대한 그리움과 애절함을 드러낸 사랑의 서정 및 남녀 간 연애를 소재로 한 유머러스한 서정, 농경생활과 연관된 자연서정 등을 구소련 고려인들의 노래에 담긴 서정으로 들었다.[5] 카자흐스탄 고려인들의 노래에 담긴 서정 역시 이 범주에서 벗어나지 않는다. 그러나 이런 것들을 하나로 묶는 공통분모는 역시 디아스포라 의식일 수밖에 없다. 인간이 지닌 나그네로서의 본성을 감안할 경우 비록 제 나라에 살면서도 고향을 그리워하는 것은 자연스러운 일이다. 더구나 고려인이라는 종족적 표지를 달고 카자흐스탄이라는 타국에 거주하는 이상, 그들이 고국이

---

4) 이 글의 대상은 고려인들이 선대로부터 이어 받았거나 생활 속에서 만들어 부르던 노래들이다. 음곡과 가사의 융합체가 노래인 만큼, 그것은 음악과 문학이라는 두 가지 관점에서 다루어질 수 있다. 그러나 필자의 능력 상 음악을 언급하기는 불가능하므로, 가사만을 대상으로 삼는다. 그럴 경우 노래의 배경적 측면에 대해서는 음악과 문학의 복합적 관점을 견지하되 핵심 대상인 가사를 언급할 경우는 시문학적 관점으로 국한시킬 것이다.

5) 엄경희, 「러시아 이주 고려인의 노래에 담긴 서정성」, 『동방학』14, 한서대 동양고전연구소, 2008, 56쪽 참조. 과문의 소치이겠으나, 카자흐스탄을 비롯한 독립국가연합 거주 고려인들의 '노래문학'을 연구대상으로 삼은 업적은 거의 보이지 않는다. 창작시나 민요 등에 관한 것들은 간혹 눈에 띄나 그런 것들이 이 글의 논지와 연결된다고 볼 수는 없다. 선행연구업적들에 대한 언급을 생략하다시피 한 것도 그 때문이다.

나 고향을 그리워하는 것은 당연하다. '극동 러시아로부터 강제로 이주되었다'는 역사적 사실을 전제로 할 경우는 더욱 그렇다. 카자흐스탄 등 CIS 지역에 살고 있는 고려인들의 경우 고향에 대한 그리움이나 애절함의 정도가 다른 지역 한인들의 그것보다 훨씬 복잡다단한 것도 그 때문이다.

이 글에서는 카자흐스탄의 고려인들 사이에서 불리고 있는 노래들에 나타나 있는 디아스포라 의식의 정체를 해명하고자 한다.

Ⅱ. 재在카자흐스탄 고려인과 노래문화

고려인들은 고국으로부터의 디아스포라를 거쳐 정착지였던 극동지역에서 다시 카자흐스탄을 비롯한 중앙아시아 지역으로 옮겨지면서 이중의 디아스포라를 집단적으로 경험한 존재들이다. 그런 만큼 고려인들은 그들 자신의 노래들에서 지속과 변이의 구체적인 양상들을 노출시키고 있다.[6] 사실 그들 노래의 창작·가창·전승 과정에서 자체 변화 혹은 접변의 구체적인 양상은 나타날 수 있지만, 희로애락 등 보편적 정서는 변할 수 없다. 비슷한 삶의 조건 아래 말과 사유의 기반을 공유하는 공동체 구성원들이 노래에 표현적 측면의 보편성을 지속적으로 노출시키는 것은 당연하다. 그러나 이들이 다른 성격의 공동체와 갈등을 겪거나 이질적인 문화로부터 충격을 받을 경우 자신의 위치를 새롭게 조정할 필요를 느끼게 된다. 자신의 문화적 코드를 그들에게

---

6) 조규익, 「구소련 고려인 민요의 전통노래 수용 양상」, 『동방학』 14, 한서대 동양고전연구소, 2008, 32쪽.

맞추는 것만이 새로 편입된 공동체에서 살아남는 유일한 길이기 때문이다.

유대인들 못지않게 복잡다단한 디아스포라를 경험한 민족이 코리안들이다. 코리안들의 디아스포라 역사를 '① 1860년대부터 한일합방이 일어난 1910년/② 1910년부터 1945년[한국이 일본 식민통치로부터 독립한 해]/③1945년부터 1962년[남한정부가 이민정책을 처음으로 수립한 해]/④ 1962년부터 현재'의 네 시기로 나눈 학자도 있다.[7] 그러나 비록 민족 공동체의 개념이 희박했을지는 모르지만, ① 이전에도 디아스포라는 있었고, ④ 이후 오늘날에도 디아스포라는 끊임없이 지속되고 있다. 그런 점에서 우리 민족의 디아스포라는 역사적으로 구조적으로 복잡한 양상을 보여준다고 말할 수 있는 것이다.

강제이주 직후부터 최근에 이르기까지 고려인들이 겪은 디아스포라 역시 복잡한 코리안 디아스포라의 범주 안에 속함은 물론이다. 그와 함께 그들은 각 시대에 맞는 노래문화를 영위해왔다. 그들의 노래문화는 전문예술가 집단이나 소인(小人)예술가 집단에 의해서 비교적 조직적으로 전개되었다. 조선극장의 조직자들 가운데 하나이며 구소련 고려인 희곡문학의 대표작가인 태장춘[8]의 회고에 의하면 크즐오르다주의 소인예술단이 강제이주 직후인 1939년에는 53개에 불과했으나, 1940년에는 209개로 증가했고, 참가자의 숫자도 1939년의 723명에서 1940년에는 3,109명으로 증가했다고 한다. 좀 더 구체적으로 말하면 1940년에 연예부 79개, 성악부 69개, 음악부 46개, 문예부 7개였으며,

----

7) 윤인진, 『코리안 디아스포라 : 재외 한인의 이주, 적응, 정체성』, 고려대학교 출판부, 2004, 8-10쪽.
8) 정상진, 『아무르 만에서 부르는 백조의 노래-북한과 소련의 문화예술인들 회상기』, 지식산업사, 2005, 196쪽.

민족별로는 카작인 2,226명, 러시아인 761명, 고려인과 기타 민족 172명 등이 참가했다고 한다.9)

　이처럼 강제이주 이후 고려인 사회의 노래들은 정부 혹은 공공기관의 예술 정책을 바탕으로 개인 혹은 집단의 노력에 의해 유지, 발전되어 왔다. 현실적으로 사회·정치적 제약은 있었지만, 뛰어난 개인들은 소인예술단 혹은 전문예술단의 일원으로 활약하며 그들이 배워온 예술을 어느 정도 꽃피울 수 있었다. 물론 그들이 두 차례의 원치 않은 디아스포라를 통해 고국의 예술적 근원으로부터 상당히 멀어진 건 사실이고, 그런 이유로 가요의 창작이나 가창이 합리성을 잃는 경우도 있었지만, 이는 가요문화의 지속이나 발전 도상에서 만날 수 있는 시행착오의 일종일 수 있었다. 예컨대 다음과 같은 경우가 그것이다.

　　사오년 전의 일이다. 조선의 '붉은 군대'가 어느 콜호스를 도우러 왔는데, 그 날 밤 연극을 놀며 노래를 하였다.(…)내용은 훌륭하고 힘 있는 말들을 '창덕궁가'라는 곡조에다가 맞추어 놓았다. '창덕궁가'는 조선의 리왕 장례식에서 부르던 노래이다. 눈물을 흘리며 부르던 추도곡이다. 노래의 형식도 쾌활하고 웅장하여야 하겠거늘 이렇게 구슬프고 눈물겨워야 하겠는가?

　　이런 일이 있다. 연예단이 촌으루 연극을 놀러 왔는데 <시들은 방초>를 불렀다. 이 노래는 자본주의의 말기에서 부르조아의 자식들이 술집 구석에서 부르던 센티멘탈리즘의 노래이다. "너는 콜호즈니크, 나는 뜨락또리스트, 우리 두 사람은 손목 잡고 콜호스 살림에 힘을 합치자"는 콜호스 노래에 하늘을 쳐다보며 한숨 쉬기에 적당한 곡조, '수심가'를 붙이거나, 아리랑 타령에 주력대의 말을 담아놓은 것을 우

9) 김보희, 「소비에트 시대 고려인 소인예술단의 음악활동」, 한양대 박사논문, 2006, 23쪽.

리가 흔히 보게 된다. 생각할수록 우습기보다도 기가 더 막히는 희비
극이다.[10)

조명희 흉상[조명희 기념관]

소련에 망명한 조선의 문인들 가운데 소련작가동맹의 첫 맹원으로서 구 소련 권에 조선문학의 진정한 씨를 뿌린[11) 포석(抱石) 조명희(趙明熙)의 이 지적은 당시 고려인들의 노래문화가 내포하고 있던 두 가지 성향을 보여준다. 첫째는 고국에서 받아온 우리 전통노래의 유산이 양적으로 질적으로 보잘 것 없거나, 그렇게 되어가고 있다는 점이다. 만약 당시 고려인들이 한 차례의 디아스포라만 겪은 입장이라면, 큰 문제없이 고국의 노래문화를 전승하고 정착지의 노래문화를 수용하여 새로운 접변(接變)을 이루어낼 만한 시점이다. 그러나 과거로부터의 전통이나 유산을 정리할 틈도 없이 다시 강제이주를 당함으로써 그나마 갖고 있던 유산마저 지리멸렬해질 수밖에 없었을 것이다.[12) 그런 상황에서 쾌활(快活)

---

10) 조명희, 「조선의 놀애들을 개혁하자」, 『선봉』 1935. 7. 30자 3면.

11) 정상진, 앞의 책, 189-190쪽 참조.

12) '조선인 소인 연극단의 발전상 몇 가지 문제'[「레닌기치」1957. 2. 20자 3면]라는 글에서 리재인은 "공화국 내에 250개 이상의 소인 연극단이 있다. 그 중에 조선인 소인 연극만도 몇 개 있기는 하나 그 사업은 아주 낮은 수준에 처하여 있다. 이것은 물론 조선인 꼴호스 당국과 당 지도일꾼들이 그에 주목을 늘리지 않으며 또 이참에 소인 연극단을 시도할만한 자격을 가진 인재가 매우 적으며 또는 조선어로 된 예술작품들이 거이나 없기 때문이다. 실제로 크슬-오

해야 할 노래들을 슬픈 곡조에 올려 부르는 식의 모순을 범하게 된 것은 불가피한 일이었다. 다음으로 새 정착지에 미처 적응하지 못한 현실이 두 번째 요인이다. 새로운 노래문화와의 접변은 고사하고 이전의 정착지에서 갖고 있던 노래문화마저 제대로 계승하지 못하는 상황에 그들은 직면하게 된 것이다. 그러니 <창덕궁가(昌德宮歌)>나 <시들은 방초(芳草)> 류의 노래에 노동가나 진군가(進軍歌) 류 등을 올려 부르는 실수를 범한 것도 충분히 이해될만한 일이다.

두 경우 모두 노래와 가창 현장의 분위기가 맞지 않음을 지적한 사례들이지만, 역으로 이러한 사실들은 당시 우리의 노래가 그곳에 어떻게 정착·변용되어 갔는가를 암시하기도 한다. 즉 고려인들이 갖고 있던 전통 민요의 관습적 레퍼토리가 생경한 현장의 분위기와 충돌을 일으키며 보다 합리적인 방향으로 조정되어 가는 모습을 상상할 수 있게 하는데, 그것이 바로 고려인들의 문화에서 찾아볼 수 있는 '전통 민요의 다문화 접변 현상'인 것이다. 확인된 바는 없지만, 이런 비판으로 인해 가창의 현장 혹은 상황과 노래의 부정합성이 시정되는 방향으로 진행되었을 가능성도 크다고 할 수 있다.[13]

르다 주 치일리 구역내에 있는 조선인 소인 연극단 사업을 말할 수 있다. 볼세위크 꼴호스에는 조선인 소인 연극단[지도자 최월룡]이 10년 이상 존재하여 있다. 물론 이 조선인 소인 연극단은 존재 이래 여러 가지 연극, 음악 연주 등을 꼴호스원들에게 보여주었다. 근자에는 두 번 공연하였다. 그러나 이 소인 연극단의 공연에서 우리는 우리의 현실 생활을 보여주는 새 연극이나 노래를 보고 들을 수 없다. 인제는 염증이 나리 만침 보고 들은 <장한몽>, <양반과 종의 아기네>, <배도리>, <화초단가>, <천자 뒤푸리>, <아리랑> 등등이다."라고 했다. 이 지적을 통해 당시 지리멸렬한 상태에 놓여있던 고려인 사회 노래문화의 일단을 짐작할 만하다.

13) 조규익, 앞의 논문, 13쪽.

카자흐스탄 고려인들의 노래문화는 크게 전통의 맥을 고스란히 이은 경우와, 전통을 바탕으로 하되 정착지의 문화적 요인을 상당 부분 수용한 경우로 나눌 수 있다고 본다.[14] 어느 경우이든 디아스포라적 서정이 내용이나 주제의 핵을 이루는 것은 부정할 수 없다. 실제 노래들에 나타나는 디아스포라적 서정의 실체를 찾아보기로 한다.

III. 디아스포라의 경험과 문학적 형상화

디아스포라는 원래 '이산(離散)'을 뜻하는 그리스어 디아스페리엔 (diasperien)으로부터 나왔다. 그리고 그것은 유대인들이 B.C. 3세기경 바빌론의 포로로서 고향을 떠나게 된 이산의 상황을 지칭하거나 그들 스스로가 만든 공동체를 지칭하는 개념으로 쓰이기도 한다. 더 나아가 유대인들의 경험 뿐 아니라 심지어 타 민족들의 국제이주, 망명, 난민, 이주 노동자, 민족 공동체, 문화적 차이, 정체성 등을 아우르는 개념으로까지 확대되기도 했다.[15] 유대인들은 자신들의 분산을 절대자의 계

---

14) 김보희의 조사에 의하면[앞의 논문, 30쪽] 고려인들의 노래는 '1. 현재까지 불리는 민요들[<도라지>·<아리랑>·<밀양아리랑>·<베틀가>·<강원도 아리랑>·<갑돌이와 갑순이>·<창부타령>·<함경도 농부가>·<청춘가>·<닐리리야> 등], 2. 선율의 골격은 유지하면서 새로운 가사를 붙인 민요들[<어부요>·<노동요>·<가정 노동요>·<풀무요> 등], 3. 비교적 전통민요의 선율을 유지하고 있는 민요들[<함경도 농부가>·<방아타령>·<국문풀이>·<영변가>·<성주풀이>·<베틀가>·<풀무노래>·<개성난봉가>·<풍구타령> 등], 4. 변종의 민요에 가장 자주 사용되는 전통선율[<베틀가>·<기생점고>·<성주풀이> 등]'으로 나뉠 수 있다고 한다.

15) 윤인진, 앞의 책, 5쪽.

획에 따른 현상으로 받아들였으며, 분산의 과정에서 구약성경을 유지한 것은 물론 그 말을 다른 디아스포라까지 퍼뜨리는 일도 게을리 하지 않았다.[16) 따라서 오늘날 '원치 않는 이산이나 탈향(脫鄕)으로 타지에서 유랑하는 일'을 디아스포라의 의미로 보편화시킬 수 있고, 우리 민족이 당했거나 당하고 있는 이산이나 유랑도 디아스포라의 개념으로 해석할 수 있다고 본다.

특히 근대에 들어와 전개된 역사의 부조리는 우리 민족의 상당부분을 고향으로부터 추방시켰고, 직접적인 피해자들이 생존해 있는 지금도 디아스포라의 여파가 가시지 않은 상태로 남아 있다. 남북의 이산가족들, 중국·일본·러시아·CIS 지역·미국 등지의 한인 교포들은 모두 그 나름의 디아스포라적 서정을 안고 있는 존재들이다. 가장 먼저 이들을 하나로 묶는 디아스포라 의식의 범주는 '탈향의 정서'다. 자의건 타의건 고향으로부터 밀려난 자들의 정서는 그리움과 증오로 요약된다. 그리움은 고향으로부터의 격리에서 생겨나는 고독과 절망으로 심화되고, 타율적 상황에 대한 증오는 새로운 정착지에 대한 적극적 적응으로 구체화된다.

1. 디아스포라 의식의 보편성

고려인들의 디아스포라 의식이 노래된 것들 가운데 가장 흔한 경우를 들어보기로 한다.

---

16) 김경래, 「구약성경의 전래 역사」, 『복음과 학문』3, 전주대학교 기독교연구원, 1996, 172쪽.

원동으로부터 강제이주된 고려인들이 처음 도착하여 토굴을 파고 살던 우쉬또베 교외의 황무지

1) 고국산천을 떠나서 수천 리 타향에
   산 설고 물 선 타향에 객을 정하니
   섭섭한 생각은 고향 뿐이요
   다만 생각나노니 정든 친구라

2) 고산심해와 육지가 천리를 달하고
   어언 간에 기벽으로 담을 졌으니
   고국본향 생각은 더욱 간절코
   돌아갈 길을 생각하니 막연하도다.

3) 추천명월은 반공중에 높이 솟아서
   온 세계를 명랑히 비치어 주는데
   월색을 희롱하는 저 기러기야
   네 목소리 더욱이 비참하도다

4) 고향에 계신 나의 정든 친구는
   밝은 달 가을밤에 더욱 간절.

슬피 울고 날아가는 저 기러기야
우리 집 소식을 전해주려오.

5) 부모형제와 이별하고 정든 님 못 보니
대장부의 가슴이 막 무너진다.
나의 마음 이같이 막막하거든
사랑하는 나의 부모는 어떠하리요.[17]

김병학은 이 노래의 작사자를 최남선(崔南善)으로 해 놓았으나, 이 노래는 허진[본명 허웅배]이라는 고려인이 부른 <망향가(望鄕歌)>라고 하며,[18] 내용적으로 유사한 노래가 정추의 채록본[김보희·정민,『정추 교수 채록 소비에트 시대 고려인의 노래 2』, 한양대 출판부, 2005, 372-373쪽.]에도 실려 있다.[19] 따라서 이 노래는 작자가 분명하고, 가창된 과정이나 경위 또한 비교적 소상한 경우라고 할 수 있다. 모든 연들은 고향과 타향의 대응구조로 이루어져 있다. 1연에서는 고국산천[고향], 타향, 정든 친구 등을 동원하여 절절한 향수를 노래했고, 2연에서도 고국본향을 등장시켜 향수를 노래했다. 3연에서의 추천명월과 기러기는 '소식을 전해주는 자'로서의 역할로 동원한 객관상관물[客觀相關物/objective correlative]이며, 4연에서도 향수를 노래하기 위해 고향·정든 친구·기러기 등을 등장시켰다. 마지막 연에서는 부모형제와 정든 님을 들어 달랠 길 없는 향수를 노래했다. 1·2연에서 노래한 향수를 4·5연에서 약간 다른 내용으로 반복하고 있는데, 그 경계가 되는 부분

17) 김병학,『재소고려인의 노래를 찾아서 I』, 화남, 2007, 185쪽.
18) 정상진의 술회. 김병학의 같은 책, 같은 곳 참조.
19) 김병학, 위의 책, 같은 곳.

이 바로 3연이다. 3연의 '기러기'는 T.S. 엘리어트가 말한 바와 같이 '시인의 정서를 가시화하고 구체화해 주는 일련의 사물·상황·사건'에 해당하기 때문에 객관상관물이다.[20] 기러기는 시베리아 동부와 사할린, 알라스카 등지에서 번식하고, 한국 등지에서 겨울을 나는 철새다. 따라서 고국을 떠나 러시아나 중앙아시아에서 유랑하는 시적 자아를 이어줄 수 있는 메신저는 기러기가 유일하다. 시인의 향수를 가시화하고 구체화 해줄 수 있는 동물로 기러기만한 것이 있을 수 없는 것이다. 노래 속에 그려진 '고국산천을 떠남', '돌아갈 길이 막연함', '우리 집 소식이 끊어졌음', '부모형제와 이별하고 정든 님을 보지 못함' 등은 시적 화자가 갇혀 있는 '이산의 극한상황'이다. 물론 이산의 원인이나 구체적인 모습들이 나타나 있지 않으므로, 이 경우는 디아스포라 의식에 관한 총론격의 노래라 할 수 있다.

> 1) 남쪽나라 따뜻한 곳 예로부터 살던 고향
>   피눈물로 리별하고 쫓겨야만 된단 말이냐
>
> 2) 어린 아기 등에 업고 병든 어머님 이끌면서
>   낭군 어데 떠난 이 곳 행하는 곳 어데더냐
>
> 3) 일가친척 하나 없고 아는 이도 없건마는
>   모진 목숨 살아볼까 두만강을 건너가세
>
> 4) 물어보자 두만강아 우리 먼저 건넌 이들
>   한숨 끝에 뿌린 눈물 너 얼마나 받았더냐[21]

----

20) T. S. Eliot, *Selected Esssays*, London & Boston, Faber & Faber, 1964, 100쪽.
21) 김병학, 앞의 책, 126쪽.

정추 교수의 채록본에도 나와 있
는 <고향 그리움>이란 노래다. 앞에
서 논한 <망향가>보다 약간 더 구체
적인 단서들이 이 노래에는 나타나
있다. 시적 화자가 떠나온 고향은
'따뜻한 남쪽나라'였다. 시적 화자가
북국(北國)에서 유랑하고 있는 만큼
'따뜻한 남쪽나라'가 한반도임에는
틀림없다. '병든 노모 이끌고, 어린

정추 교수

아기 업고 두만강을 건넌' 일이야말로 일제의 압박을 피해 북만주로
건너가던 시절의 유랑을 의미한다. 그곳엔 '일가친척 하나 없다'고 했
다. 고향을 '피눈물로 리별하고 쫓겨 간' 데가 바로 그곳이었다. 추위
와 배고픔 혹은 또 다른 압박과 냉대만 기다리는 이국땅이었고, 거기
에 '향수'까지 보태져서 시적 화자를 괴롭히는 곳이었다. 마지막 부분
에서 '우리보다 먼저 건너 간 이들이 한숨 끝에 뿌린 눈물을 얼마나
더 받았느냐?'는 시인의 물음은 이 노래에 투영되어 있는 비극성을 최
고로 끌어 올린다.

사실 <망향가>는 어디서나 누구나 부를 수 있는 보편적 디아스포라
의식을 표현한 노래다. 그러나 이 노래에 이르면 그 보편성에 약간의
방향성이 가미된다. 막연한 디아스포라 의식이 얼마간 구체성을 보여
주기 시작한다는 것이다.

2. 디아스포라 의식의 구체적 방향성

앞에서 살펴 본 보편적 차원의 디아스포라 의식이 나타난 노래에

비해 다음의 노래들은 약간의 방향성을 띠기 시작한다. <타령>이란
노래를 들어보자.

1) 간다고 간다고 얼마나 울었던지
   우스또베 정거장이 대동강으로 변했구나.
   (후렴) 에헤야 노야노야 에헤야 노야노야
   놀기좋다 놀기좋아 뱃놀이 가잔다.

2) 너 내 생각을 절반만 하여도
   가시밭이 천리라도 왔다나 갔을 게다.

3) 우리 딸의 손목은 정거장 문짝인지
   이 놈도 쥐어보고 저 놈도 쥐어 본다.

4) 우리 딸의 입술은 정거장 시계인지
   이 놈도 맞춰보고 저 놈도 맞춰본다.[22]

<타령>이란 제목이 달려 있는 이 노래는 후렴으로 미루어 영산회상
·삼현육각·민요·무가 등에 우리 전통노래의 타령조에 맞추어 만든
노래다. 궁중정재(宮中呈才)에 주로 쓰이던 느린 곡의 늦타령, 자진타
령·볶는타령 등 빠른 곡조의 타령 등이 있는데, 구소련의 고려인들은
주로 전통 민속노래에서 부르던, 비교적 빠른 타령을 불렀던 것으로
보인다.
  1연의 '우스또베 정거장'은 이 노래가 1937년의 강제이주 직후 카자
흐스탄에서 만들어 불렸음을 나타낸다. 우스또베는 중앙아시아 카자

----

22) 김병학, 앞의 책, 89쪽.

흐스탄 동남쪽에 소재한 읍 단위의 지역이자 고려인 최초의 강제 이주지로서 이주 당시는 황량한 벌판이었으나 고려인들이 옥토로 일구어낸 곳이다.[23] 작사자는 강제이주의 슬픔을 '우스또베의 눈물'로 표현했다. 그리고 그 눈물 쏟는 자리를 '대동강'으로 묘사함으로써 그들의 원래 거주지가 한반도, 특히 평양 부근이었음을 암시한다.

작사자는 이 노래에서 '우스또베의 눈물'과 '대동강'이란 고유명사를 통해 디아스포라의 한을 표현하고자 했으나, 이 노래를 결코 수심 어린 비극성으로 마무리하고자 하지 않은 것은 <뱃노래>의 후렴을 차용해온 점에서 확인된다. 굿거리장단을 바탕으로 하는 활기차고도 율동적인 가락을 지닌 노래가 <뱃노래>다. 연평도의 '뱃치기', 안면도의 '봉기(鳳旗)타령', 위도(蝟島)의 '띠뱃놀이', 남해안의 '거문도뱃노래' 등 다양한 명칭과 가락으로 불리는 <뱃노래>는 율동적이고 역동적인 어로작업의 성격상 각 지역이 대체로 비슷한 유형을 보여준다. 앞사람이 메기는 선소리는 선율과 사설 등이 다양하고 복잡하나, 여러 사람이 되받는 뒷소리는 유사한 선율과 사설의 단순 반복으로 이루어진다. 이 노래가 비록 <뱃노래> 자체는 아니나 앞소리를 선소리꾼이 부르면 다수의 사람들이 입을 모아 뒷소리를 메기는 식으로 불렀으리라 짐작된다.

1연과 2연은 디아스포라 의식이 직접 노출된 부분들이다. 우스토베 정거장은 강제 이주된 고려인들이 다시 여러 곳으로 이산되던 현장이었다. 1차 정착지로부터 우스토베 정거장까지 이주된 고려인들은 또다시 각자의 정착지를 향해 흩어져 갈 수밖에 없었던 것이다. 기약 없이 흩어져 가던 동족들에 대한 그리움이나 원망을 노래한 부분이 2연

---

23) 김병학, 앞의 책, 같은 곳.

이다. 디아스포라의 관점에서 볼 경우 3연과 4연은 약간 다른 내용이다. 사랑하는 딸이 사람들로부터 희롱의 대상이 되는 현실을 한탄한 내용이다. 작사자가 힘없는 유랑민들의 운명을 깨달았다면, 그 깨달음 역시 디아스포라 의식의 또 다른 발로라고 할 수 있다.

이보다 좀 더 구체적이고 현실적인 디아스포라를 노래한 경우도 있다.

> 1) 이제로부터 이십년 전 아득한 그 때
> 우리나라 본국에서 살 수 없어서
> 중국이나 어떠한가고 찾아 가보니
> 그곳도 부자놈들의 세상이더라
>
> 2) 그래서 그곳에서 살 수 없어서
> 노시야나 어떠한가고 찾아 가보니
> 아~ 슬프도다 황제 노시야
> 의병들의 총과 칼에 다 쓰러졌구나
>
> 3) 일천구백십칠년 아왕성에서
> 붉은 군대 승전하고 권리를 잡은 후
> 짐승같이 대우받던 바쁘라크를
> 제일 좋은 사람이라고 대우하더라[24]

<강동 노병가>란 제목의 이 노래에는 당시 강동으로 불리던 연해주 지역 고려인들의 디아스포라 의식이 나타나 있다. 본국에서 살 수 없어 중국으로 이주했으나, 그곳 역시 살만한 곳이 되지 못하여 다시 러시아로 이주했으며, 그 러시아 또한 황제가 다스리던 왕국이었던 만큼

----

24) 김병학, 앞의 책, 97쪽.

정착할 만한 곳이 아니었음을 말했다. 그러다가 붉은 군대가 황제의 군대를 이기자 비로소 인간의 대접을 받고 살게 되었다고 했다. 이 노래에서 시적 화자는 프롤레타리아 혁명으로 공산당이 집권하게 된 소련을 찬양함으로써 디아스포라를 끝내게 된 자신들의 선택과 정착을 미화하고 있는 셈이다. 특히 1연의 '부자 놈들의 세상'이란 그들이 떠돌이로 들어간 중국의 상황이었다. 자본계급에 대한 증오를 통해 자신들이 결국 정착하게 된 공산 러시아를 부각시키고 있는 것이다. 일제의 압박으로 떠돌이에 나선 시적 자아가 중국에서 자본가 계급을 만남으로써 또다시 떠돌이로 나서게 되었고, 러시아로 들어가 황제의 통치를 만남으로써 또 다른 유랑의 가능성을 맞게 되었으나, 1917년 혁명으로 공산화된 러시아에 결국 정착하게 되었다는 내용이다.

이 노래가 고려인들이 자발적으로 지어 부른 노래인지 집권세력의 강요에 의해 지어 부른 노래인지 확인할 수는 없으나, 공산치하였던 구소련의 고려인들로서는 피할 수 없었던 이념의 굴레를 표출한 것으로 보는 편이 합당하다. 그러나 이면에는 고국에 대한 그리움이 자리 잡고 있으며, 실향의식이나 향수는 이 시기 고려인들의 노래에 내면화된 정서나 주제의식으로 정착되었다고 볼 수 있다. 시시각각 조여 오는 체제와 이념의 압박 속에서 살아남기 위해 가슴 절절한 향수나 실향의 정서를 표출하는 대신 구소련의 체제에 맞추는 길을 선택할 수밖에 없었던 것이다. 이런 유형의 노래도 디아스포라 의식의 또 다른 표출양상이라고 할 수 있다.

3. 개인사와 관련된 디아스포라 의식

이 지역 고려인 노래들의 대부분은 유랑과 이산을 뭉뚱그려 노래하

고 있지만, 떠나는 자와 보내는 자의 감정을 교환하며 부르는 노래들
도 있다. 다음의 <이별가>가 그 좋은 예다.

> 1) 눈물짓고 두 몸이 이별을 하니
>   몇 해 동안 그 정리를 어찌하리오.
>   반공중에 뜬 구름은 허공에 있고
>   가련하다 둘의 심장 새로 변한다
>
> 2) 간다 간다 나는 간다 너를 두고서
>   우랄산 넘어서 레닌그라드
>   간다 간다 나는 간다 네 손 못 놓고
>   따뜻한 내 사랑과 이별하고서
>
> 3) 간다 하니 어찌하여 날 두고 가요
>   우랄산 넘어서 나는 못 가요
>   답답한 세간을 내게 맡기고
>   시름없이 떠나가면 어찌하리요.
>
> 4) 내 손목을 잡고 너 나를 볼 때에
>   불쌍하다 너의 얼굴 보기 어렵다.
>   슬퍼마라 우리 둘이 이별한다고
>   장래목적 공부 위해 할 수 없구나.
>
> 5) 가는 님은 잘 되라고 떠나가지만
>   보내고 이 내 몸은 어찌 살아요
>   가더라도 부디부디 평안히 가서
>   장래목적 공부 결심하서요.[25]

....

25) 김병학, 앞의 책, 171쪽.

'떠나는 자'와 '떠나보내는 자'가 번갈아가며 부른 것이 이 노래다. 1은 제 3자가 해설조로 부른 부분이고, 2·4는 떠나는 자의 한을, 3·5는 보내는 자의 한을 각각 노래한 부분들이다. 이처럼 사랑하는 두 사람이 어떤 특정한 목적을 전제로 하는 이별의 한을 술회하고 있는 것이 이 노래다. 대부분의 노래들이 이산의 원인을 민족이나 국가 차원의 문제로 다루고 있음에 반하여, 이 노래는 사랑하는 두 사람 사이의 이별이라는 제한된 문제로 다룬 점에서 매우 이채롭다. 두 사람은 연해주에 정착한 고려인들일 것이다. 둘 중의 하나, 특히 남성이 우랄산을 넘어 레닌그라드로 '공부하러' 떠남으로써 할 수 없이 이별하게 되었다는 사연을 모티프로 구성해낸 노래다. 2연의 첫 행["간다 간다 나는 간다 너를 두고서"]은 조국을 떠나 망명길에 오른 도산(島山) 안창호(安昌浩)가 1910년 「매일신보」[1910. 5. 12.]에 '신도'라는 필명으로 발표한 <거국행(去國行)>26)의 주제 행을 차용해온 부분이다. 노래의 소재는 사랑하는 두 사람 간의 사적인 이별이지만, 그 이면에는 조국과 민족의 이산을 암시하는 요소가 숨겨져 있는 것이 사실이다. 그만큼 이 시기 이 지역의 고려인들 사이에는 이별과 이산의 아픔을 드러낸 노래들이 많았고, 민족의 문제 뿐 아니라 개인 간의 사랑으로까지 그 범위를 넓혀 잡게 되었던 것이다.27)

....

26) <거국행>의 노랫말은 다음과 같다.
"간다 간다 나는 간다 너를 두고 나는 간다 / 잠시 뜻을 얻었노라 가물대는 이 시운이// 나의 등을 내밀어서 너를 떠나가게 하니 / 이로부터 여러 해를 너를 보지 못할지니// 그 동안에 나는 오직 너를 위해 일하리니 / 나 간다고 슬퍼 마라 나의 사랑 한반도야// 간다 간다 나는 간다 너를 두고 나는 간다 / 새 시운을 대적타가 열혈들을 뿌리고서// 네 품속에 누워 자는 네 형제를 다 깨워서 / 한면 깨끗해 보았으면 속이 시원하겠다만// 내 종일을 생각하다 빈주먹을 들고 간다 / 내가 가면 영 갈 소냐 나의 사랑 한반도야"

이상의 노래들은 디아스포라 의식이 날 것 그대로 드러났거나 약간 희석된 정도의 것들이다. 그러나 이 지역의 노래들 가운데는 고도의 정서적 승화작용을 거쳐 미적인 세련성을 보이는 것들도 적지 않다. 다음의 노래들이 그런 경우다.

> \<낙화유수\>
> 1) 강남달이 밝아서 님이 나와 놀던 곳
>   구름 속에 그대 얼굴이 가리어 있어
>   물방초 핀 언덕에 외로이 서서
>   물 우에 뜬 이 한밤을 홀로 새울가
>
> 2) 멀고먼 님의 나라 차마 그리워
>   적막한 가람가에 물새가 우네
>   오늘밤도 쓸쓸히 달은 지느니
>   사랑의 품속에다 날 안아 주서요

27) 연해주 고려인들 사이에서 가장 많이 불린 노래들 가운데 하나였다는 \<나그네 사랑\>["1. 오늘은 남쪽으로 내일은 북쪽으로/나그네 신세도 관계치 않소/그대의 마음과 따뜻한 사랑/변하지 않는다면 그래도 좋네//2. 봄날의 푸른 산과 여름물결에/북쪽으로 가던지 남향하던지/그대와 같이서 가는 길이면/어디도 싫다않고 춤추며 가리//3. 쓸쓸한 동산이나 눈 오는 벌판/동으로 서으로 흘러 다녀도/나그네 사랑만 변치 않으면/한 일평생 정답게 지내어 주게"[김병학, 앞의 책, 174쪽]이나 \<군인 이별가\>["1. 해변강가 뽀시예트 너 잘 있거라/떠나간다 이 내 몸은 군인 되어서/할 수 없이 윤선 등에 올라 앉으니/사랑하는 마리아는 발을 구른다//2. 만경창파 너덜령을 얼른 지나서/깐스크 군대에 당도하니까/사면으로 달려드는 기차소리에/이 나의 정신이 높이 솟았다//(…)//동무들아 내 집으로 나아가거든/이 내 몸이 죽었다고 전해주서요/낙심마라 낙심마라 사랑 마리야/이 내 몸이 죽었다고 낙심 말아라"/ 김병학, 앞의 책, 193-194], \<리별가\>[김병학, 앞의 책, 217쪽] 등도 이와 유사한 정서의 노래들이라 할 수 있다.

3) 강남달이 지면은 외로운 신세
　　물방초 잎사귀에서 벌레가 운다
　　오늘도 이럭저럭 해는 지고요
　　내일은 어데에서 이 날을 맞을가28)

<반월가>
1) 푸른 하늘 은하수 하얀 쪽배에
　　계수나무 한 나무 토끼 한 마리
　　돛대도 아니 달고 삿대도 없이
　　가기도 잘도 간다 서쪽 나라로

2) 은하수를 건너서 구름 나라로
　　구름나라 지나서 어데로 가나
　　멀리서 반짝반짝 비쳐주는 별
　　샛별이 등대란다 길을 찾아라29)

　　<낙화유수(落花流水)>는 '강남달'이란 별칭을 갖고 있는 노래로서 변사로 유명한 김영환의 작품이며, 1927년에 제작된 같은 이름의 영화 주제가라 한다. 진주 기생의 아들로 태어난 김영환이 단성사(團成社)에서 변사(辯士)로 있을 때 우연히 자기 집에서 일어났던 일을 소재로 하여 기생과 화가의 비련을 소재로 대본을 썼는데, 이 노래가 바로 그 주제가였다.30) 말하자면 조선에서 만들어진 노래가 구소련의 고려인들에게 디아스포라 의식을 그려낸 노래로 수용되었던 것이다. 이 노래 1연의 3·4행["물방초 핀 언덕에 외로이 서서/물 우에 뜬 이 한밤을 홀

28) 김병학, 앞의 책, 99쪽.
29) 김병학, 위의 책, 101쪽.
30) 박찬호, 안동림 옮김, 『한국가요사 1』, 미지북스, 2009, 205쪽.

로 세울가"]과 2연의 1행["멀고먼 님의 나라 차마 그리워"], 3연의 4행 ["내일은 어데에서 이 날을 맞을가"] 등은 유랑하는 주체의 외롭고 쓸 쓸한 감정으로 전이될 수 있는 내용들이다. 이 작품이 비록 디아스포 라 의식을 성공적으로 표출했다고 볼 수는 없으나, 의식의 내면화를 통하여 보다 세련된 형상화는 이룬 것으로 보아야 할 것이다.

사랑하는 남녀의 이별이나 그에 관한 감정의 표현이 디아스포라 의 식의 표출로 인식되기 위해서는 그 사랑하는 남녀들이 민족 구성원의 양상을 대표할 수 있어야 한다. '울 밑에 선 봉선화'가 '갈 곳 없는 처 량한 우리 민족'을 대표하듯이 '물방초 핀 언덕에 외로이 서 있는' 화 자가 유랑하는 민족의 서글픈 현실을 상징한다고 볼 수도 있을 것이 다. 그런 점에서 이 노래는 디아스포라 의식을 적절히 내면화 시킨 사 례라 할 수 있다.

디아스포라 의식을 내면화 했다는 점에서 <반월가(半月歌)>는 <낙 화유수(落花流水)>보다 훨씬 세련된 일면을 보여준다. 원래 제목이 '반달'인 이 노래는 1924년 윤극영(尹克榮)에 의해 지어진 본격 창작 동요의 효시다.[31] 이 노래의 창작에 얽힌 이야기는 다음과 같다.

> 1924년 9월 초순 윤극영이 다섯 살 때 시집 간 큰 누이가 고생 끝 에 36세로 세상을 떠났다. 그 무렵 어느 날 오전 11시경이었다. 윤극 영은 자신의 음악 연구실인 일성당으로 걸어가고 있었다. 무심코 하 늘을 쳐다 본 그의 눈에 하얀 반달이 눈에 띄게 선명하게 비쳐들었다. 한낮 하늘에 걸린 달을 보는 순간 누님의 죽음에 대한 슬픔이 왈칵 복받쳐 올라왔다. 한낮 하늘에 걸린 달에서 바다에 두둥실 떠 있는 외로운 배 한 척이 어디론가 정처 없이 흘러가는 모습을 연상하며,

---

31) 박찬호, 앞의 책, 145쪽.

그러한 광경을 노래에 담으려고 했다. 그러나 제2절 마지막 작사에는 몹시 고생을 했다. 단순한 슬픔의 노래로 그치고 싶지 않았기 때문이다. 그리하여 난산 끝에 "샛별 등대란다 길을 찾아라"라는 시구가 생겨났다. 앞부분 가사가 모두 슬픔을 나타내고 있었던 데 반해 마지막 부분에서 희망을 암시한 것이다.[32]

이처럼 <반월가>는 원래 윤극영의 개인사를 바탕으로 창작된 노래였다. 육친의 이별과 죽음이 디아스포라의 가장 원초적인 출발점이라 할 수 있다면, 북한과 구소련의 구세대 고려인들이 즐겨 부른[33] 이유도 바로 그 점에 있을 것이다. 말하자면 디아스포라 의식으로 전이될 수 있는 육친과의 사별이야말로 매력적인 소재들 가운데 하나였을 것이다. 1연의 '푸른 하늘 은하수'란 끝 간 데 없이 펼쳐진 유랑의 세상이다. 작고 연약하기 그지없는 '하얀 쪽배'는 유랑의 험난한 바다에서 이리저리 떠밀리는 고려인 집단을 말한다. 더구나 '돛대도, 삿대도 없이' '동쪽나라'인 고국을 떠나 서쪽으로 마구 밀려가는 '절망적인' 모습이다.

2연에서도 절망적인 인식은 지속된다. '은하수를 건너서 구름나라로' 가는 방향은 알겠는데, 구름나라를 지나면 어디로 갈지 알 수 없는 상황이 펼쳐진다. 그러나 절망으로 끝낼 수 없다고 보는 것이 시인의 생각이고, 이 노래를 수용한 고려인들의 소망이었다. 마지막에 '멀리서 반짝반짝 비쳐주는 별', 곧 샛별이 등대이니 길을 찾으라는 강한 자기암시로 끝을 맺었다. 절망에서 희망의 단서를 찾아낸 시인처럼 고려인들도 절망적인 디아스포라의 여로에서 희망이라는 종착역의 길잡

32) 박찬호, 앞의 책, 145-146쪽.
33) 김병학, 앞의 책, 101쪽.

이를 찾아냈던 것이다. 오랜 세월 디아스포라의 시련을 겪어온 이 지역 고려인들이 그 시련을 극복할지도 모르는 단서가 비로소 마련될 수 있는 근거가 바로 그것이다. 고려인들이 원래 창작자의 의도와 전혀 다르게 이 노래를 받아들이는 이유도 바로 여기에 있다.

Ⅳ. 맺음말

이상에서 카자흐스탄 고려인들의 노래에 나타난 디아스포라 의식의 양상을 살폈다. 그들은 1937년 연해주로부터 강제이주를 당함으로써 표면적으로 두 번의 디아스포라를 경험했다. 경우에 따라 제2의 정착지인 카자흐스탄에서 또 다른 이산을 겪었을 것이므로, 그들 삶의 이면에는 복잡다단한 디아스포라의 역정이 잠재되어 있다.

남북의 이산가족들과 함께 중국·일본·러시아·CIS 지역·미국 등지의 한인 교포들은 모두 디아스포라적 서정을 진하게 안고 사는 존재들이다. 이들을 하나로 묶는 디아스포라적 서정의 범주는 '탈향'으로부터 생겨나는 회한이다. 자의건 타의건 고향으로부터 밀려난 자들의 정서는 그리움과 증오로 요약된다. 그리움은 고향으로부터의 격리에서 생겨나는 고독과 절망으로 심화되고, 타율적 상황에 대한 증오는 새로운 정착지에 대한 적극적 적용으로 구체화된다.

고려인들이 갖고 있던 전통 노래의 관습적 레퍼토리는 새로운 정착지의 생경한 분위기와 충돌을 일으키며 보다 합리적인 방향으로 조정되어 가는 모습을 보여준다. 그것이 바로 고려인들의 노래문화에서 찾아볼 수 있는 '다문화 접변 현상'이다. 대체로 가창의 현장 혹은 상황과 노래의 부정합성이 시정되는 방향으로 세련화 되었을 가능성이 크다고 할 수 있다.

카자흐스탄 고려인들의 노래문화는 크게 전통의 맥을 고스란히 이은 경우와, 전통을 바탕으로 하되 정착지의 문화적 요인을 상당부분 수용한 경우로 나눌 수 있다. 어느 경우이든 디아스포라적 서정이 내용이나 주제의 핵을 이루고 있음은 물론이다.

고려인들의 노래에는 그들이 겪어온 역사적 사실들의 특수성을 떠나 보편적인 디아스포라 의식을 표출한 경우도, 집단적 역사체험에 근거한 구체적인 방향성을 드러낸 경우도 있다. 그러나 무엇보다도 흥미로운 것은 보편적이거나 역사적 체험을 바탕으로 한 디아스포라 의식에서 약간 변이된 모습의 개인적 감정 표출의 노래들이 꽤 많이 나타난다는 사실이다. 이런 노래들은 외견상 단순한 사랑이나 이별을 노래한 것들로 보이나, 그러한 내용이나 주제의식이 언제든 디아스포라 의식으로 전용되거나 해석될 수 있다는 점에서 다른 부류의 노래들에 비해 아주 세련된 모습을 보여주는 경우라고 할 수 있다. 이처럼 비교적 세련된 노래들은 세대가 내려갈수록 디아스포라 의식이 엷어지고, 사물의 예각을 포착하는 감수성이 발달하면서 나타나게 되었다.

앞으로 고려인들의 노래문화에 나타난 디아스포라 의식은 그들의 역사체험과 정착지에서의 현실적인 삶을 연관시키는 차원에서 새롭게 고구되어야 하리라 본다. <『어문연구』 37(3), 한국어문교육연구회, 2009. 09.>

고려극장에서 불린 우리말 노래들

I. 시작하는 말

구소련의 집단적 생산단위들을 기반으로 존재해온 소인예술단들은 당시 고려극장으로 대표되던 전문예술단의 예술적·인적 공급처가 되었으므로, 이 기관들은 당시 구소련의 대중예술을 발전시켜 나간 두 축이었다.[1] 당시 소인예술단에서는 대중음악·무용 등의 장르를 주축으로 하면서 연극까지 수용하게 되었으나,[2] 전문예술단인 고려극장의

---

[1] 극성 꼴호즈 인민극단의 총 연출가 최길춘은 "인민극장, 대중적 소인예술, 기술 발명과 인민 창작의 기타 형태들이 광범히 전파될 것이다. 대중의 예술 창작 활동의 앙양은 재능 있는 새 작가, 미술가, 음악가, 배우들이 자라게 할 것이다. 사회의 예술적 보물고 발전과 풍부는 대중적 소인예술과 직업적 예술을 결합시키는 기초 우에서 발전될 것이며 풍부하여질 것"이라는 소련 공산당 강령을 전제로 자신이 주도하던 인민극단의 사명을 강조했는데[「"극성" 꼴호즈 인민극단의 창작 사업」, 레닌기치 1962년 1월 10일, 3면] 그가 지적한 '대중적 소인예술과 직업적 예술의 결합'이란 바로 바로 소인예술단과 전문예술단의 긴밀한 관계를 말한다.

[2] 사실 소인 연극의 활발한 모습은 고려인 공동체가 처음으로 형성된 블라디보스톡의 신한촌 구락부에서 찾을 수 있다. 당시에 이미 러시아 연극을 학습하여 신파와 다른 사실주의적 연기를 선보이게 되었으며, 최봉도·김익수·현일구·정후겸·리 나제즈다·연성용·최길춘·김해운·한영혜 등의 전문 연극인

경우 연극을 주로 해오다가 산하에 '아리랑 가무단'을 창립함으로써 대중음악과 무용 전문의 에스뜨라다 공연활동을 펼칠 수 있게 되었다. 고려극장의 에스뜨라다 공연집단은 이미 40년대에 발족되었다고 할 수 있는데, 한진의 다음과 같은 술회가 그 사실을 뒷받침한다.

조선극장 단원들이 전쟁이 일어났다는 소식을 들은 것은 순회공연을 하느라고 우스또베에 남아 있을 때였다.(…)극장 지도부는 선전선동사업을 효과적으로 기동적으로 수행하기 위하여 음악연주 브리가다를 조직하기로 결정하였다. 위대한 조국전쟁이 일어나자 우리 극장이 있던 크슬오르다 시에 많은 군대병원이 후퇴하여 왔다. 우선 우리 음악연주 브리가다는 부상병들을 위한 위안공연을 하게 되었다. 이렇게 조선극장 배우들은 조선예술에 대해서는 아무런 관념도 없는 다른 민족들의 부상병들 앞에서 조선 노래를 부르고 조선 춤을 추게 되었다.(…)그들은 아마 이 때 처음으로 조선음악을 들었고 조선민족의 옷과 춤을 보았을 것이다. 그들은 감개무량하여 열광적으로 우리 출연을 환영하였다.(…)부상병들을 위한 음악연주 브리가다의 출연은 40여 년이 지난 오늘에도 눈앞에 섬섬거린다. 특히 붉은 군대 창건 24주년 기념공연은 지금도 잊을 수가 없다.(…)우리 음악연주 브리가다는 군대병원들의 꼬미싸르의 초청을 받고 시 경축대회에 참가하였다. 정치부 지도자 레이낀 동무는 공연이 끝난 후 조선극장 배우들에게 다음과 같은 감사의 말을 하였다. <<우선 나는 관람석에 모인 수 백 명의 부상병들과 의료일군들의 명의로 조선극장 배우들에게 열렬한 축하를 드립니다. 일본 제국주의의 압박을 받아 조선예술은 신음하고 있지만 쏘베트 국가의 조선예술은 꽃피고 있다는 것을 동무들은 훌륭

들과 함께 나중에 직업적 배우들로 성장한 이 지역 소인 배우들은 구소련 중앙아시아 고려인 사회의 핵심적 전문예술인들로 자리를 잡게 되었다고 한다.
[한진, 「조선극장」, 『속초문화』 8호, 속초문화원, 1992, 102쪽]

히 보여주었습니다. (…)>> 그 후 우리 음악 연주 브리가다는 전선으로 떠나는 군인들을 전송하는 모임에서도 출연을 하고 농촌을 돌아다니며 농민들을 위로하여 출연하기도 하였다.3)

조선극장 전시악단(1941년)

구소련이 '대조국전쟁(大祖國戰爭)'으로 일컫던 독소전쟁[獨蘇戰爭/1941. 6. 22.~1945. 5. 8.] 시기에 고려극장은 전시체제 하 선전선동 사업의 일환으로 음악연주 브리가다를 만들어 조선의 노래와 춤을 공연했고, 그것은 훗날 고려극장의 아리랑 무대연주 협주단으로 확대되었음을 암시하는 것이 이 글의 핵심 내용이다. 특히 러시아·우크라이나·벨라루스·그루지야·아르메니아 등 이민족 부상병들이 우리의 전

3) 한진, 앞의 글, 105-106쪽.

통 춤과 노래들에 흥겨워하는 모습을 통해 '음악연주 브리가다의 힘'
은 확인되었고, 그로부터 에스뜨라다 공연집단이 공식 출범됨으로써
고려극장의 장르[혹은 레퍼토리]가 연극에서 가무로까지 확대될 수 있
었다고 보는 것이다.

　　그러나 처음부터 고려극장의 공연에 노래장르가 빠져 있었던 것은
아니다. 대부분의 연극에 이미 노래들이 삽입되어 있었으므로 노래는
처음부터 계속 극장의 무대에 오르고 있었던 셈이다. 당시 조기천도
지적한 바 있지만, 정극을 상연하는 고려극장으로서 음악연주를 준비
한다는 것은 매우 어려운 일이었고, 약간의 문제점이 있었음에도 불구
하고 리장송·리함덕·김진 등 출중한 배우들의 뛰어난 가창력을 통해
고려극장은 가무에도 전문적 수준을 갖춘 공연집단으로 인정받게 되
었음을 알 수 있다.[4] 원래 고려극장은 연극을 전문으로 하던 예술기관
이었지만, 이와 같이 춤과 노래만으로 꾸며지는 무대도 적지 않았다.
앞의 인용문에서도 언급했듯이 전쟁터의 부상병들을 위문하기 위한
공연처럼 극장 안에서도 가무만으로 무대를 장식하는 경우가 있었다.
아리랑 협주단은 작곡가 정인묵이 고려극장의 크즐오르다 시기[두 번
째 시기인 1959년 5월 31일~1963년]에 조직했는데, 그로써 고려극장
단원들은 전문연극배우와 전문음악가 배우로 나눠지게 되었다.[5] 그
노래들은 전통 민요나 신민요들로서 당시 우리의 공연예술이 구소련
의 고려인 사회에 어떻게 이식·수용·변이되었는지 보여주는 표지 역
할을 한다. 이런 사실들을 전제로 고려극장에서 가창된 노래들[연극에

---

4) 조긔천, 「음악연주에 대하여」, 레닌기치 1942년 정월 16일 제4면.
5) 김병학, 「재소 고려인 구전가요가 걸어온 발자취와 가요 노랫말에 담긴 고려
　 말의 특징」, 『재소고려인의 노래를 찾아서 Ⅱ』, 도서출판 화남, 2007, 328쪽의
　 각주 14).

서 불린 것들/연극과 무관하게 불린 것들]을 분석하여 당시 전문예술단의 우리 노래 수용 양상이나 주제의식 등을 찾아보고자 한다.

Ⅱ. 가창된 노래들의 텍스트 양상 및 갈래

고려극장은 고려인 작곡가들이 우리 가요를 창작하여 대중에게 직접 전할 수 있는 거의 유일한 통로였으므로 대부분의 고려인 작곡가들은 극장에 소속되어 일하고 있었다.[6] 연극에도 창작음악이나 노래들이 많이 사용되었고, 최근까지 우리의 전통 민요나 현대 노래들을 수용하여 무대에서 공연하는 것 또한 흔한 일이었다. 예컨대 1936년 블라디보스톡 시절 고려극장의 무대에 올린 바 있던 **춘향전**[7]의 경우 필요한 곡을 창작하여 배경음악으로 썼고, 대사 가운데 사용된 노래들도 근 30종에 달했다고 한다.[8] 김병학은 고려인들의 노래를 채록·채보·정리하여 『재소 고려인의 노래를 찾아서』(Ⅰ·Ⅱ)를 펴낸 바 있는데, 이 책에는 고려극장에서 불린 노래들도 상당수 실려 있으며, 연극과 무관하게 공연무대에서 불린 것들도 실려 있다. 우선 연극에서 불렸거나 연극과 관련되는 노래들은 다음과 같다.

---

6) 김병학, 앞의 책, 337쪽.
7) 연극 제목의 경우 볼드체로 처리한다.
8) 오철암, 「딸듸-꾸르간 중 조선극단 창립 십오주년에 제하여」, 레닌의 긔치 1947년 12월 28일 제2면 참조.

번호	노래제목	관련 연극[작가/연도]	형태	출전[9]
1	리수일가	장한몽[채계도/1935]	6절, 각 절 4행, 각 행 3음보	Ⅰ/86–87쪽
2	타령(잡가)	춘향전[이종림·연성용/1935?][10]	4절+후렴, 각 절 2행, 각 행 4음보	Ⅰ/88쪽
3	결혼잔치 노래	생명수[태장춘/1945]	2절+후렴, 각 절 4행, 각 행 3음보	Ⅰ/91쪽
4	고향가	동북선[김해운/1935]	5절, 각 절 3행, 각 행 4음보	Ⅰ/164쪽
5	이수일가	장한몽[채영/1935]	9절, 각 절 4행, 각 행 4음보	Ⅰ/186–187쪽
6	심청가	심청가[채영/1936]	3절, 각 절 4행, 각 행 4음보	Ⅰ/192쪽
7	장한몽	장한몽[채영/1935]	5절, 각 절 4행, 각 행 4음보	Ⅰ/202–203쪽
8	동철씨	올림피크[연성용/1936]	4절, 각 절 4행, 각 행 4음보	Ⅰ/251쪽
9	기생점고	춘향전[이종림·연성용/1935?]	8절, 각 절 3행[각 1행은 4음보, 2행은 3음보, 3행은 6음보 동일구(예 등대하였소 예 등대하였소)의 반복]	Ⅰ/253–254쪽
10	철우의 노래	풍파[리길수/1942]	1절(單聯), 6행, 각 행 음보 수 불규칙	Ⅰ/308쪽
11	청실홍실 우리사랑	춘향전[이종림·연성용/1935]	5절, 6-4-6-4-4행, 각 행 4음보	Ⅰ/319–320쪽
12	마르꼬	올림피크[연성용/1936]	6절, 각 절 4행, 각 행 4음보	Ⅰ/330–331쪽
13	시악시 화상	토끼전[리니꼴라이/1959]	8절, 1절 3행, 나머지 2행, 각 행 음보 수 불규칙	Ⅰ/328–29쪽
14	기생점고	춘향전[이종림·연성용/1935]	5절, 각 절 2행+후렴 1행, 각 행 4음보	Ⅰ/337쪽
15	변학도의 노래	춘향전[이종림·연성용/1935]	대화체[1절과 5절] 포함 전체 8절, 2절과 8절은 3행, 나머지는 2행, 각 행 4음보 주류	Ⅰ/368–369쪽
16	이수일가	장한몽[채영/1935]	23절, 각 절 4행, 각 행 4음보 주류	Ⅰ/395–398쪽
17	생명수	생명수[태장춘/1945]	3절, 각 절 4행+후렴 2행, 각 행 2음보	Ⅰ/464쪽
18	방자의 노래	춘향전[이종림·연성용/1935]	1절[單聯], 11행, 각 행 음보 수 불규칙	Ⅰ/469쪽
19	토끼화상	토끼전[리니꼴라이/1959]	1절[單聯], 20행, 각 행 음보 수 불규칙	Ⅰ/470쪽
20	조선의 노래	나의 작품[김광택/1950년대 초]*우즈베키스탄 고려인 꼴호	3절, 각 절 2행+후렴 2행, 각 행 4음보	Ⅰ/78쪽

번호	노래제목	관련 연극[작가/연도]	형태	출전[9]
		즈 볼셰비크 극장 클럽 공연		
21	엄마와 오누의 노래	어미 없이 자란 오누[작사·작곡 우 아. 이./연대 미상]*우즈베키스탄 타쉬켄트 조선극장 공연11)	3절, 각 절 4행, 각 행 4음보	Ⅰ/488쪽
22	처녀들의 꽃노래	온달전[전동혁/1972] *작사 전동혁, 작곡 김원또르(1972년 8월 16일)	2절, 각 절 2행+후렴 2행, 각 행 4음보	Ⅰ/517쪽
23	추행대의 노래	양산백[연성용/1964]*작사 연성용, 작곡 김원또르	4절, 각 절 2행, 각 절 첫 행은 4음보, 둘째 행은 6음보	Ⅰ/517–518쪽
24	춘향과 이도령의 노래12)	춘향전[이종림·연성용/1935]	9절, 각 절 2행, 각 행 4음보	Ⅰ/518–519쪽
25	철호정님	풍파[리길수/1942]	6절, 각 절 4행, 각 행 2음보	Ⅰ/520쪽
26	수일가	장한몽[채영/1935]	3절, 각 절 4행, 각 행 4음보	Ⅰ/523쪽
27	춘향의 노래13)	춘향전[이종림·연성용/1935]	2절, 각 절 4행+후렴 2행, 각 행 4음보	Ⅰ/538–539쪽
28	심청가	심청가[채영/1936]	3절, 각 절 4행, 각 행 4음보	Ⅰ/541–542쪽
29	제비가	흥부와 놀부[태장춘/1946] *리함덕 창	2절, 각 절 行數 및 각 행 음보 수 불규칙	Ⅱ/244–245쪽

....

9) 출전은 이 노래들이 채록되어 있는 김병학의 『재소 고려인의 노래를 찾아서』 (Ⅰ·Ⅱ)를 말한다. Ⅰ과 Ⅱ로 구분한다.

10) **춘향전**은 고려극장에서 가장 인기 있던 연극으로 공식적인 경우만 여덟 차례나 공연된 작품이나 작자문제에 대해서는 명쾌하지 못하다. 『국립조선극장 창립 60주년 기념화보집』에는 '이종림 작'으로 되어 있으나, 이종림은 **춘향전** 희곡을 써달라는 연성용의 부탁에 따라 공책에 춘향전의 기억을 적어주었고, 그것을 바탕으로 많은 예능인들의 도움을 받아 연성용 자신이 지은 것으로 술회했다.[『연성용 회상록 신들메를 졸라 매며』, 도서출판 예루살렘, 1993, 62~65쪽 참조.] 따라서 이 글에서는 희곡 춘향전의 작자를 '이종림·연성용'으로 한다. 그런데 김 이오씨브(.И. Ким)에 의하면[『Советский корейский театр』 (Алма-Ата: ⓒиздательство ⟨Өнер⟩, 1982, 196-202쪽.] 첫 번째 [1935년], 세 번째[1948년], 네 번째[1956년], 다섯 번째[1961년] 공연은 이종림의 작품을 올렸고, 두 번째[1940년]는 이종림·연성용·채영의 공동작을, 여섯 번째[1969]는 연성용의 작품을, 일곱 번째[1976]는 맹동욱의 작품을, 여

덟 번째[2007]는 이영호가 각색한 작품을 각각 올린 것으로 되어 있다. 필자는 **춘향전**의 대본을 입수하지 못한 까닭에 고려극장에서 불린 춘향전 관련 노래들이 누구의 것인지는 확실히 밝힐 수 없다. 다만, 초기에 만들어 올린 이종림·연성용의 작품 그 자체이거나 그것에서 크게 벗어나지 않는 변이 혹은 각색들일 것으로 추정할 뿐이다. 이 글의 도표에서 연극 **춘향전** 관련 노래들의 작자를 편의상 '이종림·연성용'으로 통일시킨 것도 그 때문이다. 정상진의 증언을 토대로 한 김병학의 설명["명창 이동백이 북을 치면서 부르는 판소리 <춘향가> 레코드판이 1932년 서울에서 우연히 블라지보스똑에 있는 고려극장으로 유입되었다 한다. 고려극장은 3년 후 연극 춘향전(1935년)을 상연하였고, 그 때 이도령을 맡았던 배우 김진과 다른 배우들(당시 춘향 역을 리함덕이, 변사또 역은 공태규가 맡았다)이 판소리 <춘향가>의 일부를 불렀다. 그 뒤로 <춘향가>는 고려 사람들에게 널리 퍼졌고 연극 **춘향전**이 계속 상연됨에 따라 지금까지 전해 내려오게 되었다. 이 가요집에 수록된 <춘향가> 류의 노래 <기생점고>도 거기서 유래한다." :『재소 고려인의 노래를 찾아서 Ⅰ』, 254쪽의 각주 참조]에 의지할 경우 어쨌든 고려인 사회에 유행하던 연극 **춘향전**이나 그와 관련된 노래들은 첫 작품인 이종림·연성용의 그것으로부터 나온 것들임을 추정할 수 있다고 본다.

11) 독소전쟁 시절인 1940년대 전반에 우즈벡의 타쉬켄트에도 고려극장이 설립되었고, 연성용과 그의 아내인 리경희 등 고려극장 구성원들 몇 사람은 그곳으로 가서 활동을 하게 되었다. 그 뒤 우스또베로 이주해 간 크즐오르다의 고려극장과 타쉬켄트 고려극장의 연합문제가 논의되기 시작하여 결국 성사됨으로써 이들은 다시 카자흐스탄 고려극장에 합류했는데, 이 연극은 아마도 그들이 타쉬켄트의 고려극장에 소속되어 있을 때 창작하여 무대에 올렸던 것으로 보인다.

12) 김병학의 책에는 제목이 '춘향전에서'로 되어 있으나[각주에는 『윤 쎄르게이의 창가집』에 나온 것으로 암시되어 있긴 하다.], 그렇게 할 경우 노래의 출처를 제목으로 삼은 데 불과하다. 어차피 이 노래가 고려극장에서 상연된 연극 **춘향전**에서 유래되어 불린 것이고 보면, 후에 비록 제목을 상실했다 해도 노래의 내용에 맞추어 적합한 이름을 붙이는 것이 옳다. 따라서 본고에서는 '춘향과 이도령의 노래'로 바꾼다.

13) 김병학의 책에는 제목이 '춘향전에서'로 되어 있으나, 그렇게 할 경우 앞의

무대 공연에서 가창되었으되, 연극과 관련 없이 부른 노래들은 다음과 같다.

번호	노래제목	형태	출전	비고
1	장타령	1절[單聯] 16행, 각 행 4음보	I /200-201쪽	원로배우 안 미하일의 창
2	밀양아리랑	2절, 각 절 4행+후렴 2행, 각 행 음보수 불규칙	I /249쪽	
3	장타령	6절, 각 절 행수 불규칙, 각 행 음보 수 불규칙	I /261-262쪽	
4	잘 있거라 안해야	2절, 각 절 2행, 각 행 4음보	I /302쪽	
5	도라지	5절, 각 절 4행+후렴 3행, 각 행 3음보 주류	I /333-334쪽	
6	수박타령	2절, 각 절 5행+후렴 3행, 각 행 음보 수 불규칙	I /336쪽	김용환 작곡, 김정구 노래. 북한출신 가수 김홍율이 카자흐스탄에 보급
7	김만삼의 노래	4절, 각 절 2행+후렴 2행, 각 행 4음보	I /342쪽	태장춘 작사(1943)
8	반갑습니다	3절, 각 절 4행+후렴 3행, 각 행 4음보 주류	I /362쪽	북한으로부터 비교적 최근에 들어와 유행한 노래
9	휘파람	3절, 각 절 4행+후렴 2행, 각 행 음보 수 불규칙	I /360-361쪽	1990년 북한에서 창작된 노래로, 조기천이 쓴 시에 리종오가 곡을 붙인 노래.
10	갑돌이와 갑순이	3절, 각 절 3행, 각 행 음보 수 불규칙	I /374쪽	개방 이후 한국에서 들어온 노래. 1990년대 고려극장 가무단의 가수들이 가장 즐겨 부르던 민요 중 하나
11	까츄샤	4절, 각 절 3행, 각 행 6음보 주류.	I /393쪽	미하일 이사꼽스키 작사/ 마뜨웨이 블란떼르 작곡
12	기쁜 날	4절, 각 절 4행+후렴2행, 각 행 3 혹은 4음보.	I /414-315쪽	김해운 작사/ 김 웍또르 작곡
13	장타령	10절, 각 절 행수 불규칙, 각 행 4음보 주류	I /473-475쪽	

예와 동일하게 노래의 출처를 제목으로 삼은 데 지나지 않는다. 봄을 맞은 춘향의 심사가 핵심을 이루고 있는 내용을 감안하여 '춘향의 노래'로 바꾼다.

번호	노래제목	형태	출전	비고
14	달노래	3절, 각 절 4행+후렴 2행, 각 행 3음보	II/55쪽	
15	소방울 소리	3절, 각 절 5행, 각 행 4음보 주류	II/229쪽	김광연 작시/ 김제선 작곡
16	김만삼에 대한 노래	4절, 각 절 2행+후렴 2행, 각 행 4음보	II/272-273쪽	태장춘 가사/오철암 음악
17	잘 있거라	4절, 각 절 2행, 각 행 4음보	II/273-274쪽	태장춘 가사/리 게르만 음악
18	쓰딸린의 해빛	4절, 각 절 4행, 각 행 4음보 주류	II/275-276쪽	김남석 가사/박영진 음악
19	뜨락똘 운전수의 노래	4절, 각 절 4행+후렴 2행	I/418쪽	리용수 작사/김 웍또르 작곡
20	금가을	3절, 각 절 4행	I/206쪽	진우 작사/김 웍또르 작곡
21	무지개 이슬	3절, 각 절 4행+후렴 2행	II/218쪽	한진 작사/김 웍또르 작곡
22	새벽달	4절, 각 절 5행	II/208	김광현 작사/김웍또르 작곡
23	엄마의 묘 앞에 꽃을 심으자	3절, 각 절 4행	II/120	연성용 작사/김 웍또르 작곡
24	목화 따는 처녀들	4절, 각 절 4행	I/503쪽	전동혁 작사/박영진 작곡 *가수 박 예까쩨리나 창
25	벼 비는 처녀의 노래	3절, 각 절 8행	I/431쪽	전동혁 작사/박영진 작곡
26	기다림	2절, 각 절 4행	I/433쪽	전동혁 작사/박영진 작곡 *가수 예까쩨리나 창
27	처녀의 비밀	4절, 각 절 4행	I/439쪽	전동혁 작사/박영진 작곡
28	씨르다리야에 대한 노래	3절, 각 절 3행+후렴 1행	I/422쪽	김기철 작사/박영진 작곡
29	죽은 딸 안은 노인	3절, 각 절 4행	I/429쪽	연성용 작사/박영진 작곡
30	처녀의 단꿈	6절, 각 절 4행	I/237-238쪽	진우 작사/김일 작곡
31	나의 사랑	3절, 각 절 5행	II/37쪽	주송원 작사/김일 작곡
32	우리 농촌 아가씨들	3절, 각 절 3행+후렴 1행	II/51쪽	리은영 작사/조뜨로핌 작곡
33	평화에 대한 노래	1절(單聯), 4행	I/436쪽	김광현 작사/박영진 작곡
34	처녀의 편지	3절, 각 절 4행	II/63쪽	리용수 작사/조 뜨로핌 작곡
35	씨를 활활 뿌려라	4절, 각 절 4행+후렴 4행	II/248쪽	연성용 작사·작곡
36	울산타령	3절, 각 절 4행+후렴 2행	II/220-221쪽	*가수 리함덕 창
37	봄노래	4절, 각 절 4행	I/124-125쪽	*가수 리함덕 창

번호	노래제목	형태	출전	비고
38	기쁜 날	4절, 각 절 4행+후렴 2행	Ⅰ/414쪽	김해운 작사/김 웝또르 작곡 *박 예까쩨리나 창
39	승리의 노래			김기철 작사/김 웝또르 작곡
40	저녁의 멜로디			연성용 작사/김 웝또르 작곡
41	레닌에 대한 노래			김성옥 작사/박영진 작곡
42	서정의 노래			태장춘 작사/정인묵 작곡
43	선물	1절(單聯), 3행	정추 채록본 2/115쪽	정인묵 작곡 *왈츠곡
44	연인			진우 작사/김일 작곡
45	기다림			김해운 작사/허철산 작곡
46	천산의 노래			엄상준 작사/허철산 작곡
47	양 모는 처녀			리은영 작사/윤 뽀뜨르 작곡 *김병학책에는 김 웝또르 작곡으로 되어 있음
48	어머니의 징벌			리은영 작사/윤 뽀뜨르 작곡
49	급행열차			연성용 작사·작곡, *1935년에 불림
50	늴리리 타령	1절(單聯), 4행	정추 채록본 2/51쪽	*가수 리함덕 창
51	미나리 타령			*가수 리함덕 창
52	사랑의 비밀			진우 작사/김일 작곡 *박 예까쩨리나 창
53	꼬불꼬불			*가수 김홍율 창
54	처녀 목동의 저녁 노래			*가수 김홍율 창

이상 도표 속의 노래들14)[연극과 관련하여 불린 노래들 29편/연극과 관련 없이 불린 노래들 54편]이 고려극장에서 불린 노래들의 전부는 물론 아닐 것이다. 80년이 넘은 고려극장의 역사를 감안한다면, 그

---

14) 이 글의 주된 참고문헌인 김 이오씨브의 책[『Советский корейский театр』, 196-202쪽]에 제목과 작사·작곡자만 실려 있고 내용은 없기 때문에 도표에서 형태와 출전 란을 비워 둔다. 이 부분은 문헌자료가 입수되는 대로 채워넣을 예정이다.

고려극장의 무대. 고려인들의 연극은 주로 이 무대에 올려졌다.

간 불린 노래들을 모두 확인하기란 어렵다. 뿐만 아니라, 관련인사들이 몇 사람 남아 있지 않고 문서 자료들 또한 상당 부분 사라진 지금 그 노래들을 채록하는 일은 더욱 어렵다. 따라서 김병학의 작업은 이 글을 비롯한 이 지역 고려인 문예 연구에 결정적인 텍스트를 제공한다는 점에서 매우 중요한 가치를 지니면서도, 고려극장에서 불린 노래들을 모두 찾아내는 일이 쉽지 않다는 한계 또한 분명히 보여준다. 무엇보다 1932년에 개관한 고려극장이 80여년의 세월을 지나는 동안 한 번도 자신들이 공연해온 연극대본들을 제대로 엮거나 출판한 일이 없었던 까닭에 최근 상연된 몇 편의 연극이나 극소수 연극인이 자신의 작품집에 실은 일부 작품들을 제외하면 그 내용을 확인할 길이 없다는 점은 연구에 치명적이다.15) 고려극장은 원래 연극 공연을 중심 사

15) 현재 고려극장의 창고에 초창기부터의 대본들이 정리되지 못한 채 보관되어

업으로 운영되던 전문예술기관이었으므로 노래 또한 연극과 관련된 것들이 중심이었을 것임은 이론의 여지가 없다. 그런데 **춘향전**을 비롯한 일부 연극들은 초창기부터 반복 공연되었고, 자연히 그 속의 노래들도 대중들의 호응과 지지를 받아 계속 불려 내려 온 것으로 보인다. 연극 속에 들어 있는 노래들은 연극과 분리되어 에스뜨라다 공연집단의 레퍼토리로 정착하게 되었고, 꾸준히 대중들의 사랑을 받게 되었던 것이다. 고려극장에서 불려 내려오던 노래들을 파생시킨 연극들이 대부분 초창기의 그것들인 이유도 바로 여기에 있다.

우선 앞의 도표를 토대로 레퍼토리를 연극과 관련시켜 열거하면, **'춘향전'** 관련[<타령>·<기생점고 1>·<청실홍실 우리 사랑>·<기생점고 2>·<변학도의 노래>·<방자의 노래>·<춘향과 이도령의 노래>·<춘향의 노래>/총 8편], **'장한몽'** 관련[<장한몽>(2편), <이수일가>(3편)/총 5편], **'심청전'** 관련[<심청가>(2편)/총 2편], '토끼전' 관련[<시악시 화상>·<토끼화상>/총 2편], **'생명수'** 관련[<결혼잔치 노래>·<생명수>/총 2편], **'올림피크'** 관련[<올림피크>·<마르꼬>/총 2편], **'풍파'** 관련[<철우의 노래>·<철호 정님>/총 2편], **'흥부와 놀부'** 관련 [<제비가> 1편], **'온달전'** 관련[<처녀들의 꽃노래> 1편], **'양산백'** 관련[<추행대의 노래> 1편], **'동북선'** 관련[<고향가> 1편], **'나의 작품'** 관련[<조선의 노래> 1편], **'어미 없이 자란 오누'** 관련[<엄마와 오누의 노래> 1편] 등으로 나뉘는데, 이들 가운데 24편[**춘향전**(8), **장한몽**(5), **심청전**(2), **토끼전**(2), **흥부와 놀부**(1), **온달전**(1), **양산백**(1) 등]이 우리의 고전이나 신문학을 각색한 연극들에서 불린 노래들이다. 대체로 고려극장 1세대들이

있는 것으로 알려져 있지만, 필자를 포함한 우리나라의 학자들은 그에 접근할 방도가 없다.

소련에서 태어난 인물들이었다는 점과 당시 정치적·이념적으로 단절되었던 고국과의 관계를 고려한다면, 고전을 각색하는 작업이 순탄한 일은 아니었을 것이다. 그러나 고전의 내용이 구소련 고려인들의 정서에 맞아 호응이 높았으므로 각색된 고전작품을 무대에 올리는 것은 당시 연극 담당자들의 열망이기도 했다.

그렇다면 과연 그들은 어떤 방식으로 고전을 연극화 했으며, 연극과 노래들을 어떤 식으로 연관시켰을까. 이 점은 구소련 고려인 사회의 '선구적 작가·작곡가·연출가'였던[16] 연성용이 연극 **춘향전**의 창작 및 고려극장 상연과정을 술회한 글에 잘 나타나 있다.

> 극장 창작 초기에 있어서 춘향전 같은 고전작품을 무대에 올리는 일은 실로 어려운 일이었다. 그런데 조선 문예에 박식한 이종림 선생이 신한촌에 오셔서 춘향전을 무대에 올릴 것을 제의하셨다. 그 때 극단 단원들 중에는 조선의 고전작품, 더욱이 소설 "춘향전"을 아는 사람은 거의 없었다.(…)지도부에 모여 앉아 토의한 결과 이종림 선생을 찾아가 희곡을 써달라 청하기로 하였다. 이러한 청을 들은 이종림 선생은 다음과 같은 말씀을 하셨다. "나는 문예작가도 아니고 하니 희곡은 쓸 수 없으나 조선에서 광대들이 관중 앞에 나와 연기하던 것을 본대로 기억나는 대로 기록하여 줄 수는 있다"고 하셨다.(…)이종림 선생은 우리의 부탁대로 학생 공책 세 권에 광대들이 놀던 춘향전을 본대로 기록하여 우리에게 주셨다. 우리는 그것을 받아 가지고 어찌할 바를 몰랐다. 지도부는 그 재료에 의하여 희곡을 써야 할 것을 결정하고 나에게 희곡 창작을 맡겼으며, 동시에 나를 연출자로 임명하였다 그는 그 책임을 맡은 다음 우선 널리 광고하여 춘향전 소설을

---

16) 정상진, 『아무르만에서 부르는 백조의 노래-북한과 소련의 문화예술인들의 회상기』, 지식산업사, 2005, 213쪽.

찾았다. 그 결과 "옥중화"라 명칭한 춘향전 소설을 얻었다. 그때야 안 것인데, 우리 조국에는 춘향전 소설이 30여종이 있다고 하는데 그 중에 하나가 "옥중화"였다. 나는 그 소설을 붙잡고 머리를 싸매 희곡 창작에 몰입하였다. 지도부에서는 고려 민족 가운데 인테리겐쟈들의 의견을 들어 볼 양으로 사범대학, 신문사, 기타 지역의 인테리겐쟈들을 모으고 나를 그 회의에서 여러 가지를 보고할 사람으로 임명하였다. 우리 조국의 역사, 문학을 잘 모르는 나에게 그런 과제를 준 것은 힘들기 짝이 없는 일이었다. 그런데 마침 동아일보에 춘향전 소설에 관한 논문이 발표되었다. 나는 그 논문에 근거하고 또 우리나라 역사를 읽고 하여 보고재료를 만들어 가지고 회의에 나가서 보고를 하였다. 그 회의에서 많은 의견과 충고를 받고 희곡창작에 착수하였다. 희곡을 창작한 다음, 그 희곡을 무대에 올려 연출할 문제가 난처하였다. 그 때 봉건사회의 풍습, 예절, 언어, 행동이 어떠하였는지를 잘 모르는 나는 폭넓은 탐구사업을 전개하였으며, 신문을 통하여 전 연해주에 광고하였다. 그 때 우리의 요청에 응하여 춘향전을 잘 아는 많은 예능인들이 극장을 찾아 왔었다. 가수 최상룡, 무용과 광고에 능한 이봉학, 해금에 박필봉, 퉁소에 이성주 노인 등 많은 예능인들이 극장을 찾아와 노래와 춤을 배워 주었으며 그리고 또 고국에서 들어온 지 오래 되지 않은 사람들을 찾아다니며 언어와 행동을 배웠다. 그 때 극장은 극예술탐구자들의 쓰뚜지야(연구소)로 변하였다. 이렇게 하여 춘향전은 원동에 있는 고려 사람들의 많은 참가로 하여 연출되었는데, 그 모든 사업의 조직적 역할은 극장 총장 전 웍또르씨와 예술지도원 채계도 친구가 하였으며, 나는 있는 힘, 있는 재주를 다 기울여 연출을 맡아 하였다. 그 일에 있어서 연출자인 내게 음악에 대한 소질이 어느 정도 있었기 때문에 춘향전은 고전적 전통에 의한 음악희곡(무스드라마)이 되었다. 나 자신이 그들에게서 노래를 배워가지고 그 곡조에 가사를 붙여 넣었고, 그런 다음 배우들에게 내가 친히 가르쳐 주었다. 1936년에 신한촌에서 초연이 있었는데, 관중의 절찬을 받았으며 신한촌 구락부에서만도 50여 번의 공연을 하였고 극장은 어느 때나 만원을 이루었다.(…)극장 창건 60주년을 맞는 오늘까지도 춘향전은 극장의 연극목록에 남아 있으며 또 앞으로도 오랫동안 극장의 연극목록에 남아 있으리라고 믿는다. 춘향전 초연이 있은 후 반세기가 지난 오늘날까지 수차례에 걸쳐 재 연출이 있었는데, 춘향전의 연출은 내가 맡은 것이다. 그리고 또 1940년 크실오르다에 와서 춘향전 두 쎄리야(막)를 한 쎄리야로 만들 문제가 생겼을 때 모스크바에 계신 이종림 선생을 초청했으나 그는 자기가 문사도 아니며 더욱이 극작가도 아니니 춘향전 희곡의 모든 창작적 문제는 극작가 연성용에게 완전히 위임할 것이며 자기를 작가의 이름에서 빼고, 연성용 씨 하나만을 작가로 공인할 것을 제의한다고 편지를 극장에 보내었다. 그리하여 내가 춘향전을 한 쎄리야로 만들었다.[17]

이 글에서 분명해지는 사실들은 춘향전의 내용이나 문화적 배경을 잘 알지 못하던 연성용이 이종림의 설명을 바탕으로 희곡을 만들었다는 점, 연성용 자신이 음악의 전문가였을 뿐 아니라 그가 만난 조력자들 대부분이 넓은 범주의 음악인들에 속하는 인물들이었기 때문에 **춘향전**이 결국 '음악희곡'으로 이루어질 수밖에 없었음을 암시했다는 점, 초연 이후 수차에 걸친 **춘향전**의 공연은 대부분 연성용에 의해 이루어졌다는 점 등이다. 이러한 연성용의 초기 시도는 고려극장의 관습으로 정착되었고, 향후 연극대본에 많은 노래들이 포함되어온 관습이 여기서 출발되었음을 발견하게 되는 것이다. 그렇다면 최근까지 고려극장의 **춘향전** 내용은 이종림과 연성용이 만든 최초의 희곡으로부터 크게 바뀌었다고 볼 수 없다. 명창 이동백이 북을 치면서 부르는 판소리 춘향가 레코드판이 1932년 서울로부터 블라디보스톡의 고려극장으로 유입되었고, 연극 **춘향전**은 3년 후에 상연되었으며, 그 뒤로 <춘향가>는

---

17) 연성용, 앞의 책, 62~65쪽.

고려인들에게 널리 퍼지기 시작했다고 하지만,[18] 원래 춘향전에 대한 사전 지식이 없던 그로서는 전승 이외의 부분에 창의성을 많이 가했을 것이고, 그 결과 노래들 또한 상당 부분 창작에 가까웠으리라 본다. '기생점고'라는 제목의 두 노래가 고려극장에서 불려 내려 온 것으로 되어 있는데, 두 작품 모두 연극 **춘향전**에서 가창되었음은 물론이다. 그것들은 1935년부터 고려극장에서 상연되기 시작한 연극 **춘향전**의 인기와, 출연 배우들의 판소리 <춘향가> 가창을 계기로 고려극장 가창 레퍼토리의 하나로 정착되었다고 볼 수 있지만, 원래의 것과는 많이 다른 모습을 보여준다. 배연형의 조사·연구에 의하면, 이동백이 1920-1930년대에 많이 남긴 녹음들 가운데 춘향가는 '일츅죠션소리반'의 창극 춘향전 전집[1926년, 36면]을 비롯하여 여러 장의 독창 낱장 음반으로 남아 있고, 배연형은 자신의 논문[「이동백(李東伯) 춘향가 연구」]에 그 사설을 채록해 놓은 바 있다. 그 가운데 한 부분인 '기생점고'의 내용은 다음과 같다.

【아니리】 그 때야 신관 사또 좌정지후에 기생점고를 보시컷다. 일호
　　　　　 지장이라니, 호장은 안책을 들고 부르고, 수로는 기생 단속을 헌
　　　　　 단 거였다.
【중중머리】 여러 기생이 들온다. 여러 기생이 들온다. 운심이, 명월이,
　　　　　 금옥이, 금선이, 월선이, 초선이, 금행이, 금홍이, 계홍이, 추월이,
　　　　　 농월이. 이러한 좋은 기생들이 모도 정다이 짝을 지어 가만가만
　　　　　 히 엇걸음으로 들어오는디, 부르것다
【진양】 "서기반공 옥련이"
　　　　 합창 : "나오!"

....

18) 김병학, 『재소 고려인의 노래를 찾아서 Ⅰ』, 254쪽의 각주 참조.

이동백 : 옥련이가 들어온다. 가무 가만히 들어와 예를 헌다.
합창 : "나오!"
이동백 : 저렇듯 점고를 맞더니만 좌부진퇴로 물러간다.
【아니리】"예방! 이게 뭐라는 것이야?" "기생점고지요." "기생점고
라니? 기생점고라는 게 자주자주 부르지. 수삼십 명 된다는 기
생을 이렇게 불러서는 이 해 전은 고사히, 월내에는 못 부르것
네. 어? 허니까. 자주자주 넷씩, 셋씩, 급허면 일곱이라도 불러
라." "예이!"
【중중머리】"조운모우 양대선이!"
합창 : "나오!"
이동백 : "사군불견 반월이!"
합창 : "나오!"
이동백 : "독좌유황에 금선이 왔느냐?"
합창 : "예, 등대허였소!"
이동백 : "연축비화낙무연 남남교어 비연이!"
합창 : "예, 등대허였소!"
이동백 : "남남지상에 흘지항지 아리따운 유정이 왔나?"
합창 : "예, 등대허였소!"
이동백 : "진시유량의 거후재 붉어 있난 봉선이!"
합창 : "예, 등대허였소!"
이동백 : "팔월부용에 군자롱 만당추수에 홍련이 왔느냐?"
합창 : "예, 등대허였소!"[19]

이 내용이 1인 다역(多役)이었던 판소리와 달리 다인다역(多人多
役)의 창극인 까닭에 약간의 차이는 있을 수 있지만, 사설의 핵심내용
은 그대로일 것이라 본다. 고려극장에서 부른 이후 고려인들에게 널리

---

19) 배연형, 「李東伯 춘향가 연구」, 『판소리연구』 15, 판소리학회, 2003, 95-96쪽.

퍼졌던 8절 분량의 <기생점고 1>에는 '유색·초월·채운·춘향·락화·능선·옥년·능선' 등 각 절에 1명씩의 기생이 거명된다.[20] 이동백 창본에 등장하는 기생은 '운심·명월·금옥·금선·월선·초선·금행·금홍·계홍·추월·농월·옥련·양대선·비연·유정·봉선·홍련' 등인데, 당시 고려인 사회의 <기생점고 1>에는 일치하는 이름이 없을 뿐 아니라 '능선'의 경우 6절과 8절에서 겹치는 모습을 보여주기도 한다. 기생의 이름을 이끌어내기 위한 어구들 역시 일치하는 게 없을 뿐 아니라 매우 어색하다. 다만 "~왔느냐"나 "예, 등대하였소"라는 어구들의 경우가 반복 등장함으로써 양자 간의 동질성을 얼마간 유지하고 있을 뿐이다. 말하자면 이동백의 판소리를 듣고 익힌 분위기와 구조를 바탕으로 자신들의 창안을 주로 한 것이 바로 고려극장의 우리 말 노래들이었음을 알게 하는 사례라고 할 수 있다. 그런데 사실 "~왔느냐"나 "예, 등대하였소"라는 어구들은 '기생점고' 노래의 구조적 표지라 할 수 있는데, '기생점고와 기생점고 아닌 노래' 사이에 존재하는 사례를 다음과 같은 또 하나의 <기생점고 2>에서 확인할 수 있다.

----

20) 노랫말은 다음과 같다. 1절[위성조우읍경진 위성조우읍경진/객사청청 유색이 왔느냐/예 등대하였소. 예 등대하였소.], 2절[사창에 빛이었다 사창에 빛이었다/섬섬연약 초월이 왔느냐/예 등대하였소. 예 등대하였소.], 3절[청리 강릉 늦어간다. 청리 강릉 늦어간다/조사백처 채운이 왔느냐/예 등대하였소. 예 등대하였소.], 4절[광한루산 추야월에 광한루산 추야월에/달빛 아래 춘향이 왔느냐/예 등대하였소. 예 등대하였소.], 5절[영산 홍도 봄바람에 영산 홍도 봄바람에/락화타신 락화가 왔느냐/예 등대하였소 예 등대하였소.], 7절[영산 황산 기장단에 영산 황산 기장단에/춤 잘 추는 능선이 왔느냐/예 등대하였소 예 등대하였소], 7절[태화 봉두 옥년화 태화 봉두 옥년화/화준군자 옥년이 왔느냐/예 등대하였소 예 등대하였소], 8절[청강 옥루 깊은 물에 청강 옥루 깊은 물에/파도가 친다고 능선이 왔느냐/예 등대하였소 예 등대하였소][김병학, 앞의 책, 253-254쪽]

1. 달도 밝고 명랑한데 달도 밝고 명랑한데
   고향생각이 저절로 나누나
   에헤 등대하였소 에헤 등대 내 왔소

2. 추원단서 벌마도 추원단서 벌마도
   자고나니 금단이 왔느냐
   에헤 둥둥 내 왔소 에헤 등대하였소.

3. 술 잘 먹은 이태백이 술 잘 먹는 이태백이
   술이나 먹자고 날 찾아왔느냐
   에헤 둥둥 내 왔소 에헤 둥둥 내 왔소

4. 말 잘 하는 앵무새야 말 잘 하는 앵무새야
   말이나 하자고 날 찾아왔느냐
   에헤 둥둥 내 왔소 에헤 둥둥 내 왔소

5. 춤 잘 추는 희숙이야 춤 잘 추는 희숙이야
   춤이나 추자고 날 찾아왔느냐
   에헤 둥둥 내 왔소 에헤 둥둥 내 왔소[21]

이 노래는 후렴 역할을 하는 각 절 마지막 행["에헤 둥둥 내 왔소
에헤 둥둥 내 왔소"]만 제외하면 엄밀하게 '기생점고'의 내용적 표지
를 갖고 있지 않다. 2절의 '금단이', 5절의 '희숙이'가 기생에 가까운
존재라고 강변할 수는 있겠지만, '제 발로 찾아온 존재들'일 뿐 수령이
기생을 점고(點考)하는 현장에 불려온 피동적 존재들은 아니라는 점
에서 창본 춘향전 속의 기생들과 같은 부류로 볼 수는 없다. 더구나

---

21) 김병학, 앞의 책, 337쪽.

"고향생각"을 노래한 1절을 감안할 경우, "에헤 등대하였소"란 후렴 혹은 조흥구를 <기생점고>에서 빌려 왔을 뿐이고, 노래 자체도 디아스포라나 이국의 정착과정에서 겪는 신산한 고통을 드러낸 데 불과하다. 이 노래가 <춘향가> 등 고국의 전통 예술에 관한 기억을 되살리는 과정에서 새로운 미학의 창출로 전환된 모습을 보여주었다고 보는 것도 그 때문이다. 즉 판소리나 민요 등 조국에서 유행하던 전통예술을 바탕으로 연극을 창작했고, 다음으로 연극의 내용적 핵심을 보여주는 노래를 창작하여 삽입했을 것인데, 연극 자체도 처음부터 전통과 거리가 있었을 뿐 아니라 거기에 들어 있던 노래 또한 독립적으로 가창될 때는 원래 의도와 완벽하게 절리(切離)되는 모습을 보여준다. 그런 점에서 이 노래가 제목은 '기생점고'이되, 완벽하게 새로 만들어진 노래라고 할 수 있다.

연성용이 작사하고 작곡한 노래 <마르꼬>나 <동철씨> 등도 연극 속의 노래와 연극으로부터 독립되어 불리던 그것 사이의 차이를 분명히 보여준다. 당시 '반일사상에 들끓던 고려 사람들의 반 일본제국주의의 혁명적 투쟁을 묘사한'[22] 이 작품은 그의 표현대로 '음악희곡'이라 할 만큼 다수의 노래나 시가 삽입되어 있다. 그 가운데 <동철씨>와 <마르꼬>라는 명칭의 두 노래가 당대의 고려인들에게 많은 인기를 얻어 고려극장 음악공연의 레퍼토리로 정착된 듯하다. 그런데 재미있는 사실은 따로 분리되어 있던 이 노래들이 정작 희곡 속에는 다른 모습으로 들어 있다는 점이다. 이 노래들과 내용적으로 연관되는 것은 희곡 속의 노래들 가운데 다음과 같은 단 한 편이다.

----

22) 연성용, 앞의 책, 62쪽.

1. 찬비 오고 바람 부는 쓸쓸한 밤에
   청첩태산 골짜기에 외로운 길손이
   가도가도 정처 없이 떠나가오니
   눈물이 앞을 가려 갈 바를 몰라라

2. 사랑하는 동철씨여 날 안아 주오
   언제던지 동철씨를 못 잊겠어요
   영원히 가는 길에 찾아왔으니
   마지막 한 번만 안아 주세요

3. 잊지 마오 잊지 마오 날 잊지 마오
   아까운 청춘 두고 나는 갑니다
   년년이 이 날 밤에 비가 오거든
   마루꼬의 눈물인줄 알아주세요[23]

　　전체 4막 연극의 제3막[동철의 집-토굴막] 마지막 부분에서 죽으려
고 결심한 마르꼬가 주인공 동철과 만나기 직전에 부른 노래가 바로
이것이다. 노래만 따로 불리던 <동철씨>는 다음과 같다.

1. 사랑하는 동철씨여 말들어 주소
   이 내 몸은 동철씨를 못 잊겠어요
   영원히 가는 길에 찾아 왔으니
   마지막 한 번만 안아 주서요

---

23) 연성용, 『구소련 작가 교포2세 연성용 작품 모음집 "지옥의 종소리"』, 도서출
판 일흥, 1993, 149쪽. 이 책에는 연 구분이 되어 있지 않으나, 인용자가 의미
를 감안하여 구분한다.

2. 달 밝고 명란한데 그 날 그 때에
   잔잔한 한강수에 쪽배를 타고
   그 때에 나와 같이 몸을 적시며
   영원한 장래 희망 꿈꾸었지요

3. 꿈꾸던 그 생각은 다 잊어지고
   눈물이 앞을 가려 옷을 적신다
   잊지 마소. 잊지 마소. 날 잊지 마소
   아름다운 청춘 두고 나는 갑니다

4. 애달픈 이 내 가슴 누가 알까요
   무정한 이 세상을 저주합니다
   연년이 이 날 밤에 비가 오거든
   마르꼬의 눈물인 줄 알아 주세요.[24)]

　　연극으로부터 떨어져 나와 불리던 후자가 전자에서 나온 것임은 인정할 수 있다. 그럼에도 불구하고 양자는 큰 차이를 보인다. 양자 모두 화자인 마르꼬가 동철에게 말을 건네는 구조로 되어 있는 점은 일치한다. 그러다 보니 자연스럽게 '동철씨'를 돈호(頓呼)하거나 환기(喚起)하는 부분을 서사(序詞)로 삼고 마르꼬 자신의 심경 고백이나 부탁의 내용을 결사로 삼게 되었을 것이다. 전자의 2연과 3연이 후자의 서사와 결사로 수용된 것도 그 때문이다. <동철씨>에서 1절과 4절은 연극 속의 노래 2절과 3절로부터 변이된 부분들이고, 나머지 2절과 3절은 새롭게 추가된 내용이다. 우선 <동철씨>의 1절과 4절을 살펴보자. 1절의 첫 행["사랑하는 동철씨여 말 들어 주소"]은 연극 속의 노래 2

----

24) 김병학, 앞의 책, 251쪽.

절 첫 행["사랑하는 동철씨여 날 안아 주오"]의 마지막 부분을 변이시
킨 내용이고, 2행["이 내 몸은 동철씨를 못 잊겠어요"]은 연극 속의 노
래 2절 2행["언제던지 동철씨를 못 잊겠어요"]을 거의 그대로 사용한
내용이며, 3행과 4행의 경우 양자가 정확히 일치한다. <동철씨> 3절의
3행과 4행은 연극 속의 노래 3절 첫 행 및 2행과 거의 정확하게 일치
하며, 1행은 완벽한 창안, 2행["눈물이 앞을 가려 옷을 적신다"]은 연
극 속의 노래 1행["눈물이 앞을 가려 갈 바를 몰라라"]과 유사하다. 또
한 4절 3행과 4행은 연극 속의 노래 3절의 3행 및 4행과 거의 정확히
일치하며, 1·2행은 작사자의 창안이다. 나머지 2절 또한 완벽한 창안
이다. 말하자면 당시 고려극장에서 대중들 사이에서 불리던 노래 <동
철씨>는 연극 <올림피크>에서 나온 노래로서 연극 속의 노래를 원형
으로 상당 부분 변형시킨 것임을 알 수 있다.

<마르꼬>도 크게 다르지 않다. 노랫말은 다음과 같다.

1. 찬비 오고 바람 부는 쓸쓸한 밤에
   청춘태산 골짜기에 외로이 서서
   가도 가도 정처 없이 떠나가 보니
   눈물이 앞을 가려 갈 길 몰라요

2. 영원히 가는 길에 바람이 불면
   마르꼬의 한숨인 줄 알아주세요.
   영원히 가는 길에 비가 오면
   마르꼬의 눈물인 줄 알아주세요.

3. 닛지 마소 닛지 마소 날 잊지 마소
   언제든지 동철씨를 내 못 잊겠소.
   사랑하는 동철씨여 내 말 들어주

마지막 한 번만 안아주세요

4. 이 옷은 내 손으로 지은 옷이니
   해마다 올림픽을 입고 가서요
   -두 구절 망실-

5. 님을 보낸 이 몸이 병들었으니
   몸 둘 자리 어느 곳에 있사오리까
   마지막 길 가기 전에 님을 보거든
   이 한 밤을 수풀 속에 새워 보겠소

6. 네 오기를 기다리던 굳은 맹세로
   돌아올 날 기다리고 믿고 살았소
   이별할 때 듣던 말을 누구게 두랴
   어데 가서 그대 얼굴 찾아보리까[25]

<올림피크>는 당시 고려인들 사이에 인기가 높던 연극이었고, 거기서 불린 <동철씨>와 <마르꼬>는 연극 무대 밖에서도 많이 불린 노래들이다. 연극 속의 노래와 연극 밖 두 노래들의 화자는 모두 마르꼬다. 연극 속의 노래에 내포된 정서를 좀 더 구체화 시킨 것들이 연극 밖의 두 노래다. 따라서 연극 속의 노래와 연극 밖의 두 노래는 '죽음을 앞둔 애인의 마지막 하소연'이란 동일한 모티프를 내포하고 있다. <마르꼬>는 죽어가는 화자의 상황을 구체적으로 그려내고 있다는 점에서 <동철씨>보다 더 절절하다. <마르꼬> 1절은 연극 속 노래의 1절을 고스란히 가져 온 것이다. 2절의 1-2행은 연극 속 노래 3절의 3-4행을

25) 김병학, 앞의 책, 330-331쪽.

내용 면에서 약간 변이시킨 경우다. '연년이 이 날 밤에 비가 오거든' 을 '영원히 가는 길에 바람이 불면'으로, '마르꼬의 눈물인 줄 알아 주세요'를 '마르꼬의 한숨인 줄 알아주세요'로 각각 바꾸었는데, '비·눈물'을 '바람·한숨'으로 바꾼 것이 변이의 핵심이다. '바람·한숨'으로 바꾼 것은 같은 절 3-4행에 연극 속의 노래 3절의 3행과 4행을 거의 그대로 갖다 놓았기 때문이다. 즉 1-2와 3-4행의 대우(對偶)로 만들고자 했는데, 어차피 원래 연극 속의 노래처럼 "영원히 가는 길에 비가 오면[연년이 이 날 밤에 비가 오거든]/마르꼬의 눈물인 줄 알아 주세요"로 마무리하는 방향이 타당하다고 보았을 것이다. <마르꼬> 3절의 1행은 연극 속 노래 3절의 1행을 그대로 갖다 놓은 것이고, 2행은 2절의 2행을, 4행은 2절의 4행을 그대로 갖다 놓은 것이며, 3행["사랑하는 동철씨여 내 말 들어주"]은 <동철씨> 1절의 1행["사랑하는 동철씨여 말 들어 주소"]을 따다 쓴 부분이다. <마르꼬> 4-6절은 새롭게 만들어 붙인 부분들이다. <동철씨>와 <마르꼬의 노래>는 제목을 달리하는 노래들이지만, 모티프나 내용을 공유하고 연극 <올림피크>를 공통의 기반으로 삼고 있다는 점에서 무대 공연 시 선후창이나 교환창으로 불렸을 가능성이 크다. 노랫말 자체가 갖고 있는 스토리는 연극이라는 극적 서사에 의해 뒷받침됨으로써 이 노래들을 수용하는 그곳의 고려인들에게 큰 정서적 반향을 불러 일으켰을 것으로 보이고, 그것이 이 노래가 오랫동안 구소련 고려인 사회에서 불려 내려온 동력이었으리라 본다.

이 외에 연극과 무관한 노래들도 많이 가창되어 왔는데, 우리의 전통노래들을 그대로 받아들인 경우도 있고, 당시 현지의 이념이나 미학을 충실히 반영한 것들도 적지 않다.

A. 넓은 논판에 씨 뿌려
   풍작의 가을을 몰아오면
   누렇게 누렇게 벼 이삭
   우거 우거져 파도 치리
   (후렴)
    에헤헤 뿌려라
    씨를 활활 뿌려라
    땅의 젖을 짜 먹고
    와싹와싹 자라게[26]

B. 힘 많은 나의 친구 쓰따리녓츠야
   강철보섭 뒤딸군다 빨리 굴려라
   천만똔 길러주는 살진 이 땅을
   네 용력과 내 솜씨로 다 갈아내자.
   (후렴)
    에헤라 좋다 더 빨리 굴려라
    판쇠를 울리며 더 고함쳐라[27]

C. 동해나 울산에 밤나무 그늘
   경개도 좋지만 인심도 좋구요
   큰 애기 마음은 열두 폭 치마
   실백자 얹어서 전복쌈일세
   (후렴)
    에헤야 에헤라

---

26) 김병학, 『재소 고려인의 노래를 찾아서 Ⅱ』, 248쪽. <씨를 활활 뿌려라>의 1절
    과 후렴.
27) 김병학, 『재소 고려인의 노래를 찾아서 Ⅰ』, 418쪽. <뜨락똘 운전수의 노래>
    의 1절과 후렴.

울산은 좋기도 하지[28]

A는 연성용이 1934년에 창작한 <씨를 활활 뿌려라>의 첫 절인데, 쾌활하고 율동적이며 씩씩한 느낌을 주는 단가·타령조·정악타령 등에서 곡을 취해 온 것으로, '민족적 형식에 사회주의적 내용을 담았다'[29]는 조명희의 설명, '1937년 전국 라디오 노래 축전에서 전국 축전상을 받은 이 노래가 구소련의 조선 사람들로부터 가장 많이 사랑을 받아, 오늘까지도 조선 사람들의 가슴 속에 간직되어 있다.'[30]는 김빠웰의 설명, '인민들 속에 널리 보급되어 어느 모임, 명절 상에서나 이 노래는 민요와도 같이 널리 불리우고 있는데, 예술가로서 이보다 더 높은 표창은 없을 것'[31]이라는 정상진의 설명 등은 고려인 사회에서 이 노래가 차지하고 있던 위상을 잘 보여준다. '모든 고려인이 부르던 <풍년가>이자 그 시대를 대표하던 노래'로서[32] 우리의 전통 노래를 바탕으로 구소련의 이념적 색채와 분위기를 융합하여 만들어낸 작품이라 할 수 있다. B도 노랫말의 형태나 구조는 A와 크게 다를 바 없다. 전체 4절의 이 노래는 1945년 리용수[작사]와 김 윅또르[작곡]에 의해 만들어졌으며, 내용 상 당시 집단농장의 노력경쟁 현장을 바탕으로 노동의 소중함과 당시의 지배이념을 융합시킨 모습을 보여준다. 그러나

---

28) 김병학, 『재소 고려인의 노래를 찾아서 Ⅱ』, 220쪽. <울산타령>의 1절과 후렴.

29) 조생, 「조선의 놀애를 개혁하자」, 선봉 1935년 7월 30일, 3면.

30) 김빠웰, 「참다운 예술가-그의 출생 70주년에 즈음하여」, 레닌기치 1979년 9월 4일, 4면.

31) 정상진, 「개척자의 위업은 영원하다-연성용 선생의 탄생 80주년을 즈음하여」, 레닌기치 1989년 5월 5일, 4면.

32) 김보희, 앞의 논문, 45쪽.

행·절·후렴 등의 구조가 A와 부합하는 것으로 미루어 이 노래 역시 우리 노래의 전통에서 벗어나지 않았음을 알 수 있다. A, B가 전통 노래를 바탕으로 약간 변이된 것들인 반면 C는 전통 노래 자체라는 점에서 다르다. 원래 고마부 작으로 되어 있던 <울산 큰애기>[33]가 북한과 연변에 수용되어 <울산타령>으로 불렸고, 그 <울산타령>이 다시 고려인들에게 수용된 것이다. 정추가 고려인들의 노래를 채록하기 위해 우스또베에 갔을 때 만난 여성 신 웨라가 <아바이 꼴호즈의 노래>를 불렀는데, 그것이 바로 <울산타령>의 흥겨운 율동과 선율을 그대로 차용한 경우였다 한다.[34] 이 점은 <울산타령>이 고려극장의 레퍼토리로 정착되기 전에 이미 집단농장의 소인예술인 등이 수용했었음을 의미하고, 그런 경향이 <울산타령> 한 작품에만 국한되지 않았을 것이다.

이상과 같이 고려극장의 우리 말 노래들은 대부분 연극 대본에 들어 있던 것들이거나 그것들을 변이시킨 것들, 연극과 무관하게 우리의 전통 민요들을 수용한 것들이거나 그것들을 바탕으로 변이시킨 것들이었음을 확인하게 된다.

---

33) 박찬호 지음, 안동림 옮김, 앞의 책, 278쪽.
34) 정추, 「(오체르크) 록음기를 메고서 조선민요를 찾아서-3. 우스또베에서 들은 종달새 노래」, 레닌기치, 1968년 6월 14일 2면-3면.

III. 주제의식의 양상

연극에서 불렸든 단순한 무대공연에서 불렸든 전문예술기관인 고려극장의 레퍼토리에 포함되었다는 것은 그 노래들이 고려인들의 미학이나 정서적 지향성에 들어맞았음을 의미한다. 이 사실은 앞에서 인용한 한진의 술회에서도 잘 드러난다. 한진에 의하면 1940년대 초 군인병원의 순회공연에서 고려 말도 고려 노래도 몰랐고, 심지어 고려 사람들을 보지도 못한 부상병들이 과연 고려의 노래와 춤을 어떻게 받아들일 것인가에 대하여 극장 관계자들은 불안하게 생각하고 있었다 한다. 당시 리 게르만·김진·리장송·박춘섭·김호남·리함덕·김 따찌야나·김 안또니나·차 윅또르·리종식·박철수 등으로 구성된 고려극장 음악연주 브리가다는 우리의 전통 춤과 노래로 그들을 위문하자 그 공연을 보면서 흥분한 부상병 하나가 한 팔에 붕대를 감은 까닭에 박수를 칠 수 없어 옆 사람의 손에다 손을 치며 박수하는 등 열광적인 반응을 보여 주었다는 것이다.[35] 이 경험을 통해 당시 고려극장의 예술 담당자들은 춤과 노래 등 예술이 갖고 있던 미학적 보편성을 인정하게 된 것으로 보인다. 고려극장의 공연에 우리의 전통노래나 춤을 적극 도입한 것만 보아도 그런 인식을 확인할 수 있다. 물론 이런 점은 고려인들이 유지하고 있던 고도의 '문화 정체성'과 직결되는 문제라고 할 수도 있다. 즉 '높은 현지사회에의 동화율, 높은 도시 진출률, 나름대로의 문화 정체성 유지' 등이 중앙아시아 고려인 사회의 특징인 동시에 '고려인들이 현지사회에 적극적으로 적응하면서도 한민족 고유의 문화적 정체성을 유지하고 있는 점 또한 특기할 만하다'고 하는

_____

35) 한진, 앞의 글, 105-106쪽 참조.

데,36) 바로 그 점이 디아스포라 역사상 유례를 찾기 어려운 고려인들만의 지혜였다. 자신들의 민족적 정체성을 유지하기 위해서라도 정착지인 현지사회에 대한 동화를 성실하게 추구해야 한다는, 일종의 생존전략에 대한 깨달음이었다. 당시 국가의 요구에 따라 전문예술기관인 고려극장을 전시 체제로 전환시키고, 부상병들을 위한 위문공연에 나섰으며, 전통 노래와 춤 등 민족예술을 공연의 주된 레퍼토리로 편성한 점 등은 그런 모색의 결과였던 것이다.

이처럼 당시 고려인들이 공연예술의 주된 종목으로 우리의 전통 노래나 춤을 꼽았다면, 이 현상은 최인범이 제시한 디아스포라의 공통적 속성들[(1)한 기원지로부터 많은 사람들이 두 개 이상의 외국으로 분산한 것 /(2) 정치적, 경제적, 기타 압박 요인에 의하여 비자발적이고 강제적으로 모국을 떠난 것 /(3) 고유한 민족문화와 정체성을 유지하고자 노력하는 것 /(4) 다른 나라에 살고 있는 동족에 대해 애착과 연대감을 갖고 서로 교류하고 소통하기 위한 초국적 네트워크를 만들려고 노력하는 것 /(5) 모국과의 유대를 지키려고 노력하는 것]37) 가운데 정확히 (3)에 해당하며, 그것은 (1)과 (2)를 전제로 더욱 공고해지는 특징이기도 하다. 당시 고려인들은 세계사나 정치의 희생자들로서 중앙아시아로 강제 이주된 타율적 디아스포라들이었다. 당시 그들에게 작용되던 구심력은 두 가지였다. 자신들이 현실적으로는 소련 혹은 중앙아시아 국민의 일원이라는 정치의식[혹은 이념]이 구심력으로, 정서적으로는 고려인이라는 민족의식이 원심력으로 각각 작용하고 있었

---

36) 장윤수, 『코리안 디아스포라와 문화 네트워크』, 북코리아, 2010, 128쪽.
37) 윤인진, 『코리안 디아스포라-재외한인의 이주, 적응, 정체성』, 고려대학교 출판부, 2008, 7쪽.

다. 두 가지 상반되는 인력(引力) 사이에서 정체성을 찾아 방황할 수밖에 없었던 그들이었지만, 예술의 생산과 소비라는 측면에서는 정서적 원심력이 좀 더 크게 작용했던 것으로 보인다.[38] 노래나 춤을 통해 표출되는 이념 지향적 의식이나 디아스포라 의식이 바로 양자에 연결되는 주제의식이라 할 수 있다. 일찍이 프로이트가 제시한 리비도는 '명명되어지지 않은 격정적 욕망', 혹은 본능적 욕구 등등으로 이해되는 개념인데, '억압된 것'으로서의 무의식이며 동시에 강박성을 띤 것, 달리 표현하면 한 마디로 억압된 욕망이라는 것이다.[39] 원치 않은 탈향과 강제이주, 낯선 곳에서의 정착 등 구소련의 고려인들이 처해 있던 상황은 절망적이었고, 그러한 절망적 실향의식은 그들의 내면에 일종의 치유되기 어려운 트라우마로 남게 되었다. 그러나 그들은 살아남기 위해서라도 트라우마를 극복할 필요가 있었으며, 그런 욕구의 단서를 그들의 노래들에서 찾아볼 수 있다. 즉 리비도의 형태로 분출되는 실향 트라우마는 인식주체가 자기방어메커니즘을 찾을 때 비로소 해소될 수 있었으며, 그것이 바로 합리화를 통한 승화작용이다. 프로이트는 승화의 능력이 많은 사람들에게 아주 조금밖에 주어지지 않았을 뿐 아니라 승화는 항상 리비도의 일정한 부분만을 처리할 수 있다고 했지만,[40] 비록 일부만을 해소하는 데 그칠지라도 인식주체의 입장에

---

38) 정서적 측면에서의 민족의식은 이미 만들어진 것이었고, 정치적 측면에서의 이념이나 현실인식은 노력을 통해 만들어 가야 했던 당위였으므로, 전자에 바탕을 두고 이루어진 예술은 자연스러움을 속성으로 하고 있는 반면 후자에 바탕을 두고 이루어진 예술은 인위적 부자연성을 속성으로 하기 마련이다. 당연히 예술적 감흥이나 힘의 정도로 볼 때 전자가 압도적이라는 말이다.
39) 배우순, 「S. 프로이트의 인격이론」, 『哲學硏究』 112, 대한철학회, 2009, 63쪽.
40) 지그문트 프로이트, 임홍빈·홍혜경 역, 『정신분석강의』(하), 열린책들, 1997, 492쪽.

서는 스스로를 지탱할 수 있도록 하는 유일한 방책이기도 하다. 고려인들이 운명적으로 짊어지게 된 실향의 트라우마나 그것을 현실적으로 해결하지 못하여 노래로 표출한 것들은 리비도의 분출 형태라 할 수 있고, 그 절망에서 벗어날 목적으로 공산주의 이념을 수용하여 삶의 지향성을 표출한 노래들은 좌절이나 절망으로부터 자신들의 현실적 위치를 합리화 하고 지켜내려는 방어기제(防禦機制)로서의 승화라 할 수 있다.41)

물론 노래에 탈향이나 실향 즉 디아스포라 의식을 직접적으로 노출시키지 않은 노래들도 많은데, 직접적인 디아스포라 의식 대신 사랑이나 놀이 등에 관련된 우리의 전통 정서들을 수용하여 만든 노래들의 경우는 넓게 보아 귀향(歸鄕)의 소망이나 실향 트라우마의 범주 안에 넣을 수 있을 것이다.42) 그래서 다음과 같이 두 범주로 나누어진다고 본다.

---

41) 절망적인 실향의식으로부터 탈출하기 위해 자신들이 현실적으로 벗어날 수 없는 공산주의를 '적극 받아들여 선양하는 것'이 '실향 트라우마, 즉 리비도로부터의 승화'인가에 대해서는 이론의 여지가 있을 수 있다. 관점에 따라서는 퇴행이나 전환 정도로 볼 수도 있기 때문이다. 그러나 그것이 진심이었든 거짓이었든 자신들의 현실을 규율하는 이념과 조화를 지향하는 행위를 퇴행으로 보는 것은 마땅치 않다. 그들이 새로운 삶의 원리로서 공산주의를 용인하거나 선양함으로써 실향에서 생겨난 트라우마를 얼마간 해소할 수 있었다면, 그 자체가 승화와 다름없으리라 본다.

42) 심리학을 바탕으로 고려인들의 작품을 분석하는 것이 이 글의 목적은 아니다. 따라서 심리학을 바탕으로 하는 본격 분석은 별도의 자리로 미루고, 이 글에서는 주제의식의 갈래를 도출하기 위해 '리비도'와 '승화'의 개념만을 사용하기로 한다.

1. 트라우마로 고착된 디아스포라의 실향 의식

A. 아니 떨어지는 나의 걸음은
눈물로 내 고향을 이별하고서
한 줄기 두만강을 건너갔도다

슬픈 마음을 억지로 참고
앞길 덮은 눈물을 빗씻으면서
목적지 북간도에 도착했도다

추운 바람 불고 눈보라 칠 때
이곳에서 작별하는 고향의 설움
달 밝고 고요한 밤 문전에 서서

나의 고향 소식을 알려고 하나
보이나니 반공중에 뜬 달 뿐이오
들리나니 부는 바람 소리 뿐이라

먼촌의 개는 그림자 보고 짖고
홰를 치며 닭이 울어 동터 올 제
달은 어이 서산경에 기울어졌네[43)]

B. 고국산천을 떠나서 수천 리 타향에
산 설고 물 선 타향에 객을 정하니
섭섭한 생각은 고향 뿐이요
다만 생각나노니 정든 친구라

....

43) 김병학, 『재소 고려인의 노래를 찾아서 Ⅰ』, 164쪽.

고산심해와 육지가 천리를 달하고
어언간에 기벽으로 담을 겼으니
고국본향 생각은 더욱 간절코
돌아갈 길을 생각하니 막연하도다

추천명월은 반공중에 높이 솟아서
온 세계를 명랑히 비치어 주는데
월색을 희롱하는 저 기러기야
네 목소리 더욱이 비참하도다,

고향에 계신 나의 정든 친구는
밝은 달 가을밤에 더욱 간절타.
슬피 울고 날아가는 저 기러기야
우리 집 소식을 전해 주려오.

부모형제와 이별하고 정든 님 못 보니
대장부의 가슴이 막 무너진다.
나의 마음 이같이 막막하거든
사랑하는 나의 부모는 어떠하리요.[44]

C.

⋮

고향생각 간절키로 창을 열치고
남쪽하늘 바라보니 청산이 첩첩
나의 고향 이 곳에서 몇 리나 되는지
한 번 이별 한 후에 소식 막연타.

----

44) 김병학, 앞의 책, 185쪽.

나의 부모 나의 동생 이별키 슳어
문에 나와 울던 정리 내 눈에 섭섭
놀던 친구 손목 잡고 눈물 흘리며
언제나 볼까 하던 말이 내 귀에 쟁쟁

밝은 달은 객창에 비치어 있고
기러기는 날아가며 슬피 울 때에
고향서도 한가지로 저 달 보련만
물어보자 나의 부모 안녕하신가

동쪽으로 불어오는 더운 바람아
네게 중한 부탁이 하나 있도다.
나의 고향 지날 때 잠깐 멈추어
이 내 몸은 평안하다 일러 주려마

: 45)

    같은 디아스포라의 실향의식을 노래했으되, 슬픔의 강도 및 표현의
방법이나 노래의 성격 등에서 약간씩 다른 면모를 보여준다. A는 1절
과 2절을 통해 탈향의 역정을 제시한 뒤 나머지 부분에서 객관적 상관
물들을 통해 디아스포라의 서글픔을 부각시킨 노래다. 이 작품이 1935
년 블라디보스톡 고려극장에서 상연된 연극 동북선(東北線)[김해운
작]의 주제가로 불렸다는 점46)을 감안한다면, 연극 대본을 접할 수 없
어서 확인할 수는 없지만, 노래 내용 자체가 연극 내용을 압축적으로
보여주었을 가능성이 크다. '억지로 고향을 떠나 두만강을 건넜고, 슬

---

45) 김병학, 앞의 책, 395-398쪽.
46) 김병학, 위의 책, 164쪽의 각주.

품 속에 목적지인 북간도에 도착했다'는 것이 1·2절에 담긴 서사(敍事)인데, 러시아나 만주로 떠나가던 우리의 유민(流民)들이 대부분 이 코스를 거쳤기 때문에 이 노래가 그 고통스럽던 집단적 경험을 압축해 보여주었다고 할 수 있다. 나머지 3-5절에는 적절한 소재들[추운 바람, 눈보라, 밝은 달, 고요한 밤, 문전 / 반공중에 뜬 달, 바람소리 / 그림자 보고 짖는 먼 촌의 개, 홰를 치며 우는 닭, 서산에 넘어가는 달]을 배치하여 디아스포라의 고뇌와 슬픔을 고조시키는 효과를 거두고 있다.

B는 A의 연장선상에서 볼 수 있는 경우이나, 그것보다 정서의 변화를 훨씬 짜임새 있게 제시했다. 각 절의 핵심어들[1절: 타향, 고국산천, 정든 친구 / 2절: 고산심해, 육지, 고국본향 / 3절: 추천명월, 기러기 / 4절: 고향, 정든 친구, 밝은 달 가을밤, 기러기 / 5절: 부모형제, 정든 님]도 그런 짜임을 뒷받침한다. 1절에서는 '타향 : 고향[고국산천]'의 대응을 제시했고, '정든 친구'로 대표되는 고향의 이미지를 통해 향수를 강조했다. 2절에서는 '타국 : 고국본향'의 대응구조를 제시했으나, 양자를 가로막은 '고산심해와 육지'를 내세움으로써 환향(還鄕) 혹은 재회의 가능성을 강하게 부정했고, 3절과 4절에는 '추천명월[가을밤 밝은 달]'과 '기러기' 등 객관상관물들을 등장시켜 하소연할 곳 없는 시적 화자의 절망을 명료하게 드러냈다. 그러다가 5절에 이르러 부모형제와 정든 님을 이별하고 무너지는 가슴을 어찌지 못하는 대장부의 절망으로 끝을 맺었다. 1절에 제시된 시적 화자의 절망적 상황은 2절에 이르러 좀 더 악화되었다가 3·4절에서 '달'과 '기러기'를 등장시킴으로써 화자의 내면을 객관화하고자 한 것으로 보인다. 그러나 객관화에 실패한 화자는 마지막 절에 이르러 다시 처음의 절망으로 회귀하는 모습을 보여준다. 사실 화자는 내심 집착해온 과거의 인물들[부모

형제나 친구 혹은 정든 님]과, 그들이 형성하는 고향의 굴레 즉 실향의 트라우마로부터 벗어나길 원했다. 그러나 결국 그것이 치유될 수 없는 상처라는 점만을 확인하는 데 그쳤거나, 그의 외상(外傷)을 어떻게든 치유할 길을 모색해야 한다는 당위성만을 암시한 채 그친 것으로 보인다.

C는 연극 **장한몽**에서 불리던 <이수일가>의 한 부분이다. 1935년 채영의 각색과 연출로 고려극장의 무대에 오르기 시작한 이래 **장한몽**은 여러 번 공식적으로 상연되었고, 각 소인예술단들에서도 인기리에 상연되던 연극이었다. 자연스럽게 연극 속의 노래 자체는 <리(이)수일가>·<장한몽>·<수일가> 등 다양한 제목으로 공연무대에 올려졌고, 대중들에게도 인기 있는 곡목으로 유행했다.47) 연극에 삽입되어 있던 <수일가> 등의 노래는 연극의 주제가 함축된 초점이었다. 이 연극은 이수일이 김중배의 재물에 넘어간 애인 심순애를 설득하던 끝에 친구 백낙관의 설득으로 다시 재결합한다는 해피엔딩의 구조인데, 사랑과 배신, 참회와 재결합의 우여곡절로 당시 대중들에게 큰 주목을 받았다. 그런데 본서에서 인용한 <이수일가>에는 **장한몽**과 무관한 부분들이 삽입되어 있다. 유학길에 오르기 직전 이수일과 만난 심순애가 사랑을 말하며 수일의 품에 안기는 부분인 4절과 심순애의 변절 이후 두 사람이 대동강 부벽루에서 마지막으로 만나는 부분인 9절 사이에 들

---

47) 정추는 『소비에트 시대 고려인의 노래 1』[정추 채록, 국사편찬위원회·한양대학교 출판부, 2005]에 타쉬켄트에서 수집한 <이수일가>[263쪽]와 <장한몽>[267-271쪽]을, 『소비에트 시대 고려인의 노래 2』에 알마틔에서 수집한 <장한몽>[313-317]을 각각 실었다. 고려극장이 두 곳 모두에 연고가 있었음을 감안한다면, 두 지역에서 이 노래들이 불렸다는 것은 연극 장한몽의 영향이 컸음을 보여준다.

어 있는 5-8절이 바로 그 부분들이다. 5절에서는 한 번 이별 후 남쪽 하늘 밑 첩첩 청산 속의 고향 소식이 끊겼다는 절망과 한탄을, 6절에서는 부모·형제·친구와 이별하던 광경과 말소리가 눈과 귀에 생생함을, 7절에서는 밝은 달과 기러기에게 부모 소식 알려 달라는 부탁을, 8절에서는 동쪽으로 불어가는 더운 바람에게 화자의 소식을 고향에 전해 달라는 부탁을 각각 제시했다. 고향 소식을 알 수 없는 절망감을 표출한 것이 5절이고, 기억 속에 남아있는 고향의 모습은 헤어지던 시점의 부모·형제·친구의 모습과 음성으로부터 한 발도 나아가지 못했음을 밝힘으로써 재회의 가능성이 사라진 데 대한 절망감을 표출한 것이 6절이다. 그러다가 7절에 이르러 '밝은 달'과 '기러기'가 등장한다. 밝은 달과 기러기라는 객관적 상관물들을 등장시켜 부모의 안부를 묻는 것은 전통시가에서 흔히 사용되던 방법이었다.[48] 절망에 함몰된 불가능의 상황을 객관적인 시각으로 담담하게 보여주기 위해서라도 이런 상관물들을 등장시키는 것은 자연스러웠다. 이 점은 '동쪽으로

....

48) 기러기는 시조와 가사를 비롯한 옛 노래문학에도 자주 등장하는 소재로서 '나와 님, 나와 부모 혹은 임금' 사이의 메신저 역할을 한다. "기러기 아니 나니 편지를 뉘 전하리/시름이 가득하니 꿈인들 이룰손가/매일에 노친 얼굴이 눈에 삼삼하여라", "기러기 외기러기 너 가는 길이로다/한양성대에 가서 적은덧 불러 부디 한 말만 전하여 주렴/우리도 바삐 가는 길이니 전할동말동 하여라", "기러기 저 기러기 너 가는 길이로다/임 계신 데 잠깐 들러 외외쳐 불러 이르기를 무인동 월황혼에 살뜰히 그려 못 살레라 하고 부디 한 말만 전하고 가렴/진실로 전기곤 전하면 임도 반겨 하리라"[김흥규 외, 『고시조대전』, 고려대학교 민족문화연구원, 2012, 116-117쪽] 등과 가사 <거창가> 말미 부분의 "靑天의 외기러가 어딕로 향ᄒ난냐/(…)/청천일장 지여다가 셰셰민졍 그려닉여/닌졍젼 용상압폐 쌜니나려 논니다가/우리셩상 보신후의 별본 쳐분 나려소셔/(…)"[조규익, 『봉건시대 민중의 저항과 고발문학 거창가』, 월인, 2000, 163쪽.] 참조.

불어오는 더운 바람'을 등장시킨 8절도 마찬가지다. 화자가 살고 있는 곳은 고국으로부터 먼 서쪽 즉 중앙아시아일 터이니, '동쪽으로 불어가는'49) 바람에게 자신의 안부를 전해달라는 부탁을 하고 있는 것이다. 그 바람 역시 달이나 기러기 같은 객관 상관물의 역할을 충실히 수행하고 있음은 물론이다.

고려인들이 실향의 트라우마를 치유할 수 있는 유일한 길은 귀향의 꿈을 성취하는 일이었다. 그러나 구소련 체제 붕괴 이전의 상황을 감안하면 그런 일은 불가능했다. 결국 자신들을 강압적으로 예속시킨 공산주의 체제를 합리화 하거나 그런 이념에 대한 경도(傾倒)를 주제의식으로 표방함으로써 절망으로부터 스스로를 방어할 수밖에 없었던 것이다. 절망적 실향의식이 공산주의 이념의 용인과 찬양으로 전환된 바탕에는 트라우마의 승화라는 방어기제 설정의 욕구가 있었고, 그로부터 다음과 같은 주제의식 또한 구현될 수 있었던 것이다.

2. 실향 트라우마의 이념적 승화를 통한 방어기제

A. 먹으나 입으나 똑 같이 살자
   뜨락또르에 앉아서 논으로 밭으로
   왔고나 왔고나 노력의 세상
   뜨랄랴라 이것은 꼼무나의 세상

   시월의 동산에 곡식이 푸르고
   노력의 들에는 잎사귀 피었네
   왔고나 왔고나 노력의 세상

---

49) '동쪽으로 불어오는'은 '불어가는'의 誤記로 보아야 옳다.

뜨랼랴라 이것은 꼼무나의 세상

땅 우에는 자동차 공중에는 비행기
온 세계 인류는 그 우에 앉아서
한 손에 라디오 한 손에 전화통
뜨랼랴라 이것은 꼼무나의 세상50)

B. 힘 많은 나의 친구 쓰따리넛츠야
강철보섭 뒤딸군다 빨리 굴려라
천만돈 길러주는 살진 이 땅을
네 용력과 내 솜씨로 다 갈아내자.
(후렴)
　에헤라 좋다 더 빨리 굴려라
　판쇠를 울리며 더 고함쳐라

우승기 네 머리에 펄펄 날리고
내 가슴에 로력훈장 빛을 내노라
전투의 사명 받은 로력의 친구
우리 함께 조국 위해 가슴 바치자.

가슴에 붉은 품은 너 고함소리
내 심장도 뛰놀아서 노래 부르니
로쓰똠 강철보섭 힘 있게 박아
우리 원수 묵은 뿌리 다 갈아내자

내 동무 사랑옵은 쓰따리녀츠야
너와 나는 새 건설에 힘 있는 투사

---

50) 김병학, 앞의 책, 76쪽.

굴려라 더 굴려라 나는 운전사
너와 함께 조국 위해 가슴 바치자[51]

C. 창공에 구름도 흐터지고
두만강 물결도 굽이굽이친다
남산의 송림도 바람 안고
새 주인 왔다고 춤을 추네
(후렴)
 어허 좋다 얼씨구 지화자 절씨구
 한 많던 강산에 자유 왔네 자유 왔네

동해의 물 우에 붉은 군함
백두산 모란봉 승전고 울린다
모여라 사람들 붉은 기 아래로
아시아 동방에 해가 빛인다

억제의 채쭉이 불러졌고
굶주린 백성이 풍년을 웨친다
시드른 강산에 새 움 트고
움살림 떨치고 담차며 뛰네

쫓겼던 사람도 다시 오고
넷 주인 안고서 돌아돌아친다.
향토의 자유를 평생 잡고
휴식의 자손을 길너보세.[52]

51) 김병학, 앞의 책, 418쪽.
52) 김병학, 앞의 책, 414-415쪽.

A는 구소련 공산당의 강령을 가장 핵심적으로 요약·제시한 모범적 사례다. 창작자나 창작 시기를 알 수는 없으나, '재소 고려인들 사이에 널리 유행한 시기가 1950년대 초반'이었다면,[53] 고려인 지식층이 주도해 만들었거나 구소련에서 불리던 관제(官製)노래가 우리말로 번역되어 고려인들 사이에서 불리게 되었을 가능성도 없지 않다. 원래 구소련 노래를 번역한 것이든 고려인들이 만든 것이든 일단 우리말과 곡으로 이루어져 '10세 전후 되던 고려인들도 동요처럼 따라 불렀다'[54]고 했는데, 그렇다면 그것은 당시 실향의 트라우마로 고통 받고 있던 고려인들에게 새로운 해결책이나 노선을 제시하려는 목적이 전제된 일이었을 것이다. 노래 전체가 사회주의 이념과 그 이념에 의해 이루어진 소련사회의 풍요를 구가하는 내용으로 이루어져 있는 점이 바로 그런 목적성을 드러낸다. '먹으나 입으나 똑 같이 살자'는 것이 1절의 핵심인데, 공산주의의 평등 관념으로부터 나온 구호가 바로 그것이다.[55] 공산주의의 핵심적 강령[56]이 녹아든 구호로서, 러시아가 '꼼무나의 세상' 즉 공산주의 소련으로 되었음을 선언하는 노래다. 특히 "뜨락또르에 앉아서 논으로 밭으로", "노력의 세상" 등은 '노동자 농민의 천국이 소련임'을 강조하는 표현들이기도 하다. 둘째 절의 첫 행

---

53) 김병학, 앞의 책, 76쪽의 각주 참조.
54) 김병학, 위의 책, 같은 곳 참조.
55) 카를 마르크스·프리드리히 엥겔스, 이진우 옮김, 『공산당 선언』, 책세상, 2012, 74쪽 참조.
56) 김계수 역, 「소련 공산당 新綱領」, 『中蘇硏究』 10(1), 한양대학교 아태지역연구센터, 1986, 300쪽의 "소련 사회의 사회적 정치적 이념적 통합이 노동계급, 꼴호즈 농민, 인민의 인텔리겐차 성분, 모든 민족의 노동인민 등의 공동이익에 기초하여 형성되었다. 노동하는 사람이 국가의 유일한 주인이 되었다. 마침내 사회주의 사회가 소련에서 건설된 것이다." 참조.

에서 '시월의 동산'이란 10월 혁명57)으로 세워진, 이른바 '공산주의 이상국'으로서의 소련을 말한다. 10월 혁명은 공산주의가 자본주의를 대체하는 과정의 발단을 제공했으며, 그 과정은 바로 세계 발전의 일반적인 방향과 함께 한다고 보는 것이 그들의 관점이었다. 그 생각이 고스란히 반영된 부분이 바로 노래의 2절이다. 여기서 좀 더 나아가 공산주의 종주국 소련의 발전된 과학과 문명을 찬양한 것이 3절인데, 자동차·비행기·라디오·전화 등 문명의 이기(利器)들을 통해 삶의 행복을 누리는 '이상 국가 소련'을 찬양하고 있다. 이 표현은 '인민의 복지수준'과 '과학의 발전'을 강조한 강령 속의 내용58)을 고스란히 반영한 부분이다.

이처럼 노래의 화자는 소련을 완벽한 이상국가로 그려내고 있는데, 고려인들의 입장에서 그것은 공산주의의 이념과 체제에 대한 완벽한 동화를 전제로 하는 일이다. 고려인 사회에서 1950년대 초부터 이 노래가 유행되었다면, 그 시점은 강제이주로부터 15년 정도 흘렀을 때

---

57) 김계수, 위의 글, 299쪽의 "위대한 10월 사회주의 혁명은 전 세계 역사상 매우 중요한 사건이 되었으며, 이 혁명은 세계 발전의 일반적인 방향과 기본적인 바탕을 제공하였다. 이 혁명은 새로운 공산주의적 사회경제체제로 자본주의를 대체하는 과정의 시작이 되었다. 이 과정은 반전될 수 없다." 참조.

58) 김계수, 위의 글, 300쪽의 "소련사회는 경제, 사회, 정치, 정신 등 모든 분야의 발전에 있어서 확고하게 전진해 왔다. 소련 안에는 통합된 국가 경제 종합단지가 형성되었다. 소련 북부와 동부의 대부분이 개발되었으며, 천연자원의 이용도 확대되었다. 국민소득과 사회노동생산성도 매우 증대되었다. 인민의 복지수준도 상당히 향상되었으며, 방대한 주택건설계획이 추진되고 있다. 인민의 정신건강도 향상되었으며, 중등교육의 의무화가 시행되었고, 소련의 과학과 기술은 대단한 성과를 거두었다. 소련에서 최초의 원자력발전소가 건설되고 최초의 원자력 추진 쇄빙선이 건조되었다. 최초의 인공위성과 유인 우주선이 바로 이 땅에서 발사되었다." 참조.

다. 이미 트라우마로 고착된 실향의 한이 더 이상 해소될 가능성이 보이지 않는 상황에서 이들에게 부여된 선택지는 체제에 대한 동화와 순응뿐이었다. 그 트라우마를 이념과 체제에 대한 충성으로 승화시켜 일종의 방어기제를 구축하는 방법을 쓴 것은 '스스로 살아남기 위한' 최후의 선택이었다. 중앙아시아 고려인들은 강제이주를 통해 죽음의 고비를 넘으며 황무지에 버려졌고, 그 시점부터 살아남기 위해 필사적으로 몸부림쳐 온 체험을 공유하고 있었다. 중앙아시아에 정착한 이후에도 정당한 국민으로 대우받지 못하고 늘 감시를 당해야 하는 처지였음을 감안하면, <꼼무나의 노래> 류가 분명 그들이 자발적으로 부른 노래는 아니었다. 어쩔 수 없이 계속 살아가야 할 체제라면, 순응과 동화에 관한 자기암시를 통해 약간이라도 긍정적 미래상을 가꾸어 나가는 편이 현명하다는 깨달음을 얻게 되었을 것이다. 비극적인 삶을 감당하기 힘들었던 현실을 작품 속에서 희극적 삶의 분위기로 변환시킴으로써 성숙한 심리적 방어기제의 표본을 보여준 김유정처럼,[59] 고려인들도 견디기 어려웠던 실향의 트라우마를 <꼼무나의 노래> 류의 노래들을 통해 얼마간 해소할 수 있었던 것이다.

B도 같은 범주에 속하는 노래이나, A보다 훨씬 구체적이고 직접적이며 현실적이다. 이 노래에는 1927년 제 15차 당 대회에서 결정된 '농업 집단화 방침' 이후 속속 만들어진 각종 집단농장을 중심으로 곡물 증산에 참여한 고려인들의 생각이 반영되어 있다. 집단화가 본격적으로 시작된 1928년에 고려인 농민들의 집단화 율이 5%였으나, 1932년에 이르러 82%까지 증가된 점으로 미루어 고려인들은 농업 집단화 정책에 매우 적극적이었음을 알 수 있다.[60] 이 노래에 그 분위기가 반영되어 있

---

59) 유인순, 「김유정의 우울증」, 『현대소설연구』 35, 현대소설학회, 2007, 136쪽.

는 것이다. 노래의 핵심어구는 '힘 많은 나의 친구 쓰따리넛츠', '내 동무 사랑옵은 쓰따리녀츠', '우리[너와] 함께 조국 위해 가슴 바치자' 등이다. '쓰따리넛츠'는 당시 소련의 통치자 이름 '스탈린'에서 따온 트랙터의 상호명이다.[61] 스탈린이 소련을 지도하여 풍요롭고 강한 나라로 만들어 나가듯, 트랙터 '쓰따리넛츠'를 열심히 사용하여 콜호즈의 생산성을 높여나가자는 두 가지 뜻을 지니고 있으므로, 이것은 중의적으로 사용된 말로 보아야 한다. 러시안 우월주의를 바탕으로 소수민족들의 러시아 동화정책을 강압적으로 추진한 스탈린에게 이념적으로 동조하자는 것이 그로부터 핍박을 받아온 고려인들로서 진심은 아니었겠지만, 방어기제적 측면에서 본다면 일면 수긍될 만한 정서일 수 있다.

C는 앞의 두 노래들에 비해 비교적 내면화된 시상을 보여주는 경우다. '두만강·새 주인·백두산·모란봉·억제·굶주린 백성·풍년·시드른 강산·옛 주인·자유·휴식의 자손' 등 두드러진 시어들을 통해 자본주의 세력에 대한 공산주의의 승리를 구가하고 있을 뿐 아니라, 체제 찬양의 대상 또한 소련에 그치지 않고 북한으로까지 확장하는 내용으로 이루어져 있다. 말하자면 중앙아시아 고려인들이 소련과 북한을 이념적 동일체로 인식하는 데까지 이르렀음을 보여주고 있는 것이다. 강제 이주 후 힘겨운 상황에서 미처 고국을 생각할 수 없었으나, 정착과정을 거치면서 고국을 생각하게 되었고, 고국에 대한 인식의 끈을 소련과의 이념적 동질성에서 찾아낸 그들이었다. 이 노래는 1945년 8월 15일 고려극장에서 처음으로 불렸고, 그 후 북한에서 널리 불리는 노래가 되었는데,[62] 6·25 동란에 소련의 고려인들 다수가 북한 편으

---

60) 이채문, 『동토의 디아스포라』, 경북대학교 출판부, 2007, 291쪽.
61) 김병학, 앞의 책, 418쪽의 각주 1).

로 참여한 사실을 감안하면, 이 노래가 그들과 북한의 연결을 보여주는 물증일 수 있다고 본다. 이 노랫말 전체는 중앙아시아로부터 북한에 귀환하여 맛본 환희를 내용으로 하고 있으며, "향토의 자유를 평생 잡고/휴식의 자손을 길러보세"라는 마지막 두 행에서 소련과 북한의 이념적 동질성을 바탕으로 실향 트라우마를 상당 부분 청산한 듯한 모습을 보여주기도 한다.

Ⅳ. 맺음말

중앙아시아 고려인 사회에서 공연예술의 생산과 유통을 담당했던 두 축은 집단농장이나 구역별로 결성되어 있던 소인예술단들과 함께 전문예술단으로서의 고려극장이었다. 고려극장은 1932년 블라디보스톡에서 설립되어 올해로 81년의 역사를 기록하게 되었고, 그동안 창작극·번역 및 번안극에 중복 공연까지 포함하면 200여 편이 넘는 연극을 공연하였다. 대부분의 연극에 노래들이 삽입되었고, 그 중 상당수는 연극의 인기에 힘입어 대중들로부터 큰 인기를 얻기도 했다. 그 가운데 밝혀진 것들만 해도 **'춘향전'** 관련[<타령>·<기생점고 1>·<청실홍실 우리 사랑>·<기생점고 2>·<변학도의 노래>·<방자의 노래>·<춘향과 이도령의 노래>·<춘향의 노래>/총 8편], **'장한몽'** 관련[<장한몽>(2편), <이수일가>(3편)/총 5편], **'심청전'** 관련[<심청가>(2편)/총 2편], **'토끼전'** 관련[<시악시 화상>·<토끼화상>/총 2편], **'생명수'** 관련[<결혼잔치 노래>·<생명수>/총 2편], **'올림피크'** 관련[<올림피크>·

---

62) 김병학, 앞의 책, 415쪽의 각주 참조.

<마르꼬>/총 2편], '**풍파**' 관련[<철우의 노래> · <철호 정님>/총 2편], '**흥부와 놀부**' 관련 [<제비가> 1편], '**온달전**' 관련[<처녀들의 꽃노래> 1편], '**양산백**' 관련[<추행대의 노래> 1편], '**동북선**' 관련[<고향가> 1편], '**나의 작품**' 관련[<조선의 노래> 1편], '**어미 없이 자란 오누**' 관련[<엄마와 오누의 노래> 1편] 등 29편에 달한다. 그 중 24편[**춘향전**(8), **장한몽**(5), **심청전**(2), **토끼전**(2), **흥부와 놀부**(1), **온달전**(1), **양산백**(1) 등]이 우리의 고전이나 신문학을 각색한 연극들에서 불린 노래들이다. 연극과 무관하게 공연무대에서 불리던 노래로서 현재 확인할 수 있는 노래들 또한 30여 작품이 넘는다. 이 노래들은 우리의 전통 민요들을 수용한 것들이거나 그것들을 바탕으로 변이시킨 것들이 대부분이다.

당시 고려인들은 원동지역에서 중앙아시아로 강제 이주된 타율적 디아스포라들이었다. 그들은 현실적으로는 구소련 혹은 중앙아시아 국민의 일원이었고, 정서적으로는 고려인이라는 민족의식을 갖고 있었기 때문에 두 방향으로부터 상반되는 인력(引力)을 느끼는 존재들이었다. 노래나 춤을 통해 표출되는 이념 지향적 의식이나 디아스포라 의식은 상반되는 인력에 상응하는 주제의식이었다. 원치 않은 탈향과 강제이주, 낯선 곳에서의 정착 등 구소련 고려인들이 처해 있던 상황은 절망적이었고, 이는 그들의 내면에 트라우마로 고착되었다. 그들은 살아남기 위해서라도 그 트라우마를 극복해야 했다. 리비도의 형태로 분출되는 실향 트라우마는 인식주체가 자기방어 메커니즘을 찾을 때 비로소 해소될 수 있었는데, 그것이 바로 현실의 합리화 작용이었다. 고려인들이 운명적으로 짊어지게 된 실향의 트라우마나 그것을 현실적으로 해결하지 못하여 노래로 표출한 것들은 일종의 리비도의 분출 형태라 할 수 있고, 그 절망에서 벗어날 목적으로 사회주의 이념을 수용하여 삶의 지향성을 표출한 노래들은 좌절이나 절망으로부터 자신들의 현실적 위

치를 합리화 하고 지켜내려는 방어기제로서의 승화였다.

　귀향의 꿈을 성취하는 것만이 고려인들의 내면에 고착된 실향의 트라우마를 치유할 수 있는 유일한 길이었으나, 현실적으로 불가능한 일이었다. 따라서 공산주의 체제를 자진해서 합리화하거나 그런 이념에 대한 경도를 주제의식으로 표방함으로써 절망으로부터 스스로를 방어하는 길만이 그나마 가능한 활로였다. 절망적 실향의식이 공산주의 이념의 용인과 찬양으로 전환된 바탕에는 강압적 현실이 빚어낸 방어기제 설정의 욕구가 있었으며, 그것을 바탕으로 이 노래들의 주제의식이 구현될 수 있었다. 고려극장에서 불린 노래들을 통해 고려인들이 살아온 모습을 확인할 수 있는 것도 바로 그 때문이다. <『온지논총』 35, 사단법인 온지학회, 2013. 04.>

고려인 극작가 한진이 수용한 우리 고전

Ⅰ. 시작하는 말

한진

한진[1931-1993, 본명 한대용(韓大鎔)]은 희곡과 소설 분야에서 두각을 나타낸 구소련 고려인 문단의 탁월한 문인이다. 그는 10편의 희곡[「의부 어머니」·「고용병의 운명」·「량반전」·「꽃의사」·「어머니의 머리는 왜 세였나」·「산 부처」·「토끼의 모험」·「나 먹고 너 먹고」·「폭발(양공주)」·「나무를 흔들지 마라」]과 19편의 단편소설 및 3편의 평론 등을 남겼으며, 그 외에 고려극장과 고려일보에서 중요한 역할을 하기도 했다.[1] 그의 문학이나 활동에 대해서는 여러 선학들이 언급해

---

1) 그의 생애 및 활동이나 작품 전모에 대해서는 김병학이 엮은 『한진전집』[인터북스, 2011]과 김필영의 『소비에트 중앙아시아 고려인 문학사[1937-1991]』 [강남대학교 출판부, 2004] 참조.

왔다. 일찍이 현지의 비평가 정상진으로부터 "소련 조선인 희곡문학에서 가장 대표적 작가이며, 그의 희곡들은 조선극장[지금의 카자흐스탄 국립고려극장인데, 이 글에서는 '고려극장'으로 약칭: 인용자]의 연출목록에서 우수한 연극들로 정평이 나 있어 현대 소련 조선인 희곡문학에서 경쟁자가 없을 정도"라는 평을 받은 바 있으며,[2] 그동안 그의 문학이나 활동을 중심으로 여러 선학들의 다양한 분석들이 있어왔다. 사회·정치적 주제의 구현을 전제로 문학세계를 살펴 본 리정희는 부조리한 사회나 이념의 허구를 풍자와 상징을 통해 해석하고자 한 점에서 한진 희곡의 탁월함을 발견했고,[3] 김필영은 굴곡 많은 한진의 삶과 문학작품들을 연결시켜 민족주의적 작가정신을 분석해냈으며,[4] 박명진은 텍스트에서 도출한 '민족서사'를 바탕으로 '민족·인종·국가·고향·모국어' 등의 화두가 보수적 민족주의의 세계관과 일맥상통함을 밝힘으로써 한민족 정체성의 단일함을 지키고자 하는 문학세계를 찾아냈다.[5] 김병학은 한진이 제국주의의 독재와 개인숭배가 없는 이상적 공산주의 사회를 지향하면서 이데올로기적 성향과 순수 예술적 성향을 적절히 배합하여 궁극적으로 민족통일의 염원을 그려냈다고 보았으며,[6] 작가의식의 변모를 '새로운 조국과 이념의 발견/모정에 대한 그리

---

2) 정상진, 『아무르 만에서 부르는 백조의 노래-북한과 소련의 문화 예술인들 회상기』, 지식산업사, 2005, 196쪽.

3) 리정희, 「재소한인 희곡연구-소련 국립조선극장 레파토리를 중심으로-」, 단국대학교 석사논문, 1992, 52-61쪽.

4) 김필영, 「소비에트 카작스탄 한인문학과 희곡작가 한진(1931-1993)의 역할」, 『한국문학 논총』 27, 한국문학회, 2000 참조.

5) 박명진, 「중앙아시아 고려인 文學에 나타난 民族敍事의 特徵-劇作家 한진의 텍스트를 중심으로-」, 『語文硏究』 122, 한국어문교육연구회, 2004 참조.

6) 김병학, 앞의 책, 687-775쪽 참조.

움과 북한 체제에 대한 비판/주제의 다각화와 다양한 미학의 추구/민족
통합의 당위성 추구' 등 네 단계로 나누고 각각에 작품들을 대응시킨
조규익은 한진이 민족정신이나 정서를 추구한 민족주의자로 일관하면
서 민족의 미래에 대한 통찰을 제시할 수 있었고, 그에 따라 그의 희곡
작품들은 독특한 미학을 구현할 수 있었다는 결론을 내렸다.[7]

한진에 대한 선학들의 견해들에서 공통되는 부분은 민족주의에 바
탕을 둔 정신과 문예미학이다. 언어와 민족문학의 불가분리성을 투철
하게 인식하고 있던[8] 그의 입장에서 풍자나 해학을 비롯한 미학적 범
주들의 실현이 말을 바탕으로 할 때에만 가능하다고 인식한 것은 당
연했다. 부조리한 현실은 그가 도망쳐 나온 고국[북한]이나 정착해 살
고 있는 구소련이나 마찬가지였고, 그런 현실을 그려내기 위한 기교와
미학을 모어[母語/mother tongue]와 함께 체득한 고국의 고전에서 따
오는 일은 자연스러운 일이었다. 그가 남긴 희곡 작품들 가운데 고전
과 직·간접적으로 결부시킬 수 있는 작품은 「량반전」·「봉이 김선달」
·「토끼의 모험」 등 세 작품이다.[9] 1973년 김 이오시프의 연출로 상연
된 「량반전」은 1972년에 창작되었고, 「봉이 김선달」은 1975년에 상연
된 점으로 미루어 대체로 1974-1975년에 창작되었을 것이며, 「토끼의
모험」은 1981년에 상연된 점으로 미루어[10] 1980년-1981년쯤 창작되었

----

7) 조규익, 「구소련 고려인 작가 한진의 문학세계」, 『한국어문학연구』 59, 한국
   어문학연구학회, 2012 참조.

8) 조규익, 위의 논문, 393쪽.

9) 「산부처」도 있으나, 이 작품은 궁예라는 실존 인물을 등장시켜 그 시대의 상
   황을 연극 미학적으로 재현시킨 것이기 때문에 고전을 소재로 한 작품이라
   할 수 없으며, 「봉이 김선달」은 구전설화를 연극으로 만든 것이나 원 텍스트
   를 확인할 수 없다. 따라서 두 작품은 이 글에서 논외로 한다.

10) 조규익, 「카자흐스탄 국립 고려극장의 존재의미와 가치」, 『한국문학과 예술』

고려인 극작가 한진이 수용한 우리 고전 **205**

을 것이다. 각각 판소리계 소설 「토끼전」, 박지원(朴趾源)의 「양반전」 등 고전을 각색한 점에서 두 작품은 같은 범주에 속하지만, 지향하는 주제나 미학에서는 같고 다른 점이 분명하다.

이 글에서는 이 두 작품을 통해 그가 우리의 고전을 어떻게 수용했는지, 그리고 그의 미적 의도가 새로운 작품에 어떤 양상으로 구현되었는지 살펴보기로 한다.

Ⅱ. 새로운 인물형의 창조를 통한 봉건체제 비판: 「량반전」

서막과 함께 전 2막 6장[11]의 「량반전」은 박지원이 지은 「양반전」 서사의 확장·부연을 통해 풍자와 해학을 바탕으로 하는 미학을 확대·심화하고 인물들의 성격을 재창조함으로서 창작에 가까운 변이를 이룩한 작품이다. 박지원의 「양반전」은 『방경각외전(放璚閣外傳)』에 실린 단편소설로서 매우 간단하면서도 사회비판적·미학적 의미가 단순치 않은 작품이다. 참고로 연암 「양반전」의 개요를 요약·제시하면 다음과 같다.

① 강원도 정선 고을에 학식이 높고 현명·정직하며 독서를 좋아할 뿐 아니라 손님들과 어울려 놀기를 좋아하는 한 양반이 살고 있었다.

....

4, 숭실대학교 한국문예연구소, 2009, 65쪽.
11) 『한진전집』에는 '2막6장'이라 기록되어 있으나, 실제로는 2막 5장이다. 그런데 다른 연극에서 보기 드문 '서막'을 하나의 장으로 간주하여 6장이라 했을 가능성도 없지는 않다.

② 부임하는 군수들마다 몸소 찾아가 인사를 할 만큼 명망이 높았다.

③ 그 양반은 너무 가난하여 환자를 타다 먹고 살았으므로, 몇 년 만에 천석의 빚을 지게 되었다.

④ 순찰차 찾아온 관찰사가 환곡을 조사하던 중 이를 발견하고 그 양반을 감옥에 가두라고 했으나 군수는 차마 그렇게 할 수가 없었다.

⑤ 그 사실을 안 양반은 어쩔 줄 모르고 양반의 아내는 그의 무능을 질타할 뿐이었다.

⑥ 이를 안 동네 부자가 환곡 천 석을 갚아주는 대신 양반의 신분을 사기로 했다.

⑦ 환곡의 상환을 알게 된 군수가 양반을 찾아 자초지종을 들은 다음 군민들을 모아놓고 양반권 매매 계약서를 작성한다.

⑧ 양반이 취할 행동거지를 열거하자 부자는 양반에게 가해지는 행동의 구속 보다는 좋은 일이 있게 해달라고 한다.

⑨ 이에 군수는 두 번 째 문서를 작성하여 관직에 나가 상인들을 착취하는 등 양반의 횡포를 나열하자 상민 부자는 '그런 양반은 도둑이나 다를 바 없다'고 말하며 도망치면서 다시는 양반을 입에 올리지 않았다.[12]

이상과 같이 「양반전」은 매우 단순하면서도 분명한 주제를 함축하고 있는 서사로서, 서사에 등장하는 인물은 정선 군수·양반·양반의 처·천부(賤富)·관찰사 등이다. 이들을 통해 보여 주고자 한 원작의 메시지는 분명하다. '천작(天爵)'인 양반을 팔고 산 정선의 양반과 부자를

12) 박지원 저, 이민수 역, 『호질·양반전·허생전(외)』, 범우사, 2002, 21-26쪽.

통해 신분의 허위와 지배계
층의 부패를 폭로하자는 것',
즉 '조선이라는 사회 집단으
로 하여금 양반의 허위성을
간접적으로 경험하게 함으
로써, 현실에 대한 비판적
시각을 확장하려는 것'13)이
었다. 그런 원작을 부연하여
만든 한진의 「량반전」도 큰

고려극장에서 상연된 양반전의 한 장면

틀에서는 원작과 부합한다. 반면 해학과 풍자를 바탕으로 한 비판성을
대폭 확장시켰고, 인물들의 성격을 상당 부분 전도시킨 점은 「량반전」
의 두드러진 특징이다. 사실 앞에 제시한 개요에서 보듯이 원작의 경
우 풍자를 통한 비판이 사건의 전환이나 결말의 핵심을 차지하긴 하나,
「량반전」에 비해 매우 진지하다. 메시지의 정확한 전달에 치중한 나머
지 흥미적 요인이 작품 전편에 나타나지 않은 점은 흠이라 할 수 있다.
그러나 「량반전」은 다르다. 한진은 등장인물의 숫자부터 대폭 확충했
다. '량반[심심해]·량반의 처·부자[변돈내]·군수'는 '심심해·변돈내'
등 인물의 특징을 부각시킨 명명법(命名法)만 제외하고는 원작에도 등
장하는 존재들이다. 나머지 '돌쇠[량반의 종]·보배[부자의 하녀]·좌수
·별감·통인·급창·사령·농민·관속들'은 한진이 창조해 끼워 넣은
새로운 인물들이다. 이들이 보여준 해학이나 풍자 등은 원작에 부대된
미학이거나 원작의 미학을 보다 심화시킨 요인들이었다. 서막이라는

---

13) 조경은, 「寓言의 담화 원리와 <兩班傳>의 해석」, 『古小說硏究』 26, 고소설학
　　회, 2008, 232-233쪽.

특이한 부분을 통해 억쇠·마당쇠·돌쇠·보배 등 부대인물들의 성격을 암시하고, 동시에 이들이 해학과 풍자의 새로운 미학을 전개하게 될 것임을 보여주기도 한다. 우선 각 막과 장별로 내용의 개요를 살펴보기로 한다.

제1막 제1장

① 가난한 양반과 양반처가 수시로 심부름을 시키자 돌쇠는 반발심을 느낀다.
② 자신의 삽살개가 상놈의 개와 어울린다는 소리에 참다못한 양반 내외가 개를 찾아오라는 불호령을 내리자, 돌쇠는 투덜거린다.
③ 군수가 양반을 찾아 여러 가지 현안을 의논하고 수작하다가 양반은 군수에게 환자 쌀을 요구하고 군수는 쾌락한다.

제1막 제2장

① 부자가 등장, 자신의 개와 양반의 개가 정분이 났다는 이유로 양반이 관아에 고발했고, 그로 인해 출두하게 되었다고 한다.
② 농부들이 관아에 등장하여 싸우다 죽은 소 문제로 시비를 벌이며 군수의 재판을 기다린다.
③ 군수는 양반이 가르쳐 준 계략대로 죽은 황소와 산 황소를 모두 차지하고자 한다.
④ 군수와 부자가 돈냥을 가지고 다투는 도중 양반이 자신의 개와 정분 난 것이 부자의 개임을 고발하자 군수는 부자를 족친다.
⑤ '주인이 양반이면 개도 양반이요, 주인이 상놈이면 개도 상놈'이란 논리로 군수는 부자에게 돈 백량을 우려내고 볼기 열 대를 치게 한다.
⑥ 부자는 돈으로 매질을 감면받고, 군수는 검열 나온 감사로부터 조사를 받는다.

⑦ 감사가 환자 쌀 천석이 축난 것을 발견하고 양반을 구속하라 명한다.

⑧ 환자 쌀을 상환하려 하나 쌀이 없는 양반은 부자와 흥정하려 한다.

제1막 제3장

① 부자네 종 돌쇠와 보배가 주인들의 흉을 본다.

② 관아에서 매를 맞고 들어온 부자가 보배에게 음심을 품고, 이에 대하여 돌쇠는 불만을 갖는다.

③ 양반의 호출을 받은 부자는 신세한탄을 하며 '양반을 샀으면 좋겠다'는 말을 내뱉자, 돌쇠는 환자 빚에 몰린 양반이 양반을 팔고자 한다는 정보를 부자에게 들려준다.

④ 부자가 양반을 사면 보배가 자신의 차지가 되리라고 생각하는 돌쇠와 부자는 갈등을 겪고, 양반을 안 사는 한이 있어도 보배만은 놓칠 수 없다는 부자와 부자 처 사이에 갈등이 생긴다.

⑤ 매 맞은 상처에 고추장을 바르자 고통스러운 부자는 펄펄 뛰고, 광대들은 고추장 타령을 부르며 나타난다.

⑥ 돌쇠는 양반 거간이 되어 부자에게 양반자리를 사주고 자신은 보배를 차지하려는 결심을 한다.

제2막 제4장

① 돌쇠는 양반을 찾아가 환자 쌀 빚을 갚기 위해 양반을 부자에게 팔아넘길 것을 종용한다.

② 돌쇠는 꾀를 내어 양반에게 양반자리를 팔아넘기도록 유도하고 자신의 종 문서를 돌려받고자 한다.

③ 양반을 설득한 돌쇠는 변부자를 데리고 와 양반자리를 흥정하며 온갖 꾀를 부린다.

④ 양반 매매의 흥정에 성공한 두 사람은 각자의 지위를 맞바꾼다.

⑤ 돌쇠는 돌려받은 종 문서를 찢고 종의 신세에서 벗어난다.

제2막 제5장

① 양반 자리를 산 부자는 원래 양반의 이름과 족보, 내력까지 다 사 버리고, 원래 양반은 부자의 원래 이름을 받는다.
② 원래 양반이 환자 빚 갚은 내력을 알아보고자 군수가 찾아온다.
③ 군수가 양반매매를 입증하기 위해 문서를 만들고 스스로가 직접 서명하고자 한다.
④ 군수는 양반의 자세나 태도를 문서에 명시하고, 양반의 행동거지에 대하여 가르친다.
⑤ 부자는 군수가 가르쳐 준 양반의 의무나 행동거지가 너무 힘들다고 불평하며 이로운 조건을 요구한다.
⑥ 그러자 군수는 평·서민들을 착취하는 양반의 권리를 열거하자 부자는 만족한다.
⑦ 부자는 옛날 양반집 삽살개가 들어오자 자신이 옛날에 당했던 대로 양반에게 볼기를 친다.
⑧ 양반이 된 부자는 보배를 차지하고자 계략을 써서 처를 친정에 보내려 하자 돌쇠가 알아차리고 부자의 처에게 넌지시 알려준다.
⑨ 돌쇠는 꾀를 부려 양반을 산 부자를 완벽하게 속여 넘기고 보배와 함께 사랑을 이룬다.

이상 사건들의 개요에서 핵심적인 것들만 추려 놓았다. 그런데, 사건들보다 더 중요한 것은 해학과 풍자가 이것들을 감싸면서 새로운 미학을 이룩한 부분들이다. 제1막 제1장의 경우 양반 내외와 돌쇠의 갈등 및 대립이 사건의 핵심이고 군수와 양반은 같은 지배계층으로서 피지배계층에 대한 동맹의 행태를 보여준다. 외면으로는 돌쇠가 양반 내외의 지시를 따르지만, 이면적으로는 이들에 대한 반감이 고조되는 양상이 두드러진다. 제1막 제2장에서는 개의 정분을 빌미로 상인(常人)인 부자와 양반의 대립 및 갈등, 싸우다 죽은 소 사건을 빌미로 그 소들을 모두 차지하려는 군수의 음모 등이 핵심 사건으로 등장하고, 검열 나온 감사에 의해 양반이 환자 쌀을 갚지 못한 사실을 발견하게 되는 또 다른 사건의 단서가 돌출한다. 제1막 제3장에서는 종의 신분인 돌쇠 및 보배와 부자의 갈등이 표출되고, 부자에게 양반자리를 사주고 자신이 보배를 차지하려는 돌쇠의 음모가 드러난다. 제2막 제4장에서는 돌쇠가 환자 쌀을 갚지 못하고 있는 양반을 찾아가 부자에게 양반을 팔아넘길 것을 유도하고 종 문서를 받아내고자 꾀를 부린 돌쇠는 결국 양반 자리의 매매에 성공함으로써 종의 신세에서 벗어난다. 부자는 양반으로부터 이름·족보·내력 등을 송두리째 사들여 신분을 역전시키는 데 성공하고, 이 소식을 듣고 찾아온 군수는 자신의 입으로 평·서민들에 대한 양반의 착취행각을 털어놓게 되며, 양반이 된 부자는 옛날 양반집 삽살개를 핑계로 신분이 바뀐 양반의 볼기를 침으로써 복수한다. 결국 돌쇠는 자신의 꾀로 보배와 사랑을 이룬다.

한진이 「량반전」에 보충해 넣은 것은 인물과 사건 등 두 항목이다. 우선 인물은 '억쇠·돌쇠[량반의 종]·보배[부자의 하녀]·좌수·별감·통인·급창·사령·농민·관속들'인데, 물론 이들이 모두 같은 등급의 신분은 아니나, 상인인 부자와 함께 피지배계층의 구성원들인 동시에 풍자와 해학 등 비판미학의 생산자이기도 하다. 따라서 새롭게 첨가된 사건들의 주된 실행자들은 바로 이들이며, 이들이 갖고 있던 비판정신은 해학과 풍자를 통해 형상화 되었다고 볼 수 있다. 황패강에 따르면 박지원은 「양반전」에서 네 가지 인물의 성격화에 성공했다고 보았다. 황패강의 설명에 따라 각각을 요약·제시하면 다음과 같다.[14]

- 양반 : 불우한 지방 토착의 사족. 봉건관료체제 속에 끼이지 못하고 적응하지 못하는 능력 없는 양반의 전형. 조선 왕조의 봉건체제가 포화상태에 이른 후기의 양상을 상징하는 인물.
- 양반의 처 : 환곡을 갚지 못해 속수무책 울기만 하는 남편에게 욕설을 퍼부으며, 사족(士族)으로서의 긍지나 정신적 가치에 매력을 느끼지 못하는 속물적 여인상의 전형.
- 천부(賤富) : 자아승화 욕구의 속물적 본능을 보여주었으나, 양반생활의 형식주의와 자아와의 사이에 근본적인 이질성과 불상용성(不相容性)이 있음을 깨닫고 주저 없이 양반 되는 길을 버리고 상민(常民)의 자리를 천작(天爵)으로 감수하는 인물.
- 군수 : 양반자리 거래의 중간에 끼어들어 거래의 협조자인 듯하면서 방해자라는 이중성을 보여 준 위선적·부정적 양반형의 인물. 그러면서 무의식중에 양반 계층의 추악한 내면을 드러내 놓게 된 트릭스터trickster적 존재.

따라서 박지원이 「양반전」에 등장시킨 인물들과 한진이 「량반전」에 등장시킨 인물들은 성격상 상반된다. 전자에 등장하는 양반은 무능하지만 사악하지 않은 존재이고, 양반 처는 속물이긴 하나 무능한 남편이 속한 양반계층을 준엄하게 꾸짖었다는 점에서 긍정적인 일면을 지닌 인물이다. 천부 또한 양반계층의 비행이나 부조리를 자신의 행동양식으로 받아들이지 못하는 선의를 지닌 인물이고, 본의 아니게 양반계층의 문제를 폭로한 군수 또한 단순한 트릭스터로 그치지 않고 사태 개선의 단서를 제공한 긍정적 인간상으로 해석될 여지를 갖고 있는 존재다. 이에 비해 한진은 「량반전」에서 원래 인물들의 성향을 전도(顚倒)시켰다. 양반 내외와 군수는 피지배계층을 억압하고 착취하며

14) 황패강, 「兩班傳 硏究」, 『韓國學報』 4(4), 일지사, 1978, 187-195쪽 참조.

행패를 부리는 부정적 인간들로 그려졌으며, 천부 또한 양반의 특권을 욕망할 뿐 아니라 자신이 부리던 여종 보배를 취하려는 사악한 인간의 전형으로 그려졌다. 반면 피지배계층의 인물들은 해학과 풍자를 도구로 지배계층의 악행을 고발하는 동시에 그들과 대결하여 승리를 추구해 나가는 도전적 인물들로 형상화 되었다. 이런 내용으로 미루어, 봉건사회의 지배계층과 피지배 계층의 갈등과 투쟁에서 피지배계층의 승리로 결말짓고자 한 한진의 의도가 명백해짐을 알 수 있다. 한진이 추가한 인물들과 사건의 양상을 바탕으로 등장하는 사건이나 화소는 다음과 같다.

① 양반집 개와 상인 부자네 개의 정분 사건으로 부자가 볼기를 맞음.
② 두 농민들 간의 소싸움 끝에 죽은 황소와 산 황소를 모두 차지하려는 군수의 잔꾀.
③ 환자 쌀을 상환하지 못해 궁지에 몰린 양반.
④ 환자 쌀 상환의 문제를 해결하기 위해 양반과 부자로 하여금 양반 자리를 매매하도록 중매하는 돌쇠.
④-1 부자는 양반으로부터 이름·족보·내력 등을 모두 사들이고, 양반은 상인으로 전락함.
④-2 돌쇠는 종 문서를 회수하고 파기함으로써 종의 신분을 면함.
④-3 돌쇠는 보배와 사랑을 이룸

박지원은 「양반전」을 통해 '봉건제도의 붕괴와 그로부터 발생되는 문제들'[몰락 양반들의 비참한 생활고와 고민/신흥 천부민(賤富民)들의 사회적 성장과 갈등] 및 '양반제도의 모순과 병폐'를 고발하려는 의도를 갖고 있었다.[15] 그런데 한진은 계층 간의 대립을 통해 지배계

15) 林用植, 「兩班傳의 社會史的 考察」, 『人文社會科學硏究』 13, 장안대학 인문

층의 모순을 폭로하고, 피지배 계층의 인간적인 승리를 드러냄으로써 봉건체제의 모순을 강조하고자 했다. 해학과 풍자가 주된 미학이지만, 해학보다는 풍자와 비판이 주조(主潮)를 이루고 있다는 점에서 사회적 의미가 짙다. 근대 이전은 남·북한 모두 '양반과 상놈'으로 계층화 되어 있었고, 그 점에서 이 작품은 한진 자신이 버리고 떠나온 조국 전체를 향한 비소(誹笑)일 수 있다. 스스로 선택했든 불가

연암 박지원(1737-1805)

피한 망명이었든 조국에 대한 미련을 버리고 편안한 마음으로 정착하기 위해서라도 진실로 느꼈거나 그렇지 않았거나 '그 때의 그곳'이 문제적 시공(時空)이었음에 반해 '지금의 이곳'은 이상적 시공이라는 인식을 강변하는 일이 절실했을 것이다. 원작 「양반전」을 상당 부분 변개시켜 지배계층의 허위와 가식을 고발하고 피지배계층의 행복한 결말을 보여 줌으로써 작자 자신과 고려인들이 속한 공산주의 이데올로기나 체제의 우월함을 강조하고자 한 의도는 그들의 성공적인 정착을 위해 매우 중요했다. 그 지역의 고려인들 대부분은 극동으로부터 강제 이주된 지 겨우 한 세대를 지난 입장이었기 때문에 그들 스스로의 처지에 대한 공감이나 자위(自慰)가 절실하게 필요했을 것이다. 그 점을 간파한 한진이 고려인들 대부분이 알고 있었을 고전의 풍자와 해학을 통해 자신들의 현재 처지가 부조리한 구세계보다 낫다는 것을 보여준 점은 나름대로 지혜로운 일이었다고 할 수 있다.16)

....

사회과학 연구소, 2004, 260-269쪽 참조.

작품에서 개를 소품으로 등장시키고 있는데, 개라 할지라도 양반집 개는 상놈집의 개에 비해 특권을 가져야 한다는 억지나 부조리는 단순히 그 사건 자체를 드러내기 위한 장치로만 그치는 게 아니다. 그를 통해 계층 간에 온존하던 모순과 불합리성을 강조하기 위한 상징적 의미를 지닌다고 할 수 있다. 꼼수를 부려 농민들의 소를 빼앗는 사건 역시 지배계층의 횡포를 구체화하는 대표적 사례다. 특히 보배라는 계집종을 손아귀에 넣고자 하는 양반의 횡포는 '인간성 말살'이라는 점에서 의미심장하다. 종의 신분인 돌쇠가 그런 횡포를 지혜로 물리치고 사랑을 이룬 것은 일종의 인간 승리라고 할 수 있기 때문이다.

당시 그곳의 평론가 우 블라지미르는 「량반전」을 보고 다음과 같은 평을 남겼다.

> 한진의 희극 "량반전"에는 저자 박지원의 구상적 알맹이와 정신이 보존되어 있으며 량반의 신분 매매사건이 희극의 중심이 되었고 연극 전체가 예리한 풍자성에 충만되어 있다. 그러나 소설과는 달리 극작가는 인민의 총명성과 지혜를 나타내는 량반의 하인 억쇠의 형상에서 인민의 대표를 뵈여준다. 연극에는 착취자인 량반과 멸시와 모욕을 당하는 인민이 뚜렷하게 대치되어 있다.(⋯)인민의 등살을 긁어 먹으며 살아가는 량반의 라태성과 쓸모없는 생활을 이보다 더 적절하게 묘사할 수는 없을 것이다. 량반 심심해와 군수 및 상사람 부자들이 어찌하여 우습게 보이는가? 량반과 군수는 량반적인 견해, 신념, 관습 등 봉건적 제도와 관계가 약화되었고 없어져 감에도 불구하고 자기의 존재를 억지로 보존하려고 하기에 우수운 것이다. 돈만 있으면 무엇이나 다 살 수 있다고 생각하면서 량반 신분을 사는 상사람 부자도 또한 우수운 존재이다.(⋯)연극의 내용이 풍자적 희극인 만침 과장도

----

16) 조규익, 앞의 논문, 410쪽.

있고 예리하며 환상적인 성격도 가지고 있다. 우리는 연극이 성공하였다고 본다. 관람자들은 재주 없는 량반과 탐욕쟁이며 협잡군인 군수를 보고 웃으며 백미 천석을 주고 량반 신분을 사려고 드는 상사람 부자를 보고 웃는다. 이것은 풍자적 웃음이며 폭로하며 조소하는 웃음이다. 관람자들은 량반의 욕심과 암매, 교만성을 비웃는 것이다.[17]

블라지미르는 박지원의 「양반전」과 다른 한진의 「량반전」에 대하여 설득력 있게 설명했다. 우선 한진은 박지원 원작의 '구상적 알맹이와 정신'을 보존했다고 보았는데, 그 핵심을 '희극의 중심인 양반 신분 매매사건과, 전체가 예리한 풍자성으로 충만되어 있는' 데서 찾았다. 그리고 돌쇠나 억쇠로부터 '인민의 대표적인 형상'을 찾아내는데, 그와 대척점에 있는 존재들이 바로 착취자인 양반이었다. 말하자면 '인민 : 착취자인 양반'이라는 대립구조가 분명하게 드러난다는 것이다. 특히 이 작품의 우스운 요소를 두 가지에서 찾고 있는데, '양반적인 견해·신념·관습 등 봉건적 제도와 관계가 멀어져 감에도 불구하고 그들이 자신의 존재를 억지로 보존하려고 하는 점', '돈만 있으면 무엇이나 다 살 수 있다고 생각하면서 양반 신분을 사는 상사람 부자의 존재' 등이 그것들이라고 했다. 그런데 여기서 나오는 것들은 모두 풍자에서 나온 것들로서, 폭로하며 조소하는 웃음이라 했다. 해학과 대조적인 성격을 지닌 풍자는 우월한 주체가 부조리하고 폐쇄적인 사회에 처할 경우 생겨나는 미적 범주다.[18] 우리의 고유한 고전미학인 풍자를 끌어와 작자 자신이 도망쳐 나온 구세계 봉건체제의 부조리와 불합리를 비판하려는 의도를 여기서 읽어낼 수 있는 것이다.

17) 우 블라지미르, 「"량반전을 보고서」, 레닌기치 1974. 4. 20. 4면.
18) 조규익, 『만횡청류의 미학』, 박이정, 2009, 112쪽.

량반 아니 개새끼 오셨는데 군수작이 뭐냐? 아차 이거 말이 헛나갔군. 군수나리 오셨는데 개수작이 뭐냐? 개 사오고 술찾아라. 아차 말이 헛 나갔군. 어서 술 사오고 개 찾아라!

돌쇠 예, 개 사오고 술 찾겠습니다. 아차 말이 헛나갔습니다. 술사오고 개 찾겠습니다. (나간다)19)

부자 사실인즉 우리 집 개는 족보가 완연하고 피가 깨끗한 진도섬의 훌륭한 개고 이 량반댁 삽살개는 그 조상이 누군지도 모르는 잡종입니다. 그러니 개로서는 우리 집 개가 량반이고 저 집 개가 도리여 쌍놈입니다.

군수 뭣이 네가 량반이라구?!

부자 아니, 내 개가 개의 량반이란 말입니다.

량반 개는 주인이 량반이면 개도 량반이요, 주인이 쌍놈이면 개도 쌍놈이지. 우리 집 개가 쌍놈이라구?!20)

사실 「량반전」은 전체가 해학과 풍자로 점철되어 있는 작품이나, 위두 가지 예만 보아도 한진이 구사한 해학과 풍자의 미학적 수준은 분명히 드러난다. 양반집 개와 천부 집 개가 정분이 났을 때 마침 돈 한 푼 없는 양반 집에 군수가 방문한 상황에서 외상으로 술을 사오라는 양반의 명령과 돌쇠의 응답이 앞 인용문의 골자이고, '주인이 양반이면 개도 양반, 주인이 쌍놈이면 개도 쌍놈'이란 것이 군수·양반·부자 3자간 대화의 골자다. 이상과 현실사이의 거리를 보는 안목에서 구체화 되는 것이 풍자가의 세계관인데,21) 양반과 돌쇠의 '의도된 말실수'

---

19) 김병학, 앞의 책, 119쪽.

20) 김병학, 앞의 책, 128쪽.

21) 신동욱, 「諷刺小説考」, 『문학과지성』 2(2) '1971년 여름호', 336쪽.

를 통해 군수의 문제점을 지적하고 개와 동일시함으로써 '모순을 공격하려는' 의도를 발견할 수 있다. 부자네 개와 양반집 개의 정분 사건에서 불거진 문제에 논쟁을 벌이는 것이 후자 내용의 핵심이다. 작자는 '개에 관한 양반·상놈 논쟁'을 통해 부자도 군수도 양반도 모두 개와 동일하게 취급되는 풍자적 수법을 사용함으로써 당시 봉건사회가 원천적으로 지니고 있던 문제점을 노출시키고 있다. 반상의 구분이 없는 사회, 작자 자신이 몸을 담고 있던 구소련의 시간과 공간이 자신의 모국에 비해 우월함을 넌지시 드러내고자 했음을 알 수 있다.

Ⅲ. 봉건 착취에 대한 비판과 디아스포라의 정서: 「토끼의 모험」

전체 4막으로 이루어진 「토끼의 모험」은 고전소설 토끼전을 각색·부연한 희곡으로 평양에서 출판된 희곡 「토끼전」을 한진이 나름대로 개작한 것이다.[22] 고려극장이 아동들을 위해 처음으로 무대에 올린 연극이라 하는데,[23] 풍자와 해학, 알레고리 등을 통해 인간사의 진실을 말하고 있다는 점에서 사실 어른들을 위한 연극이라고 보아도 무방할 정도다.

용왕의 병, 토끼의 생간 처방, 거북이의 출륙과 토끼의 생포, 용왕을 기만한 토끼의 감언이설과 위기의 모면 등 기존 「토끼전」[24]의 정확한

---

22) 김필영, 앞의 책, 746쪽.

23) 리정희, 「무대에 새로운 형식을 올려-연극 ≪토끼의 모험≫을 보고-」, 레닌기치 1982.1. 22. 4면.

24) 이본에 따라 약간씩의 차이를 보여주긴 하나, 개요를 제시하면 다음과 같다. <김진영·김형주·김동건·이성희 편저, 『토끼전 전집 1-5』, 박이정, 2001, 참

모티프들에 작자 한진이 경험하던 현실세계의 알레고리가 해학과 풍자의 미학적 장치를 바탕으로 펼쳐진 것이 바로 「토끼의 모험」이다. 기존 「토끼전」의 줄거리 및 각종 미학적 장치 등을 통해 한진이 드러내려고 한 의도는 무엇이었을까. 리정희가 지적한 바와 같이 '아동들을 조선 전설의 세상으로 끌고 나감으로써 그들에게 조선의 고전작품들에 대한 상식을 주는 동시에 민족적 자부심을 느끼게 하고 선조들의 문화를 연구하고 언어를 배워야 한다는 생각을 키워줄'[25] 목적이었을까. 만약 그런 목적 만이었다면, 이렇게 복잡하고 난해한 장치들을 덧붙이지는 않았을 것이다. 말하자면 용왕의 병, 토끼의 생간 처방, 토끼의 납치, 꾀에 의한 위기 탈출 등의 화소만으로도 어린아이들을 충분히 즐겁게 만들었을 것이기 때문이다. 한진이 그런 장치를 덧붙여 「토끼전」을 각색한 이유는 다른 곳에 있었다. 말하자면 자신을 포함한 고려인들이 처한 현실을 나약한 '토끼'에 빗대어 표현함으로써 현실의 비참함과 함께 조국에 대한 그리움을 표출하고자 한 점이 대사들 가운데 몇 부분을 통해서 드러난다.

조> "① 동해 용왕이 병들어 몸져 눕자 서해바다의 의원이 토끼의 간을 먹어야 낫는다는 처방을 내린다./② 토끼의 간을 구해 오겠다고 나선 자라에게 용왕은 토끼의 화상을 내려 준다./③자라가 육지에 도착해 고생 끝에 토끼를 발견하고 온갖 감언이설로 꾀어 수궁으로 데려간다./④수궁으로 들어온 토끼는 포박 당하고 죽음에 직면한다./⑤용왕이 토끼에게 잡은 목적을 말하고 토끼를 잡으려고 하는 찰나 토끼는 간을 빼놓고 왔다는 꾀를 부린다./⑥토끼의 말을 의심하여 배를 가르도록 명령하는 용왕을 僞計로 간신히 속여 넘긴다./⑦토끼에게 속아 넘어 간 용왕은 토끼를 위해 잔치를 베푸는 등 후히 대접하고 자라와 함께 육지로 돌려보낸다./⑧육지에 이른 토끼는 어떻게 간을 내놓고 다니느냐고 자라에게 욕을 하면서 숲 속으로 도망가 버린다./⑨어이없는 자라는 육지에서 죽거나 빈손으로 수궁으로 돌아간다."

25) 리정희, 앞의 글 참조.

토끼 걱정 말라는데. 내 이제 태권도만 배우는 날이면 세상에 무서운 것이 없어.

옥토끼 에이구, 더러워라. 개를 보고도 달아나지 승냥이 보고도 달아나지, 길바닥의 막대기를 보고도 와들와들 떨지(…) 대체 너 같은 게 무슨 사내 새끼냐?

토끼 그래 어떻게 하겠니? 토끼로 태여난 것이 잘못이지.

옥토끼 야, 이 겁쟁이야. 저리 물러 나거라! 내 이런 걸 믿고 지금까지 살아왔단 말이야.

토끼 글쎄 세상이 그런 걸 어떻게 하겠니? 범도 우릴 잡아 먹겠다지 승냥이도 잡아 먹겠다지. 이발 있는 놈들은 다 우릴 잡아먹겠다니 정말 어떻게 살겠니…26)

해마 예─ 거부기들이 당신을 죽이고 간을 내여 왕에게 바치겠다고 음모를 꾸미고 있습니다.27)

옥토끼 애들아, 말 말아라. 다 죽었다 살아났다. 아, 이 씨원한 공기, 달콤한 풀, 맑은 물과 고운 꽃들(...)내 정말 미쳐서 이 좋은 곳을 두고 물나란지 불나란지 한데를 갔다 왔구나.

곰 (거부기를 가리키며) 저건 뭐냐?

옥토끼 이게 거부기란 거야. 물나라에선 큰 대신이란 말이다. 바다나라에 가면 살기 좋다고 날 꾀여가지고 데리고 갔는데 가서보니 글쎄 이런 기막힌 일이 또 어데 있겠니? 그물왕인지 룡왕인지 한 게 앓아 죽어 가는데 그 병에는 내 생간이 약이라는 거야. 그래 내 간을 꺼내 먹겠다고 배를 가르려고 덤벼들지를 않아(...)28)

---

26) 김병학, 앞의 책, 339-340쪽.
27) 김병학, 위의 책, 356쪽.
28) 김병학, 앞의 책, 362-363쪽.

토끼나 옥토끼는 약자로 그려진 존재들이다. 개나 길바닥의 막대기에도 겁을 먹고, 범과 승냥이 등에 둘러싸여 늘 생명의 위협을 받는 약자들이다. 심지어 느리고 지혜롭지 못한 거북의 꾐에 빠져 수궁으로 잡혀 갔다가 죽음 일보 직전에 목숨을 건지기도 했다. 그런데 그 토끼가 '태권도만 배우는 날이면 세상에 무서운 것이 없다'고 했다. 태권도는 우리 민족의 상징적 무도이자 세계적으로 명성을 얻은 호신술이다. 따라서 토끼나 옥토끼의 존재는 당시 그곳에서 힘겹게 살아가던 고려인들임이 분명해진다. 작자 한진은 수많은 이민족들의 틈에서 목숨을 부지하며 살아가야 했던 고려인들을 토끼나 옥토끼로 형상하고자 했음이 분명하다. 옥토끼가 거북의 꾐에 빠져 잡혀갔던 곳은 수궁이다. 수궁은 죽음의 공간이고, 바깥세상은 삶의 공간이다. 꽃 피고 새 우는 바깥 공간을 떠나 수궁을 떠도는 신세가 바로 이들 처지의 표징인 '디아스포라'다. 현실세계의 부조리에 대한 풍자보다 디아스포라의 서정이 이 작품의 바탕을 이루고 있다고 보는 것도 그 때문이다. 이 작품에 등장하는 옥토끼의 노래, 거부기[29]의 노래 등은 디아스포라적 서정의 절묘한 표현이다.

    1) 나의 살던 고향은
       꽃 피는 산골
       무엇을 바라고서
       여기 왔던가

       정든 친구 버리고
       찾아온 곳은

....
29) '거북이'가 올바른 표기이나 한진의 표기대로 '거부기'를 사용하고자 한다.

낯 서른 물의 나라
죽음의 나라.

가고 싶은 고향은
멀고 멀어라.
천만 길 물 속에서
나는 죽는다.

나는 이미 죽으나
어깨동무야,
너는야 나 오기를
기다리겠지…[30]

2) 어델 가나 어델 가나
어델 가면 내가 사나
넓고 넓은 이 세상에
나 갈 곳은 어더메냐
바다 속에 돌아가면
룡왕에게 죽어나고
땅우에서 살자하니
동무 없어 못 살겠네
물에서도 살 수 없고
땅에서도 살 수 없고
이 세상에 나 살 곳은
땅과 물의 그 사이다.[31]

---

30) 김병학, 앞의 책, 350-351쪽
31) 김병학, 위의 책, 363-364쪽.

3) 바다나라 물속 깊이
　가보고서야
　내 고향이 좋은 것을
　나는 알았다.
　(합창)
　멀리멀리 천리 길을
　가보고서야
　동무들이 그리움을
　나는 알았다.
　목숨보다 귀중한 건
　이 세상에서
　나서 자란 고향임을
　나는 알았다.

　내 고향의 잔디 풀과
　진달래꽃이
　세상에서 제일임을
　나는 알았다.[32]

　1)은 수궁에서 죽음을 앞에 두고 정신을 잃었다가 깨어나서 부른 옥토끼의 노래이고, 2)는 옥토끼를 데리고 간을 가지러 세상에 나왔다가 임무를 완수하지 못한 거부기가 부른 노래이며, 3)은 다시 살아난 옥토끼가 세상에 나와 부른 노래다. 세 작품 모두 고향이나 몸 붙이고 살아갈 공간의 소중함을 노래했고, 특히 1)과 3)에서 '꽃 피는 산골'로 표상되어 온 고향이란 어휘나 진달래 같은 고향을 표상하는 객관적 상관물 등은 고국을 그리워하는 작자의 마음을 잘 보여주는 객체들이

---

32) 김병학, 앞의 책, 364-365쪽.

다. 그렇다면 한진은 왜 고전소설 「토끼전」을 각색하여 희곡으로 만들었을까. 「토끼의 모험」을 통해 해학과 풍자의 미학을 좀 더 풍부하게 확장하면서 자신을 포함한 고려인들의 처지를 절묘하게 보여 주고자한 점에 작자의 진정한 의도가 있었다고 본다. 거부기의 꼬임에 빠져 용궁으로 잡혀 온 옥토끼의 노래, 거짓말에 속아 용궁에서 땅으로 옥토끼를 데리고 나온 거부기가 산중의 동물들로부터 죽임을 당하게 되었을 때 옥토끼의 구원으로 살아난 거부기의 노래, 자신의 기지로 살아나온 옥토끼가 마지막으로 부르는 노래 등은 이 작품의 이면적 주제가 부각된 부분들이고, 작자의 주안점 역시 이 노래들에 집중되어 있다고 할 수 있다. 말하자면 지배계층의 허위와 가식 혹은 지배체제의 위기를 비판한 점에서 풍자와 해학이 핵심적인 미학이었으며, 그에 따라 교훈이 표면적인 주제로 되어있긴 하지만, 그것으로 만족할 수 없었던 것은 작자 한진이 겪고 있던 디아스포라의 엄혹함 때문이었다. 옥토끼의 두 노래[1)/3)]는 디아스포라로서의 고려인들이 갖고 있던 망향의 정서를 잘 드러내고 있으며, 거부기의 노래[2)]는 한진 자신의 처지를 절묘하게 드러내고 있다. 특히 거부기의 노래에는 조국을 등지고 망명객이 될 수밖에 없었던 한진 자신의 처지가 손에 잡힐 듯 그려져 있다. 즉 '바다 속에 돌아가면/룡왕에게 죽어나는' 거부기의 처지는 '조국으로 귀환하면 김일성에게 죽음을 당할 수밖에 없는' 한진 자신의 처지와 정확하게 부합한다. 그리고 '땅 우에서 살자 하니/동무 없어 못 살겠다'는 거부기의 한탄 역시 디아스포라로서 타국을 전전해온 한진 자신[혹은 고려인들]의 심정을 정확히 대변하는 내용이다. 따라서 「토끼의 모험」은 고전소설 「토끼전」의 단순한 각색이 아니라, 조국과 소련의 틈새 카자흐스탄에 정착한 작자 자신의 처지를 정확하게 드러냄으로써 원작에 비해 미학과 주제를 크게 확장하는 데 성공한 작품

이라 할 수 있다.33)

이런 관점에서 볼 때 연극 「토끼의 모험」에 대한 당시 평론가 리정 희의 글은 고전소설 「토끼전」의 관습적 주제를 반복했거나, 희곡의 표 면적인 것만을 강조한 분석이라고 할 수 있다.

> 얼마 전에 카사흐공화국 국립조선극장은 조선 고전작품 ≪토끼전≫ 을 각색한 한진의 희곡 ≪토끼의 모험≫을 무대에 올렸다. 작품은 감 성적인 예술적 형상을 통하여 작품에 반영된 봉건시대 사람들의 생활 을 비롯한 당시의 현실을 보여주는 작품의 하나이다.(…)토끼는 봉건 적 압박과 착취에서 허덕이는 당대 인민들의 처지를 반영하였으며, 그 어떤 난관 앞에서도 굴하지 않는 총명한 인민의 행복에 대한 갈망 을 체현하였다.(…)연극은 기본소설 ≪토끼전≫의 사상적 제한성을 벗 어났으나 끝까지 계급적 대립 관계를 명백하게 처리하지 못한 감을 주며 토끼의 성격을 어느 정도 모호하게 그린 것이 있다고 생각되지 만 의인화의 수법으로 당대의 불합리한 현실을 풍유하여 보여 준 것 으로 하여 의의가 있다.34)

평론가 리정희

리정희는 '봉건적 압박과 착취에서 허 덕이는 당대 인민들의 처지, 어떤 난관에 도 굴하지 않는 총명한 인민의 행복에 대 한 갈망' 등을 이 작품의 주제로 보면서도 '원작의 사상적 제한을 벗어났으나 끝까 지 계급적 대립 관계를 명백히 처리하지 못했음'을 한계로 들었다. 고전소설 「토끼

---

33) 조규익, 앞의 글, 413-414쪽.
34) 리정희, 앞의 글.

전」에 대한 기존의 견해를 반복한 점에서 잘못되었다고 할 수는 없으나, 작자 한진이 작품의 내면에 담으려 한 진정한 의도를 파악하지 못한 점은 분명한 한계다. 작자가 봉건적 압박이나 착취를 보여주고자 한 것은 표면적 의도였을 뿐이고, 정작 그가 강조하고자 한 것은 '디아스포라로서의 자기인식'이었으며, 그런 인식을 통해 고려인들의 집단적 자아를 그려내는 데 그의 진정한 의도가 있었던 것이다.

Ⅳ. 두 작품의 공시적·통시적 위상

한진은 일제 강점기인 1931년 북한에서 태어나 김일성대학 노문학부를 다니던 중 북한정권에 의해 국비유학생으로 선발되어 모스크바 영화대학 시나리오 학과에서 수학한 수재였다. 특히 대학시절 6·25에 참전하여 동족상잔의 아픔까지 체험한 그는 모스크바 유학을 마친 뒤 귀국을 거부하고 소련에 망명했는데, 김일성 1인 독재체제로 굳어져 가는 고국에 대한 환멸 때문이었다. 그 후 카자흐스탄에 정착하여 고려극장을 발판으로 극작 중심의 문필생활을 계속하면서 이념과 민족에 대한 인식을 새로이 하게 되었고, 궁극적으로 '민족통합'의 당위성을 이상으로 삼게 되었다.35) 그 과정에서 많은 작품들을 생산하게 되

---

35) 6·25사변 시기에 홍수로 떠내려 오던 북조선 병사와 남조선 병사가 한 그루의 나무에 들러붙어 옥신각신하다가 새로 떠내려 오던 처녀 춘희를 구출한 뒤 벌어지는 등장인물들 간의 심리적 갈등이나 교류를 절묘하게 그려낸 「나무를 흔들지 마라」는 그의 마지막 작품인데, '나무를 흔드는' 외부의 적에 대하여 함께 싸워야 함에도 불구하고 공동 운명체인 두 사람이 서로 죽이지 못해 안달하는 것만큼 어리석은 일이 없다는 것을 깨우쳐 줌으로써 향후 민족이

었고, 그 작품들은 창작 당시의 상황이나 인식의 변화를 담아내는 일종의 그릇이었다. 따라서 그의 인식이 변화하게 된 과정과 그에 따라 산출된 작품들을 살펴보면 각각의 작품들이 갖고 있는 통시적·공시적 의미를 파악할 수 있게 되고, 그것이 작게는 한진 개인사[혹은 개인 창작사]에서의 위상이고 크게는 고려인 문학사에서 차지하는 위상이라 할 수 있을 것이다.

한진에게 어머니 박성수가 보낸 편지[1952/12/14]
희곡 「산 부처」 원고 중에서

나아갈 길을 제시한 점은 이 작품의 주제이자 한진이 그동안 개별 작품들을 통해 말해 온 주제들의 총 결론이라 할 수 있다.[조규익, 앞의 글, 418쪽.] 이처럼 그는 마지막 작품에서 비로소 민족통합의 당위성을 그려낸 셈이다.

조규익은 한진이 본격적으로 희곡을 창작하기 시작한 1960년대부터 말년인 1990년대까지 작품 세계 변모의 단계를 넷으로 나누고,[36] 「량반전」을 2단계[1970년대]에, 「토끼의 모험」을 3단계[1980년대]에 각각 갈라 넣었다. 그는 1960년대 카자흐스탄에 정착하여 그가 원하던 극작 활동에 몰두함으로써 심리적 안정을 찾긴 했으나, 근본적으로 해결할 수 없었던 문제가 바로 어머니와 조국에 대한 그리움이었다.

　　그는 그 그리움이 극에 달한 70년대에 「어머니의 머리는 왜 세었나」· 「산 부처」 등과 함께 「량반전」을 씀으로써 어머니와 조국에 대한 감정을 동시에 노출시킨 것으로 보인다. 아버지를 일찍 여의고 나쁜 친구들과 어울려 못된 길로 들어선 아들 롬까 때문에 어머니는 눈물 마를 틈 없이 고생하며 흰 머리만 늘어 가는데, 결국 감옥에서 나온 롬까가 예전의 애인 미라를 만나고 과거의 구렁텅이로부터 벗어나 새 사람이 된다는 것이 「어머니의 머리는 왜 세었나」의 내용이다. 그런데, 그가 이 시기에 이런 작품을 쓸 수밖에 없었던 현실적 필연성이나 당위성은 무엇이었을까. 분명한 것은 그가 늘 상처처럼 안고 살아야 했던 '어머니에 대한 그리움'이나 '어머니의 명을 거역할 수밖에 없었던 상황'을 이와 같은 '모정 찬가'류의 작품으로 구체화시키는 것이 유일한 출구였다는 점이다.[37]

----

36) 조규익, 위의 글, 399-418쪽 참조. 이 글에서 논자는 "1단계-새로운 조국과 이념의 발견/2단계-모정에 대한 그리움과 북한 체제에 대한 비판/3단계-주제의 다각화와 다양한 미학의 추구/4단계-민족통합의 당위성 추구" 등으로 나누었다.

37) 조규익, 앞의 논문, 408쪽.

제 일막 · 일장

대궐로 올라가는 큰길 돌 틈에 로병신 려순이와
젊은 병신 하이가 각수를 서며 이야기를 하고 있다.

려순 : 애야, 난 오늘 너를 처음 보는데 이름이 뭐냐?
하이 : 하이라 합니다. 궁예 장군의 본영을 지키라는
       명령을 받고 어제 영국성에서 올라왔습니다.
려순 : 군대에 들어온지 오래냐?
하이 : 이럭저럭 한 삼년 군대 밥을 먹습니다.
원회 : 오늘 밤 비밀 장수를을 청했으니 이럴 포식이 없는
       사람들만 들어 보게 하라.
려순 : 예! (원회 분부대로)
하이 : 저걸이 누구시오?
려순 : 원회 장군이다.
       꼴 아하니, 너 아직 어린 녀석 같은데 꼴은
       보겠구나. 남 틀과 옷도 갖인는 것을 입은걸
       보니 꽤 잘사는 집안 자식 같구나.
하이 : 천만의 말씀이외다. 잘사는 집안이 다 뭐요
       빈 집이란 것을 모르고 자랐소. 이전 다
       상으로 받은지요.
려순 : 상으로?
하이 : 예, 궁예 장군게서 몸시 나에게 상을 주셨습니다.
려순 : 무슨 2적 공공을 세웠기에?
하이 : 영국성 싸움에서 관군의 목을 세기 베었습니다.
려순 : 네가 벌써 사람을 죽였어?
하이 : 왜 그렇게 놀라시오? 내 부모를 갚으려 국인
       판가를 들이치는 일에 꼭 눈 죽지 하겠소. 이래
       까지 국인것을 다 합하면 열일곱이 됩니다.
려순 : 너 나이는 얼만데?
하이 : 별 여들이오.
려순 : 그러나 너는 세상에 나서 사람 죽이는 일만 했구나.
       벌 꿈이 떨어진 2불/역러 한해에 한 산 갈식
       죽인 셈이야.

또한 표면상 태봉국 궁예왕 이야기인 「산 부처」는 당시 개인숭배를
강요하며 독재로 치닫고 있던 김일성과 북한체제를 비판하는 이면적

의미를 지니고 있기 때문에, '조국에 남아 있는 어머니를 그리워하면서도 조국에 갈 수 없는 자신의 처지와 상황을 그려냈다'는 점에서 외견상 큰 관련이 없는 것처럼 보이는 「어머니의 머리는 왜 세웠나」와 「산 부처」가 단일한 의미체계 안에서 해석될 수 있다고 보는 것이다.

「량반전」과, 10년 뒤에 창작된 「토끼의 모험」은 고전의 각색이라는 점에서 공통된다. 그러나 전자가 조국에 대한 풍자와 비판이 강한 측면을 보여준 작품이라면, 후자는 디아스포라의 향수를 강조하고 있다는 점에서 다르다. 봉건체제의 부조리와 불합리를 비판하는 바탕 위에서 '사랑의 성취'라는 인간적 승리를 구가하는 것이 전자임에 반해, 마찬가지로 봉건체제를 비판하면서도 디아스포라인 고려인들의 입장에서 고향이나 조국의 소중함을 일깨워 주는 데 주안점을 두고 있는 것이 후자이기 때문이다.

고전을 수용하여 현대 연극으로 각색한다는 것은 기존의 고전과 당시 그 지역 사람들의 보편적 상식이나 미학을 적절하게 융합시키는 작업이다. 고전 「양반전」과 「토끼전」은 어느 순간부터[38] 옛날 고국에서 한진의 내면에 주입된 상태대로 정지된 채 지속되던 전통 미학의 구현체들일 것이다. 그러나 그가 망명 후 카자흐스탄에 정착한 뒤 거기서 디아스포라로 만난 고려인들은 현지의 삶에 적응함으로써 그 지역의 미학을 기반으로 갖고 있던 '변이된 존재들'이었다. 따라서 의도했건 그렇지 않았건 구세계[고국]와 신세계[정착지]에 걸친 의식의 통합자 한진이 자신의 내면에 보관되어 있던 '구세계의 고전'을 '신세계 디아스포라들의 기대지평'에 맞추어 각색[혹은 개작]할 수밖에 없었을

----

38) 아마 한진이 모스크바로 유학을 떠남으로써 조국과 切離되던 순간부터였을 것이다.

것이고, 그 과정에서 일어난 '문화접변'은 자연스런 일이었다. '이주한 나라에서 동족끼리 과거의 문화에 상응하는 행동양식 및 관습을 지속하려는 노력을 보이는데, 이처럼 같은 민족이 함께 거주영역을 형성하는 양상 뿐 아니라 공간성을 벗어난 사회적 영역에서도 가능한'[39] 것이 해당 지역문화와의 갈등에 대한 대처방법이라고 할 수 있을 것이다. 이 경우 한진이 고국의 고전에 대한 기억을 큰 어려움 없이 현지의 소수자인 고려인들에게 연극으로 보여 준 것은 매우 현명한 문화접변의 실천이었다고 할 수 있다.

말하자면 「량반전」을 통해 봉건사회의 부조리를 하나의 축으로 삼고, 만인 공통의 해학과 풍자를 통한 인간승리[노비 상태로부터 돌쇠의 해방/ 보배와의 사랑의 성취]를 그려

『한진 희곡집』[알마아타, 사수싀출판사, 1988]

낸 것은 바로 그런 점을 염두에 둔 것이다. 「토끼의 모험」에서도 처참한 복수나 징치(懲治)보다 '고향 복귀의 행복'을 보여줌으로써 이국 속의 소수자인 고려인들에게 하나의 꿈을 부여한 일은 조선 사람들의 심리적 범주를 벗어나 보편성을 획득한 일이라는 점에서 일종의 '현지문화와의 접변'으로 설명될 수 있는 경우다. 따라서 한진의 이 두 작품은 단순히 고국에서 얻은 고전의 기억을 재생시키는

---

39) Ina-Maria Greverus, *Kultur und Alltagswelt: eine einführung in Fragen der kulturanthropologie,* München: C. H. Beck, 1978, s. 12.

데 국한하지 않고 그것들을 토대로 그 지역과 상황에 맞는 작품으로 재생산해냈다는 점에서 매우 발전적인 문학생산의 선례로 기록될 수 있었다고 본다.

V. 맺음말

한진이 대학시절까지 성장하면서 문화적 전통이나 민족정신을 완벽하게 체득한 고국은 유학이 끝나면 복귀하게 되어 있는 곳이었지만, 김일성 개인숭배가 강화되고 있는 북한의 체제를 강하게 비판하던 그 자신은 결국 돌아가지 못하고 말았다. 그러나 전쟁 중 작별인사도 나누지 못한 채 모스크바로 떠나왔고, 수시로 편지를 보내 격려해주며 고국으로의 복귀를 염원하던 어머니는 바로 그 '돌아갈 수 없는 고국'에 있었다. '어머니에 대한 그리움과 고국에 대한 배신'은 한진의 내면에 갈등과 번민을 만들어냈고, 이것이 '죄책감과 증오'로 바뀌었으며, 결국 치유될 수 없는 트라우마로 남게 된 것이다. 제한적이나마 모스크바에서 자유를 맛본 한진으로서는 김일성의 우상화에 주력하는 북한체제를 용인할 수 없었고, 북한체제를 용인하지 못하는 한 그리운 어머니를 만날 수 없기 때문에, 그가 지니게 된 '죄책감과 증오'가 작품으로 승화되지 못할 경우 스스로를 지탱할 수 없는 상황에 직면하게 된 것이다. 그리고 그런 감정이 디아스포라 의식으로 변환되어 작품에 구현되거나, 그가 떠나온 구세계의 모순과 불합리를 비판하고 풍자함으로써 자신이 정착한 신세계의 장점을 부각하는 방향으로 승화된 모습을 확인할 수 있는 것도 사실이다.

그가 남긴 희곡작품들 가운데 이 글의 분석대상인 「량반전」과 「토끼의 모험」도 그런 바탕 위에서 우리의 고전들을 수용하여 만든 작품들이다. 한진은 박지원의 「양반전」을 각색했으나 인물들의 성격은 각각 상반되고, 사건의 전개나 결말 또한 다르다. 「양반전」에 등장하는 양반은 무능하지만 사악하지 않고, 양반의 처는 속물이지만 양반계층을 준엄하게 꾸짖는 등 긍정적인 면을 지닌 인물이다. 천부도 양반들의 비행이나 부조리를 자신의 행동양식으로 받아들이지 못하는 선의를 지니고 있는 인물이며, 군수 또한 양반계층의 문제를 폭로함으로써 사태 개선의 단서를 제공한 긍정적 인간상이다. 그러나 「량반전」의 양반 내외와 군수는 피지배계층을 억압하고 착취하며 행패를 부리는 부정적 인간들이다. 「량반전」의 천부 또한 양반의 특권을 욕망할 뿐 아니라 자신이 부리던 여종 보배를 취하려 함으로써 사악한 인간의 전형으로 그려지고 있다. 한진은 피지배계층 인물들의 해학과 풍자를 도구로 삼아 지배계층의 악행을 고발하고자 했으며, 동시에 그들과 대결하여 승리를 추구해나가는 도전적 인물들로 형상화함으로써 계층 간의 갈등과 투쟁에서 피지배계층의 승리로 결말짓고자 했다. 그는 계층 간의 대립을 통해 지배계층의 모순을 폭로하고, 피지배 계층의 인간적인 승리를 드러냄으로써 봉건체제의 모순을 강조했는데, 그것은 근대 이전 '양반과 상놈'으로 계층화 되어 있던 그의 고국[남·북한]에 대한 비소(誹笑)일 수도 있었다. 「양반전」을 상당 부분 변개시켜 지배계층의 허위와 가식을 고발하고 피지배계층의 행복한 결말을 보여줌으로써 작자 자신과 고려인들이 속한 공산주의 이데올로기나 체제의 우월함을 강조하고자 한 의도는 그들의 성공적인 정착을 위해 매우 중요했다. 그 지역의 고려인들 대부분은 극동으로부터 강제 이주된 지 겨우 한 세대를 지난 입장이었기 때문에 그들 스스로의 처지에 대한 공감이나 자위(自慰)가 절실하게 필요했을 것이다. 작가 한진이 고려인들 대부분이 알고 있었을 고전의 풍자와 해학을 통해 그들의 현재 처지가 부조리한 구세계보다 낫다는 것을 보여 준 점은 나름대로 지혜로운 판단의 결과였다고 할 수 있다.

「토끼의 모험」은 좀 더 확장된 해학과 풍자의 미학을 통해 자신을 포함한 고려인들의 처지를 절묘하게 보여 주고자 한 작품이다. 거부기의 꼬임에 빠져 용궁으로 잡혀 온 옥토끼의 노래, 거짓말에 속아 용궁에서 땅으로 옥토끼를 데리고 나온 거부기가 산중의 동물들로부터 죽임을 당하게 되었을 때 옥토끼의 구원으로 살아난 거부기의 노래, 자신의 기지로 살아나온 옥토끼가 마지막으로 부른 노래 등은 이 작품의 이면적 주제가 부각된 부분들이고, 작자의 주안점 역시 이 노래들에 집중되어 있다. 말하자면 지배계층의 허위와 가식 혹은 지배체제의 위기를 비판한 점에서 풍자와 해학이 작품의 핵심적인 미학이었으며, 그에 따라 교훈이 표면적인 주제로 되어있긴 하지만, 그것으로 만족할 수 없었던 것은 작자 한진이 겪고 있던 디아스포라의 험난함 때문이었다. 옥토끼의 두 노래는 디아스포라로서의 고려인들이 갖고 있던 망향의 정서를 잘 드러내고 있으며, 거부기의 노래는 한진 자신의 처지를 절묘하게 드러낸 사례이다. '바다 속에 돌아가면/룡왕에게 죽어나는' 거부기의 처지는 '조국으로 귀환하면 김일성에게 죽음을 당할 수밖에 없는' 한진 자신의 처지와 정확하게 부합한다. 그리고 '땅 우에서 살자 하니/동무 없어 못 살겠다'는 거부기의 한탄 역시 디아스포라로서 타국을 전전해 온 한진 자신[혹은 고려인들]의 심정을 정확히 대변하는 내용이다. 따라서 「토끼의 모험」은 고전소설 「토끼전」의 단순한 각색이 아니라, 조국과 소련의 틈새 카자흐스탄에 정착한 작자 자신의 처지를 정확하게 드러냄으로써 원작에 비해 미학과 주제를 크게 확장하는 데 성공한 작품이라 할 수 있다.<『국어국문학』 162, 국어국문학회, 2012. 12.>

고려인 극작가 연성용이 수용한 우리 고전

I. 시작하는 말

연성용[1909~1995]은 구소련 고려인 문단 혹은 예술인 그룹의 개척자이자 주도 인물이었다. 무엇보다 수십 곡의 노래 외에도 시[서정/서사]·장편소설·희곡 등 다양한 장르들을 통해[1] 우리 말 문학의 모범적 선례를 만들었다는 점에서 고려인 문단의 두드러진 존재라고 할 수 있다.

1909년 원동 라즈돌리노예에서 출생한 연성용은 신한촌이라 불리던 그곳에서 창작활동을 시작했다. 신한촌 스탈린 구락부의 무대를 중심으로 연성용과 함께 김진·이함덕·이장송 등 인민배우들, 최봉도·이경희·이길수 등 공훈배우들이 활약했으며, 스탈린 구락부에서 이들을 주축으로 고려극장[2]이 태어난 것은 구소련 고려인 예술계의 일대 사

---

1) 림순희, 「그대 일생의 멜로지」, 레닌기치(CD판) 1990. 12. 12. 4면.
2) 원래는 '원동 변강 조선극장'이었고, 그 후 중앙아시아로 이주되면서 '고려 희극극장·카자흐스탄 음악희곡극장' 등의 개명과정을 거쳐 '카자흐스탄 국립 고려극장'으로 정착했다. 이 글에서는 편의상 '고려극장'으로 통칭한다.

건이었다.

연성용은 18세 학생 시절인 1927년 첫 희곡 「승리자와 사랑」을 소련 원동 변강 희곡현상모집에 출품하여 일등상을 받음으로써 배우도 연출가도 없던 당시 고려인 사회에서 희곡문학의 선구자로 떠올랐고, 배우 및 연출가 혹은 연극의 기획자로도 자리매김하게 되었다. 그 시점으로부터 많은 희곡작품들을 창작했고, <씨를 활활 뿌려라> · <행복의 노래> · <정영코 좋다> 등 많

연성용

은 사람들의 입에 오르내리던 노래들도 작사 · 작곡했다.3) 1920-30년대 연해주에서 조선 희곡문학의 기반을 개척한 무대예술가 연성용은 부인 이경희와 함께 온갖 고초를 겪으며 고려인 예술계의 초석을 다졌으며,4) 채영과 함께 조선극장을 조직하기도 했다.5) 스스로 술회한 바와 같이 그는 한평생 재소 고려인들의 극예술과 문예 발전을 위하여 일해 온 것이다.6) 이처럼 장르를 넘나들면서 창작을 해왔지만, 그의 주업은 고려극장을 발판으로 하던 극작가이자 연출가였다.

3) 조명희, 「조선의 놀애들을 개혁하자」, 「선봉」[도서출판 고려서점 영인, 1994], 1935년 8월 3일. 4면.
4) 연성용의 초기 활동에 관한 사실은 정상진, 『아무르 만에서 부르는 백조의 노래-북한과 소련의 문화예술인들 회상기』, 지식산업사, 2005, 213-226쪽 참조.
5) 정상진, 「작가의 초상화」, 『행복의 노래』[연성용 작품집], 알마아따 사수씌 출판사, 1983, 7쪽.
6) 연성용, 『신들메를 졸라매며』[연성용 회상록], 도서출판 예루살렘, 1993, 6쪽.

그는 유년시절부터 '수천단 일행'의 신파극을 접하면서 연극에 호기심을 갖게 되었고, 3·1운동 이후 그곳에 들어온 조명희 등 저명한 문사들의 문학수업을 통해 그들로부터 많은 영향을 받았으리라 짐작된다.[7] 1929년 학교 졸업 후 쓰꼬또브에 가서 교편을 잡던 시절과 노동청년극장 및 원동변강조선극장이 창립된 1930-1932년의 활동을 계기로 그는 본격적인 극예술의 길로 접어들어 자신들만의 세계를 개척하게 되었다고 할 수 있다.[8] 특히 그의 연극이 신파극에서 출발했고, 고려극장이 창건되면서 채영·최길춘·이길수 등과 함께 비로소 제대로 된 근대극을 무대에 올리기 시작했으며, 모스크바의 선진 극장들로부터 배워 온 사실주의적 연극기법을 고려극장의 미학으로 정착시켰다는 사실 등은 자신의 회상록 『신들메를 졸라매며』에서 밝힌 내용이다.

지금까지 김필영[9]과 박명진[10]의 저작을 제외하면 연성용에 대한 선행 연구는 거의 없는 실정이다. 김필영은 『소비에트 중앙아시아 고려인 문학사(1937~1991)』에 시·소설·희곡 등 다양한 장르에 걸친 연성용의 작품들과 관련 정보들을 실어 놓음으로써 학계의 연구에 큰 기여를 했고, 박명진은 그의 작품들을 통한 민족주의의 변모를 명쾌하게 밝힘으로써 연성용 개인은 물론 그를 포함한 고려인 작가들의 보편적 인식을 추론할만한 단서를 마련했다. 이런 사실들과 그의 예술에 대한 현지의 평가들을 바탕으로 우리의 고전을 각색한 두 작품[「창곡

---

7) 연성용, 『신들메를 졸라매며』, 10-15쪽 참조.

8) 연성용, 위의 책, 20-21쪽.

9) 김필영, 『소비에트 중앙아시아 고려인 문학사(1937-1991)』, 강남대학교 출판부, 2004.

10) 박명진, 「고려인 희곡문학의 정체성과 역사성-연성용 희곡을 중심으로-」, 『한국극예술연구』 19, 한국극예술학회, 2004, 171-219쪽.

이와 홍란」 11)/「지옥의 종소리」]을 분석하여 연성용 문학세계의 일단을 찾아보고자 한다.12)

II. 예술적 성과에 관한 평가

고려극장의 공연목록에 올라 있는 연성용의 작품은 「붉은 수레」[1933]·「장평동의 햇불」[1933]·「풍파를 지나」[1936]·「올림피크」[1936]·「춘향전」[1940/1969]·「춘희의 사랑」[음악희곡 3막, 1943]·「불타는 조선」[1951]·「정애」[1960]·「창곡이와 홍란」[1961]·「붉은 적삼」[1963]·「양산백」[1964]·「아물강의 새벽」13)[1973]·「자식들」[1974]·「강직한 녀성」[1979]·「지옥의 종소리」[1982]·「영생불멸」[1985] 등이며,14) 이

---

11) 연성용의 회상록[『신들메를 졸라매며』]에는 '창곡이와 홍란'으로, 작품 모음집[『지옥의 종소리』, 도서출판 일흥, 1993.]에는 '창곡이와 홍랑자'로 표기되어 있다. 『지옥의 종소리』의 경우도 내용 중에서는 題名이 '홍란'으로 되어 있다. 따라서 이 글에서는 '창곡이와 홍란'으로 표기한다.

12) 이 두 작품 외에 그가 우리의 고전을 각색한 작품들 가운데는 「춘향전」과 「양산백」[고전소설 「양산백전」을 각색]도 있다. 「춘향전」과 「양산백」은 공통적으로 남녀 간의 사랑을 그려냈다는 점에서 이 글의 분석 대상인 「창곡이와 홍란」과 상통하는 일면을 갖고 있지만, 「창곡이와 홍란」의 경우는 당대 정치에 대한 비판의 측면도 강하다. 따라서 현재 알마틔에 있는 것으로 알려진 「춘향전」의 대본이 입수되는 대로 두 작품을 함께 논하기로 하고, 이 글에서는 「창곡이와 홍란」·「지옥의 종소리」만을 거론하고자 한다.

13) 김지마와의 공동작으로 되어 있으나, 현재 확인할 수 없음.

14) 『신들메를 졸라매며』에는 「춘희의 사랑」[음악희곡 3막, 1943] 한 작품을 더하여, 총 16작품을 창작한 것으로 되어 있다. 이 작품을 실제 창작만 하고 무대에 올리지 않았을 수도 있고, 무대에 올리고도 공연목록에는 빠졌을 가능성도 없지 않다. 그리고 연성용의 작품집 등에 실리거나 언급되지 않은 희곡 「동창생」

가운데 「춘향전」[1940][채영 연출]·「정애」[채영 연출]·「지옥의 종소리」[이 올레그 연출]·「영생불멸」[아. 빠쉬꼬브 연출] 등을 제외한 작품들 모두를 스스로 연출했다.15) 여기서 흥미로운 것은 「춘향전」·「창곡이와 홍란」·「지옥의 종소리」·「양산백」 등 고전을 각색했거나 재창작한 작품들이 뚜렷한 하나의 줄기를 형성한다는 점이다. 민족의 고전을 현실에 맞게 변용한다는 것은 단순히 고전으로부터 소재를 차용한다는 차원을 넘어서는 일이라는 점에서 중요한 의미를 지닌다. 특히 고국에서 태어나 디아스포라를 겪은 사람들의 민족의식과 고국 바깥인 연해주에서 태어난 연성용의 그것이 다를 수밖에 없다는 점을 감안한다면, 그의 아버지나 할아버지 세대가 익숙해 있었을 우리의 고전을 희곡작품으로 변용한 의도나 의미는 간단치 않다고 할 수 있다. 이 점과 관련하여 박명진은 연성용의 정체성과 희곡 세계의 특질을 크게 세 단계로 나누었다. "조선의 아들 즉 민족적 정체성의 핵심이 한민족에게 집중되어 있던 연해주 시절-스탈린 치하 소비에트의 자식 즉 그의 작품들에 나오는 '조국·민족·국가'가 한민족 아닌 소비에트 연방공화국에 한정된다는 중앙아시아 이주 이후 시절-외부의 폭력적 강요에 의해 조국에서 쫓겨난 고려인의 처지를 변호하며 민족에 대해 본격적으로 발언하게 된 후기" 등으로 그가 보여준 민족의식의 변모를 설득력 있게 분석했다.16) 물론 두 번째 시기로 설정한 '소비에트의 자식' 시기에도 "그럼에

....

도 있다.[이명재, 『소련지역의 한글문학』, 국학자료원, 2002, 303-308쪽] 「동창생」을 비롯, 연성용 작품들의 서지 관련 논의는 다른 자리로 미룬다.
15) 자신의 작품들을 포함하여 1979년까지 총 41회나 연출가로서 활약한 점을 감안하면, 1980년대 중반까지 그는 고려극장에서 주도적 위치에 있었음을 알 수 있다.
16) 박명진, 앞의 논문, 2004, 212-213쪽 참조.

도 불구하고 연성용의 작품에서 모국어를 통한 민족 정체성의 흔적을 찾아볼 수 있기 때문에 그 의미를 확보하고 있다. 속담, 격언, 토속적인 대사와 노래 등은 소비에트의 획일적인 민족 정책에도 불구하고 지워질 수 없는 민족적 기억의 편린을 엿보게 한다."[17]고 함으로써 그의 작품들에 표면화되는 민족의식의 변이 모습과 본질적인 측면의 그것에 차이가 있었음을 암시하긴 했지만, 박명진의 관점은 주로 표출된 양상에 무게를 두었다는 한계를 지니고 있는 것이 사실이다. 연성용이 비록 연해주에서 출생하긴 했으나, 그가 유년기와 청년기를 보낸 그곳이 민족의식을 지닌 지식인들이 모여들어 조국의 어느 지방보다 '조선적인 분위기'였음을 감안한다면, 그가 지니고 있던 민족의식의 본질은 거의 변이될 수 없었다고 보아야 한다. 표면상 달라진 것처럼 보인 것은 체제의 변화나 그로부터 유발된 현실적 반응들이었을 뿐, 그의 내면은 크게 달라질 이유가 없었다는 것이다. 외부의 자극에 대한 그런 반응은 작품에도 그대로 나타나 조선 고유의 정서나 문화, 전통 등이 그곳의 체제에 맞추어 접변되는 양상을 보여주었고, 그런 점이야말로 연성용이 갖고 있던 현실대응의 방식을 암시하는 단서로 이해될 수 있으리라 생각한다.

그렇다면 박명진의 생각과 달리 당시 그곳의 평론가는 이 작품에 대하여 어떤 평가를 내렸을까. 「창곡이와 홍란」[고전소설 「옥루몽」의 각색]에 대한 한상욱의 연극평을 살펴보기로 한다.

요즘 크슬-오르다 조선극장은 새 연극 "창곡이와 홍란"(《옥루몽》에서)을 상연하였다. 《옥루몽》은 《춘향전》, 《심청전》을 비롯한 조선 고전작품 중 하나로서 17-18세기 봉건 사회의 부패상, 봉건 지배층의 추악하고 음탕한 행동을 적라라하게 폭로 비판하며 조선 인민

17) 박명진, 앞의 논문, 212쪽.

의 아름다운 도덕적 풍모, 그의 강직한 의지, 불타는 애국심을 미려한
화폭으로 뵈여준 조선의 고귀한 문학유산 중 하나이다. 그렇기 때문
에 여러 고전작품을 무대에 올린 지난날의 훌륭한 전통을 다시 살려
조선극장에서 이번 이 작품을 상연한다는 소식은 관중들의 기다리는
마음을 졸리게 하지 않을 수 없었다. 이 작품을 무대에 올리려고 결정
한 극장의 창작 꼴렉찌브의 앞에는 무엇보다도 《옥루몽》의 롱후한
사실주의적 색채를 보전하면서 여러 가지 복잡한 사건들 중에서 가장
중요하고 특징적인 모멘트를 발취하여 작품의 기본 내용을 관중에게
원만히 뵈여줄 중요한 과업이 나섰던 것이다. 《옥루몽》을 각색 연출
한 카사흐 공화국 공훈예술가 연성룡 동무는 이 중요한 문제 해결에
있어서 성공하였다고 말할 수 있다.

그는 사건 발전 행정을 산뜻하고 취미 있게 련결시키는 방면에서
나 고전 작품의 언어상 특색을 될 수 있는 대로 살리면서도 관중이
잘 알아듣도록 대사를 꾸미는 방면에서 적지 않게 로력하였다는 것을
지적하지 않을 수 없다.(…)봉건사회의 추악한 현실을 증오하며 황승
상을 비롯한 봉건 지배층의 악랄하고 음흉한 행동을 결단적으로 반대
하여 나서는 렬렬한 애국자인 창곡이의 형상을 배우 박빠웰 동무의
리행에서 볼 수 있다. 창곡이는 당시 녀성들에게 대한 봉건적 견해를
용감하게 물리치고 하층계급에 속하는 기생 홍란에게 대한 사랑을 깊
이 간직하여 내려오는 인간의 깨끗한 정서를 가진 사람이다. 황승상
이 사리사욕을 도모하여 창곡이를 사위로 삼으려고 하며 지어 임금까
지 꾀하여 그를 협박할 때 어명에 순종하지 않은 죄로 귀양은 갈지언
정 자기 뜻을 변하지 않는 그의 태도는 참으로 열렬하고 당당하다.
자유를 사랑하는 조선 인민은 외래 침략자들을 반대하여 한두 번만
궐기하지 않았다. 강주로 귀양 간 창곡이가 외적이 침래하여 인민이
도탄에 빠지고 나라가 위기에 처한 때 자기의 개인 불평을 다 잊고
나라를 구원하기 위하여 서슴없이 검을 들고 나서는 장면이나 그를
적극 응원하여 나서는 그의 전우인 마달 장군(배우 송병호)의 형상을
걸쳐서 우리는 조선 인민의 우수한 대표자들의 고상한 애국심을 력력

히 볼 수 있다. 이와 함께 진리를 사랑하고 봉건 지배층의 무도한 행동을 증오하며 정의를 위하여서는 아무 두려움도 모르는 마달 장군이 관중의 마음을 끄는데 배우의 노력이 적지 않다는 것을 또한 지적해야 할 것이다.[18]

　　당시의 연극비평가 한상욱은 사실주의적 색채의 보전이라는 미학적 측면과 사건의 선택이라는 내용적 측면 등 두 가지의 핵심적 사항들을 중심으로 내세워 이 연극의 장점을 부각시켰다. 물론 미학이 내용이나 주제를 추동한다고 볼 수도 있겠지만, 미학은 좀 더 본질적인 요소이고, 내용은 그에 따르는 부수적인 요소임을 감안하면, 한상욱의 논리가 당시로서는 꽤 잘 갖추어진 연극평이라 할 수 있을 것이다. 「옥루몽」은 64회에 걸친 장편의 장회체 소설로서 다양한 등장인물과 사건 등으로 복잡하나, 이미 「구운몽(九雲夢)」・「옥련몽(玉蓮夢)」과 내용적・구조적으로 밀접한 연관을 맺거나 겹치는 부분들이 있는 친숙한 작품이다. 한상욱이 지적한 '사건의 선택'이란 작자가 자신의 메시지를 전하기 위해 이 소설의 복잡한 사건들 가운데 일부를 선택했음을 의미한다. 그리고 '사실주의적 색채의 보전'이란 이 연극이 지향한 미학적 성향을 말한다. 이 경우 사실주의적 색채란 두 가지 측면으로 이해될 수 있다. 즉 환몽소설로서의 「옥루몽」이 지닌 초월적 낭만성[19]과 상반되는 사회적 모순이나 현실적 부조리에 대한 비판이나 개선의지[20]를 우선적으로 제시할 수 있고, 연성용이 연극을 공부하던 초기에

---

18) 한상욱, 「"창곡이와 홍란"을 보고서」, 레닌기치 1961년 3월 26일, 3면.

19) 최종운, 「<구운몽>과 <옥루몽>의 구조적 특징과 이념세계 연구-환몽구조 초기 형태의 원리를 바탕으로-」, 『語文學』 89, 韓國語文學會, 2005, 222쪽.

20) 이병직, 「<옥루몽>의 작품 구조와 대중성」, 『문창어문논집』 31, 문창어문학회, 1994, 58쪽.

심취해 있던 스따니슬랍스키의 사실주의 이론21)을 또 다른 요소로 제
시할 수 있다. 사실적 문제의식을 핵심으로 하는 「춘향전」과 함께 「옥
루몽」을 희곡으로 되살려 냈다는 것은 지배층의 압제와 그에 대한 항
거를 통해 승리하는 피지배층의 모습을 핵심 사건으로 삼으려는 의도
를 전제로 하는 일이다. 그 결과 카타르시스에 이르게 하는 극적 효과
를 거둘 수 있다고 믿은 것은 연성용 스스로 민족적 정체성의 확인을
바탕으로 했음을 보여준다. 말하자면 극작가이자 연출가였던 연성용
은 그런 민족적 정서를 뼈대로 작품을 만들었고, 그에 따르는 배우들
역시 연출가의 그런 의도를 충실히 받아들일 수 있었기 때문에22) 성
공적으로 연기를 행할 수 있었다. 이 점은 스따니슬랍스키가 강조한
바 있는, 이른바 서브텍스트subtext와 관련되는 내용이라 할 수 있다.
즉 텍스트 속에 직접적으로 표현되지 않는 감정·긴장감·사상 등을
지칭하는 내용이나 정서를 말하는데, 텍스트 속에 직접 드러나지 않는
이러한 감정들은 흔히 표면적으로 드러나는 것들보다 훨씬 강하며, 이
것들이 올바로 표현되었을 때는 관객에게 분명하게 전달될 수 있다는
것이다.23)

---

21) 연성용은 "내가 공부를 하는 데에는 파란곡절이 많았다. 더는 공부할 가망이
   없었기 때문에 독학으로 학식을 다듬어야 되겠다는 굳은 결심이 생겼다. 그리
   하여 스따니슬라브스끼의 배우들의 연기 수업, 볼갠시덴의 연극 이론, 사흐노
   브시키의 연극 지도서를 나의 학교로 삼고, 그 책들을 통달하듯 읽고 또 읽었
   다"[『신들메를 졸라 매며』, 26쪽]고 했는데, 희곡의 사실주의적 내용은 배우
   들 연기의 미학적 기준이 되는 사실주의와 직결된다고 할 수 있다.
22) 출연자들 모두가 당시 연성용이 관여하던 극장대학 졸업생들이었다는 사실[박
   영길, 「조선극단의 순회공연을 본 나의 소감」, 레닌기치 1961년 7월 4일 3면]을
   통해 '극작가-연출가-출연자'들의 연극미학적 동질성을 확인할 수 있다.
23) 에드윈 윌슨, 채윤미 옮김, 『연극의 이해』, 예니, 1998, 314쪽.

「창곡이와 홍란」은 우리 민족의 정서와 꿈이 잘 반영되어 있는 고대소설 「옥루몽」을 바탕으로 했고, 작가이자 연출가인 연성용은 희곡 작품 창작을 통해 자신의 민족적 정체성을 확인하고자 했다. 이에 덧붙여 출연자들이나 관객들 대부분이 작가나 연출가의 기대에 부응하여 작품 속의 정서에 공감함으로써 사실주의적 연극미학은 구현될 수 있었고, 그 사실주의는 낭만성보다 강한 힘으로 연극을 이끌어 나갈 수 있었던 것이다. 따라서 당시 연극비평가 한상욱은 연성용의 희곡이나 연극에서 이 점을 읽어내는 데 성공했다고 할 수 있다.

이 외에 당시 고려인 꼴호스원들의 생활을 제재로 한 연극 「정애」에 대해서 "개인의 리익과 사회의 리익을 옳게 배합시키며 나아가서는 사회를 위하여 개인을 희생까지 시키는 공산주의적 집단주의와 사회의 리익을 전적으로 무시하고 개인 리익과 출세만을 위주하는 리기주의와의 투쟁이 전개된다"[24]는 연극 평론가 야산의 말이나, 당시 '조선극장'에 대하여 "문학과 예술의 당성에 대한 레닌적 원칙을 엄수하며 또는 까.쓰따니슬랍쓰끼와 웨.네미로위츠-단첸꼬가 발전시킨 로씨야 극장 예술의 전통과 사회주의 리얼리즘에 의거하며 우리 인민의 생활과 긴밀히 련결되어 사업하여야만 극단은 인민의 요구에 보답되는 훌륭한 작품들을 내어 놓을 수 있다는 것을 극장 꼴렉찌브는 자기의 일상 사업에서 지침으로 삼아야 할 것"[25]이라는 무기명(無記名)의 기사 등을 통해서 연성용을 포함한 당대 예술인들[혹은 연극인들]이 그 시기의 이념이나 정치체제, 혹은 그에 걸맞은 인민들의 현실적 생활에 직결되는 방향으로 나아가야 한다고 강조한 사실 등을 감안하면,

---

24) 야산, 「조선극단의 새 연극 "정애"」, 레닌기치 1960년 3월 6일 3면.
25) 「조선극장」, 레닌기치 1956년 12월 21일 1면.

우리의 고전으로부터 소재나 제재를 가져온다 해도 불가피하게 당시의 이념이나 체제에 맞게 내용과 미학을 변이시킬 수밖에 없었던 연성용의 입장을 확인하게 된다. 또한 그 이념적 방향은 사회주의적 지배체제의 공고화에 맞추어져 있었음도 부인할 수 없다.

Ⅲ. 고전의 발견과 재해석 양상

그렇다면 그는 어떤 경로로 고전을 접했으며, 그것을 어떻게 재해석하여 작품화 했을까. 고전으로부터 소재나 제재를 취하여 자신들의 미학이나 목적에 맞게 변이시켰느냐 여부가 희곡이나 연극의 성공을 가늠하는 지표였음을 감안하면, 그의 고전 소재 희곡들을 분석함으로써 작품세계를 알 수 있으리라 본다. 그가 남긴 것으로 되어 있는 고전 소재 희곡작품은 「춘향전」·「창곡이와 홍란」·「지옥의 종소리」·「양산백」 등이다. 연성용은 「춘향전」을 27세 때인 1936년에 창작한 것으로 밝혔으며,[26] 강제 이주 이후 두 차례[1940/1969] 더 공연한 것으로 되어 있다. 그런데 현재 그 작품의 내용을 확인할 방도는 없다.[27]

그런데 그의 회상록에는 「춘향전」의 기획, 희곡창작 및 상연에 관련된 상세한 기록이 남아 있다. 고전작품을 무대에 올리는 일이 매우 어려웠던 당시 신한촌을 방문한 이종림이 「춘향전」을 무대에 올릴 것을 제의했다 한다. 그는 당시 조선 문예에 박식했으나, 극단 단원들 가운데 아무도 조선의 고전작품, 특히 「춘향전」을 아는 사람이 없었다. 그

---

26) 『연성용 회상록 신들메를 졸라매며』, 61쪽.
27) 그의 두 작품집[『행복의 노래』/『지옥의 종소리』]에도 이 작품은 실려 있지 않다.

린 이유로 극단에서는 이종림에게 희곡창작을 청했으나 자신은 극작가가 아니므로 희곡은 쓸 수 없다고 거절했다. 그 대신 그가 조선의 광대들이 관중 앞에서 연기하던 것을 본 대로 기억나는 대로 세 권 분량의 공책에 적어 준 기록과 그곳에서 어렵게 얻은 「옥중화」를 바탕으로 희곡을 창작하게 된 것이다. 「옥중화」는 판소리 명창 박기홍(朴起弘)의 <춘향가> 사설을 이해조(李海朝)가 개작한 신소설로서 개화기 대중들에게 '춘향전 서사'를 각인시키는 데 결정적 역할을 한 작품이다. 그러나 전통적인 춘향서사에서 많이 벗어났기 때문에 춘향서사 전승의 계보로부터는 밀려나 있었던 것이 사실이다. 따라서 연성용이 비록 이종림으로부터 춘향전 공연의 목격담을 들었으면서도 「옥중화」를 기본 텍스트로 삼았다는 것은 그가 수용한 춘향서사가 전통적인 그것으로부터 많이 벗어났음을 암시하는 점이기도 하다. 그런 한계성을 극복하기 위하여 연성용은 상당히 많은 노력을 기울이는데, 동아일보에 발표된 「춘향전」 관련 논문과 우리나라 역사를 읽고 현지의 지식인들과 많은 토론을 가졌으며, 희곡 창작 후에는 봉건사회의 풍습이나 예절·언어·행동 등에 관한 연구에 몰두하기도 했다. 「춘향전」과 관련하여 전 연해주에 광고함으로써 이 작품을 잘 아는 많은 예능인들이 극장을 찾아와 노래와 춤을 가르쳐 주었고, 고국을 떠나 갓 들어온 사람들로부터는 언어와 행동 또한 배웠다고 했다. 1936년 신한촌 구락부에서 초연된 「춘향전」은 그곳에서만도 50회 넘게 공연을 했고, 중앙아시아까지 합치면 60여 회가 넘었으며, 그 기간 동안 이 작품의 연출은 모두 연성용이 도맡다시피 한 것을 보면[28] 그가 고전에 대한 가장 뛰어난 안목이나 감각을 가지고 있었으며, 그에 관련되는 대중의

----

28) 『연성용 회상록 신들메를 졸라매며』, 62-64쪽.

미적 요구를 정확히 파악하고 있었음을 알 수 있다. 「춘향전」의 내용
은 알려져 있지 않으나, 그런 창작기법이나 과정은 다른 작품들에서도
비슷하게 적용되었으리라 짐작할 수 있다.

1. 고전소설의 부분적 수용과 이념의 투사: 「창곡이와 홍란」

고전소설을 연극화 했다는 점에서 「춘향전」과 가장 가까운 거리에
있는 것이 「창곡이와 홍란」이다. 「창곡이와 홍란」은 고전소설 『옥루몽』
을 희곡으로 개작한 것이다. 우선 각 막과 장별로 사건의 핵심을 추출
해 보면 다음과 같다.

제1막 제1장

> **무대:** 연화정
> **등장인물:** 서생1-5 · 홍란 · 창곡 · 윤삿도 · 황여옥 · 방자 · 기생1-5
> **사건개요**
> ① 황주 제생들의 잔치자리에 초라한 행색의 양창곡이 나타나 활솜씨
>   를 보이자, 홍란은 그에게 호감을 갖는다.
> ② 황주군수 황여옥이 홍란을 겁탈하려 하나, 홍란의 기지로 일단 모
>   면한다.
> ③ 홍란은 황여옥으로 하여금 시회(詩會)와 주연을 열도록 하고 그를
>   대취하게 한다.
> ④ 창곡이 써낸 출중한 시를 확인한 홍란이 그를 보호하고자 날이 저
>   문 후 장원을 밝히자고 황여옥을 설득하는데 성공한다.
> ⑤ 홍란이 창곡을 위해 우선 자리를 피했다가 안전하게 자신을 찾아
>   오라고 암시하는 내용의 노래를 부르자 창곡이 알아듣고 자리를
>   피한다.
> ⑥ 창곡이 나간 다음 홍란이 그를 장원자로 지명하자 제생들이 그를

잡아야한다고 소란을 피운다.

⑦ 홍란에게만 관심을 가진 황여옥이 소란을 진정시키고, 시와 술로 즐기기를 명한다.

⑧ 홍란의 유도로 좌중이 술에 곯아 떨어지자, 기생들의 도움을 받아 홍란은 도망한다.

제1막 제2장

무대: 홍란의 집 후원 정자

등장인물: 연옥·홍란·창곡·포교1-2

사건개요

① 집에 돌아온 홍란이 시비 연옥과 함께 자신이 남자로 변복하고 창곡의 사람됨을 시험하고자 모의한다.

② 연옥이 홍란을 보고 싶어 하는 창곡을 위해 술상을 내오고 남장을 한 홍란이 등장하여 창곡과 수작하며 그의 뜻을 시험한다.

③ 황여옥의 명으로 홍란을 잡으러 왔던 포교 두 명이 돌아가고, 본 모습으로 돌아온 홍란과 창곡이 만나 백년가약을 맺는다.

제2막 제3장

무대: 황승상의 집 후원

등장인물: 송각로·노균·황승상·황여옥·춘월·황소저·창곡

사건개요

① 송각로가 한림학사 창곡에게 청혼하다가 거절당한 분노를 병조판서 노균에게 하소연한다.

② 송각로가 창곡에게 거절당한 사실을 황여옥의 아버지 황승상이 알고 자신의 딸 황선영을 시집 보내려 한다.

③ 창곡이 홍란과의 맹약을 들어 거절하매 '기생중첩'은 가능함을 들어 강권하자 창곡은 이에 거절의 뜻을 분명히 한다.

④ 창곡이 황승상과 만나는 자리에서 황승상의 아들 황여옥을 보게되고, 황승상은 창곡에게 홍란이 자기 아들의 수청기생일지 모른다는 의혹을 제기한다.

⑤ 황승상은 창곡으로부터 거절 당한 데 대하여 수치스러워하고, 황여옥은 자신의 동생인 선영을 창곡에게 주고 홍란을 빼앗으려는 마음을 먹게 된다.

제4장

무대: 궁실

등장인물: 임금 · 송각로 · 창곡 · 노균 · 우익장군 마달 · 관속 · 황여옥

사건개요

① 송각로가 임금에게 양창곡을 모함하고, 임금은 그 말을 믿어 창곡을 호출한다.

② 양창곡이 임금을 뵙고 올바른 정사를 간(諫)하자, 임금은 분노를 나타낸다.

③ 신하들이 창곡에 대하여 왈가왈부하자 임금은 그들을 모두 물러가게 한다.

④ 황여옥이 임금에게 숱한 선물을 갖고 왔다는 말을 듣고 그를 불러들인다.

⑤ 황여옥이 창곡에 관한 모함을 하자 임금은 이를 믿고 황승상으로부터 자세한 내막을 듣고자 한다.

⑥ 임금은 창곡이 황승상 딸과의 혼약을 배신하고 기생 홍란과 성례하려 한다는 황승상의 모함을 듣고 창곡을 불러 황소저와의 성혼을 명한다.

⑦ 창곡은 임금의 명을 듣지 않고 올바른 도리로 설득하고자 한다.

⑧ 대로한 임금은 창곡을 하옥하게 하고 창곡은 홍란과의 혈서를 묵독하며 마음을 다잡는다.

⑨ 노균이 창곡을 모함하자 임금은 창곡과, 그를 비호한 우익장군 마달을 정배 보내도록 하고 질탕하게 연회를 즐긴다.

제3막 제5장

무대: 정배처

등장인물: 창곡·마달장군·노파·행인·수종자·황승상·연옥·수종역
졸들·목소리

사건개요

① 창곡이 하얀 의복을 입은 홍란이를 본 꿈을 꾸고 나서 불길해 하
자 마달장군이 위로한다.

② 노파가 창곡에게 임금의 무도함을 비판하는 말을 하자, 창곡은 그
를 제지한다.

③ 황여옥에 의해 정배당해 왔다가 죽은 아들 이야기를 행인으로부터
들은 마달장군과 창곡은 탄식한다.

④ 황승상이 황명을 받들고 창곡을 찾아와 병조판서 겸 대원수의 직
을 제수하고 침입해온 탈탈국 군대를 정벌하라는 교지를 전한다.

⑤ 망설이던 창곡이 드디어 출전을 결심한다.

⑥ 연옥이 찾아와 홍란이 황여옥의 겁박으로 물에 빠져 죽었음을 전
하자 창곡은 나라의 위급함으로 황주에 들를 수 없음을 말하고 황
승상에게 황여옥을 대면한 뒤 올라오라고 빈정거린다.

⑦ 창곡은 마달장군, 수종역졸들, 연옥 등을 데리고 황성으로 올라간다.

제6장

무대: 깊은 산중

등장인물: 홍란·섬월·마달장군·창곡

사건개요

① 홍란이 한밤중 창곡 생각에 잠을 이루지 못한 채 물에 빠진 자신
을 구해준 섬월과 말을 나눈다.

② 때마침 들려오는 젓대소리에 홍란이 화답하는 젓대를 불자 다시
상대편에서 화답해오는 소리가 창곡의 것임을 알아챈다.

③ 창곡과 마달장군이 젓대소리를 따라 홍란과 섬월의 토굴을 찾아온다.

④ 창곡이 다시 분 젓대소리에 화답해오는 젓대소리가 홍란의 것임을
깨닫는다.
⑤ 양쪽에서 각각 두 사람이 서로를 찾아 헤매다가 결국 만난다.
⑥ 홍란이 그동안의 사정을 창곡에게 설명하고 둘은 해후의 기쁨을
나눈다.
⑦ 서울로 올라가라는 창곡의 말을 거부한 홍란은 전쟁터에 남아 도
우며 창곡을 기다리기로 한다.

각 부분의 요지는 다음과 같다.

- **제1막 제1장** : 창곡과 홍란의 만남, 황주군수 황여옥과 기생 홍란의
갈등.
- **제1막 제2장** : 황여옥과 홍란의 갈등이 고조되고 창곡과 홍란은 백
년가약을 맺은 후 헤어짐.
- **제2막 제3장** : 창곡은 소년급제하여 한림학사에 제수되었으며, 송각
로와 황승상은 창곡에게 청혼했으나 거절을 당하고
이로 인한 갈등이 고조됨.
- **제2막 제4장** : 송각로, 황승상, 노균 등의 모함에 의해 창곡이 시련
을 당함.
- **제3막 제5장** : 유배형에 처해짐으로써 창곡은 시련을 당했으나, 병
조판서 겸 대원수에 제수되어 탈탈국 군대를 막으라
는 황명을 받음으로써 상황은 반전됨. 그러나 홍란이
물에 빠져 죽은 사실을 알게 되면서 다시 갈등 고조.
- **제6장** : 홍란과 창곡이 해후하고, 홍란은 전쟁터에 남아 창곡을 도
우며 기다리기로 함.

만남과 갈등[제1장], 갈등·약속·이별[제2장], 급제와 관직의 제수
및 갈등[제3장], 시련[제4장], 시련과 반전 및 갈등[제5장], 만남[제6장]

등이 각 부분의 중심 화소들이다. 이 가운데 만남·약속·이별은 주동
인물인 창곡과 홍란에 해당하는 화소들이고, 갈등은 주동인물들과, 황
여옥·황승상·송각로·노균 등 반동인물들 사이에서 빚어지는 화소다.
따라서 '시련과 갈등을 극복하고 이룬 주동인물들의 사랑'을 그려낸
것이 희곡「창곡이와 홍란」의 핵심 내용이다. '양창곡'에서 '창곡이'가
'홍란성'에서 '홍란'이 나온 사실, 양창곡이 과거 보러 상경하던 차 두
사람이 가연을 맺었고 갖은 시련들을 거쳐 재회했다는 사실 등만을
제외하면, 원작과 각색 작품의 거리는 아주 먼 셈이다. 사실 이 작품의
원작인「옥루몽」은 매우 복잡한 사건들의 착종(錯綜)으로 이루어져
있다.29) 사건이나 인물들 간의 관계를 살펴 볼 경우 양자의 거리는 더

---

29) 사실 이 작품에는 얽히고 설키는 사건들이 간단치 않아, 서사의 내용이나 모
티프를 정확히 추출하기는 쉽지 않지만, 개략을 추출하면 다음과 같다.[허문
섭 외, 『옥루몽』(상·하), 민족출판사, 1982 참조.] "① 옥황상제가 천상계에서
선관들을 초대하여 낙성연을 베풀 때 문창성이 지은 시 가운데 지상계를 그리
워 하는 내용이 있었다./② 문창성이 천요성과 홍란성 등 여러 선녀들과 마하
지에 핀 연꽃을 꺾어 술을 마시며 희롱한다./③ 옥황상제가 문창성을 양창곡
으로, 제방옥녀를 윤소저로, 천요성을 황소저로, 홍란성을 강남홍으로, 제천선
녀를 벽성선으로, 도화성을 일지련으로 각각 환생시킨다./④ 중국 남방 옥련
봉 밑에 사는 양현이란 처사가 사십이 넘도록 자식이 없었는데, 관음보살상
앞에 가서 祈子한 뒤 창곡이란 빼어난 아들을 얻는다./⑤ 창곡이 과거 보러
상경하던 차 기녀 강남홍을 만나 인연을 맺고, 강남홍은 창곡에게 사대부가의
윤소저를 배필로 소개한다./⑥ 창곡은 과거 보러 황성으로 올라가고 강남홍은
윤소저의 시녀가 된다./⑦ 소주자사 황공이 강남홍의 미모에 탐을 내서 연회
를 베풀고 겁탈하려 하자 강남홍은 강물에 몸을 던진다./⑧ 윤소저의 도움으
로 목숨을 건진 강남홍은 어선을 타고 떠돌다가 남방 탈탈국에 도착, 절에
의탁한다./⑨황성에서 강남홍이 자결했다는 소식을 들은 창곡은 슬퍼한다./⑩
창곡이 장원급제하여 한림학사가 되자, 황각로와 노상서가 모두 창곡을 자신
들의 사위로 삼기 위해 온갖 애를 쓴다./⑪ 창곡이 이들의 구혼을 거절하고

멀어진다. 우선 제1막 제1장은 각주 29)에 제시한 『옥루몽』의 사건 개요들 가운데 ⑤에 해당하는 내용의 연극적 패러프레이즈라고 할 수 있다. 즉 『옥루몽』의 사건 [창곡이 과거 보러 상경하던 차 기녀 강남홍을 만나 인연을 맺고, 강남홍은 창곡에게 사대부가의 윤소저를 배필로 소개한다.]으로부터 '창곡이 과거 보러 상경하던 차 강남홍을 만나 인연을 맺었다'는 내용만을 취하여 제1막 제1장과 제2장의 내용으로 삼게 된 것이다. 그리고 제2막 제3장과 제4장은 『옥루몽』의 사건 ⑩~⑫ [창곡이 장원급제하여 한림학사가 되자, 황각로와 노상서가 모두 창곡을 자신들의 사위로 삼기 위해 온갖 애를 쓴다./창곡이 이들의 구혼을 거절하고 윤상서의 딸 윤소저와 혼인하자 창곡은 황각로의 딸과 결혼하라는 천자의 명을 어긴 죄로 하옥된다./노상서의 모함으로 강주로 유배된 창곡은 그곳에서 음률에 능하고 아름다운 벽성선을 만나 가연

윤상서의 딸 윤소저와 혼인하자 창곡은 황각로의 딸과 결혼하라는 천자의 명을 어긴 죄로 하옥된다./⑫ 노상서의 모함으로 강주로 유배된 창곡은 그곳에서 음률에 능하고 아름다운 벽성선을 만나 가연을 맺는다./⑬ 다섯달 만에 유배로부터 풀려나 예부시랑이 되고 천자의 명에 따라 황각로의 딸과 결혼한다./⑭ 남만이 침노해오자 창곡은 대원수로 출정하고, 강남홍은 적국의 지휘관이 되어 서로 마주 선다./⑮ 강남홍은 상대편 장수가 명나라의 창곡임을 알고 상대편 진영으로 도망하여 창곡과 만나고, 명나라 군의 부원수가 된다./⑯ 적국인 축융국의 공주 일지련이 강남홍과 싸우다가 생포되어 명군 진영으로 압송되어 온다./⑰ 명군 진영에서 창곡을 본 뒤 그를 연모하게 된 일지련은 자신의 진영으로 돌아가 부왕을 움직여 명군에 항복하게 한다./⑱ 창곡의 황부인이 투기심이 일어 벽성선을 암살하고자 하나 실패한다./⑲ 벽성선은 시골의 암자로 숨어 살게 되지만, 다시 모함을 받고 고초를 겪는다./⑳ 창곡이 개선하니 천자는 그를 연왕에 봉하고 강남홍을 만성후에 봉한다./㉑ 천자가 황부인의 죄를 밝히고 유배시키니 황부인은 개과천선한다./㉒ 창곡은 윤부인·황부인과 강남홍·벽성선·일지련 등 세 명의 첩들과 함께 온갖 영화를 누리다가 결국 천상계로 복귀하여 다시 선관이 된다.

을 맺는다.]에서 상당 부분을 변이시켜 수용한 부분이다. 그리고, 제3
막의 제5장과 제6장은『옥루몽』의 사건 ⑬~⑮[다섯 달 만에 유배로부
터 풀려나 예부시랑이 되고 천자의 명에 따라 황각로의 딸과 결혼한
다./남만이 침노해오자 창곡은 대원수로 출정하고, 강남홍은 적국의
지휘관이 되어 서로 마주 선다./강남홍은 상대편 장수가 명나라의 창
곡임을 알고 상대편 진영으로 도망하여 창곡과 만나고, 명나라 군의
부원수가 된다.]를 대폭 축소·변이시켜 만든 부분들이다.

　『옥루몽』의 주된 등장인물로 양창곡·윤소저·황소저·강남홍·벽성
선·일지련 등을 꼽을 수 있는데, 각각 문창성·제방옥녀·천요성·홍
란성·제천선녀·도화성 등이 환생한 존재들이다. 과거 보러 상경하던
양창곡을 만난 강남홍은 사대부가의 윤소저를 배필로 천거하고 자신
은 그녀의 시비가 되며, 창곡이 황성에 있는 동안 강남홍은 소주 자사
황공의 겁탈을 피해 강물에 몸을 던지게 된다. 윤소저의 도움으로 살
아난 강남홍은 어선을 타고 남방 탈탈국에 도착하여 자그마한 절에
의탁한다. 한편, 창곡은 과거에 급제하여 한림학사가 된 뒤 황각로와
노상서의 청혼을 거부하고 윤상서의 딸 윤소저와 결혼하며, 노상서의
모함으로 유배 간 강주에서 벽성선을 만나 가연을 맺기도 한다. 유배
에서 풀려난 뒤 예부시랑이 되고 천자의 명에 따라 황각로의 딸 황소
저와 결혼하며, 남만이 침노하자 창곡은 대원수로 참전하고 강남홍은
적국의 지휘관이 되어 전장에서 마주 서게 된다. 싸움터에서 강남홍은
상대편의 장수가 창곡인 줄 알고 상대 진영으로 도망하여 창곡과 만
나고 명군의 부원수가 된다. 강남홍과 싸우다 생포되어 온 축융국의
공주 일지련은 명나라 군영에서 창곡을 보고 연모의 마음을 품게 되
자 자신의 진영으로 돌아가 부왕으로 하여금 명나라 군사에 항복하게
한다. 창곡의 정실인 황부인이 투기심으로 벽성선을 암살하려다 실패

하고, 벽성선은 시골의 암자에 숨어 지내는 등 고초를 겪게 된다. 창곡이 전쟁터에서 개선한 뒤 천자는 그를 연왕에, 강남홍을 만성후에 봉하며, 황부인에게는 죄를 물어 유배시키자 황부인은 개과천선하게 된다. 이처럼 창곡은 윤부인과 황부인 등 두 명의 정실과 강남홍·벽성선·일지련 등 세 명의 첩과 함께 온갖 영화를 누리다가 다시 천상계로 복귀하여 선관이 된다는 것이 바로 『옥루몽』의 줄거리다.

그런데 「창곡이와 홍란」의 경우 창곡과 홍란이 주동인물로, 황여옥과 그의 부친 황승상·송각로·노균 등이 반동인물로, 마달장군·춘월·연옥 등이 보조인물로 각각 등장함으로써 원작에 비해 대단히 축소되었음을 알 수 있다. 뿐만 아니라 결말 또한 양자는 현격히 다르다. 『옥루몽』에 그려진 주인공은 부귀영화를 누린 끝에 결국 선화(仙化)하는데, 선화는 당대인들이 꿈꾸어 오던 것이며 그러한 신선세계에 대한 꿈과 이상을 문학 속에 담아 19세기 독자층의 욕구를 일정 부분 충족시킨 것으로 볼 수 있다.30) 그러나 「창곡이와 홍란」에서는 홍란이 서울로 올라가라는 창곡의 말을 거부하고 전쟁터에 남아 창곡을 기다리는 것으로 종결되었다. 특히 서로 상대편의 장수로 출전했다가 해후하는 『옥루몽』과 달리 물에 빠진 홍란을 구해준 섬월과 숨어 지내던 토굴에서 창곡을 해후하는 마지막 장면은 매우 다른 모습을 보여준다.31)

원래 『옥루몽』에도 '당대 사회제도의 모순과 부조리를 들추어 비판

---

30) 최종운, 「<구운몽>과 <옥루몽>의 구조적 특징과 이념세계 연구」, 『語文學』 89, 韓國語文學會, 2005, 224-225쪽.
31) "연극의 종말이 더 논리적인 결말로 되었으면 하는 생각이 난다."[레닌기치 1961년 3월 26일, 3면]는 한상욱의 평도 작품 전반에서 보여준 강한 메시지에 비해 결말이 미약함을 지적한 것이라 할 수 있다.

하고, 그 대안까지 구체적으로 제시함으로써 현실개선 의지를 강하게 보여준 것'은 사실이지만,[32] '천상계-지상계-천상계'로 바뀌는 환몽구조 형태인 『옥루몽』과 달리 지상의 시공만을 배경으로 설정한 「창곡이와 홍란」은 작자가 속해 있던 이념 공간의 독특한 산물이라 할 수 있다. 즉 한상욱의 지적과 같이 이 작품은 '17-18세기 봉건사회의 부패상, 봉건 지배층의 추악하고 음탕한 행동을 적나라하게 폭로 비판하며 조선 인민의 아름다운 도덕적 풍모, 그의 강직한 의지, 불타는 애국심을 미려한 화폭으로 보여'[33]준 데 큰 의미가 있었던 것이다. 주인공 창곡을 '봉건사회의 추악한 현실을 증오하며 황승상을 비롯한 봉건 지배층의 악랄하고 음흉한 행동을 결단적으로 반대하여 나서는 열렬한 애국자', '당시 녀성들에 대한 봉건적 견해를 용감하게 물리치고 하층 계급에 속하는 기생 홍란에 대한 사랑을 깊이 간직하여 내려오는 인간의 깨끗한 정서를 가진 사람', '외적이 침래하여 인민이 도탄에 빠지고 나라가 위기에 처한 때 자기의 개인적 불평을 다 잊고 나라를 구원하기 위하여 서슴없이 검을 들고 나서는 인물' 등으로[34] 전형화 시킨 점을 감안하면, 작자 연성용의 의도가 어디에 있었는지 짐작할 수 있다. 천상계에서 지상계로 하강했다가 다시 천상계로 회귀하여 이야기를 마무리 짓는 원래 이야기의 종교적 가르침이나 환상적 흥미보다는 시간과 공간을 지상계로 한정하여 현실적인 이야기를 통해 자신들의 이념을 구현하는 데 중점을 두었다는 것이다. 이 작품의 핵심은 반동인물로 등장하는 '임금·황여옥·황승상·송각로·노상서' 등 지배계층

---

32) 이병직, 앞의 논문, 58쪽.

32) 이병직, 앞의 논문, 58쪽.
33) 한상욱, 앞의 글 참조.
34) 이상 한상욱의 글 참조.

이 민중을 착취하는 모습을 부각시키고, 결국 피지배계층 중심의 주동 인물들에게 패배한다는 것을 보여줌으로써 작자 자신이 속한 이념 공간의 우월성을 보여주고자 한 데 있다. '「창곡이와 홍란」이 『옥루몽』 임'을 명시했음에도[35] 구조나 내용, 주제의식에서 현격한 차이를 보여준 점에서 우리의 고전이 그쪽 사회에 수용되어 만들어낸 문화적 접변의 모습을 확인하게 된다. '연성용이 속해있던 시공의 가치관을 토대로 우리 고전의 민족적 내용을 수용했다'는 점에서 그러한 접변은 가능했던 것이다.

2. 설화의 재해석과 이념의 투사: 「지옥의 종소리」

「지옥의 종소리」는 1982년에 창작된 이래 카자흐스탄에서 여러 차례 공연되었고, 평양[1990년]과 서울[1991년]에서도 각각 공연된 바 있다. 작자가 '2부 7장의 비극'으로 명시한[36] 이 작품은 『삼국사기』에 나오는 「설씨녀(薛氏女)」를 각색한 희곡이다. 그 설화에 담긴 사건의 개요는 다음과 같다.

① 설씨녀는 율리의 가난한 평민집 딸로서 용모단정하고 행실이 반듯하여, 모두 그녀를 흠모하나 감히 가까이 못한다.
② 설씨는 연로한데도 정곡으로 수자리 당번에 차출된다.
③ 설씨녀는 아버지가 쇠약하고 병들어 멀리 갈 수 없고, 또한 자신은 여자 몸으로 대신할 수 없음을 고민한다.
④ 사량부의 가실은 가난했으나 뜻이 곧은 소년으로서 일찍부터 설씨

35) 한상욱, 앞의 글 참조.
36) 연성용, 『지옥의 종소리』, 9쪽.

녀를 좋아했으나 감히 말을 건네지 못한다.

⑤ 가실이 설씨를 대신하여 군대에 가고자 한다.

⑥ 딸로부터 이 말을 들은 설씨는 매우 감사하며 자신의 딸을 배필로 주겠다고 한다.

⑦ 가실이 설씨녀에게 혼인날을 청하자, 인륜대사인 혼인을 갑자기 할 수 없으니 수자리 다녀 온 다음에 할 것을 청한다.

⑧ 가실과 설씨녀는 거울을 반으로 쪼개서 신표로 각각 한 쪽 씩 나누어 갖고, 가실은 자신이 키우던 말을 설씨녀에게 맡긴다.

⑨ 나라의 변고로 가실은 교대할 사람이 없어 6년이 되어도 돌아오지 못한다.

⑩ 설씨는 딸에게 약속한 3년 기한이 지났으니, 다른 집에 시집가라고 한다.

⑪ 설씨녀는 가실이 자기를 믿고 아버지를 대신하면서 온갖 고생을 다하고 있으니, 배신할 수 없다고 한다.

⑫ 설씨가 동네 사람과 몰래 혼약을 하고 딸을 시집보내려 하자, 설씨녀는 마굿간에서 가실이 남겨 놓고 간 말을 보며 탄식하고 눈물을 흘린다.

⑬ 그 때 마침 가실이 참혹한 모습으로 돌아온다.

⑭ 집안사람들이 그를 알아보지 못하자, 가실은 깨진 거울 한 쪽을 내놓아 자신의 정체를 확인시킨다.

⑮ 설씨녀가 이를 확인하자 온 집안사람들은 기뻐했고, 두 사람은 드디어 해로한다.[37]

----

37) 설화의 전체 내용은 『三國史記』 卷第四十八 「列傳第八」 '薛氏女', 『校勘 三國史記』, 재단법인 민족문화추진회, 1982, 397쪽["薛氏女 栗里民家女子也 雖寒門單族 而顔色端正 志行修整 見者無不歆艶 而不敢犯 眞平王時 其父季老 番當防秋於正谷 女以父衰病 不忍遠別 又恨女身不得代行 徒自愁悶 沙梁部少季嘉實 雖貧且窶而其養志貞男子也 嘗悅美薛氏 而不敢言 聞薛氏憂父老而從軍 遂請薛氏曰 僕雖一懦夫 而嘗以志氣自許 願以不肖之身 代嚴君之役 薛氏甚喜 入告於父 父引見曰 聞公欲代老人之行 不勝喜懼 思所以報之 若公

설화의 내용은 이상 15개 정도로 요약할 수 있고, 가실과 설씨녀 두 남녀 사이에서 이루어지는 '사랑과 신의'가 이 설화의 주제다. 그런데 연성용은 여기에 이념적 요소를 투입하여 자기 나름의 해석을 가한다. 막을 열기 전에 "저 종소리는 이제로부터 일천사백 년 전 조선의 신라국 경주땅에서 백성들을 전쟁에 부르는 종소리입니다. 그 때 조선은 지금 조선이 남북이 갈려 있듯이 신라, 고구려, 백제 세 나라에 나뉘어 있었습니다. 그 세 나라 사이에는 주권쟁탈 문제로 인하여 전쟁이 그칠 새 없었습니다. 오늘 저녁 우리의 연극 '지옥의 종소리'는 그 때 그 지독한 전쟁-형제끼리 서로 죽이는 유혈적 자족 전쟁- 때문에 불행에 빠진 신라 경주 땅 사람들의 비참한 생활의 한 장면을 보여주려 하며, 침략전쟁이란 인간사회에 어떻게나 참혹한 비극을 가져온다는 것을 보여주려 하는 것"[38]이라는 자신의 입장을 청년의 입을 빌어 개진하고 있다. 말하자면 「설씨녀」 설화에 암시되어 있는 신라와 백제 간의 싸움을 통해 남북 간의 전쟁과 그 의미를 그려내고자 했으며, 김일성 일당의 선전술에 넘어가 '전쟁을 먼저 일으킨 쪽'으로 알고 지탄해온

不以愚陋見棄 願薦幼女子 以奉箕箒 嘉實再拜曰 非敢望也 是所願焉 於是 嘉
實退而請期 薛氏曰 婚姻人之大倫 不可以倉猝 妾旣以心許 有死無易 願君赴
防 交代而歸 然後卜日成禮 未晚也 乃取鏡分半 各執一片云 此所以爲信 後日
當合之 嘉實有一馬 謂薛氏曰 此天下良馬 後必有用 今我徒行 無人爲養 請留
之 以爲用耳 遂辭而行 會國有故 不使人交代 淹六季未還 父謂女曰 始以三季
爲期 今旣踰矣 可歸于他族矣 薛氏曰 向以安親 故强與嘉實約 嘉實信之 故從
軍累季 飢寒辛苦 況迫賊境 手不釋兵 如近虎口 恒恐見哂而棄信食言 豈人情
乎 終不敢從父之命 請無復言 其父老且耄以其女壯而無伉儷 欲强嫁之 潛約
婚於里人 旣定日引其人 薛氏固拒 密圖遁去而未果 至廐見嘉實所留馬 大息
流淚 於是 嘉實代來 形骸枯槁 衣裳藍縷 室人不知 謂爲別人 嘉實直前 以破
鏡投之 薛氏得之 呼泣 父及室人失喜 遂約異日相會 與之偕老"] 참조.
38) 『지옥의 종소리』, 11쪽.

남한에 대한 적개심을 드러내고자 한 것으로 보인다.[39] 참고로 이 작품 가운데 제1부 제1장과 결말 부분인 제2부 제6장의 주요 내용 및 사건의 개요는 다음과 같다.

제1부 제1장

무대 : 산중

등장인물 : 가실·설랑·죽순·차돌·청바우

사건개요

① 가실이 큰 바위를 뽑아내려고 힘쓴다.

② 떡을 들고 가실을 찾아 온 설랑과 반갑게 포옹하며 가실을 못마땅해 하는 설랑 아버지 때문에 순탄치 못할 두 사람의 사랑을 걱정한다.

③ 설랑이 '정곡에 수자리 살러 가야하는 아버지'의 사연을 가실에게 숨기고 '정곡'과 전쟁에 대한 것만 묻는다.

④ 가실과 설랑이 힘을 합쳐 바위를 빼내려 하나 꿈쩍도 하지 않는다.

⑤ 가실이 열심히 일하여 설랑 아버지에게 설랑과의 혼인을 청하고, 행복하게 살겠다고 한다.

⑥ 가실의 친구들이 찾아와서 힘을 합쳐 바위돌을 빼낸다.

⑦ 가실은 친구로부터 설랑 아버지가 수자리 살러 가야 한다는 말을 듣는다.

⑧ 군사 살이 가는 사람들을 재촉하는 영문 종소리를 들으며, 가실은 '지옥의 종소리'라고 중얼거린다.

---

39) 고려인들은 북한의 건국에 적극적으로 참여했다. 그리고 무엇보다도 중요한 사실은 6·25에 참전하여 남한을 향해 총부리를 겨누었다는 점이다. 6·25에 참전한 대부분의 고려인들은 김일성의 僞計 때문이었다고 한다.[장학봉 외, 『북조선을 만든 고려인 이야기』, 경인문화사, 2006, 5쪽 참조.]

제6장

무대 : 산중[제1장과 같음]

등장인물 : 설랑·가실·조왕녀·박순·목소리들

사건개요

① 설랑이 가실에 관한 흉몽을 꾼 뒤 깨어나 인기척을 느끼고 피한다.

② 가실이 그곳을 찾아와 지난 세월을 회상하고, 설랑의 죽음을 슬퍼하며 애도하다가 칼로 자신의 가슴을 찌르고 죽는다.

③ 설랑이 달려들어 가실이를 부르며 울다가 자신도 칼을 들어 가슴을 찌른다.

④ 조왕녀, 박순, 죽순, 차돌 등이 들어와 설랑을 일으켰으나 그녀는 이미 죽어 있다.

⑤ 조왕녀가 두 사람의 죽음을 확인하고, 사나운 종소리가 들려오자 박순은 그 종소리가 사람들을 전쟁에 부르고 형제의 핏방울을 요구한다고 원망하며 '지옥의 종소리'를 저주한다.

각 부분의 요지는 다음과 같다.

- **제1부 제1장** : 주인공 가실과 설랑의 위기 1[두 사람은 사랑하지만, 설랑 아버지는 반대함], 설랑 아버지의 위기[정곡으로 수자리를 살러 가야함]
- **제2장** : 설랑 아버지 위기의 해소[가실이 설랑 아버지 대신 수자리를 살러 가기로 함], 가실과 설랑의 위기 2[두 사람의 이별]
- **제3장** : 설랑의 위기[6년 동안 가실을 기다려온 설랑이 장달에게 시집을 가게 되었음]
- **제4장** : 장님으로 거지 행색이 되어 돌아온 가실이 6년째 자신을 기다려온 설랑의 어려운 소식을 들음
- **제2부 제5장** : 가실과 설랑의 위기 3[가실이 설랑을 찾아갔으나 자신을 알아보지 못하는 그녀에게 '가실은 죽었다'고 속임]

- **제2부 제6장** : 혼인 전야 동네 친구들과 이별하며 가실을 그리워하는 설랑
- **막간** : 설랑이 가실의 생존을 확신하고 친구 조왕녀에게 계교를 말함
- **제7장** : 가실이 수자리 떠나기 전 산중에서 일군 집터에서 그와 만났으나, 가실은 설랑 해후 직전 자결하고, 설랑 또한 따라 죽음.

총 2부 7장에 막간을 합하여 여덟 부분으로 이루어진 이 작품은 원래의 설화 「설씨녀」와 판이하게 다른 내용과 구조로 짜여 있다. 원래 이야기의 핵심적 사건들은 다음과 같이 요약된다.

① 가실은 설씨를 대신하여 수자리에 차출되고, 그의 딸인 설씨녀와 가약을 맺음.
② 가실은 교대할 사람이 없어 6년간이나 돌아오지 못함.
③ 설씨는 약속한 3년 기한이 지났으므로 딸을 다른 사람에게 시집보내려 함.
④ 설씨녀는 아버지를 대신하여 온갖 고생을 다한 가실을 배신할 수 없다 함.
⑤ 설씨가 딸을 동네사람에게 강제로 시집보내려 하자 설씨녀는 가실이 떠나면서 남겨 놓은 말을 보며 탄식하고 눈물을 흘림.
⑥ 그 때 마침 가실이 참혹한 모습으로 돌아왔고, 그를 알아보지 못하는 집안사람들 앞에 신표[깨어진 거울 한 쪽]를 내어 놓아 자신의 정체를 확인시킴.
⑦ 온 집안사람들이 모두 기뻐했고, 두 사람은 드디어 해로함.

「지옥의 종소리」 제1부 제1장과 2장은 「설씨녀」의 ①을, 제3장과 4장은 ②-⑤를, 제2부 제5장은 ⑥을 바탕으로 부연하거나 변형시킨 내용이다. 6장과 7장은 「설씨녀」에 전혀 나오지 않는 내용으로 순수하게

작자의 의도로 창작된 부분이다. 특히 마지막 7장은 비극적 결말로서, 원래 해피엔딩인 「설씨녀」와 대조적인 양상을 보이는 부분이다. 작자는 처음부터 끝까지 「설씨녀」의 구조나 내용을 뼈대로 도입했으면서도 중요한 부분마다 자신의 의도를 강하게 노출시켰는데, 그런 의도를 부각시키기 위해서라도 비극적 결말은 불가피했을 것이다. 말하자면 하나의 민족이 여러 나라로 갈라져 싸움을 벌인다거나, 백성들을 전쟁터로 몰아가 죽게 하거나 원치 않는 이별의 슬픔에 잠기게 하는 등 봉건 지배계층의 횡포를 부각시키고자 하는 의도를 갖고 있으면서 행복으로 마무리할 수는 없었을 것이다. 불행한 삶을 영위하다가 불행하게 삶을 끝내는 것으로 그려내는 것이 지배계층의 모순과 부조리를 극대화할 수 있는 유일한 방법이었다. 그런데 그 비판의 대상이 바로 조국을 통일한 신라였다는 것은 그의 선대가 고구려 영토였던 함경도 지역에서 옮겨 가 자리를 잡은 블라디보스톡에서 태어났고, 다시 소련의 다른 지역인 중앙아시아로 이주되어 일생을 살았으며, 소련과 같은 이념의 조국 북한과 그 대결세력으로서의 남한을 염두에 두었기 때문이다. 그래서 이 작품을 「설씨녀」의 이념적 재창작으로 보는 것이 타당하다. 그렇다면 연성용은 구체적으로 작품 속에 어떤 요소들을 삽입했을까.

앞에서 언급했듯이 막전에서 '남북이 갈려 있는' 현재의 조선과 '신라-고구려-백제로 갈려 있는' 과거의 조선을 오버랩시키면서 이야기를 풀어 나가고자 한 것이 작자의 의도였다. '형제끼리 서로 죽이는 유혈적 자족전쟁'에 군사들을 끌어내는 신호의 종소리가 바로 '지옥의 종소리'라는 것이다. 첫 장면에 가실이가 빼내려고 안간힘을 쓰는 '바위돌'이 등장하고 설랑이 즐겨 부르던 '사랑 노래'가 나온다. 가실이가 '네 아무리 몇 천년 동안 땅속에 깊이 뿌리를 박았다 하더라도 내 기

어코 너를 뽑고야 말겠다'고 싸움하는 바위돌은 굳건한 봉건 지배층의 존재를 상징한다. "[**가실**]사람이 맘 먹고 대들면 못할 일이 무엇이냐? 자! 우리 함께 힘써 보자꾸나!"⁴⁰⁾ "[**가실**]얘들아, 이 악마 같은 놈의 바위돌부터 뽑아내자꾸나!/[**청바우**] 우리 손발을 맞추어 대들면 못할 것 무엇이겠느냐? 산이라도 묻힐 수 있다. 자! 손을 쓰자!(⋯)(숱한 애를 썼으나 바위돌을 끝끝내 빼지 못했다)"⁴¹⁾ 등의 대사에 그 점이 분명히 드러난다. 그런데 무엇보다 반복되는 主旨로서 두드러진 것은 전쟁[특히 형제간의 전쟁]에 대한 혐오의 정서다.

> **가실** : 설랑아, 너 정곡이란 누구의 땅인지 아느냐? 그것이 원래는 백제의 땅이다. 그런데 우리 신라국이 그것을 빼앗아 제 땅으로 만들었다. 그 뿐이 아니다. 우리 신라국은 백제와 고구려 두 나라를 다 정복하고 통천하에 독권리를 떨치려는 것이다. 너 오늘도 보았지? 숱한 사람들을 전쟁판으로 몰아갔다. 말로는 수자리 살이라 하지만 실상은 살육전쟁이야!⁴²⁾
>
> **가실** : 「고래싸움에 새우가 죽는다」는 격으로 장수들 싸움에 백성들만 보채우는구나. 설랑아, 너 아니? 우리는 형제끼리 서로 죽인다. 우리의 땅은 형제의 피로 물들었다.⁴³⁾
>
> **박순** : 놈들이 패권쟁탈 전쟁을 하는데 죽는 것은 불쌍한 백성들뿐이다.
>
> **청바우** : 무엇 때문에? 무엇을 위하여?!(⋯)우리는 형제끼리 서로 피를 흘려야 하느냐? 백제 땅에는 나의 형님이 있다.⁴⁴⁾
>
> **춘우** : 곡산 싸움 때에 신라가 백제 땅 곡산을 점령하니 저는 곡산

---

40) 『지옥의 종소리』, 15쪽.
41) 『지옥의 종소리』, 17-18쪽.
42) 『지옥의 종소리』, 14쪽.
43) 『지옥의 종소리』, 같은 곳.
44) 『지옥의 종소리』, 19쪽.

북쪽에 남았고 어머니는 춘길이를 데리고 곡산 남쪽에 남았지요. 그렇게 되어 우리 모자는 갈라졌습니다. 이렇게 나처럼 부모 형제간에 남북이 갈려 있는 사람들이 한 둘이 아닙니다.[45]

춘우 : 몰라요. 형제끼리 서로 죽이는 이 난장판에 갈 바가 막연합니다.[46]

춘우 : 나는 어머니를 찾아 이곳에 왔다. 너희들도 고구려나 백제 땅에 형이나 동생들이 있을 것이다. 무엇 때문에, 무엇을 위하여, 너희들은 형제끼리 서로 죽일 내기를 하느냐 말이다! 신라, 고구려, 백제의 사람들은 죄다 한 핏줄로 태어난 단군의 자손들이다.[47]

박순 : 오, 종소리, 사나운 종소리. 너 또 사람들을 전쟁에 부르느냐? 아직도 얼마나 형제의 핏방울을 흘려야 하느냐? 끊쳐라! 끊쳐! 이 지옥의 종소리야!!!(…)[48]

‘형제간의 싸움’, ‘살육전쟁’, ‘패권쟁탈’, ‘부모형제 간 남북이산’, ‘단군의 자손’ 등은 근대 이후에 등장한 정치적·이념적 용어들이다. 이런 용어들을 요소요소에 박아 둠으로써 이 작품은 실제 설화에 대한 각색이나 재해석을 넘어 설화의 소재를 차용한 재창작에 이르게 된 것이다. 특히 춘우가 언급한 ‘백제 땅 곡산’은 더욱 의미심장하다. 당시 백제 땅이라 할 만한 현재의 전라도나 경상 서부지역에 궁벽한 산 이름을 제외한 지역 명으로서의 곡산은 없었다. 따라서 작자 연성용의 기억에 남아 있던 곡산은 실제로는 황해도의 지명일 것이다. 남북의 경계에 위치해 있던 곡산 땅에서 전쟁 통에 부모형제가 남북으

---

45) 『지옥의 종소리』, 28쪽.
46) 『지옥의 종소리』, 29쪽.
47) 『지옥의 종소리』, 37쪽.
48) 『지옥의 종소리』, 58쪽.

로 갈라진 사례들이 많았음을 감안하면, 춘우가 말하는 '부모 형제지 간에 남북이 갈려 있는 사람들'이란 지금 한반도의 분단현실 혹은 남북 이산가족을 지적한 내용이다. 작품 말미 박순의 마무리 대사 가운데 '아직도 얼마나 형제의 핏방울을 흘려야 하느냐?'는 남북이 대치하고 있는 지금의 현실을 지적한다고 보는 것이 타당한 이유도 바로 여기에 있다. 남북이 서로 총부리를 겨누고 있는 조국의 현실을 염두에 둔 작품이면서도 이념 상 소련이나 북한에 기울 수밖에 없었던 것은 '북침 전쟁으로 알고 6·25에 참전했던 고려인들의 정서'가 1980년대 초반까지도 그들의 의식을 지배하고 있었다는 반증일 것이다.

이처럼 옛 설화를 교묘하게 변형시켜 자신이 견지하고 있던 이념을 강조·확산하고자 새롭게 만들어 낸 사례를 「지옥의 종소리」에서 확인할 수 있다고 본다.

Ⅳ. 맺음말

우리 고전작품을 각색하여 만든 연성용의 희곡들 가운데 「창곡이와 홍란」, 「지옥의 종소리」 등을 중심으로 당시 소련 고려인 문단 혹은 예술인 그룹의 개척자로 공인되어 온 그의 고전 수용 양상을 살펴보았다. 그는 18세의 어린 나이에 희곡 「승리자와 사랑」이 '원동변강 희곡현상모집'에서 1등상을 받음으로써 고려인 문단과 예술계에 등장했고, 그 후 일생 동안 많은 희곡의 창작과 연출에 매진해왔다. 특히 스탈린 구락부에서 만들어진 '원동변강 조선극장'이 이후 중앙아시아로 이주하여 각지를 전전하다가 카자흐스탄 알마틔에 '고려극장'으로 정착하면서 극장을 이끌어 온 핵심적 존재로 활약했다.

그는 「붉은 수레」[1933] · 「장평동의 횃불」[1933] · 「풍파를 지나」[1936] · 「올림피크」[1936] · 「춘향전」[1940/1969] · 「춘희의 사랑」[음악희곡 3막, 1943] · 「불타는 조선」[1951] · 「정애」(1960) · 「창곡이와 홍란」[1961] · 「붉은 적삼」[1963] · 「양산백」[1964] · 「아물강의 새벽」[1973] · 「자식들」[1974] · 「강직한 녀성」[1979] · 「지옥의 종소리」[1982] · 「영생불멸」[1985] 등을 창작했으며, 이 가운데 「춘향전」[1940][채영 연출] · 「정애」[채영 연출] · 「지옥의 종소리」[이 올레그] · 「영생불멸」[아. 빠쉬꼬브 연출] 등을 제외한 작품들 모두를 스스로 연출함으로써 고려극장을 중심으로 하던 고려인 예술 활동의 핵심을 담당해 왔다. 그의 작품들 가운데 「춘향전」 · 「창곡이와 홍란」 · 「지옥의 종소리」 · 「양산백」 등 고전을 각색한 작품들이 하나의 뚜렷한 줄기를 형성하는데, 민족의 고전을 현실에 맞게 변용한다는 것은 단순히 고전으로부터 소재를 차용한다는 차원을 넘어서는 일이다.

「창곡이와 홍란」은 『옥루몽』을 각색한 희곡으로 '천상계-지상계-천상계'의 전개방식을 보여주는 환몽구조 형태인 『옥루몽』과 달리 작자가 속해 있던 이념 공간의 독특한 산물이다. 작자는 이 작품에서 17-18세기 봉건사회의 부패상과 봉건 지배층의 추악한 면모에 저항하고 위기에 빠진 민중과 나라를 구하기 위해 서슴없이 앞장 서는 주인공을 그려냄으로써 인물의 전형화에 성공했고, 원래 이야기의 종교적 가르침이나 환상적 흥미보다는 시간과 공간이 지상계로 한정되는 현실적인 이야기를 통해 자신들의 이념을 구현하고자 한 점이 두드러진다. 즉 반동인물로 등장하는 '임금 · 황여옥 · 황승상 · 송각로 · 노상서' 등 지배계층이 민중을 착취하는 모습을 부각시키고, 결국 피지배계층 중심의 주동인물들에게 패배한다는 것을 보여줌으로써 작가 자신이 속한 이념 공간의 우월성을 보여주고자 한 데 핵심적인 의도가 들어 있다.

고전 설화 「설씨녀」를 각색한 「지옥의 종소리」는 원래 해피엔딩인 「설씨녀」와 대조적인 양상을 보이는 비극이다. 작자는 한 민족이 여러 나라로 갈라져 싸움을 벌인다거나, 백성들을 전쟁터로 몰아감으로써 이별의 슬픔에 잠기게 하는 등 봉건 지배계층의 횡포를 부각시키려는 의도를 보여주고 있다. 불행한 삶을 영위하다가 불행하게 삶을 끝내는 것으로 그려내는 것이 지배계층의 모순과 부조리를 극대화할 수 있는 유일한 방법으로 본 듯하다. '형제간의 싸움', '살육전쟁', '패권쟁탈', '부모형제 간 남북이산', '단군의 자손' 등 근대 이후에 등장한 정치적·이념적 용어들을 요소요소에 박아 둠으로써 이 작품은 실제 설화에 대한 각색이나 재해석을 넘어 설화의 소재를 차용한 재창작이라 할 수 있다. 특히 내용 중의 '백제 땅 곡산'은 더욱 의미심장하다. 작자 연성용의 기억에 남아 있던 곡산은 실제 황해도의 지명이다. 남북의 경계에 위치해 있던 곡산 땅에서 전쟁 통에 부모형제가 남북으로 갈라진 사례들이 많았음을 감안하면, 춘우가 말하는 '부모 형제지간에 남북으로 갈려 있는 사람들'이란 틀림없이 지금 한반도의 분단현실 혹은 남북 이산가족을 지적한 내용일 것이다. 따라서 박순의 마무리 대사 중 '아직도 얼마나 형제의 핏방울을 흘려야 하느냐?'는 남북이 대치하고 있는 지금의 현실을 암시한다. 남북이 서로 총부리를 겨누고 있는 조국의 현실을 알고 있으면서도 이념 상 소련이나 북한에 기울수밖에 없었던 것은 '북침 전쟁으로 알고 6·25에 참전했던 고려인들의 정서'가 1980년대 초반까지도 그들의 의식을 지배하고 있었기 때문이다. 이처럼 연성용을 비롯한 초기 고려인 문단이나 예술계의 핵심 인사들은 조국의 이념적 향배에 큰 관심을 갖고 있었으며, 자신들이 속해있는 체제나 이념의 우수성을 강조·확산하기 위해 고전 작품이나 설화를 이념적으로 재해석하여 무대에 올리는 것이 효율적이라는 점을 인식하고 있었던 것이다. 고전을 재해석·각색하여 새로운 장르의 작품으로 만들어내던 당시 그곳 예술계의 관습 역시 이 점에서 해명된다고 할 수 있다.<『한국근대문학연구』 26, 한국근대문학회, 2013. 02.>

구소련 고려시인 강태수의 작품세계

Ⅰ. 시작하는 말

1909년 함경남도 이원군 이원면 문평리에서 출생하고 그곳의 소학교를 마친 강태수는 부친과 함께 농사를 짓다가 함경선 철도부설공사장에서 한동안 토목공으로 일했다. 1927년 소련으로 이주하여 어부로 일하다가 1년 뒤에 블라디보스톡에 옮겨가 공장 노동자가 되었으며, 1930년도에는 공장으로부터 노동학원에 파견되어 공부하다가 조선사범대학 어문학부에 입학했다. 1937년 강제 이주되어 카자흐스탄의 크즐오르다에 정착했으나, 1938년 억울한 죄목으로 22년간 북방에서 유형생활을 했다. 1959년 카자흐스탄의 크즐오르다에 돌아와 공장 노동자로 일하다가 레닌기치사에서 일했으며,[1] 2001년에 사망했다. '출국-강제이주-유형-정착'의 지난(至難)한 고비들로 점철되어 있는 그의 일생은 서사적이자 극적인 일면까지 보여주는데, 역사적 질곡과 개인적

---

[1] 정상진, 「시인 강태수의 삶과 문학-파란에 넘친 고통의 세월을 산 그의 시는 서정성과 뜻이 깊고 내용이 풍부하며 시상이 고상하다」, 『문학사상』 272호, 문학사상사, 1995. 6, 54쪽 및 김필영, 『소비에트 중앙아시아 고려인 문학사 (1937-1991)』, 강남대학교 출판부, 2004, 89-92쪽 참조.

시련을 그려낸 그의 시편들이 오늘날 주목 받는 이유도 바로 여기에 있다.

카자흐스탄 고려시인
강태수[1998]

강태수의 문학이 우리나라에 소개되기 시작한 것은 최근이다. 24인의 재소한인 문인들의 작품과 강태수의 소설 두 편[「기억을 더듬으면서」/「우정」]을 묶어 소개한 김연수,2) 9편의 시 및 발췌·요약한 장편소설 『운명의 그늘』을 오양호와 정상진의 평론과 함께 묶어 특별기고[「강태수 옹의 한 맺힌 시와 소설」] 형식으로 소개한 『문학사상』,3) 주로 레닌기치를 중심으로 활동한 강태수의 작품들을 세밀히 수탐하여 소개한 김필영,4) 강태수의 연보·시 21편·

단편소설 2편[「그날과 그날 밤」/「악싸깔」]과 정상진·우 블라지미르의 평론을 함께 묶어 '강태수 특집호'로 발간된 『고려문화』 2집,5) 중앙아시아 고려인 7명의 문학[시·소설·수필·희곡]과 함께 강태수의 시 35편과 1편의 단편소설[「그날과 그날밤」]을 소개한 김종회6) 등의 업적들이 나와 있다. 필자는 최근 장준희 박사와 김병학 시인으로부터 이상 소

2) 『쟈밀라, 너는 나의 生命』, 인문당, 1988.
3) 각주1)의 『문학사상』 272호 서지 참조.
4) 김필영, 앞의 책. 89~92쪽, 194쪽, 264-274쪽, 314-415쪽, 482-491쪽, 779쪽, 785-789쪽 등에서 시를 중심으로 한 그의 문학 활동이 소개되었다.
5) 중앙아시아문인협회, 『고려문화』 2호, 황금두뇌, 2007.
6) 김종회 엮음, 『중앙아시아 고려인 디아스포라 문학』, 국학자료원, 2010.

개된 대부분의 인쇄 자료와 강태수의 친필 자료들을 확보함으로써 강태수의 작품들을 거의 완벽한 수준으로 확보하게 되었다.7)

강태수를 비롯한 고려인들이 겪은 디아스포라는 그들의 삶과 의식을 결정 지은 가장 강력한 조건이었다. 당시 생존의 문제로 고국을 떠나 소련에 들어갔다가 다시 중앙아시아까지 원치 않는 이주를 당한 일은 고려인들에게 이중·삼중의 시련이었다. 다시 말하여 극동지역은 1차 정착지, 중앙아시아는 2차 정착지이므로, 그들이 갖게 된 디아스포라의 경험은 매우 복잡한 의미를 지니고 있었다. 1차 유랑은 그런대로 자발적인 것일 수도 있었으나, 강제이주라는 2차 유랑은 전적으로 타율적인 것이었다. 두 차례 이상의 디아스포라를 겪는 경우 민족적 정체성의 확보나 유지가 어렵다고 볼 때,8) 북극의 벌목장에서 20년이 넘는 '유형'의 세월을 보낸 강태수의 고통은 훨씬 더했다고 할 수 있다. 그는 그런 고통을 감내하면서 살아남아 그것들을 작품으로 승화시켰다. 러시아어를 새로운 모어(母語)로 강요받아야 했던 그의 입장에서 기존 모어인 한국어로 문학을 창작한다는 것은 작가나 시인으로서 극복하기 어려운 핸디캡이었을 것이다. 그런 불리함을 극복하고 끈질기게 원래의 모국어를 고수한 점은 또 다른 의미에서 평가받아야 한다고 본다.9)

---

7) 장준희 박사와 김병학 시인의 도움으로 강태수 시인에 대한 본격적인 연구를 시작할 수 있게 되었다. 귀한 자료를 제공하신 두 분께 감사드린다.

8) 조규익, 「카자흐스탄 고려인의 한글노래와 디아스포라의 正體」, 『語文研究』 143호, 韓國語文教育研究會, 2009, 196쪽.

9) 이런 점에서 본다면, 강태수를 포함한 재외한인들의 문학을 국내 문인들의 그것과 대비하여 '문학적 성취의 수준'을 논하는 일이 공평치 못한 처사임은 김낙현이 잘 설명했다.[「고려인 시문학의 현황과 특성」, 이명재 외 『억압과 망각, 그리고 디아스포라-구소련권 고려인문학』, 한국문화사, 2004, 308쪽:

이 글에서는 이러한 역사적 상황을 바탕으로 창작된 시작품들을 중심으로 강태수가 성취한 문학세계를 분석하고자 한다.

Ⅱ. 강태수 문학의 정신적 근원

강태수는 블라디보스톡에서 조명희를 만나면서 문학에 관심을 가졌고,[10] 그가 1937년 발표한 <밭 갈던 아씨에게>를 빌미로 1939년부터 1959년까지 20여년간 연금생활을 당한 것도 조명희와의 친분관계 때문이었음을 감안하면,[11] 그의 문학적 출발이 조명희였음은 분명하다. 더구나 그와 조명희의 관계는 자신의 소설 「운명의 그늘」 발단 부분의 에피소드로 다루어진 바 있다.[12] 특히 작품 속 주인공 춘일에게 조

"구소련 고려인들의 시작품은 표현상의 기교 면에서 후진성을 면치 못하고 있으며 목적의식이 앞선 결과로 독자들의 상상력을 제한시켜 시적 긴장감을 그만큼 떨어뜨리는 결과를 초래했다. 그러나 이런 사실 자체만으로 우리가 그들의 작품을 재단, 평가하려 한다면 그것은 아전인수식의 논리일 것이다. 비록 이들 문학의 표현기교가 오늘날의 한국문학과 비교했을 때 미숙한 것이 사실이나, 오랜 세월동안 이민족의 틈에 끼여 소수민족으로 살면서 모국어인 한글로 작품 활동을 했으며 그것이 우리민족의 정서와 사상을 표출하여 민족 정체성을 구현하고 있다는 점에서 고려인 문학은 중요한 의의를 지닌다고 할 수 있다."] 비록 언어구사에서 별 문제 없었던 국내 문단에 비해 한 두 단계 지체(遲滯)되는 모습을 보이긴 했으나, 사실 고려인 문학은 역사적 의미 뿐 아니라 문학적 성취의 측면에서 크게 뒤졌다고 볼 수는 없다.

10) 김필영, 앞의 책, 89쪽.
11) 김필영, 앞의 책, 92쪽.
12) 이 작품은 사건의 전개나 인물 설정 등에서 강태수 자신의 이야기임이 분명하다. 조명희와의 만남이나 첫사랑과의 '만남-이별', 억울한 '체포-투옥-유형' 등 모든 것이 강태수 본인의 생애와 합치된다.

명희가 건넨 다음의 말은 문학정신의 전수(傳授)라는 점에서 의미심장하다.

> 조명희는 춘일이를 아래우로 훑어보며 뜯어보는 듯하였다. 춘일이는 어찌할 바를 가리지 못하여 천장을 떠인대로 한 곳에 그냥 서고 있었다.
> "나는 동무의 시를 읽어봤소. 귀한 씨앗들이 숨어 있어요. 그것들을 부지런히 가꾸어야지요. 글도 쇠덩이와 같소. 사람의 손이 많이 들어가야 되오."
> 수호는 깔깔 웃었으나 어떤 지독한 손이 춘일의 얼굴에 불이나 지펴놓은 듯하였다.[13]

조명희가 춘일에게 해준 말 가운데 '귀한 씨앗'과 '쇠덩이'란 말은 강태수의 문학적 지향이나 성격에 암시하는 바가 크다. '귀한 씨앗'이란 소련으로의 망명 이전 조선에서 자신이 성취하지 못한 '카프(KAPF)'의 이상이자 꿈이었으리라 보는데, 그것은 계급의식과 민족해방투쟁의식의 문학적 승화를 바탕으로 이룰 수 있다고 믿었던 '사회주의 혁명'의 단초이기도 했다. 선망하던 땅 소련에 와서 사회주의 문학을 지속한 조명희의 의도는 소련의 고려인들을 혁명투사로 개조하는 데 있었으며, 그것을 가능케 하는 수단이 바로 문학이었던 것이다. 불에 달구는 과정에서 만들어지는 '쇠덩이'의 이미지 역시 혁명과 투쟁을 위한 도구로서의 문학이나 그 문학에 단련되어 만들어질 고려인의 집단적 성격을 나타낸다고 할 수 있다.

연꽃으로 보여준 불법(佛法)의 진리를 가섭만이 알아챈 '염화시중

---

13) 『문학사상』 272호, 68쪽.

(拈華示衆)의 미소(微笑)'처럼, 조명희의 두 마디[귀한 씨앗/쇠덩이]는 강태수에게 진한 감동으로 전해졌다고 할 수 있다. 이런 관계는 강태수의 <조명희 선생께 드림>이라는 시를 통해 확인된다.

> '짓밟힌 고려'는 우리의 가슴에
> 분노의 불길을 일으키며
> '락동강' 차거운 물결에
> 우리도 손을 잠그는 듯합니다.
>
> 당신은 삼천리 강산을 등지고
> 마음을 얼마나 갈아삼켰습니까.
> 희망의 강 두만강을 건느시면서
> 생각이 얼마나 무거웠습니까.
>
> 흑룡강 물 속을 들여다보시면서
> 새 조국 앞에 거듭 맹세하시고
> 일떠서신 스승의 슬기로운 모습이여,
> 우리의 기억에 고이 새겨졌습니다.[14]

이 시에는 조명희의 정신이나 사상에 대한 강태수의 존경심이 절절하게 나타나 있다. 강태수는 조명희가 갖고 있던 '옛 조국'과 '새 조국'에 대한 마음 모두를 부각시키고, 따르려는 의지까지 표명했다. 그는 이 시에서 조명희의 생각이 잘 드러난 작품으로 <짓밟힌 고려>와 「락동강」을 들었다. <짓밟힌 고려>는 1928년에 발표한 산문시이며, 「락동강」은 1927년에 발표한 소설이다. 소련으로 망명하기 직전에 발표한

----

14) 『문학사상』 272호, 55쪽.

것으로 추정되는 두 작품 모두 조명희의 사상이나 이념을 극명하게 보여준다. 「락동강」에 대하여 '주인공 박성운과 로사의 삶을 통해 식민지 농촌사회의 구조적인 빈곤을 내보이는 한편, 이 같은 세계의 횡포에 누가 어떻게 맞서야 하는가를 밝혀 보이고, 마땅히 있어야 할 세계를 나름대로 제시했으며, 이런 조명희의 세계관은 이 작품의 기본 정서라 할 민족애·조국애에 뿌리를 두고 있다.'는 정덕준의 설명15)은 강태수가 조명희에게 경도된 이유를 분명히 보여준다. <짓밟힌 고려> 또한 그와 같은 성격의 시작품이다. '일제에 대한 적개심을 고취하고 식민지 조선에 대한 애국심과 무산계급의 국제적 연대감을 잘 조화시켜 독자의 심금을 울린'16) 이 작품이 1928년 10월에 발표되자 소련의 한인들은 크게 감동했다고 한다.17) 그만큼 조명희나 그의 작품이 정신적으로 고려인들에게 끼친 영향은 대단했다. 강태수도 그런 바탕에서 조명희로부터 큰 영향을 받았을 것이다. 사실 조명희 사상의 기본은 공산주의였다. 일본 제국주의를 타도하기 위해 공산주의를 수용하게 되었는지 여부는 알 수 없으나, 그가 남긴 작품에서도 그의 사상적 향

---

15) 정덕준, 「포석 조명희의 생애와 문학」, 정덕준 편, 『조명희』, 새미, 1999, 67쪽.

16) 김성수, 「소련에서의 조명희」, 위의 책, 238쪽.

17) 장인덕의 「회상기-조명희 선생의 시를 읽을 때」[레닌기치 1986년 12월 20일 4면, 레닌기치 CD판 참조]를 보면 당시 소련 원동의 고려인들에게 조명희의 영향력이 얼마나 컸었는지를 짐작하게 한다. 즉 "'짓밟힌 고려'는 조선인민을 악독하게 착취하고 압박한 일본 제국주의자들을 폭로하는 산문시이다. 뼈가 불러지도록 일을 해도 배불리 먹지 못하고 헤매 도는 어린이, 자란이들의 비참한 영상이 그 시에 묘사되었다. '락동강'을 비롯한 그의 많은 다른 시들도 다 열렬한 애국심으로 충만된 시들이다."라는 장인덕의 말을 통해 당시 일본에 대한 적개심에서 우러난 애국 애족 정신이 脫鄕의 공통경험을 지니고 있던 당시 고려인들에게 큰 반향을 불러 일으켰음을 알 수 있다. 강태수가 조명희에게 경도되었던 점도 직접적으로는 이런 현실문제 때문이었을 것으로 본다.

방은 극명하게 드러난다.

"그 때 우리들에게는 소련과 관련된 꿈이 너무나 많았습니다. 소련이라고 하면 우리는 전 인류의 꿈의 나라, 빈부의 차이가 없는 자유와 평등의 나라, 백여 민족들이 친목하게 사는 친선의 나라로 사모했으며, 하여튼 우리 둘은 세상 유일한 '태평천국'으로 꿈꾸었기에 나 자신은 망명하는 포석을 부러워할 정도였지요. 포석은 그런 꿈을 품고 소련에 망명하였지요"라는 이기영의 말을 인용한 정상진은 "포석 조명희 선생도 공산주의를 믿고 소련에 와서 많은 것을 배워가지고 귀국하여 '공산천국'을 세울 것을 꿈꾸었을 것이다. 이렇게 믿고 꿈꾸던 나라가 조명희 선생을 재판도 없이 총살해 버렸다. 말과 실천이 다른 공산주의는 바로 이런 것이었다."고 조명희를 비롯한 당시 좌익 인텔리들의 사상적 맹점을 비판하고 있다.[18]

조명희가 죽기 직전까지 공산주의의 잔인함을 깨닫지 못하고 있던 것처럼 그를 추종하던 강태수 역시 그 체제로부터 당하기 직전까지는 그 체제의 잔인함을 깨닫지 못했다고 보아야 한다. 어쨌든 강태수는 조명희로부터 문학정신을 물려받아 나름대로의 세계를 개척했고, 소련 체제의 일원으로 살아남아야 했다. 조명희의 제자라는 이유만으로 20여 년을 극한상황에 가두어 둔 그 체제가 강태수 개인에게는 불가항의 절대 권력으로 인식되었을 것이다. 그렇다고 스승 조명희가 일제에 항거하고 민중들을 다독여 공산주의의 이상세계를 건설하기 위한 문학을 실천한 것처럼 강태수 스스로 자신이 속해 있는 소련의 체제에 저항할 수 있는 상황도 아니었다. 여기서 강태수는 나름대로 문학

---

18) 정상진, 『아무르 만에서 부르는 백조의 노래-북한과 소련의 문화예술인들 회상기』, 지식산업사, 2005, 118쪽.

을 통한 해법을 찾아야 했을 것이다. 대다수의 서정시들 사이에 공산주의적 현실에 타협하여 이념을 노래한 시들이 적잖게 보이는 점을 그 증거로 들 수 있다.

이처럼 강태수 문학의 근원은 조명희에게서 찾을 수 있으나, 약간은 혼란스러운 그의 작품 성향이나 문학의식은 자신이 겪은 이상과 현실의 괴리에서 비롯된다. 그 점이 어쩌면 강태수의 시세계가 보여주는 장점일 수도 있다고 본다. 말하고자 해도 말할 수 없는 현실을 인정하고, 관념과 현실 사이에서 적절한 균형을 찾아가는 것이 엄청난 시련을 통해 얻은 생존의 지혜였던 것이다.

Ⅲ. 작품세계

현재 그의 시가 얼마나 남아 있는지 정확하게 알 수는 없다. 앞에 소개한 선행 연구들과 개인적으로 입수한 자필문서 등에서 추출한 작품들을 합하면 대략 141수에 달한다. 창작의 계기나 연도를 확인할 수 없는 것들이 대부분이고, 표기 또한 문헌에 따라 약간씩 다르기 때문에 텍스트의 정본을 확정하기란 쉽지 않지만, 그의 시세계를 살피는 데는 큰 문제가 없으리라 본다.[19]

---

19) 강태수 시의 텍스트 비평은 다른 자리로 미룬다. 작품제목들은 "가을꽃/가을밤/가을밤에/가을비/감각의 잘못/강가의 애저녁/거문고/공장 가는 길/구쭐의 노래/그대의 그 노래/그때는 오구말구요/그래도/그윽한 한 구석만은…/그이가 그리워요/기차에서/길을 가면서/까르빠뜨에서/까옥까옥-유모르/깝까스에서/꽃은 희든 붉든/꿈결-유모르/나의 새 "이름"/나의 환상/내 거문고야, 울려라!/내 고향 원동을 사랑하노라/내 맘의 원쑤/내 심장에 새겨진 레닌/녀성/높은

앞에서 설명한 바와 같이 조명희가 살아간 모습과 강태수의 그것이 부합하는 것은 아니나, 이상으로 생각했던 공산 소련으로부터 죽음을 당했거나 죽음에 맞먹을 만한 시련을 당한 점만은 일치한다. 일방적으로 추앙하던 이상과 이념에 의해 배신을 당한 셈인데, 조명희가 그에 대응할 시간적 여유를 갖지 못한 데 비해 강태수는 절망의 과정들을 통해 생존의 원리를 터득한 점이 둘 사이의 차이라면 차이일 것이다. 강태수의 작품들 가운데 이념 지향의 시와 순수 서정의 시들이 섞여 있는 모습에서 복잡하고 다면적인 인간의 삶이 응축된 양상을 발견하게 되는 것은 바로 그 때문이다. 몇 가지 범주로 나누어 대표적인 시 작품들을 살펴보기로 한다.

마루턱 향하여/늙은이/다만 하나만은…/당-어머니/닫던 차-/동트기/두루미/력사의 한 토막/마슈크 산에서/마음속에 넣어 두었던 글/멀어만 가는구려/멜로지아/모두 다 살아보려고/무제1~8/무제9~12/무제시/밭 갈던 아씨에게/벌판에서/벗을 그려/벗을 만나/벗이여, 어서 오라/보름달/봄기운/봄날의 하루저녁/봄날의 하루저녁/봄비/불행과 행복/뻐꾸기/사람의 한생/사랑을 부르짖노라!/살기 넉넉하리/삶의 노래/삶의 노래는/새들의 우짖음/새 바다 새 물결/새해의 희망/성은 김가였지/소홀히 나무라지 말라/숙망/순히의 노래소리/숲속의 아침/시월의 밤/씨르-다리야/씨르다리야 강가에서/아리랑/아버지/아침/악의 둥지/앞으로! 앞으로/야속하기 그지 없으리/어느 하루/어떤 웃음에든/어떻게 살든/어린 철/어머니/어찌 잊으랴!/에쭈드/여기도 크실 꿈/예니쎄이강/옛말은 제대로/옛말인가/오, 알라크여!/오솔길/오월의 거리에서/올해도 몰랐다/외짝사랑/우등불/우리 벌판/우리가 가지요/우리의 세상/우리의 하루/우리 집 아침은/운명을 넘어 디디자/이 마음 그리도 몰라!…/이른 봄/이슬과 해살/이월/일요일/잊지 못할 맛이랑/잠 오지 않는 밤에/저마다/젊은 두 빨찌산/제발!!/조명희 선생께 드림/진정한 웃음/쪼르륵 쪼르륵…/처녀지의 가을/철만 나무린다네/초가을/카라싸이 마을에서/카사흐쓰딴/푸르무레한 눈/하늘의 푸른 쪼각 하나/하루는 돼지 두 마리/한밤/할머니와 손자/할아버지/햇눈/호수가에서/환상/회상/휴식의 하루 밤" 등과 같다.

1. 뒤틀린 삶과 굴절된 서정성

강태수가 시를 혁명수단으로 여기던 조명희에게 경도되어 있긴 했지만, 사실 그의 시적 출발은 서정성의 구현에 있었다. 1937년 원동으로부터 강제 이주 열차에 실려 카자흐스탄으로 온 그가 극한상황으로 몰린 것은 한 편의 시 때문이었다. 크즐오르다 사범대학 어문학부 2학년 학생이던 1938년 대학의 벽보신문에 발표한 <밭 갈던 아씨에게>가 그에게 운명적 고난의 빌미를 제공한 것이다. 단 한 편의 시에서 '불온성'을 읽어낸 국가안전위원회는 재판도 없이 그로 하여금 북극의 아르한게르스크 수용소와 우두무르트 삼림사업소 등에서 20여 년 질곡의 세월을 보내게 했다. 그러나 시의 내용은 명분일 뿐이었고, '조명희와의 친분관계'20)에 그 실질적인 이유가 있었음은 물론이다. 전체 6연, 각 연 9행[제4연만은 10행]으로 구성된 <밭 갈던 아씨에게>는 사실 불온성을 찾아내기 어려운 서정시다. '1937년 이주 차에서'라는 후기(後記)가 붙은 이 시의 화자는 원동에 남겨 두고 온 '밭 갈던 아씨'를 그리워 한 서정시 이상도 이하도 아니다. 첫 연과 마지막 연을 보기로 한다.

밭 갈던 아씨야!
이 가없는 벌판에
땅거미 살그머니 기여들어
모두를 거무숙 물들일 즈음
나는 차창에 목을 내밀고
네가 갈던 밭과
네가 뜨락또르에서 내려

---

20) 김필영, 앞의 책, 92쪽.

기꺼이 걸어가던 그 모습
다시 한 번 보구지여라
　(중　략)
한밤의 벌판에 외로운 기적소리,
지금 나는 너를 찾아가느냐
너를 두고 떠나가느냐?
우리 마을 뒷산은 보이지 않는다.
밝는 날은 어제일가 그제일가?
북두는 말없이 지평선에 떨어지며
마음은 너를 찾아 달음박질,
아, 아직도 동녘은 껌껌나라,
어서 동이 트고 날이 밝아야 우리는…

원동을 떠나 카자흐스탄 행 이주열차를 탄 28세의 피 끓는 젊음이 단순히 아름답고 건강한 '밭 갈던 아가씨'를 생각하며 썼을 이 시를 소련당국이 시인의 의도와 달리 왜곡되게 해석한 점은 당시 이념 우선의 사회가 예술에 가한 폭력으로 읽어낼 만한 사건이다. 원동에 살던 고려인들을 중앙아시아로 이주시키고자 했던 소련 당국의 입장에서 이 작품 속의 '아씨'를 '원동을 의미하는 시적 이미지'로 해석한 것[21]도 무리는 아니었을 것이다. '중앙아시아에 가야 할' 고려인이 자신들이 살던 원동에 미련을 갖는 듯한 인상을 보여준 것은 자신들의 정책이나 권위에 대한 반항쯤으로 읽혀졌을 것이기 때문이다. 그러나 특정 선입견을 배제하고 읽는다면, 이 시의 '아씨'는 어쩌면 시인이 알고 지내던 원동 지역 어느 꼴호즈의 트랙터 기사였을지도 모른다. 사랑을 느낄 만큼 건강하고 아름다운 처녀 기사를 떠올리며 안타까운 그리움의 정

---

21) 김필영, 앞의 책, 92쪽.

서를 표출했을 따름이다. 마지막 연에서 보듯이 '몸은 떠나지만 마음은 오히려 그녀를 향해 달려가는' 모순의 상황이 그려지고 있다. '동녘은 껌껌나라'라는 표현을 통해 그녀로부터 멀어지는 거리감을 드러냈으며, '마음은 너를 찾아 달음박질', '동이 트고 날이 밝아야 우리는...' 등의 시행들을 통해 기약할 수 없는 재회의 욕망을 간절한 어조로 보여주었다. 이향(離鄕)의 안타까움과 불안함, 그리움의 서정 등을 복합적으로 드러냈을 뿐, 당시 소련당국의 입장에 선다 해도 '불온성'을 읽어낼 만한 단서는 어디에도 없다.[22] 그의 시적 출발점은 서정이었기 때문이다. 서정은 시간적 한계를 초월한다. '밭 갈던 아씨'는 과거의 존재이고, 그녀와의 재회는 '동이 트고 날이 밝아야 하는' 미래에나 가능한 일이다. 그러나 그런 과거와 미래는 현재의 시적 자아와 동화 혹은 합일된다. 그것이 바로 슈타이거(E. Staiger)가 말하는 '주체와 객체의 간격 부재' 혹은 '서정적인 상호융화'다.[23] 자아와 대상을 합일시켜 주는 서정의 미학적 근원들 가운데 하나가 그리움이다. 강태수를 비롯한 고려인들의 디아스포라 의식도 '현존하는 과거의 그리움'에서 형성된 것이다. 다음의 두 작품을 살펴보기로 한다.

〈쪼르륵 쪼르륵…〉

어느덧 달은 그 달이다.

---

22) 이 작품은 고려일보[1997년 11월 15일자 3면]에 실려 있는데, '이 작품은 1997년 시인이 직접 크즐오르다주 검찰국에 청원서를 내어, 1938년 체포될 당시 작성된 자신의 문서철에서 복사한 것이라고 밝혔다'[김필영, 앞의 책, 90쪽 참조.]는 사실로 미루어 봐도 애당초 강태수가 불온한 의도로 이 시를 쓰지 않았음은 분명해진다.

23) E. 슈타이거, 오현일·이유영 역, 『詩學의 根本概念』, 삼중당, 1978, 95-96쪽 참조.

진달래야, 꿈에나 좀 보이렴.
인제는 그믐밤에처럼
꽃빛마저 기억에 어렴풋
그쩍에 내가 오르내리던
뒷산의 꼬부랑길은
오늘도 남아 있으리.
싸늘한 느낌이 치밀어
길가의 눈이나 한줌 쥐여
두 손으로 꽁꽁 주무르니
눈물이 길바닥에 방울방울.
상주도 기다리지 못하고
부모들이 돌아가셨다는
믿기 어려운 기별에
남녘 하늘이나 바라보니
가슴만 쪼르륵 쪼르륵…24)

〈아리랑〉

아리랑 아리랑
애타게 부르는
그 고개, 그 마루
남녘에 있는가,
북쪽에 있는가.

산 넘어 천리오,
강 건너 또 천리.
먼먼 길 걸어도

....
24) 『문학사상』 272호, 56쪽.

그 고개 못 찾아
가슴이 미여져라.

떠가는 기러기도,
날아오는 제비도
보고듣지 못한 고개에
진달래 피는가,
눈이 내리는가.

산 넘고 강 건너
오늘 길 또 천리.
가슴에 불 놓고
하루길 걸어도
그 고개 못 찾아라.

아, 별의별 고개
사랑하는 가슴에
있는 줄 내 몰라
먼먼 길 걸었다네.[25]

중앙아시아 고려인들의 문학이나 노래에는 그들이 겪어온 역사적 사실들의 특수성을 떠나 보편적인 디아스포라 의식을 표출한 경우도, 집단적 역사체험에 근거한 구체적인 방향성을 드러낸 경우도 있다. 그러나 무엇보다도 흥미로운 것은 보편적이거나 역사적인 체험을 바탕으로 한 디아스포라 의식에서 약간 변이된 모습의 개인적 감정표출의 노래들이 꽤 많이 나타난다는 사실이다. 이런 작품들은 외견상 단순한

25) 『씨르다리야의 곡조』, 사수석출판사, 1975, 100-101쪽.

사랑이나 이별을 표현한 것으로 보이지만, 내용이나 주제의식이 언제든 디아스포라 의식으로 전용 혹은 해석될 수 있다는 점에서 다른 부류의 노래나 문학에 비해 비교적 함축적 세련미를 갖춘 경우라고 할 수 있다.[26] 고려인들의 문학은 한글로 민족정체성을 구현했다는 점에서 중시되어야 하며, 그들이 성취한 문학적 형상화의 질적 가치를 의심하지 말아야 한다는 주장[27]의 타당성은 시기나 지역에 제한을 받지 않는다. 그런 점을 감안하지 않는다 해도, 강태수가 성취한 디아스포라적 서정은 다른 시인이나 작가들에 비해 꽤 세련된 모습을 보여준다. 사실 디아스포라적 서정만큼 원초적 성향의 의식도 없을 것이다. 따라서 대개의 경우 과거에 대한 직접적 회상 같은 정제되지 않은 본능적 감정의 표출로 나타날 가능성이 크다. 강태수는 원래 고향인 함경도에서 원동으로, 원동에서 다시 중앙아시아로 두 차례에 걸친 디아스포라를 겪었으며, 소련 북극지역으로 끌려간 것까지 감안하면 다른 사람들보다 훨씬 복잡하고 비참한 디아스포라를 경험한 셈이다. 그럼에도 불구하고 그가 노출시키는 디아스포라 의식은 서정성을 고양시키는 주제의 한 부분으로 녹아들어 비교적 세련된 모습을 보여준다.

위에 인용한 두 작품은 창작 시기를 알 수 없으나 객관상관물이나 감정이입 등을 적절히 활용하여 디아스포라 의식을 세련되게 형상화한 사례들이다. <쪼르륵 쪼르륵…>은 의미구조 상 네 부분[1·2행/3행-7행/8행-11행/12행-끝]으로 나뉜다. 전체는 '기-승-전-결[혹은 서-본-결]'로 이어지는데, 각 부분에는 핵심적 객관상관물들이 들어 있다. 즉 기에서는 '달·진달래'가, 승에서는 '뒷산의 꼬부랑길'이, 전에서는 '길

---

26) 조규익, 앞의 논문, 214-215쪽.
27) 김낙현, 앞의 논문, 308쪽.

가의 눈·눈물'이, 결에서는 '남녘하늘'이 각각 객관상관물의 역할을 수행하고 있다. 기에서 '그 달'은 고향에서 보던 그 달이고, '꿈에서 보고 싶은 진달래' 역시 고향의 진달래다. '그 달'과 '진달래'는 '향수'라는 감정을 객관화하거나 표현하는 사물들이다. 그런데, "어느덧 달은 그 달"이라 했다. 말하자면 시적 화자가 현재의 위치에서 '고향의 옛 달'을 보고 있음을 말하고 있는 것이다. 이 부분의 시제는 '과거와 현재의 혼재'다. 슈타이거 식으로 말하면 '회감(回感)', '즉 주체와 객체의 간격 부재' 혹은 '서정적인 상호융화'가 그것이다.[28] 시인은 기에서 단지 두 행으로 옛날의 사물을 들어 보였을 뿐인데, 그것이 무엇보다 강한 향수의 표현으로 귀결되고 있다. 그는 또한 승에서 "뒷산의 꼬부랑길은/오늘도 남아 있으리"라 했는데, '뒷산의 꼬부랑길'은 고향동네의 옛길이다. 시인은 '오늘도 남아 있을 것'이라는 확신에 가까운 추측을 덧붙였다. 과거와 현재가 융합된 객체와 시적 자아의 서정적 상호융합이 이루어지는 좋은 예를 여기서 확인하게 된다.

시종 차분한 어조의 기와 승을 거쳐 전에 이르면 시상은 한 단계 더 고조된다. '길가의 눈'은 현재 시인이 서 있는 '이곳'의 눈이겠으나, '어릴 적 고향에서 한 줌 쥐어 짜 보던 그 눈'일 수도 있다. 어릴 적 쥐어짜던 눈에서는 단순히 '물'이 흘러 나왔으나, '지금 이곳'에서는 그 물이 눈물 되어 길바닥에 방울방울 떨어진다는 것이다. 눈물은 슬픔과 극도의 기쁨이 녹아 있는 액체다. '길바닥에 방울지는 눈물'은 향수의 샘에서 넘치는 슬픔의 액체일 것이니, 이 부분에서의 '눈 녹은 물'은 시인의 감정이 이입된 사물이다. 고조된 감정의 고비를 경계로 마지막 부분[결]에서 시인은 직설로 돌아가 드디어 '상주도 기다리지

---

28) E. 슈타이거, 앞의 책, 96쪽.

못하고 돌아가신 부모'를 등장시킨다. 여기서 부모는 고향을 내포한 복합개념이다. 시인이 하릴없이 바라보는 '남녘하늘'은 향수를 환기시키는 객관상관물이다. '돌아가신 부모'는 과거의 존재들이지만, 자식 특히 임종을 지키지 못한 타향의 자식 입장에서는 자신의 가슴에 가장(假葬)해둔 '현재의 존재들'이다. 그래서 이 작품은 전편이 과거와 겹치는 현재의 이야기로 구성되어 있고, 주체로서의 시인이 그것에 동화되고, '회감'하는 구조로 이루어져 있다. 이 시는 높은 어조의 통곡이 아니라 객관상관물들을 동원하여 치밀하게 짜낸 디아스포라의 미적 구조물이라는 점에서 탁월한 양상을 보여준다.

<아리랑>도 그런 점에서 비슷하다. 전체 5연인 이 작품은 '서사[1연]-본사[2·3·4연]-결사[5연]' 등 세 부분으로 짜여 있다. 각 부분에 공통되는 객관상관물은 '(아리랑)고개'다. 우리나라 어느 지방에 가도 만날 수 있는 것이 아리랑 고개다. 특정 고개에 붙은 고유명사이면서도 보통명사처럼 전국도처에 널려 있는 아리랑 고개는 오랜 역사를 거쳐 오면서 민족의 애환과 희로애락을 담게 된 '마음의 고개'다. '한 번 가면 다시는 돌아오지 못하는 한 맺힌 고개'가 신민요 <아리랑>에서는 '님이 갔지만 또 오기도 하는 구체적인 고개'로 변모되기도 했다.[29] 이처럼 전통민요이든 신민요이든 <아리랑>은 민족정서의 핵심을 담고 있는 전통노래의 대표다. 그리고 아리랑의 슬픈 정서는 '넘기 힘든' 아리랑 고개에서 발현되었다. 강태수의 <아리랑>에 아리랑 고개가 반복하여 등장하는 것도 그 때문일 것이다. 시인이 '아리랑 고개'를 찾아 헤매는 것과 고향을 찾아 헤매는 것은 동일한 의미를 지닌 행위다. 서사에서는 아리랑 고개의 탐색을 선언했다. 아리랑 고개를 찾는

29) 조용호, 『아리랑 원형 연구』, 학고방, 2011, 308쪽.

일의 지극한 어려움을 깨닫고 체념하는 것이 3연으로 구성된 본사다. 본사의 2연에 등장하는 '기러기·제비·진달래·눈'은 시인의 감정이 이입된 대상물들이다. 결사에 가서야 시인은 그가 찾던 고개가 바로 '사랑하는 가슴'에 있음을 깨닫게 된다. <아리랑>에서 이야기되는 '찾지 못한 고개/찾은 고개'는 결국 '아리랑 고개'이며, 그 고개가 바로 '고향'이라는 것이다. 시인이 고향을 무진장 그리워 해 왔지만, 정작 그 고향은 마음속에 있더라는 것이 이 시의 주제다. 시에서 시인이 말하고자 한 고향은 '찾지 못한 것'일 수도, '찾은 것'일 수도 있다. 물리적 공간으로서의 고향은 찾지 못한 고향이요, 심리적 공간으로서의 고향은 찾은 고향이라는 것이다. 찾지도 못할 고향을 애태우며 찾아왔으나 진정한 고향은 마음속에 있더라는, 차원 높은 깨달음을 노래하고 있다. 따라서 이 경우는 종래의 평면적인 디아스포라의 서정을 초월하는 경우다.

2. 생존원리로서의 현실적응과 이념지향

공산주의의 종주국인 소련을 연모하여 망명생활을 하다가 비극적 최후를 맞은 조명희처럼 강태수 역시 시련을 맛보게 되었다. 사실 강태수가 조명희를 추종했지만, 조명희와 달리 문학에서 추구한 것은 순수 서정이었다. 그러나 그의 문학적 지향이 공산주의 혁명투쟁에 맞추어질 수밖에 없었던 것은 그 역시 '공산주의의 한 복판에 내 던져진 존재'라는 상황논리를 극복하지 못했기 때문으로 보인다. <밭 갈던 아씨에게>로 체제의 부조리한 시련을 당한 그는 감금의 생활이 끝나면서 현실 적응을 모색하려는 단서들을 작품 속에 드러내기 시작했다. 몇 작품을 들기로 한다.

〈당-어머니〉

밤새며 요람을 흔드시는
사랑스럽고 거룩하신
어머니의 손이여!
밤새며 나라의 태평과
우리의 행복에 애태우시는
어머니의 심정이여!

어머니의 젖 먹고
어머니의 품안에서 자라난 내
생각하면 생각할수록
애정 깊어지는,
내 평생 못 잊을 어머니시여![30]

〈그 때는 오구말구요〉

그 어느 때
흰 돛 달고 나비처럼
오가던 나룻배는
널쪽만 남기고
길손의 가슴을 울리던
물결에 영영 가시여졌는가.
　　〈중　략〉
한밤에도 쿵쿵…
타는 마을의 불빛에
그믐밤도 거기는 대낮이래요

30) 김필영, 앞의 책, 263-264쪽.

양키들은 어디서나
미친듯 돌아치며
쌍지랄에 야단이래요
　　<중　략>
만일 미국의 어머니들이
아들의 관을 받거던
거북하게 울지 말고
백악관에 저주를 던지라

죽이러 갔다가 되죽은
그 몸이 어찌 불쌍하랴.
그래도 제 아들이라고
그대들은 울겠는가.
　　<후　략>[31]

〈내 거문고야, 울려라!〉
　　<전　략>

5
나는 정말 우스워
일밭에서 돌아 온 나는
허리 불러지게 우스워.
우리 막둥이·귀동이
또 투정질·트집질
쌀밥에 고기반찬에
목이 멘다고
또 투정질·트집질
이놈아, 철이 없어도

------

[31] 『씨르다리야의 곡조』, 102쪽.

분수가 있어야지.

겨떡이 목구멍을
빡빡 긁던
옛 마을 이야기
저절로 나온다
너도 알아야 된다
이름 난 아메리까
흑인의 계또에선
죤니, 또미…
케띠, 메리…
오늘도 배고파
아침부터 쓰레기통을
두 손으로 파고 판다.

가시 쇠줄 안에서는
남부 월남 아이들이
기한에 부들부들 떨며
빠드득빠드득 이를 간다네.
네 아저씨 계신
조선의 남녘땅은
찬 밥 한 숟가락 달라는
어린이의 울음에
서울 뿐인가,
동래 부산도 터진다네…

우리 막둥이·귀동이
눈을 크게 뜨며
소리 없이 밥숟가락을 든다.
네 밥숟가락이 걸은 길은

험하고도 장하다.
내가 든 기발은
네 손을 기다린다…
　　<후　략>[32]

　다른 사람들에 비해 심하다고 할 수는 없으나, 강태수도 이념이나 체제에 대한 찬양의 시들을 다수 발표했다. 그 가운데 인용하는 세 작품들은 시 세계 전환의 징표이자 체제 안에서 '살아남기 위한' 몸부림이 반영되어 있다는 점에서 중요한 의미를 지닌다.
　김필영의 지적대로 <당-어머니>를 지은 1957년도는 수용소 생활을 포함하여 20년에 가까운 거주지 연금생활을 당한 시기로서, 자신의 석방 문제를 위하여 이런 내용의 시를 쓸 수밖에 없었을 것이다.[33] 즉 그가 연금생활을 당하고 있던 임산사업소 관리들에게 잘 보이기 위하여 하기 싫어도 겉으로는 순종하는 것처럼 행동해야 하는 시적 화자의 괴로운 심정이 잘 나타나 있다는 것이다.[34]
　사실 이 작품에서의 어머니는 이국에서 수용소 생활을 하던 강태수의 내면을 채우고 있었을 디아스포라 의식의 핵심적 존재였을 것이다. 어머니에 대한 그리움은 바로 고향에 대한 그리움이었을 것이기 때문이다. 늘 어머니에 대한 그리움에서 헤어나지 못하던 그였으므로, 원래의 시에 나타난 내용이나 감정은 순수했으리라 추측된다. 그러나 20년 가까운 연금생활을 마무리하려는 시점에서 자신의 현실적 생존의 위기를 해소하는 일은 무엇보다 다급했다. 그래서 최종 순간 제목에

32) 『시월의 해빛』, 알마아따 "작가"출판사, 1971, 164-165쪽.
33) 김필영, 앞의 책, 263쪽.
34) 위의 책, 264쪽.

'당-'을 끼워넣어 '당과 어머니'를 동일시하는 정치적 결단을 내린 것으로 보아야 할 것이다. 자신에게 그토록 큰 시련을 안겨 준 공산당의 이미지를 어머니와 동일시한다는 것은 상식적으로 납득할 수 없다는 점에서도 이 시의 제목은 최후의 순간에 조정되었음이 분명하다. 자신이 지켜온 순수 서정의 시세계와 체제에 적응해야 한다는 현실적 필요성이 결합되기 시작하는 신호탄이라 할 수 있는 것이다.

<그 때는 오구말구요>는 베트남전의 비극과 미국에 대한 적개심을 동시에 그려낸 작품이다. 당시 베트남전에서 소련과 중국은 '인도차이나 반도의 공산혁명화'를 공동목표로 북베트남에 막대한 지원을 하고 있었다. 애당초 미국은 북베트남과 전쟁을 시작했으나, 결과적으로는 소련 및 중국을 중심으로 하는 공산권과 맞서 싸우는 형국으로 바뀌었으며, 베트남의 전장(戰場)은 이념대결의 현장이 되고 말았다. 그런 의미에서 강태수가 베트남전을 시적 소재로 삼아 미국을 공격한 것은 소련 당국의 기호에 맞는 일이었고, 소련이 적극 추진하던 공산주의 혁명화에 충실한 도구적 가치를 지니는 일로 생각될 만한 일이었을 것이다. 베트남전을 소재로 삼아 미국에 대한 비판이나 저주를 퍼부은 일이 강태수의 기존 시세계를 감안할 때 약간은 생경한 일이다. 그만큼 그 체제 안에서 살아남아야 한다는 욕구가 강했다는 증거일 것이다.

미국과 그 우방인 한국을 동시에 공격의 대상으로 삼아 자신들의 체제적 우위를 드러낸 것이 <내 거문고야, 울려라!>이다. 이 작품은 내부에 여섯 부분으로 나뉘어 있는 장편시이며, 인용한 부분은 그 가운데 5번이다. 이 시[5번]는 '서사[1연]-본사[2연·3연]-결사[4연]'로 나누어지며 '쌀밥에 고기반찬'이란 사회주의 국가들의 전통적인 슬로건을 핵심으로 그것이 실현된 시인의 현실을 서사에서 읊었고, '아침부터 쓰레기통을 두 손으로 뒤지는' 미국의 현실과 '기한에 부들부들 떠

는' 남부 월남 아이들의 참상 및 '찬 밥 한 숟가락 달라는' 남조선 어린이들의 참상을 본사에서 읊었으며, 그런 이유로 '자신들의 체제가 우월하다'는 자부심을 결사에서 읊었다. 이 작품의 핵심적인 내용들이 사실이냐 아니냐가 '제대로 된 시의 성립'에 중요한 조건은 아니다. 여타 해외 한인들과 달리 그가 그나마 유지해오던 시적 수준을 저하시키는, 생경한 소재들의 나열이나 선전문구 수준의 형상화 방법 등은 스스로도 감내하기 어려운 일이었을 것이다. 그러나 '체제 내에서 살아남아야 한다'는 현실적 생존의 절박성은 그로 하여금 적응하게 만들었을 것이고, 시적 세계의 일정 부분을 이념 지향적으로 만들었던 것이다.

3. 회한과 깨달음, 그리고 서정성에로의 회귀

2001년 92세를 일기로 세상을 뜬 강태수 시인에게 있어 80년대부터 사망까지는 그의 작품 성향으로 미루어 말기에 속한다고 할 수 있다. "이 시기에 발표된 강태수의 작품에서는 옛 추억을 되새겨 보거나 늘 그막에 인생을 마감하려는 시인의 마음가짐을 볼 수 있다"[35]는 지적도 나왔지만, 이 시기의 작품들에서는 출발기의 작품들에서 볼 수 있었던 서정성이 재현되고 있음을 확인하게 된다. 현실에 얽매어 살던 중기의 작품들이 이념적 성향을 짙게 띠었다면, 이 시기의 작품들은 원래의 서정세계로 돌아간 모습을 보여주고 있다. 특히 카자흐스탄에 도착한 이듬해 '시작품의 불온성'이란 덫에 걸려 북극의 유형지로 끌려가면서 애인과도 이별하는 등 헝클어진 그의 인생을 되돌아보며 만

---

35) 김필영, 앞의 책, 785쪽.

감이 교차했을 것이다. 그 시기의 감정을 마음속에 담아 두었다가 그의 나이 87세인 1995년에 쓴 것이 바로 <마음속에 넣어 두었던 글>[36]이다.

우선 80년대의 작품으로 <멀어만 가는구려>를, 90년대 작품으로 <마음속에 넣어 두었던 글>을 뽑아내어 살펴보기로 한다.

〈멀어만 가는구려〉

자유를 향해 자유를 얽매고
행복을 위해 행복을 죽이며
고생을 넘어 고생에 들어서던
우리의 젊은 나날은 마침내
가을 하늘에 떠가는 기러긴양
날마나 멀어만 가는구려.

좋다 궂다 군소리 없이
수풀은 어느새 단풍으로 옷차려
보기는 고와도 가슴이 차거워라
간혹 꽃들이 보인다 해도
꽃잎들이 이미 게자분한데
가을비는 하염없이 방울에 방울.

우리의 운명에 바로 인찍혀
커다란 희망을 가슴에 품고도
하나의 삶만 살게 되었고
차례로 버금세대에

---

36) 작품 전문은 김종회, 앞의 책, 175-179쪽 참조.

애쓰다 페따를 넘겨주거니
삶이 보다 좋아지리라 믿으면서_
늘 깊은 생각에 파묻긴
자연이 맨먼저 발명했어라
온갖 삶의 앞날을 위해
꾸준히 구울러 나아가는 바퀴를,
멈출줄 모르는 진화의 바퀴를,
삶의 비밀과 모순의 중태를!

한생을 시간과 날자로 풀어놓으면
길이가 월가강이며
많기가 밤 하늘에 별들이라네.
만일 마지막 숨결이 겨웁다면
다만 우리가 살줄 몰랐음이리라.
하루 길도 걷기에 달렸는데_

차라리 그럼이 나을가…
간다 온다 말 한 마디 없이
젊은 철은 슬며시 물러서더니
날마다 멀어만 가는구려
가을 하늘에 떠가는 기러기처럼
한 번 뒤도 돌아보지 않으며_[37)]

1연과 마지막 행에서 반복되는 '날마다 멀어만 가는구려'를 제목으로 잡은 시인의 의도는 분명하다. 누구의 시점에서 무엇이 멀어져 간다는 것일까. 인생의 황혼에 도달한 시인의 눈으로부터 젊은 날 보고

---

37) 자필 텍스트.

접했던 모든 것들이 멀어져 간다는 말이다. 말하자면 자연과 문명, 세상살이를 스치듯 지나친 채 시인 자신은 멀리 떠나온 것이다. 항상 가까이에서 보아 온 까닭에 제대로 관조할 수 없었던 모든 것들을 이젠 담담하게 보고 회감할 수 있게 되었다는 뜻이리라. 재미있는 것은 이 시에서 과거시제는 첫 연과 마지막 연이고, 나머지 2~5연은 무시제이거나 현재시제다. '자유를 위해 자유를 얽매고/행복을 위해 행복을 죽이며/고생을 넘어 고생에 들어서던' 시기가 바로 자신의 젊은 나날이었다고 시인은 회상한다. 그러나 강태수 뿐 아니라 그 누구도 젊은 시절에 자유가 무엇이고 행복이 무엇인지, 고생이 무엇인지 알 수 있는 사람은 없을 것이다. 강태수도 그것을 알고 있겠지만, 자유를 위해 자유를 얽맸고, 행복을 위해 행복을 죽였으며, 고생을 넘어 고생에 들어섰다고 했다. 무엇엔가 얽매여 인간이 누려야 할 권리나 행복을 포기했었다는 말인데, 강태수의 이 말은 매우 중요한 의미를 갖는다. 이 시 행들을 통해 강태수는 '이념의 허상에 의해 지배된 젊은 시절'을 안타깝게 회고하고 있다. 시인은 이념에 얽매여 불화와 갈등, 투쟁을 불러왔고, 결국 인간의 자유와 행복을 왜곡시킬 수밖에 없었음을 이제야 비로소 깨닫고 고백한다. 그 시상은 마지막 연에서 한 번 더 반복·강조된다. '간다 온다 말 한 마디 없이/젊은 철은 슬며시 물러서더니' 날마다 멀어져 간다고 한탄한다. 마치 가을 하늘의 기러기 떼처럼 미련 없이 '한 번 뒤도 돌아보지 않으며' 자신의 젊은 시절이 멀어져 갔다는 것이다. 그런데 '차라리 그럼이 나을까…'를 마지막 연 첫 행으로 들어놓은 까닭은 무엇일까. 첫 연에서 그는 젊은 시절을 반성적으로 회고했고, 중간에서 삶의 보편태를 제시했다. 그리고 마지막 연에서 멀어져 가는 젊음을 아쉽게 바라보는 시인의 모습이 클로즈업된다. 따라서 '차라리 그럼이 나을까…'는 시행착오 투성이인 젊은 시절이 멀리 가버리는 게 나을지도 모르겠다는 회의(懷疑) 혹은 회한(悔恨)의 표현일 가능성이 크다. 물불을 못 가리고 이념의 사역(使役)에 맞추어 날뛰었던 젊은 시절의 열정을 이젠 멀리 떠나 보내고 싶다는 시인의 슬픈 깨달음이라고 보는 게 타당하다.

<마음속에 넣어 두었던 글>은 일생동안 짓눌렀던 '유형지 행'의 기억을, 마음의 짐을 내려놓듯 털어낸다. 이 시에는 청춘을 걸었던 애인과 자신을 일생동안 억압해온 체제에 건네는 자신의 메시지가 진술하게 담겨 있다. 어쩌면 그 체제 속에서 유지해온 그간의 삶이 허위와 기만에 가득 찬 것이었음을 밝히려는 의도였을 것이다. 작품 속의 시점은 그가 죄수차를 타고 북쪽으로 끌려가던 1938년이다. 그러나 이면의 내용은 60년 가까운 세월을 짓눌려 살아온 체제의 본질에 대한 깨달음과 회한이다.

〈마음 속에 넣어 두었던 글〉

　　(전　략)

　　오직 내가 원하는 바는
　　네가 속히 귀여운 아기들의
　　어머니가 되며
　　남편의 던지는 웃음에
　　두터운 정으로 대답하며
　　또 우리에게만 부족되지 않던
　　그 무엇으로 보태면서
　　무한히 행복하기를!
　　그리고 또 하나는!
　　너는 나를 "죄인"이라고

절대 부르지 말기를!
이곳은 모두다 시대의
불측한 장난일 줄 알어라
하늘이 아무리 흐린들
네철 내내 비가 내리겠는가.
사납던 징기스한의 무덤은
오늘도 나지지 않으며
로마에 불지르고도
"오, 나의 사랑하는 로마여!" 하고
웨치던 네론의 혼은
이날도 저주의 무쇠탈 쓰고
아마 지옥에서 헤매리라
악은 백 년 후에도 발각되며
선은 민중의 부르는 노래에
오래오래 담겨진다.

　　(후　략)[38]

　이 부분은 강태수의 자전소설 『운명의 그늘』에서 혜숙으로 등장하는 그의 애인에게 마지막으로 던지는 현실적 부탁이며 절규다. 이번의 유형이 자신이 마지막 가는 길이니 다른 사람과 결혼하여 여인으로서의 행복한 삶을 누려 달라는 부탁이지만, 사실 자신이 떠나고 나면 그럴 수밖에 없으리라는 비관적 예측으로부터 생겨나는 비참함을 덜기 위한 일종의 '자기방어기제[自己防禦機制/self defense mechanism]'로 보아야 할 것이다. 그러면서 자신이 처한 현재의 상황이 '시대의 불측한 장난'일 뿐, 자신은 죄인이 아님을 강조했다. '하늘이 아무리 흐린

---

38) 김종회, 앞의 책, 177-178쪽.

들 사계절 내내 비는 내리지 않을 것'이란 확신과 함께 징기스칸 및 네로의 악행을 예로 들면서 자신을 비참하게 만든 세력의 부조리를 강하게 질타하고 있다. 그러나 시인이 이 작품에 등장시키고자 한 인물이 과연 징기스칸이나 네로였을까. 사실 징기스칸이나 네로는 역사상 정복자나 폭군이었을 뿐 직접적으로든 간접적으로든 시인과 연관된 인물들은 아니다. 정작 이들을 통해 그가 들고 싶었던 인물은 스탈린이었다. 스탈린 치하에서 강제이주와 북극 유형을 통해 젊음과 사랑을 잃은 그였다. 그러니 그에게 스탈린보다 더 극악한 군주는 없었을 것이다. '저주의 무쇠탈을 쓰고 지옥에서 헤매리라'는 그 저주의 대상은 네로가 아니라 스탈린이었다. 이제 비로소 시인은 자신이 몸담아 온 공간, 그간 생존을 위해 인정할 수밖에 없었던 공산주의 체제에 대한 환멸과 증오를 이런 저주로 표출시키고 있는 것이다. 시인의 입장에서 혜숙에 대한 용서와 스탈린 체제에 대한 저주는 운명과 같았던 자신의 과거를 부정하는 일이었다. 체제의 억압 속에서 '진정으로 하고 싶은 말'을 하지 못하고 살아온 세월은 그에게 암흑과 같은 시간대였다. 인생의 종착역에 이르러서야 그는 '진정으로 하고 싶은 말을 해도 된다'는 사실을 깨달은 것이다. 바로 그것이 시에 있어서는 진정한 서정성의 회복이었다. 이 시의 에필로그[…언제나 동이 트겠는가./"죄수차"의 밤은 참으로/길기도 하여라…]는 <밭갈던 아씨에게> 마지막 행[아, 아직도 동녘은 껌껌나라,/어서 동이 트고 날이 밝아야 우리는…]의 시적 모티프가 반복된 부분이다. 당시 강제이주 열차에 실려 원동을 떠나면서 느낀 '암담함'을 카자흐스탄에서 북극으로 향하는 호송열차에서도 똑같이 느꼈으며, 과거를 회상하며 마음속에 담아둔 말을 뱉어내는 인생의 막바지에도 동일한 감정임을 보여준 것이 바로 이 시구인 것이다. 그것은 회한과 깨달음이었고, 과거 사실들의 회감을 통한 서정성으로의 복귀를 보여준 것이기도 했다. 이처럼 인생의 막바지에 이르러 강태수는 두려움 없이 시대와 체제의 폭력성을 직시할 수 있었고, 그 부조리를 깨달았으며, 그가 애당초 추구했던 진정한 서정의 세계로 돌아올 수 있었던 것이다.[39)]

Ⅳ. 맺음말

강태수는 해외한인 시인들 가운데 특이한 존재다. 생활고 때문에 함경도에서 러시아의 원동으로 이주했고, 정치적 이유 때문에 원동에서 카자흐스탄의 크즐오르다로 강제이주되었으며, 1938년에는 억울한 죄목으로 북방으로 유배되어 20여년을 감금된 채 살았다. 이처럼 3차에 걸친 디아스포라1의 역경을 당했다는 점에서 다른 해외 한인들에 비해 훨씬 고통스런 생애를 보냈다고 할 수 있다. '출국-강제이주-유형-정착'의 지난한 고비들로 점철되어 있는 그의 일생은 서사적이자 극적인 양상까지 보여주는데, 역사적 질곡과 개인의 고난이 맞물려 이루어진 자신의 삶을 그려냈다고 생각되는 그의 문학이 현재 주목 받는 이유도 여기에 있다.

그는 사회주의 혁명사상을 바탕으로 하고 있던 조명희로부터 문학정신을 물려받아 그 나름의 문학세계를 구축했고, 지배체제나 이념에

---

39) 그는 이 시를 발표한 뒤 6년만인 2001년에 세상을 떴다. 말하자면 자신이 몸담아온 체제의 폭력성과, 평생 지울 수 없었던 실연의 아픔에 대하여 깨달음과 회한, 용서가 복합된 메시지를 이 시 한 편에 응축시켜 놓고 떠난 것이다. 따라서 과거 사실들의 회감을 통한 서정성의 구현이야말로 강태수 문학세계의 종착역인 셈이다.

대한 반응에서 조명희와 유사한 궤적을 보여주었다. 조명희가 붙잡혀 죽기 직전까지 공산주의의 잔인함을 깨닫지 못했던 것처럼 강태수 역시 그들에게 시련을 당하기 직전까지는 그 체제의 잔인함을 깨닫지 못한 점에서 유사하다. 그러나 조명희가 갑작스런 상황의 변화에 손을 쓰지 못하고 당한 반면, 강태수가 현실과 타협해 가면서 그 자신의 문학정신을 지속시켜 나간 것은 폭력적인 체제에 대한 반응의 상이한 모습이었다. 사실 조명희의 제자라는 이유만으로 20여년을 극한상황에 가두어 둔 그 체제가 강태수 개인에게는 불가항의 절대 권력이었다. 스승 조명희가 한동안 일제에 항거하고 민중들을 다독여 공산주의의 이상체제를 건설하기 위한 문학을 실천한 데 비해, 강태수의 경우는 자신이 속해 있는 구소련의 체제에 저항할 수 있는 상황조차 마련되어 있지 않았다. 여기서 강태수는 나름대로 문학을 통해 그 해법을 찾아야 했을 것이다. 그가 남긴 서정시들 사이에 공산주의적 현실에 타협하여 이념을 표출한 시들이 적잖게 보이는 점을 그 증거로 들 수 있다.

강태수 시 세계의 출발은 서정성의 구현에 있었다. 당시 체제가 '불온성'을 읽어낸 그의 시 <밭 갈던 아씨에게>도 사실은 순수 서정성을 바탕으로 한 작품이다. 그러나 연금생활에서 풀려나면서 그의 문학적 지향이 공산주의 혁명투쟁에 맞추어질 수밖에 없었던 것은 그 역시 '공산주의의 한 복판에 내 던져진 존재'라는 상황논리를 극복하지 못했기 때문이다. <밭 갈던 아씨에게>로 체제의 부조리한 시련을 당한 그는 감금의 생활이 끝나면서 현실 적응을 모색하려는 단서들을 작품에 드러내기 시작한 것이다. 작품 속에 체제 찬양이나 서방세계에 대한 증오 등 이념적 색채를 빈번하게 보여주었으나, 사실 이런 것들은 작품 전체와 그다지 자연스러운 조화를 이루었다고 볼 수는 없다. 시인은 그가 추구하는 미학과 내용으로서의 이념이 어색하게 엮여진 문학작품들을 한동안 발표하다가 만년에 들어서서는 다시 출발지점의 서정성으로 복귀하게 된다. 2001년 92세를 일기로 세상을 뜬 강태수 시인에게 있어 80년대부터 사망까지를 작품 성향으로 보아 말기라 할 수 있는데, 이 시기의 작품들에서는 출발기의 작품들에서 볼 수 있었던 서정성이 재현되고 있다. 현실에 얽매여 살던 중기의 작품들이 이념적 성향을 짙게 띠었다면, 이 시기의 작품들은 원래의 서정세계로 돌아간 모습을 보여주고 있기 때문이다. 현실적 제약이나 욕망을 내려놓아도 괜찮은 시점에 이르러서야 그는 서정미학의 추구로 돌아갈 수 있었던 것이다. 파란만장한 그의 생애는 방황하던 그의 문학이 먼 길을 돌아 다시 제 길을 찾은 것과 같은 궤적을 보여준다. 이처럼 해외 한인들이 역사의 고비에서 겪었을 가혹한 시련과 부조리한 억압에 어떻게 대응해 나왔는가를 작품으로 보여주었다는 점에서 강태수는 매우 의미 있는 인물이라 할 수 있다.<『대동문화연구』 76, 성균관대 동아시아학술원 대동문화연구원, 2011. 12.>

고려인 극작가 태장춘이 재현한 홍범도의 영웅서사와 연극미학

Ⅰ. 시작하는 말

러시아 연해주의 재피거우(Chapigou) 마을에서 출생한 태장춘[1911-1960]은 어려서 부친을 여의고 15세부터 블라디보스톡의 공장 등 많은 일터를 전전하며 제대로 된 학교교육을 받지 못했으나, 1931년 해삼어업대학 노동학원을 졸업한 뒤 1932년 조선극장 창설 당시부터 희곡작가로서 극장의 발전에 크게 기여했다.[1] 그는 21살 나던 해 상연된 「기근의 들판」[원동 노동청년극장]에서 주역을 맡아 호평을 받을 정도로 연극에 천부적인 자질을 갖추고 있었다. 노동청년극장을 비롯한 예술단체들을 모태로 1932년 블라디보스톡에 창립된 고려극장[2]에서 그는 이함덕·이길수·연성용·이정림·채영 등과 함께 극작가로 활약했다.[3]

---

1) 김필영, 『소비에트 중앙아시아 고려인 문학사(1937-1991)』, 강남대 출판부, 2004, 96쪽.
2) 원래는 '조선극장'이었고, '고려 희극극장·카자흐스탄 음악희곡극장' 등의 개명과정을 거쳐 '카자흐스탄 국립고려극장'으로 정착했다. 이 글에서는 편의상 '고려극장'으로 부른다.
3) 태장춘은 1934년 이 극장에 발을 들여놓으면서 자신의 작품 「밭두렁」을 상연

1937년 고려인 강제이주와 함께 고려극장 역시 카자흐스탄의 크즐오르다로 옮겨졌고, 그 후 '크즐오르다 → 우슈또베 → 크즐오르다 → 알마틔'로 이주를 계속하는 동안 태장춘은 시종일관 고려극장의 핵심적 인물로 활약했으며, 소련 고려인 문학의 선구자 대열에 자리 잡게 되었다.4) 그 과정에서 그는 주목할 만한 희곡작품들을 창작하여 고려극장에서 상연했는데, 「밭두렁」[1934/채영 연출]·「신 철산」[1935/채영 연출]·「우승기」[1937/채영 연출]·「종들」[1937·1948/최길춘 연출]·「행복한 사람들」[1938/최길춘 연출]·「홍범도」5)[1942(최길춘 연출)·1947(이길수 연출)·1957(채영 연출)]·「생명수」[1945/채영 연출]·「홍부와 놀부」[1946·1956(채영 연출)·1970(연성용 연출)·1986(송 라브렌지 연출)]·「해방된 땅에서」[1948/이길수 연출]·「38도선 이남에서」[1950(채영 연출)·1981(김 이오시프 연출)] 등이 그것들이다.6) 이들 가운데 당시 실존했던 인물을 '항일영웅의 문학적 형상화'라는 관점에서 그려낸 「홍범도」는 일제 시대였던 당시 디아스포라 작가로서 태장춘이 갖고 있던 의식과 함께 당대 고려인 문단의 기대지평을 내포하고 있다는 점에서 의미 깊은 작품이라 할 수 있다.

사실 실존인물로서의 홍범도는 출신성분으로 보아 미미했으면서도

했으며, 김진·이함덕·이 니꼴라이 뻬뜨로비치·연성용·최봉도·박춘섭·이길수·이경희·김호남 등과 함께 '고려극장의 시조'로 불렸다.[고려극장, 『고려극장의 역사』, 라리쩨뜨, 2007, 122-123쪽 참조].

4) 정상진, 『아무르만에서 부르는 백조의 노래-북한과 소련의 문화예술인들 회상기』, 지식산업사, 2005, 211-212쪽 참조.

5) 발표 당시의 제목은 '의병들'이었고, 홍범도 사후 '홍범도'로 개제되었음.

6) 조규익, 「카자흐스탄 국립 고려극장의 존재의미와 가치」, 『한국문학과 예술』 4, 숭실대 한국문예연구소, 2009, 58-67쪽 참조. 각각의 작품들에 명시된 연도들은 상연된 시기이고, 그 중 맨 앞쪽은 창작 및 발표 연도를 겸한다.

항일투쟁에서 비범한 면모를 보여 준 '전설적 존재'인데, 이 점은 '미천하면서도 비범하다는 중세시대 건국영웅들의 이중성'[7]과도 연결되는 특징일 수 있다. 특히 작가인 태장춘이 주인공인 홍범도를 대면하여 그로부터 직접 구술(口述)을 받아냈고, 작품의 구성이나 내용의 조직에 관한 그의 주문을 성실히 반영하고자 했다는 점에서 작가의 상상력이 발휘될 여지가 원천적으로 봉쇄될 수밖에 없었다는

1세대 고려인 작가이자 카자흐스탄 공훈 예술활동가였던 태장춘

한계는 있었지만,[8] 사실(史實)에 충실한 희곡의 모범적 선례를 보여 주었다는 점에서 특별한 의미를 지니는 작품이라 할 만하다.[9] 「홍범도」

7) 조동일 외, 『국문학의 역사』, 한국방송통신대학출판부, 2012, 75쪽.

8) 홍범도는 극작가 태장춘에게 이 희곡이 자기와 같이 전투를 치렀던 동지들에게 더 많은 주안점을 둘 것을 항상 주장했으며, 정확한 사실만을 쓰도록 하고, 거기에 어떤 예술적 상상을 가미하는 것을 허용하지 않았다고 한다. 특히 태장춘의 아내인 이함덕의 회상에 의하면 '태장춘이 흥미로운 희곡의 전개를 위해 사건을 조금만 변형하자고 제안했을 때조차 홍범도는 화를 내면서 어떤 희곡적 상상도 거짓으로 여기고 실제 사건이 일어났던 그대로 해달라'고 요구했다는 것이다(И. Ким 『Советский корейский театр』, Алма-Ата:ⓒ издательство <Өнер>, 1982, 35쪽 참조). 말하자면 「홍범도」를 집필하면서 태장춘은 희곡작가로서의 창조적 상상력 발휘에 상당한 제약을 받았던 것으로 보인다.

9) 홍범도의 가족[부인, 두 아들]은 물론 등장인물들 대부분이 실존인물들이라는 점은 무엇보다 극 내용의 사실성을 뒷받침하는 점이다. 특히 의병대장 홍범도의 상대역으로 등장하는 일본군 헌병대장 야마도와 일진회의 괴수 원흥·재덕

는 원래 3부작[농민 두목 홍범도의 자연적·무의식적 투쟁을 그려낸 현재의 「홍범도」가 1부작이고, 볼셰비키의 영향 아래 붉은 빨치산의 지휘자가 되는 것을 2부작으로, 레닌과의 만남 이후에 이상적이며 분명한 혁명가이자 국제주의자가 되는 것을 3부작으로 하고자 했음]으로 기획되었는데, 그의 때 이른 죽음으로 실현되지 못했다.[10] 따라서 불완전한 대로 이 글에서는 1부작[「홍범도」]만을 대상 으로 '항일영웅의 형상화'를 통해 구현하고자 한 리얼리티의 의미나 본질을 찾아보고자 한다.

II. 작품에 대한 당대의 인식과 평가

「홍범도」는 1942년 봄 고려극장에서 처음으로 상연되었는데, 당사자인 홍범도와 원로 문인 김기철, 극작가 태장춘 등과 함께 객석에서 연극을 관람한 바 있는 평론가 정상진은 자신의 책에 연극이 끝난 다음 그들이 주고받은 이야기를 다음과 같이 적었다.

등이 홍범도의 가족을 이용하여 홍범도를 귀순시키려 한 사실[일본군 제13사단 참모부가 1908년 5월 12일자로 대한민국 내부 경무국으로 보낸 「북부수비관구내폭도토벌경황 제83호」 문서에 함북 북청 수비군 사령관 야마모토(山本) 대좌가 1908년 4월 30일자로 관내의 제3순사대 대장 임재덕에게 내렸던 「명령」이 들어 있는데, 이 보고에 의하면 홍장군의 부인과 자식이 1908년 4월 30일 이전에 일본군 토벌대에 체포 억류되어 있었음과 그들을 인질로 해서 홍장군을 귀순시키려한 증거가 있다고 한다. 한국연극협회 편집부, 「홍범도 장군에 관한 논쟁 사례」, 『한국연극』 155, 사단법인 한국연극협회, 1989. 4, 26쪽]은 그 점을 분명히 보여준다.

10) И. Ким, 앞의 책, 37쪽.

1942년 봄에 카자흐스탄 크질오르다 시 조선극장 무대에 태장춘 씨가 쓴 희곡 「홍범도」가 올랐던 때를 회상하고 싶다. 그 날 나는 김기철 선생 덕분에 선생과 함께 바로 홍범도 장군이 앉아계신 뒷줄에 앉아 연극을 보게 되었다. 그 때 나는 처음 홍범도 장군을 가까이 보게 되었다. 물론 1930년대부터 이주 뒤에도 각종 행사들에서 자주 장군을 보기도 하고 그의 연설도 들었다. '장군으로서는 너무 평범하고 소박하지 않는가?' 하는 생각도 없지 않았다. 연극을 보면서 김기철 선생은 귓속말로 "상진이, 태장춘이 확실히 재간 있는 사람이야! 됐소! 장군의 모습이 제대로 된 것 같아!" 하고 감탄하였다. 연극이 끝나자 장내 관객들은 일어서서 연극에라기보다 홍범도 장군을 향하여 박수를 보냈다. 홍범도 장군은 일어서서 관객들을 향하여 손을 들어 답례하시는 것이었다. 배우들이 무대에서 객석으로 내려와 홍범도 장군의 손을 잡고 인사 겸 물었다. "장군님, 인상이 어떻습니까?" "너희들이 나를 너무 추켰구나!" 홍범도 장군은 웃으면서 대답했다.[11]

　이 글에는 홍범도에 대한 정상진의 평가, 태장춘과 비슷한 연배로 '소련 조선인 문단에서 대표적인 산문가이자 문학가로 존경받던'[12] 김기철의 평가, 홍범도 자신의 평가 등 세 가지 내용이 들어 있다. 정상진은 인간 홍범도를 "장군으로서는 너무 평범하고 소박하다."고 했다. 그는 홍범도로부터 '영웅 홍범도의 인간적 측면' 즉 범속성을 읽어낸 것이다. 김기철은 '작가 태장춘이 인간 홍범도의 모습을 잘 그려냈다'는 점을 근거로 연극 「홍범도」를 성공작으로 평가했다. 그러나 당사자인 홍범도는 '작품 속에서 자신을 너무 추켜세웠다.'고 했다.[13] 다시

---

11) 정상진, 앞의 책, 229-230쪽.
12) 정상진, 위의 책, 226-227쪽.
13) 물론 홍범도의 이 말은 자신에 대한 겸사로 보는 것이 타당하다.

말하면 실상보다 많이 과장되었다는 것이다. 사실 처음부터 홍범도는 태장춘에게 상상력을 동원하여 자신을 너무 과장하지 말고 '정확한 사실'만을 쓸 것을 당부한 바 있다[앞주 8) 참조]. '희곡적 상상에 바탕을 둔 사실의 변형은 거짓'이라는 것이 홍범도의 주장이었다.[14] 이상 세 사람의 평언들을 통해 당시 희곡의 생산자나 수용자의 입장에서 중시되던 것이 '사실적 인물형상'이었음을 알 수 있게 된다.

홍범도

특히 홍범도의 실제 모습에 대한 정상진의 언급은 당시 중시되던 작품 속 영웅 묘사의 기준이나 방법을 암시한다. 실제 인물 홍범도가 '장군으로서 너무 평범하고 소박한 존재'였다는 정상진의 평은 연극에서는 그에게 붙어 다니던 전설이나 신화를 바탕으로 그의 실제 모습을 과장함으로써 인물의 전형을 창조해야 한다는 것이 당시 대중들의 기대지평이었음을 역으로 암시한다.

홍범도가 연극에 대한 그런 미학적 요구를 무시한 채 자신의 모습을 결코 과장하지 말고 '정확한 사실'만을 쓸 것이며, 주변의 인물들을 부각시켜 달라고 주문한 사실은 한 발 앞서 나간 리얼리즘이 당대 연극미학의 주류였음을 극명하게 보여준다.

초창기 고려극장의 희곡작가들이나 연출가들이 모스크바 예술극장

---

14) 이 부분에서 홍범도가 희곡 작법으로서의 '사실'을 말한 것은 아니었을 것이다. 오히려 기록보다는 구전으로 떠돌던 자신의 항일 전투가 정확히 기록되기를 바란 데서 이런 말이 나왔으리라 본다.

의 창립자이자 사실적 연기(演技)의 원조인 스따니슬랍스키의 이론을 수용한 단서를 보여주는 점으로 미루어, 당시 소련 전역을 지배하고 있던 그의 연극기법이 고려극장의 연극미학을 지배하고 있었던 것으로 생각된다.15) '배우의 외면연기-제스처·음성·동작의 리듬 등-를 자연스러우면서도 설득력 있게 만들어야 한다는 것, 배우는 자신이 맡은 등장인물의 내적 진실을 전달할 수 있어야 한다는 것[즉 등장인물의 가시적인 부분을 완전히 파악했다 해도 깊은 확신과 신념이 없으면 연기가 피상적이고 기계적으로 보인다는 것], 배우는 무대 위에 드러나는 인물의 삶을 실생활에서처럼 지속적이고 역동적으로 표현해야 한다는 것, 같은 장면에 등장하는 다른 연기자와 '호흡'을 잘 맞출 수 있어야 한다는 것' 등16)은 스따니슬랍스키가 강조한 점인데, 고전극에서 소외되었던 '동시대의 삶이나 현실 사회의 모든 것들', 다른 말로

---

15) 고려극장이 원동의 신한촌에서 시작되던 시점부터 창작과 연출에 참여한 연성용은 자신의 회상록[『신들메를 졸라매며』, 예루살렘, 1993, 26쪽]에서 "내가 공부하는 데에는 파란곡절이 많았다. 더는 공부할 가망이 없었기 때문에 독학으로 학식을 다듬어야 되겠다는 굳은 결심이 생겼다. 그리하여 스따니스라브스끼의 배우들의 연기 수업, 볼갠시덴의 연극 이론, 사흐노브스키의 연극 지도서를 나의 학교로 삼고 그 책들을 통달하듯 읽고 또 읽었다."고 했다. 그가 고려극장이 중앙아시아로 이주한 이후 상당 기간 그곳의 支柱로 있었음을 감안하면 스타니슬랍스키의 연극미학은 매우 중시되었으리라 짐작된다. 뿐만 아니라 "문학과 예술의 당성에 대한 레인적 원칙을 엄수하며 또는 까.쓰따니슬랍쓰끼와 웨.네미로위츠-단첸교가 발전시킨 로씨야 극장 예술의 전통과 사회주의 레알리슴에 의거하며 우리 인민의 생활과 긴밀히 련결되어 사업하여야만 극단은 인민의 요구에 보답되는 훌륭한 작품들을 내어 놓을 수 있다는 것을 극장 꼴렉찌브는 자기의 일상 사업에서 지침으로 삼아야 할 것."이라는 無記名의 레닌기치[1956년 12월 21일, 1면] 기사 역시 당시 소련에서 국가적으로 스타니슬랍스키의 미학을 강조하고 있었음을 알 수 있다.

16) 에드윈 윌슨 저, 채윤미 역, 『연극의 이해』, 예니, 1998, 86쪽.

심적 태도·물리적 배경·물질적 조건 등을 재현하는 작업은 당시 리얼리즘의 가장 핵심적인 사항이었다. 김기철이 「홍범도」를 성공작으로 평가한 것도 바로 그런 기준에 바탕을 둔 판단이었으리라 본다.

1951년 12월 모스크바에서 카자흐스탄을 비롯한 중앙아시아 여러 나라 희곡작가들의 세미나가 열렸고, 이 세미나에 태장춘은 「홍범도」를 제출했는데, 이 모임에서 소련의 평론가 아. 크론(A. Крон)은 「홍범도」를 다음과 같이 비판적으로 보았다.

> 생애에 일어난 사실의 선택과 그것의 드라마적 구현은 작가의 창작적 과업에서 가장 어려운 일 중 하나다. 연극 <홍범도> 제2막의 무대그림에는 적으로부터 노획한 오렌지들이 등장하였다. 그런데 이것을 본 홍범도는 그 오렌지는 적이 독을 주입한 것이라며 폐기를 명령하였다. 이는 당연히 예술적 형상을 저하시키는 것이었는데 홍범도의 성격으로 보아 이는 별로 놀랄 일도 아니다. 이처럼 희곡창작과정에서 홍범도와 같이 겪은 우스운 역사적 에피소드가 실제 있었다. 헌데 태장춘이 확실한 사실에 입각하여 희곡을 쓰게되자 그 작품은 그에 상응하는 희극적 효과를 얻어내지 못했다. 보건대 그 비밀은 기존 사실에 대한 예술적 가공의 수준에 달려있는 것 같다(즉 태장춘이 예술적 가공을 제대로 하지 못했다). 그 외에도 태장춘은 다음과 같은 한 가지 중요한 항목을 고려하지 않았다. 즉 홍범도는 탁월한 전문 사냥꾼이었고, 그의 자연에 대한 지식, 관찰력, 발자취를 따라 쫓는 감촉력은 일본인들이 파놓은 교묘한 함정에서 빠져나오는데 자주 도움을 주었다(태장춘은 이와 같은 사실을 고려하지 않고 연극을 만들었다). 문학작품 속 주인공의 원형은 예술적 형상의 논리에 따른 삶을 살아야 한다. 예를 들면, 기생 월량과 그의 아들 양순이 나오는 무대장면에서 홍범도가 그 현상의 핵심을 이해하지 못한 채 기생을 죽이라고 명령하고 자기 총으로 그 아들을 쏘는 부분은 부자연스러워 보인다. 이 희곡에서 이와 같은 행위의 모티브는 논리적으로 정당하지 못하

다. 그러나 홍범도의 생애에서 실제로 그런 일이 있었고 이 사실은
여러 고려인들에게 잘 알려져 있다.[17]

　크론은 두 가지 점, 즉 '①실제 일어난 일의 선택, ②그것의 극적 구
현' 이라는 관점들에서 「홍범도」를 비판적으로 보았다. 그 예로 든 실
제 사건이 '적으로부터 노획한 오렌지를 적들이 독을 주입한 것이라
하여 폐기하도록 명령한 사건', '탁월한 사냥꾼으로서의 능력들[자연
지식, 관찰력, 발자취를 추적하는 감촉력]을 고려하지 않은 점', '기생
월향이를 죽이라 하고 일본군에 붙잡혀 있던 아내의 가짜 편지를 들고
온 자신의 아들 양순을 총으로 쏜 사건' 등이었다. 이런 일들은 실제로
일어났고 고려인들 사이에도 잘 알려져 있었는데, '실제 일어났던 사건'
의 제시에만 주력했을 뿐 '예술적 가공'은 하지 못한 점을 크론은 비판
하고 있는 것이다. 즉 '극적 구현'이나 '예술적 가공'이란 연극 미학적
관점에서 '흥미'를 자아내기 위한 표현행위를 말한다. 그런데 「홍범도」
에서 작가는 이 점을 몰각(沒却)하고 '확실한 사실에 입각하여 희곡을
씀으로써' 희극적 효과를 얻지 못했다고 했다. 특히 아내의 가짜 편지
를 들고 온 아들 양순에게 총을 쏘고, 기생 월향을 죽이라고 명령한
사건을 비판하면서 그가 제시한 처방은 '문학작품 속 주인공의 원형은
예술적 형상의 논리에 따른 삶을 살아야 한다.'는 것이었다. '예술적
형상의 논리'란 '소재로서의 실제 사건들에 대한 미학적 가공법'을 말
한다. 작품 속의 사건들이 사람들에게 감동을 줄 수 있으려면, 그것들이
리얼리티를 지향한 미학적 구도와 치밀한 의도 아래 조직되어야 한다
는 것이다. 이 말은 당대의 관점에서 보더라도 태장춘의 「홍범도」가

---

17) И. Ким, 앞의 책, 35-36쪽.

미학적으로 우수한 작품일 수 없다는 비판임에 틀림없다.

크론의 비판에도 불구하고 김 이오시프는 이 작품이 갖고 있는 장점을 다른 곳에서 찾는다. 다음과 같은 내용이 그것이다.

> 홍범도에 관한 희곡이 창작될 때 고려인 사회여론은 각기 달랐다. 많은 회의론자들은 단순하고 지식이 적은 홍범도가 예술작품의 주인공이 될 수 없다고 여기고 태장춘의 희곡창작 기도를 찬성하지 않았다. 그러나 당시 저명한 시인이었던 조기천은 자기 친구 태장춘에게 이 희곡을 쓰라고 설득했다. 조기천은 희곡 「홍범도」가 소비에트 고려인들에게 커다란 정치적 의미를 지닐 것이며 애국심을 고양하는데 특별한 역할을 할 것이라고 예언했는데 이는 깊은 진실을 보여준 것이다. 홍범도가 무대에서 태어난 사실은 그 사실 스스로가 민족적 영웅이 자기 민족과 생생한 대화를 하듯이 관객을 끌어 들였다. 가장 어려운 조국전쟁(제2차 세계대전) 시기에 이미 극장무대에 등장한 전설적인 홍범도는 조국인민들을 외국 압제자와 투쟁하도록 고양시켰다. 또 희곡내용은 비록 한반도에 관한 것이었을지라도 관객들은 그 사건을 현재 일어나고 있는 사건으로 받아들였다. (…) 연극은 성공적으로 공연되었고, 또 홍범도 자신이 직접 관람한 연극이 되었다. (…) 연극 「홍범도」의 위신이 올라간 비밀은 연극에서 느끼는 공민적 감동이 전시였던 그 당시에 고양되던 전 인민적인 애국심을 한데로 모아 흐르게 했던 데 있었다고 할 수 있다.[18]

조기천이 태장춘에게 「홍범도」 집필을 권유한 것은 그것이 고려인들의 애국심을 고양할 것이라 보았기 때문이다. 고려인들과 생생한 대화를 하듯 관객을 끌어들이며 무대 위에서 다시 태어났다고 한 데서 그가 연극 「홍범도」를 성공작으로 평가했음을 알 수 있다. 또한 그는

---

18) И. Ким, 앞의 책, 36-37쪽.

'전설적인 홍범도'를 '민족적 영웅'으로 규정하면서도 그와 고려인들이 생생하게 대화를 나누는 방식으로 희곡이나 연극이 이루어졌음을 강조했다. 그래서 비록 그의 항일투쟁이 과거사였지만, '현재 일어나고 있는 사건'으로 받아들일 만큼 관객들의 생생한 현실감을 불러 일으켰다는 것이다. 당시 전쟁의 상황에서 '전 인민적인 애국심을 한데로 모아 흐르게 한 점'이 연극 「홍범도」가 각광을 받은 요인이었고, '민족적 영웅이 자기 민족과 생생한 대화를 하듯이 관객을 끌어 들였다.'는 점은 극작가나 연출가의 기교 혹은 연극 미학적 관점의 특징에 대한 지적일 수 있다. 이 말 속에는 특히 '전설적 영웅'을 과장하지 않은 점이 연극 「홍범도」의 미덕이었음을 강조하는 의도가 들어 있다.

사할린 출신의 고려인 작가로서 레닌기치의 기자와 문학예술부장을 역임하면서 상당수의 단편소설들과 희곡을 발표한[19] 이정희는 「홍범도」에 대하여 다음과 같은 비판적 입장을 표한 바 있다.

> 희곡 「홍범도」는 엄격히 문학작품으로 취급하기가 어려운 작품이다. 왜냐하면 이 작품의 작자가 예술작품을 창작한다기보다는 영웅적 인물의 사실적 재현에 역점을 두고 있었기 때문에 역사적 사실을 왜곡하지 않고 실존인물의 면모를 객관적이면서도 실감나게 그리는 데보다 더 치중하였기 때문이다. (…) 태장춘은 문학에 대한 지식이 부족하였기 때문에 연극단에서 보고 듣고 느낀 인상과 감각을 밑바탕으로 하여 집필하면서 희곡의 구성법이나 형식을 무시하였다. 따라서 희곡의 발단이나 클라이막스, 결말이 뚜렷하지 않을 뿐 아니라 시작과 끝이 같은 느낌을 주고, 전체적으로 극이 지루하고 장황하게 전개된다. 역사적 사실에 충실하다보니 작자의 상상력이 개입될 필요를

---

19) 이명재, 『소련지역의 한글문학』, 국학자료원, 2002, 49쪽.

느끼지 못했고, 그에 따라 등장인물도 사실에 근거하여 36명이나 설정되어 있으므로 극의 전개가 자연 지루해졌던 것이다. 오히려 작가의 상상력이 개입되었다면 사건의 참가자들을 최소한으로 줄여 짜임새 있게 극을 전개시킬 수 있었을 것이다. 그럼에도 불구하고 이 작품에 생명력을 부여하고 있는 핵심은 의병활동과 항전에 대한 묘사가 역사사실에 근거하여 이루어졌기 때문에 설득력을 지니고 있다는 점에서 찾을 수 있다고 본다.[20]

"문학작품으로 취급하기 어렵다."는 이정희의 말은 「홍범도」에 대한 비판이자 그 작품의 특성에 대한 규정이기도 하다. 예술작품을 창작하기보다 주인공의 영웅성을 사실적으로 재현하기 위해 역사적 사실을 액면 그대로 실존인물의 면모를 객관적으로 실감나게 그리고자 했기 때문에 「홍범도」는 문학작품일 수 없다고 했다. 그가 희곡의 구성법이나 형식을 무시한 것은 문학에 대한 지식이 부족했기 때문이며, 그런 이유로 그는 극단에서 보고 듣고 느낀 인상과 감각에 바탕을 둘 수밖에 없었다는 한계를 지적하기도 했다. 희곡의 기본적인 형식[발단-클라이막스-결말]이 뚜렷하지 않아서 시작과 끝이 같은 느낌을 주고, 그 결과 극이 지루하고 장황해졌다는 것, 역사적 사실에 충실하다보니 작자의 상상력이 개입될 수 없었고, 등장인물 또한 사실에 근거하여 36명이나 설정되어 전체적으로 극의 전개가 지루해졌다는 점 등은 그가 부연한 「홍범도」의 문제점이었다.[21] 이런 문제에도 불구하고 의병

---

20) 이정희, 「재소한인 희곡연구─소련국립조선극장 레파토리를 중심으로-」, 단국대 석사학위논문, 1992, 41-42쪽.
21) 이정희는 "작자의 상상력이 개입되었다면, 사건의 참가자들을 최소한으로 줄여 짜임새 있게 극을 전개시킬 수 있었을 것"[앞의 논문, 52쪽]이라 했으나, 홍범도 자신이 작자의 상상력 발휘를 극도로 경계했었음을 감안하면, 태장춘

활동과 항전에 대한 묘사가 역사 사실에 근거하여 이루어져 있기 때문에 설득력을 지니고 있다는 점은 작품에 생명력을 부여하는 장점이라고 보았다.

이상과 같이 「홍범도」가 희곡 미학적 측면에서의 문제점들을 지니고 있음에도 불구하고 역사 사실의 충실한 반영이나 재현에 성공적이었다는 것이 평자들 대부분의 생각이었다. 말하자면 기존의 평자들은 '홍범도를 중심으로 일어났던 사건들을 무대 위에서 충실히 재현함으로써 애국심이라는 메시지의 전달을 수행한 리얼리즘적 퍼포먼스' 정도로 평가해왔던 것이다.

III. 텍스트의 성립과 내용적 짜임

희곡 「홍범도」의 원본은 현재 고려극장에 소장되어 있지 않다. 따라서 필자는 고송무 교수가 제공하여 『한국연극』 155호[1989. 4]에 실린 대본[22])을 텍스트로 삼는다. 크즐오르다 조선극장의 총연출자 겸 희곡작가 태장춘은 극장의 수위장으로 위촉된 홍범도와의 대화를 통해 1942년 이 작품의 내용을 완성하고 「의병들」이란 제목으로 무대에 올렸으며, 홍범도 사망 후 「홍범도」로 개명·개작하였다.[23]) 태장춘이 일

의 작가적 능력이 부족하다는 것만으로 몰고 갈 일은 아니라고 본다.

22) 사단법인 한국연극협회 편집부, 앞의 글, 30-52쪽.

23) 리길수, 「독립의 홰불을 든 사람-태장춘 작 연극 <홍범도> 상연 40주년을 계기로-」, 레닌기치 1982년 11월 30일, 4면. 필자 리길수는 기사의 말미에 "홍범도가 사망한 후 작가는 희곡을 <홍범도>라고 개작하였다."고 했는데, 애당초의 제목 「의병들」을 「홍범도」로 바꾼 건 분명하나 내용까지 '개작'되었는지

정 기간 홍범도를 면담한 다음 이 작품을 완성한 점으로 미루어 홍범도의 구술내용이 작품의 뼈대를 형성했음은 분명하다. 홍범도가 자신의 일생을 회고한 기록이 현재 「홍범도 일지」로 남아 전해지는데,24) 이 글은 연극 「홍범도」의 1차 자료라는 점에서 매우 중요하다. 장세윤에 따르면, 태장춘은 홍범도에게 그의 생애와 투쟁사실을 집필하여 그것을 바탕으로 연극을 공연했으면 좋겠다는 뜻을 밝혔고, 태장춘의 강력한 권고로 결국 이 기록을 작성하게 되었다고 한다. 홍범도가 틈틈이 기록·보관해오던 단편적 자료들을 바탕으로 쓴 「일지」는 희곡 「홍범도」의 대본이 되었고, 김세일의 장편소설 『홍범도』 [후일 레닌기치에 연재]의 중요 자료가 되기도 했다. 그 「일지」의 원본이 태장춘 혹은 홍범도로부터 사라진 뒤 1958년 태장춘의 부인 리함덕이 베껴 쓴 등사본 「일지」가 이인섭을 통해 교포 작가 김세일에게 전달되었다. 김세일은 이 「일지」를 비롯한 많은 자료들을 바탕으로 장편소설 홍범도를 써서 레닌기치에 연재하였으며, 김세일이 자신의 소설을 한국 내에서 출판해줄 것을 고송무에게 의뢰함과 동시에 「일지」까지 등초하여 넘김으로써 그 존재가 국내에 알려지게 되었다고 한다.25)

....

확인하기는 어렵다.

24) 「홍범도의 일지」라는 글이 國學振興研究事業推進委員會에서 펴낸 『韓國學資料叢書 五·韓國獨立運動史資料集-洪範圖篇』, 한국정신문화연구원, 1995, 3~20면에 실려 있고, 「洪範圖 日記」라는 한글 필사본 자료가 『한국독립운동사연구』 31, 독립기념관 한국 독립운동사연구소, 2008의 456~490면에 실려 있다. 양자를 대조해 본 결과 내용이 거의 동일한데, 誤讀으로 보이는 字句들이 있긴 하나 전자는 후자를 脫草한 것으로 보인다.

25) 장세윤, 「「홍범도(洪範圖) 일지(日誌)」를 통해 본 홍범도의 생애와 항일무장투쟁」, 『한국독립운동사연구』 5, 독립기념관 한국독립운동사연구소, 1991.12, 251-253쪽 참조. 그러나, 그 후 '홍범도 일지'의 판본을 면밀하게 검토해온 반

홍범도의 일생을 다섯 시기[유년시절 및 청장년기/함경도 지방에서의 의병항쟁기/만주 연해주에서의 재기도모(再起圖謀) 시기/국내 진입작전 및 간도에서의 항일무장투쟁기/연해주와 중앙아시아에서의 만년]로 나눌 경우, 두 번째 시기인 '함경도 지방에서의 의병 항쟁기'에 해당하는 「일지」의 분량[12면 반]은 전체의 43.9%로서 가장 많은 부분을 차지한다.26) 그리고 희곡 「홍범도」 역시 그 부분27)을 충실하게 반영한 것으로 보인다.

「홍범도」에는 주인공 홍범도와 30여 명의 부대(附帶)인물들이 등장하며, 그들의 액션은 네 개의 막과 네 개의 장으로 세분되는 짜임을 보여준다. 각 부분과 전체는 구성에서 약간씩의 차이를 보여주긴 하나, '발단-대결-위기-절정-해결'[혹은 '대결-위기-절정-해결'] 등 5부[혹은 4부]로 나눌 수 있다. 우선 각 막과 장의 내용을 간략히 제시해 보면 다음과 같다.

제1막

무대 : 삼수읍

병률, 「'홍범도 일기' 판본 검토와 쟁점」, 『한국독립운동사 연구』 31, 독립기념관 한국독립운동연구소, 429-453쪽에 의하면, 「일지」의 작성이나 국내 유입 및 출판 과정에서 이미 알려진 사실들이 수정될 가능성도 큰 것으로 보인다. 작가 정동주는 이함덕과의 인터뷰를 통해 그녀 자신은 「일지」를 베껴쓴 적이 없음을 확인했다고 한다. 따라서 홍범도가 직접 작성한 것으로 보이는 '목필책'이 그 '일지'일 수 있다는 것이 반병률의 추정인데, 이 문제는 앞으로 텍스트 간의 면밀한 대조를 통해 규명되어야 할 것이다.

26) 장세윤, 앞의 논문, 253~254쪽.
27) 국학진흥연구사업추진위원회, 「홍범도의 일지」, 『韓國學資料叢書 五·韓國獨立運動史 資料集-洪範圖篇』, 한국정신문화연구원, 1995, 4-7쪽 참조.

등장인물: 야마도·우진·원흥·재덕·홍범도 부인·홍범도 아들·한씨
·허철·치호·기수·월향·경태·충열·보조원

사건 개요

① 일본군의 끄나풀로서 홍범도에 접근해 있는 우진을 등장시켜 배신
과음모의 전모를 암시한다.

② 기생 월향을 이용, 음모['월향이 일병 장교를 죽인 자'라는 내용의
신문광고를 내서 의병들을 안심시킨 다음, 홍범도에게 접근시킴]
로 홍범도를 잡으려 한다.

③ 일진회원 원흥과 재덕이 야마도의 하수인으로 홍범도 체포에 나선다.

④ 이들과 대조적으로 홍범도 부인과 아들 양순은 일본군에게 굽히지
않고 변함없는 지조를 보여준다.

제2막 1장

무대: 홍범도군 참모부

등장인물: 의병(1·2·3), 일남, 수산, 홍범도, 금점군, 충열, 군팔, 허철,
우진, 순선, 양순, 월향

사건 개요

① 월향을 이용하여 홍범도를 제거하려는 일본군의 음모가 시작된다.

② 일병의 옷을 삯빨래하는 순선이 홍범도 군에게 상당분량의 옷을
갖다 주고, 우진이 이 사실을 알게 된다.

③ 일본군 측에서 홍범도를 귀순시키려는 의도로 아들 양순을 통해
날조된 홍범도 처의 편지를 전하자 홍범도는 대로하여 아들에게
총을 쏜다.

④ 의병 일남은 월향이 자신의 누이임을 확인하고 어머니가 일본군에
의해 죽음을 당한 사실을 알려준다.

⑤ 일본군에 의해 날조된 자신의 기사가 신문에 실린 것을 본 월향이
드디어 사태의 진상을 깨닫게 되고 어머니의 원수를 갚으려는 결
심을 한다.

⑥ 홍범도가 일본군이 주둔하고 있는 마을에 잠입하려는 사실을 우진이 염탐하고 월향을 통해 야마도에게 전달하라 하자 월향이 거짓으로 그렇게 하겠다고 한다.

제2막 2장

무대: 마을
등장인물: 조니, 재덕, 원흥, 중대부관, 허철, 노천, 연옥, 홍범도, 월향,
　　　　　야마도, 군인, 연옥어머니, 군팔, 헌병
사건 개요
① 밀고꾼 조니가 등장하고, 재덕·원흥·중대부관 등이 조니를 통해 마을의 의병 참여자를 염탐한다.
② 이들에게 일본군의 군복을 삯바느질 하는 장순선의 정체가 탄로난다[이 장면에서 그녀가 홍범도 군에게 의복을 넘겨 준 사실이 발각되어 체포됨].
③ 마을 처녀 연옥 등장하고, 중대부관이 그녀에게 흑심을 품는다.
④ 김치강으로 변장한 홍범도가 원흥과 재덕을 속이기 위해 치강의 아내 노천과 거짓으로 일상적인 대화를 나눈다.
⑤ 연옥은 자신의 아버지가 '백두산 포수'로서 '못된 짐승'을 잡는다고 말함으로써 일본군이나 부일배(附日輩)들에 대한 적개심을 드러낸다.
⑥ 원흥이 '백두산 포수'를 들먹이며 '묘한 수단'으로 홍범도를 잡겠다고 함으로써, 모종의 僞計가 진행되고 있음을 암시한다.
⑦ 옷을 갖다 줌으로써 홍범도 군을 돕던 삯 빨래꾼 장순선이 목을 매고, 일본군은 그녀의 집에 불을 지른다.
⑧ 월향이 야마도에게 홍범도의 동정을 고의로 틀리게 밀고한다[사실은 오늘 밤 마을로 올 예정인데, '내일 아침 내려 올 예정이니 오늘 저녁 홍범도 군을 공격해야 한다.'고 함].
⑨ 연옥을 겁탈하던 중대부관이 연옥으로부터 죽음을 당하고, 숨어

있던 연옥은 일본군에게 죽음을 당한다.

제3막 1장

무대: 홍범도 군대의 참모부
등장인물: 금점군, 의병1·2, 수산, 충열, 우진, 일남, 홍범도, 양순, 월향
사건 개요

① 마을에 내려 간 홍범도가 돌아오지 않아 의병 충열이 그에게 사람을 보내려 하자, 배신자 우진은 이를 막는다.
② 우진이 자신들이 일본군대에 포위되었다고 거짓말을 한다.
③ 홍범도가 마을로부터 돌아와 누워있는 아들을 위로한다.
④ 홍범도가 "오늘밤 금만칠 성별이 꼬리를 돌구면 행군하겠다."고 하자, 우진이가 홍범도로부터 구체적인 계획을 알아내려 한다.
⑤ 홍범도가 치강이네 집에 들어 있는 일본군들을 잡겠다는 등의 계책을 말하자 우진은 반대한다.
⑥ 월향이 출현하여 야마도와 관련된 자신의 정체를 홍범도에게 고백한다.
⑦ 월향이 홍범도에게 자신보다 오히려 위험한 인물[우진]이 주변에 있으니 조심하라는 경고를 주었으나, 홍범도는 듣지 않고 월향에게 분노를 드러낸다.
⑧ 월향이 자신의 정체를 홍범도에게 고백하고 홍범도에게 돌아섰음을 깨달은 우진이 그녀와 고의적인 충돌을 일으키고 총으로 그녀를 쏘아 죽이자, 홍범도는 우진을 칭찬한다.

제3막 2장

무대: 한밤중의 마을
등장인물: 보초1·2, 홍범도, 원흥, 금점군, 의병들, 수산, 재덕, 충열, 군팔, 농민, 연옥 어머니, 우진

사건 개요

① 치강으로 변장한 홍범도가 보초들과 원홍 등을 속이고 치강의 집으로 들어가는 데 성공한다.

② 의병들이 사면에서 들어와 보초들을 제압한다.

③ 홍범도가 단포를 쏘아 공격 개시의 신호를 보내고 변장을 벗는다.

④ 의병들이 치강의 집에 있던 일본군과 원홍·재덕 등을 모두 체포한다.

⑤ 우진은 원홍이와 재덕을 자신이 죽이겠다고 끌고 나가 거짓으로 총을 쏘고 그들을 풀어 준다.

⑥ 포로병[일본군 56명, 조선인 137명] 중 두 명이 의병으로 자원하고, 홍범도는 반항하는 자들을 없애버리라는 지시를 내린다.

제4막

무대: 저녁 무렵의 삼수읍

등장인물: 야마도, 재덕, 원홍, 허철, 치호, 경태, 기수, 홍범도, 의병1·2, 충열, 양순, 용준, 금점군, 수산, 일남, 우진, 군팔

사건 개요

① 야마도가 재덕과 원홍을 살린 우진을 칭찬한다.

② 야마도가 언론을 통한 심리전의 일환으로 '의병 토벌에 성공했다는 것', '그 두드러진 공로는 김원홍과 림재덕이 세웠다는 것' 등 거짓 사실들을 공표하게 한다.

③ 홍범도의 의병부대가 급습을 해오고, 일진회 회원들끼리 싸우다가 모두 체포된다.

④ 홍범도는 감옥에 갇힌 사람들을 구하고 악형에 숨이 끊어진 아내를 찾아내고 분노한다.

⑤ 갇혀 있던 의병 용준을 구해내고 "훌륭한 포수가 되려면 악한 짐승에게 물려 보아야 한다."는 비유의 말을 던지며 위로한다.

⑥ 갇혀 있던 의병 윤경의 죽음을 확인하고 애도한다.

⑦ 수산과 일남이 자루 속에 숨어 포위망을 빠져 나가려던 원흥과 재덕을 체포해온다.

⑧ 앞서[제3막 2장] 우진이 원흥과 재덕을 죽인 것으로 알고 있던 홍범도와 의병들은 우진을 추궁한다.

⑨ 원흥이 우진 역시 자신들과 같은 배신 변절자임을 실토하자, 홍범도는 '제 가죽 안에 좀이 나는 것을 모른다.'는 속담을 뇌이며 아무도 믿을 수 없다고 탄식한다.

⑩ 우진이 울면서 홍범도에게 용서를 구하나 수산에게 세 명의 처형을 명한다.

⑪ 농민 군팔이 장진으로부터 일본군대가 밀려온다는 통지를 전한다.

⑫ 의병들은 일본군대를 피해 갈 것을 주장하자 홍범도는 "물러 갈 것이 아니라 앞으로 나아가야 한다."고 목소리를 높인다.

⑬ 홍범도는 자신들의 구령소리에 온 백성들이 잠을 깨어 일어날 것이고, 그런 백성들 앞에는 높은 산도 깊은 바다도 두렵지 않다고 말하며, 모두 자신의 뒤를 따라 앞으로 나가자고 외친다.

각 부분의 요점은 다음과 같다.

- **제1막**: 홍범도와 의병을 토벌하려는 일본군의 흉계와 조선인들의 반역적 행위
- **제2막 1장**: 홍범도를 제거하려는 일본군 음모의 실행과 삿빨래군 순선의 협조 및 배신자 월향의 전향
- **제2막 2장**: 홍범도와 의병을 잡겠다는 조선인 반역자들의 활동과 선량한 조선 백성의 희생 및 홍범도의 지략
- **제3막 1장**: 일본군을 격멸하려는 홍범도의 지략과 배신자 우진에 의한 전향자 월향의 죽음
- **제3막 2장**: 홍범도의 지략으로 일본군과 조선인 반역자들은 모두 체포되고 배신자 우진의 계략으로 조선인 반역자들이 위기를 모면함

■ **제4막**: 홍범도는 우진을 비롯한 조선인 배신자들을 일망타진한 뒤 밀려오는 일본군을 향해 나아갈 것을 주장

「홍범도」는 「홍범도 일지」에 기록된 사건들을 희곡의 형식으로 옮긴 것이다. 따라서 「홍범도」는 「일지」 이상의 사실성을 바탕으로 하고 있기 때문에 엄격히 문학작품이라 할 수 없다는 이정희의 견해도 타당한 일면이 있다.[28] 그렇다 해도 그런 인물들이나 사건들이 일단 희곡의 구조 안으로 들어 온 이상

『홍범도 일지』의 한 부분

희곡이나 연극 미학적 구도에서 벗어나기는 어렵다. 「홍범도」를 '연극의 관점에서 바라 본 역사 이야기'라 할 수 있는 것도 그 때문이다. 이 작품의 프로타고니스트는 홍범도이고 안타고니스트는 일본군이다. 홍범도와 함께 하는 가족들과 의병들, 민족의식을 갖고 있는 조선인들은 프로타고니스트에 부대된 인물군이고, 일진회를 비롯한 부일배 및 배신자·반역자 들은 안타고니스트에 부대된 인물군이다.[29] 홍범도에게 씩

---

28) 이정희, 앞의 논문, 41-42쪽 참조.

29) 원래 희랍의 비극에서 주동인물은 주인공과 같은 사람인데, 영웅 홍범도를 그려낸 「홍범도」가 비극은 아니라는 점에서 주인공을 본질적인 의미에서의 프로타고니스트라고 볼 수는 없을지 모른다. 그러나 범박한 의미에서 홍범도

워진 이미지는 '신출귀몰한 전설적 명장',[30] 혹은 실제 '안산사 포계(砲 契)'의 대장[31]으로서 사람들 사이에 '백두산 호랑이 사냥꾼'으로 더 알려진 존재였다. 처음부터 홍범도가 극작가 태장춘에게 자신을 절대로 과장하지 말 것과 그 자신보다는 의병들에 초점을 맞출 것 등을 극력 주문했음에도 한 두 군데 과장한 듯한 부분들[32]이 나오는 것은 그에 대한 민중의 기대나 신망이 대단했었음을 반영하는 점이다. 따라서 「일지」와 「홍범도」 사이에 주동인물의 행적 내용이 큰 차이 없다 해도 사실의 기록과 희곡의 거리를 무시할 수는 없다. 단순한 사실들이 연극미학적인 가공을 거쳐 대립과 긴장이 깃든 희곡으로 탈바꿈한 것, 즉 「홍범도」를 극작가 태장춘의 미학적 의도가 반영된 결과로 볼 수 있다는 것이다.

그렇다면 「홍범도」에는 어떤 서사적 구도가 들어 있을까. 우선 '홍범도 잡기'와 '일본군 잡기'라는 두 가지 상반되는 서사가 이 작품의

....

를 주동인물로, 그와 생사를 함께 하는 동지들을 주동인물군으로 볼 수 있고, 그 반대편에 서 있는 인물들을 반동인물 혹은 반동인물군으로 볼 수 있을 것이다[C.R. 리스크 저, 유진월 역, 『희곡분석의 방법』, 한울아카데미, 1999, 55쪽 참조].

30) 장세윤, 앞의 논문, 260쪽.

31) 장세윤, 『봉오동 청산리 전투의 영웅 홍범도의 독립전쟁』, 역사공간, 2007, 40쪽.

32) 예컨대, 제2막 2장에서 원흥의 말[(코소리로) 그러나 당신의 제의안보다는 훌륭히 낫을 겁니다. 산길을 자기 손금 같이 알고 날치를 눈을 감고하는 그런 한다하는 포수를 총앞에 머리를 내돌리는 것은 좀 어리석은 환상입니다.「희곡 홍범도」, 41쪽]과 제4막에서 허철의 말[(들어오면서) 대장님! 큰일이 났습니다. 지금 북문, 남문, 서문으로 홍범도 군대 의병들이 막 쓸어 들어옵니다. 귀신도 모르게 깜쪽같이 성을 넘어 들어와, 여하간 한 사람도 산 것 같지 아니합니다. 소리없이 날아들어온 모양입니다.[사단법인 한국연극협회, 앞의 책, 49쪽] 등 참조.

두 축을 형성하고 있다는 점이다. 주동인물군인 홍범도나 의병의 입장에서는 일본군과 그에 부역하는 반역 조선인들을 잡아야 하고, 반동인물군인 일본군이나 반역 조선인들의 입장에서는 홍범도와 조선의 의병들을 잡아야 했기 때문이다. 그런데 두 서사들은 다양한 모티프들을 내포하고 있다. 우선 '홍범도 잡기' 서사를 살펴보자. 우진·원흥·재덕·월향 등이 배신과 음모를 통해 홍범도 잡기에 나선다는 것이 제1막의 주된 서사다.[33] 우진은 야마도의 끄나풀인 자신의 정체를 숨긴 채 홍범도의 가장 믿음직한 수하로 행세하면서 그를 궁지에 몰아넣고 있으며, 야마도의 하수인이자 일진회 회원인 원흥·재덕 역시 야마도의 하수인으로 홍범도 체포에 나선다. 따라서 조선인인 이들의 행위는 '배신 모티프'를 형성한다. 월향은 '일본군 장교를 죽인 자'라는 신문 광고를 냄으로써 의병들을 안심시키고, 홍범도에게 접근할 수 있었다는 점에서 기만계를 적절히 활용한 경우다. 따라서 제1막의 배신 모티프와 기만 모티프는 '홍범도 잡기' 서사를 형성한다. 제2막 1장에서는 '홍범도 처의 편지를 날조하여 홍범도 귀순시키기'[날조 모티프]가 '홍범도 잡기' 서사의 중요한 모티프로 제시되어 있고, 제2막 2장에는 '재덕·원흥·중대부관 등이 밀고꾼 조니를 통해 마을 의병 참여자를 염탐하는 모티프'[염탐 모티프]가 제시되었으며, 원흥은 의병들을 지칭하는 '백두산 포수'를 들먹이며 "묘한 수단으로 홍범도를 잡겠다."고 함으로써 '사냥 모티프'를 제시했다. 제3막 1장에는 "우진이 거짓으로 의병들과 홍범도를 궁지에 빠뜨리려는" 함정 모티프가 제시되어 있다.

---

33) 「홍범도」의 주동인물이 홍범도였던 만큼 가해자로서의 일본군이나 반역 조선인들이 등장 하여 '홍범도 잡기' 서사를 형성하고 있으며, 홍범도나 의병에 의한 '일본군 잡기' 서사는 이 부분에 드러나지 않는다.

이상에서 살펴 본 것처럼 「홍범도」에 등장하는 '홍범도 잡기' 서사는 '배신 모티프, 기만 모티프, 날조 모티프, 염탐 모티프, 함정 모티프' 등으로 구성되어 있다.

'일본군 잡기' 서사를 살펴보기로 한다. 제2막 1장에는 순선과 월향 등 주목할 만한 두 인물이 주체가 되어 각각의 모티프들을 형성한다. 일본군의 삯빨래를 하는 순선이 몰래 홍범도 군대에 옷을 갖다 주는 행위와, 야마도가 첩자로 파견한 월향이 동생인 홍범도 부대 의병 일남으로부터 어머니의 죽음에 대한 진실[일본군에 의해 살해되었음]을 듣고 홍범도 부대를 위해 일하기로 마음을 바꾼 사실 등이다. 두 사람의 행위가 일본군의 입장에서는 배신이나, 조선인인 그들 자신으로서는 '일본군에 대한 복수'가 되므로, 그들은 '복수 모티프'의 주체인 것이다. 제2막 2장에서는 홍범도 편인 연옥과 일본군 편인 원흥이 '백두산 포수'를 언급한다. 연옥은 자신의 아버지가 '백두산 포수'로서 '못된 짐승'을 잡는다고 말했는데, 사실 '백두산 포수'는 홍범도의 이미지[호랑이 잡는 백두산 포수]이고 '못된 짐승'은 일본군을 은유한다. 따라서 연옥이 현실적으로 일본군을 물리치는 데 힘을 쓰진 못하지만, '일본군 잡기' 서사의 핵심으로 '사냥 모티프'를 제시했다는 점에서 중요한 의미를 갖는다. 제3막 1장에서는 비록 홍범도의 설득에는 실패했으나, 월향이 우진의 정체를 홍범도에게 경고함으로써 어머니를 죽인 원수 일본군과 배신자 우진에게 타격을 입힌 셈이니, '복수 모티프'라 할 수 있다. 제3막 2장에서는 변장한 홍범도가 일본군을 총공격하기 위한 준비 단계로 변장한 채 치강의 집에 들어감으로써 작전에 성공하는데, 이 부분은 '기만 모티프'라 할 수 있다. 제4막에서는 일본군을 모두 토벌하고 배신자 우진·원흥·재덕을 잡아 처형하는 것으로 끝나는데, 이 부분을 '복수 모티프'라 할 수 있다. 뿐만 아니라 일본군의 감옥에 갇혀 있던 의병 용준을 구해내면서 '훌륭한 포수가 되려면 악한 짐승에게 물려보아야 한다'는 비유의 말을 던졌는데, 이 부분은 일본군을 잡으려다 오히려 그들에게 잡혀 고초를 겪은 사실을 비유한 내용으로서 '사냥 모티프'라 할 수 있다. 이상에서 살펴 본 '복수 모티프', '사냥 모티프', '기만 모티프' 등은 일본군 잡기 서사를 형성하며, 그 가운데 특히 '사냥 모티프'는 '일본군 잡기=못된 짐승 잡기'라는 비유로부터 나온 개념이다. 당시 홍범도를 포함한 의병들의 핵심 전력이 수렵계 회원들이었음을 감안하면, 그들이 일본군 잡는 일을 산 속에서 짐승 잡는 일과 동일시한 것은 자연스러웠다고 할 수 있다.

「홍범도」는 투쟁의 기록인 「일지」를 기본 텍스트로 삼아 만들어진 희곡이다. 투쟁을 자아와 세계의 대결로 본다면, 그 장르적 본질은 극이기에 앞서 서사다. 따라서 이 작품은 극화된 서사. 슈타이거의 말처럼 '서정적 극'이 가능하다면 '서사적 극' 또한 가능하고, 이 경우 '극'은 무대를 위해 정해진 문학을 의미하며 '서사적'은 극의 어조[語調/tone]를 의미하는데,[34] 희곡 「홍범도」도 이 범주에 가깝다고 본다. 이 작품에 시종일관 나타나는 대립항은 '홍범도 의병 : 일본군'이고, 각각은 선과 악으로 대응된다. 즉 빼앗긴 자는 선이므로 돌려받거나 빼앗아야 된다고 믿으며, 뺏은 자는 악이므로 돌려주거나 빼앗겨야 한다고 믿는다. 그러나 악의 입장에서 놓지 않으려 하니 선의 입장에서 빼앗지 않을 수 없다. 그 과정에서 생겨난 투쟁을 기록한 것이 「일지」이고, 그 「일지」를 극화한 것이 「홍범도」다. 그래서 「홍범도」는 '서사적 극'의 성격을 짙게 띠고 있다.

이 작품의 구조를 단계에 따라 '대결[제1막/제2막 1장]-위기[제2막

---

34) E. 슈타이거 저, 이유영·오현일 역, 『詩學의 根本槪念』, 삼중당, 1978, 12쪽.

2장/제3막 1장]-절정[제3막 2장]-해결[제4막]'로 나누어 볼 수 있지만, 각 단계가 분명히 구분되지는 않는다. 극적 단절이 각 단계 사이에 개재하기보다 서사적 연계나 반복이 보다 뚜렷하기 때문이다. 특히 '장진에서 출발한 일본군대를 맞아 싸워야 한다.'는 새로운 과제가 작품의 말미에 다시 암시되는 점으로도 해결 부분이 진정한 해결일 수 없다는 점을 분명히 보여주는데, 그래서 이 작품은 처음부터 끝까지 서사적 갈등의 연속인 것이다. 양승국이 지적한 바와 같이 무대 위에서 공연되는 것을 전제로 하는 극은 소설보다 훨씬 더 큰 직접적 충격을 독자[관객]에게 가하기 때문에 더욱 심한 검열 조건을 식민지 시대에는 겪어야 했으며, 그런 이유로 야담의 통속성이나 현실도피의 복고성 말고 역사를 정면으로 대면할 수 없었던 것이 당시의 실정이었지만,35) 국내를 벗어난 카자흐스탄이었으므로 연극 「홍범도」는 메시지 전달에서 소설보다 뛰어난 효과를 톡톡히 발휘할 수 있었던 것이다.

Ⅳ. 작가의식 및 주제

태장춘은 어려서부터 겪은 일제의 침략과 식민화, 디아스포라의 고단한 삶을 통해 뚜렷한 이념이나 의식을 지니게 되었고 문학, 특히 연극을 통해 그런 것들을 드러내고자 한 인물이다. 극작가가 자신의 이념을 극중 인물을 통해 드러내고자 하는 경우 극의 절대성을 상실하고 서사화의 경향을 보이게 된다면,36) 「홍범도」야말로 그런 경향을 뚜

---

35) 양승국, 「한국 근대 역사극의 몇 가지 유형」, 『한국극예술연구』 1, 한국극예술학회, 1991, 80쪽.

렷이 보여주는 사례라고 할 수 있다. 그러나 태장춘이 「홍범도」를 기획하던 단계에서부터 실제 인물 홍범도로부터 많은 간섭을 받았다는 사실은 작가에게 일종의 족쇄로 작용했다. 작가적 상상력을 동원할 수 없었고, 원 재료인 홍범도의 행적을 축약하거나 과장하여 극적 즐거움을 만들어낼 수도 없었기 때문이다. 이 작품에서 전체적으로 한 편의 전기나 소설을 읽는 듯한 느낌을 받게 되는 이유도 바로 그 점에서 찾을 수 있다. 말하자면 김세일의 장편소설 「홍범도」가 개인 창작물이라기보다 고려인들의 집단적인 역사 복원 욕망의 결과[37]인 것처럼, 연극 「홍범도」의 경우도 마찬가지라는 것이다.

홍범도는 민간에 알려진 바와 같은 '전설적 영웅'으로 자신이 그려지길 원하지 않았다. 이처럼 인물묘사에서 사실성을 추구하다 보니 홍범도가 지니고 있던 한 인간으로서의 범속성이 도처에 드러날 수밖에 없었다. 요컨대 자신을 지나치게 초점화 시키거나 과장하기보다는 주변의 인물들을 부각시켜 달라는 게 홍범도의 주문이었는데, 그러다 보니 극 전체가 산만해지고 다양한 부대인물들이 주도하는 여러 갈래의 사건들이 난립하여 극적 짜임새에 흠이 생기게 되었던 것이다. 그런 한계를 인정하면서도 태장춘으로서는 홍범도의 인간상을 어떻게든 부각시키고자 했는데, 그 효과를 얻기 위해 작품 속의 몇 군데에 알 듯 모를 듯 숨겨 놓은 장치가 바로 홍범도와 의병들이 지니고 있던 이미지[호랑이 잡던 백두산 포수]였다. 그리고 그 이미지는 '홍범도 잡기/일본군 잡기'라는 작품의 서사와 절묘하게 들어맞았다고 할 수 있다.

---

36) 양승국, 위의 논문, 68쪽.

37) 강진구, 「고려인 문학에 나타난 역사 복원 욕망 연구」, 이명재 외, 『억압과 망각, 그리고 디아스포라—구소련권 고려인 문학』, 한국문화사, 2004, 260-261쪽.

대사들 가운데 몇 가지는 그런 점을 잘 보여준다.

허철: 그러자 풀섶에서 문득 「이 놈!」하는 소리가 나자 나는 땅에 폴싹 주저 앉았지요. 좀 지나자 헐게 차린 초신발로 옆구리를 툭툭 차면서 일어나라고 독촉하니 나는 죽을방 살방 겨우 눈을 뜨고 일어서 보니 내 앞에 눈초리 좌우 귀밑까지 쭉찌여지고 입은 벍어벍언, 거저 사람 잡아먹은 호랑의 입같고 텁석불수 염은(손가락을 내여 흔들며) 이리 굵은 것이 이렇게 저렇게 덮였서요 에그 ……(몸을 떤다)[38]

중대부관: 그런데 너의 아부지 어대서 무슨 노릇을 하여?
연옥: 백두산에서 포수노릇을 합니다.
중대부관: 그래 무엇을 잡는지 알 수 없어?
연옥: 못된 짐승을 잡는대요.[39]

원흥: 우리가 묘한 수단으로 홍범도를 사로 잡도록 하는 것이 옳다고 생각합니다.
재덕: (비웃는 어조로) 또 수단입니까? 고기도 나가드는 고기가 딸로 있고 나무도 쟁기드는 나무가 딸로 있답니다. 홍범도 같은 사람이 우리 수단에 떨어지리란 말입니까? 그런 결과를 바라는 것은 ……
원흥: (코소리로) 그러나 당신의 제의 안 보다는 훌륭히 낮을 것입니

---

38) 「희곡 홍범도」, 33쪽.
39) 「희곡 홍범도」, 41쪽.

다. 산길을 자기 손금같이 알고 날치를 눈을 감고하는 그런 한
다하는 백두산 포수들 총 앞에 머리를 내돌리는 것은 좀 어리
석은 환상입니다.[40]

홍범도: 그래 훌륭한 포수가 되려면 악한 즘생에게 물려 보아야 하느
니[41]

홍범도: 아니, (한참 멀리 보면서) 그래, 그런 백두산 포수에게도 죽
엄이 있단 말인가
⁞
수산: 두 발 가진 도야지 두 마리와 그의 주인을 포착하여 왔습니다
(웃는다).
⁞
홍범도: (깨치고 웃으며) 옳지, 그래! 그런데 전근이 참 눈이 좋네.
의병1: 우리야 포스들이니까, 생간을 너무 많이 먹어서 그렇답니
다.[42]

으레 전설적 영웅으로서의 홍범도에게 따라붙던 호칭이 '호랑이 잡
던 백두산 포수'였는데, 이 극에서는 그를 따르던 모든 의병들을 지칭
하는 공통의 호칭으로 확대되었음을 확인할 수 있다. 즉 백두산 포수
의 이미지는 극의 모티프로 수용되어 '사냥=즘승을 잡는 일→일본군

---

40) 「희곡 홍범도」, 41쪽.
41) 「희곡 홍범도」, 50쪽.
42) 「희곡 홍범도」, 51쪽.

을 잡는 일'로 확대·전이되었던 것이다. '한 종류의 사물을 다른 종류의 사물의 관점에서 이해하고 경험하는 것'이 은유라면,[43] 「홍범도」야말로 사냥을 핵심 모티프로 하는 서사구조를 희곡으로 변환시킨 결과라고 할 수 있다. 작품 속에서 충돌하는 두 서사구조, 즉 '홍범도 잡기'와 '일본군 잡기'는 '호랑이 사냥'으로 은유화 된 채 구성원들 사이에 일종의 암호로 소통되고 있었던 것이다. 연옥이가 그녀 아버지의 직업을 묻는 중대부관에게 '못된 짐승을 잡는 백두산 포수노릇'이라 대꾸한 것은 「홍범도」의 구성원들 사이에 약속된 일종의 기호였다. '백두산 포수노릇'은 원래 홍범도의 독점적 호칭이었으나 운명 공동체로서의 의병대원들이 공유하게 됨으로써 '의병활동'이란 내포적 의미를 갖게 되었고, 그에 따라 '못된 짐승'은 기존의 호랑이에서 '일본군인[혹은 반역 조선인]'이란 내포적 의미를 갖게 되었던 것이다. 같은 차원에서 "훌륭한 포수가 되려면 악한 즘생에게 물려 보아야한다."는 홍범도의 말 또한 "좋은 의병이 되려면 일본군에게 시련을 당해 보아야 한다."는 의미를 담고 있으며, "백두산 포수에게도 죽엄이 있단 말인가"라는 홍범도의 탄식 속에는 "일본군에 대항하여 싸우는 의병에겐 패배가 없다."는 의미가 내포되어 있다. 수산이 자루에 담긴 일진회 괴수 원홍과 재덕을 잡아오고 나서 "두 발 가진 도야지 두 마리와 그 주인을 포착"했다고 말한 것도 사냥 모티프와 은유의 원리를 바탕으로 하고 있는 표현이다.

  반대로 일본군 측에서도 사냥은 방향만 다를 뿐 같은 의미로 쓰였음을 알 수 있다. '홍범도 잡기' 서사는 분명히 '백두산 포수'의 이미지

---

43) G. 레이코프, M. 존슨 저, 노양진·나익주 역, 『삶으로서의 은유』, 서광사, 1995, 23쪽.

에서 끌어온 내용인데, 그것은 재덕과 원홍의 수작을 통해 짐작되는
바와 같이 당시 일본군 측이 홍범도 의병대를 크게 두려워하고 있었
음을 암시하는 내용이다. 작가 태장춘이 두드러지게 '사냥 모티프'를
부각시키지 않으면서도, 요소요소에 등장시켜 무미건조할 뻔한 극
에 흥미와 긴장을 불어 넣은 점은 그의 작가의식과 관련하여 매우 의
미심장하다. 자신의 전설적 영웅성을 드러내기 위해 절대 과장하지 말
고,[44] 자신과 함께 한 사람들을 부각시키라는 강한 주문을 홍범도로부
터 받은 태장춘에게는 선택의 여지가 없었다고 본다. 그렇다고 미학적
인 것을 완전히 희생시킬 수 없었던 그로서는 희미하게나마 '백두산
포수' 이미지를 활용할 수밖에 없었을 것이다. 그렇게 함으로써 자칫
무미건조하게 진행될 뻔한 희곡에 다소간 재미의 요소를 부여할 수
있었던 것이다. 이처럼 일본군에 연전연패를 안겨 준 의병들의 사실에
충실하되 미학적 포인트가 될 수 있는 흥미의 요소를 가미한 것은 극
작가 태장춘의 작가의식이 시킨 일이었다.

그러나 작가가 등장인물들의 입을 통해 궁극적으로 말하고 싶었던
것은 '애국애족'이었고, 그것이 바로 작가가 부각시키고자 한 이 작품
의 주제의식이었다. 몇 가지 사례를 들면 다음과 같다.

충열: 일없습니다. 썩고 낡은 것은 어쨌던 없어지고야 말것입니다.
(자기 손등을 보이며) 이 상처를 보십시오! 골마서 터지고 더

---

44) 자신을 미화하던 각종 전설을 다루지 못하게 한 일 외에 사탕 에피소드[사탕
을 화약 만드는 약으로 잘못 알고 버리게 한 일]와 귤 에피소드[어쩌다 얻은
귤의 껍질 맛을 보고 적군에서 독약을 바른 것으로 오해하여 모두 버리게 한
일] 등을 통해 홍범도의 범속성을 드러내려고 한 데서 태장춘의 순발력을 발
견하게 된다.

대가 물너나니 그 자리에는 보드럽고 연한 새살이 잘아납니다. 우리가 지금 이렇게 돌베개를 베고 바람을 덮고 밤을 지내지만 만백성이 흘린 눈물이 봄날에 홍수가 되어나려 밀 때면 어즈러운 덤불들도 바다 속에 깊이 무칠 것입니다.(…) 그 다음에 한 해가 지나고 열 해가 지나서 네가 백발이 되면 어린 아해들이 달려와 무릎끌고 "당신의 의병에 다니셨지요?" 물으면, 일남아! 너는 사자와 같이 머리를 높이 들고 대답할 것이다. 그들은 또다시 "당신이 의병대장 홍범도를 아십니까?" 물을 것이다. 그러면 너의 이야기는 그들에게 노래가 되어 천대만대로 떨칠 것이다.[45]

홍범도: 당신들이 보시오. 우리가 앉아서 저런 죽엄을 기다려야 하겠소? 아니요 일어서서 제 손으로 제 가슴으로 제 힘으로 물리처야 될 것이요. (원홍을 가르치며) 저 원홍이란 놈은 선조로부터 우리나라 국록을 타먹고 나려왔소. (…) 만약 일본사람들이 우리를 죽이고, 농촌을 불질으고, 총으로 쏘고 칼로 찔으는 것은 맛당한 일이라 하자. 그것은 그놈들이 남의 땅을 빼앗아 제 땅을 만들려니까 그럴 수밖에 없다 하자! 그러하되 너의 놈들은 무엇을 위하여 미친 개 모양으로 형제의 살점을 보고 춤을 넘구느냐? 이 홍범도는 무식한 놈으로써 한 가지만은 똑똑히 안다. 제 땅을 남에게 빼앗기지 말 것을 백성을 팔아먹는 개무리들을 어째야 한다는 것을 잘 안다.[46]

----

45) 「희곡 홍범도」, 44쪽.
46) 「희곡 홍범도」, 48쪽.

의병1: (담배를 피우며) 옳습니다. 나라가 망하니 의지없는 백성들
은 제명에 가지 못하고 저 모양이 되지요.[47]

홍범도: (나사 서면서) 일없습니다. 들습니까? 구령소리가 얼마나 뚜
렸합니까? (침묵) 보십시오. 온 성안, 온 백성들이 잠을 깨어
일어날 것입니다. 불 붓듯 일어나는 백성들 앞에는 높은 산
도 평전이 될 것이며 깊은 바다도 두렵지 않을 것입니다.[48]

홍범도: 자, 그러면 모도 나의 뒤를 딸아 앞으루 나가게!!![49]

의병 충열은 자신들의 고생이 후손을 위한 일임을 역설한다. '썩고
낡은 것'은 일제의 압박으로 상처투성이가 된 조국과 민족의 현실을
말한다. 자신들이 '돌베개를 베고 바람을 덮고 밤을 지내는 것'도 모두
미래를 위해서라는 것이다. 후손들에게 자신들이 의병으로 투쟁한 일
을 자랑스럽게 전해 줄 것이며, 그것은 또한 후손들에 의해 천대만대
전승될 것이라는 믿음을 말하고 있다. 지금 비록 일제의 압박을 받고
있지만, 결코 끊어질 수 없는 것이 민족의 미래임을 역설함으로써 '민
족에 대한 사랑'이라는 주제의식을 부각시키고 있다.

자신을 겁탈하려던 일본군 중대부관을 죽이고, 일본군들에게 죽음
을 당한 연옥의 시체를 보며 홍범도는 특히 동족을 반역한 조선인들
에게 큰 적개심을 보이고 있다. 일본인들이 우리를 죽이고 괴롭히는

---

47) 「희곡 홍범도」, 52쪽.

48) 「희곡 홍범도」, 52쪽.

49) 「희곡 홍범도」, 52쪽.

것보다 같은 형제로서 형제를 팔아먹는 반역의 무리들이 훨씬 고약하다고 함으로써 '민족에 대한 사랑'을 역으로 강조한다.

의병1이 "나라가 망하니 의지 없는 백성들은 제 명에 가지 못하고 저 모양이 된다."고 안타까움을 토로했는데, 그 말 속에 우리를 괴롭히는 이민족에 대한 적개심과 민족에 대한 사랑의 마음이 내포되어 있다.

작품의 마지막을 장식하는 홍범도의 말은 어조도 내용도 장렬하다. 즉 장진으로부터 일본군 대병이 몰려오니 피신하라는 주변의 진언을 물리치고 앞으로 나아가야 한다는 것이다. 자신들의 구령소리를 듣고 '온 성안, 온 백성들이 잠을 깨 일어날 것'이라는 믿음을 말하고 있다. 이는 자신들의 처지에 대한 자각[깨달음]을 의미한다. 자신들이 일본군에게 압박을 받고 있는 현실을 타개하려면 일어나 싸워야 함을 깨달을 것이라는 말이다. 백성들이 깨닫기만 한다면 높은 산과 깊은 바다 같은 난관도 결코 두렵지 않게 될 것이라고 한다. 그래서 홍범도는 "나를 따라 앞으로 나가자!"고 의병들을 독려하는 말로 끝을 맺고 있는 것이다. 홍범도의 마지막 말은 앞에서 의병들이 간간이 던진 주제적 멘트를 종합하는 의미를 갖고 있으며, 그 말의 이면에 '민족에 대한 사랑과 미래에 대한 희망'이라는 주제의식이 들어 있다고 해야 할 것이다.

V. 맺음말

이상 구소련 카자흐스탄의 고려인 문단에서 활약하던 1세대 문인 태장춘의 출세작 「홍범도」를 살펴보았다. 작가인 태장춘은 일제의 침략과 식민화, 디아스포라의 고단한 삶 등을 직접 겪었고, 그것들을 통해 뚜렷한 이념이나 의식을 지니게 되었으며, 문학 특히 연극을 통해 그런 것들을 드러내고자 했다. 그러나 그가 「홍범도」를 기획하던 단계부터 실제 인물 홍범도로부터 많은 간섭을 받았는데, 그것이 사실은 작가에게 일종의 족쇄로 작용했다. 홍범도의 행적으로부터 극적 즐거움을 만들어내기 위해 작가적 상상력을 동원할 수 없었기 때문이다. 작품 전체가 한 편의 전기나 소설의 차원을 벗어나기 어려운 것처럼 보이는 이유도 여기에 있다. 태장춘은 원래 3부작으로 홍범도의 생애를 그려낼 생각이었으나, 뜻하지 않은 이른 죽음으로 1부작인 「홍범도」[원래의 제목은 「의병들」이었으나, 홍범도 사후 「홍범도」로 개제]만을 남겨 놓게 되었다. 「홍범도」가 창작된 1942년도는 독일과 소련의 전쟁이 한창이었고, 홍범도가 대적하여 싸운 일본은 독일의 동맹국이었다는 점에서 당시 이 작품이 각광받을 만한 분위기는 조성되어 있었다고 할 만하다. 당시 「홍범도」가 희곡 미학적 측면에서의 문제점들을 지니고 있다는 중론에도 불구하고 역사 사실의 충실한 반영이나 재현에는 성공적이었다. 다시 말하여 홍범도를 중심으로 일어났던 사건들을 무대 위에서 충실히 재현함으로써 애국심이라는 메시지의 전달을 사실적으로 수행할 수 있었기 때문에 평론가들로부터 호평을 받을 수 있었던 것이다. 홍범도는 자신의 일생을 회고한 기록 「홍범도 일지」를 남겼으며, 그것이 연극 「홍범도」의 1차 자료였다. '함경도 지방에서의 의병 항쟁기'가 홍범도의 일생 가운데 가장 핵심적인 시기였는데, 희곡 「홍범도」는 그 부분을 충실하게 반영한 것으로 보인다. 「홍범도」에는 주인공 홍범도와 30여 명의 부대인물들이 등장하며, 그들의 액션은 네 개의 막과 네 개의 장으로 세분되는 짜임을 보여주는데, '홍범도와 의병을 토벌하려는 일본군의 흉계와 조선인들의 반역적 행위'[제1막], '홍범도를 제거하려는 일본군 음모의 실행과 삿빨래군 순선의 협조 및 배신자 월향의 전향'[제2막 1장], '홍범도와 의병을 잡겠다는 조선인 반역자들의 활동과 선량한 조선 백성의 희생 및 홍범도의 지략'[제2막 2장], '일본군을 격멸하려는 홍범도의 지략과 배신자 우진에 의한 전향자 월향의 죽음'[제3막 1장], '홍범도의 지략으로 일본군과 조선인 반역자들이 모두 체포되고 배신자 우진의 계략으로 조선인 반역자들은 위기를 모면함'[제3막 2장], '홍범도는 우진을 비롯한 조선인 배신자들을 일망타진한 뒤 밀려오는 일본군을 향해 나아갈 것을 주장'[제4막] 등이 그 주요 내용이다.

「홍범도」는 몇 가지 면에서 일반적인 희곡이나 연극의 관습적 성향을 벗어난다. 그러한 특징들을 몇 가지로 요약·제시하면 다음과 같다.

첫째, 살아 있는 주인공과 작가의 대화를 통해 주인공의 체험을 작품화 시켰다는 점에서 작품 자체가 실화극 내지는 역사극의 성격을 지니게 되었다.

둘째, 주인공 홍범도는 일본군을 대상으로 의병활동을 수행하는 과정에서 많은 공을 세웠고, 그로 인해 민중들 사이에 '전설적 영웅'으로 자리를 잡은 존재였으나, 주인공의 영웅성을 과장하지 말고 주변 인물들의 활약상을 부각시켜 달라는 홍범도 자신의 주문을 이행한 작가는 자신의 상상력을 최소화시키고, 작품의 사실성을 극대화시킬 수밖에 없었다.

셋째, '홍범도 잡기'와 '일본군 잡기'라는 상반되는 서사들을 작품의 두 축으로 제시하고, 각각의 범주에 '배신·기만·날조·염탐·사냥·함정·복수' 등의 모티프를 설정함으로써 '민족에 대한 사랑과 미래에 대한 희망'이란 주제를 구현할 수 있었다.

넷째, 비록 실존하던 주인공의 강한 주문에 따라 철저한 사실성의 구현을 지향했으면서도, '전설적 영웅'이자 '호랑이 잡던 백두산 포수'

라는 홍범도의 이미지를 이야기 전개의 미학적 요소로 드러나지 않게 군데군데 끼워 넣음으로써 관객이나 독자의 흥미를 불러일으키는 데 성공했다.

이처럼 당시 소련의 고려인 문단에서 「홍범도」가 이룩한 사실주의는 당시 내외의 시대적 요구에 성실히 부응한 연극미학의 모범적 선례로 기록되어야 할 것이다.<『대동문화연구』 79, 성균관대 동아시아학술원 대동문화연구원, 2012. 10.>

Chapter

4

수용 혹은 변용을 통한
'조국'의 문학과 문학사

홍길동 서사를 서구적으로
변용시킨 희곡 *Lotus Bud*

Ⅰ. 서론

*Lotus Bud*는 영문 연극 대본이다.[1] A4 용지 크기의 낡은 종이[총 62쪽/쪽당 55-58행]에 타자된 이 작품은 1934년 하와이에서 보성회[2]가 한국문화를 소개할 때 공연되었다.[3] *Lotus Bud*를 소개한 문건으로 필자가 입수한 것은 '70주년 기념행사 팸플릿70th anniversary pamphlet' 한 장이 유일하다.

그 소개[4]에서 주목되는 점은 이미 *Hong Gil-Tong*이란 극을 30년대

---

1) 이 자료를 넘겨주신 재미 한인 3세 스테파니 한*Ms. Stephanie Han*선생께 감사드린다. *Ms. Stephanie Han*의 타자본을 텍스트로 한다.

2) 하와이대학교 한인소녀클럽으로 나중에 '베타감마*Beta Gammas*'란 별명을 갖게 된 모임.

3) 오인철, 『하와이 한인 移民과 독립운동-한인교회와 사진신부와 관련하여-(상)』, 전일실업(주) 출판국, 1999, 490쪽.

4) 간행 주체 및 연도, 간행지 미상의 "70주년 기념행사 팸플릿70th anniversary pamphlet" 복사본 한 쪽을 자료의 갈피에서 입수했다. 물론 이것이 한인 이민 70주년 기념행사의 팸플릿일 수 있지만, 확실치는 않다. 이 자료에 *Lotus Bud*와 직·간접적으로 관련되는 내용["1930년대 초기의 한 두드러진 이벤트는 한

초에 공연했다는 사실이다.

연극 Lotus Bud의 한 장면. 한인 2세들과 미국인들이 함께 참여한 것으로 보인다.

Hong Gil-Tong과 Lotus Bud는 같은 홍길동 서사라는 공통분모를 갖고 있으면서도 별개의 작품이라는 말인데, 이 점은 우리 고전작품이

국의 고전극 '홍길동'이 상연된 일이다. 이 연극은 하와이 대학교 패링턴 극장 Farrington Theatre의 맥퀘스튼Fern Weaver McQueston이 연출했으며, 로즈 숀Rose Shon, 버니스 김Bernice Kim, 아더 송Arthur Song 등이 주 멤버로 출연했다. 한글로 기록된 최초의 소설, 허균의 『홍길동전』은 첩들과 그 아이들에 대한 차별을 꼬집는 풍자소설이다. 이것은 이민 1세대와 2세대의 한국계 미국인들에 의해 기획된 첫 무대였다. 연극이 공연되고 나서 그 두 그룹의 관계는 더욱 가까워졌다. Lotus Bud는 전체 한인 공동체를 아우르는 또 하나의 작품이었다. Choon Hyang Jon은 50주년 기념 축전의 주요 창작물이었다."]이 소개되어 있다. 인용문 중 '두 그룹'은 한인 이민 1세대와 2세대를 지칭하는데, 문면으로 미루어 세대 간의 갈등이 있었던 것 같다. 세대 갈등에는 여러 요인들이 있을 수 있겠으나, 문화적 갈등이 가장 컸으리라 본다. 1세대는 한국에서 나고 자랐으나, 하와이에서 태어나 미국식 교육을 받은 2세대는 으면서 부모 세대와 갈등이 적지 않았으리라 보기 때문이다. 한국 전통문학을 바탕으로 하는 연극의 상연을 통해 세대 차를 극복하고자 한 것이 그 해소 방편으로 사용되었을 것이다. 그 소산으로 볼만한 것이 Lotus Bud라 할 수 있다.

당시 외국에 수용된 양상을 잘 보여준다. 거명된 인사들 중 버니스 김 *Bernice Kim*이나 아더 송*Arthur Song* 등은 한인 이민 2세들일 것이다. 이들이 캐스팅된 점으로 미루어 또 다른 한인이 대본의 각색에 참여했을지도 모르나, 한인이 독자적으로 썼다고 보기에는 어려울 정도로 사건의 전개나 등장인물 및 설정된 배경 등이 생소하다. 무엇보다 미국인(들)이 연출을 맡은 점으로 미루어 대본은 한인 2세들이 썼고 미국인은 조력자로 참여했을 가능성이 크다.5) 팸플릿에는 이 설명 말고도 세 컷의 사진이 실려 있는데, *Lotus Bud*의 한 장면과 캐스트들의 사진, 그리고 *Hong Gil-Tong*의 한 장면이 그것들이다. 따라서 팸플릿의 기사 작성자가 *Lotus Bud*를 *Hong Gil-Tong*으로 착각했을 가능성은 전혀 없다. 따라서 30년대 초기, 적어도 30-33년 사이에 *Hong Gil-Tong*이 상연되었고, 34년에는 *Lotus Bud*가 상연된 것으로 보인다.

....

5) 필자는 원래 논문[『어문연구』 45집, 2004, 200쪽]에서 미국인(들)이 *Lotus Bud*의 대본을 썼을 것으로 추정했다. 그러나 최근 대본을 다시 정독하면서 미국인들의 도움을 받아 한인 2세들이 만들었을 가능성이 더 크다는 쪽으로 생각을 바꾸게 되었다. 한인들로부터 얻은 기초정보를 바탕으로 미국인들이 창작했을 가능성도 없지는 않지만, 『홍길동전』 및 『심청전』의 내용과 모티프 등을 동원하는 것이 미국인의 입장에서는 거의 불가능했으리라 보기 때문이다. 무엇보다 당시 한인 2세들은 미국식 교육을 받아 자란 세대이므로 *Lotus Bud* 정도의 영어문장은 충분히 구사했을 것이다. 다만 연극을 무대에 올린다거나 행사 진행에 관한 제반 사항은 미국인들의 조력이 필요했으리라 본다. *Lotus Bud*의 대본은 미국인들의 도움을 받은 한인2세들이 만들었다고 보는 것도 그 때문이다.

*Lotus Bud*의 캐스트들. 당시 한인 이민 1세와 2세들이 주축이 되었고, 현지의 미국인들도 다수 동참한 것으로 보인다.

후자의 'Lotus Bud'[연화]는 분명 『심청전』에서 원용해온 인간형이다.6) 그 내용이 홍길동 서사를 바탕으로 했다면, 앞서 상연된 *Hong Gil-Tong*의 제작진이 그 작품을 약간 개작하고 제목만 바꾸어 붙인 것이 *Lotus Bud*일 가능성도 없지 않다. 즉 도술을 비롯한 비현실적 장치나 사회적인 요소를 약화시키고 주인공의 결연담을 기존의 홍길동 서사에 덧붙이는 방향으로 개작한 것이 바로 이 작품일 수 있는 것이다. 그럴 경우 원래의 *Hong Gil-Tong*에는 액면 그대로의 홍길동 서사가 작품의 줄기를 이루었을 것이고, *Hong Gil-Tong*을 바탕으로 만든 *Lotus Bud*는 원래의 홍길동 서사를 재창작에 가까울 정도로 바꾼 것

---

6) bud는 활짝 피기 전의 단단히 그러모아진 어린 꽃을 말한다[A young tightly rolled-up flower(or leaf) before it opens/운평어문연구소 편, *English-English Korean Dictionary*, 금성교과서, 2000, 223쪽]. 'lotus flower'로 쓰지 않고 'lotus bud'로 쓴 저변에 '연꽃 봉오리'나 '연 싹' 등의 의미가 담겨있고 '나이가 어리다'는 점을 암시한 말이라고 할 수도 있다. 그러나 '연 싹' 보다는 '연꽃 봉오리'가 보다 합당한 번역으로 보이며, 꽃봉오리 역시 꽃에 포괄된다고 보아, 필자는 '연화'로 번역하고자 한다. 李海朝가 『심청전』을 『江上蓮』이라는 신소설로 개작한 바 있는데, 그 점도 'lotus bud'를 '연화'로 번역하는 것이 타당함을 보여준다.

일지도 모른다. 그리고 팸플릿의 설명대로 이민 1세대와 2세대 간의 정서적 유대나 친밀감을 도모하기 위한 이벤트였다면, 1세대는 향수(鄕愁) 쪽에 비중을 두어 액면 그대로의 홍길동 서사를 선호한 반면 1세대와 의식이나 사고방식이 다른 2세대는 보다 흥미로운 애정 쪽에 관심을 보였을 것이기 때문이다.7)

　이 작품은 고전소설을 바탕으로 했으되 연극의 대본이다. 말하자면 두 장르[소설/희곡]가 하나의 구조 속에 포괄되어 있는 셈이다. 연화나 청Cheung 등의 인물은 분명『심청전』에서 따온 것으로 보이나, 길동을 중심으로 하는 서사구조는『홍길동전』의 그것이다. 전개되는 이야기 또한 길동에게 닥친 시련과 극복을 중심으로 하는 서사에 바탕을 두고 있다. 신화적 영웅담의 성격을 지닌 영웅소설8)이나 민중적 소설9), 혹은 민중적 역사 영웅소설10) 등의 관점에서 이해되는 것이『홍길동전』이라면, Lotus Bud는 애정담이 서사구조의 또 한 축으로 가담한 경우다. 물론 부분 부분 길동이 초인적인 능력을 통하여 민중의 요구를 대행하는 영웅11)으로 그려지고 있긴 하나, 민중적 성향보다는 오히려 여주인공 연화와의 애정담이 서사의 중심에 놓인다. 물론 홍길동을 주동 인물로 하는 서사구조야말로 이 작품을 형성시킨 원천이자 원동력이다.12) 홍길동 서사를 변형시켰거나 그것에 덧붙은 새로운 요소들은

　7) 한인 이민 1세대와 2세대 간의 갈등은 같은 시기에 나온 연극 <타향의 三十년>에서도 다루어진 바 있다.[조규익,『해방전 재미한인 이민문학 Ⅰ(연구편)』, 월인, 1999, 260쪽.]
　8) 조동일,『韓國小說의 理論』, 지식산업사, 1979, 288-316쪽 참조.
　9) 김재용,「갈등 중재이론으로 본『홍길동전』의 구조와 의미」,『한국언어문학』21, 한국언어문학회, 1982, 26-46쪽.
　10) 박일용,『영웅소설의 소설사적 변주』, 월인, 2003, 30쪽.
　11) 이윤석,『홍길동전 연구』, 계명대 출판부, 1997, 197쪽.

Lotus Bud 제작자의 창작적 안목이나 능력의 소산으로 보아야 할 것이다. 이러한 홍길동 서사의 변용 양상을 찾아냄으로써 *Lotus Bud*가 갖는 의미를 밝히는 것이 본고의 목적이다.

II. *Lotus Bud*와 원 '홍길동 서사'의 같고 다른 점

현재 남아 있는 *Lotus Bud*는 3막으로 이루어져 있다. 갈등과 반전, 주동과 반동 등은 전체 사건이나 인물의 본질을 규명하는 구체적 요인들이다. 서사 시간은 1막의 경우 '계절을 알 수 없는 어느 날 밤부터 하루 낮과 밤이 경과하는 사이'로 이해될 수 있으나, 나머지 2막과 3막의 시간을 알만한 단서는 나타나 있지 않다. 그리고 공간의 경우 '홍 판서의 집 감방[1막]→도적의 소굴[2막]→또 다른 도적의 소굴인 낡은

---

12) 『홍길동전』 연구자들이 정리·제시한 모티프들은 대부분 유사하다. 여기서는 강현모가 간추린 것[1. 홍길동은 홍 판서의 아들이다<가계>/2. 홍 판서가 꿈에 청룡을 보다<태몽>/3. 홍 판서는 정부인에게 거절 당하고 시비 춘섭과 동침하다/4. 영웅호걸의 기상을 지닌 길동을 낳다/5. 길동은 총명과인하나 천비 소생이라 호부호형을 못하고 천대를 받았다. 서얼로 공맹<글>을 본받지 못할 것을 알고 무과공부<검술>를 배우다/6. 곡산모 초란이 길동을 죽이려고 위계를 꾸미다<기아 모티프>/7. 길동은 도술로 곡산모가 보낸 자객과 상자를 죽이다/8. 홍 판서에게 하직을 고하다/9. 길동이 집을 나와 적굴에 들어가 들독<큰 독>을 들고 적당의 행수가 되다/10. 적당들에게 무예를 익히고 군법을 시행한 후, 해인사를 습격하다<괴수임을 증명함>/11. 탐관오리의 재물을 탈취하여 가난한 자들에게 나누어주다<활빈당>/중략/19. 율동을 퇴치하다<지하 도적 퇴치 설화>/20. 부모의 장례를 치루다/21. 점령한 율도국에서 왕에 취임하여 태평세계를 구가하다/22. 길동은 율도국의 왕으로 영화롭게 살다 죽다<두 처를 거느림>/강현모, 『홍길동전』 서사구조의 특징과 양상」, 『한민족문화연구』 1, 한민족문화학회, 1996, 5쪽.]을 비교의 기준으로 삼고자 한다.

절[3막]'과 같이 이동이 심한 편이다.

1. 사건의 개요

1) 제1막

(1) 아버지에 의해 감금된 길동이 번민으로 잠을 이루지 못하고 피리를 불다가 간수 예팅YETUNG과 갈등을 빚는다.

(2) 길동Gil Dong의 조력자 맨사MANSA가 몰래 등장하여 바깥 정황을 알려주고, 탈옥을 모의한다.

(3) 홍 판서HONG PANSA의 애첩 진주JINJU가 무당을 불러들여 '장차 길동이 제왕과 제후에 오르면 홍 판서를 해치고 집안 가솔들을 모두 해할 것'이라는 거짓을 홍 판서에게 고한 일이 길동이가 갇히게 된 원인의 하나였음을 맨사가 말해준다.

(4) 장터에서 연화를 구해주기 위해 불량배들과 싸운 사건을 진주가 홍 판서에게 고자질하여 자신이 갇히게 되었음을 길동 스스로 밝힌다.

(5) 맨사는 또한 장터에서 길동이 구해준 연화가 무희로 홍 판서에게 와 있다는 사실과 그녀가 길동의 탈출을 돕게 될 것임을 말해준다.

(6) 맨사는 연화의 출현으로 홍 판서와 진주가 형성하고 있던 기존 질서가 흔들리게 된 것과 연화가 앞으로 길동의 결정적인 조력자 역할을 하게 될 것임을 밝힌다.

(7) 이엘한LI EL HAN의 무리가 등장하여 홍 판서로부터 무고하게 고문을 당하던 럼다LUMDAH를 구출해가는 과정에서 큰 소동이 벌어진다.

(8) 길동이 맨사로부터 이엘한의 근본을 듣고 그에 대하여 관심을

갖는다.

(9) 또 다른 간수 유희YOUHUI와 김사KIMSAR가 등장하여 길동을 감시하며 갈등을 빚는다.

(10) 진주가 등장하여 길동을 유혹하다가 길동이 뿌리치자 그와 갈등을 빚는다.

(11) 연화와 함께 등장한 홍 판서가 길동의 태몽을 언급하며 '영웅등극'을 암시하는 한편, 길동에게 그간의 오해를 해명하고 연화를 그에게 줌으로써 화해를 시도하던 중 술에 취해 쓰러진다.

(12) 연화와 길동이 대화를 주고받으며 서로의 따스한 마음을 확인한다.

(13) 진주가 등장하여 홍 판서와 길동이를 이간질한다.

(14) 연화가 길동에게 탈옥을 권하자, 길동은 이에 적극적으로 응한다.

(15) 간수 김사가 넣어준 음식을 길동이 먹기 직전 맨사의 기지로 독살될 위기를 모면하고, 대신 먹은 간수 유희가 죽는다.

(16) 맨사와 연화의 도움으로 길동은 탈옥에 성공하고, 곧이어 두 명의 자객이 들이닥친다.

(17) 간수 김사와 홍 판서는 길동의 도술을 인정했으나, 진주는 인정하지 아니한 채 악에 받쳐 김사와 예텅에게 길동을 추적토록 한다.

2) 제2막

(1) 민 대장CAPTAIN MIN의 딸 청CHEUNG이 동생인 양예YANG YE와 함께 아름다운 산에서 꽃을 따며 놀다가 돌아온 연화와 만난다.

(2) 연화와 청, 나귀 모는 남자의 기지로 길동을 추격하는 김사와 예텅 일행을 따돌린다.

(3) 길동을 자신들의 비밀 거주지로 도피시킴으로써 비밀 누설죄를 저질러 벌을 받게 된 연화와 청은 대책을 모의한다.

(4) 자유를 찾은 길동은 맨사와 함께 연화를 찾아 헤맨다.

(5) 무심코 비밀 문을 열고 들어선 길동이 연화와 청을 만나고, 그곳을 지키던 도적들에게 발각되어 죽을 위기에 처한다.

(6) 등장한 민 대장에게 그의 딸인 청이 매달려 길동의 구명을 간청하나 용납되지 않는다.

(7) 두목[CHIEF]이 등장하여 연화와 청에게 길동이 들어오게 된 경위를 추궁한다.

(8) 청이 마을 장터에서 꽃을 팔다가 불량배들에게 괴롭힘을 당하고 있을 때 길동이 나타나 자신을 구해주었음을 두목에게 실토한다.

(9) 길동이 비밀지역으로 들어올 수 있도록 한 장본인을 청으로 오해한 두목이 규율에 따라 청을 3일 후에 처형하기로 하고 길동은 당장 처형하려 한다.

(10) 감옥에 끌려가는 청은 연화에게 길동을 구해줄 것을 부탁한다.

(11) 연화가 아버지인 두목에게 길동의 구명을 간청하자 그의 목숨을 살려줄 만한 가치를 입증하라며 길동에게 몇 가지 시험을 부과하려 한다. 이에 길동은 구차하게 구명받고 싶지 않다면서 죽음을 청하고, 두목은 그를 죽이려 한다.

(12) 연화가 다급히 두목에게 간청하여 시키는 대로 할 것을 조건으로 길동에게 시험의 기회를 부과하게 한다.

(13) 두목이 낸 두 가지 수수께끼를 모두 맞히고 명령대로 바위까지 굴리자 두목은 지혜와 힘을 겸비한 젊은이로 인정하면서 길동을 살려준다.

(14) 두목으로부터 지혜와 힘을 인정받은 길동은 그들과 함께 백마

의 피를 입술에 바르는 혈맹의식에 참여한다.

(15) 두목은 길동에게 '약자와 고통 받는 사람들 편에 설 것을 맹세한, 피로 맺어진 형제임'을 선언한다.

(16) 서로를 소개하는 과정에서 길동은 두목이 바로 홍 판서의 원수인 옐한임을 알게 되고, 두목 또한 길동이 홍 판서의 아들임을 알게 된다.

(17) 여전히 두목이 길동의 진심을 의심하자 길동은 새로운 시험을 자청한다.

(18) 두목의 지시대로 산신령 탈을 쓴 길동은 연화가 숨어 있는 곳으로 접근한다.

(19) 산신령으로 변한 길동과 일행은 죄 없는 백성들을 못살게 구는 괴한 훅선HUK SUN과 친육CHIN YUK을 잡아 혼내준다.

(20) 두목과 길동이 가짜 중들의 소굴을 치기로 한다.

(21) 예텅과 김사가 갑자기 나타나 맨사를 사로잡는다.

(22) 예텅이 맨사를 고문하며 길동이 있는 곳을 추궁한다.

(23) 길동에 대하여 의혹이 남아있는 두목은 다시 이곳에 누구의 도움으로 왔으며 타고 온 나귀는 어디서 구했는지 추궁한다.

(24) 두목의 추궁에 연화는 사건의 전말을 털어놓게 되고, 노한 두목은 청이를 풀어주는 대신 연화를 묶어 가두게 한다.

(25) 길동이 연화에게 함께 도망할 것을 권했으나 연화는 죗값을 치러야 한다면서 사양하고, 둘은 서둘러서 부부연을 맺는다.

(26) 길동이 연화의 곁을 떠난 사이 친육과 훅선이 연화를 납치한다.

(27) 연화의 납치사건으로 길동과 도적 등은 도둑의 두목 창유 CHANG YU의 소굴로 쳐들어가기로 한다.

3) 제3막

(1) 낡은 절에 웅거하고 있던 도적의 두목 창유는 훔쳐 온 보석으로 연화를 달래서 혼인하려고 한다.

(2) 길동과 민 대장이 연화의 행방을 찾아 절에 와서 가짜 중노릇을 하고 있는 맨사를 발견한다.

(3) 길동은 맨사를 통해 창유가 잡아온 연화와 혼인하려고 하는 것을 알게 된다.

(4) 길동의 몸값을 탐낸 창유와 훅선이 길동을 잡으려는 계략을 쓴다.

(5) 길동은 창유에게 자신이 잡혀온 연화와 정혼한 몸임을 밝히고, 쌀 백 섬과 나귀 백 마리를 부친이 선물로 보냈다고 속인다.

(6) 창유와 훅선은 쌀과 나귀를 손에 넣은 후 길동이까지 잡아 예팅이 내건 몸값을 챙기고자 계략을 쓴다.

(7) 창유와 훅선은 길동 일행에게 진수성찬을 대접한다.

(8) 길동은 창유와 훅선에게 먼저 부처님께 음식 올리지 않음을 추궁한다.

[이하 결(缺)]

ACT I

(Prison room in the home of Hong Pansa, Prime Minister of Korea. In the dim light the room is seen to be large, cold and forbidding but beautiful in line. A high barred window at the back through which can be seen moon and stars. The window is set in a wall which is at least three feet thick, thus giving a wide ledge. A canopy is over the window. Bars are placed on inside of the ledge.

To the right a barred door through which sifts light from a hallway which leads down right to the inner court of the compound; up right to the courtyard. Barred window and door throw heavy shadows on the floor.

A high Korean chest, a v table, Oriental scrolls. Books, writing brushes, etc. Obviously the occupant is a Korean and Chinese scholar.

Sounds of jollity and Oriental music drift in from the rooms off left.

.. Someone is lying on the floor sleeping in Oriental fashion. He rolls and tosses sleeplessly. At last he gets up and lights a lantern.

It is GIL DONG, a tall and handsome youth of 22. He wears the colorful clothes of old Korea, and the braid of an unmarried man. He sits down upon the floor near the low table and lights his three-foot pipe with thimble-size bowl, and tries to concentrate on reading. Then writes with Oriental brush. He casts them aside. He looks at his fan which he puts back into his garments. Puts it to his lips, flute, turns it over once or twice. Puts it to his lips glumly upon the table and shakes his head. Reaches over and looks at it closely. Picks it up slowly, puts it to his lips dreamily, closes his eyes and plays a sweet and beseeching air. As the last bird-like note dies away, YE TUNG, a snarly jailor is seen at the door, whip in hand and dagger at belt. He unlocks the door and enters angrily.)

                    YE TUNG
(Fiercely) Stop that! You know your father hates your infernal piping

                    GIL DONG
(Surprised) Surely it can't be heard above the infernal singing of his dancing girls!

                    YE TUNG
Man! Your piping pierces walls like the call of a bird. (Menacingly) Play that flute once more and you'll never see it again.

                    GIL DONG
(Thoughtfully) Um--I should hate to have that happen. You know I think a great deal of this flute. It's of royal bamboo.

                    YE TUNG
Royal, or coolie, bamboo. I'll break it into ten thousand pieces if

2. 사건의 성격

1막에서는 감방에 갇힌 길동의 수심이 묘사되고, 곧바로 주요 인물들이 등장하여 본격적으로 사건에 개입하거나 앞으로 전개될 사건들을 암시한다. 따라서 홍길동 서사의 '1-5'[13]는 태몽 모티프를 제외하고는 모두 생략된 채 암시 정도에 그치고 있다. '길동은 무슨 이유로 아버지에 의해 갇혔는가[부자간 갈등의 전말]/홍 판서의 애첩임이 암시된 진주는 왜 길동에게 애정을 갈구하며 거부되자 끝까지 길동에 대한 반동인물로 활약하게 되는가/연화는 누구이며 왜 이 순간 등장하여 길동을 탈옥시키는가/조력자 맹사와 반동인물 예텅 및 김사는 누구인가' 등이 이 부분에 제시되는 의문점들이며, 그것들은 각 단계의 사건들을 클라이맥스로 끌어 올리는 단서들이다.

우선 길동이 자신의 집 감옥에 갇히게 된 전말의 일부가 2막의 모티프 (8)이다. 그러나 (8)에서 길동의 조력으로 구출된 것은 청이 아니라 연화다. 두목의 추궁으로 연화가 궁지에 몰리자 청이 나서서 대신 그 죄를 뒤집어쓰려는 비장함을 보여 준다.[14]

청의 말을 통해 길동이 자신의 집 감옥에 갇힌 전말과 연화와 길동의 관계, 연화와 청의 관계까지 암시되고, 앞으로의 운명 또한 예시된다. 난폭한 불량배들에게 곤욕을 당하던 연화를 구해준 것이 길동이가 갇히게 된 원인이었음이 이 말에 나타나는 것이다. 그러나 단순히 연화를 구해준 것만으로는 그가 갇히게 된 원인이 충분히 설명될 수 없다. 따라서 사건의 진행이나 다양한 인물들의 등장은 그런 점에 대한

---

13) 주 12)에서 강현모가 제시한 모티프 번호. 이하 언급되는 홍길동 서사의 모티프는 그가 구분·정리한 것이다.

14) *Lotus Bud*, 39쪽.

보충적 근거로 작용한다. 구체적으로 연화가 홍 판서와 원수간이던 엘한의 딸이라는 점과 길동이가 갇히게 된 것은 홍 판서의 애첩 진주의 모해 때문이라는 점 등이 그 근거로 보강될 수 있다. 『홍길동전』에는 서출로서 '호부호형을 못하던' 길동의 한이 홍 판서와의 갈등요인으로 작용했으나, *Lotus Bud*에서는 적서차별의 요인은 암시조차 되지 않는다. 오히려 진주의 모함이 가장 큰 요인으로 제시되어 있는데, 그녀는 홍 판서를 사이에 두고 길동의 어머니 춘섬과 애정을 다투던 삼각관계의 당사자 '곡산모 초란'과 같은 존재다. 원래 『홍길동전』에서 초란이 현재 누리고 있는 위치를 계속 누리기 위해 길동은 제거되지 않으면 안 될 처지였다.15) 물론 *Lotus Bud*에도 길동 퇴출의 사회적 요인이 암시되어 있기는 하다. 그러나 그 원인으로 작용하는 애정관계의 구도가 원작과는 상당히 다르게 설정되어 있다. 진주는 옥에 찾아와 길동을 유혹한다. 그녀는 간수인 예팅을 물러가게 한 다음 길동을 풀어줄 수도 있음을 암시하며 길동의 사랑을 갈구한다. 그러나 그 유혹에 대하여 길동은 차갑게 반응한다.16)

여기서 진주는 길동의 어미와 함께 홍 판서의 사랑을 다투는 존재가 아니라 '키 크고 잘 생긴 스물두 살의 청년'17) 길동에게 연모의 정을 갖고 있던 여인이었음이 분명해진다. 길동에게 접근하여 추근거리다가 그로부터 모욕을 당해온 진주의 전력이 이 대화 속에 암시된다. 이처럼 길동이 옥에 갇히게 된 것도 그의 무관심이나 모욕에 대하여 원한을 품고 있던 진주의 모함 때문이었다. 그 뿐 아니라 "네가 도망

---

15) 이윤석, 앞의 책, 204쪽.

16) *Lotus Bud*, 16-17쪽.

17) *Lotus Bud*, p. 1. : "It is Gil Dong, a tall and handsome youth of 22."

쳐 갈 곳을 알아놨어. 활짝 핀 연꽃이 떠있는 호수야”라는 진주의 말
속에는 진주 대신 만나야 될 여인이 연화라는 점과 조만간 연화와 함
께 그곳으로 도망칠 것이라는 점까지 암시되고 있다.

원작이 처첩 간의 갈등이나 적서차별, 혹은 탐관오리의 징치 등 가
정사나 사회적 부조리를 드러내고자 한 경우라면, *Lotus Bud*는 남녀
간의 연정이라는 새로운 서사가 오히려 큰 비중을 차지하는 경우다.
*Lotus Bud*에 애정담이 서사의 한 축으로 새로이 설정되었다고 보는
것도 그 때문이다. 길동에 대한 진주의 애욕이 번번이 배반당했으며,
길동이를 모함하여 가두게 한 것도 바로 그 복수심 때문이었다.[18]

다음으로 관심을 끄는 점이 길동 퇴출의 사회적 이유다. 길동은 옥
으로 찾아온 맨사를 통해 자신이 갇히게 된 직접적 이유와 부자간 갈
등의 요인 등에 대하여 듣게 된다. 그리고 그 이유가 길동이 퇴출된
또 하나의 이유였음이 암시된다. 이것이 앞에 언급한 애정 관계의 사
안과 표리의 관계를 맺는 것은 물론이다. 진주가 길동에게 시련을 안
겨주기 위한 명분이나 수단으로 그러한 ‘사회적 이유’를 끌어왔기 때
문이다.[19]

원래 『홍길동전』에서는 초란이 길동을 없애기 위해 무녀를 통해 흥
인문 밖 관상쟁이를 불러오게 한다. 길동이 ‘장차 멸문지화를 불러올
상’을 가졌다는 관상쟁이의 말에 홍 판서는 길동을 감시하게 하고 이
를 간파한 초란은 자객을 이용, 길동을 죽일 흉계를 꾸민다는 내용이
다.[20] 홍 판서와 진주가 가문에 닥칠 재앙과 결부시켜 길동을 제거하

---

18) *Lotus Bud*, 2쪽.
19) *Lotus Bud*, 6쪽.
20) 「홍길동전(경판 30장본)」, 이윤석, 앞의 책, 220쪽.

고 이용한, '역적 모티프'는 원작의 그것과 같다. 그러나 *Lotus Bud*의 경우 맨사의 입을 통한 간접 표출의 방법이 사용된 점에서 원작과 다르다.

그런데 사건의 전개와 관련하여 뗄 수 없는 요소들 가운데 하나가 인물[주동인물/반동인물]이다. 작가 자신이 긍정하고자 하거나 그 긍정의 감정을 독자에게 전하려는 인물이 주동인물이고, 작가나 독자가 끝에 가서는 부정하거나 부정해야 할 대상으로 설명되는 인물이 반동인물이다.[21] 장시광은 주동인물[남성/여성], 반동인물[남성/여성], 주변 인물[주동인물을 돕는 인물: 남성·여성/반동인물을 돕는 주변 인물: 남성·여성/기타 주변인물] 등으로 인물의 유형을 나누었다.[22] *Lotus Bud*의 주동인물은 길동과 연화이며, 반동인물군의 대표는 진주다. 주동인물을 돕는 대표적 인물은 맨사와 청이고, 반동인물을 돕는 인물의 대표는 예팅이다. 나머지는 모두 주변 인물들이다. 전개되는 사건들의 핵심에 인물들이 있고, 그들과 주인공인 길동의 관계에 따라 사건의 양상 또한 달라진다.

맨사는 단순한 조력자가 아니다. 경우에 따라서는 주인공 이상의 능력을 지닌 존재로 나타나기 때문이다. 주인공의 공간이동, 불행이나 결여의 해소, 추적으로부터의 구출, 어려운 과제의 해결 등이 민담에 등장하는 조력자의 행동영역이라면,[23] *Lotus Bud*의 맨사야말로 길동에게 그런 역할을 해주는 조력자다. 사건의 발단부터 결말에 이르기까지 맨사가 없는 주인공 길동을 생각해볼 수 없을 정도다. 그 맨사의

21) 조남현, 『소설원론』, 고려원, 1984, 130쪽.
22) 장시광, 「대하소설의 여성반동인물 연구」, 서울대 박사논문, 2004, 19쪽.
23) 블라디미르 프로프, 유영대 옮김, 『민담형태론』, 새문사, 1987, 82쪽.

눈을 통해서 비로소 연화의 존재는 부각될 수 있었다. 옥에 갇힌 길동이 맨사에게 자신의 외로운 신세를 털어놓는 장면에서 연화의 존재는 구체화된다. 길동은 자신의 할아버지와 어머니 말고는 벗이 없다는 외로움을 토로한다. 이에 대하여 맨사는 '젊고 준수한 용모의 젊은이'에게 벗이 없을 수 없음을 말하며 연화의 이야기를 꺼낸다. 그 때까지 길동은 자신이 장터에서 구해준 연화를 단순한 거지로 알고 있었다. 그러나 옥에 갇힌 이후 연화가 홍 판서의 집에 무희로 들어 왔다는 사실, 그녀의 아름다운 모습에 홍 판서는 마음을 빼앗기고 있으며, 그에 대하여 진주가 질투를 느끼고 있다는 사실 등을 알려 줌으로써 길동으로 하여금 연화에 대한 생각을 고쳐먹도록 한다. 연화와 길동의 결연은 맨사의 '알려줌'으로부터 그 단서가 마련된다.

그런데 연화가 홍 판서 집에 무희로 들어 온 것은 우연이었을까? 길동이 감옥에 갇힌 것은 장터에서 자신을 구해주었기 때문으로 생각하는 연화가 '보은의 조력자' 역을 자임하고 나선 것은 당연한 일이었다. 이 점이 바로 1막에서 서술되는 사건들이 필연적이고 계기적인 관계임을 나타낸다.24) 길동은 맨사의 눈을 통해 비로소 진행되는 사건의 전말을 알게 된다. 그러니 맨사는 독립적인 조력자이면서도 실질적 역할의 면에서는 주인공 자체인 셈이다. 바깥에서 벌어지는 반동인물 진주와 홍 판서 혹은 연화 사이에 벌어지는 상황을 알 수 없었거나 길동에게 전하는 연화의 메시지를 받을 수 없었다면, 작품 전편에서 합리적 능력의 소유자로 그려지고 있는 주인공 길동으로서는 난관을 헤쳐나갈 방도가 없었을 것이다. 길동이가 연화의 존재를 인식하고 나서부터 연화는 길동이와 함께 이 서사의 주동인물로 격상되고, 동시에 반

---

24) *Lotus Bud*, 9쪽.

동인물 진주 혹은 그 일파들에 대항하여 싸우게 된다. 1막의 본문[11 쪽]에서 홍 판서와 진주의 심리변화와 함께 전개되는 사태에 대한 길동의 인식 정도 또한 제시된다. 마지막 부분의 동작 지시에 나타난 길동의 "못마땅하면서도 반가운displeased and yet amused" 기분은 이 사건과 관련하여 앞으로의 내용 전개를 예고하는 단서가 되기도 한다. 여성 주동인물로서의 연화와 결연할 것을 암시하는 내용이기 때문이다. 번안자가 1막에서 주안점을 둔 것은 길동과 연화의 만남이다. 진주와의 악연을 부각시킨 것도 그 만남을 극적인 것으로 만들기 위한 장치라고 볼 수 있다.

앞에서 언급한 '역적 모티프'와 함께 번안자로서도 무시할 수 없다고 생각한 것은 '탐관오리의 징치'와 같은 사회비판적 성격이다. 즉 간수 유희와 김사가 주고받는 말 가운데 럼다라는 인물이 언급되고 홍 판서가 그의 전답을 빼앗기 위해 태형을 가하기로 한 사실을 폭로한 점은 이런 성격을 잘 드러낸다. "잘 먹고 잘 사는 거 시위한 죄지뭐. 판서나리가 럼다의 검은 소랑 그 넓고 비옥한 전답이 탐나는 게야"[25] 라고 비꼬는 유희의 말 속에 홍 판서도 비판되는 탐관오리 중의 하나임이 암시되고 있는 것이다. 실제로 길동이 갇혀 있는 창 밖에서는 럼다를 고문하는 소리가 들리고, 이어 엘한의 무리가 그를 구하러 몰려오는 소리 또한 들린다. 엘한의 무리는 럼다를 구출하여 숲속으로 들어가고 '탐관오리 물러가라'는 코러스가 들려온다. 길동은 비로소 엘한의 존재에 대하여 흥미를 갖기 시작했고, 이 사건은 그가 후일 엘한의 무리에 합류하여 도적의 수괴가 되는 복선으로 작용하게 된다. 엘한이 옛날 암행어사를 역임한 자로서 각지의 수령들이 부패한 현실을

25) *Lotus Bud*, 11쪽.

보다 못해 사람들을 규합하여 도당을 만들고 불의가 있는 곳은 어디라도 가서 응징하기로 혈맹을 맺었다는 맨사의 설명[26]을 듣고 나서야 길동은 자신의 미래에 대하여 구체적인 방향을 잡게 된 것으로 보인다. 사실 맨사가 길동의 정의감에 불을 붙이는 역할을 하면서도 첫머리에 '그런 건 모르시는 게 나아요'라는 충고를 건넨 것은 엘한이 벌이는 활동이 쉽지 않은 일임을 알고 있기 때문이었다.

그런 '의식화의 과정'을 겪은 다음 길동은 진주를 만나 그녀의 유혹을 물리쳤고, 자신에 이어 어머니까지 모함하는 진주를 '독수리같이 사악한 계집'으로 몰아세운다. 여기서 비로소 홍 판서를 가운데 둔 연적 관계로서의 길동 어머니와 진주의 관계가 드러난다. 길동은 그런 진주의 말을 곧이듣는 홍 판서에게 노골적인 반감을 드러냈고, 자신을 좀 돌보라는 유희의 말에 대하여 "자신을 돌보는 수준은 다 뗐으니, 이제부터는 신령님 말씀대로 다른 사람을 보살필 차례이니라"[27]고 대답함으로써 부친에 대한 반감을 구체적인 행동으로 나타낼 것을 암시했다. 그와 함께 그동안 감옥에서 읽던 책을 버리면서 "책은 필요없다. 이제부터 내 생은 책 속에 있지 않고 행동 속에 있을 것이다"[28]라고 외쳤다. 그것은 그에게 개안(開眼)과 재생의 선언이었다. 기존의 질서에 안주하려는 수동적 자아로부터 세상 속으로 뛰어 들고자 하는 적극적이고 능동적인 자아로 재생했음을 선언한 것이다.

길동은 탈옥을 결심하면서 그 지향점을 '자유와 연화가 있는 곳으로' 잡았다. 탈옥을 통해 자유와 사랑을 얻고자 한 것이다. 그것은 그

---

26) *Lotus Bud*, 15쪽.
27) *Lotus Bud*, 18쪽.
28) *Lotus Bud*, 19쪽.

전에 연화가 그에게 "밝은 태양이 비추는 곳으로"[29] 탈출할 것을 권한 내용의 반복인 셈이다. 그러면서 "그 어떤 벽도 창살도 신도 인간도 우리를 갈라놓지 못할 것이오. 어디 사는지 말해주시오. 아름다운 연화, 하늘의 별들 사이에서나 당신을 찾아야 한다는 뜻이오?"[30]라고 연화에게 던진 길동의 고뇌어린 고백과 결심은 자신과 연화가 사랑으로 묶인 한 몸임을 선언한 말이며, 함부로 들어갈 수 없는 도적의 소굴에 들어갔다가 계율을 어겼다는 이유로 고난을 겪게 되는 2막의 사건을 예시하는 내용이기도 하다. 연화와 함께 자유를 찾아 '갇힌 공간'을 탈출하지만, 2막에서 기다리는 건 또 다른 시련과 갈등이었다.

이와 같이 1막에서 전개된 주된 사건은 『홍길동전』으로부터 많이 변개되긴 했으나, 홍길동 서사의 '6-8'과 얼마간 연관을 맺는다고 할 수 있다.

새로운 사건들이 전개되는 또 다른 시·공이 제2막과 제3막이다. 길동이 탈옥하여 찾아간 곳은 엘한과 도적들의 비밀 거주지였다. 집을 나온 길동이 적굴에 들어가 들독을 들고 적당의 행수가 된 홍길동 서사의 아홉 번째 모티프와 얼마간 일치하는 내용이다. 그러나 실제 사건의 전개는 판이하다. 2막의 사건은 두 갈래로 전개된다. 하나는 길동의 조력자이자 주동인물의 하나인 연화가 규율을 어기고 길동을 그곳으로 인도했다는 데서 발생한 문제가 하나이고, 진주의 명령을 받은 예텅 및 김사의 추격이 다른 하나다. 두 사건 모두 길동과 연화의 목숨을 위태롭게 하는 절대적 위기 상황을 조성한 것은 물론이다. 조력자 맨사 역시 여전히 길동을 돕기 위해 적굴로 들어 왔으며 고비마다

---

29) *Lotus Bud*, 24쪽.

30) *Lotus Bud*, 24쪽.

위기상황들을 해결한다.

　2막의 주동인물 역시 길동과 연화다. 청이나 양예, 민 대장, 두목, 흑선, 친육, 창유 등은 주동인물의 조력자들이거나 반동인물 혹은 주변인물들이다. 2막에서 가장 중요한 역할을 하는 사람은 연화의 친구 청이다. 청은 규율을 어기고 길동을 자신들의 비밀구역으로 안내함으로써 죽임을 당할 위기에 처한 연화를 구명하고자 스스로를 던진다. 친구를 위해 희생을 자청한 청이나 길동을 위해 목숨을 버리기로 작정한 연화의 인간상은 『심청전』의 심청으로부터 원용된 것들임이 분명하다.

　연화는 길동에게 자기들의 비밀구역을 찾아갈 줄 아는 나귀 동구를 줌으로써 그곳에 찾아올 수 있도록 도왔고, 그것은 그들의 법을 어긴 일이었다. '배신하려는 생각은 아니었고 길동을 사랑한 나머지 어쩔 수 없었다'[31]고 고백하면서 연화는 비밀을 지켜줄 것을 청에게 부탁했고, 청 또한 그 부탁을 들어주기로 한다. '배신과 사랑'이 복잡한 서사적 결구로 구체화될 단서를 마련한 것이다. 하지만 그들이 도적의 소굴에 들어온 이상 사랑의 힘보다 배신의 현실이 훨씬 강하게 그들을 구속할 것이라는 비극적 추정에서 생겨난 음울함이 전편을 지배한다.

　그러나 주동인물인 길동은 모처럼 자유를 만끽하며 연화를 찾는다.[32] 길동에게 연화는 자유와 사랑 모두를 상징하는 존재였다. 길동은 우연히 비밀의 문을 열고, 별세계로 들어서서 도적들에게 포위된다. 청의 아버지 민 대장과 연화의 아버지인 두목이 나타나 그를 추궁한다. 연화와 청 모두 길동의 구명을 위해 적극 나서지만, 수용되지 못

---

31) *Lotus Bud*, 34쪽.

32) *Lotus Bud*, 35쪽.

하고 모든 죄를 청이 뒤집어쓴다. 결국 청이 배신자로 낙인 찍혀 죽음을 당하게 되었고, 청은 연화에게 반드시 길동을 구하라는 당부를 남긴다. 두목과 민 대장은 길동을 죽이려 하고 연화는 길동을 구명하려고 노력한다. 길동에게 은혜를 베풀어달라는 딸의 부탁에 두목은 "이 자의 목숨을 살려줄만한 가치가 있어야 한다"33)고 일갈한다. 그것이 법이라는 것이다. 서구적 합리주의가 반영된 표현인 셈이다. 두목은 딸에게 자신이 골라주는 배필에게 시집을 가되 길동이 시험까지 통과하면 살려주겠노라고 제의한다. 그러나 이미 길동과 가약을 맺은 연화로서는 받아들일 수 없는 조건이었다. 두목의 제의 속에는 연화와 길동의 결연을 인정할 수 없다는 이면적 의미까지 들어 있다고 보아야 한다. 두목이 길동을 정말로 죽이려 위협하자 연화는 아버지의 조건을 무조건 따르겠노라고 매달린다. 이른바 늑혼과 같은 혼사장애 모티프가 그것이다.34) 두목은 길동의 목숨을 구할 기회를 주겠노라 약속하고 연화를 퇴장시킨다. 그런 다음 두목은 길동에게 두 가지의 문제를 제시했고 시험을 통과한 길동은 두목의 제의로 백마의 피를 입술에 바르는 혈맹의식을 갖는다. '약자와 고통 받는 사람들의 편에 설 것을 맹세한, 피로써 맺어진 형제'라는 두목의 선언을 통해 결국 그곳 도적떼의 일원으로 받아들여졌다.

길동이 적굴에 들어온 이후 갖가지 시험과 시련을 거쳐 그곳 공동체의 일원으로 받아들여진 것은 홍길동 서사 가운데 9[적굴에 들어가 들돌을 들고 적당의 행수가 됨]와 맞먹는 내용이다. *Lotus Bud*에서 두 가지 시험을 통과한 후 바위를 굴리게 함으로써 그의 힘을 확인한 사

---

33) *Lotus Bud*, 40쪽.
34) 박일용, 앞의 책, 391-395쪽.

실은 그 자체가 들돌을 들어 올려 적당의 행수가 되었다는 홍길동 서사의 통과의례와 같은 내용이다.

위기를 벗어난 길동이 민 대장의 도움 아래 착수한 첫 시도는 연화와의 결합이었다. 그러나 길동과 두목이 서로의 정체를 파악한 순간, 두목은 원수 홍 판서의 아들 길동을 믿지 못하게 된다. 그래서 그는 또 다시 길동에게 시험을 부과했다. 길동으로 하여금 산신령의 탈을 쓰고 못된 승려들을 징치하게 한 것이다. 이 과정에서 걸려든 것이 혹선과 친육이었다. 도망친 두 사람의 소굴을 소탕하는 일을 길동이 자원하자 두목은 여전히 그를 의심하여 다시 그가 그곳까지 온 경위를 추궁하다가 연화에게 죄 있음이 드러나고 결국 연화가 죽게 된다. 죽기 직전 그들은 부부의 연을 맺는다. 연화는 길동에게 절을 하며 "나의 주인, 나의 남편이 되셨을 분..."[35]이라고 외쳤으며, 길동 또한 "이승에서든 저승에서든 하나뿐인 나의 아내!"[36]라고 외쳤다. 그 직후에 연화는 사라지고 민 대장과 길동 그리고 맨사는 연화를 찾아 또 다른 도적의 두목 창유가 웅거한 낡은 절을 공격하게 된다.

연화에 대한 추적이 3막의 사건이다. 창유는 납치한 연화와 혼인하는 것은 물론 예팅이 내건 길동의 현상금까지 노려보지만 길동과 민 대장, 맨사의 꾀에 넘어 간다. 대략 중반부터 낙장되어 있으므로 3막의 나머지 내용은 알 수 없다. 그러나 연화를 구출한 길동이 두목과 민 대장, 모든 도적들의 축하를 받으며 결혼을 하게 되고 결국 두목의 자리를 차지하게 되는 것으로 이야기는 종결되리라 본다.

1막에서는 비리와 음모가 판치는 폐쇄적·부정적 공간을 그렸고, 2

---

35) *Lotus Bud*, 50쪽.
36) *Lotus Bud*, 50쪽.

막·3막에서는 비록 도적들의 소굴이긴 하나 희망과 진실이 있는 자유의 공간을 그렸다. 특히 길동에게 자유를 선사한 연화와 부부의 연을 맺고 자유를 만끽하게 된 그 적굴이야말로 길동에게는 무릉도원과 같은 이상적 공간이었고, 그것은 선계 모티프를 바탕으로 하고 있었다.

'세상의 법을 따르지 않으려면 세상을 떠날 수밖에 없다는 것'이 엘한과 도적들의 신조였다.[37] 그래서 그들은 비밀의 공간에 웅거하면서 세상과 단절하고자 한다. 다만, 암울한 백성들이 사는 공간은 지배층의 공간과 또 다른 모습의 그것으로서 이면적으로는 그들의 비밀 공간과 상통하는 곳이다. 그들은 그런 공간을 통해 하늘의 법으로 세상의 부조리를 징치하고 세상에서 고통받는 백성들을 보살피는 일을 자신들의 임무로 자인했음을 보여준다. 원래 『홍길동전』이나 홍길동 서사에 이런 유의 관념적 표현은 등장하지 않는다. 2·3막을 굳이 홍길동 서사와 결부시키자면 10["적당들에게 무예를 익히고 군법을 시행한 후, 해인사를 습격하다"]에 해당한다고 할 수 있으나 해인사를 습격한 것은 도적떼의 수괴가 되기 위한 약속을 이행한 일이고, Lotus Bud에서 절을 습격한 것은 사랑의 대상인 연화를 구출하기 위한 것이니 양자는 엄연히 다르다.

Ⅲ. 결 론

Lotus Bud는 원래의 홍길동 서사를 해체시켜 서구적인 관점으로 재구성한 번안 작품이다. 원래는 소설장르였던 것을 극본으로 각색했으

---

37) Lotus Bud, 41쪽.

니 그 과정에서 내용상으로 큰 변화가 일어났을 것은 말할 필요도 없다. 이 작품은 1934년 하와이에서 상연된 연극대본이다. 문장이나 내용, 정황 등으로 미루어 번안자는 한국인, 조력자는 미국인이었을 것이다. 연출자나 주요 캐스트도 미국인이나 한인 2세들이었다. 물론 그들은 부모세대인 이민 1세들로부터 소스를 얻었을 것이다. 그러면서도 결과는 서구적인 것으로 크게 번안된 모습이다. 길동이나 길동 서사의 변모를 당시 한인 이민들의 '경계인적 자아'[38]가 반영된 결과일 수 있다고 보는 것도 그 때문이다. 사실 1930년대에 상연되었던 연극으로 *Lotus Bud* 이전에 이미 *Hong Gil-Tong*이 있었다. 작품 제목의 'Lotus Bud'는 '연화'로서 『심청전』에 그 소원(溯源)을 둘 수 있으나 정작 내용은 「홍길동」의 그것이다. 그러나 홍길동 서사는 "고귀한 혈통-비정상적 출생-탁월한 능력-기아(棄兒)와 죽음-죽음의 극복-자라서의 위기-투쟁에서의 승리"로 짜여져 있다.[39] 주인공 홍길동은 초인적인 영웅이고, 따라서 그 서사의 결과 역시 투쟁을 통한 예견된 승리일 수밖에 없었다. 특히 그가 도술을 일상생활에서의 세계와 대결하는 수단으로 삼았다 해도[40] 서사구조 속에서 그 자체가 합리성을 결한 요소인 것만은 분명하다. 길동의 이러한 비현실적 면모는 *Lotus Bud*에서 거의 완벽하게 탈색된다. 인물 묘사의 합리성은 사건들의 우연성을 감소시켜 서사구조를 좀더 치밀하게 만든다. 사건들이 필연성으로 연결됨으로써 전체적으로 공고한 서사미학이 구현될 수 있기 때문이다.

---

38) 조규익, 앞의 책, 26-43쪽 및 조규익, 「재미한인 이민문학에 반영된 自我의 두 모습-영문소설 몇 작품을 중심으로-」, 『숭실대 논문집(인문과학편)』 29, 숭실대 인문과학연구소, 1999, 315-327쪽 참조.
39) 조동일, 앞의 책, 256쪽.
40) 조동일, 위의 책, 257쪽.

주인공의 영웅성을 강조하는 데 주안점을 둔 것이 원래의 홍길동 서사다. 그러나 그 영웅성은 도술을 바탕으로 했기 때문에 합리적 측면을 결한 것도 사실이다. 길동이 적굴에 들어가 도적의 수괴가 되고, 의적활동을 벌임으로써 그의 이상실현의 발판을 마련하게 되었다는 스토리도 그의 영웅성을 강조하기 위한 장치임은 물론이다. 그것이 *Lotus Bud*로 오면서 길동이 적굴에 합류하기 이전에 이미 이엘한을 두목으로 하는 도적들은 의적의 역할을 하고 있었다. *Lotus Bud*의 도적 두목 이엘한은 오랜 기간 서구에서 인정받아온 의적 '로빈훗'의 이미지로 그려지고 있다. 그 이엘한으로부터 두목의 자리를 물려받게 될 것이 암시된다는 점에서 원래의 홍길동 서사보다 *Lotus Bud*가 보다 합리적이다.

등장인물은 비교적 다양하고, 그들간의 관계 또한 복잡하다. 길동과 연화는 주동인물이고, 진주는 반동인물이다. 맨사는 주동인물을 돕는 주변인물이고, 예텅은 반동인물을 돕는 주변인물들 가운데 대표 격이다. 홍 판서는 반동인물에서 주동인물을 돕는 주변인물로 변신했으며, 두목과 민 대장 역시 반동인물에서 주동인물을 돕는 주변인물로 변신한 존재들이다. 연화를 납치한 도적 두목 창유는 반동인물 군에 속하고, 청·양예·익명의 남녀들·의적 등은 모두 주동인물을 돕는 주변인물들이다. 봉초·군호 등 자객은 반동인물을 돕는 주변인물들이며, 북창·이방·친육·훅선 등은 주동인물이나 반동인물에 대한 도움과 관련을 맺지 않으므로 기타 주변인물로 보아야 할 것이다. 인물과 관련되는 *Lotus Bud* 서사의 핵심은 길동과 연화의 결연이다. 흥미로운 것은 길동의 아버지 홍 판서와 연화의 아버지 이엘한은 원수지간이라는 점이다. 원수의 자식들을 사랑하는 관계로 맺어 놓았는데, 이는 로미오와 줄리엣의 서사로부터 원용해왔다고 보아야 할 것이다.

현실세계에 대한 문제 제기적 세계관을 반영해내면서도, 그것을 낭만적인 홍길동 개인의 일대기적 질서를 통해 형상화하는 중층적 서술 시각을 보이는 것이 『홍길동전』의 거시구조다.[41] 이러한 홍길동 서사의 핵심은 처첩간의 갈등, 적서 차별, 탐관오리의 징치 등 사회적인 문제들을 민중의 입장에서 서술해나간 점에 있다. 말하자면 민중성과 사회성을 바탕으로 한 영웅서사인 셈이다. 그러나 번안자는 그러한 핵심적 요소를 그들의 의식에 맞는 방향으로 환골탈태시켰다. 그 환골탈태는 홍길동 서사를 대상으로 행해진 '생략·첨가·변이' 등 일련의 가공 과정을 일컫는다. 길동과 연화의 결연을 *Lotus Bud* 서사구조의 핵심으로 만들어낸 것도 번안자의 관심이 어디에 있었는지를 분명히 보여준다. 그래서 *Lotus Bud*는 서구의 합리적 의식을 바탕으로 변용된, 또 하나의 홍길동 서사인 것이다.[『어문연구』 45, 어문연구학회, 2004. 08.]

---

41) 박일용, 앞의 책, 178쪽.

시조 창작을 통한 정서적 유산의 확인·유지: 심연수의 시조

I. 시작하는 말

심연수는 일제의 무단통치가 진행되던 1918년 강원도 강릉에서 출생하여 일곱 살 되던 1925년 블라디보스톡으로 이주했다. 1931년 중국으로 다시 이주하여 용정에 정착했고, 그곳에서 그는 동흥소학교와 동흥중학교를 다녔으며, 1941년 일본에 건너가 일본대학 예술과에 입학했다. 대학 졸업 후 흑룡강성 신안진과 영안 등지에서 교사로 재직하던 중 영안에서 용정으로 가다가

심연수

피살되었다.[1] 그의 삶에서 보듯이 '조선→러시아→중국'으로 방황하던 디아스포라적 체험은 그의 성장기에 큰 영향을 미친 환경적 요인이었을 것으로 보이고, 그런 체험이 문학세계의 상당부분을 차지했을 것이

---

1) 황규수, 『일제강점기 재만조선시인 심연수 시의 원전비평』, 한국학술정보, 2008, 183-184쪽 '심연수 시인 연보' 참조.

다. 디아스포라의 상황에 놓인 사람들이 겪을 수밖에 없던 정체성의 혼란은 조국에 대한 애착이나 집착으로 변이되어 문학작품에 형상화 될 가능성이 높다. 그러나 심연수의 경우는 비교적 짧은 생애를 보냈고 '역사적 경험의 복합성이나 다층성에 의한 모국어 상실'의 위기[2] 또한 겪지 않은 것으로 보이기 때문에, 문학작품으로 부터 그런 복합 심리를 읽어내기란 쉽지 않다.

이 글의 모두(冒頭)에 그의 가족사나 그 자신의 삶을 간략하게나마 제시한 것은 시조장르의 수용과 무관할 수 없을 것이기 때문이다. 그의 가족이 일제의 강점기에 유랑이라는 역사적 사건을 체험했고, 그로 인하여 원치 않은 유랑의 길을 걸었기 때문에, 비록 원숙기 이전인 20 대의 정신적 수준으로라도 그런 역사적·현실적 체험의 내면화는 가능 했으리라 본다. 그런 체험을 내면화하기 위해 시 장르는 필수적이었고, 조국이나 모국이라는 대상을 염두에 둘 경우 시조 장르는 더 없이 유용한 장르였을 것이다.

이 글의 대상은 심연수의 시조작품들이다. 지금까지 그의 시조에 관한 주목할 만한 연구들이 등장했다.[3] 선학들의 논의를 바탕으로 하되

---

2) 조규익, 「카자흐스탄 高麗人의 한글노래와 디아스포라의 正體」, 『語文硏究』 143, 한국어문교육연구회, 2009, 196쪽.

3) 김원장[「심연수 시조의 특성과 경향에 대한 연구-여행시조를 중심으로」, 관동 대 교육대학원 석사논문, 2004]은 심연수 시조의 원전과 형식, 내용적 특성과 정신 등을 논했고, 허형만[「沈連洙 시조 연구」, 『민족시인 심연수 학술세미나 논문총서』, 심연수선양사업위원회, 2007, 143-173쪽]은 심연수의 시와 시조를 재분류하고 그의 시조에 나타난 주제의식을 논했으며, 황규수[「심연수 시조 창작과 그 특질」, 『한국문예비평연구』 24, 한국현대문예비평학회, 2007]는 노산으로부터 영향을 받은 심연수 시조의 구조적 특질과 시세계 및 내용을 논했다. 그리고 임종찬[「심연수 시조에 나타난 디아스포라 의식」, 『시조학논총』

그가 시조장르를 선택한 이유를 좀 더 심층적으로 분석할 것이며, 시조 장르를 통해 드러내고자 한 문학세계나 주제의식은 무엇이었는지를 구체적으로 논의하고자 한다.

II. 시조창작의 계기 및 작품 현황

『20세기 중국조선족 문학사료전집-심연수 문학편』4)이 발간되면서 심연수의 작품들은 비로소 활자화 되었다. 이 책에는 161수의 자유시와 86수의 시조가 실려 있는데, 허형만은 자유시 가운데 54번[<死의 美(2)>]과 140번 [<속>]은 시조의 기본형에 충실하므로 시조로 돌려야 한다고 했다.5) 이 외에 시조율격을 지닌 자유시들[종장 첫 음보와 둘째 음보의 자수율은 엄격히 지키지 않았지만 3장에 4음보율을 지닌 것: 6편/시조적 가락의 자유시[4음보율을 지닌 것: 7편]/일부분이 시조적 율격을 지닌 시: 14편/일부분이 사설시조의 성격을 지닌 시: 3편/일부분이 양장시조의 성격을 지닌 시: 2편/일부분이 엇시조의 성격을 지닌 시: 4편]도 있으며, 시조로 분류된 작품들 가운데 앞부분 여섯 작품[<가을 아침>, <가을>, <밤길>, <용고(龍高)>, <대지(大地)의 젊은이들>]은 자유시로 편입되어야 한다고 했다.6) 시각에 따라 달리 볼 수도 있으나, 이처럼 일부의 작품들에서 자유시와 시조가 혼효되어 나타나는 것은 그가 시 창작의 기본율격을 시조로부터 체득했음을 암시하는

31, 한국시조학회, 2009]은 심연수 시조에 나타난 디아스포라적 삶을 분석했다.
4) 중국조선족문화예술출판사, 2004, 125-145쪽.
5) 허형만, 앞의 논문, 387쪽.
6) 위의 논문, 389-390쪽

점이기도 하다. 다음에 인용하는 시 네 편을 보면 그런 점을 알 수 있다.

님의 뜻
읽고서 알엇쇠다 님 마음 알엇쇠다
보고서 알엇쇠다 그 님 마음 알 수 있어
字마다 살엇고 句마다 뛰더이다[7]

元旦
첫마음 새로 먹고
떨처앉은 새벽 아츰
누리를 찾는 넋이
새 깃을 펴드라
첫소리 가다듬어
질러 보는 맑은 音聲
티끌 없는 靜新을
새 울림에 흔들더라

첫 걸음 디디는 발
이 땅을 밟어봄도
참으로 感謝하여
새 기쁨 더듬노라[8]

安堵의 바다
갈가보다 살가보다 太平洋 한복판에
娑婆가 안 보이는 넓은 바다 그곤으로

----

7) 『20세기 중국조선족 문학사료전집-심연수 문학편』, 61쪽.
8) 위의 책, 142-143쪽.

蒼波에 살아가는 물 사람 되어서
한 世上 바다 속에 一生을 같이하자.

세인 波濤 밀려오면 珊瑚 숲에 깃드리고
暴風雨 내려치면 暗礁 밑에 의지하여
하염없는 한 목숨을 그럭저럭 살다가
이 몸이 짙이거든 물속 깊이 갈아앉자[9]

갈매기
바다를 언제 건넜느냐
네 행색 너무나 외로와
고향을 그리는 애타는 마음을
낯설은 浦口에서 쉬고 있느냐

두 나래 飛泡에 함빡 젖어
피까지 무거운 이역의 설음
마시지도 먹지도 않는 고달픔에
타는 듯 가벼운 몸을 어이하랴

섬도 없는 바다에서
風波 높아 지쳤어라
네 또다시 날아갈 바다길
하늘아 바다야 잔잔하거라[10]

<님의 뜻>은 부정할 수 없는 시조다. 특히 이 작품은 심연수가 『노
산 시조집(鷺山 時調集)』[11]을 읽고 그 책의 마지막 장[200쪽] 여백에

---

9) 『20세기 중국조선족 문학사료전집-심연수 문학편』, 47쪽.
10) 위의 책, 159쪽.

적어 놓은 것인데, 분명한 시조작품이다. 따라서 이 경우는 작품집[『20세기 중국조선족 문학사료전집-심연수 문학편』]의 편자들이 작품을 분류할 때 오류를 범한 것으로 보아야 한다. <元旦>은 두 연으로 되어 있지만, 원래부터 그렇게 되어 있었는지는 확실치 않다. 시조형의 2음보 1행을 12개로 늘여 '8/4'로 양분했는데, 1연은 '시조 한 수+2행[시조 1장]'으로 구성되어 있고 2연은 '4행[시조 2장]'으로 마무리되어 있다. 만약 이 작품이 처음부터 연 구분이 되어 있지 않았다면, 3작품의 양장(兩章)시조[12]를 모아 놓은 것으로 보아도 무방할 정도다. <安堵의 바다>도 그런 점에서 마찬가지다. 두 연 모두 두 작품의 양장시조 혹은 양장시조와 유사한 형태의 연구(聯句)로 이루어진 작품이다. 또한 완결된 시조형태는 아니라 해도 음보와 행의 구조가 시조의 그것들을 그대로 수용했음을 확인할 수 있다.

<갈매기>는 음보나 행의 구조로 보아 시조형태가 반영되어 있다고 할 수는 없지만, 의미나 이미지 혹은 정서가 합작하여 빚어낸 심리적 리듬, 즉 의미율(意味律)의 측면에서 현대시조와 가까운 모습을 보여준다. 전체 3연은 각각 '초장-중장-종장'에 대응되며, 초장['향수에 젖어 애타는 마음']-중장['함빡 젖어 고달프고 가벼운 몸']-종장['하늘과

---

11) 한성도서주식회사, 1932.

12) '양장시조'는 노산 이은상이 처음 고안한 것으로 <소경되어지이다>[1931. 10. 20.], <달>[1932. 3. 20.], <입담은 꽃봉오리>[1931. 11. 7.], <사랑>[1932. 2. 11.], <밤ㅅ비소리>[1931. 11. 8.], <山우에 올라>[1931. 9. 2.] 등의 '試作'[노산은 '兩章時調試作'이라 했다.]이 『鷺山 時調集』에 실려 있다. 이 작품은 1941년에 창작[혹은 발표]되었고, 심연수가 『노산 시조집』을 구입한 것이 1940년 3월 28일의 일[『20세기 중국조선족 문학사료전집-심연수 문학편』, 277쪽]이며, 이 작품을 쓴 시기는 1941년 1월 1일이므로 노산 식 양장시조의 수용이 이미 이루어진 후라고 보아야 할 것이다.

바닷길이 잔잔하길 바람']으로의 의미적 연결이 성립된다. 이 경우 초
장과 중장은 병렬의 관계로 이어지며, 종장에서는 초·중장의 의미가
종합되면서도 이것을 뛰어넘어 새로운 의미가 창출되는 종결의 모습
을 보여준다.

이처럼 자유시로 분류된 작품들 가운데 엄연한 시조작품이 끼어 있
거나 자유시의 상당수에서 시조의 형태적·구조적 편린들을 찾아볼 수
있으며, 그 점이 바로 그가 시조 작법의 학습을 통해 시에 입문했을
가능성을 보여주는 점이다.

그렇다면 그가 시조를 창작하게 된 계기나 발판은 어디서 찾아볼
수 있을까. 우선 당시 만주문단의 자장(磁場) 안에 놓여 있던 그의 현
실적 위치와 노산 시조에 대한 사숙(私淑)이라는 두 가지 요인을 꼽을
수 있다. 만주문단의 시조 인식이나 당시 본토 시조시단의 중심을 차
지하고 있던 노산의 시조작법은 그에게 무엇보다 큰 영향을 미쳤으리
라 본다. 시조는 민요와 함께 전통으로부터 새로운 시의 활로를 모색
한 1920년대 한국 시단의 큰 이슈였다. 최남선·이광수·이은상·이병
기 등 당대 문단의 주력이 시조부흥운동을 주도하거나 지지했다. 물론
그 방법적인 측면에서 견해의 차이들을 드러내긴 했으나, 시조가 조선
심으로 표현되는 민족혼을 대표하는 전통 문학 장르라는 사실에 있어
서는 의견의 일치를 보이고 있었다. 문제는 옛시조를 그대로 재현해야
하느냐, 변용(變容)해야 하느냐에 있었다. 이 문제에 대해서는 최남
선13)과 이병기14)의 견해를 참고할 필요가 있을 것이다. 두 사람은 옛

---

13) 「朝鮮國民文學으로서의 時調」, 『朝鮮文壇』 16호[1926. 5.]의 "이것이 朝鮮
   民族의 一産物로 世界의 藝苑에 빠지 못할 一要材요, 또 時調에는 時調 特
   有의 詩境과 詩脈과 詩體 詩用이 잇서 久遠한 鑑賞에 値하는 무엇이 그 속
   에 本具自足함에랴. 더 짤라도 못쓰고 더 길어도 못쓰고 더 현로하야도 못쓰

시조를 부흥시켜야 한다는 데에는 견해를 같이 하면서도 최남선은 고시조 자체를 '본구자족(本具自足)한 것'으로 보아 답습할 것을, 이병기는 시대에 맞게 바꾸어 수용할 것을 각각 주장했다. 시조의 현대화에 대해서는 지금껏 논란이 되고 있지만, 적어도 시조부흥운동 당시의 작가들은 고시조의 한계를 쉽사리 벗어날 수 없었던 것이다. 시조는 변해야 한다고 본 이병기의 생각은 전통문학의 계승이라는 입장에서 반드시 구현해야 할 당위적 원칙이었을 뿐 당시의 시조시단이 현실적으로 그러한 이상적 변용을 성공적으로 이루었다고 볼 수는 없다. 고시조의 재현에 멈춘 점에서 시조부흥운동 자체가 성공적이지 못했다면, 그 실상의 적나라한 모습을 만주 지역 시단의 시조작품에서 재확인하게 된다.[15]

본토에서는 시조부흥운동에 즈음하여 '(초장)3·4·4·4/(중장)3·4·4·4/(종장)3·5·4·3'[16]의 자수율적 틀을 발표한 이광수와 더불어 이

고 더 은윽하야도 못쓸 무슨 한 詩의 神秘性이 분명히 時調 속에 들어잇슴에랴." 참조.

14) 「時調란 무엇인고」 一十五, 東亞日報[1926년 12월 11일자 3면]의 "내용을 斬新케 充實케 하자면 딸아서 그 形式도 얼마곰 變化가 잇서야 한다. 만일 千篇一律로 古時調의 調格만 본바더 짓는다하면 비록 斬新한 內容을 가진 것이라도 斬新케 보이지 아니할 뿐 아니라 흔히 單純하고 平凡하기 쉬울 것이다." 참조.

15) 심연수가 시조를 발표하던 시기 만선일보에는 이포영[<가신 님>, 1939. 12. 5./<눈>, 1939. 12. 15./<送君於敦化站>, 1939. 12. 23./<靑服의 處女>, 1939. 12. 29./<片思>, 1940. 2.3./<예서 기리 사리다>, 1940. 2. 24./<淸遊>, 1940. 5. 16.], 최인욱[<山家에 쉬면서>, 1940. 1. 11.], 황금성[<돈>, 1940. 1. 13.], 김동식[<탄식>, 1940. 5. 4.], 한해룡[<苦悶>, 1940. 5. 8.], 蘆月[<憂鬱의 밤>, 1940. 6. 4.], 송철리[<鷹獵>, 1939. 12. 18.] 등의 작품들이 발표되었다. 그러나 이 작품들 모두 천편일률적인 고시조의 율격을 벗어나지 못하고 있다.

은상[동아일보 1928년 4월 18일],[17] 이병기[동아일보 1928년 11월 28일-30일][18] 등도 별 차이 없는 자수율적 틀을 잇달아 내놓은 바 있다. 앞에 제시한 이포영 등의 시조가 발표될 즈음 본토에서는 이광수의 자수율적 틀이 고시조의 형태적 파악이나 시조 창작에서 이미 익숙해질 대로 익숙해져서 결국 조윤제의 '시조 자수고'가 출현하기에까지 이르렀다. 이들의 시조 작품은 고시조의 형태를 재현하는 데 그칠 수밖에 없었고, 더구나 신춘문예에서까지 당대에 통용되던 고시조의 귀납적 자수율에서 한 자의 가감도 없는 정확한 모사작(模寫作)을 당선작으로 뽑게 되었던 것이다. 그것들로부터 고시조와 다른 점을 발견할 수 없을뿐더러 오히려 자수율적 틀에서 비교적 가감이 많았던 우수한 고시조보다도 더 경직되어 있는 아이러니를 1930년대의 이들 시조에서 발견하게 된다. 그러나 이런 현상도 본토 문단의 경향이 반영된 결과일 수밖에 없다.[19]

심연수가 시조를 창작하게 된 것은 시조부흥운동을 거쳐 시조의 창작과 연구가 정착된 본토의 상황과, 그 상황에 직접적인 영향을 받던 만주문단의 실상을 감안할 때 자연스러운 결과였다. 그럼에도 불구하고 다른 사람들과 달리 비교적 세련된 형상화의 수준을 보여준 것은 시조의 본질을 찾아 꾸준히 학습한 덕이었다고 할 수 있다. 그 학습의 대상이 바로 노산 이은상이었다. 이와 관련하여 그는 다음과 같은 일기문을 남겼다.

16) 「동아일보」 1928. 1. 1.
17) 「시조단형추의-시조형식론의 일부」, 동아일보 1928년 4월 18일-4월 25일자 3면.
18) 「율격과 시조 1-4」, 동아일보 1928년 11월 28일-11월 30일자 3면.
19) 조규익, 『해방 전 만주지역의 우리 시인들과 시문학』, 국학자료원, 1996, 44-47쪽.

<鷺山時調集>을 사다. 그는 最幸福者다. 대대의 마음을 잃지 않고 남긴 사람이다. 나는 그대를 崇敬한다. 文人 가운데도 그런 사람을 나는 한 冊의 時調를 다보다. 日後 두고두고 몇 번이라도 다시 읽고 보련다.[20]

『노산시조집』은 1932년에 출간되었고, 이 일기는 1940년에 쓴 것이니 심연수는 출간된 지 8년 만에 이 책을 접한 셈이다. 심연수는 노산을 '최행복자' 즉 가장 행복한 사람이라고 했다. 그리고 '대대의 마음을 잃지 않고 남긴 사람'이라 했다. '대대의 마음을 잃지 않고 남긴' 점을 '가장 행복한' 이유로 제시했는지, 아니면 두 문장을 별개로 제시했는지 알 수는 없으나, 어쨌든 심연수가 노산을 '숭경'한 것은 사실이었던 것 같다. 심연수가 말한 '대대의 마음'이란 노산 스스로『노산시조집』의 서문에서 술회한 '아버지와 시조에 관한 추억'을 지칭했을 것이다.

황규수는 심연수가 『노산시조집』을 읽고 그 여백에 남긴 7수의 시조를 찾아냈는데, 그 가운데 특히『노산시조집』의 마지막 장[200쪽]에 기록되어 있는 <님의 뜻>이란 시조의 자료사진과 작품을 제시한 바 있다.[21] 이작품은 『20세기 중국조선족 문학사료전집-심연수 문학편』에는 시조 아닌 자유시 부분의 39번째 작품으로 실려 있다. 작품 속의 '님'이 이은상을 뜻한다고 볼 때,[22] 그가 얼마나 노산의 시조에 경도되어 있었는가를 짐작할 수 있다.[23] 황규수는 『노산시조집』의 여백에 쓰

---

20) 『20세기 중국조선족 문학사료전집-심연수 문학편』, 277쪽.
21) 황규수, 『일제강점기 재만조선시인 심연수 시의 원전비평』, 36쪽.
22) 황규수, 위의 책, 37쪽.
23) 『노산 시조집』에는 정격의 3장시조와 실험적인 양장시조가 함께 실려 있다.

인 심연수의 시조들과 노산의 작품들을 대비한 결과 거듭 개작되는 등 미흡한 부분을 많이 내포하고 있다 할지라도 심연수의 그것들이 노산 시조의 직·간접적인 영향 아래 창작되었다고 했다.[24]

특히 심연수의 초기 시 가운데 시조의 형식을 취하고 있는 작품이 많다는 황규수의 지적[25]은 그가 자유시에 비해 시조를 먼저 학습했다는 것을 보여주는 사실이라고 할 수 있다. 본토로부터 전파된 시조창작 열기가 30년대 만주문단을 지배했고, 「만선일보」 등 대중매체들이 그 창작 열기에 가세함으로써 시조는 이 시기 운문의 주된 장르로 자리를 잡았다. 자연스럽게 문학청년들은 시조를 통해 시 창작법의 핵심을 익히게 되었으며, 이은상 등 영향력 있는 문인들의 작품집이 도입되면서 보다 심도 있는 창작수업이 이루어질 수 있었던 것이다. 황규수는 『노산시조집』에 적힌 심연수의 작품들을 노산의 작품들과 비교하는 방법을 통해 심연수에 대한 노산의 영향을 논증했지만, 시조작품의 대부분을 차지하는 '려행 시조'들 자체가 노산으로부터의 영향에 의해 창작된 것이다.

심연수의 시조는 여행시조의 표제가 달린 80수와 시조로 보기 어렵다고 지적된 6수 등 86수가 전부다. 허형만에 의해 자유시로 재분류된

그러나 노산만큼 시조 형태를 자유분방하게 실험한 사람도 없다. 그는 시조 글자 수의 增減 만으로 시상을 담을 수 없을 경우 4장시조도 가하며, 兩章으로 족할 경우 양장시조도 單章으로 족할 경우 단장시조도 가하다고 했다[이은상, 「時調創作問題」, 이태극, 『時調研究論叢』, 을유문화사, 1965, 403-406쪽]. 분명히 짚어낼 수는 없으나, 상당수의 자유시 작품들 속에서 시조형태를 읽어낼 수 있는 점으로 미루어, 심연수도 이은상의 그런 관점을 수용했을 것으로 보인다.

24) 황규수, 앞의 논문, 150-158쪽 참조.
25) 황규수, 위의 논문, 156쪽.

6수 가운데 <생(生)과 사(死)>는 네 개의 연으로 이루어져 있는데, 각각은 양장시조의 형태에 부합하므로 시조가 아니라 할 수 없고, <가을>이나 <용고(龍高)>, <대지(大地)의 젊은이들> 등은 3장의 의미율을 감안할 때 시조의 범주에 넣을 수 있다고 본다. 그러나 그의 작품들 가운데 정통 시조는 여행시조들이다. 그리고 이 시조들은 무엇보다 노산의 직접적인 영향 하에 지어진 것들이다. 여행시조가 핵심으로 되어 있는 『노산 시조집』은 크게 8부['가는곧마다', '흐르는 봄빛', '달알에 서서', '쓸쓸한 그날', '꿈은 지나가고', '송도(松都)노래', '금강행(金剛行)', '양장시조시작편(兩章時調試作篇)']로 나누어져 있다. 이 가운데 <기「청조」>와 <고향생각>을 제외한 '가는곧마다'의 전 작품, '송도노래' 전 작품, '금강행'의 전 작품은 여행시조 그 자체이거나 여행시조의 범주에 속하는 것들이다. 따라서 노산의 시조들은 자신과 가까운 곳이든 먼 곳이든 여행을 통해서 얻어진 것들이라고 할 수 있다. 그리고 日帝治下라는 시대상황을 고려한다면 애국애족(愛國愛族)[26]의 주제의식으로 연결되는 것들이 대부분이다. 역사적 의미가 부여되었거나 자연이 아름다운 나라 안의 명소들을 찾아 자신의 감회를 시조 형태로 표현하는 것은 애국애족 그 자체이거나 그 연장에서 이해될 수 있는 행위로 볼 수 있다는 것이다. 특히 이 작품들이 노산의 20대 후반에 이루어졌음을 감안하면 같은 20대 후반의 심연수 또한 그런 정서적 경지에 공감했을 가능성은 매우 크다. 노산은 개성과 서울, 금강산 등을 탐방한 뒤 기행시조들을 남겼다. 그리고 심연수도 똑같이 금강산과 서울, 개성 등을 여행한 뒤 여행시조들을 남겼다. 그 가운데는 제목이 일치하는 것들

---

26) 신용대, 「李殷相 時調의 硏究-鷺山時調集을 중심으로-」, 『開新語文硏究』 3, 개신어문학회, 1984, 114-115쪽.

도 있고, 시상이나 주제의식이 일치하는 것들도 있다. 그 가운데 두 작품만 들어 양자 간의 친연관계를 살펴보기로 한다.

> 萬瀑洞
> 물이 되려면은 이 江山 물이 되고
> 바위가 되려거든 이곳에 바위 되소
> 願하긴 내 죽거든 물 바위 되려 오겠오.
> 盤石 위 앉어 쉬며 그 소리 듣자오니
> 仙女의 淸雅한 노래 이 아닌가 하노라
> 저무는 날이길래 돌아보며 가외다.
>
> 寶玉은 어두워도 貴한 줄 안다더니
> 勝景도 그와 같애 오를수록 아름답다
> 火龍潭 船潭 旋潭 眞珠潭 이 아래 여러 潭
>
> 玉으로 깎은 峰에 萬瀑洞 물소리야
> 너 아니 仙樂이냐 神仙도 춤추엇지
> 日後에 놀이 있거든 날 불러 주소이다.[27]

심연수는 네 수의 연작 시조로 '만폭동'을 그려냈다. 1연의 핵심은 '이 강산물'과 '이 곳의 바위'다. 세상에 물과 바위는 흔하지만, 이곳[금강산]의 물과 바위가 최고라는 뜻이다. 그래서 죽거든 '이곳의 물과 바위'가 되기 위해 '오겠다'는 것이다. 죽은 후에라도 물과 바위가 되어 '조국으로 돌아오겠다'는 것이 이 부분의 내포다. 그러니 표면적인 주제는 '만폭동의 물과 바위에 대한 찬탄'이되 이면적 주제의식은 국

---

27) 『20세기 중국조선족 문학사료전집-심연수 문학편』, 197쪽.

토에 대한 사랑 즉 애국이다. 2연에서는 바위에 부딪치면 흐르는 그 물소리가 '선녀의 청아한 노래'라고 했다. 그러나 그토록 좋아도 날이 저무니 '돌아보며 갈' 수밖에 없다고 했다. '날이 저문다'는 것은 무엇인가. 이 공간에서 그는 주인이 아니라 객이라는 것이다. 이 공간의 주인이라면 날이 새든 저물든 앉아 살면 그만이다. 하지만 '날이 저물어버린 공간'은 객을 용납하지 않는다. 그것이 현실이다. 조국을 떠난 심연수로서는 자신이 뿌리를 내린 이역으로 돌아가야 한다. 그런 모순과 역리(逆理)가 이 작품의 이면에는 깔려 있다. 3연으로 가면 만폭동을 형성하는 여러 연못들을 보기 위해 저물녘 산에 오르는 상황을 그렸다. 화룡담, 선담(船潭), 선담(旋潭), 진주담 등 위로 오를수록 아름다운 연못들이 날 저물어 어두워도 보석처럼 빛난다고 했다. 시인은 1연과 2연에서 고조된 시상을 일단 이곳에서 되돌리고 말았다. 그런 다음 마지막 연에서 만폭동의 물소리를 선악(仙樂)이라 했고, 신선도 이 음악에 맞추어 춤을 추었다고 했다. 그리고 앞으로 신선들의 그런 놀이가 있거든 자신도 불러달라고 했다. 이는 해방을 맞아 아름다운 조국이 회복되면 다시 돌아오고 싶다는 의지의 표명인 것이다.

노산의 <만폭동팔담가(萬瀑洞八潭歌)>는 서시(序詩)를 합하여 아홉수로 이루어져 있다. '一曲은 어드메오~'식의 발어사를 매 연마다 붙인 형식은 율곡(栗谷) 이이(李珥)가 지은 <고산구곡가(高山九曲歌)>의 체재를 본뜬 것이다.28) 초장에서 묘사대상을 불러낸 다음 중

28) 『六堂本 靑丘永言』[황순구 편, 『時調資料叢書 1: 靑丘永言』, 한국시조학회, 1987, 12-14쪽] No.67-76의 "高山九曲潭을사롬이모로더니誅茅卜居ㅎ니벗님네다오신다어즈버武夷를想像ㅎ고學朱子를ㅎ리라/一曲은어듸메오冠巖에히비쵠다平蕪에닉거드니遠山이그림이라松間에綠樽을노코벗오늘 양보노라/二曲은어듸메오花巖에春晩커다碧波에꼿츨씌워野外로보닉노라사롬이勝地를

장과 종장에서 시적 자아와의 교감을 표현하는 방식으로 아홉 편 전체가 일관된 모습을 보여준다. 노산이 만폭동의 각 부분을 한 수씩의 작품으로 펼쳐 묘사한 데 비해 심연수는 그것들을 종합적으로 싸잡아 표현했다. 심연수가 결련에서 '놀이'로 표현한 것은 노산의 '흥(興)'[2연: 黑龍潭/3연: 琵琶潭/7연: 龜潭/9연: 火龍潭]과 상통하는 개념이다. 그러면서 심연수는 '떠나야 할' 수심을 작품의 근저에 숨겨 두었는데, 그 부분은 노산이 말한 '번뇌객(煩惱客)'[4연: 碧霞潭], '한(恨) 많은 손의 가슴'[5연: 噴雪潭] 등의 변용태(變容態)로 보아야 할 것이다. 심연수가 노산의 시적 경지를 수용했다는 것은 이런 점에서도 타당하다고 본다. 심연수의 <금강산을 떠나면서>도 노산의 <금강귀로(金剛歸路)>의 정신을 수용한 경우다.

金剛山 어떻던가 묻는 이 있거들랑
보고도 말 못할 것 金剛이라 하소서
따우에 龍宮이라고 일러나 주소이다

塵世가 그리우냐 時日이 없음이냐
내로써 알 수 없어 그냥 갈가 하나이다
日後에 또 오거든 자세히 보여주렴

仙景에 醉했다고 갈 길은 안 잊겠지
아까워 길 잃고서 못 가는 이 있었다고
이 골의 늙은 분이 우리게 들려줍데다

모로니알게ᄒ들엇더ᄒ리/(…)/九曲은어듸메오 文山에歲暮커다奇巖怪石이눈속에뭇쳐셰라遊人은오지아니ᄒ고볼것업다ᄒ더라" 참조.

인제 가면 언제 또다시 여기에 올가
하는 일 없지만은 놀 사이 드무리니
내 어찌 이 길을랑 잊으리 있겠는고[29]

심연수는 금강산을 떠나면서 진한 아쉬움을 표하고 있다. '보고도 말 못할 것'이란 금강산이 말로 표현할 수 없을 정도로 아름답다는 뜻이다. 너무 아름다워 '땅 위의 용궁'이라 할 만하다는 것이다. 그래도 떠나야 하는 이유를 따져 물었다. 속세가 그리워서인가 아니면 더 이상 금강산에 머무를 시간이 없어서인가를 다그쳐 묻고 있다. 그러나 '그 이유를 알 수 없다'는 것이 시적 화자의 응답이다. '알 수 없다'는 것은 '할 말이 너무 많아 말 할 수 없다'는 본의의 수사적 표현이다. 그러다가 3연에 이르러 '아무리 금강산이 아름답다 해도 길을 잊어서는 안 된다'고 했다. 아름다움에 취해 자신이 처한 현실을 망각할 수는 없다는 것이 이 말의 본뜻이다. 다시 말하여 아름다운 국토가 남의 손에 넘어간 현실을 외면할 수 없다는 것이다. 그리고 결련에서 시적 자아는 새롭게 결심한다. 앞으로 다시 오기 어렵겠지만, '여기에 오는 길'을 결코 잊지는 않겠다고 했다. 남에게 빼앗긴 금강산을 둘러보고 가면서 반드시 회복하겠다는 결심을 재삼 다지고 있는 것이다. 이 작품의 정서적 근원이었을 노산의 <금강귀로>를 살펴보자.

金剛이 무엇이뇨 돌이오 물이로다
돌이오 물일러니 안개요 구름일러라
안개요 구름이어니 잇고없고 하더라

29) 『20세기 중국조선족 문학사료전집-심연수 문학편』, 200-201쪽.

金剛이 어드메뇨 東海의 가이로다
갈제는 거길러니 올제는 胸中에잇네
囉囉囉 이대로직혀 함께늙자 하노라[30]

심연수는 '금강이 어떻던가'라는 물음으로 말문을 열었는데, 그것이 노산의 '금강이 무엇이뇨?'라는 물음으로부터 나왔음은 말할 것도 없다. 금강을 '돌이오 물'이라 했다. 돌이오 물인 줄만 알았더니 안개요 구름이었다고 했다. 안개요 구름인 줄 알았더니 '있고 없고 하다'고도 했다. 말하자면 뚜렷한 실체를 잡을 수 없다는 것이다. 노산의 '있고 없고 한 것'이 심연수에게 와서 '보고도 말 못할 것'으로 바뀌었다. 또 노산은 현실의 금강이 동행가에 있는데, 금강에 갔다가 돌아올 때는 흉중[즉 가슴 속]에 있다고 했다. 그래서 '이대로 지켜 함께 늙자'는 말로 금강에 대한 애착을 보여주고 있다. 지금은 남에게 빼앗겼지만, 가슴 속에 넣고 잘 지켜 함께 늙어가자는 말이다. 금강에 대한 사랑은 국토 사랑으로, 국토 사랑은 애국애족으로 확장되어 감을 보여주는 사례다. 노산이 가슴에 금강을 넣어두고 잘 지키자 다짐했고, 심연수는 금강에 가는 길을 잊을 리 없다고 했다. 이는 금강을 회복하고야 말겠다는 의지의 표명이다. 그런 점에서 심연수는 노산의 정신을 문학적으로 충실히 수용했다고 할 수 있다.

시조부흥운동을 통해 과거의 노래였던 시조를 문학 장르로 변용시킨 본토문단과 그 자장(磁場) 안에 놓여있던 만주문단의 시조창작 관습이 문학청년 심연수를 시조 창작으로 이끌었다면, 그의 시조 창작 욕구를 강화시키고 기교를 다듬게 했으며 시조를 통해 애국 애족의

---

30) 이은상, 앞의 책, 190쪽.

주제의식을 가꾸도록 한 것은 노산이었다. 따라서 이 두 가지 요인이 심연수 시조창작의 발판이자 훌륭한 토양이었다고 할 수 있다.

III. 작품의 짜임과 주제의식

그렇다면 그의 시조작품들은 주제의식을 구현하기 위해 어떤 짜임의 양상을 보여주는가. 앞부분에서 말한 바 있지만, 시조 형에서 벗어나는 6작품을 제외한 나머지들에 공통되는 점은 두 수 혹은 네 수의 연작형으로 이루어졌다는 것이다. 작품 하나로 마무리되지 않는 경우 다수의 시조형을 이은 연작을 쓰는 경우가 있다. 연작시조는 연형시조(連形時調)라고도 하며 한 제목 아래 2수 이상의 시조로 엮이어진 것들을 말한다. 연작에 관해서는 '몇 개의 시조가 일군(一群)이 되어 다소(多少)의 연결성(連結性)을 지니고 있는 분장식(分章式) 장가(長歌)와 비슷한 형태의 시가군(詩歌群)',[31] '대주제(大主題) 밑에 소주제(小主題)가 몇 덩어리로 갈라져 각각 소주제마다 단형시조(短型時調)로서의 독자적인 생명력을 지니면서도 마침내 대주제로 통일 귀납되는 시조의 구성 형태',[32] '한 주제 안에서 여러 수의 시조를 읊은 형태',[33] '시상에 따라서 기본형식인 평시조를 여러 수 계속해서 짓는 것[34] 등 다양한 정의가 있으나, '동일한 주제 아래 몇 수의 시조를 연달아 짓는 것'이 공통되는 내용이다. 연작 시조를 '어부가(漁父歌), 육

---

31) 우리어문학회, 『國文學槪論』, 일성당서점, 1949, 17쪽.
32) 김동준, 『시조문학론』, 진명문화사, 1974, 148쪽.
33) 박을수, 『韓國時調文學全史』, 성문각, 1978, 127쪽.
34) 김기동, 『국문학개론』, 태학사, 1991, 112쪽.

388 Chapter 4 수용 혹은 변용을 통한 조국의 문학과 문학사

가(六歌), 오륜가(五倫歌), 사시가(四時歌)' 등의 계열들로 분류해온 것이 학계의 일반적인 견해였으나, 근대에 나타나는 연작들은 이런 범주를 벗어난다. 특히 심연수가 보여준 연작들은 두 수 혹은 네 수로 구성되었는데, 이것 역시 노산의 선례를 모범으로 삼았다고 할 수 있다. 『노산시조집』에는 소수의 단작(單作)시조를 제외한 대부분이 연작 형태의 시조들이다. 그 중 두 작품만으로 되어 있는 경우도 많은데, 전체 112수 중 41수에 달한다. 두 사람의 작품을 비교하여 주제 구현의 양상을 찾아보기로 한다.

毘盧峰(其二)
나그네 들엇든집 어데런지 알고싶어
四方을 둘러볼제 香霞가 눈을덮네
두어라 萬丈紅塵에 그릴무엇 잇느뇨

光陰은 急流로다 人生은 蜉蝣로다
苦樂이 꿈이어니 웃고울기 무삼일고
어지버 온갖煩惱가 다쓸린가 하노라[35]

麻衣太子陵
新羅가 그적게요 高麗가 어적게죠
많은 限* 품고오서 그뜻을 못 이루니
뉘 아니 설워하랴 맘 더욱 설레인다
        *限은 恨의 誤記[인용자 주]

東海의 가장자리 맑고 푸른 하늘 아래

....

35) 이은상, 앞의 책, 162쪽.

눈 막고 귀 막고서 누운 이 그 누구요
베옷 입으시고 돌아가신 거석한의 아들[36]

    <비로봉(毘盧峰)(其二)>에서 1연의 핵심은 공간, 2연의 핵심은 시간이다. 1연의 초장에서 '나그네 들엇든집'은 속세로부터 온 나그네가 쉬어간 숙사(宿舍)를 말하는 것이니, 속연(俗緣)을 의미한다. 그러나 중장에서는 공간을 채우고 있는 것이 향하(香霞), 즉 '향기로운 노을'이라 했다. 종장의 '만장홍진'은 티끌 덮인 세속을 말한다. 종장에서 '비로봉에 들어와서 세속의 인연을 찾을 필요가 없다'는 것으로 결말 지음으로써 1연의 시적 의미는 '정-반-합'의 논리구조와 부합하게 되었다. 그러나 시인은 그것만으로 '비로봉'의 서정을 마무리하기에는 미진하다고 느낀 것일까. 시간의 무상함을 노래함으로써 비로봉의 무거운 존재감을 그려내고자 한 것이 2연이다. 시인은 2연에서 '급류와 같은 시간, 하루살이와 같은 인생', '꿈같은 고락(苦樂)'을 그려 비로봉의 서정을 마무리하고자 했다. 말하자면 비로봉이라는 실체를 시의 구조 안으로 끌어들여 자아화 함으로써 시인의 시간과 공간의식은 구체적인 주제를 구현한다. 그래서 단장 아닌 양장을 선택한 것이다.
    심연수의 <마의태자릉(麻衣太子陵)>도 그런 점에서 마찬가지다. 마의태자 능 앞에 서니 신라나 고려가 엊그제 일처럼 생각된다는 것이 1연의 초장이다. 마의태자가 한을 품고 이곳에 들어왔으나 뜻을 못 이루었음을 안타깝게 여긴 것이 중장이다. 시적 자아의 마음이 설렌다고 함으로써 초장과 중장을 종합한 것이 종장이다. 이처럼 1연에서 말하고자 한 핵심은 시적 자아의 시간의식이며, 2연의 초장인 '동해의

---

36) 『20세기 중국조선족 문학사료전집-심연수 문학편』, 194쪽.

가장자리', '맑고 푸른 하늘 아래' 등은 마의태자 능과 함께 시적 자아가 '지금 이 순간' 자리 잡고 있는 공간이다. 그 공간을 차지한 존재가 바로 마의태자인데, 그는 '눈 막고 귀 막고 누워있다'고 했다. 살아있는 마의태자가 아니라 '눈 막고 귀 막고' 죽은 채로 누워있는 마의태자, '베옷입고 죽은' 마의태자를 강조했다. '동해의 가장자리, 맑고 푸른 하늘 아래 죽어 있는 마의태자'는 시인으로 하여금 시간과 공간에 관한 허무감을 일깨워준 셈이다. 하나의 대상을 두고 단련(單聯)으로 마무리하지 못하는 심연수의 시인 의식은 노산의 그것과 상통한다. 구체적인 사상(事象)을 효과적으로 형상화하기 위해 의미를 병렬시킨 일도 그가 취할 수 있었던 전략의 핵심이었다. 그는 대부분의 작품에서 그런 방법을 사용하고 있기 때문이다.

심연수가 시조에서 작품 둘로 이루어지는[최소한 짝수형으로 이루어지는]연작형을 선호한 것은 이미지나 시상, 혹은 시적 의미의 대응 구조를 염두에 두고 있었기 때문이다. 특히 그의 시조들 가운데 대부분을 차지하는 기행작품들의 소재가 '역사 공간'이라는 점에서 시간과 공간의 대응을 통한 서정성의 구현이야말로 그로서는 가장 손쉬운 방법이었을 것이다. 그 사실을 작품들을 통해서 살펴보기로 한다.

> 떠나는 길
> 海蘭아 갔다 오마 半萬里 먼길을
> 四年間 먹은 情도 적다곤 못하겟다
> 갈 길이 멀고머니 쉬여쉬여 가련다
>
> 帽兒되 꼭대기 위에 푸른빛 열벗으니
> 돌아올 그 때에는 綠陰아 깊어져라
> 山과 물 다 구경하고 돌아와 비겨볼께[37)

溫井里의 하로밤
旅路에 곤한 몸을 마음껏 쉬려고
溫泉의 뜨겁은 물에 몸을랑 잠그고서
아- 아, 조선의 땅도 식지는 않은 것을 알엇오.

만나는 사람마다 따겁은 情이 흐르고
건느는 말삼씨도 情다웁기 짝이 업다
이 한밤 길어져 주소 마음껏 있어 보게[38]

　여행길에 나서는 마음을 읊은 것이 <떠나는 길>이다. 해란강과 모아산은 그가 살고 있던 용정을 대표하는 공간들이다. 시 작품 밖에 존재하는 해란강이나 모아산과 달리 작품 내의 그것들은 시인의 자아가 투사된, '의미화된 대상들'이다. 구조적 측면에서는 병렬이자 대응인데, 그런 방법을 사용함으로써 '길 떠나는 자의 설렘'이라는 시적 정서를 남김없이 드러낼 수 있었다. 첫 연의 종장 '갈 길이 머니 쉬여쉬여 가련다'는 잃어버린 조국에 대한 심리적 거리를 드러낸 표현이고, 둘째 연의 종장 '山과 물 다 구경하고 돌아와 비겨 볼께'는 잃어버린 조국에 대한 희망과 기대를 드러낸 표현이다. 만약 첫 연만으로 끝났다면 이 시에서 시적 자아의 설렘이라는 밝은 서정은 구현될 수 없었을 것이다. '멀고 먼 조국, 그것도 일본에게 빼앗긴 조국'이지만, 지금 살고 있는 '이곳'보다 못할 수 없다는 믿음과 희망이 이 시에는 담겨 있다. 그런 점에서 이 시의 병렬적 대응구조는 정서적 고양에 효과적인 전략이자 방책이라 할 수 있다.

----

37) 『20세기 중국조선족 문학사료전집-심연수 문학편』, 186쪽.
38) 『20세기 중국조선족 문학사료전집-심연수 문학편』, 190쪽.

<온정리(溫井里)의 하로밤>도 마찬가지다. 1연은 공간이고, 2연은 시간이다. 온정리라는 여정(旅程)에서 만난 온천을 통해 '조선의 땅이 식지 않았음'을 깨달은 것이 1연이고, 그곳에서 만난 조선 사람들로부터 정을 느껴 '한밤의 시간'이 길어지길 염원하는 것이 2연이다. 이 부분은 모처럼 만난 임과 사랑을 나누는 '한밤의 시간'이 길어지길 염원하는 황진이의 시간의식과 상통한다.[39] '마음껏 있어본다'는 것은 '끝까지 눌러 산다'는 말과는 다르다. 따라서 그 말은 현재 살고 있는 곳과 조국이 다른, 디아스포라적 의식을 드러낸 표현이다. 비록 조국에 왔지만, 돌아갈 곳이 따로 있는 떠돌이 의식이 바로 그것이다. 어쨌든 조국에 있는 시간을 연장하고픈 욕망을 표출한 것은 조국에 대한 애정 때문이다. 따라서 1연과 2연의 병렬을 통해 구현되는 주제의식은 조국에 대한 그리움 혹은 사랑이다.

김원장은 심연수 시조의 내용적 특질로 '전통의 인식과 고향 회귀성/애국애족의 정신/자연친화의 세계/자아인식을 통한 성찰' 등을 들었고,[40] 허형만은 주제의식으로 '실향의식과 민족정서/저항의식과 해방의 기다림/불교의식과 그 비판' 등을 들었으며,[41] 임종찬은 그의 시조에 나타난 디아스포라 의식의 구체적인 내용으로 '나라 잃은 상실감/현실 모순에 대한 저항과 삶의 기백/정의로운 삶과 불의에 대한 투지/혈육의 체온을 실감하는 곳으로서의 고향의식/민족적 동질성/이국생활 속에서의 적응력과 인내심/현실 모순의 타개를 위한 미래 지향심'

---

39) 정병욱, 『時調文學事典』, 신구문화사, 1966, 165쪽의 "冬至ㅅ돌 기나긴 밤을 한 허리를 버혀내여/春風 니불아레 서리서리 너헛다가/어론님 오신날 밤이여든 구뷔구뷔 펴리라" 참조.
40) 김원장, 앞의 논문, 26-48쪽.
41) 허형만, 앞의 논문, 375-385쪽 참조.

등을 들었다.[42] 이처럼 연구자들 간에 표현의 차이는 있겠지만, 심연수 시의 주제의식은 대개 애국애족, 고향과 전통에 대한 회귀, 모순적 현실 혹은 디아스포라적 상황에 대한 한탄이나 저항 등으로 집약될 수 있을 것이다. 그러나 이 세 가지 사항들은 서로 독립된 것들이 아니고, 밀접하게 연관되어 있다. 그리고 화자의 어조 또한 독립투사처럼 웅장하고 거센 것이 아니라 친구나 이웃에게 조분조분 건네는 말이나 혼자 내쉬는 한숨처럼 나지막하다. 그래서 시적 형상화의 높은 세련도를 잘 보여준다고 할 수 있다.

> 南大門
> 남대문 기와장은 이끼에 빛이 있고
> 장안을 나고 드는 사람도 보고 있어
> 서울이 南쪽에 서서 漢陽을 지키는 듯.
>
> 옛날의 南大門엔 빛이 있어 빛나더니
> 오날엔 古色조차 수집어 서 있나니
> 서울의 찾아와서는 한숨짓고 가는 길손.[43]
>
> 慶會樓
> 못 속에 樓가 빛어 물속에 잠겼으니
> 옛날의 慶會樓는 물속엣 것 참이라오
> 따우에 남은 것은 오날날 慶會樓외다.
>
> 國賓이 놀던 곧도 이곧이 그엿지만
> 國賓 없는 오날엔 主人도 안놀겟지

---

42) 임종찬, 앞의 논문, 129-142쪽.
43) 『20세기 중국조선족 문학사료전집-심연수 문학편』, 202쪽.

흙발에 더러워진 石階는 누구의 所行인고.[44]

　'남대문', '경회루'로 대상은 각각 다르나, 시인의 의도나 형상화의 방법은 두 작품 모두 일치한다. <남대문>의 대응요소는 '옛날'과 '지금'이다. 옛날의 남대문에는 '빛이 있어 빛났다'고 했다. 그러나 지금의 남대문은 '고색(古色)조차 수집어 서 있다'고 했다. 말하자면 '빛을 잃었다'는 것이다. '나라를 잃어버리지 않았을 때'는 빛이 났으나, '나라를 잃어버린 뒤'에는 빛을 잃었다는 말일 것이다. 그래서 '서울에 온 길손이 한숨을 짓는다'고 했다. 여기서의 길손은 시인 자신을 말한다. 옛날의 남대문은 서울의 남쪽에 서서 한양을 지키는 듯 했으나, 지금의 남대문을 보면 한숨만 나온다는 것이 시인의 생각이다. 남대문의 어제와 오늘을 대비하면서 망국의 설움을 토로한 것이 바로 이 작품이다.

　<경회루>에서도 시인은 같은 주제를 말했다. 첫 연에서 대비되는 양자는 '물속의 경회루'와 '물 밖의 경회루'다. 그리고 그것은 옛날과 지금으로 대비되기도 한다. 즉 물속의 경회루는 옛날의 그것으로서 진정한 경회루이고, 땅 위에 남아있는 것은 지금의 경회루로서 진짜가 아니라고 했다. '물속의 것이 참된 경회루'라 할 때 '참'은 무엇일까. 물속의 것은 물에 비친 그림자를 말한다. 그림자는 그림자일 뿐 참은 아니다. '그림자=참'은 역설일 뿐이다. 그럼에도 시인은 왜 물속에 비친 그림자를 참이라 했을까. 우리가 참이라 생각하는 과거의 영화나 역사는 이미 사라졌음을 강조하고자 했기 때문이다. 그리고 지금도 존재하는 땅 위의 경회루는 이미 남에게 빼앗겨 생명을 잃어버린 것이

---

44) 위의 책, 204쪽.

다. 그래서 차라리 금방 사라질 물속의 경회루가 참담게 느껴진다는 역설을 시인은 강조한 것으로 보인다. 1연에서의 감정을 한층 고조시켜 부연한 부분이 2연이다. 옛날 나라가 살아 있을 때는 외국의 사절들이 찾아왔고, 경회루는 그들을 접대하던 연회장이었다. 그러나 '국빈이 없는 오늘', 즉 나라를 잃은 지금에는 주인조차 이곳에서 놀지 않는다고 한탄한다. 종장에서 시인은 '흙발에 더러워진 석계(石階)'는 누구의 소행이냐고 묻는다. '침략자 일본을 타도하자!'는 웅변 대신 흙 묻은 돌계단을 언급함으로써 흥분할 법한 어조를 차분하게 정제시켜 내놓았다.

심연수에게 이 시기가 패기 넘치는 20대란 점을 감안한다면, 망국의 백성으로서 디아스포라의 처지를 면치 못하고 있었다 해도 그 슬픔을 크게 실감하지는 못했으리라 본다. 그런 이유로 디아스포라적 감정을 진하게 노출시킨 작품들은 그리 많지 않다. 경우에 따라서는 문학적으로 심도 있게 내면화되어 예리해진 비평안이 아니라면 쉽게 짚어낼 수 없을 정도이거나 다른 감정으로 치환되어 드러나 있기 때문이다. 어렵게 조국을 방문하여 드러낸 망국의 설움을 디아스포라적 서정으로 이해할 수도 있겠으나, 그런 경우도 분명한 것은 드물다. 다음의 두 작품을 살펴보자.

> 끼다야쓰카의 밤
> 異域에 피는 꽃이 제 香氣 잃을세라
> 故鄕을 떠난 지도 그들의 할아범 시절
> 그들이 色도 變했고 그들에 風俗도 變했다
>
> 이완아 네 난 곳은 빠리칼 湖畔이지
> 淸靑한 그 물빛이 네 눈엔 남아 있으리니

다시 돌아갈 수 없는 그 날은 누구의 죄

<중략>

中東線 타고 가서 만주리 지내면은
西비리 넓은 입이 찬 한숨 지어 주리니
털가옷 벗고 서서 故土를 바라보라.

<중략>

아아 잊을 수는 없으리 이곧의 밤
뭇 손이 이곧에서 얼마나 이걸 봤나
나는 化石처럼 서 밤의 공기를 마시다.[45]
碧空
울어라 웃어라 네 마음 내키는 대로
어제의 흐림은 싳은 듯이 젖이이고
끝없는 九天이 푸르러 두터웁다

가거라 마음껏 뉘 아니 막으리니
流浪은 즐겁도다 拘束 없어 좋을세라
四海의 그 위에는 가린 것이 없으리라

<후략>[46]

    <끼다야쓰카의 밤>은 러시아의 도시 끼다야쓰카에서 만난 유랑민 이완을 보면서 디아스포라의 신산한 삶을 토로한 작품이다. 1연의 초

---

45)『20세기 중국조선족 문학사료전집-심연수 문학편』, 119-220쪽.
46) 위의 책, 232-233쪽.

장에서는 유랑민을 '이역(異域)에 피는 꽃'이라 했고, 시인 스스로 그 꽃이 '향기를 잃을까' 걱정했다. 꽃은 제 땅에서 피어야 하는데, 이역에서 피어났으니 꽃에게는 견딜 수 없는 고통이자 시련이다. 유랑민의 신세를 '이역에서 피는 꽃'에 비유한 1연의 초장은 절묘한 표현이다. '향기'는 민족적 정체성이다. 이역에 피어나는 꽃이 향기를 잃을 수 있듯이 다른 나라에 살고 있는 유랑민이 자신들의 정체성을 잃을까 걱정된다는 것이다. 2연의 초장에서는 러시아의 디아스포라 이완과 그의 고향인 빠리칼 호반을 지적해서 말했다. 이미 1연의 중장에서 그의 할아버지 시절에 그들이 이곳으로 들어왔음을 밝힌 바 있다. '그들이 色도 變했고 그들에 風俗도 變했다'는 1연 종장의 언급은 유랑민 3세의 현실을 적나라하게 드러낸다. 민족의 개성이나 독자성이 변질되었다는 지적이다. 고향 '빠리칼 호수'의 물빛이 유랑민 이완의 눈에는 남아 있을 텐데, '다시 돌아갈 수 없는 그 날은 누구의 죄'냐고 묻는 것이 2연의 마무리다.

8연에서는 고국을 여행하면서 자신의 근원을 관조할 것을 권유하는 내용이다. 열차 중동선을 타고 만주를 지나고 시베리아를 지난 다음 털가죽 옷을 벗고 고토(故土)를 바라보라는 말이다. 그러다가 마지막 12연에서 '나는 化石처럼 서 밤의 공기를 마시다'라고 자신의 말로 맺고 있다. 이 시조에 등장하는 인물은 '끼다야쓰카에서 만난 유랑민 이완'이지만, 그는 심연수가 자신을 투사한 대상일 뿐이다. 고국을 찾아가 고토를 바라보라는 권유도 실상은 조국을 여행하며 민족 정체성을 확인한 자신의 경험을 말한 것 이상도 이하도 아니다. 민족의 정체성을 잃는다거나 고국으로 다시 돌아갈 수 없다는 사실이 심연수에게는 특히 견딜 수 없는 고통으로 인식되었던 듯하다.

<碧空>은 그런 점에서 약간 역설적이다. '유랑의 즐거움'을 강변(強

辭)하고 있다는 점에서 2연은 역설의 핵심이다. 바로 앞의 작품에서 '유랑은 누구의 죄냐?'고 추궁하던 시인이 이곳에서는 '유랑이 즐겁다'고 했다. 궁색하긴 하지만 '구속이 없는 점'을 그 이유로 댔다. '4해의 위에는 가린 것이 없으므로' '떠돌이 삶'이 좋다는 것이다. 시적 자아의 소망이 분명하지만, 그것이 쉽사리 얻어질 수 없거나 거부당하는 환경 속에서 속수무책으로 있다가, 욕망을 억압하면서 엉뚱한 방향으로 발산시켰다는 점에서 심연수의 이 작품은 단순한 역설을 넘어서는 위악적(僞惡的) 성향의 그것이다. 이 시조 내용 자체를 어두운 디아스포라적 서정의 강한 표출이라고 볼 수 있는 것도 그 때문이다.

두 작품은 같은 주제를 다루었으면서도 외견상 다른 모습을 보여준다. 그러나 디아스포라의 수심과 비극을 노래했다는 점에서 그 저변은 동일하다. 심연수는 자신이 겪고 있던 디아스포라의 부정적 정서를 액면 그대로 표출하기보다는 미적으로 형상화하는 데 주력하여 상당 부분 성공을 거둔 것으로 판단된다.

Ⅳ. 맺음말

이상에서 심연수의 시조작품을 중심으로 창작의 계기 및 상황, 작품 세계와 주제의식 등을 살폈다. 심연수의 시조를 등장시킨 풍토는 만주 문단이었고, 만주문단은 본토의 시조부흥운동을 정직하게 수용한 공간이다. 특히 본토에 비해 우리말 표기가 상대적으로 자유로웠던 점도 이 지역에서 시조가 활발하게 창작될 수 있게 한 요인이었으리라 본다. 그리고 그가 사숙했던 노산 이은상의 시조는 그에게 하나의 뚜렷한 표본으로 작용했다. 즉 시조부흥운동을 통해 과거에 노래로 불려오던 시조를 문학 장르로 변용시킨 본토 문단과 그 자장 안에 놓여있던 만주문단의 시조창작 관습이 문학청년 심연수를 시조 창작으로 이끌었으며, 그의 시조 창작 욕구를 강화시키고 기교를 다듬게 했을 뿐 아니라 시조를 통해 애국 애족의 주제의식을 가꾸도록 한 것은 노산이었다는 말이다. 이 두 가지 요인은 심연수 시조창작의 발판이자 훌륭한 토양이었다.

노산이 남긴 작품들은 여행시조 그 자체이거나 여행시조의 범주에 속하는 것들이다. 그리고 일제치하라는 시대상황을 고려한다면 애국 애족의 주제의식으로 연결되는 것들이 대부분이다. 역사적 의미가 부여되었거나 자연이 아름다운 나라 안의 명소들을 찾아 자신의 감회를 시조 형태로 표현하는 것은 애국애족 그 자체이거나 그 연장에서 이해될 수 있는 행위로 볼 수 있다. 특히 이 작품들이 노산의 20대 후반에 이루어졌음을 감안하면 같은 20대 후반의 심연수 또한 그런 정서적 경지에 공감했을 가능성은 매우 크다. 노산은 개성과 서울, 금강산 등을 탐방한 뒤 기행시조들을 남겼고, 심연수도 똑같이 금강산과 서울, 개성 등을 여행한 뒤 '여행시조'들을 남겼다. 그 가운데는 제목이 일치하는 것들도 있고, 시상이나 주제의식이 일치하는 것들도 있다.

심연수가 창작한 연작의 시조들은 두 수 혹은 네 수로 구성되었는데, 이것 역시 노산으로부터 온 것이다. 『노산시조집』에 실려 있는 것들은 소수의 단작시조를 제외하면 대부분 연작 형태의 시조들이다. 그 중 두 작품만으로 되어 있는 경우는 전체 112수 중 41수에 달한다. 심연수가 시조에서 작품 둘로 이루어지는[최소한 짝수형으로 이루어지는] 연작형을 선호한 것은 이미지나 시상, 혹은 시적 의미의 대응구조를 염두에 두고 있었기 때문이다. 특히 그의 시조들 가운데 대부분을 차지하는 기행작품들의 소재가 '역사 공간'이라는 점에서 시간과 공간의 대응을 통한 서정성의 구현이야말로 그로서는 가장 손쉬운 방법이었을 것이다.

그간 학계에서는 심연수 시조의 주제의식을 폭넓게 논의해왔다. 그것들을 정리하면 대개 애국애족, 고향과 전통에 대한 회귀, 모순적 현실 혹은 디아스포라적 상황에 대한 한탄이나 저항 등으로 집약되지만, 이것들은 서로 밀접하게 연관되어 있다. 그리고 화자의 어조 또한 독립투사처럼 웅장하고 거센 것이 아니라 친구나 이웃에게 조분조분 건네는 말이나 혼자 내쉬는 한숨처럼 나지막하다. 그래서 시적 형상화의 높은 세련도를 잘 보여줄 수 있었다.

사실 심연수가 현존하는 그의 작품들을 창작한 시기는 20대 후반의 짧은 시기다. 따라서 그가 아무리 뛰어나다 해도 대부분 젊음의 패기에 의해 이루어진 격정이 보일 뿐 연륜에 의한 원숙미가 드러나는 것은 아니다. 애국애족이나 전통에 대한 회고 및 향수, 디아스포라 의식 등 그의 문학에서 발견되는 주제의식은 완성을 지향하는 도정의 그것들이다. 심연수 연구에서 연구자들이 가져야 하는 냉철한 이성 또한 그런 현실을 바탕으로 해야 할 것이다. 앞으로 좀 더 많은 작품들이 발굴되면 심연수 시조의 본질은 보다 명확히 드러나게 될 것이다.<『시조학논총』 33, 한국시조학회, 2010. 07.>

작품 해석의 통시적 체계화를 통해 '조선 문학'에 보편성 부여하기: 계봉우의 『조선문학사』

Ⅰ. 시작하는 말

계봉우

교육자·언론인·문필가·역사학자·국어학자·국문학자 등 다양한 공식·비공식 직함을 갖고 있던 계봉우[桂奉瑀/ 1880~ 1959]는 직접 무기를 들고 일본군과 싸움만 하지 않았을 뿐, 지식이나 정신을 통해 민족의 정체성을 지키고 정신적인 독립을 추구하고자 진력해온 점에서 또 다른 의미의 독립투사였다.

함경도 영흥에서 태어난 그는 10대 중반까지 고향에서 한학을 익혔고, 이후 20대 중반까지는 새로운 사상이나 학문을 찾아 방황하는 가운데 독학을 통해 다양한 학문을 접했으며, 합병되던 1910년 이동휘(李東輝)와 함께 간도(間島)로 망명한 뒤,[1] 중국이나 구소련 등 해외의 여러 지역들을 떠돌다가 마지막에 카자흐스탄으로 강제 이주되었다. 이처럼 그의 삶이 복잡다단하긴 했으나, 역사나 국어·문학·민속·농업 및 토지·교육 등 다양한 분야를 깊이 있게 연구해 왔으며, 그 결과 당대로서는 보기 드문 학술적 성과를 이룰 수 있었다. 조동걸은 그의 생애를 여섯 시기로 나누었는데,[2] 그 가운데 후반기라고 할 수 있는 5기와 6기에 대부분의 중요한 저술들이 나왔고, 이 글의 분석 대상인『조선문학사』도 5기인 1950년에 완성되었다. "조선국어와 조선문학을 연구하고 또한 교수하기는 아령에 들어온 그 후의 일"[3]임을 밝힌 계봉우 자신의 술회를 감안한다면, 그는 블라디보스톡 시절 혹은 카자흐스탄 정착 이후에 비로소 역사와 문학 등을 차분하게 저술할 만큼의 정신적 여유를 갖게 된 것 같다.

학계가 계봉우의 존재를 주목하기 시작한 것은 최근의 일이다. 계봉우에 관한 4남 계학림의 글들[4]은 그의 연보에 대한 확실한 근거로 현재도 인용되고 있으며, 고송무의 글들,[5] 윤병석의 글들,[6] 조동걸의 글

---

1) 계봉우,「꿈 속의 꿈(Ⅱ)」,『한국독립운동사 자료총서 제 10집 : 北愚 桂奉瑀 資料集(1)』, 독립기념관 한국독립운동사연구소, 1996, 141쪽. *이하『北愚 桂奉瑀 資料集(1)』으로 약칭한다.

2) 조동걸,「北愚 桂奉瑀의 생애와 저술활동」,『北愚 桂奉瑀 資料集(1)』, 3-12쪽.

3)「꿈 속의 꿈(Ⅲ)」,『北愚 桂奉瑀 資料集(1)』, 123쪽.

4)「계봉우 연보」, 고송무,『소련의 한인들-고려사람』, 유네스코 한국위원회, 1990, 148-149쪽)/「나의 아버지 계봉우 원고의 행방」,『카작스탄 및 중앙아시아 한국학소식』3, 1993, 93쪽 등.

5)「계봉우 선생의 후손들」,『카작스탄 및 중앙아시아 한국학소식』2, 1993, 50-52쪽/「계봉우의 생애와 우리말 연구」,『한힌샘 주시경 연구』5·6, 한글학회, 1993, 111-129쪽.

6)「桂奉瑀의 生涯와 著述目錄」,『仁荷史學』1, 인하사학회, 1993, 3-23쪽./「李東輝와 桂奉瑀의 民族運動」,『한국학연구』6-7, 인하대학교 한국학연구소,

들[7]은 계봉우의 존재와 활약상을 심도 있게 분석·소개한 몇 안 되는 사례들이다. 이 글의 분석 대상인 『조선문학사』는 엷은 사회주의적 색채를 바탕으로 하고 있으면서도 그가 지니고 있는 후기 문화사학자로서의 면모를 잘 보여주는 저술이지만, 아직 국내 학계에 소개된 적이 없다.[8] 1922년 안자산의 『조선문학사』 이래 국문학사 관련 저술들은 다수 출현했으나, 문화사학과 사회주의적 관점의 융합으로 우리 문학사를 체계화 시킨 업적은 아직 나오지 않은 것으로 알려져 있다.

이 글에서는 계봉우가 지은 『조선문학사』의 내용을 분석하고, 그가 극복하고자 했던 안자산의 『조선문학사』나 비슷한 시기에 출간된 조윤제의 『국문학사』와 같고 다른 점은 무엇이며, 이 책에서 읽어낼 수 있는 문학사관의 정체는 무엇인지를 밝혀보고자 한다.

▋ II. 괄론括論의 내용과 의미

계봉우는 머리말에서 안자산의 『조선문학사』에 대한 비판을 전제로 자신이 새로운 『조선문학사』를 쓸 수밖에 없었던 사정을 밝혔다.[9] 1922년에 발간된 안자산의 책을 1927년에 읽었고, 그 시점부터 준비에

1996.

7) 「北愚 桂奉瑀의 생애와 저술활동」, 『北愚 桂奉瑀 資料集(1)』/「민족국가 건설운동기의 역사인식」, 조동걸 외, 『한국의 역사가와 역사학 하』, 창작과 비평사, 1994, 159-160쪽.

8) 조동걸이 「北愚 桂奉瑀의 생애와 저술활동」[25쪽]에서 이 책의 목차를 소개하고 있을 뿐이다.

9) 『北愚 桂奉瑀 資料集(1)』, 281-282쪽 참조.

착수하여 1950년에서야 이 책을 완성했으니, 무려 23년이 걸린 대역사(大役事)였던 셈이다. 계봉우가 안자산의 『조선문학사』를 접한 것은 블라디보스톡의 노동학원 고려과에서 고려어를 가르치던 때였다. 그가 안자산의 『조선문학사』에 대한 불만을 갖고 새로운 『조선문학사』를 쓰고자 의도했음에도 20여 년의 시간이 걸린 사정은 자료의 입수가 쉽지 않았을 당시 해외의 현실을 고려할 때 충분히 이해될 수 있는 일이다.

자료의 입수가 수월했을 국내에서 저술했음에도 내용이 빈약한 점과 내용상 분류의 체계나 논리전개 혹은 단정이 분명치 못함을 안자산 『조선문학사』의 약점으로 본 것이 계봉우였다. 이런 안자산 『조선문학사』의 약점을 극복하기 위해 새로운 『조선문학사』를 쓰게 되었다는 것이다. 그러나 자료수집이 원활치 못한 해외 이역이었다는 점과 함께 유랑의 세월을 보내야 했던 당대의 현실을 감안할 때, 일거에 『조선문학사』를 완성할 수는 없었을 것이다. 전체 내용 가운데 『조선가악사(朝鮮歌樂史)』, 『동요민요집(童謠民謠集)』, 『사(詞)와 별곡(別曲)의 변천(變遷)』 등 3종의 글을 먼저 완성하여 『조선문학사』의 토대로 삼은 것도 그 때문이었다. 『조선가악사』는 완성시기[1929년 6월 1일]가 명기된 원고본이고, 후 2자의 경우는 탈고시기를 알 수 없으나,[10] 대략 중앙아시아로 강제 이주되기 전 노동학원 교원 시절에 써놓은 것들인 듯하다.

그 삼종의 책들을 토대로 하고 나머지 내용을 덧붙여 『조선문학사』를 완성했음을 추정할 수 있다. 그러나 정작 본인은 고거(考據)가 적어서 내용이 빈약하고 논단이 상명치 못하다고 자평함으로써 극복하고자 하던 안자산의 『조선문학사』와 다름없이 되었음을 스스로 인정

10) 조동걸, 앞의 글, 13-14쪽 참조.

하고 있다.

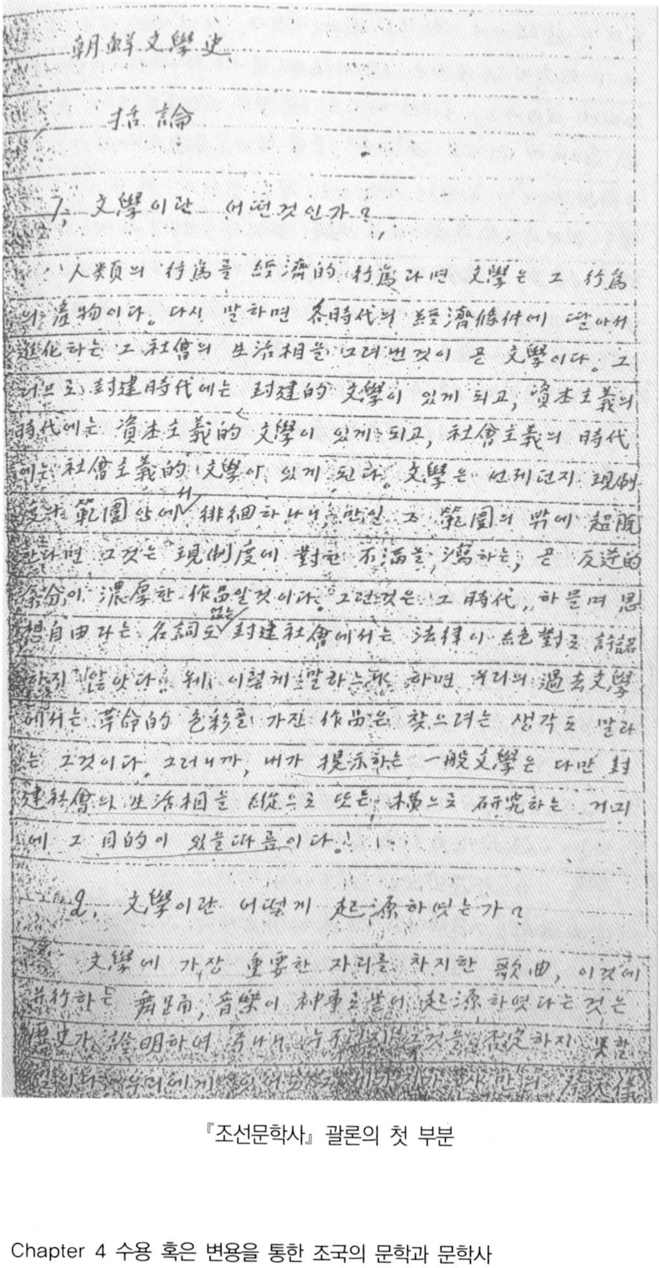

朝鮮文學史

緖論

1. 文學이란 어떤것인가?

人類의 行爲를 經濟的 行爲라면 文學은 그 行爲의 産物이다. 다시 말하면 各時代의 經濟條件에 따라서 進化하는 그 社會의 生活相을 그려낸것이 곧 文學이다. 그러므로 封建時代에는 封建的 文學이 있게 되고, 資本主義의 時代에는 資本主義的 文學이 있게 되고, 社會主義의 時代에는 社會主義的 文學이 있게 된다. 文學은 언제던지 現制度의 範圍안에서 徘徊하나니, 만일 그 範圍의 밖에 超脫한다면 그것은 現制度에 對한 不滿을 [illegible]하는, 곧 反逆的 革命이 濃厚한 作品일것이다. 그런것은 그 時代, 하물며 思想自由라는 名詞도 없는 封建社會에서는 法律이 絶對로 許諾하지 않았다. 왜 이렇게 말하는가 하면 우리의 過去文學에서는 革命的 色彩를 가진 作品은 찾으려는 생각도 말라는 그것이다. 그러니까, 내가 提示하는 一般文學은 다만 封建社會의 生活相을 縱으로 또는 橫으로 硏究하는 거기에 그 目的이 있을따름이다.

2. 文學이란 어떻게 起源하였는가?

文學에 가장 重要한 자리를 차지한 歌曲, 이것에 並行하는 舞踊, 音樂이 神事로부터 起源하였다는 것은 歷史가 證明하여 주나니 누구라서 그것을 否定하지 못할

『조선문학사』 괄론의 첫 부분

계봉우가 안자산의 극복을 내걸고 저술한 『조선문학사』가 과연 스스로의 술회처럼 '안자산의 저술을 극복하지 못했는가' 여부는 이 책의 핵심적 평가기준이 되어야 할 것이다. 안자산의 논리를 극복하기 위해서라도 그의 논리를 출발점으로 삼았어야 하고, 밝혀진 바와 같이 김태준 등의 분류사를 원용했다면, 계봉우의 문학사가 최소한 안자산의 그것보다는 우위에 놓일 수 있는 조건도 갖춘 셈이다.

　계봉우의 『조선문학사』는 괄론과 시기별 문학 등 크게 두 부분으로 나누어져 있다. 괄론은 '전체를 개괄하는 논의'라는 뜻으로 오늘날의 '개론(槪論)' 쯤으로 볼 수 있는 의미의 용어다. 말하자면 계봉우의 『조선문학사』는 '조선문학개론+조선문학의 통시적 흐름'을 통합해놓은 저술이다. 물론 『조선문학사』의 핵심은 통시적 논의에 있으나, 통시적 논의에 합리성을 부여하려면 '조선문학개론'이라는 공시태를 타당하게 제시해야 한다는 전제가 필요했던 것이다. 따라서 양자는 상호 불가결의 관계로 맺어지기 때문에, 이 책이야말로 우리나라의 문학사 서술에서 드물게 보이는 체제라 할 수 있다.

　괄론은 크게 문학의 정의·기원·분류로 나누어져 있으며, 그 중 대부분의 분량이 문학의 분류에 할애되어 있다. 문학은 설화·가요·소설·연희·한문학 등의 범주로 나누어져 있고, 각 항목의 하위에는 다양한 소 범주들이, 각각의 소 범주들에는 구체적인 작품들이 각각 분류·소개되어 있다. 설화의 경우 신화·전설·야담·우화 등을 포괄하는 개념이라는 점을 전제로, 천강(天降)·난생(卵生)·용생(龍生)·계명(鷄鳴)·방뇨(放溺) 등 다섯 범주로 나누고 있는데, 설화를 날조하여 민중을 기만하며 마음대로 압박하고 착취하는 점을 비판적으로 보고 있는 점[11]은 그의 입장이 단순한 문화사관에 그치지 않고 얼마간 이념적 색채를 포함하고 있음을 암시하는 매우 중요한 단서라고 할 수 있다.

이 부분에는 「단군신화」·「해모수 신화」·「검도령 신화」·「수로신화」·「동명왕 신화」·「석탈해 신화」·「작제건 신화」·「고려 현종 신화」·「태조 이성계 신화」 등이 각각의 범주에 맞게 분류되어 있고, 각각의 해석적 의미들 또한 기술되어 있다.

계봉우의 『조선문학사』에서 가장 두드러진 개성은 동작과 춤 혹은 노래가 하나로 혼합된 놀이양식으로서의 연희를 문자예술로서의 문학과 동렬에 놓은 점이다. 단순히 텍스트만 나열한 문학사가 아니라 직접적인 콘텍스트로서의 연희까지 반영함으로써 문학사를 보다 입체적으로 조감할 수 있게 되었다는 점에서 계봉우의 열린 관점을 알 수 있다. 외국, 즉 중국으로부터 수입한 것, 팔관회와 연희, 대나(大儺)와 연희, 연등과 연희[역대의 상원(上元)연등/역대의 4월 연등/경기적(競技的) 연희] 등으로 나누어 설명하고, 경기적 연희는 격구희(擊毬戲)·수희(水戲)·수박희(手搏戲)·각저희(角觝戲)·석전희(石戰戲)·농마희(弄馬戲) 등으로 나누어 설명함으로써 각종 연희가 문학의 바탕을 형성한 콘텍스트였음을 분명히 드러내고 있다.

괄론은 『조선문학사』의 논리를 전개하기 위한 개론적 성격의 글이다. 그러나 그 부분에 들어 있는 계봉우의 문학관은 문학사 시기 구분의 전제 역할을 하고 있다. 문학의 해석에 관여하는 그의 관점은 시기마다 달라지는 문학작품의 설명에 합리성을 부여함으로써 전체 문학사가 그 나름의 논리적 타당성을 확보할 수 있도록 한다. 따라서 괄론은 계봉우의 『조선문학사』가 존립할 수 있도록 하는 중요한 전제이자 축이라고 할 수 있다.

---

11) 『北愚 桂奉瑀 資料集(1)』, 287쪽.

Ⅲ. 시대구분과 작품의 논리적 정합성

1. 계봉우와 안자산·조윤제, 그 시대구분의 같고 다른 점

　　존재로서의 문학작품들을 분석하여 통시적으로 체계화시킨 것이 문학사다. 짧게는 몇 백 년, 길게는 수천 년의 문학을 체계화시키는 것이 쉬운 일은 아니지만, 개별 문학 작품들을 관통하는 원리를 찾아낼 수만 있다면 얼마든지 가능하다. 문학사는 예술사의 한 부분이고 예술사는 문화사의 한 부분이며 문화사는 일반 역사의 한 부분이기 때문에, 문학사의 기본원리 역시 일반 역사의 그것과 다를 바 없다. 따라서 단순히 과거의 사건들을 늘어놓는다고 역사 서술이 될 수 없는 것처럼 과거에 산출된 문학작품들을 늘어놓는다고 문학사가 되는 것은 아니다. 의미 있는 과거의 사건들을 선택하여 역사적 안목으로 분석해야 비로소 '역사적 사건'이 되는 것이며, 문학적으로 의미 있는 작품들을 선택하여 역사적 안목으로 분석해야 비로소 '문학사적 사건'이 되는 것이다. 문학사적 사건들의 선택이라는 1차적 행위에서 계봉우의『조선문학사』는 여타 문학사들과 성격을 달리 하고, 시기 구분과 각 시기별 성격 규정의 면에서도 다르다. 그는 우리 문학을 '발아기(發芽期)/생육기(生育期)/장성기(長成期)/번영기(繁榮期)' 등 네 개의 시기로 구분했다. 전체의 시기를 이렇게 나눈 것은 그가 국문학을 생명체로 파악하고 있었음을 보여주는 일이다. 구체적으로 말한다면, 이 구분은 우리 문학의 발전을 하나의 씨앗이 싹 터 무성한 나무로 커가는 과정에 비의한 것인데, 문학을 생명체로 파악했다는 점에서 오히려 조윤제의『국문학사』[12]와 상통한다.

----

12) 동국문화사, 1949. /『陶南趙潤濟全集 二』, 태학사, 1988. 이 글에서 인용하는

계봉우의 시대구분은 '상고문학-중고문학-근고문학-근세문학-최근
문학' 등 '지금 이곳'으로부터의 시간적 거리에 따라 기계적으로 나눈
안자산의 시기 구분과 분명히 다르다. 조윤제는『국문학사』에서 '태동
시대[신라 통삼(統三) 이전]/형성시대[통삼신라일대(統三新羅 一代)]/
위축시대[고려 일대]/소생시대[조선 태조-성종]/육성시대[연산군-선조
임진왜란]/발전시대[선조 임진왜란-경종]/반성시대[영조-고종 갑오경
장]/복귀시대[3·1운동 이후]' 등 아홉 시기로 나누고, 대략 태동·형성
시대가 상고, 위축시대가 중고, 소생·육성시대가 근고, 발전·반성시
대가 근세, 운동시대가 최근세, 복귀시대가 현대에 속한다고 했다.13)
특히 문학의 사상(事象)이란 편편(片片)이 떨어져 있는 고립적인 것들
이 아니고 한 생명체의 부분으로서, 거기에는 전체의 생명이 부분적으
로 잠재되어 있으며 표면적으로는 아무 관련성이 없는 듯 보이지만
그것을 잘 연결시킬 경우 완전한 생명체를 구성할 수 있다고 했다. 문
학 사상들 상호간의 관계를 밝혀서 그것들의 생명을 살려나가야 하는
것이 문학사라는 것이다.14) 이처럼 조윤제가 말하는 생명이란 '체계의
원리'이므로, 그가 문학사를 기술하는데 취한 입장은 '민족의 생과 민
족정신에 입각하여 국문학을 체계화하자는 것'15)이라는 조동일의 지
적은 경직된 실증주의를 반대하고 민족주의적 관점에서 국문학사를
기술할 수밖에 없었던 조윤제의 입장을 잘 설명한다.

계봉우의 시대구분은 안자산과 조윤제의 그것과 대비할 때 비로소

텍스트는 후자다.

13)『도남조윤제전집 2』, 8-9쪽.

14)『도남조윤제전집 2』, 2쪽.

15) 조동일,「趙潤濟의 民族史觀과 文學의 有機體的 全體性」,『陶南學報』11,
   도남학회, 1988, 42쪽.

분명한 의미와 독자성을 갖는다. 그가 극복의 대상으로 삼았던 안자산은 문학사의 시기를 상고 ·중고·근고 ·근세 ·최근 등으로 나누고 있는데, 자신이 활약하던 시기를 '최근'으로 설정하고 그로부터 시간적 거리를 바탕으로 문학사의 시기들을 구분했다고 할 수 있다. 안자산의 『조선문학사』가 구한말 세대가 낼 수 있는 가장 중요한 연구업적이며 삼일운동 이후 새로운 세대로 하여금 국문학 연구의 비약을 가능하게 한 터전이 된 것[16]은 사실이지만, '한국사를 하나의 발달사로 파악했다'[17]고 보는 것은 성급한 판단이다. 시대구분의 정확성을 기하려 한 점이 돋보이면서도,[18] 역사적 시간을 갈라놓는 데서 크게 나아갔다거나 의미 있는 해석을 가한 것으로 볼 수는 없기 때문이다.[19]

계봉우는 안자산의 『조선문학사』가 지닌 약점으로 내용이 빈약하고 유별(類別)및 논단(論斷)이 상명(詳明)치 못하다는 점을 들었지만, 이것들에 못지않게 구분된 각각의 시대에 대한 의미를 제대로 부여하지 못한 점에 대해서도 불만을 느꼈던 것 같다. 안자산이 구분한 시대와 그가 구분한 각 시대의 기간이 일치하면서도 안자산과 달리 각각의 시대에 그 나름의 일관된 의미를 부여한 점으로도 이런 사실을 짐작할 수 있다. 계봉우의 경우 문학사 시대에 대한 의미부여의 면에서는

---

16) 최원식, 「조선문학사 해설」, 안자산 저·최원식 역, 『朝鮮文學史』, 을유문화사, 1984, 16쪽.

17) 위의 글, 같은 곳.

18) 배정열, 한·중·일 3국의 국문학사의 태동, 『일본어문학』 40, 한국일본어문학회, 2009, 311쪽.

19) 물론 상고시대를 '정치기관의 小分立' 시대로, 중고시대를 '삼국 또는 이국의 大分立' 시대로, 근고시대를 '귀족시대'로, 근세시대를 '군주 독재정치' 시대로, 최근시대를 '신학문의 서광을 연 현대'로 설명하고는 있지만[안자산, 앞의 책, 4쪽 참조], 그러한 시대정신이 문학적 성취와 부합한다고 할 수는 없다.

안자산과 다르지만, 유기체적 전체성을 국문학의 본질로 파악하고 그에 따라 각 시대의 의미를 부여한 조윤제[20]와는 상당히 유사한 면을 보여주고 있다. 물론 계봉우와 안자산은 각 시대에 대응시킨 기간의 면에서 일치하는 것은 사실이고, 조윤제 스스로 명명한 문학사의 각 시기에 대응시킨 역사시대 또한 안자산의 그것과 대략 일치한다.[21]

'발아기 문학[계봉우]/상고문학[안자산]'은 양자 공히 단군이 건국한 때로부터 삼국이 출범하기 이전까지 2200여 년 간의 문학을 지칭하고, '생육기문학[계]/중고문학[안]'은 삼국시대에서 통일신라시대까지의 문학을 지칭한다. '장성기 문학[계]/근고문학[안]'은 고려시대의 문학을, '번영기 문학[계]/근세문학[안]'은 조선시대의 문학을 각각 지칭한다. 안자산이 마지막 단계로 최근문학을 설정한 것은 자신이 활약하고 있는 시점의 문학을 다루기 위한 전략으로서 옳은 판단이었다고 할 수 있다. 그러나 계봉우가 자신이 속한 시기의 문학을 다루지 못한 이유는 고국에서 진행되고 있는 당대[혹은 현대]학의 양상을 접할 수 없었기 때문일 것이다.

계봉우의 시대구분은 기간의 면에서 조윤제와도 크게 다르지 않다. 의미상 계봉우의 '발아기'는 조윤제의 '태동시대'와 대응된다고 보나, 태동시대를 통일신라 이전으로 본데 비해 발아기는 삼국 이전까지의

---

20) 조동일, 앞의 논문, 44쪽

21) 서준섭은 일반사적 기준에 귀속시킨 조윤제의 시대구분이 안자산의 구분법과 일맥상통한다고 보았다.[「安自山의 朝鮮文學史에 대하여」, 『국어교육』 35집, 한국국어교육연구회, 1979, 26쪽] 그러나 그 점이 일반역사 시대구분의 보편적인 현상으로서 우연의 일치인지, '문학사관 계승'의 결과[조동일, 『한국문학사상사시론』, 지식산업사, 1979, 392쪽]인지에 대해서는 좀 더 면밀한 검토가 필요하다.

기간으로 보고 있다는 점에서 상당한 차이를 보여준다. 그러나 계봉우가 4국[계봉우는 기존의 3국에 가야를 넣어 4국으로 보았음] 분립시대에서 통일신라[22] 일대로 설정한 '생육기'는 조윤제의 '형성시대'와 대응되겠지만, 조윤제는 계봉우와 달리 통일신라 일대만을 형성시대의 기간으로 설정하고 있다. 또한 계봉우는 장성기로, 조윤제는 위축시대로 봄으로써 같은 고려시대를 대상으로 정반대의 해석양상을 보여주기도 한다. 당나라의 힘에 의지하여 삼국통일을 이룩한 시기부터 밀려들어온 중국문화가 고려의 건국을 계기로 더욱 세력을 떨침으로써 종래의 고유한 우리 문화 혹은 문학이 위축되었다는 관점을 조윤제는 갖고 있었던 것이고, 계봉우는 표기체계를 막론하고 다양한 인물들과 다양한 장르 및 작품들이 속출하여 국문학의 외연이 넓어지고 커진 점에 주목했던 것이다. 이렇게 관점이 달랐던 만큼 양자가 상반되는 분석의 결과를 내놓게 된 것도 무리는 아니었다.

계봉우는 519년간의 조선시대를 번영기로 처리한 데 비해 조윤제는 이 부분을 '소생시대/육성시대/발전시대/반성시대/운동시대/복귀시대' 등 몇 시기로 잘게 나누었다. 조윤제가 세분하여 제시한 시대적 의미가 계봉우의 '번영'에 수렴될 수 있을지는 관점에 따라 달리 볼 수 있겠으나, 전체적인 취지만큼은 대략 들어맞는다고 할 수 있다.

이처럼 계봉우는 시대 구분에서 안자산의 발상을 수용했고, 각 시대에 대한 의미부여의 면에서는 의도적이었든 우연의 결과였든 조윤제의 관점과 비슷한 면을 보여주었다.

---

22) 계봉우는 '통일신라'라는 명칭을 쓰지 않았다. 다만 '新羅의 末王 金傅가 高麗에 歸順하던 그 때'라고 말했을 뿐이다. 그러나 논의의 편의를 위해 '통일신라'라는 일반적인 명칭을 사용하고자 한다.

그렇다면 계봉우가 구분하여 제시한 시대나 그 의미가 얼마나 합리적이며, 구체적인 작품들은 얼마나 정확하게 그런 의미를 뒷받침하는지 살펴보기로 한다.

2. 계봉우의 시대구분과 작품에 대한 해석적 의미의 정합성

1) 발아기

문학사에서의 발아기는 정치적으로 북쪽의 삼부여(三扶餘)[북부여·동부여·남부여]와 남쪽의 삼한(三韓)이 분립한 시기 및 기자조선·위만조선·한사군이 서로 흥망하는 시점까지를 포함하는 만큼 우리 자체의 문화도 어느 정도 발전했을 것이며, 그 위에 한족의 문명도 계통적으로 섭취했을 것이라는 추정을 전제로 구분한 시기다. 그런 추정으로부터 '장래에 줄기와 가지가 벋어지면서 잎과 꽃이 피고 그 꽃에서 아름다운 열매가 맺힐 만한 문학의 맹아가 이 시기에 생겼다'[23]고 보는 것이다. 저자 스스로 문헌적 측면에서 신빙성이 의심되는 신지(神誌)의 비사(秘詞)·신가(神歌)·천부경(天符經)·삼일신고(三一神誥) 등을 들고, 이것들이 대부분 후대의 위작이라고 보면서도 그렇게 할 수밖에 없었던 민족 자존적 측면의 상황을 지적했다.[24]

계봉우의 '발아기'는 안자산의 '상고'와 조윤제의 '태동기'에 해당한다. 안자산의 상고는 단군 건국-삼국이전[2200년간]으로서 계봉우가 설정한 발아기와 일치한다. 뿐만 아니라 그는 종교적 신화 즉 '종화(倧話)'를 기록한 『삼일신고』를 상고문학의 기원으로 들었는데, 이 점으

---

23) 『北愚 桂奉瑀 資料集(1)』, 410쪽.
24) 위의 책, 417-418쪽 참조.

로도 안자산과 계봉우는 일치되는 모습을 보여준다. 고대에 문자가 없었으므로 입에서 입으로 전해지던 이 문헌이 기자(箕子) 때 왕수긍(王受兢)이 한자로 베껴 전하다가 근래 대종교(大倧敎) 본부에서 인행(印行)한 것으로 인도의 베다, 페르샤의 벤디다드, 헤브류의 구약과 같은 최고(最古)의 문학이라 했다.25) 또한 제천의식에서 불렸을 신가(神歌)의 초창기 존재로 인정했고, <공후인>이나 <서경>·<대동강곡>·<성조풀이> 등의 노래를 이 시기의 문학으로 다루었다는 점에서도 계봉우와 견해를 함께 한다.

계봉우와 달리 조윤제는 이 시기의 출발점을 명확히 제시하지는 않았다. 문학이 상상이나 경이의 소산이라면, 그것들은 오히려 문명인보다 원시인에게 더 풍부한 것이니, 비록 본격문학은 아닐지라도 태동기인 원시시대에 벌써 상상의 세계가 펼쳐지고 문학 생활은 시작되었다고 보았을 뿐이다.26) 그리고 '서정이 먼저냐, 서사가 먼저냐?'의 문제도 확실히 말할 수는 없으나, 조선의 시가에는 주관적 정의(情意)를 기초로 한 것보다 제천(祭天) 중심의 종교적 가무에서 더 일찍 발달한 것 같으니 서사시의 발달이 서정시의 발달보다 앞서지 않았을까 하는 추정 또한 내놓고 있다.27)

조윤제는 부족국가의 제천의식이나 농공시필기(農功始畢期)의 가무 등을 시가의 가능태로 잡았고, 『삼국사기』와 『삼국유사』의 기록들28)을 전제로 이미 이 시기에는 시가다운 시가, 즉 일정한 형식으로

---

25) 안자산, 앞의 책, 7-8쪽.

26) 조윤제, 『도남조윤제전집 2』, 11쪽.

27) 조윤제, 위의 책, 12쪽.

28) 『삼국사기』 유리왕 5년조의 기록["是年 民俗歡康 始製兜率歌 此歌樂之始也"]과 『삼국유사』 유리왕조의 기록["始作兜率歌 有嗟辭詞腦格"] 및 경덕왕

정제되어 가(歌)·악(樂)에서 분리할 수 있는 시가가 등장해 있었다고 보았으며, 건국신화나 전설 등 설화문학 또한 어느 정도 발달해 있었다고 했다. 뿐만 아니라 <공후인>·<황조가> 등 한역가와 함께 김후직(金后稷)의 「간렵문(諫獵文)」·을지문덕의 <여수장우중문시(與隋將于仲文詩)>·진덕여왕의 <치당태평송(致唐太平頌)> 등을 살펴본다면, 당시 이 땅의 한문학도 중국의 문학과 방불할 것이라는 추정을 내리기도 했다.[29]

계봉우가 설정한 '발아기'는 조윤제가 설정한 '태동기'에 비해 약간은 막연하며 그리 많은 자료를 제시하지도 못했지만, 우리 문학의 범위나 상한을 가능한 한 올려 잡고자 하는 의지의 소산이었다는 점에서 그 나름의 의미를 갖는다고 할 수 있다.

2) 생육기

계봉우는 고구려, 백제, 신라, 가락 등 4국 분립시대부터 통일신라 일대까지의 시기를 문학의 생육기로 보았다. 특히 당나라에 기대어 고구려와 백제를 압살시킨 신라의 통일을 통렬하게 비판하는 동시에, 신라와 발해 등 남북국 시대를 거쳐 후고구려, 후백제 등이 수립되면서 만주 일대의 구강(舊疆)을 잃어버린 것을 안타깝게 여기는 그의 관점은 이 시기 문학의 현실 인식으로 직결된다. 끊임없는 전쟁 통에 이 시기의 문헌들이 모두 산망(散亡)되어 문학사의 체계를 갖추기가 어렵다는 것이다. 그러면서도 앞 시기와 달리 비교적 풍부하고 분명한

조의 기록["王曰 朕嘗聞師讚耆婆郞詞腦歌"] 등 참조.

[29] 계봉우의 경우 <황조가>, <여수장우중문시> 등을 '생육기'의 문학으로 처리했다.

기록들을 통해 어느 정도 자신 있는 논리를 펴고 있는 점은 이채롭다고 할 수 있다.

그는 각 왕조의 문학을 세 개 혹은 네 개의 장르로 나누었다. 고구려와 백제의 문학은 가곡, 음악과 무용, 한문학 등 세 부분으로 나누었으며, 신라의 경우는 연희(演戱) 한 부분을 더 끼워 넣었다. 특이한 것은 음악과 무용을 매우 중시하여 한 항목으로 독립시키고 있다는 점이다. 물론 음악과 무용 관련 기록들을 나열하였을 뿐이고 문화나 문학과의 연관성을 치밀하게 분석하고 있지는 않지만, 문학사의 범주 안에서 음악이나 무용을 거론한 것은 저자의 관점이나 인식이 크게 열려 있음을 보여주는 일이다. 옛날의 시가가 대부분 음악이나 무용이라는 토양 속에서 자라나 그런 예술장르들과 공존해 왔으며, 음악이나 무용의 힘으로 전승되어 왔다는 점을 생각하면, 그로서도 시가문학을 거론하면서 음악이나 무용을 도외시할 수는 없었을 것이다. 말하자면 음악이나 무용, 혹은 이들이 함께 형성하는 복합예술의 무대는 노래를 키워낼 만한 토양 그 자체였던 것이다. 음악과 무용을 시가나 가요와 독립시켜 기술한 것이 그다지 자연스러운 일은 아니나, 그것들을 가요나 한문학과 같은 비중으로 거론했다는 사실은 그가 지니고 있던 문화사학적 관점을 분명히 보여준 결과였다는 점에서 일단 문학사 기술의 선구적 면모라고 할 수 있다.

그는 고구려 가곡의 직접적인 사례로 <내원성가(來遠城歌)>·<연양가(延陽歌)>·<명주곡(溟州曲)> 등을, 백제의 가곡으로 <선운산>·<무등산>·<방등산>·<정읍사>·<서동가> 등을, 신라의 가곡으로 <회소곡>·<두솔가>·<우식곡>·<도령가>·<치술령곡>·<달도가>·<양산가>·<동경곡>·<번화곡>·<이견대>·<목주가>·<여나산>·<장한성>·<처용가>·<역작가>·<제망매가>·<해가>·<백수가>·<죽지가>

·<기파랑가>·<안민가>·<개안가>·<혜성가>·<화적가> 등을 각각 들 었는데, 이들 가운데는 가사가 전해지는 노래들과 가사부전의 노래들 이 두루 섞여있다. 당시 국내에 보편화되어있던 '향가'라는 장르명을 전혀 쓰지 않았고, <원가>를 '백수가'로, <도천수관음가> 혹은 <천수 대비가>를 '개안가(開眼歌)'로, <우적가>를 '화적가(化賊歌)' 등으로 고쳐 명명한 사실 등이 눈에 뜨이는데, 그 점은 그가 국내 학계의 연 구 성과를 거의 접하지 못했음을 암시하는 일이다. 음악과 무용 역시 악기체계나 창작악곡 등 삼국의 모든 사서들에 기록으로 전해지는 것 들을 액면 그대로 상세히 거론한 점은 그가 음악이나 무용에 관한 당 시의 상황을 이 시기 가요문화 혹은 문학의 수준을 결정할 만한 토양 이나 척도로 간주하고 있었음을 보여주며, 이 점은 문학사 서술에서 특기할 만한 일이다.

이 단계의 구체적인 시기 설정에서 계봉우는 안자산, 조윤제 등과 대체로 일치한다. 그러나 계봉우가 '4국 [고구려/백제/신라/가락] 분립 시대 및 통일신라 일대'로 본 반면, 안자산은 '삼국시대 또는 이국시대 [발해와 통일신라]'로, 조윤제는 '통일신라 일대'로 각각 봄으로써 미 묘한 시각의 차이를 보이고 있다. 그리고 안자산이 사용하고 있는 장 르 명으로서의 '향가'를 계봉우는 전혀 사용하지 않은 점도 주목된다. 안자산은 이 시기의 괄목할 만한 일로 한문과 불교의 수입, 설총에 의 한 이두문(吏讀文)의 창조를 들고 있으며, 최치원의 등장 또한 중요한 문학사적 사건으로 기술했다. 「마한 왕이 백제 온조왕에게 보낸 국서」 나 「포공이 마한 왕에게 준 답서」, 설총이 이두문을 만들어 구경(九 經)을 풀이한 일, 「격황소서(檄黃巢書)」·『계원필경』 같은 최치원의 저술 등을 이 시기의 구체적인 사례로 들었으며, 수십 곡의 가요들 또 한 계봉우의 그것과 대체로 일치한다.

조윤제의 경우도 이 단계의 장르로 가요와 한문학을 꼽았는데, 특히 정리된 향가관을 보인 점은 계봉우나 안자산과 다르다. 그는 진평왕 대부터 고려 초기까지 향가작품 25수를 들었지만, 밝혀진 시기를 향가 문학 형성 연대로 볼 수는 없다고 했다. 말하자면 향가는 조선 시가의 범칭도 아니고 시가의 내용을 말한 것도 아니며 오직 향가문자, 즉 이 두문자로 표기된 시가만을 의미한다고 했다. 이 작품들은 기실 향가문 학이 형성되기 전에 이미 있던 것이 그 후대에 향가식 표기법이 발명 됨에 따라 비로소 문자 상에 표기되어 향가로 부르게 되었을지 모른 다고 본 것도 그 때문이다.30) 조윤제의 단계에 이르러 향가문학의 존 재에 대한 문학사관의 조사(照射)가 가능해졌는데, 이 점은 계봉우나 안자산이 막연하게 처리한 삼국의 가사부전 가요들을 이 부분에 부기 하되, '향가문학과 꼭 관계가 있다는 것은 아니'라는 견해를 밝히고 있 는 사실로도 뒷받침된다. 아울러 강수(强首), 설총, 최치원 등을 중심 으로 이 시기 한문학의 수준을 논한 부분은 계봉우나 안자산과 같은 양상을 보여주고 있다.

3) 장성기

계봉우는 고려 일대를 '장성기(長成期)'로 설정했고, 안자산은 '근 고문학'으로 보았으며, 조윤제는 '위축시대'로 명명했다. 계봉우가 고 려 일대를 장성기로 본 것은 말 그대로 그 시대를 양적인 면에서나 질적인 면에서 문학이 크게 확장된 시기로 인식했기 때문이다. 그는 이 시기의 문학을 가곡, 음악과 무용, 시조, 한문학 등으로 크게 나누 고, 가곡을 속악(俗樂)[향악(鄕樂)]용의 가곡과 당악(唐樂)용의 가곡

---

30) 조윤제, 『도남조윤제전집 2』, 30쪽.

작품 해석의 통시적 체계화를 통해 '조선 문학'에 보편성 부여하기 419

및 아악(雅樂)용의 가곡으로 나누었으며, 시조를 별도로 독립시켰다. 뿐만 아니라 음악도 향악·당악·아악의 악기로 나누어 설명하고, 무용 또한 향악·당악·아악으로 나누어 설명했다. 한문학은 궁정문학·시문류·소설류·사류(史類)·문집류 등으로 대별했으며, 한문학의 전개 또한 침체기와 부흥기로 구분하여 설명했다. 산만한 체계이긴 하나 팽창이라 할 만큼 양적으로 확장된 고려 일대의 문학을 모두 포괄하기가 수월치는 않았을 것이다.

'고려시대에도 가곡과 음악이 서로 병행되고 있었다'[31]는 가곡 항목의 언급을 보아도 무조건 '시문학'으로 처리하기보다는 '노래'로 간주하려 했다는 섬에서 그가 지니고 있던 문학사적 관점의 합리성을 발견할 수 있다. 특히 노래를 속악과 당악, 아악으로 구분한 점은 적어도 문헌에 기록된 노래들이 대개 궁정이나 제도권의 음악이라는 속성을 분명히 한 것으로, 당대 노래들의 본질을 정확히 꿰뚫고 있었음을 보여준다.

그는 고려 전 시기의 대표적인 문인들과 작품을 소개함으로써 장성기의 면모를 보여주고자 했다. 즉 소설류[이규보의 「국선생전」·이인로의 『파한집』·최자의 『보한집』·임춘의 「공방전」과 「국순전」·이곡의 「죽부인전」·최해의 「예산은자전(猊山隱者傳)」·이제현의 『역옹패설』·이첨의 「저생전」], 시문류[최해의 『동인지문』·김태현의 『동국문감』·권부의 『계원록』·조운흘의 『삼한귀감』·김구용의 『선수집』], 사류(史類)[박인량의 『고금록』·홍관의의 『편년통재 속편』·김부식의 『삼국사기』·김관의의 『고려편년통록』·정가신의 『천추금경록』·민지(閔漬)의 『편년강목』·이승휴의 『제왕운기』·일연의 『삼국유사』·권부의 『세대

31) 『北愚 桂奉瑀 資料集(1)』, 462쪽.

편년절요」], 문집류[강감찬의 『낙도교거집』·김부식의 『문열집』·최유청의 『남도집』·이규보의 『이상국집』·이인로의 『쌍명재집』·최자의 『문청가집』·김구의 『북정록』·이제현의 『익재난고』·정포(鄭誧)의 『설곡집』·이곡의 『가정집』·안축의 『관동와주』·최해의 『졸고』·민사평의 『급암집』·이달충의 『재정집』·김구용의 『척약재집』·정공권의 『원재집』·윤택의 『율정집』·한수의 『유항집』·설손의 『근사재일고』·이색의 『목은집』·이숭인의 『도은집』·정몽주의 『포은집』] 등이 그것들인데, 그가 분류한 어느 시대보다 양적으로 풍부한 모습을 보여준다.

계봉우가 이 시기를 장성기로 명명한 데 비해 안자산은 근고문학으로, 조윤제는 위축기로 각각 명명했다. 안자산은 불교와 유교의 두 사조가 이 시기의 문학 정신을 지배했다고 보았다.[32] 특히 유교의 발전에 따라 시부의 풍이 크게 떨치고 문학은 부화(浮華)로 흘러 방일음일(放逸淫佚)의 바람을 낳을 정도로 무성하게 발전했으나 무신란을 계기로 문운은 일대의 재액을 만났고, 그 후 충렬왕에 이르러서야 문운이 다시 일어났다고 본 점은 계봉우와 궤를 같이 하는 견해다.[33] 특히 학술의 진흥과 불교의 분열, 불교계 인사들의 문학 창작이라는 문학토양의 변화를 이 시기의 특징으로 들고 있으며, 헌선도·수연장·포구락 등 악무들을 극의 범주 안에서 논의하고, 이제현이 한역(漢譯)한 <오관산>·<사리화>·<장암> 등을 이 시기 노래문학의 자취에 대한 참고자료로 들어 놓기도 했다. 그와 함께 신유학을 도입하여 입신의 도구로 삼은 신흥사대부 계층의 시가와 산문을 들고, 날카롭게 대두한 배불론을 언급함으로써 이 시기에 이어 대두할 새로운 시대사조의 성

---

32) 안자산, 앞의 책, 45-46쪽.
33) 안자산, 위의 책, 45쪽.

격을 암시하기도 했다.

이들과 달리 조윤제가 이 시기를 위축시대로 본 것은 표기문자 중심으로 파악한 국문학의 개념적 한계에 갇혀 있었기 때문이다. 향가가 소멸되면서 '표기할 그릇을 잃은 국문학은 건전한 발달을 기대할 수 없었다'는 것이 그 이유다. 오늘날 남아 전해지는 고려 노래들도 대부분 조선조에 들어와 국문을 통해 재현된 것들에 불과하며, 한문학이 발달해온 이면에 국문학은 근근이 명맥만을 유지하며 전반적인 위축의 모습을 보였다는 것이 그의 견해다.[34] 이 시기에 국문학이 위축되었다고 본 조윤제에 비해, 한문학이나 노래문학 모두 국문학의 영역으로 처리하고 이 시기를 '장성기'로 간주했다는 점에서 계봉우의 개방적 시각을 확인하게 된다.

4) 번영기

계봉우는 조선조 일대를 번영기로 본 동시에 국문학사를 마무리하는 단계로 보았는데, 그렇게 본 결정적인 이유는 훈민정음 창제와 우여곡절을 거친 정음문학의 정착과정에 있었다. 사실 고려시대에 비해 한문학이 왕성하게 창작되었고, 성리학과 공령학(功令學)의 발달로 인해 문학작품이 많이 산출된 사실보다 더 중요한 것은 조선 사람들의 생각을 어음(語音)대로 자유롭게 표기·표현할 만한 문자를 갖게 되었다는 점이었다.[35] 국문학의 장성기였던 고려시대의 문학을 논하면서 표기문자에 대하여 열린 자세를 취하던 계봉우가 이 부분에서는 고유의 문자 체계에 관심을 보인 것도 그만큼 훈민정음의 역할과 의

---

34) 조윤제, 『도남조윤제전집 2』, 44쪽.
35) 『北愚 桂奉瑀 資料集(1)』, 523쪽.

미가 우리 문학사상 무엇보다 크다고 생각했기 때문이다.

훈민정음 창제 이후 출현한 유서(儒書)·불서(佛書)·병서(兵書)·의학(醫學)·농학(農學) 등의 언해(諺解)나 언역(諺譯)은 훈민정음이 한학(漢學)연구에 관한 보조물이었음을 보여주는 사실이나, 그와 대조적으로 「용비어천가」와 같은 큰 규모의 악장이 출현한 것은 조선 고유의 민족문화를 창건하려는 의지가 훈민정음에 내포되어 있었기 때문에 가능했다는 것이 계봉우의 생각이다. 연산군의 '언문사용 금지령' 같은 엄혹한 탄압을 거치면서도 임·병 양란 이후 한문소설보다 언문소설이 점차 우세해졌는데, 이 점이 바로 훈민정음의 대중화를 말해주는 현상이라고 보았다. 그 후 갑오경장을 거치면서 모화주의로부터 벗어났고, 국문 사용령이 내려짐에 따라 정음문학은 활기차게 성장할 수 있었다는 것이다.[36] 이 부분에서 계봉우는 기층민중 중심의 민족주의적 색채를 비교적 진하게 드러낸다. 즉 가곡의 항목에 타령류, 사(詞), 별곡, 단가, 악장, 시조, 수심가, 음악 및 무용 등을 설정하여 민중의 노래를 우선하고 있는 점이 눈에 뜨인다. 그 다음으로 소설과 연희를 배치하고 한문학을 끝에 배치함으로써 민중의 문학 우선, 정음문학 우선의 원칙을 강조한 것으로 보인다.

계봉우는 가곡이나 사·단가 등의 범주와 별개의 장르로 시조를 독립시켰는데, 이는 각각의 범주에 속해있는 작품들을 비교할 경우 범주가 겹치는 것들이 적지 않고 장르의 층위가 맞지 않는 등 많은 문제들이 노정됨에도 불구하고 시조의 독자성에 대한 인식을 분명히 갖고 있었다는 단서가 된다. 그는 조선조가 가곡의 전성기, 특히 시조의 전성기였다는 점, 시조는 군주로부터 명공거경(名公巨卿), 학자·문인에

---

36) 『北愚 桂奉瑀 資料集(1)』, 526쪽.

이르기까지 음영하지 않은 이가 없을 정도로 상층계급에서 성행했으며 여성들도 많이 짓고 불렀다는 점 등을 지적했다. 물론 '시조가 상층계급의 전유물'임을 강조하면서, 작자나 창자들 중 기녀나 중인가객 등 하층신분의 존재를 인식하지 못한 점은 계봉우의 관점이 보여주는 한계일 수 있지만, 노래라는 시조 장르의 본질을 노래로 파악한 점만은 정확했다고 본다. 맹사성, 변계량, 박팽년, 이개, 이원익, 소춘풍, 황진이 등의 작품을 제시함으로써 조선조 시조사의 한 부분을 보여주고자 한 것도 두드러진 내용이다.

가곡의 하위구분으로 제시한 내용 가운데 가장 특이한 부분은 <수심가>를 별도의 항목으로 독립시켜 논하고 있는 점과 음악과 무용을 따로 들어놓은 점이다. 저자가 <수심가>를 별도로 제시한 것은 "상층계급의 전유물인 시조를 적대(敵對)로 하여 생긴 장르"[37]로 보았기 때문이다. <수심가>는 하층계급이 부르던 민요였으므로 이미 거론한 시조와 균형을 맞추기 위해 <수심가>의 항목을 별도로 들어 놓았다고 생각할 수 있다. 그리고 음악과 무용에 대한 논의는 주로 제도권의 악제와 악기의 편성, 향악과 당악의 무용들에 대한 설명으로 할애하고 있다. 음악이나 악제, 무용 등은 조선조의 가곡을 비롯한 노래가 유지·전승되던 토양이라 할 수 있는데, 그것들을 가곡의 하위범주로 분류해놓은 것이 정확한 일은 아니나, 조선조의 가곡이 노래의 한 부분으로서 음악과 불가분의 관계를 맺고 있다는 점을 강조하기 위한 방편으로 볼 수 있다.

그는 가곡이란 상위범주 아래 '타령·사·별곡·단가' 등 4개의 하위범주들을 제시하고 각각에 해당하는 작품들을 배정했다. 그러나 같은

----

37) 『北愚 桂奉瑀 資料集(1)』, 631쪽.

성격의 노래들이 범주를 넘나들며 분산되어 있고, 성격을 달리 하는 노래들이 같은 범주에 소속되어 있는 등 장르 구분이나 작품 분류의 정확성을 기하지 못한 점은 흠으로 지적될 수 있다.

소설은 성종-명종, 선조-광해군, 인조-철종, 고종-융희말년 등 크게 네 단계로 구분하여 논했다. 소설 부분은 "김태준의 『조선소설사』에서 그 일반적 재료를 섭취하여 수의분정(隨意分定)했다"[38]고 계봉우 스스로 밝힌 바 있다. 여기서 '수의분정했다'함은 계봉우의 저작이 『조선문학사』인 이상 분야별 문학사인 김태준 『조선소설사』[39]의 체제를 그대로 따올 수 없으므로 해당 시기에 맞추어 재조정했음을 밝힌 내용일 것이다.

계봉우는 이 시기의 한문학을 산문과 운문, 여류시인들의 문학, 과시(科詩) 등으로 나누었다. 산문은 서사문(敍事文)[40]과 의론문(議論文)·의식문(儀式文)·변려문(騈儷文)으로 나누었고, 그 중 서사문은 군기류(軍記類)·사전류(史傳類)·담화류(談話類)·해학류(諧謔類)·수필류(隨筆類)로 세분했다. 운문, 특히 한시가 차지하는 위치의 중요함을 전제로 조선조 전 시기의 한시를 세 단계로 구분했는데, 제1기[이태조~인종], 제2기[명종~광해군], 제3기[인조~고종] 등이 그것들이다. 제1기의 시인들은 송나라의 소식(蘇軾)과 황정견(黃庭堅)의 시풍을 숭상했고, 제2기의 시인들은 당풍(唐風)을 배운 최경창(崔慶昌)과 백광훈(白光勳)을 숭상했으며, 제3기의 시인들은 공령(功令)의 시체(詩體)에 주력했다고 했다.

---

38) 『北愚 桂奉瑀 資料集(1)』, 720쪽.

39) 김태준, 『朝鮮小說史』, 학예사, 1939, 50쪽.

40) 계봉우는 한문소설을 '抒情文'에 속한다고 규정했으며, 소설은 이미 거론했으므로 이 부분에서는 생략하고 있다.[『北愚 桂奉瑀 資料集(1)』, 686쪽]

계봉우의 '번영기'에 해당하는 시기가 안자산의 근세문학이다. 양자 모두 조선조 일대의 문학을 분석의 대상으로 삼았으나, 장르·작품 혹은 시대 전반에 대한 해석의 방향은 크게 다르다. 궁정문학이 산림문학으로 변하고 다시 평민문학으로 확장되었다는 것이 근세문학을 보는 안자산의 관점이다.[41] 그러나 계봉우는 문학 담당층의 교체보다는 장르들 간의 공시적 병행양상을 제시하는데 중점을 둔 것으로 보인다. 다양한 장르들과 많은 수의 작가들이 출현하여 양적으로나 질적으로 뛰어난 모습을 보여준 것이 이 시기 문학의 특징임을 말하고자 한 것이다. 물론 그가 국문문학이나 서민문학을 한문학이나 지배층의 문학에 앞세우긴 했으나, 지배계층과 피지배계층의 문학을 비교적 균형 있게 다루려는 의지를 보인 것도 사실이다.

이에 비해 조윤제는 이 시기의 문학을 '소생-육성-발전-반성-운동'으로 세분하여 설명했다. 이 내용은 조윤제가 보여준 문학의 유기체적 본질을 뚜렷하게 보여준 개념으로 이 시기에 이르러 그의 문학사관은 구체화될 수 있었다. 훈민정음의 반포와 국학정신의 발로로 국문학이 소생하였으며, 그로부터 국문학은 한문학을 압박하고 날로 성장 발달해 갔다고 보았다. 임진왜란 후 평민계급의 자아각성과 영조 조 실학 정신의 팽창을 거쳐 최근세 서양문화의 유입에 힘입어 일대 문학운동을 일으켰고, 그 결과 국문학은 한문학을 구축하고 복귀귀정(復歸歸正)케 되었다는 것이다.[42] 표현의 차이나 논리의 구체성 여부에서 차이를 느낄 수 있긴 하나, 이 시기를 설명하는 논조의 기본은 3인이 비슷한 양상을 보여주었다고 할 수 있다.

....

41) 안자산, 앞의 책, 113쪽.
42) 조윤제, 『도남 조윤제 전집 2: 국문학사』, 493쪽.

Ⅳ. 계봉우의 문학사관

계봉우가 겪은 디아스포라의 역정에 비해 그의 사상적 편력이 그리 심했다고 볼 수는 없다. 그는 28세 되던 1908년 태극학회의 영흥지회에 들어가 글을 발표하면서 계몽운동을 시작했다. 1910년 북간도로 망명하여 이동휘와 함께 독립운동을 시작했고, 임시정부가 수립되면서 상해에서 활동했으며, 1920년 러시아의 시베리아로 들어가 노령 지역 한인사회주의 단체에서 활약했다. 이동휘와 함께 고려 공산당 창립에 참여한 이후 많은 고초를 겪은 그는 1937년 중앙아시아 강제이주 정책으로 카자흐스탄 크즐오르다에 이주하여 교육과 저술활동을 계속했다. 러시아에서 활동하는 동안 이념적 편력을 끝내고 정착한 지점이 유물사관에 입각한 공산주의였을 듯하나, 의외로 이념적 편향을 그다지 심하게 보여주지 않는다는 점이 그의 저술들에서 확인된다.[43] 그의 이념적 편력이 어떠했든 그가 평생 일관한 노선은 계몽에 있었다. 그 계몽의 목적은 민족의 각성을 불러일으키는데 있었고, 저술들에서 간혹 보여주는 사회주의적 사고 역시 그런 목적을 달성하기 위한 발판일 뿐이었다.

학계에서 일찍이 계봉우의 존재를 발견한 조동걸은 소련에서 집필된 『동학당 폭동』이 그의 사관을 보여주는 좋은 예라고 했다. 즉 계봉우가 사회주의 운동과 소련사회의 생활을 통하여 사회경제·민중·계급에 대한 문제의식을 높였고, 사회경제적 민족문제에 대해 고민하면

---

43) 이동휘가 볼셰비키 혁명 후 조국해방을 성취하기 위한 목적으로 공산주의 운동의 선구자가 되었다면[윤병석, 「李東輝와 桂奉瑀의 民族運動」, 321쪽], 계봉우는 민족주의 정립에 매진했다는 점에서 양자는 약간 다르다.

서 문화사학 방법론의 시야를 넓혔다고 진단했다. 김상기가 「동학과 동학당란(東學黨亂)」이란 글에서 기존에 종교반란으로 규정되어 오던 동학란을 사회혁명이나 농민전쟁의 관점으로 재조명했는데, 계봉우도 자신의 글 『동학당 폭동』에서 동학란을 농민전쟁의 관점으로 바라보았다는 것이다. 계봉우가 소련에서 활동하고 있었으므로 그 글이 유물사관에 의해 서술되었다고 추단할 수 있으나, 그보다는 후기 문화사학의 관점 때문이라 해야 옳다는 것이며, 『조선문학사』 또한 유물사관에 의한 서술은 아니라는 것이 조동걸의 주장이다. 그래서 계봉우의 사관을 후기 문화사학이라 명명할 수 있다고 했다.44)

계봉우가 유물사관에 쉽사리 빠져들 수 없었던 것은 기독교와의 만남으로도 입증된다. 그도 처음에는 기독교를 배척했다. 그러나 "침침칠야에 잠고듸하는 이때의 조선형편에서 그만침 정도가 문명하고 단결력이 튼튼하고 사랑이 많고, 집회 또는 언론의 자유가 있는 단체는 예수교회의 밖에는 더 찾을 수 없었다"45)는 현실적 이유와 함께 "민음만 독실하다면 비록 현실에서 떠난 천당파의 지목을 받는 교인이라도 일본 놈의 사환군 노릇을 아니 하리라는 특점"46)을 발견한 그였다. 예수교회가 설립한 함흥의 영생중학교에서 교편을 잡은 일도 그런 생각의 실천으로 보는 것이 합당하다. 그의 신앙적 기반을 고려할 때 특별한 이유 없이 유물사관에 빠져들 수는 없었을 것이다.

그렇다고는 해도 계봉우의 글에서 유물론적 인식론을 바탕으로 하는 미적 반영론의 흔적을 완전히 부정하기는 어렵다. 그는 "인류의 행위를

---

44) 조동걸, 「민족국가 건설운동기의 역사인식」, 160쪽.
45) 계봉우, 「꿈 속의 꿈(上)」, 『北愚 桂奉瑀 資料集(1)』, 135~136쪽.
46) 계봉우, 위의 글, 같은 곳.

경제적 행위라면 그 행위의 산물이 문학"[47]이라는 정의로부터 『조선문학사』를 시작한다. 그 부연설명으로 각 시대의 경제조건에 따라 진화하는 그 사회의 생활상을 그려낸 것이 문학이라는 점, 봉건시대에는 봉건적 문학이 있고, 자본주의 시대에는 자본주의적 문학이 있으며, 사회주의 시대에는 사회주의적 문학이 있게 된다는 점 등을 주장했다. 또한 그가 '우리의 과거문학에서 혁명적 색채를 가진 작품을 찾으려는 생각도 말라', '내가 제시하는 일반문학은 다만 봉건사회의 생활상을 종(縱)으로 또는 횡(橫)으로 연구하는 거기에 목적이 있을 따름'이라는 등의 언급은 그의 문학관이 얼마간 유물론에 노출되어 있었음을 역으로 보여준다.

객관적 세계에 대한 주관적 상이 의식이며, 이 의식이 존재하는 방식, 어떤 사물이 의식에 대해 관념적으로 존재하는 방식이 인식이라면, 유물론적 인식론에서는 이러한 방식을 '반영'이라 부른다.[48] 계봉우가 '경제적 행위의 산물'을 문학으로 보았다면, 문학이라는 관념체계는 인간의 경제적 행위라는 객관적 실재가 반영된 결과물이라는 생각을 전제로 하는 것이다. 모든 관념적, 이념적인 것을 그것과 독립해 있는 상이한 어떤 것, 즉 객관적 실재의 반영으로 설명하는 것이 유물론적 반영이론이라는 점에서[49] 의식적으로든 무의식적으로든 계봉우의 문학사관은 유물론의 영향을 받아 이루어졌음을 짐작하게 한다. 그가 망명을 떠난 시기는 반영론을 기초로 하는 소비에트 사회주의 리얼리즘 미학이 안막에 의해 처음으로 소개된 1933년[50] 이전이었지만,

---

47) 『北愚 桂奉瑀 資料集(1)』, 283쪽.
48) 임재진, 「변증법적 유물론과 반영론의 기초」, 『인문과학연구』 10, 조선대학교 인문과학연구소, 1989, 86쪽.
49) 위의 글, 87쪽.

그가 이념적 편력을 처절하게 경험한 공간이 바로 사회주의 리얼리즘 미학의 원산지였다는 점에서 그의 의식 한 부분에 조사(照射)된 유물론의 영향을 부정할 수는 없을 것이다.[51]

사실 시조장르나 <수심가>에 대한 사실관계의 정확성 여부를 따지는 일보다 중요한 것은 문학사가로서의 계봉우가 그것들에 대하여 갖고 있던 인식이라고 본다. 문학 장르의 출현이나 작품 생산의 계기를 계급간의 대립으로 본다는 것은 분명 그의 인식이 어디로부터 출발했는지를 보여주기 때문이다. 시조장르와 <수심가>를 대립의 관계로 파악한 것은 양자의 담당층으로 특권계급과 피지배 인민층을 소속시킨 데서 비롯된 일이다. 이는 우리 전통사회의 두 축을 특권계급과 피지배 인민층으로 보고, 양자 간에 벌어지던 억압과 착취 혹은 계급투쟁을 바탕으로 우리의 전통사회가 지속되어 왔다는 논리적 전제를 깔고 있는 것이다. 단순히 시조장르나 <수심가>의 존재양상을 설명하고자 한 것이 아니라 그러한 논리적 전제를 정당화시켜 보려는 의도가 이 글의 이면에는 잠재되어 있다고 할 것이다. 그리 심하다고 할 수는 없으나, 그가 지니고 있던 사회주의 리얼리즘적 색채를 간간이 문면에 노출시킨 것은 미미하나마 그가 받은 유물사관의 영향이었다고 할 수 있다.

그러나 계봉우의 문학사는 미적 반영론의 가장 중요한 테제인 '객관적 현실의 정확한 반영'[52]에 충실히 초점을 맞추려 했을 뿐, 사회주의 리얼리즘의 골자[노동자 계급의 세계관, 변증법적·역사적 유물론,

---

50) 안막, 「창작방법문제의 재 토의를 위하여」, 동아일보, 1933. 11. 29.~12. 6.
51) 『北愚 桂奉瑀 資料集(1)』, 332쪽 참조.
52) 신재기, 「1930년대 한국문학비평에 적용된 '미적 반영론' 연구」, 『문화와 융합』 23, 한국문화융합학회, 2001, 38쪽.

예술창작의 정신적·이념적 전제로서의 당파성 등]는 물론이고 그 뼈대가 된 맑스 레닌주의를 바탕으로 하는 혁명적 낭만주의나 비판적 사실주의53) 등을 작품 분석의 틀로 사용한 흔적은 그다지 뚜렷하게 발견되지 않는다.

따라서 『조선문학사』에 나타나는 계봉우의 사관은 1920년대 문화사학을 대표하던 안자산의 노선을 계승했거나 그에 약간의 사회주의 혹은 자주적 민족주의의 색채를 가미한 결과로 이해할 수 있을 것이다. 당대의 문화사학적 학풍이 문화나 인도(人道) 등에 바탕을 둔 계몽운동의 범주 안에서 정치·경제·사회 등 신학문을 연마하던 학자들에 의해서 형성되었다면, 1930년대에 접어들어 좀 더 심화된 식민적 분위기나 디아스포라의 역경에서 민족의 문제에 중점을 두고 발흥하게 된 '조선학 운동'이야말로 계봉우와 같은 사람들이 주도하던 후기 문화사학의 소산이라 해야 할 것이다.

계봉우의 『조선문학사』는 그런 시대인식과 사관의 산물이다. 앞에서 언급한 것처럼 그의 글에는 계급적 차별에 대한 비판도 간간이 나타나지만, 사실 그의 자주적 민족주의 사관은 표기문자에 관한 견해에서 가장 두드러진다. 그는 표기문자를 바탕으로 '이두(吏讀)문학 시기, 정음(正音)문학 시기' 등 우리 문학사를 두 시기로 구분한다. 삼국의 향가로부터 고려 말엽 안축(安軸)의 <관동별곡>까지를 전자로, 조선조 세종의 훈민정음 반포로부터 융희 말년까지를 후자로 각각 규정하고, 이런 구분에 대하여 '향토예술의 진실미'가 있다고 자평한다.54) '향토예술의 진실미'가 무엇을 말하는지 정확한 의미를 밝히고 있진

---

53) 윤종성 외, 『문예상식』, 문학예술종합출판사, 1994, 687쪽.
54) 『北愚 桂奉瑀 資料集(1)』, 285쪽.

않으나, 민족 고유의 예술미학이라는 의미 정도로 이해할 수 있을 것이다. 그러면서도 "우리의 문학이 상하(上下) 수천 년을 통하여 한학(漢學)의 세력권에 함입(陷入)하엿으매 거긔로서 되어진 작품을 기각(棄却)할 수 없는 것"[55]이라는 단서를 붙임으로써 고유 문자의 강조와 국문학의 범주에 한문학을 포함시키는 데 따르는 논리적 상충의 문제를 극복하고 있다. 정음문학과 한문학 양자의 절충을 통하여 국문학의 외연을 넓혀 잡는 계기를 마련하고 있다는 점에서 계봉우 문학사관의 합리성을 확인하게 된다. 우리 고유의 표기문자에 대한 집착[56]은 민족자주의 문제와 표리의 관계를 갖는다고 보는 것이 계봉우의 관점이다.

그리고 그는 우리의 사상을 표기할만한 고유 문자의 당위성을 전제로, 고유한 문자는 깡그리 잊어버린 채 모화 사대주의의 포로로 지내온 수천 년의 세월을 한탄하며 그런 현실을 주도해온 유학자들의 죄를 통타하기도 했다.[57] 고유 문자의 존재여부는 문자만의 문제가 아니고 민족의 자립과 자존에 직결된다는 점은 그가 지닌 사관의 핵심이라 할 수 있다. 뿐만 아니라 그는 우리에게 우리만의 문자가 없던 시기에는 어쩔 수 없었다 해도 글자가 창제된 후에 산출된 많은 한문소설들은 비판의 여지가 많다고 보았다. 자신의 글자는 언문이라 비하하고, 한자는 진서라 높여온 이 땅의 행태는 모화주의의 소산이며, 조선인들이 자존심을 상실한 소치라고 비판한 것이다. 사실 계봉우가 한자 표기문학을 한국문학의 영역에서 배제해야 한다고 강변한 것은 아니

55) 『北愚 桂奉瑀 資料集(1)』, 285쪽.
56) 위의 책, 341쪽 참조
57) 위의 책, 361쪽 참조.

다. 그가 비판의 표적으로 삼은 주된 관점은 우리의 역사를 사대 모화주의와 봉건적 질곡으로 얽어 맨 장본인이 바로 한문학을 업으로 삼고 있던 유학자들이었고, 그것은 중세 문명에 대한 부정적 인식을 바탕으로 하고 있었다.[58]

자신의 생각은 자신의 글로 표기해야 한다는 것, 자신의 글자에 대한 존중은 민족의 자립정신이나 자존심으로부터 나올 수 있다는 것 등이 두 글에 들어있는 생각의 골자다. 저자는 물론 중국의 발전된 문물을 수입한 것을 나무라지 않는다. 다만 수입은 해오더라도 자주적 입장과 자존심을 견지했어야 하는 점을 강조하고, 그렇게 하지 못한 점을 비판했다. 그리고 모화 사대주의를 주도한 유학자들을 비판의 주된 대상으로 삼고 있는데, 유학자들이 당시의 지배세력이었다는 점에서 간접적으로는 특권계급을 타도하고 피지배 인민계급을 옹호해야 한다는 계급 투쟁적 사관과 얼마간 연결된다고 볼 수도 있다.

이처럼 계봉우는 유물론적 반영론을 기초로 하는 사회주의 리얼리즘 미학의 영향을 받았으나, 고유의 표기문자 중심으로 문학을 분석하면서 결국은 1920년대 문화사학을 대표하던 안자산의 노선에 자주적 민족주의 사관을 가미한 방향으로 전환하게 되었다. 특히 우리 국학에서 민족주의의 맥이 단재 신채호로부터 안자산에게 계승되었다면,[59] 그 민족주의는 사회주의 리얼리즘의 조사(照射)를 받은 계봉우에게 이어져 새로운 양상으로 꽃피웠다고 할 수 있다.[60]

---

58) 강상순, 「『한국문학통사』 다시 읽기-고전문학사 서술의 지표와 이론」, 『古典文學硏究』 28, 한국고전문학회, 2005, 12쪽 참조.
59) 조동일, 『한국문학사상사시론』, 392쪽.
60) 안자산으로부터 조윤제에게로 이어진 민족주의 사관도 그것과 다를 바 없겠으나, 계봉우가 받은 유물론의 영향 때문에 두 사람의 민족주의는 결과적으로

V. 맺음말

계봉우는 20대에 조국을 떠나 중국과 구소련의 각처를 떠돌며 디아 스포라의 고난 속에 삶을 마친 계몽 운동가였다. 고려 공산당의 창립 에 참여하고 모스크바 코민테른에 대표로 참여하는 등 구소련에서의 행적에도 불구하고 그의 저작들에서 유물사관을 찾아낼 수 없다는 것 이 학계의 일반적인 견해다. 이처럼 그가 현재 문화사학자로 분류되고 있지만, 구소련에서의 활동을 통해 얼마 간 유물사관의 영향을 받았을 가능성도 없지는 않다고 본다. 그 가능성을 보여주는 저작물 가운데 하나가 바로 『조선문학사』다. 계봉우는 안자산의 『조선문학사』에 대 한 불만으로 이 책을 쓰게 되었다고 했다. 안자산의 문학사를 극복하 겠다는 포부와 의도가 이 책을 쓰게 된 동기이자 출발점이었던 셈이 다. 그러나 여러 가지 면에서 안자산의 문학사가 이 책의 틀로 원용되 었음을 확인하게 되었다. 구분된 시대들의 구체적인 시기가 일치한다 거나 상당수 시기들의 작품 선택 혹은 장르의 구분 역시 안자산 문학 사의 그것들과 부합한다.

계봉우는 문학사의 시대를 발아기, 생육기, 장성기, 번영기 등으로 구분했다. 이 구분은 우리 문학의 발전을 하나의 씨앗이 싹 터 무성한 나무로 커가는 과정에 비의한 것인데, 문학을 생명체로 파악했다는 점 에서 조윤제의 『국문학사』와 상통한다. 안자산의 문학사가 내용이 빈 약하고 유별(類別) 및 논단(論斷)이 상명(詳明)치 못하다는 점, 구분 된 각각의 시대에 대한 의미를 제대로 부여하지 못한 점 등은 계봉우

약간 다른 성격을 띠게 된다. 이 점에 대해서는 별도의 자리에서 상론키로 한다.

가 갖고 있던 불만이었다. 두 사람이 구분한 각 시대의 기간이 일치하면서도 안자산과 달리 계봉우가 각각의 시대에 그 나름의 합리적인 명칭을 부여한 점으로도 이런 사실은 짐작된다. 계봉우의 시대 구분은 유기체적 전체성을 바탕으로 각 시대의 의미를 부여한 조윤제의 그것과 상당히 유사하다. 따라서 계봉우는 시대 구분에서 안자산의 발상을 수용했고, 각 시대에 대한 의미부여의 면에서는 조윤제의 관점과 비슷한 면을 보여준다고 할 수 있다.

그의 시대 구분에서 발아기는 정치적으로 북쪽의 삼부여(三扶餘)와 남쪽의 삼한(三韓)이 분립한 시기 및 기자조선·위만조선·한사군이 서로 흥망하는 시점까지를 포함한다. 그는 이 시기에 들어와 우리 자체의 문화도 어느 정도 발전했을 것이며 그 위에 한족의 문명도 계통적으로 섭취했을 것이라고 보았다. 이 시기의 그런 바탕 위에 우리 문학의 맹아가 생겼다는 것이다. 생육기는 고구려, 백제, 신라, 가락 등 4국 분립시대부터 통일신라 일대까지의 시기를 말한다. 끊임없는 전쟁 통에 이 시기의 문헌들은 모두 산망(散亡)되어 문학사의 체계를 갖추기가 어렵지만, 그래도 앞 시기에 비해 비교적 풍부하고 분명한 기록들이 남아 있는 시기이므로 문학사 서술의 가능성을 보여준 것도 사실이라고 했다. 장성기는 고려 일대를 말한다. 계봉우가 고려일대를 장성기로 본 것은 말 그대로 그 시대의 문학이 양적인 면에서나 질적인 면에서 크게 확장된 시기라고 생각했기 때문이다. 번영기는 조선조 일대를 포괄하는 시기이자 국문학사를 마무리하는 단계이기도 하다. 훈민정음 창제와 정음문학의 정착은 계봉우가 이 시기를 번영기로 본 결정적 근거다. 고려시대에 비해 한문학도 왕성하게 창작되었고, 성리학과 공령학의 발달로 인해 문학작품이 많이 산출되었지만, 더 중요한 것은 조선 사람들의 생각을 자유롭게 표기·표현할만한 문자를 갖게 되었다는 점이었다.

계봉우는 계몽운동으로 일관하다시피 한 민족주의자다. 물론 구소련에서 활동하는 동안 유물론적 반영론을 기초로 하는 사회주의 리얼리즘 미학의 영향을 받지 않을 수 없었을 것이다. 간간이 보이는 비판적 리얼리즘이나 계급 투쟁적 관점, 서민문학의 중시 등은 그가 사회주의 리얼리즘의 미학으로부터 영향을 받은 흔적이라 할 수 있다. 그러나 사회주의 리얼리즘의 미학은 그 지점에서 그치고, 그가 중점을 둔 것은 고유의 표기문자 문제였다. 한자나 한문학의 도입을 불가피했던 일로 받아들이면서도 '정음문학'이 진정한 우리 문학임을 강조함으로써 고유한 표기문자의 보유 여부가 우리 문학의 정체성을 결정짓는 유일의 잣대임을 주장한 것이다. 정음문학의 강조는 한문학의 주된 담당층이었던 지배계급의 모화 사대주의에 대한 비판으로 이어졌고, 그것은 민족의 자립과 자존심의 강조로 귀결되는 문제였다. 그래서 그의 문학사관을 자주적 민족사관이라 부를 수 있다고 보며, 큰 틀에서는 그의 민족사관이 안자산이나 조윤제의 민족주의와 맥을 같이 한다고 할 수 있다. 특히 우리 국학에서 민족주의의 맥이 단재 신채호로부터 안자산에게 계승되었는데, 그 민족주의가 사회주의 리얼리즘의 조사(照射)를 받은 계봉우에게 이어져 새로운 양상으로 꽃피울 수 있었다.

1920년대를 대표하던 문화사학자 안자산의 민족사관을 계승하고 실증주의자 조윤제의 민족사관을 융합하는 새로운 차원의 『조선문학사』가 자주적 민족사관으로 무장한 계봉우에 의해 이루어진 것은 문학사 저술의 역사에서 큰 의미와 가치를 지니는 일로 기록될 것이다.<『국어국문학』 155, 국어국문학회, 2010. 08.>

참고문헌

자료

『20세기 중국조선족 문학사료전집-심연수 문학편』, 중국조선족문화예술출판사, 2004.

桂奉瑀, 『韓國獨立運動史 資料叢書 제10집 : 北愚 桂奉瑀 資料集(1)』, 독립기념관 한국독립운동사연구소, 1996.

桂奉瑀, 『韓國獨立運動史 資料叢書 제11집 : 北愚 桂奉瑀 資料集(2)』, 독립기념관 한국독립운동사연구소, 1997.

고려극장, 『국립조선극장 창립 60주년 기념화보집[1932-1992]』, 1992.

고려극장, 『고려극장의 역사』, 라리쩨뜨, 2007.

『고려문화』 2집, 중앙아시아문인협회, 2007.

『校勘 三國史記』, 재단법인 민족문화추진회, 1982.

공동작품집, 『시월의 해빛』, 알마아따 "작가"출판사, 1971.

공동작품집, 『씨르다리야의 곡조』, 사수쓱출판사, 1975.

공동작품집, 『해바라기』, 사수쓱 출판사, 1982.

공동작품집, 『행복의 고향』, 사수쓱 출판사, 1988.

공동작품집, 『꽃 피는 땅』, 사수쓱 출판사, 1988.

『관주성경전서(한글판 개역)』, 대한성서공회, 1986.

국학진흥연구사업추진위원회, 「홍범도의 일지」, 國學振興硏究事業推進委員會, 『韓國學資料叢書 五·韓國獨立運動史資料集-洪範圖篇』, 한국 정신문화연구원, 1995

레닌기치(영인판), 신학문사, 1991/『레닌기치』 CD판.

『미주문학(=Korean-American Literature)』, 미주한인문인협회(=Korean Literary Society of America)

『신한민보(1909-1961)』, 아세아문화사, 1981.

연성용, 『행복의 노래』, 알마아따 사수식 출판사, 1983.

연성용, 『신들메를 졸라매며』[연성용 회상록], 도서출판 예루살렘, 1993.

연성용, 『지옥의 종소리』, 도서출판 일흥, 1993.

연성용, 『구소련 작가 교포 2세 연성용 작품 모음집 "지옥의 종소리"』, 도서출판 일흥, 1993.

『옥루몽』(상·하), 민족출판사, 1982.

「조선극장」, 레닌기치 1956. 12. 21.

한국독립운동사연구소편집부, 「洪範圖日記」, 『한국독립운동사연구』 31, 독립기념관 한국독립운동사연구소, 2008

한국문화상징사전편찬위원회, 『韓國文化상징사전』, 동아출판사, 1992.

한국연극협회 편집부, 「홍범도 장군에 관한 논쟁 사례」, 『한국연극』 155, 사단법인 한국연극협회, 1989.

한양대학교·국사편찬위원회, 정민·김보희 정리, 『(소비에트 시대) 고려인의 노래: 정추 교수 채록 1~3』(상·하), 한양대학교 출판부, 2005.

<Lotus Bud>, Stephanie Han 소장 타자본 62장.

논저

가야트리 스피박, 태혜숙·박미선 옮김, 『포스트식민 이성 비판-사라져 가는 현재의 역사를 위하여』, 갈무리, 2005.

강상순, 「『한국문학통사』 다시 읽기-고전문학사 서술의 지표와 이론-」, 『古典文學硏究』 28, 한국고전문학회, 2005.

강진구, 「고려인 문학에 나타난 역사 복원 욕망 연구」, 『억압과 망각, 그리고 디아스포라—구소련권 고려인 문학』, 한국문화사, 2004.

강진구, 『한국문학의 쟁점들: 탈식민·역사·디아스포라』, 제이앤씨, 2007.

강현모, 「<홍길동전> 서사구조의 특징과 양상」, 『한민족문화연구』 1, 한민족문화학회, 1996.

계학림, 「나의 아버지 계봉우 원고의 행방」, 『카작스탄 및 중앙아시아 한국학소 식』 3, 1993.

고부응, 「식민 역사와 민족공동체의 형성」, 『문화과학』 13, 문화과학사, 1997.

고부응, 「초민족 시대의 민족 정체성과 비교문학 연구」, 『비교문학』 24, 한국비 교문학회, 1999.

고부응, 탈식민주의(Postcolonialism), http://blog.daum.net/gangseo.

고부응, 『탈식민주의: 이론과 쟁점』, 문학과 지성사, 2004.

고송무, 『소련의 한인들-고려사람』, 유네스코 한국위원회, 1990.

고송무, 「계봉우선생의 후손들」, 『카작스탄 및 중앙아시아 한국학소식』 2, 1993.

고송무, 「계봉우의 생애와 우리말 연구」, 『한힌샘 주시경 연구』 5·6, 한글학회, 1993.

구춘서, 「재미동포의 중간자적 위치에 대한 신학적 이해」, 『在外韓人硏究』 10, 재외한인학회, 2001.

權相老, 『朝鮮文學史』, 일반프린트사, 1947.

권택영, 「계몽과 부정성: 『마오 2』와 『네이티브 스피커』에 나타난 한국 이미지」, 『미국학 논집』 37(2), 한국아메리카학회, 2005.

김경래, 「구약성경의 전래 역사」, 『복음과 학문』 3, 전주대학교 기독교연구원, 1996.

김계수 역, 「소련 공산당 新綱領」, 『中蘇硏究』 10(1), 한양대 중소연구소, 1986.

김기동, 『국문학개론』, 태학사, 1991.

김명재 외, 『재외한인의 법적 지위와 기본권 현황』, 집문당, 2005.

김미영, 「『네이티브 스피커』를 통해 본 우리 시대 본격소설의 가능성」, 『문학수 첩』 3(3)(가을호), 2005.

김병학, 『재소 고려인의 노래를 찾아서』(Ⅰ, Ⅱ), 화남, 2007.

김병학, 『한진전집』, 인터북스, 2011.

김보희, 『소비에트 시대 고려인 소인예술단의 음악 활동』, 한울, 2009.

김빠웰, 「참다운 예술가-그의 출생 70주년에 즈음하여」, 레닌기치 1979년 9월

4일, 4면.

김연수, 『쟈밀라, 너는 나의 生命』, 인문당, 1988.

김열규 외, 『한국문학사의 현실과 이상』, 새문사, 1996.

김욱동, 『강용흘, 그의 삶과 문학』, 서울대 출판부, 2004.

김원용, 『재미한인 五十년사』, 1959.

김원장, 「심연수 시조의 특성과 경향에 대한 연구-여행시조를 중심으로」, 관동 대 교육대학원 석사논문, 2004.

김윤규, 「재미 한인 이민소재 소설의 갈등구조」, 『문화와 융합』 24, 한국문화융 합학회, 2002.

김재용, 「갈등 중재이론으로 본 <홍길동전>의 구조와 의미」, 『한국언어문학』 21, 한국언어문학회, 1982.

김정훈·정덕준, 「재외 한인문학 연구-CIS 지역 한인 시문학을 중심으로」, 『한 국문학이론과 비평』 31, 한국문학이론과 비평학회, 2006.

김종회, 『한민족 문화권의 문학』, 국학자료원, 2003.

김종회, 「在外 同胞文學의 어제·오늘·내일」, 『語文硏究』 32(4), 한국어문교 육연구회, 2004.

김종회, 「한민족 문화권의 새 범주와 방향성」, 『국제한인문학연구』 창간호, 국제한인문학회, 2004.

김종회, 『중앙아시아 고려인 디아스포라 문학』, 국학자료원, 2010.

김종회, 『한민족 문화권의 문학』, 국학자료원, 2003.

김진영·김형주·김동건·이성희 편저, 『토끼전 전집』[1-5], 박이정, 2001.

김창규, 『安自山의 國文學硏究』, 국학자료원, 2000.

金台俊, 『朝鮮小說史』, 학예사, 1939.

김필영, 「소비에트 카작스탄 한인문학과 희곡작가 한진(1931-1993)의 역할」, 『한국문학논총』 27, 한국문학회, 2000.

김필영, 『소비에트 중앙아시아 고려인 문학사(1937-1991)』, 강남대학교 출판부, 2004.

김현양, 「민족주의 담론과 한국문학사」, 『민족문학사연구』 19, 민족문학사연구 소, 2001.

김현택, 「한국계 러시아 작가 아나톨리 김의 문학 세계 연구(1)」, 『한국학연구』

10, 고려대 한국학연구소, 1998.

김현택, 「한국계 러시아 작가 아나톨리 김의 문학 세계 연구(2)」, 『한국학연구』 11, 고려대 한국학연구소, 1999.

김현택 외, 『재외한인작가연구』, 고려대 한국학연구소, 2001.

김환기, 「재일 디아스포라 문학의 형성과 분화」, 『일본학보』 74, 한국일본학회, 2008.

도남학회, 『도남조윤제전집(1-6)』, 태학사, 1988.

리길수, 「독립의 홰불을 든 사람-태장춘 작 연극 <홍범도> 상연 40주년을 계기로-」, 레닌기치, 1982.11.30.

리재인, 「조선인 소인 연극단의 발전상 몇 가지 문제」, 레닌기치 1957년 2월 20일자 3면.

리정희, 「무대에 새로운 형식을 올려-연극 ≪토끼의 모험≫을 보고-」, 레닌기치 1982, 1. 22.

리정희, 「재소한인 희곡연구-소련 국립조선극장 레파토리를 중심으로-」, 단국대학교 석사논문, 1992.

림순희, 「그대 일생의 멜로지」, 레닌기치[CD판], 1990년 12월 12일 자 4면.

무명씨, 「조선극장」, 레닌기치 1956년 12월 21일자 1면.

미우라 노부타카·가스야 게이스케 엮음, 이연숙·고영진·조태란 옮김, 『언어제국주의란 무엇인가』, 돌베개, 2005.

민병용, 『美洲移民 100年 - 初期人脈을 캔다』, 한국일보사출판국, 1986.

민제 외, 『한국문학총설』, 한누리, 1994.

박명림, 「분단시대 한국 민족주의의 이해」, 『세계의 문학』 여름호, 민음사, 1996.

박명진, 「고려인 희곡문학의 정체성과 역사성-연성용 희곡을 중심으로-」, 『한국극예술연구』 19, 한국극예술학회, 2004.

박명진, 「중앙아시아 고려인 文學에 나타난 民族敍事의 特徵 : 劇作家 한진의 텍스트를 중심으로」, 『어문연구』 32(2), 한국어문교육연구회, 2004.

박상기, 「탈식민주의의 양가성과 혼성성」, 『비평과 이론』 6, 한국비평이론학회, 2001.

박수연, 「디아스포라와 민족적 정체성」, 『비교한국학』 16(1), 국제비교한국학회, 2008.

박영걸, 「조선극단의 순회공연을 본 나의 소감」, 레닌기치 1961년 7월 4일자 3면.

박영호, 「미주 한국 이민소설의 실상」, 『미주문학』 봄호, 2004.

박을수, 『한국시조문학전사』, 성문각, 1978.

박일용, 『영웅소설의 소설사적 변주』, 월인, 2003.

박지원 저, 이민수 역, 『호질·양반전·허생전(외)』, 범우사, 2002.

박찬호 지음, 안동림 옮김, 『한국가요사 1』, 미지북스, 2009.

반병률, 「'홍범도 일기' 판본 검토와 쟁점」, 『한국독립운동사 연구』 31, 독립기념관 한국독립운동연구소, 2008.

배연형, 「李東伯 춘향가 연구」, 『판소리연구』 15, 판소리학회, 2003.

배우순, 「S. 프로이트의 인격이론」, 『哲學硏究』 112, 대한철학회, 2009.

배정열, 「한·중·일 3국의 국문학사의 태동」, 『일본어문학』 40, 한국일본어문학회, 2009.

백낙청, 『민족문학과 세계문학』, 창작과비평사, 1978.

베네딕트 앤더슨, 윤형숙 역, 『상상의 공동체』, 나남출판, 2007.

블라디미르 프로프, 유영대 옮김, 『민담형태론』, 새문사, 1987.

사재동, 「심청전연구서설」, 『한국고전소설』, 계명대 출판부, 1974.

서경식, 『디아스포라 기행-추방당한 자의 시선』, 돌베개, 2008.

서준섭, 「安自山의 朝鮮文學史에 대하여」, 『국어교육』 35, 한국국어교육연구회, 1979.

성기조, 「중국 교포 시문학 연구」, 『한국어문교육』 5, 한국교원대 한국어문교육연구소, 1990.

세. 바이호사예브, 「소인 예술사업을 더 높은 단계로」, 레닌기치 1958년 9월 2일.

소재영, 「홍길동전 해제(숭실대본)」, 『숭실어문』 7, 숭실어문학회, 1990.

신동욱, 「諷刺小說考」, 『문학과지성』 2(2), 1971.

신용대, 「李殷相 時調의 硏究-鷺山時調集을 중심으로-」, 『開新語文硏究』 3, 개신어문학회, 1984.

신재기,「1930년대 한국문학비평에 적용된 '미적 반영론' 연구」,『문학과 융합』
　　　　23, 한국문학융합학회, 2001.

신혜원,「『네이티브 스피커』에 나타난 정체성과 의사소통의 문제」, 고려대 대
　　　　학원 석사학위논문, 1999.

심원섭,「재일 조선어문학 연구 현황과 금후의 연구 방향」,『현대문학의 연구』
　　　　29, 한국문학연구학회, 2006.

심헌용,「강제이주의 발생 메커니즘과 민족관계의 특성 연구: 소련 강제이주
　　　　사례를 중심으로」,『국제정치논총』39(3), 한국국제정치학회, 2000.

안동림 역주,『신역 장자』, 현암사, 1978.

안 막,「창작방법문제의 재 토의를 위하여」, 동아일보 1933년 11월 29일-12월
　　　　6일.

安自山,『朝鮮文學史』, 한일서점, 1922.[최원식 역,『朝鮮文學史』, 을유문화
　　　　사, 1984.]

야산,「조선극단의 새 연극 "정애"」, 레닌기치 1960년 3월 6일자 3면.

양승국,「한국 근대 역사극의 몇 가지 유형」,『한국극예술연구』1, 한국극예술
　　　　학회, 1991.

엄경희,「러시아 이주 고려인의 노래에 담긴 서정성」,『동방학』14, 한서대
　　　　동양고전연구소, 2008.

에드워드 W. 사이드, 박홍규 역,『오리엔탈리즘』, 교보문고, 1993.

에드워드 W. 사이드, 박홍규 역,『문화와 제국주의』, (주)문예출판사, 2007.

에드윈 윌슨, 채윤미 옮김,『연극의 이해』, 예니, 1998.

오양호,「世界化 時代와 韓民族文學 硏究의 地平擴大」,『한민족어문학』
　　　　35, 한민족어문학회, 1999.

오인철,『하와이 한인 移民과 독립운동-한인교회와 사진신부와 관련하여-(상)』,
　　　　전일실업(주) 출판국, 1999.

오정혜,『중국조선족 시문학연구』, 인터북스, 2008.

오철암,「딸듸-꾸르간 중 조선극단 창립 십오주년에 제하여」, 레닌의 긔치 1947
　　　　년 12월 28일자 2면.

왕 철,「『네이티브 스피커』에서의 엿보기의 의미」,『현대영미소설』3, 현대영
　　　　미소설학회, 1996.

우 블라지미르, 「"량반전"을 보고서」, 레닌기치 1974년 4월 20일자 4면.

우리어문학회, 『國文學史』, 수로사, 1948.

우리어문학회, 『國文學槪論』, 일성당서점, 1949.

유선모, 『한국계 미국 작가론』, 신아사, 2004.

유숙자, 『재일 한국인 문학 연구』, 월인, 2000.

유인순, 「김유정의 우울증」, 『현대소설연구』 35, 현대소설학회, 2007.

윤병석, 「桂奉瑀의 生涯와 著述目錄」, 『仁荷史學』 1, 인하사학회, 1993.

윤병석, 「李東輝와 桂奉瑀의 民族運動」, 『한국학연구』 6-7, 인하대학교 한국
　　　학연구소, 1996.

윤인진, 『코리안 디아스포라: 재외 한인의 이주, 적응, 정체성』, 고려대학교 출판
　　　부, 2004.

윤정헌, 「중앙아시아 한인문학 연구-호주 한인문학과의 대비를 중심으로」, 『국
　　　제비교한국학』 10(1), 국제비교한국학회, 2002.

윤종성 외, 『문예상식』, 문학예술종합출판사, 1994.

이. 꼴레예보, 「소인예술단」, 레닌기치 1960년 1월 5일자 3면.

이가원, 『朝鮮文學史』[上・下], 태학사, 1997.

이광수, 「시조의 자연율 1-5」, 동아일보 1928년 11월 2일-11월 8일자 3면.

이광수, 「조선문학의 개념」, 『新生』, 신생사, 1929.

이광자・엄신자・전신현, 『현대사회심리학』, 아세아문화사, 2002.

이동하・정효구, 『재미한인문학연구』, 월인, 2003.

이명재, 「국외 한글문학의 실체 연구: 구소련의 고려인 문단을 중심으로」, 『인
　　　문학연구』 33, 중앙대 인문학연구소, 2002.

이명재, 『소련지역의 한글문학』, 국학자료원, 2002.

이명재 외, 『억압과 망각, 그리고 디아스포라-구소련권 고려인 문학』, 한국문화
　　　사, 2004.

이병기, 「시조란 무엇인고-十五」, 동아일보 1926년 12월 10일자 3면.

이병기, 「율격과 시조 1-4」, 동아일보 1928년-11월 30일자 3면.

이병기・백철, 『國文學全史』, 신구문화사, 1967.

이병직, 「<옥루몽>의 작품 구조와 대중성」, 『문창어문논집』 31, 문창어문학회,
　　　1994.

이영구, 「소수적 문학으로서의 재중교포문학」, 『中國學硏究』 28, 중국학연구
　　　회, 1984.

이윤석, 『홍길동전 연구』, 계명대 출판부, 1997.

이은상, 「시조단형추의-시조형식론의 일부」, 동아일보 1928년 4월 18일-4월 25
　　　일자 3면.

이은상, 『鷺山 時調集』 한성도서주식회사, 1932.

이정희, 「재일 동포 한국어 소설 연구-민족동일성 담론의 표출양상을 중심으로
　　　」, 『한중인문학연구』 17, 한중인문학회, 2006.

이종주, 「한문본 홍길동전 검토-경판·완판과의 대비」, 『국어국문학』 99, 국어
　　　국문학회, 1988.

이창래, 현준만 역, 『네이티브 스피커』[①·②], 미래사, 1995.

이채문, 『동토의 디아스포라』, 경북대학교 출판부, 2007.

이태극, 『時調硏究論叢』, 을유문화사, 1965,

이한창, 「在日 韓國人文學의 역사와 그 現況」, 『日本硏究』 5, 중앙대학교
　　　일본연구소, 1990.

이한창, 「재일 교포문학의 주제 연구」, 『日本學報』 29(1), 한국일본학회, 1992.

林用植, 「兩班傳의 社會史的 考察」, 『人文社會科學硏究』 13, 장안대학 인
　　　문사회과학연구소, 2004.

임재진, 「변증법적 유물론과 반영론의 기초」, 『인문과학연구』 10, 조선대학교
　　　인문과학연구소, 1989.

임종찬, 「심연수 시조에 나타난 디아스포라 의식」, 『시조학논총』 31, 한국시조
　　　학회, 2009.

자크 데리다, 김우창 옮김, 「인간과학 중심의 담론에 있어서의 구조와 기호와
　　　놀이」, 김용권 외, 『현대문학비평론』, 한신문화사, 1994.

장사선·김현주, 「CIS 고려인 디아스포라 소설 연구-CIS 지역 한국관련 문예자
　　　료의 발굴조사 연구 Ⅱ」, 『현대소설연구』 21, 한국현대소설학회,
　　　2004.

장사선·우정권, 『고려인 디아스포라 문학 연구』, 월인, 2005.

장사선, 「재일 한민족 문학에 나타난 내셔널리즘」, 『한국현대문학연구』 21,
　　　한국현대문학회, 2007.

장세윤, 「『홍범도(洪範圖) 일지(日誌)』를 통해 본 홍범도의 생애와 항일무장 투쟁」, 『한국독립운동사연구』 5, 독립기념관 한국독립운동사연구소, 1991.12.

장세윤, 『봉오동 청산리 전투의 영웅 홍범도의 독립전쟁』, 역사공간, 2007

장시광, 「대하소설의 여성반동인물 연구」, 서울대 박사논문, 2004.

장영우, 「해방 후 재미동포소설 연구-재미동포 문단의 형성과 현황」, 『상허학보』 18, 상허학회, 2006.

장윤수, 『코리안 디아스포라와 문화 네트워크』, 북코리아, 2010.

장인덕, 「회상기-조명희 선생의 시를 읽을 때」, 레닌기치 1986년 12월20일 4면.

장준희, 『카자흐스탄 고려사람 강태수의 삶과 문학』, 미간본.

장학봉 외, 『북조선을 만든 고려인 이야기』, 경인문화사, 2006.

전병재, 『사회심리학-관점과 이론』, 경문사, 1983.

전성호, 『중국 조선족 문학 예술사 연구』, 이회, 1997.

정덕준, 『조명희』, 새미, 1999.

정덕준·노철, 「중국 조선족 시문학 연구」, 『현대문학이론연구』 20, 현대문학이론학회, 2003.

정덕준·김기주, 「재중 조선족 소설 전개 양상과 그 특성-1949년~1976년의 작품을 중심으로」, 『한국문학이론과 비평』 21, 한국문학이론과 비평학회, 2004.

정덕준·김정훈, 「일제 강점기 재만 조선인 시인 연구-심연수 시의 심미성 연구-」, 『한국문학이론과 비평』 24, 한국문학이론과 비평학회, 2004.

정덕준·이상갑, 「민족어의 자장, 민족의 경계 넘기-『행복의 고향』, 『오늘의 벗』을 중심으로」, 『현대문학이론연구』 28, 현대문학이론학회, 2006.

정덕준 외, 『중국 조선족 문학의 어제와 오늘』, 푸른사상, 2006.

정덕준, 「재외 한인문학과 한국문학-연구방향과 과제를 중심으로」, 『한국문학이론과비평』 32, 한국문학이론과 비평학회, 2006.

정덕준·정미애, 「CIS 지역 러시아 고려인 소설 연구-민족정체성의 변화양상을 중심으로」, 『한국문학이론과 비평』 34, 현대문학이론과 비평학회, 2007.

정덕준, 「CIS 지역 고려인 소설 연구-아나톨리 김, 알렉산드르 강의 작품을 중심으로」, 『한국문학이론과 비평』 36, 2007.

정병욱, 『時調文學事典』, 신구문화사, 1966.

정상진, 「작가의 초상화」, 『행복의 노래』[연성용 작품집], 알마아따 사수식 출판사, 1983.

정상진, 「개척자의 위업은 영원하다-연성용 선생의 탄생 80주년을 즈음하여」, 레닌기치 1989년 5월 5일자 4면.

정상진, 『아무르 만에서 부르는 백조의 노래-북한과 소련의 문화예술인들 회상기』, 지식산업사, 2005.

정성호, 「카자흐스탄 한인의 현황과 과제」, 『사회과학연구』 36, 강원대학교 사회과학연구소, 1997.

정수자, 「문화 대혁명기 조선족 시의 탈식민주의적 성격」, 『韓中人文學硏究』 18, 한중인문과학연구회, 2006.

정주동, 『홍길동전 연구』, 문호사, 1961.

정추, 「(오체르크) 록음기를 메고서 조선민요를 찾아서-3. 우스또베에서 들은 종달새 노래」, 레닌기치 1968년 6월 14일 2면-3면.

정추 채록, 『소비에트 시대 고려인의 노래 1-3』, 국사편찬위원회·한양대학교 한국학연구소 공편, 한양대학교 출판부, 2005.

제라르 주네뜨, 권택영 옮김, 『서사담론』, 교보문고, 1992.

조경은, 「寓言의 담화 원리와 <兩班傳>의 해석」, 『古小說硏究』 26, 고소설학회, 2008.

조규익, 『해방 전 만주지역의 우리 시인들과 시문학』, 국학자료원, 1996.

조규익, 『해방전 재미한인 이민문학』[1-6], 월인, 1999.

조규익, 「재미한인 이민문학에 반영된 自我의 두 모습-영문소설 몇 작품을 중심으로-」, 『숭실대 논문집(인문과학편)』 29, 숭실대학교 인문과학연구소, 1999.

조규익, 『봉건시대 민중의 저항과 고발문학 거창가』, 월인, 2000.

조규익, 「재미 한인작가들의 자아 찾기-욕망과 좌절의 끊임없는 반복」, 한국문학연구학회 창립 20주년 기념 국제학술대회 발표논문집 『세계 속의 한국인 한국문학 한국문학연구』 21-22, 한국문학연구학회, 2006. 4.

조규익, 「바벨탑에서의 自我 찾기」, 『어문연구』 34(2), 2006.

조규익, 「재미한인들의 자아찾기-욕망과 좌절의 끊임없는 반복-」, 『현대문학의
　　　　연구』 29, 한국문학연구학회, 2006.

조규익, 「구소련 고려인 민요의 전통노래 수용 양상」, 『동방학』 14, 한서대학교
　　　　동양고전연구소, 2008.

조규익, 「카자흐스탄 국립 고려극장의 존재의미와 가치」, 『한국문학과 예술』
　　　　4, 숭실대학교 한국문예연구소, 2009.

조규익, 「카자흐스탄 고려인의 한글노래와 디아스포라의 正體」, 『語文硏究』
　　　　143, 한국어문교육연구회, 2009.

조규익, 『만횡청류의 미학』, 박이정, 2009.

조규익, 「구소련 고려인 작가 한진의 문학세계」, 『한국어문학연구』 59, 한국어
　　　　문학연구학회, 2012.

조규익, 「해외 한인문학과 탈식민의 관점」, 국어국문학회 편, 『세계화 시대의
　　　　국어국문학』, 보고사, 2012.

조규익, 「현실과 이상, 그 미학적 화해의 도정-고려인 극작가 한진의 문학세계-」,
　　　　『제11회　국제한인문학회·한국문학평론가협회　공동국제학술대회
　　　　"중앙아시아 고려인문학 연구" 발표문집』, 2012. 6. 1, 경희대학교
　　　　청운관 409호.

조긔천, 「음악연주에 대하여」, 레닌기치 1942년 정월 16일 제4면.

조남현, 『소설원론』, 고려원, 1984.

조동걸·한영우·박찬승 엮음, 『한국의 역사가와 역사학 하』, 창작과비평사,
　　　　2001.

조동일, 『한국소설의 이론』, 지식산업사, 1979.

조동일, 『한국문학사상사시론』, 지식산업사, 1979.

조동일, 「조윤제의 민족사관과 문학의 유기체적 전체성」, 『도남학보』 11, 도남
　　　　학회, 1988.

조동일, 『세계문학사의 전개』, 지식산업사, 2002.

조동일, 『제4판 한국문학통사』, 지식산업사, 2005.

조명희, 「조선의 놀애들을 개혁하자」, 선봉 1935년 7월 30일자 3면.

조성일·권철, 『중국조선족문학사』, 연변인민출판사, 1990.

조용호, 『아리랑 원형 연구』, 학고방, 2011.

趙潤濟, 『國文學史』, 동국문화사, 1949.

趙潤濟, 『韓國詩歌史綱(訂正版)』, 을유문화사, 1958.

지그문트 프로이트, 임홍빈·홍혜경 역, 『정신분석강의(하)』, 열린책들, 1997.

차승기, 「민족주의, 문학사, 그리고 강요된 화해」, 김철·신형기 외, 『문학 속의 파시즘』, 삼인, 2001.

차하순 외, 『韓國史時代區分論』, 소화, 1995.

최길춘, 「"극성" 꼴호즈 인민극단의 창작 사업」, 레닌기치 1962년 1월 10일, 3면.

최남선, 「조선민족문학으로서의 시조」, 『조선문단』 16호, 1926. 5.

「朝鮮國民文學으로서의 時調」, 『朝鮮文壇』 16호[1926. 5.]

최병우, 「중국 조선족 문학연구의 필요성과 방향」, 『한중인문학연구』 20, 한중 인문학회, 2007.

최봉도, 『최봉도의 육필원고』, 1990년대 초반.

최종운, 「<구운몽>과 <옥루몽>의 구조적 특징과 이념세계 연구-환몽구조 초기 형태의 원리를 바탕으로-」, 『語文學』 89, 韓國語文學會, 2005.

카를 마르크스·프리드리히 엥겔스, 이진우 옮김, 『공산당 선언』, 책세상, 2012.

태혜숙, 「한국 지식인의 탈 식민성과 미국문화」, http://cafe.naver.com/gaury/ 15125.

피터 차일즈·패트릭 윌리엄즈, 김문환 옮김, 『탈식민주의 이론』, 문예출판사, 2004.

한국연극협회 편집부, 「홍범도 장군에 관한 논쟁 사례」, 『한국연극』 155, 사단 법인 한국연극협회, 1989.

한상욱, 「"창곡이와 홍란"을 보고서」, 레닌기치, 1961년 3월 26일, 3면.

한진, 「조선극장」, 『속초문화』 8호, 속초문화원, 1992.

허명숙, 「재일동포 한국어 소설문학의 최근 동향」, 『한중인문학연구』 15, 2005.

허형만, 「沈連洙 시조 연구」, 『민족시인 심연수 학술세미나 논문총서』, 심연수 선양사업위원회, 2007.

호미 바바, 나병철 옮김, 『문화의 위치·탈식민주의의 문화이론』, 소명, 2002.

홍기삼, 『재일 한국인 문학』, 솔, 2001.

황규수, 「심연수 시조 창작과 그 특질」, 『한국문예비평연구』 24, 한국현대문예비평학회, 2007.

황규수, 『일제강점기 재만조선시인 심연수 시의 원전비평』, 한국학술정보, 2008.

황규수, 『일제강점기 재만조선시인 시선집 '碑銘에 찾는 이름'』, 도서출판 亞松, 2010.

황순구 편, 『時調資料叢書 1: 靑丘永言』, 한국시조학회, 1987.

황패강, 「兩班傳 硏究」, 『韓國學報』 4(4), 일지사, 1978.

Bill Ashcroft, Gareth Griffiths and Helen Tiffin, *Key Concepts in Post-Colonial Studies*, Routledge, 1998.

Choy, Bong Youn, *Koreas in America*, Chicago, Nelson-Hall, 1979.

Elaine Haikyung Kim, "A Survey of Literature: Social Perspectives", Ph.D. diss., Univ. of California, Berkeley, 1976.

Elaine Haikyung Kim, *Asian American Literature-An Introduction to the Writings and Their Social Context-*, Philadelphia: Temple Univ. Press, 1982.

Everette V. Stonequist, *The Marginal Man*, New York: Russell & Russell, 1961.

Gary Pak, A Ricepaper Airplane, Honolulu: Univ. of Hawai'i Press, 1988.

Henry Schwarz and Sangeeta Ray, *A Companion to Postcolonial Studies*, Blackwell Publishers Ltd., 2000.

Ina-Maria Greverus, *Kultur und Alltagswelt: eine einführung in Fragen der kulturanthropologie*, München: C. H. Beck, 1978, s. 12.

Kang, Younghill, *The Happy Grove*, New York: Charles Scribner's Sons, 1933.

Katherine Woods, "Making of an Oriental Yankee-Younghill Kang's Study of His American Experiences is a lively and Revealing Venture in Autobiography", The New York Times Review, Oct. 17, 1937.

Lady Hoise, "A voice from Korea", *Saturday Review of Literature*, Apr. 4, 1931.

New, Il-Han, *When I was a boy in Korea,* Boston: Lothrop, Lee & Shepard Co., 1928.

Peter Hyun, *Mansei! The Making of a Korean American,* Honolulu: Univ. of Hawaii Press, 1986.

Supattra Suttilagsana, Recurrent Themes in Asian American Autobiographical Literature, Diss, Bowling Green State Univ., 1986.

T. S. Eliot, *Selected Essays*, London & Boston, Faber & Faber, 1964.

Takaki, Ronald, *Strangers from a Different Shore: A History of Asian Americans*, Boston: Little, Brown & Company, 1989.

The Korean Student Bulletin, New York, 1922-1941 Microfilm[New York Public Library 소장]

Thomas Wolfe, "Review of Younghill Kang's The Grass Roof", New York Evening Post April 4, 1931.

Wayne Patterson, *The Korean Frontier in America: Immigration to Hawaii, 1896-1910*, Honolulu: Univ. of Hawaii Press, 1988.

И Ким, 『Советский корейский театр』, Алма-Ата: ©издательс тво <Өнер>, 1982

C.R. 리스크 저, 유진월 역, 『희곡분석의 방법』, 한울아카데미, 1999

E. H. 카아, 길현모 역, 『歷史란 무엇인가』, 탐구당, 1976.

E. 슈타이거 저, 이유영·오현일 역, 『詩學의 根本概念』, 삼중당, 1978

G. 레이코프, M. 존슨 저, 노양진·나익주 역, 『삶으로서의 은유』, 서광사, 1995.

H. R. 야우스 저, 장영태 역, 『挑戰으로서의 文學史』, 문학과지성사, 1983.

Kang, Younghill, *The Grass Roof*, New York: Charles Scribner's Sons, 1931.[장문평 역, 『초당』 범우사, 1993.]

Kang, Younghill, *East Goes West: The Making of An Oriental Yankee*, New York: Charles Scribner's Sons, 1937.[유영 역, 『동양선비 서양에 가시다』, 범우사, 2002.]

Kim, Ronyoung, *Clay Walls*, Seattle and London: Univ. of Washington Press, 1987.[김화자 역, 『토담』, 동문사, 1990.]

Lee, Chang-rae, *Native Speaker*, New York: Riverhead Books, 1995.[현준만 역, 『네이티브 스피커』, 미래사, 1995.]

찾아보기

| 지은이 소개 |

조규익

사단법인 한국문학과예술연구소 소장, 숭실대학교 명예교수, 국제PEN 회원

해사·경남대·숭실대 교수, LG연암재단 해외연구교수[미 UCLA]·Fulbright Scholar[미 OSU] 등 역임. 제15회 도남국문학상·제2회 한국시조학술상·제1회 성산학술상 등 수상.《한중일 악장의 비교 연구》·《고전시가의 변이와 지속》·《국문 사행록의 미학》·《CIS 지역 고려인 사회 소인예술단과 전문예술단의 한글문학》·《연행록연구총서》·《역주 조천일록》등 저·편·역서·논문 다수.

이메일: kicho57@hanmail.net, 홈페이지: http://www.kicho.pe.kr

http://www.kicho.co.kr, 블로그: http://kicho.tistory.com

(사) 한국문학과예술연구소 학술총서 70

해외 한인문학의 한 독법

초판 인쇄 2023년 5월 22일
초판 발행 2023년 5월 31일

지 은 이 | 조규익
펴 낸 이 | 하운근
펴 낸 곳 | 學古房

주   소 | 경기도 고양시 덕양구 통일로 140 삼송테크노밸리 A동 B224
전   화 | (02)353-9908 편집부(02)356-9903
팩   스 | (02)6959-8234
홈페이지 | http://hakgobang.co.kr/
전자우편 | hakgobang@naver.com, hakgobang@chol.com
등록번호 | 제311-1994-000001호

ISBN 979-11-6586-477-4 94810
      978-89-6071-160-0 (세트)

값 : 30,000원

■ 파본은 교환해 드립니다.